La noche de plata

La noche de plata

Elia Barceló

rocabolsillo

© 2020, Elia Barceló

Publicado en acuerdo con UnderCover Literary Agents.

Primera edición en este formato: septiembre de 2021
Primera reimpresión: noviembre de 2021

© de esta edición: 2021, 2020, Roca Editorial de Libros, S. L.
Av. Marquès de l'Argentera 17, pral.
08003 Barcelona
actualidad@rocaeditorial.com
www.rocabolsillo.com

Impreso por BLACK PRINT CPI IBÉRICA S. L.
Torre Bovera 19-25
Sant Andreu de la Barca (Barcelona)

ISBN: 978-84-17821-57-9
Depósito legal: B. 11624-2021
Código IBIC: FF; FH

RB21579

*H*ace veintitrés años, en 1997, fui invitada por primera vez a la Semana Negra de Gijón, el primer festival de género negro que existió en España, como autora de ciencia ficción. En una de las excursiones que se organizaban, tuve la suerte de participar en una tertulia sobre el crimen, real y literario, y a lo largo de esa conversación a varias bandas, Paco Ignacio Taibo II, director de la Semana Negra, y yo coincidimos en muchas opiniones, pero sobre todo en que ambos pensábamos, y seguimos pensando, que no hay peor crimen ni que merezca mayor castigo que el cometido contra niñas y niños.

En aquel entonces yo no habría sido capaz aún de escribir esta novela; mi campo era la literatura fantástica, aunque siempre he admirado profundamente a los autores de género negro.

Hoy, por fin, puedo aportar mi visión sobre aquel tema en una novela híbrida, como todas las mías, pero mucho más negra de lo que quizá se espera de mí.

Esta novela es para ti, Paco, compañero y amigo.

Y por supuesto, para vosotros, mis fieles lectoras y lectores, que me permitís que os lleve de viaje conmigo cada vez a un lugar, a unos personajes, a unos conflictos. Sin vosotros, esto no tendría ningún sentido. ¡Gracias!

PRIMERA PARTE

CAPÍTULO I

1

*E*l cadáver había sido enterrado al pie de un roble enorme, lo que hacía que su tamaño pareciera incluso más pequeño, por contraste. Solo quedaba el esqueleto, profundamente hundido en el barro, junto con hojas muertas de muchos otoños, largas lombrices blancuzcas que se movían perezosamente sobre la tierra y trozos de corteza en descomposición. Los huesos eran lisos, suaves, dispuestos en posición fetal, casi como si lo que el equipo acababa de sacar a la luz fuera parte de una excavación arqueológica y no un crimen reciente. Aunque decir reciente era relativamente generoso, pensó Altmann, porque aquello debía de haber sucedido al menos diez o veinte años atrás, si todo rastro de carne había desaparecido.

Era evidente que se trataba de un niño o una niña, posiblemente entre los seis y los diez años, y a simple vista —hasta que no lo confirmaran los equipos científicos— parecía que había sido enterrado desnudo, porque no se apreciaba ningún resto de tela, ni zapatos, ni ningún otro accesorio que pudiera darles un hilo del que tirar. Lo iban a tener difícil.

Sin poder evitarlo, pensó en Carola, su compañera española, especialista en delitos contra niños. Hacía siglos que no tenía contacto con ella, salvo los mensajes de buenos deseos por Navidad. Quizá debería llamarla, preguntar cómo le iba a ella con sus casos, ver de encontrarse en algún momento.

Volvió la vista hacia los pobres restos de debajo del árbol, notando cómo la rabia de siempre empezaba a subirle desde el estómago. ¿Cómo puede alguien hacerle eso a un niño pequeño? Los rostros de sus dos nietos aparecieron en su mente con toda claridad. Si alguien le hiciera daño a uno de ellos… apretó los puños negándose a seguir pensando en esos términos. Ahora quien reclamaba todo su interés y su experiencia era aquella pobre pequeña víctima que acababan de encontrar en el jardín de una casita en las afueras de Viena.

Según las primeras informaciones que le habían pasado los agentes, los nuevos dueños habían querido rodear el gran roble de bulbos de narcisos y tulipanes para que se abrieran esplendorosamente en primavera y, al cavar al pie del árbol, habían encontrado primero el cráneo del niño. Luego habían llamado a la policía y habían sido ellos quienes habían sacado a la luz el esqueleto entero, que aún se hallaba en la tierra y que pronto sería trasladado al Instituto de Patología Forense.

Esperaba que su amigo Hofer no se hubiese ido ya de vacaciones y pudiera encargarse del caso. Le sonaba que había dicho algo de tomarse una semana libre y, aunque la otra forense, Inge Schulz, la alemana, también era buena, prefería trabajar con Karl Hofer, a quien conocía desde que había estado destinado en Innsbruck y Karl todavía iba al instituto. Ahora los dos eran hombres mayores, él mismo a punto de jubilarse y Karl ya con hijos que se habían ido a estudiar a otras ciudades.

Con un gesto de cabeza hacia el jefe del equipo, se apartó del roble y se dirigió a la casa, donde, en la cocina, esperaba el matrimonio, como les habían pedido.

—Comisario Wolf Altmann —se presentó, tendiéndoles la mano, que ambos estrecharon—. ¿Me permiten unas preguntas?

—Por supuesto —dijo el hombre, fuerte y rechoncho—, siéntese, haga el favor.

—¿Un café? ¿Un té? —preguntó la mujer, frotándose las manos como si tuviera frío.

—Lo que tengan hecho, gracias. —Sus ojos siguieron la mirada de la mujer hasta la tetera humeante que había sobre la encimera—. Un té está bien.

Se sentaron en los bancos enfrentados de la mesa de la cocina. La pareja —Franz y Maria Tomaselli— en uno, el policía en el otro. Todo era nuevo y brillante, de un estilo alpino que a Wolf no le había gustado nunca, pero que casaba a la perfección con las personas que lo habían elegido.

—Me han dicho que viven en esta casa desde hace un par de meses… —comenzó Wolf.

Contestó el hombre:

—Sí. Cuando nos jubilamos, decidimos vender el piso que teníamos en el centro y que habíamos heredado de los padres de Maria, y buscar una casita con jardín. Siempre nos ha gustado la jardinería. Durante muchos años tuvimos alquilado un *schrebergärten*, ¿sabe?, así que tenemos costumbre, y ahora por fin, un jardín propio.

—Estábamos contentísimos de poder plantar nuestros bulbos por todas partes y yo ya me imaginaba el roble esta primavera rodeado de tulipanes rojos —intervino Maria—, pero ahora… no sé… —Empezó a menear la cabeza con pesadumbre. Era una mujer delgada, fibrosa y que parecía fuerte. Su rostro estaba surcado de arrugas y su piel era como la de un marino o un agricultor, con esa cualidad de cuero que adquieren las caras de la gente que pasa mucho tiempo al aire libre.

—¿Quién era el anterior propietario?

—No lo sabemos. Parece que la casa estuvo a la venta mucho tiempo en la inmobiliaria porque estaba en muy mal estado y había que invertir mucho en ella. Nos dijeron que el propietario original murió y luego la heredó un sobrino nieto que vive en el norte de Alemania y la puso en venta sin verla siquiera. Si quiere, puedo ir a buscar los papeles de la venta.

—Y apúnteme el nombre de la inmobiliaria, por favor.

Tomaselli salió de la cocina.

—¿Cuánto tiempo llevan aquí? —preguntó el comisario a la mujer.

—¿En la casa? Desde junio. Y desde entonces no hemos parado con obras y gente entrando y saliendo. Y ahora… esto.

—Lo siento, señora. Sé que la policía siempre es un incordio, pero no podemos hacer otra cosa.

Ella se encogió de hombros y dio un sorbo a su té.

—Supongo que han cavado y removido el jardín en el tiempo que llevan en la casa.

—Sí, claro. Estaba hecho una selva. Hemos quitado casi todo lo que había y hemos arreglado parterres y sembrado césped. No hemos encontrado nada más. Les habríamos llamado.

—Estoy seguro de ello. ¿Han hecho también obras en el sótano?

—Esta casa no tiene sótano. Hay un trastero al fondo del jardín, para herramientas y cosas así, pero está directamente en el suelo.

—Le echaremos una mirada. ¿Y el resto de la casa? ¿Queda algo de la estructura original, o lo han cambiado todo? —Echó una ojeada apreciativa a la cocina, toda de madera en un estilo casi tirolés. A la mujer se le escapó una leve sonrisa de orgullo.

—Las paredes exteriores son las mismas. Hemos movido algunos tabiques porque las habitaciones eran muy pequeñas y, como nosotros solo somos dos, no necesitamos más que nuestro dormitorio y uno de invitados, para cuando viene algún hijo, aunque no pasa mucho.

—¿Y los muebles o las cosas del antiguo propietario?

—Cuando nos la enseñaron ya estaba vacía. ¡Menos mal! Yo no tengo bastante imaginación para figurarme cómo podría quedar de bonita una casa que está llena de trastos viejos y muebles de otro. Y nos hubiera tocado a nosotros deshacernos de ellos…

—O sea, que del antiguo dueño no queda nada.

La mujer movió la cabeza en una negativa. En ese momento, su marido llegó con los papeles. Altmann los fotografió con su móvil, copió la dirección de la inmobiliaria y se despidió de ellos.

El caso no pintaba bien. Iba a ser difícil seguir el rastro después de tanto tiempo, pero cosas más difíciles había hecho. Cuestión de paciencia y de insistir, como casi todo en la vida.

Fue un alivio salir de nuevo al aire libre; no se había dado cuenta cuando estaba en la cocina, pero toda aquella madera —en el techo, en los armarios, en la sólida mesa a la que habían estado sentados— había empezado a agobiarlo. Era un precioso día de principios de otoño, de cielo claro con un toque frío que anunciaba el invierno, aunque aún estaba lejos. Las hojas de los árboles habían empezado a mudar de color y las hayas estaban espectaculares, igual que un grupo de alerces violentamente amarillos en el jardín vecino.

Si aquel niño enterrado al pie del roble no se hubiese encontrado con su asesino, ahora tendría veintitantos o treinta y tantos años, estaría en lo mejor de la vida, disfrutando también de los colores del mundo.

Aunque… quizá estaba yendo demasiado deprisa. Quizá no se tratara de un asesinato, sino de un accidente. Quizá alguien —¿el dueño de la casa?— se había encontrado de pronto en la situación de que su hijo, o su nieto, o alguien muy cercano tiene un accidente mortal en la casa, un accidente del que él se cree culpable, y en lugar de llamar a la ambulancia y a la policía, lo entierra en el jardín para evitarse problemas.

Pero ese niño iría a una escuela. Habría preguntas cuando no apareciera varios días seguidos. Tendrían que preguntar en todas las escuelas de la zona en cuanto supieran con mayor precisión de qué época se trataba, cuántos años llevaba aquel pequeño enterrado bajo el roble, que se había estado alimentando de él durante mucho tiempo.

Eso le hizo pensar en un famoso pintor austriaco, Friedensreich Hundertwasser, porque, en el museo que expone su obra, a la entrada, hay dos fotos del artista: él mismo, con su gorra de visera, su barba blanca y su sonrisa: «Hundertwasser 2000», el año de su muerte, y otra de un gran árbol, una especie de magnolio cuyo nombre Wolf no recordaba, con la inscripción «Hundertwasser, ahora». El pintor había pedido ser enterrado directamente en la tierra y que plantaran un árbol sobre su cadáver para transformarse en otro ser vivo y hermoso, en el Garden of the Happy Dead, en Nueva Zelanda.

Pero en el caso de Hundertwasser había sido su voluntad y había muerto de un infarto a los setenta y dos años. Aunque no se había hecho muy viejo, había vivido una vida plena, no como aquella pobre criatura que no había elegido terminar allí, quizá antes de cumplir diez años, debajo de aquel roble, olvidado de todos.

Wolf Altmann pensaba hacer todo lo que estuviera en su mano para, al menos, devolverle su nombre y, si era posible, encontrar a quien lo hubiese puesto allí y hacer que sufriera su castigo.

«*D*esde fuera, la casa no parece gran cosa —le había dicho Javier Valdetoro por teléfono—, pero es de esas casas que engañan, ya lo verá. Si le parece, podemos vernos a las tres y media allí mismo.»

Y allí estaba ella a las tres y cuarto —plena hora de comer para sus arraigadísimas costumbres madrileñas— echando la cabeza atrás para abarcar de arriba abajo aquella casa que, según el diplomático, no parecía gran cosa desde fuera: una construcción a la francesa de dos pisos y mansarda, pintada de crema y blanco, con amplias ventanas de contraventanas azul plomo, rejas de hierro forjado en los balconcitos y, si la vista no la engañaba, una especie de veranda acristalada en el primer piso, en la parte de atrás. Era cierto que la entrada resultaba más bien discreta, apenas un par de metros desde la verja con unas matas de boj recortado, también a la francesa, tres escalones de acceso a la puerta de madera noble con llamador dorado y dos leones con cara de resignación a izquierda y derecha. Pero, a juzgar por los abetos del fondo y las copas de las hayas, ahora de un violento color cobrizo, podría haber jurado que en la parte trasera, la que casi no se veía desde la calle, había también un verdadero jardín.

Se preguntó distraídamente cuánto dinero habría que tener para decir que aquella casa no era gran cosa, o al menos que no lo parecía. La respuesta, obviamente, era que mucho, porque parecer, parecía un auténtico palacio.

No se había molestado en investigar casi nada sobre los dos hermanos, pero una somera búsqueda había arrojado un par de datos básicos y una sorprendente falta de fotos: Javier Julio César y Jesús Jacobo Valdetoro Araújo eran los únicos vástagos de Marco Antonio Valdetoro Fonseca, banquero mexicano de gran prestigio, y su esposa, Lara Araújo, actriz de cine en su juventud con el nombre de Lara Andrade, y más tarde mujer de negocios, fundadora y propietaria de una gran empresa de cosmética, además de hija única de uno de los mayores millonarios del país. En aquella familia, si algo no faltaba, era dinero.

Javier Julio César, el primogénito, era diplomático, en la actualidad embajador de México en Austria; el otro hermano, Jesús Jacobo, había sido anticuario y marchante de arte, sobre todo asiático, africano y polinesio. Hacía apenas tres semanas que había fallecido en un accidente en Tailandia, mientras pilotaba su propia avioneta, y ahora Javier necesitaba que alguien se ocupara de hacer un inventario de lo que albergaba la casa y dispusiera, sobre todo, de la biblioteca que el diplomático, al parecer, no quería conservar.

Se encogió de hombros por dentro. No le interesaba particularmente el trabajo, pero le permitiría alejarse durante unos meses de su vida cotidiana; del reciente fracaso, más bien catástrofe, que seguía quemándola por dentro; de los dolorosos recuerdos de Tino; del piso familiar que ahora, con el Erasmus de Julio, se había quedado tan vacío; de la gente que otra vez, otra vez, con mejores o peores intenciones, le lanzaba miradas llenas de conmiseración.

Ni siquiera sabía si había hecho bien dejándose convencer por Susana y Tomás al pedir una excedencia en lugar de la prejubilación. Estaba prácticamente segura de no querer volver a su trabajo, a lo que había sido su vida desde los veintiocho años; sin embargo, al final había cedido y ahora tenía todo un año por delante para pensarlo.

Todo un año para estar más sola que la una, en una ciudad que le traía los peores recuerdos del mundo, con un clima asqueroso y una lengua que llevaba mucho tiempo sin hablar. ¡Había que ser imbécil! Aunque... claro... gran parte del asunto era precisamente que se trataba de un castigo, al menos algo en su subconsciente le decía que había aceptado por eso, para castigarse, para sufrir como se merecía. En la ciudad de Freud, además, ese estúpido y vanidoso machista que tanto daño había hecho con sus ideas a las mujeres y niñas que habrían necesitado su ayuda y su protección.

Viena. Con solo nombrarla, algo en su interior hacía que se le revolviera el estómago y se le acelerase el corazón; la ciudad a la que había vuelto unas cuantas veces en un intento de inmunizarse que no le había servido de apenas nada.

Había llegado la tarde anterior, se había instalado en la misma pensión del centro donde había estado en viajes anteriores y ni siquiera había llamado todavía a la única persona que conocía en la ciudad. Ya habría tiempo. Ahora, primero, tenía que asegurarse de que aquel «trabajo» que le había arreglado Laura no era una locura absoluta.

Desde su puesto de observación, en la acera de enfrente de la casa, dominaba toda la calle que ascendía en suave pendiente entre masas de árboles que estaban empezando a cambiar de color hasta desembocar en uno de los parques más agradables de la ciudad: el Türkenschanzpark. Esta vez, a pesar del tiempo radiante con el que Viena la había sorprendido, no había tenido tiempo de acercarse hasta allí a dar un paseo y disfrutar de los estanques, las cascadas y los parterres que estarían plantados con los colores del otoño: rojos, violetas, naranjas y amarillos. En esta ocasión le interesaba más fijarse en el barrio en sí, Döbling, una zona de ricos, con sus grandes casas engastadas en cuidados jardines como piedras preciosas, sus lujosos coches aparcados frente a ellas, sus pulidas placas doradas en algunas puertas —Asesores financieros, Estudio de Arquitectura, Psicoanalista—, su discreta y silenciosa elegancia que albergaba en su mayoría a políticos de la ÖVP, industriales, banqueros, médicos de alto nivel y herederos de grandes fortunas, de las fortunas de siempre, del *old money*. No era un barrio para nuevos ricos. Ni para turistas.

Vio llegar un coche negro, tan reluciente que parecía falso. El chófer, de traje oscuro, se apeó y le sostuvo la puerta abierta al pasajero, un hombre no muy alto, sobre los sesenta y tantos años, de pelo rizado más gris que negro y piel cobriza. Iba vestido con un traje gris claro y pañuelo en vez de corbata.

Unos segundos más tarde se estaban estrechando la mano.

—Carola, supongo.

—Supones bien, Javier.

Si la sonrisa no era natural, debía de llevar tantos años practicándola que lo parecía. Tenía unos ojos tan azules que resultaban incongruentes en su rostro de estatua precolombina. En las pocas fotos que había encontrado en Internet no se había dado cuenta.

—Herencia celta. —Explicó sin perder la sonrisa—. Mamá era mexicana pura, pero papá era de familia gallega. Ya sé que descoloca un poco; tengo costumbre.

Dejándola pasar delante, subieron los tres peldaños de la entrada, tocó el timbre y metió la llave en la cerradura.

El vestíbulo ya resultaba apabullante, a pesar de que se notaba el esfuerzo que alguien había hecho por mantenerlo libre de exageraciones. A izquierda y derecha, una escalera de mármol blanco con barandilla dorada de motivos florales llevaba al piso superior. Al fondo, unas cristaleras semicirculares dejaban libre la vista a la terraza y al césped del jardín. En esa zona, que podía separarse del vestíbulo con las teatrales cortinas de raso amarillo que pendían a ambos lados, había una especie de salita de estar con muebles de ratán de una complejidad exquisita, entre grandes palmeras en macetones y otras plantas de interior. Había también algunos ídolos y tótems de madera, indonesios o australianos probablemente, que contrastaban con la elegancia neoclásica de la construcción.

Javier se dirigió a la izquierda, a una gran puerta de madera con incrustaciones de madreperla, la abrió y, manteniéndola abierta, le hizo un gesto a Carola para que pasase primero.

La vista la deslumbró.

Aquella era la biblioteca más hermosa que había visitado en su vida: dos pisos y medio de estanterías de una madera pulida y rojiza con puertas de cristales biselados, varias escaleras de caracol para acceder a los pisos superiores, volúmenes y volúmenes de lomos de piel con letras doradas... A través de las cristaleras, la vista se perdía en las hojas de fuego de las grandes hayas y el verde oscuro de los abetos; en algunas ventanas la parte de abajo era un pequeño canapé de lectura, en otras, las dos hojas de las puertaventanas permitían salir al exterior. Junto a la enorme chimenea de mármol reinaban dos sillones de cuero con reposapiés, brillantes por el uso; delante de las ventanas, un gran escritorio con lámparas de pantalla de cristal verde. El suelo de parqué pulido estaba cubierto de alfombras orientales de intrincados dibujos.

Había mucho más, pero de momento eso fue lo único que consiguió absorber. Eso y el inmenso globo terráqueo que parecía flotar en uno de los rincones.

—¡Qué maravilla! —susurró.

—Sí. Jacobo era el lector de la familia.

—¡Qué preciosidad de estanterías! ¿Son cerezo?

—Palisandro de India, si no recuerdo mal. ¿Ve esa especie de dibujo que hacen, esos fuegos ahí, en las puertas? Mi hermano decía que a veces podía pasarse una hora mirándolos, imaginando cosas en ellos. Él siempre tan imaginativo…

Se oyeron unos pasos en el vestíbulo y la silueta de un hombre se recortó en la entrada de la biblioteca.

—¡Ah! ¡Buenas tardes, Toussaint! Permítame, Carola.

El hombre, alto, de piel muy oscura y facciones casi occidentales, se acercó sin sonreír, con la mano tendida.

—Este es Toussaint, el factótum de mi hermano.

—*Madame.*

—Soy Carola Rey.

—La doctora Rey va a ocuparse de la biblioteca de Jacobo y quizá también de hacer un inventario de lo que esta casa contiene. Cuento con su colaboración durante el tiempo que aún estipule su contrato, Toussaint.

—El señor y yo no teníamos ningún contrato, don Javier, como usted bien sabe. Llevo dieciocho años a su servicio; nunca estipulamos un final.

—Lo lamento, amigo mío, pero, muerto mi hermano, sus servicios ya no resultarán necesarios. Por supuesto percibirá usted sus honorarios hasta fin de mes y estoy seguro de que Jacobo habrá previsto algo para la eventualidad de su muerte, pero eso no lo sabremos hasta que el notario termine de revisar todos los documentos. Cuando llegue el momento se le avisará a la dirección que nos indique.

La tensión entre los dos hombres era tan evidente que resultaba profundamente desagradable; habría sido mucho mejor verlos enzarzarse a puñetazos.

—Le agradeceré que deje usted su llave aquí al marcharse. La doctora Rey me la hará llegar.

—Como guste.

Toussaint hablaba un español correctísimo, con un leve

acento que podría ser brasileño. Hizo una inclinación de cabeza y murmurando «si no me necesitan…» se retiró sin esperar permiso.

—Disculpa, Carola. No puedo con ese tipo. Nunca he comprendido que mi hermano confiara tanto en él. Ven, déjame enseñarte la casa y recuérdame que te dé las llaves. A todo esto… ¿dónde estás viviendo?

—En el centro, en un hotelito que conozco.

—No tiene sentido que gastes dinero en eso, estando esta casa vacía. ¿No preferirías quedarte aquí, en una de las habitaciones de invitados? Sé que es demasiado grande para una persona sola, pero es confortable, tendrías el trabajo realmente a mano… —cloqueó, complacido con su propio chiste— y no tendrías que desplazarte. Viene una chava dos veces por semana a mantener esto en condiciones hasta que me anime a vender; antes venía una brigada de limpieza, pero ya no hace falta tanto. No tendrías que preocuparte por nada. Podrías incluso cocinar tus platillos favoritos. Piénsalo y ya me dices.

La casa que no parecía gran cosa resultó tener cinco dormitorios, siete baños, cocina, comedor, salón, despacho, sala de billar, salita de música, desván, semisótano, bodega, sauna, sala de musculación, piscina de interior, estrecha, «solo para nadar», precisó Javier, y un maravilloso invernadero que solo vieron desde fuera. Al fondo del jardín, su guía le indicó una casita independiente donde, al parecer, vivía Toussaint.

—Si lo prefieres, cuando él se marche a fin de mes, también puedes instalarte allá.

—Te lo haré saber. Ahora, por favor, dime qué esperas de mí. No quiero engañarte. Tengo la sensación de que esto me viene grande; yo ya no soy bibliotecaria, ni archivera, ni experta en libros antiguos. Soy una simple lectora. Tampoco entiendo mucho de antigüedades, aunque mi marido era arquitecto, ya lo sabes, pero mis pocos conocimientos son solo de objetos europeos y no te van a servir de nada.

—No te angusties. Por lo que me ha dicho Laura, estás pasando por un mal momento y necesitas una pausa, cambiar de aires, hacer algo que te distraiga, ¿no es cierto? Yo no tengo tiempo ahora para estas cosas. Jacobo y yo no estuvimos nunca demasiado unidos y la verdad es que no sé qué hacer con todo lo que hay aquí, que es muchísimo, ya lo verás. No es mi estilo, ¿comprendes? Quiero vender la casa y, para serte franco, no quiero desperdiciar los objetos de valor que contiene, pero tampoco me los quiero quedar yo. Vendrá una persona a inventariar y tasar los muebles y las piezas de arte. Lo que te pido es que mires qué hay en la biblioteca, que separes los libros que puedan tener un valor claro... no sé... primeras ediciones, volúmenes firmados por autores clásicos... ediciones especiales... Por otro lado, ver si alguna biblioteca pública o universitaria tendría interés en comprar el resto, o incluso en recibir una donación, porque lo importante es librarse de todo... yo ya tengo mis propios libros y no quiero más.

«En fin... Llama siempre que tengas alguna duda importante. De lo contrario... confío en ti y en tu criterio. ¡Ah! Y si encontraras, por casualidad, una lista de asociados de mi hermano, ya sabes, proveedores, compradores habituales, clientes antiguos..., pásamela para que pueda ponerme en contacto con ellos y ver si tienen interés en quedarse con alguna pieza especial. De lo contrario, me figuro que lo ideal será organizar una subasta en alguno de los establecimientos vieneses: el Dorotheum, quizá, o Sotheby's... ya iremos viendo. ¿De acuerdo, linda?»

Diez minutos y dos besos más tarde, con las llaves de la casa en la mano y una curiosa sensación en la boca del estómago, Carola vio alejarse el coche reluciente.

Tardó medio minuto en decidir que no le apetecía aún quedarse a fisgar por la casa; prefería dejar que todo aquello se sedimentara en su interior y regresar al día siguiente, a ver si le gustaba lo suficiente para quedarse. A lo largo de su vida había llegado a la conclusión de que las cosas salían mejor cuando se tomaba el tiempo de ponderarlas antes de comprometerse. Al final acababa decidiendo más por instinto que por cálculo, pero no era bueno apresurarse.

Tenía que confesarse que no acababa de entender por qué había aceptado aquel arreglo, y mucho menos por qué Valdetoro había estado de acuerdo. Ella, como le acababa de decir a Javier, no tenía el tipo de perfil adecuado para un trabajo de esa envergadura. Era cierto que a los dieciséis años había hecho el servicio social obligatorio de la época en la biblioteca universitaria de Valencia, en la facultad de Filosofía y Letras, y que allí, Amparo Vila, la bibliotecaria, le había contagiado el amor a los libros, no ya por su contenido, sino como objetos, como artefactos y testigos de tiempos pasados. También era cierto que, más tarde, cuando empezó a estudiar Psicología, hizo también una formación en Biblioteconomía que nunca había usado para nada.

Igual que su carrera de Psicología, en el fondo, ya que nunca había ejercido. Había hecho una tesis, eso sí. Una tesis de la que ya casi no se acordaba y que le permitía llamarse «doctora» cuando le parecía conveniente.

Realmente fue mucho después, demasiado tarde para estudiarla como carrera, cuando empezó a interesarse seriamente por la literatura, lo que resultaba bastante irónico, considerando que fue el constante reproche de su primer marido: su falta de interés por la narrativa.

Y ahora, de pronto, casi al final de su vida profesional, le ofrecían un «trabajo» que la hacía volver a su primera juventud y la obligaría a reactivar muchos de los conocimientos que creía perdidos.

Habría podido entrar de nuevo en la biblioteca de Jacobo Valdetoro, pero prefirió dejarlo para el día siguiente, cuando se hubiera decidido del todo. Cerró la puerta y echó a andar. Podría haber tomado el metro, pero decidió caminar hasta el hotel. Necesitaba ejercicio para luego poder dormir un par de horas.

Casi una hora hasta la plaza de la catedral. Se había ganado una buena cerveza.

Apenas se había bebido la mitad del alto vaso de *Franziskanerbräu*, esa cerveza dorada y oscura, levemente amarga, que tanto le gustaba, cuando sonó su móvil. Laura. Le daba pereza cogerlo, pero comprendía que estuviese deseando saber cómo le había ido y chismorrear un poco, de modo que contestó.

—¿Qué tal? ¿Qué me cuentas? ¿Qué te ha parecido Javier? —La voz sonaba impaciente, como siempre.

—Bien, muy bien. Correcto y elegante. —No pensaba decirle que no se fiaba de alguien que resultaba tan fino de trato y a la vez tenía ese potencial de agresividad reprimida que había mostrado en su forma de relacionarse con Toussaint. Si se lo decía, Laura volvería con el rollo de su paranoia y su deformación profesional.

—Me alegro. Sabía que os caeríais bien. Has aceptado, supongo.

—Yo también lo supongo.

Las dos se rieron.

—Pero aquello es un trabajo de meses, ¿sabes? —continuó Carola—. El buen hombre debía de tener miles de volúmenes.

—Hasta que vuelva Julio, tienes todo un curso por delante.

Carola paseó la vista por la muchedumbre que llenaba la plaza, admirando la catedral de San Esteban. Familias, parejas, familias, parejas.

—Oye, Laura, ¿tú le has dicho quién soy?

—¿Cómo que quién eres?

—En qué trabajo.

Hubo un silencio.

—Pues… la verdad es que no me acuerdo, chica. ¿Por qué?

—Porque me ha llamado doctora Rey.

—Bueno, le dije que eres doctora en Psicología, claro.

—Claro.

—Es la pura verdad. —Laura sonaba a la defensiva.

—Sí. Pero no le has dicho que soy policía, ¿verdad?

Otro pequeño silencio.

—Pues me figuro que no… Ya te digo que no me acuerdo de los detalles.

—A ti, ¿lo de que yo sea comisaria de Policía te parece un detalle?

—Es que ya no lo eres. ¿No estás jubilada?

—No. Tengo una excedencia.

—Bueno —aunque no podía verla, Carola sabía que Laura ahora estaba sonriendo como una niña traviesa—, si tan importante te parece, díselo tú.

—¿Te importaría decirme lo que Javier sabe de mí?

—¡Ay, chica, qué precisión! ¡Yo qué sé! Me imagino que le dije que estás pasando una mala racha por cuestiones profesionales, pero sin entrar en detalles; que tu único hijo está de Erasmus en Londres; que tu marido murió hace tres años de un infarto… que somos amigas desde hace casi veinte años, desde que Tino nos hizo la casa a Alejandro y a mí, y congeniamos… No hizo falta darle muchos detalles a Javier; Agustín Uribe es un arquitecto conocido en los círculos que cuentan, Carola, y tú eres su viuda.

—Fui su mujer hasta su muerte, pero yo soy yo.

—Perdona.

Carola dio un largo trago a su cerveza. Se le había quedado la boca seca, como siempre que se tocaba ese tema. Odiaba definirse o que la definieran a través de otra persona, y, además, a través de una persona ya muerta. Laura lo sabía porque lo habían hablado muchas veces, pero al parecer, en su ambiente, eso de ser «la viuda de» era marca de clase.

—¿Sabes que me ha ofrecido vivir en la casa? —comenzó de nuevo para aligerar la tensión que se había instalado entre ellas.

—¡Guau! Aceptarás, supongo.

—Pues no sé, la verdad. Aquello debe de tener hasta fantasmas. Es enorme y está hasta arriba de trastos caros y exóticos, de máscaras y tótems y cuadros raros… No sé si me apetece.

—¡Venga, mujer! ¡Eres policía! Yo creía que los policías no tienen miedo de nada y, además, los fantasmas no existen y, si entra un ladrón, siempre puedes pegarle un tiro.

—Ya he devuelto el arma.

—¡Vaya! Tendrás que matarlo a puñetazos.

Volvieron a reírse.

—¡Uy, ya me toca! Tenme al día de lo que haces, ¿vale?

—Te llamaré de vez en cuando. ¿Estás en el médico?

—En la peluquería. Donde deberías estar tú. Besos, guapa.

Colgó con una media sonrisa, hurgó por la mochila y sacó el espejito. Laura podía ser muy mal bicho a veces, pero era buena amiga y en cuestiones de estética solía tener razón, empezaba a vérsele la raya con todas las alegres canas que le habían salido últimamente. Era verdad que debería ir a que la arreglaran un poco: tinte y un buen recorte, pero le daba muchísima pereza y, total, para estar todo el día encerrada en la biblioteca de Jacobo Valdetoro, cuatro canas más o menos carecían de importancia.

También podría dejárselas sin más. Ahora se estaba poniendo de moda, y así no solo podría ahorrarse el engorro de la peluquería, sino que pasaría por una mujer liberada y moderna.

Pero no era lo mismo llevar el pelo blanco contrastando con una piel joven y lisa que enmarcando un rostro surcado de arrugas y alguna que otra mancha de la edad. En ese caso se trataba más bien de tomar la decisión de empezar a ser vista como anciana, a que algún que otro joven bien educado le cediera el asiento en el metro, a que las personas que se cruzaba en la calle pasaran la vista por encima de ella como pasa el agua de un río sobre las piedras del lecho, sin detenerse, sin reparar en su existencia. Y aún no estaba preparada para eso.

Pagó la cerveza y, a paso rápido, como siempre, aunque no tenía ninguna prisa en llegar a ningún sitio, caminó hacia un pequeño supermercado que, en un enorme golpe de suerte, acababan de abrir justo debajo de su hotel. Era más caro de lo normal, pero lo tenía muy a mano y solo necesitaba un par de botellas de vino blanco y unas latas de cerveza para tener en la habitación, y quizá algo de pan, un poco de jamón o una lata de atún.

El centro estaba atestado de turistas y no le apetecía ponerse a buscar un lugar para cenar en cuanto se hicieran las ocho de la tarde. Con cualquier tontería se las arreglaría en el hotel. Al día siguiente ya pensaría qué hacer. Ahora lo único que quería era quitarse de delante la imagen de todas aquellas alegres familias y parejas que pululaban a su alrededor por el centro de Viena disfrutando de la dorada tarde de otoño. El mundo estaba lleno de parejas, de gente en compañía. En cada mesa de cada bar que le salía al paso, hombre y mujer, hombre y mujer; a veces dos hombres, pareja o no, a veces dos mujeres, amigas o amantes, siempre dos a dos.

Quería volver a su cuarto, abrirse una botella de buen vino, poner la televisión en cualquier canal de habla alemana, por estúpido que fuera, para ir refrescando la lengua, y tratar de dormirse lo antes posible. Sin soñar. Sobre todo, sin soñar.

3

No tuvo suerte. El sueño le saltó encima en cuanto, después de ahuecar la almohada de plumas, se cerraron sus ojos en la semioscuridad. Lo único bueno era que sabía seguro que estaba soñando y que, dentro de la angustia que le producía el haber vuelto a aquel terrible lugar, era consciente de que se trataba de un sueño, de que estaba acostada en alguna cama y de que, si conseguía hacer un esfuerzo, sería capaz de despertarse antes de tener que ver lo que sabía que estaba a punto de suceder.

Como siempre, hacía frío en el sueño. Todas las personas que la rodeaban expulsaban nubes visibles de cálido aliento cada vez que hablaban o reían o respiraban, pero no había voces, ni risas, ni sonidos. Había empezado a nevar, copos pequeños, delicados, indecisos, que danzaban en el aire helado antes de posarse sobre los gorros y los abrigos, y desaparecer.

Todas las casetas estaban llenas de lucecitas doradas que brillaban cada vez con más intensidad contra el cielo violeta, conforme iba cayendo la noche sobre los tejados, que se iban poniendo blancos a su alrededor. El fuerte olor del vino caliente con especias le produjo una arcada, pero pronto fue sustituido por la pegajosa fragancia violentamente rosa del algodón de azúcar y luego por el acre y pungente aroma de las salchichas, mezclado con el de la grasa refrita y las especias turcas de los kebabs.

Por un momento le pareció que una manita pequeña y caliente se aferraba a la suya, un guante de piel abrazando otro de lana, pero cuando dirigió la mirada hacia abajo estaba sola, parada frente al imponente tiovivo decimonónico de rayas rojas y blancas que giraba despacio ofreciendo lánguidamente sus hermosos caballos de madera pintada como una tentación. Solo una niña subía y bajaba montada en un unicornio blanco, enjoyado de luces; una niña morena, de pelo rizado, que llevaba un abrigo rojo y un gorro peludo, con orejitas, y guantes de lana.

Quiso darse la vuelta y despertar. Sabía que podía, que si lo deseaba desesperadamente podría abrir los ojos y dejar caer la tapa del ataúd sobre aquel sueño que había tenido tantas veces; pero no lo conseguía. Algo le decía, estúpida, malignamente, que esta vez podría ser diferente, que esta vez quizá conseguiría ver algo que nunca había visto y que podría servir para…

En la siguiente vuelta, la niña la miró con sus ojos grandes, dulces, oscuros y, sonriéndole con su mella en los dientes de arriba, tan graciosa, agitó la mano enguantada saludándola.

En la siguiente vuelta había desaparecido.

Los caballos seguían subiendo y bajando, el unicornio trotaba imperturbable en su nube de luz con el cuerno manchado de sangre. El tintineo de la música del tiovivo, que unos segundos antes no era perceptible, había empezado a oírse, desgranando una melodía antigua, de joyero, de cajita de música, de película de terror.

Otra vuelta más y el tiovivo se había llenado de niños, subiendo y bajando en sus monturas, pero ella no estaba.

Un niño pequeño había ocupado su lugar en el unicornio, un niño de piel azulada que, vestido solo con un bañador amarillo, le mostraba su cráneo cubierto de sangre seca, machacado por la parte que daba al interior del tiovivo, mientras tendía hacia ella sus bracitos flacos como pidiendo auxilio.

Fue solo un momento. Su único ojo, desorbitado, la siguió hasta que el unicornio se perdió de vista mientras ella temblaba de impotencia y de frío.

Era la primera vez que lo veía. En los otros sueños no había existido aquel niño.

Con un supremo esfuerzo, Carola se despertó en la penumbra de la habitación vienesa, sudada, asqueada, estremecida de miedo y de pena, con la almohada de plumas convertida en dos montañas que le apretaban las orejas y le pegaban el pelo a la frente.

Se levantó trastabillando, se arrancó el camisón por el camino y, a oscuras, se metió en la ducha deseando que el agua se llevara todo lo que la quemaba por dentro, igual que arrastraba el agrio sudor y las lágrimas, dejando tras de sí una apariencia de limpieza y de paz.

Habría dado cualquier cosa por un abrazo, pero estaba sola como tantas veces.

Buscó por el bolso, se tragó dos comprimidos y se dejó caer en la cama que, mientras tanto, se había quedado fría.

4

—Así que, de momento, lo único que tenemos es el esqueleto, que ya está en manos de Hofer, y un nombre en el título de propiedad original. La casa perteneció, al parecer, a un tal Charles Walker, americano de origen, nacionalizado austriaco, del que nadie parece saber nada. Los agentes han estado preguntando por el barrio y solo los más viejos lo recuerdan vagamente. No se relacionaba con nadie de por allí, no recibía visitas y no han sido capaces ni siquiera de describirlo de una forma que sirva para algo. Cuando murió, hace ya años, debía de ser muy viejo, según los vecinos, pero vete tú a saber. —Wolf le estaba resumiendo la cuestión a Heinz Nowak—. Tendremos que poner patas arriba el jardín, por si hay más cuerpos enterrados, antes de que empiece el frío serio.

—Wolf —preguntó Heinz por enésima vez—, ¿me puedes explicar por qué te empeñas en estar tú en esas cosas? Los dos tenemos ya la edad y el rango de quedarnos aquí, tan tranquilos, calientes, con nuestro café, y dejar que los chavales nos traigan la información para que nuestros brillantes cerebros la procesen.

—Eso también lo puedo hacer mientras voy por ahí. Yo lo que no entiendo es que no te mueras de aburrimiento siempre aquí dentro. A mí esto me agobia.

—Pero los demás piensan que algo has debido de hacer para tener que seguir por ahí pateando asfalto y los nuevos no te toman en serio.

—¿No? Pues no me había dado cuenta, ya ves. No te preocupes, sé ponerme en mi sitio. Al fin y al cabo soy coronel. En cuanto note algo, se van a enterar —terminó con una sonrisa.

—Es que como dejas que te llamen «viejo»…

Wolf volvió a sonreír, levantó la mano derecha y fue contando dedos con la izquierda:

—Uno, tengo todo el pelo gris; dos, tengo sesenta y cuatro años; tres, estoy a punto de jubilarme; cuatro, me apellido Altmann, que significa justo eso. ¿Te parece raro que me llamen «viejo»? A mí me daría más grima que me llamaran «chaval».

—Haz lo que quieras… ¿Por dónde has pensado seguir?

—Por el nombre del muerto. Voy a mandar a alguien a la embajada de Estados Unidos a ver si podemos averiguar más de quién era. También nos vamos a patear el barrio, a ver si alguien tiene una foto del tipo.

—Si no tenía contacto con nadie…

—Pero la gente hace fotos a todo y en todo momento. Igual pasaba por allí, o estaba haciendo cola en el supermercado, o estaba en su jardín cuando a alguien se le ocurrió fotografiar a su hijo yendo al colegio el primer día, por ejemplo.

—Parece que estamos agarrándonos a clavos ardiendo.

—Es lo que hay.

—¿A quién necesitas?

—Aparte de los de uniforme para el trabajo básico, a Gabriella, a Markus y a Jo. Creo que con eso de momento basta.

—Procura que esto no llegue a la prensa.

—Ya ha llegado. Pero de momento solo le ha interesado a un periódico local, dos hojas mal pegadas, y al *Kronenzeitung*, que lo ha titulado «El monstruo de Meidling» con un gran sentido de la originalidad, como ves.

—Bueno…, pues a ver qué pasa. A todo esto, dice Magdalena que si te apetece venir a cenar el viernes.

—Estupendo. Tu mujer es una artista guisando. Contad conmigo.

—Y pregunta que si tienes manías, alergias, intolerancias…

—Magdalena me conoce desde hace más de quince años, Heinz. Sabe que me como cualquier cosa.

—Es que, como está cambiando tanto la vida… La mitad de nuestros amigos o se han hecho vegetarianos o veganos o hacen ayunos o acaban de descubrir que son intolerantes a tropocientas cosas que antes no eran problema, o tienen la tensión alta o…

—Vale, lo he pillado. No. Sigo siendo un troglodita.

—¡Qué alegría le voy a dar! ¡Hasta el viernes!

Wolf se quedó sentado tras su escritorio mientras Heinz se perdía en el pasillo que llevaba a su despacho, el que podría haber sido de él si hubiera aceptado el nombramiento, pero no tuvo que pensarlo más que una noche y decidió quedarse como estaba, poder moverse, salir a la calle, relacionarse de tú a tú con sus compañeros, tomarse unas cervezas con ellos sin que se sintieran incómodos por estar con el gran jefe. Y Heinz como superior no estaba mal. Eran amigos de siempre, habían hecho una carrera muy similar y los dos eran personas respetuosas con los límites de los demás. Además, Heinz era cuatro años más joven; aún le quedaban cinco de servicio. Estaba mejor así.

Cogió el teléfono interno y llamó a las tres personas que iban a formar su equipo para aquel caso.

$\mathcal{A}$l meter la llave en la cerradura recordó que el día anterior Javier había tocado el timbre, lo que entonces le había extrañado y ahora comprendía que había sido para avisar a Toussaint de su presencia en la casa.

Precisamente por eso decidió no hacerlo. Tenía perfecto derecho a entrar y prefería echar un vistazo por su cuenta antes de que apareciera el hombre.

Entró en el amplio vestíbulo, cerró tras de sí y se quedó un momento quieta, escuchando, sintiendo el aliento de la casa, una mano aferrando la correa del bolso y la otra sujetando la bolsa de deporte donde se había traído ropa de faena, un sándwich para la pausa de mediodía y algo de beber.

A lo largo de su vida profesional había entrado en cientos de casas ajenas, sola o con un compañero o compañera, o con un equipo de la científica, unas veces para interrogar a sus ocupantes, otras para buscar algo, o simplemente para hacerse una idea de qué clase de persona había vivido allí hasta que la muerte le había salido al encuentro y le había impedido regresar a su vida cotidiana. A pesar de toda su experiencia, siempre le impresionaba la sensación que infaliblemente le causaban los objetos abandonados por su dueño: esa suave lástima por todo lo que había quedado a medias, las cosas sin recoger, los papeles por firmar, las plantas esperando un riego que no llegaría, los calcetines tirados junto al sofá, la cama sin hacer porque su ocupante la había abandonado a toda prisa prometiéndose arreglarla a la vuelta.

Dejando la bolsa al pie de la escalera, subió al primer piso con la idea de explorar los dormitorios y plantearse la posibilidad de quedarse a dormir en la casa como había sugerido Javier. Ella no era miedosa por naturaleza, pero aún no sabía si le importaría quedarse sola en aquel palacio cuando empezara a anochecer, cada vez más pronto, porque el invierno se acercaba y, con él, las pesadillas que siempre se intensificaban con el frío y la temprana oscuridad.

Desde la muerte de Tino se había quedado varias veces sola en la masía de Mallorca, que también era grande, pero se trataba de su propia casa y siempre tenía un arma a mano, mientras que aquí...

Aquella casa parecía un museo. La brigada de limpieza de la que había hablado Javier el día anterior debía de haber seguido acudiendo para mantenerla así: sin una pelusa, todo en su lugar, como si estuvieran esperando de un momento a otro la visita de un equipo de fotógrafos para una revista de decoración, como si allí no viviera nadie.

El único dormitorio que daba la sensación de haber sido ocupado era el principal: una habitación sobria, aunque lujosa, decorada en tonos castaños y rojizos con las mejores telas, y unos muebles y lámparas *art déco* que quitaban el aliento. Un inmenso armario hecho a medida con una madera fascinante que no había visto en su vida ocupaba toda una pared.

Los otros cuatro dormitorios habían sido puestos en diferentes colores elegantes y discretos: azul plomo, rosa empolvado, beige y verde musgo, y estaban vacíos de detalles personales, como las habitaciones de un buen hotel, a pesar de las antigüedades que habían sido elegidas para cada una.

Jacobo parecía haber compartido con ella el gusto por las bellas lámparas. Cada una de ellas, tanto las europeas como las asiáticas, las antiguas como las modernas, era una obra de arte.

Suponía que, en principio, podría elegir cualquiera de las habitaciones, pero le resultaba violento pensar en quedarse con el dormitorio que había sido del dueño de la casa, a pesar de que era el que más la atraía, de modo que lo descartó y acabó por decidir que, si se animaba a vivir allí durante una temporada, lo mejor sería acomodarse en la habitación rosa, porque sus ventanas en esquina le permitían ver tanto la calle como parte del jardín y el color sería el más cálido cuando en el exterior empezara a hacer frío de verdad. Sonrió para sí misma pensando qué conclusión sacarían sus compañeros varones si la encontraran muerta allí, en la única habitación rosa de la casa.

Abrió la puerta que daba al despacho y, sin entrar, dejó vagar la vista por la estancia. Pequeña, dado el tamaño de todo lo demás, acogedora, impoluta. En la balda de la estantería que quedaba a la altura de sus ojos, varias fotografías en marcos de plata y de cuero. Se acercó a curiosear. Casi todas mostraban a Jacobo Valdetoro con otros hombres presumiblemente importantes que no reconoció; todos trajeados, todos con ese aura indefinible que dan el poder y el dinero. En una de ellas se le veía junto al Dalái Lama, ambos sonrientes. En otra Jacobo estaba solo, mirando a la cámara con firmeza, con tranquilidad, sus ojos oscuros clavándose en el contemplador, una leve sonrisa jugando en las comisuras de sus labios, un hombre guapo sobre la cincuentena, con las sienes plateadas y una barba de tres días, fotografiado en un sillón, en su biblioteca, con un libro abierto entre las manos, cuyo título no pudo descifrar. En otras se le veía navegando en un velero; con equipo de escalada en la cima de una montaña junto a la cruz, todo el rostro abierto en una sonrisa; vestido de esquiador con un grupo de hombres y mujeres; de esmoquin, en un baile, sentado a una mesa con una mujer de mediana edad, muy guapa, con pómulos altos y ojos de gata, vestida de rojo Valentino; acunando un rifle de caza con un fondo de jungla.

Avatares de Jacobo. Instantáneas de una vida truncada.

Allí también había libros, pero su prioridad era empezar a mirar los de la biblioteca. Cerró la puerta sin hacer ruido. De un modo absolutamente ridículo, no le parecía correcto invadir el espacio ni siquiera desde el punto de vista acústico. Poco a poco iría adaptándose, pero aún no.

Volvió a bajar, cogió la bolsa, fue a la cocina y metió en la nevera la comida que se había traído. Había varias botellas de vino blanco y de rosado, y una de champán francés, así como cerveza de diferentes marcas, lo que le arrancó una sonrisa. Resultaba tranquilizador tener tanta bebida a mano. Había también mantequilla, pepinillos, mostaza, una lata de caviar y una de *foie*. Se le ocurrió lo curioso que le habría resultado a Jacobo Valdetoro saber que una perfecta desconocida iba a terminar por disfrutar de lo que él había puesto al frío pensando seguramente en tener algo de comer a la vuelta del viaje. A ella también le pasaría cualquier día. Saldría de casa y no volvería. Y todos sus secretos quedarían al alcance de su hijo o de cualquiera que lo ayudase a vaciar el piso, y sus mejores vinos a disposición del primero que llegara.

«Si algo tenemos los humanos seguro de verdad es que vamos a morir y casi siempre sin que nos dé tiempo a prepararnos —pensó—. Como si toda una vida no fuera bastante para prepararse. Pero no nos gusta pensar en esas cosas. La muerte es algo que solo le pasa a los demás. Hasta que te pasa a ti. O, mucho peor, a la persona que más quieres.»

Llevar más de veinte años en Homicidios había contribuido poderosamente a su forma de pensar sobre la muerte no como el término necesario de la vida, o el final de una enfermedad, de un largo periodo de degeneración, sino más bien como algo que cae como un rayo, muchas veces salido de ninguna parte, de un cielo perfectamente azul.

El día que Jacobo se sentó a los mandos de su avioneta lo más probable era que no se le hubiese pasado por la cabeza que iba a ser el último vuelo de su vida, igual que cuando Daniel Hoffmann, el 15 de mayo, subió al barco para disfrutar del crucero con su pequeña familia tampoco se le ocurrió que su existencia estaba a punto de romperse en mil pedazos. Igual que ella no pensó jamás antes de aquellas vacaciones de 1993 que... «NO».

«No. No. No. No.»

Cruzó de nuevo el vestíbulo y entró en la biblioteca. Al fin y al cabo, tenía un trabajo que hacer y cualquier cosa era mejor que ponerse a darle vueltas a lo de siempre, hasta entrar en bucle y volverse loca de angustia y de impotencia. Aquellos libros estaban esperando una mano que los sacara de las vitrinas y decidiera qué hacer con ellos. Ella era la dueña de esa mano. Los libros la obedecerían. Los libros no daban sorpresas macabras.

Rápidamente se cambió de ropa y se puso a trabajar.

Tres horas después, con la mesa y buena parte del suelo alfombrado cubiertos de libros, Carola echó una mirada al reloj, miró por las ventanas, vio que estaba lloviendo mansamente y decidió acercarse a la cocina a ponerse una copa de blanco para seguir trabajando una hora más y luego hacer la pausa de mediodía.

Con la copa en la mano, abrió una de las puertaventanas y salió a la terraza, a la parte que quedaba protegida por el alero, a respirar un poco de aire fresco. El jardín estaba envuelto en una suave neblina que desdibujaba los contornos de los árboles, difuminaba los colores y apenas dejaba intuir la verja que cerraba la propiedad. La humedad amortiguaba los ruidos de la calle, que sonaban lejanos, como si no tuvieran relación con la casa, como si procedieran de otro mundo. Era hermoso. Tranquilo. Como estar encerrada en un pisapapeles de cristal, protegida, segura, lejos de todos y de todo.

Un carraspeo a sus espaldas la hizo volverse, sorprendida. No había oído los pasos de Toussaint, pero allí estaba, sonriéndole. Iba vestido como la tarde anterior, de gris oscuro, con pantalones de lana de excelente calidad y un jersey fino.

—Buenos días, doctora. Por lo que veo, ha empezado ya a trabajar.

—Nunca le he visto sentido a posponer lo inevitable —dijo, sonriendo—. Buenos días. Le invitaría a una copa de vino, pero no sé si será muy temprano para usted.

—Según nuestros amigos británicos, a partir de las once de la mañana, beber alcohol ya puede considerarse una actividad civilizada, propia de caballeros.

—Y de damas, espero.

Toussaint sonrió.

—Vuelvo enseguida.

Un par de minutos más tarde, el hombre regresó con una bandeja en la que destacaba una botella metida en un cubo de hielo.

—¿Es usted más bien de aire libre o lo tomamos en la biblioteca? —Señaló con los ojos los pequeños cuencos que acompañaban la bebida: almendras, aceitunas y una especie de galletitas cubiertas de sésamo.

—Aire libre, si no le importa.

Toussaint caminó un par de pasos, dobló la esquina y Carola oyó el tintineo de la loza antes de seguirlo y ver que el hombre había apoyado la bandeja en una mesita de mármol bajo una pérgola de cristal cubierta de viña americana de hojas ya color burdeos. Había dejado de llover, pero las hojas aún goteaban.

—He visto que ha traído usted su propio vino, pero, sin ánimo de faltarle al respeto, este es mejor. Permítame.

Brindaron chocando ligeramente las copas y se quedaron mirándose, sin hablar, disfrutando del sabor del vino en la boca.

—Es mucho mejor, efectivamente —concedió por fin Carola—. ¿Es usted una especie de... mayordomo?

Toussaint sonrió, como si le divirtiera profundamente la idea.

—Creo que ayer Javier acertó bastante al llamarme «factótum». Otras veces, cuando no hay damas presentes, me llama «sicario», y ahí se equivoca, cosa frecuente en él.

—¿Entonces?

—No es fácil precisar en una palabra lo que soy. Mano derecha, quizá; una especie de ahijado en ciertas ocasiones, un poco *alter ego*, abogado del diablo, chico para todo..., socio...

—¿Socio?

—Tenemos... teníamos... negocios en común. Ahora vendrá todo el proceso de separar lo que siempre estuvo unido, ver quién se queda con qué..., la notaría... todo lo desagradable. Además de lo peor, claro. De haberlo perdido. —Toussaint desvió la vista y dio un largo sorbo a su copa.

Carola cerró los ojos un momento. Sabía muy bien de qué hablaba Toussaint. Como si no fuera bastante duro perder a alguien tan cercano, luego había que apechugar con todas las cuestiones administrativas y económicas. Se le pasó por la cabeza que Jacobo y él podrían haber sido pareja, pero no le pareció el mejor momento para preguntarlo.

—¿Tenía hijos?

—¿Jacobo? No. Estuvo casado una vez, hace mucho, pero no tuvieron descendencia y ella murió. Solo estamos Javier y sus dos hijos, chico y chica, y, para su desgracia, yo.

Carola enarcó una ceja, pero guardó silencio. Al cabo de un momento, Toussaint rellenó las copas y siguió hablando.

—Se daría cuenta ayer de que no nos llevamos demasiado bien. —Ella asintió brevemente con la cabeza—. Es curioso, pero de momento nadie sabe, por ejemplo, quién hereda esta casa. Javier hace como que es suya; pero Jacobo también podría habérmela dejado a mí. No sabemos si se había preocupado de hacer testamento y, si lo hizo, cuáles son los términos. Podría resultar que acabara usted trabajando para mí.

Ella sonrió, imitando la sonrisa del hombre.

—Ya lo veremos cuando se dé el caso. La verdad es que no sé bien qué hago aquí, y no estoy muy segura de quedarme.

—Es evidente que no está usted aquí por dinero.

—¿Es evidente?

—Sí. Supongo que necesitaba un cambio de aires.

—Mi hijo está de Erasmus en Londres y he decidido usar para algo la libertad que eso me deja.

—Otras madres se habrían ido a dar la vuelta al mundo, o de crucero.

La boca de Carola se endureció.

—No soy mujer de cruceros.

—¿Le apetece que comamos juntos?

—Es lo que estamos haciendo, ¿no?

—No. Me refiero a que me gustaría cocinar para usted. Almuerzo o cena, lo que prefiera.

Ella se quedó mirándolo, con una cierta sorna.

—¿Quiere sonsacarme? Le advierto que soy de las que solo cuentan lo que quieren contar. Independientemente del vino que haya bebido.

—Sabía que nos parecíamos. ¿A las siete?

—Perfecto.

—¿Alguna intolerancia, alergia, manía?

—Soy omnívora.

—¿Va a instalarse aquí?

—Aún no lo sé.

—Quédese. Hay mucho espacio, y solo viviendo aquí podrá apreciar quién era Jacobo.

—¿Qué le hace pensar que me interesa quién fuera?

Toussaint sonrió de nuevo, cogió la bandeja y se puso en marcha hacia la casa.

—Ah, si tiene problemas para pronunciar mi nombre, casi todos los hispanoparlantes me llaman Santos. La espero a las siete en el comedor. ¡Que tenga buena tarde!

$\mathcal{M}$aria Tomaselli no parecía muy contenta de ver de nuevo a la policía en su casa, pero les abrió la puerta y les ofreció té, como la vez anterior. Gabriella pasaba la vista por todas partes, como escaneando lo que veía, mientras Wolf le explicaba a la mujer que necesitarían unas fotos de la casa, en el estado que estaba cuando la compraron. En su experiencia, siempre que alguien se compra una casa o un piso nuevo, hace unas cuantas fotos para luego poder comparar; el famoso «antes» y «después» de las revistas.

—Bueno… de la casa en sí no tenemos muchas, porque nuestra prioridad al comprarla era el jardín. De eso sí que hay, pero las tengo en el móvil.

—¿Me permite? —dijo Gabriella, tendiendo la mano hacia el aparato de la mujer.

Con algo de renuencia, se lo pasó y se colocó detrás de ella para ver las fotos que elegía.

—Solo las de la casa y el jardín, ¿verdad?

—Claro, *Frau* Tomaselli. Las fotos de sus hijos y nietos no son asunto nuestro.

La mujer pareció aliviada y volvió a sentarse.

La subinspectora salió un momento fuera, le pasó el móvil a un agente, habló con él unos minutos y volvió a entrar.

—Enseguida se lo devuelven; no se preocupe.

—Señora —comenzó Wolf suavemente—, sabemos lo importante que es para ustedes su jardín, pero quiero que sepa que quizá tengamos que remover tierra en más lugares hasta asegurarnos de que no hay más restos humanos enterrados aquí.

Frau Tomaselli se quedó de piedra. Todo su rostro cambió

de un instante a otro, como si le hubieran dicho que iban a detener a su hijo.

—Nnno, nno es posible, comisario, no, por favor. Ya le hemos dicho que nosotros lo levantamos todo para poner tierra fresca, y no había nada. Puede usted llamar a la empresa que nos trajo la turba necesaria para llenar todos los parterres nuevos. Fueron tres hombres trabajando un par de días.

—Haga el favor de pasarme el número. Hablaremos con ellos, pero no puedo prometerle nada, lo siento.

La mujer tenía ahora una expresión como si acabara de morder un limón verde.

—Como si no fuera ya bastante con saber que aquí, en mi propio jardín, había un niño enterrado, ahora nos hace pensar que puede haber más.

—Lo lamento. Le prometo que trataremos de molestar lo menos posible.

Cuando se fueron, Maria Tomaselli los miraba aún con reproche, mordiéndose el labio inferior.

Carola pasó la tarde en la biblioteca, más que trabajando, disfrutando de las sorpresas que aquellas estanterías le proporcionaban. En algún momento debió de conectarse la calefacción, porque, cuando quiso darse cuenta de que ya estaba oscuro, no hacía frío en la inmensa habitación. Se acercó a uno de los radiadores y estaba caliente. Los cristales de las ventanas la reflejaban con un fondo de libros.

Se quedó unos instantes mirando su figura lejana; podría haber pasado por una mujer más joven a esa distancia. Corrió las cortinas porque nunca le había gustado la sensación de no ver lo que había fuera mientras que cualquiera que estuviese en el exterior podía verla a ella como en el escenario de un teatro. «Deformación profesional», se dijo.

De todas maneras, no parecía posible que nadie la mirase. Se había puesto a llover de nuevo a media tarde y ahora el agua caía casi vertical, como una cascada, intensa y abundante.

Se concedió una pausa para echar una mirada al móvil. La temperatura exterior había bajado hasta los cinco grados. Luego se quitaría la ropa de faena y se pondría un poco más presentable para cenar con Toussaint. Después, al hotel, aunque tendría que llamar un taxi porque no le apetecía nada salir a la calle con ese frío y esa lluvia. Se acomodó en el sofá de cuero, deseando que hubiese un fuego en la chimenea. En la casa no hacía frío, pero habría sido mucho más *gemütlich*, como dicen los austriacos, más acogedor, más hogareño, más agradable. Había dos mensajes: uno de Julio y otro de Susana. Empezó por el de su hijo.

Se me ha ocurrido que podríamos pasar juntos el puente de

Todos los Santos en Viena. ¿O tienes otros planes? ¿Puedo pagar el vuelo con tu tarjeta?

Terminaba con varios emoticones de besos.

Le contestó enseguida que sí, que claro, antes de que se arrepintiera. Se llevaban muy bien, pero no todos los días a un hijo de diecinueve años le apetecía pasar su tiempo libre con su madre, y había que aprovechar. Esperaba que tuviese el sentido común de buscar un billete económico.

El mensaje de Susana era más largo.

¿Qué tal llevas el sabático? ¿Verdad que no está tan mal eso de no pegar golpe y de no estar siempre de autopsias? Aquí te echamos de menos. En serio. Menos ya sabes quién, todos te extrañamos, pero estamos muy contentos de haberte convencido para marcharte, y para volver. Cuenta un poco en cuanto tengas un rato. Y ve pensando cuándo podríamos ir a hacerte una visita. ¿Qué tal para el puente de la Purísima Constitución? Ya me dirás… Besos.

Carola sonrió. Daba la sensación de que todo el mundo se apuntaba a ver Viena y que todo el mundo suponía que tenía donde alojarlos. Tendría que hablarlo con Javier, pero quizá no fuera problema darle cama a su hijo y más tarde a Susana y Tomás en una casa vacía de cinco dormitorios.

Ella también los echaba de menos. Susana había sido su compañera desde hacía dieciocho años. Juntas habían pasado por toda clase de situaciones, buenas y malas, habían discutido casi hasta las manos, se habían emborrachado montones de veces, habían hecho viajes de trabajo a casi todas las provincias del país, se habían peleado con muchos de sus compañeros machistas que no acababan de entender que hubiera un equipo de dos mujeres sin que estuvieran liadas entre sí. En vida de Tino, también habían hecho algunos viajes los cuatro y habían pasado cantidades de domingos juntos los tres —porque Tino casi no paraba en casa—, sobre todo cuando los niños, Julio y Martín, aún eran pequeños. Martín seguía siendo el mejor amigo de Julio, aunque desde que uno tenía novia y el otro se había marchado a Londres, ya no eran casi siameses como antes, pero estaba segura de que en cuanto Julio se ennoviara, empezarían a salir los cuatro juntos, como habían hecho sus padres.

Eran las seis y media, así que se estiró a conciencia, fue a recoger la bolsa y, después de encender las luces del vestíbulo, subió a cambiarse de ropa al dormitorio que, en principio, había elegido, aunque no sabía si usar aquel cuarto de baño. Le preguntaría a Toussaint si seguía viniendo la brigada de limpieza. Javier le había dicho que no, pero empezaba a tener la sensación de que quien de verdad sabía lo que pasaba en la casa era el africano.

Se acercó a la ventana. Seguía lloviendo como si hubieran abierto las compuertas del cielo. Los árboles se doblaban bajo aquel castigo y el suelo se iba cubriendo de una espesa capa de hojas de colores que pronto quedarían convertidas en un lodo amarronado. Echó las cortinas. Se quitó los vaqueros y la sudadera, se duchó en dos minutos, como siempre, y se puso la ropa que llevaba por la mañana: su eterno traje de chaqueta, esta vez azul oscuro, y una camisa azul claro. No era oficialmente un uniforme, pero era así como se sentía, aunque, por otro lado, era comodísimo, quedaba bien en todas partes y tenía varios bolsillos. Es decir, cubría todas sus necesidades básicas.

Desde la escalera se oía una música lejana que debía de venir de la cocina. La zona acristalada que daba al jardín, la de los muebles de caña, estaba iluminada como para una obra de teatro: luces indirectas que resaltaban la fronda de las palmeras de interior y las expresiones misteriosas o salvajes de las grandes esculturas de madera. La lluvia que se estrellaba sobre el pavimiento de piedra tenía reflejos plateados.

Antes de que pudiera entrar en la cocina, salió Toussaint llevando una bandeja con platos y cubiertos.

—¡Maravillosa puntualidad! No volveré a decir que los españoles llegan siempre tarde. He pensado que podríamos cenar aquí porque, siendo solo dos, el comedor me parecía excesivo, y la cocina tiene siempre algo de provisional, como si hubiera que darse prisa, ¿no cree?

Ella era más bien de cenar en la cocina y sin muchas tonterías, pero no dijo nada. Desde que estaba sola, a veces cenaba incluso de pie, para acabar antes y marcharse a la salita a ver una película o a la cama a leer.

—¿Puedo ayudar?

—No. Ya está todo hecho. Siéntese y disfrute de no hacer nada. ¿O es usted de esas mujeres… perdón, personas… que no saben estar sin trabajar?

—Culpable, señoría.

—Pues entonces venga conmigo y ayúdeme a traer las cosas. Así se sentirá útil.

Siguiendo a Toussaint hacia la cocina, sonrió para sí. Era agradable aquel tipo. Tenía humor, y aún no le había preguntado a qué se dedicaba, aunque suponía que antes o después lo haría, y ella tendría que decírselo, o mentir. No le apetecía decirle que era policía. Sabía por experiencia que eso o enfriaba inmediatamente las situaciones sociales o bien empezaban a hacerle preguntas de todo tipo, y ninguna de las dos opciones le parecía deseable.

—¿Tinto o blanco?

—Depende. ¿Qué hay de comer?

—He hecho unas gambas a la bahiana, pero en lugar de *farofa*, que sé que no le gusta a nadie fuera de Brasil, he puesto un cuscús.

—¿Es usted brasileño?

—No. Angoleño, pero compartimos cultura culinaria. También hay una ensalada variada y una *crème brûlée* de postre.

—Supongo que debería elegir blanco, pero la verdad es que me apetece más un buen tinto, con cuerpo.

—A mí también.

Cargados cada uno con una bandeja, volvieron a la salita-invernadero y lo colocaron todo entre la mesa y un carrito auxiliar que Toussaint ya había dejado allí para que sirviera de apoyo a la sal, la pimienta, servilletas extra y unas cuantas cosas más. Se sentaron uno enfrente del otro, de perfil a las cristaleras ahora oscuras. El hombre sirvió las copas y las chocaron levemente, con un tintineo.

—Me alegro de que el cretino de Javier la haya elegido a usted.

—Gracias.

—No sé si se hace una idea de lo raro que resulta tener aquí a alguien.

—A una desconocida —completó Carola.

—Jacobo era un hombre muy sociable fuera de casa, pero, una vez dentro, a los dos nos gustaba la calma, el silencio, la intimidad. El pobre se estará revolviendo en la tumba que aún no tiene si supiera que su hermano la ha traído a usted aquí, a malvender los libros que tanto amaba.

—No pienso malvenderlos.

Toussaint se encogió de hombros, como si le cansara la idea de una discusión, se puso en pie y trajo la ensalada que había puesto en el carrito. Llevaba tomates de varias clases, aguacate y frutas tropicales con una *tapenade* ligera por encima y hojas de albahaca.

—Me pregunto a qué vienen esas prisas —continuó al cabo de un momento—. Tiene más dinero del que le conviene, poder y prestigio, pero tiene que vender a toda velocidad la casa que era lo que más amaba su hermano en este mundo. Sus libros, sus colecciones, los recuerdos de toda una vida… Es como si quisiera matarlo otra vez. O convencerse de que está realmente muerto, de que ahora puede hacer lo que antes habría sido impensable: borrarlo de la faz de la tierra.

Carola guardó silencio ante el odio que destilaba en ese momento el hombre con el que compartía mesa.

—Siempre le tuvo envidia, lo que, por otro lado, no es de extrañar. Chuy era más guapo, más culto, más valiente… más… en fin, perdóneme, doctora. Me he dejado llevar. ¿A todo esto… doctora en qué? ¿No será usted médica?

—No. Soy psicóloga. Infantil —terminó con una mentira a medias, o una medio verdad—. ¿Qué es eso de Chuy?

—Su nombre de bautismo era Jesús Jacobo. Sus padres lo llamaban Chuy y sus mejores amigos también.

—Suena bien.

—Al señor embajador no le parece lo bastante serio; para él es siempre «Jacobo». En fin, cambiemos de tema. Antes de que se me olvide, quería decirle que mañana salgo de viaje, de modo que el castillo es todo suyo. Si decide instalarse aquí, le resultará más cómoda la vida, pero… lo que prefiera.

—¿Trabajo?

—Mitad y mitad. Voy a Tailandia, a ver si pueden entregarme ya lo que haya quedado del cadáver para que podamos enterrarlo. A pesar de las relaciones diplomáticas del señor embajador —la ironía era palpable—, no hemos avanzado demasiado rápido. Ya que estoy, tengo que ocuparme también de unos cuantos encargos que quedaron pendientes, de modo que, si va rápido, tardaré sobre una semana. Si no —alzó las palmas de las manos—, lo que haga falta. Si me permite, le escribiré de vez en cuando, y si me necesita para algo o tiene alguna pregunta, puede comunicarse conmigo, ¿le parece?

Cambiaron los números de teléfono en ese mismo momento; luego se concentraron en la ensalada y después en las gambas, mientras Toussaint le contaba un poco de sus negocios con obras de arte que en ciertos países aún no se consideraban tales, pero en occidente se podían vender a estupendos precios, y Carola le hablaba por encima de su hijo, que estaba estudiando arquitectura ahora en Londres, y de Tino, sus construcciones más emblemáticas y su muerte fulminante.

—La muerte repentina de un ser querido es algo demoledor —dijo Carola mientras Toussaint se levantaba a servir más vino antes del postre—. No sabíamos que tuviese problemas de corazón. Fue totalmente inesperado.

—Curioso que siempre nos parezca inesperado algo a lo que se encamina toda nuestra vida. Pero tiene usted razón: la muerte inesperada de un ser querido es algo espantoso —terminó, pasándose la mano por la frente con los ojos cerrados.

—¿Eran ustedes pareja? —Carola se oyó a sí misma haciendo la pregunta y estuvo a punto de darse una bofetada. Por un momento se le había olvidado que aquel tipo era un perfecto desconocido, por muy encantador que fuera.

Toussaint se echó a reír.

—¿Nosotros? ¿Chuy y yo? —Siguió riéndose hasta las lágrimas—. ¿Ha notado algo que le permita llegar a esa conclusión?

Carola no llevaba varias décadas en la Policía para nada. Sin inmutarse, contestó:

—Si hubiera notado algo, no habría sido necesario preguntar.

—Tiene razón, doctora. No. No éramos pareja, ni nos gustan los hombres a ninguno de los dos.

—¿Y si nos tuteamos, Santos? Me llamo Carola.

—Gran idea.

Volvieron a chocar las copas.

—Quédate a dormir, Carola. ¿Pijama o camisón?

La verdad era que le daba una pereza tremenda la idea de salir de allí, ahora que por fin se encontraba a gusto, con el calorcillo del vino y la comida extendiéndose por todo su cuerpo.

—Camisón.

—Ahora, después del postre, te acompaño arriba y te doy uno de Chuy.

—¿Chuy dormía con camisón?

—Según él, es mucho más cómodo para dormir.

—Según yo, también.

Toussaint se puso en pie, trajo el postre y lo colocó delante de ella.

—Mañana mi vuelo sale temprano. Vamos a comernos esto, y a dormir.

Una hora después, Carola se acomodaba entre las almohadas de una cama grande y firme, bajo un edredón de pluma de ganso, cubierta por un camisón de algodón egipcio que le llegaba a media pantorrilla y, cuando estaba de pie, le tapaba las dos manos, pero era fresco y suave, azul marino muy oscuro y olía ligeramente a algo que le recordaba un poco a las almendras amargas que se usan en repostería. La luz anaranjada de las farolas entraba sesgada por las lamas de las contraventanas de madera marcando rayas amplias sobre los visillos blancos que se movían apenas con el vientecillo frío. Siempre le había gustado dormir con la ventana entreabierta, asegurándose de que hubiese bastante oxígeno y nunca hiciera tanto calor como para propiciar las pesadillas.

Era demasiado temprano para dormir, incluso para los horarios centroeuropeos, apenas las diez de la noche, pero estaba cansada y había pensado que, si conseguía conciliar el sueño, podría levantarse temprano, salir un rato a hacer ejercicio y ponerse a trabajar a las ocho. Tenía que llamar a Wolf y preguntarle si podía entrenarse en el gimnasio de la policía vienesa y si tenían también piscina cubierta. Aunque... si se quedaba en la casa, podría usar la piscina de Jacobo y echar una mirada al pequeño gimnasio que había visto al pasar, donde creía recordar una cinta para correr y un banco para hacer pesas.

Se dio otra vuelta en la cama. No. Sería mejor ver de entrenarse con otros colegas, practicar su alemán, tener un mínimo de relaciones sociales. De lo contrario volvería a darle vueltas y vueltas al caso Hoffmann, a todo lo que había hecho mal, a todo lo que podría haber salvado a Toby y no sucedió, a todo lo que ella misma habría podido hacer si no hubiese estado obsesionada, si no se hubiera empecinado en ver las cosas solo de un modo...

Nadie la había culpado por ello. Al contrario. Todo el mundo le había asegurado, con absoluta sinceridad, que había hecho lo humanamente posible, que a nadie se le había ocurrido que el niño no hubiera sido secuestrado, que ya estuviera muerto cuando recibieron la denuncia del secuestro y los asesinos nunca hubieran pretendido sacar dinero de ello, que su único interés hubiera sido precisamente matar a la pobre criatura.

Carola resopló en la cama harta de dar vueltas. Apartó el edredón y se levantó sin saber bien para qué. Se acercó descalza a la ventana. Abajo, junto a la acera, esperaba un taxi con el motor encendido. Le hizo gracia que llevara una pegatina blanca del toro español. Debía de ser un taxista que pasaba sus vacaciones en Lloret de Mar, como cientos de austriacos. Un momento después, salió Toussaint con una pequeña bolsa de viaje, la metió en el asiento trasero y se acomodó junto a ella. El taxi se puso en marcha. Carola volvió a la mesita de noche y miró la hora: las doce y veinte. Por temprano que fuera a salir el vuelo de Santos, era muy pronto para marcharse ya al aeropuerto. Sin encender la luz, se acomodó en la cama con el móvil y empezó a buscar vuelos para Bangkok desde Viena. El primero salía a mediodía.

«Joder, mamá, es que sospechas de todo el mundo.» Le parecía oír la voz de su hijo, y, como siempre, se preguntó si ella era de natural suspicaz de toda la vida o si se había vuelto así desde que trabajaba en Homicidios. «¿Qué tiene de malo que el pobre hombre se haya marchado ya? Igual quiere despedirse de su novia y pasar unas horas con ella antes de salir para Tailandia». Y podría tener razón Julio, pero, de algún modo, no le parecía Santos el tipo de hombre que va a despedirse de una amiguita cuando sale de viaje. Aparte de que, por ascético que fuera, no llevaba equipaje, ni una miserable maleta de cabina, de las que permiten ocho o diez kilos.

Lo único realmente bueno de que se hubiera marchado y ella lo hubiese visto era que ahora tenía la seguridad de estar sola en la casa, de modo que se levantó otra vez, fue a la habitación de Jacobo, buscó por su baño, y se puso un albornoz que le quedaba grande, pero resultaba muy cálido. Le parecía un momento estupendo para dar una vuelta por la casa sin miedo a ser observada ni interrumpida. Santos podría regresar más tarde a recoger su maleta y volver a marcharse, pero ella ahora tenía campo libre para explorar.

8

Con todas las fotos de la casa y el jardín de los Tomaselli extendidas sobre la mesa, Wolf, Gabriella, Markus y Jo tomaban un café de la máquina del pasillo mientras trataban de ver si les saltaba algo a la vista. Wolf los había entrenado a mirar las cosas teniendo en cuenta primero lo que su intuición les decía y después todo lo demás. «Hay cosas que te dan mala espina sin que sepas por qué y, si haces caso a esa intuición y la sigues, la mayor parte de las veces encuentras cosas que también satisfacen tu cerebro», les había repetido mil veces.

—¿Algo que os llame la atención?

—Que los pobres han trabajado como esclavos para preparar el jardín para la primavera y les vamos a romper el corazón si tenemos que removerlo todo —dijo Jo, meneando la cabeza.

—¡Mira que eres sensible, joder! —saltó Gabriella.

Jo se encogió de hombros.

—Es que a mí también me gusta la jardinería.

—La casa era una pura ruina cuando la compraron los Tomaselli. Debía de llevar siglos desocupada —añadió Markus.

—Walker murió en 2007; la casa se vendió el año pasado, 2019 —informó Gabriella.

—En doce años de abandono, una casa se hace polvo. Lo raro es que a nadie se le haya ocurrido ocuparla —dijo Jo, mientras recogía los vasos de papel de sus colegas y los llevaba a la papelera del despacho.

—Según uno de los compañeros de uniforme que han estado preguntando casa por casa, parece que entre los niños de la zona tenía una cierta fama de casa embrujada, de lugar maldito. Desde que se puso de moda el Halloween, siempre iban a hacerse fotos por allí —contó Markus—. Y, si los críos de ahora son como éramos nosotros, me figuro que también harían mucho lo de «¿a que no te atreves a entrar en el jardín y tocar a la puerta?».

—Sí —comentó Wolf—, el famoso y estúpido «¿a que no hay huevos?», como dicen los españoles, que tantos accidentes causa.

—¿Qué tienen que ver los huevos en ello?

—En español el valor y los huevos son casi sinónimos —explicó Wolf.

—Como en italiano —dijo Gabriella—. Y para las mujeres ¿qué se dice? ¿Ovarios? ¿Tetas? ¡Cuánta estupidez! ¡Como si el valor fuera solo cosa de hombres!

Jo le pasó el brazo por los hombros y le dijo con una cierta ironía:

—Ya sabemos que tú eres la más valiente del equipo, Gaby.

—Gabriella, si no te importa, «Jonathan» —dijo con intención, mirándolo de frente.

Wolf zanjó la cuestión, a pesar de que era la sesión normal de tomaduras de pelo entre ellos.

—Venga, en serio. ¿Qué veis?

—Pues lo que ya hemos dicho: una casa hecha una mierda, un jardín salvaje y una casita de herramientas al fondo.

—Relativamente nueva —dijo Wolf, examinando la foto con una lupa.

Todos tendieron la mano para verla mejor.

—Me explico: está claro que la casa es muy anterior al trastero, o sea, que la puso allí cuando ya era bastante mayor. ¿Para qué quiere un viejo que vive en una mierda de casa y tiene el jardín hecho una selva una casita de herramientas? Esas casitas no cuestan una fortuna, pero tampoco son baratas. ¿No podía haber guardado sus herramientas en el garaje de la casa o en una de las habitaciones que no usaba? Los Tomaselli dicen que ellos las retabicaron porque había varias muy pequeñas.

—La hemos peinado a fondo. En la casita no había más que polvo, telarañas y muchísimos trastos inservibles. —Markus le tendió una lista con lo que habían encontrado e inventariado para futura comprobación cuando tuvieran alguna muestra de ADN después de los análisis.

—No sé adónde quieres ir a parar, Wolf —dijo Gabriella—. Allí no hay nada de interés.

—Ya. A mí lo que me interesa es cuándo la compró y por qué.

—El cuándo podemos averiguarlo con bastante facilidad. Hace diez o veinte años no debía de haber muchas empresas que fabricaran ese tipo de casitas. Me pongo a ello —dijo Jo.

—Pero creo que también se podían comprar en las grandes tiendas de bricolaje, como Bauhaus, Hornbach y demás. De esas hay muchas…

—Miraré de todas formas.

—¿Sabemos algo del dueño anterior?

Contestó Gabriella:

—Hemos encontrado el acta de defunción, por eso sé que murió en 2007, pero lo de la embajada americana va despacio. Han prometido mirar en sus archivos, pero no es un caso de interés prioritario.

—Pues sigue insistiendo. ¿Alguien ha localizado al sobrino nieto que vive en Alemania?

—Yo estoy en ello —dijo Markus—, pero el pequeño problema es que se llama Hans Müller. —Todos lanzaron un suspiro—. Debe de haber unos quinientos mil en Alemania con ese nombre. Por lo menos.

—Bueno, pues cada cual a lo suyo. A las cinco nos vemos, a ver qué me traéis.

Al quedarse solo, Wolf llamó al Instituto de Patología Forense, aunque tenía claro que no había nada aún. Si lo hubiese habido, Karl lo habría llamado enseguida, pero había una pregunta que quizá sí le pudiera responder ya.

—Hola, viejo, ¿qué tal van las cosas? —saludó Karl.

—Lo normal. Podría ser peor. Oye, dime, ¿sabes ya si el esqueleto es niño o niña?

—Sí.

—Pues necesitaría saberlo.

—¿Para qué? —A Karl le encantaba tomarle el pelo.

—¡Qué cabrón eres! —dijo Wolf con una sonrisa que Karl sintió a través del teléfono y lo forzó a sonreír también.

—Niño. Sobre los siete u ocho años.

—¡Vaya!

—¿Ha sido una decepción? ¿Habrías preferido niña? Esto parece la conversación después de un parto.

—Solo quería saberlo. Ya te contaré. A todo esto, ¿te vas por fin de vacaciones?

—Pasado mañana. Emma está desesperada por que nos tomemos unos días en el sur antes de que venga el invierno, y como se lo he prometido mil veces, no hay más remedio. Nos vamos una semana a Malta. La verdad es que a mí también me va a venir bien. Pero quiero dejar esto hecho antes de irme. Lo que venga después lo llevarán Schulz o Maier.

—Vuelve pronto.

—Yo también te quiero, viejo.

Wolf colgó con una sonrisa. Conocía a Karl desde hacía más de treinta años, era el mejor forense con el que había trabajado en la vida y sentía un cierto orgullo paternal al pensar que él había tenido bastante que ver con su vocación.

Él se llevaba bien con su hija, pero no había tenido tanta ocasión de tratarla a lo largo de su adolescencia. Tina y él se habían divorciado cuando Anna tenía nueve años y, entre su trabajo y que su ex se había ido a vivir a Salzburgo, no había visto a la niña tanto como habría querido. Luego, a los dieciocho, Anna decidió estudiar en Viena y a partir de entonces ya habían ido construyendo una relación satisfactoria para ambos, aunque él siempre sentía una especie de reproche pocas veces formulado, como unas ascuas ardiendo bajo una gruesa capa de cenizas grises.

Con Karl, sin embargo, la relación, dada la naturaleza de sus trabajos, había sido mucho más intensa. Primero de profesor-alumno, luego de mentor-joven talento, a veces casi de padre-hijo o al menos de tío-sobrino, y poco a poco de colegas, de hombres adultos de igual altura y con preocupaciones muy similares.

Era verdad que lo iba a echar de menos, aunque una semana pasaba muy rápido y Emma necesitaba ese tiempo con su marido antes de volver a la universidad, donde era profesora de arqueología.

Ya iba a guardarse el móvil en el bolsillo cuando un ping le anunció la llegada de un mensaje.

¡Sorpresa, querido Wolf! Estoy en Viena. ¿Tienes tiempo para una cenita y que nos contemos nuestras vidas y milagros? Yo puedo siempre. Cuando quieras. Besos. Carola

$\mathcal{N}$ada más salir al pasillo se quedó quieta, con la cabeza ladeada, escuchando la respiración de la casa, ese silencio que era casi como una ligerísima vibración que se notaba más en los huesos que en los oídos; el sonido del silencio absoluto, de la ausencia total: la casa estaba vacía y a la espera, como atenta a ver qué iba a hacer ella ahora, hacia dónde pensaba encaminarse.

Sin encender la luz, guiándose solo por la que entraba por la ventana del final del pasillo, llegó al arranque de la escalera y dudó un instante sobre qué camino tomar hasta que, sin ser consciente de su decisión, eligió el pasillo que llevaba a la otra zona alejada de los dormitorios, donde estaba el despacho, la sala de billar y otra habitación cuyo uso no recordaba.

Empezó por esa. Encendió la luz, la volvió a apagar porque su intensidad le hería los ojos, pasó la mano por el interruptor y descubrió otro que, misericordiosamente, accionaba dos lámparas de pie con unas pantallas de pergamino que esparcían una claridad dorada y suave. Se trataba de una especie de sala de estar o sala de música, a juzgar por los instrumentos que se repartían el espacio: un piano de cola cerrado, un arpa en su funda, un gong enorme hecho de diferentes metales: un círculo gris que podía ser hierro o acero, otro círculo rojizo, quizá cobre, y uno central que seguramente sería bronce. No se le ocurría para qué querría nadie tener un trasto así en casa, pero empezaba a estar claro que Jacobo amaba los objetos más por su belleza que por su funcionalidad. También había un estuche rígido donde suponía que habría una guitarra y uno más pequeño que podría contener un violín.

A juzgar por el pequeño estrado que ocupaba uno de los

rincones de la estancia, aquello debía de ser una especie de sala de conciertos en miniatura donde quizá se reunieran algunos amigos de vez en cuando para hacer música juntos o para ensayar lo que pensaban interpretar más tarde en otro marco. ¿Qué instrumento habría tocado Jacobo?

Antes de salir se fijó en un objeto que no conocía: una especie de híbrido entre sillón balancín e instrumento musical; tenía forma de medio tronco ahuecado, casi tan alto como ella, con una mínima superficie para sentarse y patines como los de las mecedoras y, en la parte de fuera, una serie de cuerdas como las de un arpa. Muy curioso. No podía imaginarse cómo se tocaría aquel instrumento.

Dejando encendida la luz de la salita, entró en la sala de billar, donde no le llamó la atención nada en concreto. Había una mesa verde impoluta, dos juegos de tacos en la pared y una pequeña barra de bar con tres taburetes y espejo en la trasera, con botellas variadas, whisky sobre todo, le pareció.

Entró en el despacho para echar una mirada a los libros que ocupaban toda una pared. Se dio cuenta de que allí era donde Jacobo guardaba las obras más modernas, novelas de los últimos diez o quince años, ensayos que habían estado de moda poco tiempo atrás, muchos cedés pulcramente organizados por estilos y, dentro de cada estilo, alfabéticamente; salvo los clásicos, que estaban colocados de manera cronológica, empezando con música medieval y acabando en compositores como Satie y Gershwin.

Aquel Jacobo era un hombre metódico.

Le echó una mirada al ordenador que reposaba en la mesa de trabajo y, antes de que sus dedos se dirigieran solos hacia él, se encogió de hombros y abandonó el despacho, cerrando la puerta firmemente. No había justificación ninguna para fisgar en los asuntos del difunto, como no fuera la pura curiosidad malsana, y no pensaba dejarse llevar por ella. «Al menos aún no», se dijo a sí misma con una sonrisa. Quizá más adelante, cuando se sintiera más cómoda en la casa y cuando estuviera segura de que Santos estaba realmente en Tailandia, a diez mil kilómetros de Viena.

Al fin y al cabo, Javier le había pedido que tuviera los ojos abiertos por si encontraba una lista de contactos profesionales.

Sabía que era una simple excusa para abrir cajones, pero no le molestaba demasiado. Solo que era algo que no pensaba hacer a medianoche, y en bata y camisón, prestados, además.

Bajó a la cocina, que estaba perfecta, como si nadie hubiese preparado allí una cena un par de horas atrás, y se sirvió una copa de blanco bien frío. Eso la ayudaría a dormir o al menos le haría el insomnio más llevadero. Se pasó por la biblioteca, eligió un libro que le había llamado la atención por la tarde —*The Lady of the Shroud*, de Bram Stoker—, una primera edición firmada por el autor, y, apretándolo contra las solapas del albornoz de Jacobo, subió las escaleras como la protagonista de una novela gótica y se metió en la cama.

10

*H*abían quedado a las ocho en el Palmenhaus, a unos diez minutos del hotel al que Carola había vuelto para recoger el equipaje y despedirse. Al final, había decidido aprovechar la oferta de Javier y quedarse en la casa, ya que, no estando Santos, podía sentirse más libre para ir acostumbrándose a vivir allí sin sentirse espiada. De ese modo, al cabo de unos días, pensaba escribirle al diplomático informándole de cómo iban las cosas y, de paso, quería preguntarle si tendría inconveniente en que su hijo o sus dos mejores amigos se alojaran allí durante los dos puentes de otoño.

El día anterior había conocido a Flor, una mexicana sobre los cuarenta años, muy simpática y trabajadora, que acudía dos o tres veces por semana para asegurarse de que la casa estuviera arreglada hasta que el dueño se decidiera a venderla o alquilarla. Habían tenido una conversación muy interesante en la que Flor le había hablado maravillas de Jacobo y hasta había llorado un poco por su ausencia. Eso la había decidido a dejar el hotel sin temor a tener que matarse a limpiar y arreglar lo que se iba ensuciando si se quedaba a vivir allí.

También le había mandado un mensaje a su amigo Wolf para darle la sorpresa de que estaba en Viena, y habían quedado en uno de sus restaurantes favoritos.

La última vez que se habían visto había sido en el entierro de Tino, pero Carola apenas tenía recuerdos nebulosos de esos días. El más claro era de un año antes del funeral, cuando se habían encontrado una noche para cenar y tomar una copa en un viaje relámpago que había llevado a Wolf a Madrid por una cuestión de trabajo.

Hacía casi cuatro años de eso y por un momento pensó si lo reconocería al verlo, si habría cambiado mucho, tanto como ella.

Llegó con mucho tiempo de sobra y, en lugar de esperarlo en el restaurante, prefirió pasear en la dirección en la que suponía que llegaría él y salirle al encuentro.

Lo reconoció ya de lejos, nada más verlo caminando por la acera de la Biblioteca Nacional, a pesar de que era ya de noche y había empezado a caer una tímida nevada que seguramente no haría más que fastidiar por igual a peatones y conductores y no cuajaría. Seguía igual de alto, igual de flaco y con la misma forma de andar, de zancada larga y decidida, como si supiera siempre exactamente adonde iba y no quisiera perder tiempo. El que no la reconoció fue él hasta que ella se quedó parada delante cortándole el paso.

—¡Carola! ¡No te había conocido! ¡Te has cortado muchísimo el pelo! —dijo por todo saludo, sujetándola por los hombros para verla mejor, antes de abrazarla y darle dos besos.

—Hace siglos.

—Te sienta bien.

—Gracias. Tú sigues igual, aunque algo más despistado. ¡Mira que no reconocerme! Pero no has cambiado nada. Eres el único hombre que conozco que aún lleva bigote.

La cogió por el codo, le dio la vuelta para conducirla en la otra dirección y le sonrió abiertamente, con lo que sus ojos se cerraron casi por completo.

—La costumbre de una vida. Cuando lo tenga todo gris, lo mismo me lo afeito; pero creo que a mi nieto no le haría gracia.

—¿Tienes ya un nieto?

—Dos. Uno de dos años y una recién nacida. Jakob y Johanna. Mi hija y su marido han decidido que mejor rápido y terminar pronto.

—¿Y qué tal te sientes como abuelo? No lo pareces, la verdad.

—Es mucho mejor que ser padre. Menos responsabilidad, menos miedo y mucho más tiempo.

—No estarás jubilado…

—No. Pero ya no me lo tomo como hace veinte años. Me he ido dando cuenta de que yo también me merezco vivir y cuidarme algo más. Sigo haciendo bien mi trabajo, pero mi vida ya no es solo el trabajo, como era antes. A veces mi hija me lo reprocha, ¿sabes? Que cuando ella era pequeña nunca tenía tiempo para nada y sin embargo ahora saco tiempo de donde sea para estar con Jakob.

Una de las cosas que más le gustaban a Carola de Wolf Altmann era que, cuando se encontraban, aunque llevaran años sin verse, podían retomar la conversación con toda naturalidad en el punto en el que la habían dejado. No había silencios embarazosos, ni tanteos de horas de duración hasta que se iba restableciendo la antigua confianza. Todo era como si se hubieran separado el día antes.

—¿Cómo estás? —preguntó él cuando se internaron en el Burggarten, el pequeño parque que había que atravesar para llegar al restaurante y que ya estaba oscuro, solo iluminado por unas farolas aquí y allá que esparcían una luz perlada y fría. No hacía falta que dijera a qué se refería.

—Mejor. Ya son tres años y la cosa se ha vuelto un poco más llevadera, pero hay veces que su ausencia aún me vuelve loca, que no consigo creerme que no esté, que no vaya a volver, que nunca podré ya preguntarle todo lo que quedó por hablar; pero ya he conseguido aceptarlo; ya no pienso en pegarme un tiro y acabar con todo. Y eso que ahora Julio ya es mayor y no me necesita como antes.

—Menos mal. Además, los hijos nos necesitan siempre, aunque ya no sirvamos para nada. Tenernos aún les hace pensar que su propia muerte está lejos.

Carola sonrió en la oscuridad. Siempre le hacían gracia esa clase de elucubraciones que Wolf solía lanzar sin darles ninguna importancia pero que ella se repetía para sí misma cuando estaba sola, porque la mayor parte de las veces tenía razón y eran cosas que a ella no se le habrían ocurrido, pero el hablar de muerte la llevó a pensar en la salud y preguntó:

—¿Y tú? ¿Cómo estás?

—Bien. Más o menos como siempre. Mucho trabajo, mucha frustración… lo normal. Le doy vueltas a lo de jubilarme, pero no se me ocurre qué quiero hacer de verdad si me dejo esto, de modo que sigo. Tú estás de excedencia, ¿no?

—Estuve a punto de prejubilarme, por lo del crucero… no sé si te habrás enterado… pero al final Susana y Tomás me convencieron de que pidiera una excedencia de un año. Si a mi vuelta aún tengo ganas, me reengancho; si no, me voy definitivamente. Y aquí estoy, haciendo de *house-sitter* deshaciendo una biblioteca y fisgando un poco en una mansión de Döbling.

—Suena interesante. Ya me contarás. —Wolf le abrió la puerta del restaurante, habló brevemente con la mujer que asignaba las mesas y la siguieron hasta un rincón entre plantas—. Pero ahora... ¿me vas a contar lo del crucero o prefieres callártelo?

Carola suspiró, se quitó el abrigo, se sentó, sacó un clínex del bolso, se sonó la nariz, que se le había puesto húmeda al entrar en el restaurante con el cambio de temperatura, levantó la cabeza y lo miró. Él seguía esperando, sin impaciencia, con sus ojos, grises como su pelo y su bigote, clavados en los de ella. Ella pensó de nuevo que de verdad se parecía mucho a la estatua del galo moribundo que ella había visto hacía tiempo en el parque de Versalles.

—Te haré un resumen rápido. La verdad es que no me apetece mucho hablar de ello. Lo he pasado fatal y aún me quema. —Hizo una pausa moviendo los ojos por la mesa como si buscara algo que tocar o quizá un vaso que llevarse a los labios para retrasar un momento lo que iba a decirle—. La cosa es que Susana me convenció para irme de crucero con ellos. Una semana nada más. Una memez de crucero que salía de Barcelona, iba por Cádiz hasta las Canarias, subía a Madeira y vuelta a casa. Algo que yo no había hecho nunca, ni en realidad me apetecía hacer, pero era una forma, según Susana, de volver a la vida y empezar a dejar atrás el duelo. Julio se quedó en casa de ellos, con su amigo Martín, el hijo de Susana y Tomás, supercontentos los dos de quedarse solos una semana.

»En Cádiz bajamos casi todos los pasajeros a dar una vuelta por la ciudad y, estando allí, un matrimonio alemán que viajaba con su hijo de siete años lo perdió de vista. Lo buscaron por todas partes sin éxito. Al cabo de dos horas, los llamaron al móvil diciendo que tenían al niño y querían trescientos mil euros para devolverlo. Susana y yo nos enteramos, los acompañamos a la policía y el caso es que al final nos presentamos para colaborar en el caso porque yo era la única a mano que hablaba alemán, y nos quedamos en tierra para llevar la negociación.

Soy negociadora oficial, como tú sabes. Puede decirse que los secuestros de niños son la obsesión de mi vida... —Wolf asintió con la cabeza. Precisamente había conocido a Carola casi treinta años atrás en esas mismas circunstancias y sabía perfectamente lo que significaba para ella—. Me empeñé en hacer las cosas bien, en que aquel pobre hombre que estaba destrozado, Daniel Hoffmann, pudiera volver a abrazar a su hijo.

—¿Y la madre?

—La madre estaba embarazada de seis meses, pero no era la madre de Toby; era la nueva esposa de Hoffmann. Estaba bajo *shock* y la llevamos a un hotel del centro, con protección, mientras negociábamos por teléfono. Fui gilipollas. Estaba tan obsesionada con el puto secuestro del crío que no me di cuenta de la verdad hasta que fue demasiado tarde.

Un camarero con el pelo recogido en un moño alto les puso delante la carta. Ambos pidieron cerveza y apartaron el menú por el momento.

—¿Qué pasó?

—Era un secuestro fingido. Resulta que la mujer, que llevaba ya cuatro años casada con Hoffmann, se había quedado embarazada y, de pronto, empezó a resultarle molesto tener que atender a un niño que no era suyo y que, pasado el tiempo, tendría que repartirse el dinero y lo que tuvieran con el hijo que era de los dos. Se le ocurrió que, si Toby tenía un accidente, ellos tres serían una familia más feliz y su hijo no tendría que repartirse nada con nadie.

—¿Tan ricos eran?

—¡Qué va! Clase media, de lo más normal. Pero ella era rusa, de familia muy sencilla, que había conseguido instalarse en Alemania, casarse con un ingeniero y vivir en una casita con jardín. No quería tener que compartir nada con nadie, de modo que se las arregló para que su hermano, Igor, que era un pedazo de animal, un absoluto descerebrado, se apuntase también al crucero en secreto. Cuando bajaron a Cádiz, él bajó también, le dijo al niño, a quien conocía bien, que había venido para darles una sorpresa a sus padres, agarró a su «sobrino», volvió al barco, lo encerró en el camarote y le rompió la cabeza de un golpe. Luego llamó haciéndose pasar por el secuestrador, como si estuvieran en tierra; el barco zarpó sin los Hoffmann y sin nosotros, y cuando estuvo en alta mar, salió a cubierta por la noche con el cadáver en brazos para tirarlo al Atlántico.

—¿Y cómo conseguisteis recuperar el cadáver en medio del mar?

—Porque el muy gilipollas lo tiró tan mal y desde tan alto que cayó a una de las cubiertas inferiores y lo encontraron unos pasajeros que habían salido a tomar el aire. Le había puesto un bañador amarillo. —Hubo una larga pausa en la que Carola miraba sin ver el espacio del restaurante, lleno de plantas—. Aún lo sueño. El bañador amarillo y el cráneo destrozado. Un niño de siete años, Wolf, que además era prácticamente su sobrino. Y todo por dinero. ¡Qué mierda de mundo tenemos!

Él puso brevemente su mano sobre las de ella, que se entrecruzaban sobre el mantel. En ese momento llegaron las cervezas; el camarero notó que la conversación no permitía frivolidades, como pedir de cenar, y volvió a marcharse en silencio.

—Si no hubiera estado tan obsesionada con la idea del secuestro —continuó ella en cuanto se quedaron solos—, podría haber vuelto al barco, pensar en otras posibilidades, quizá evitarlo... no sé...

—No había nada que te llevara a pensar que no se trataba de un secuestro.

—No. Imagínate, incluso negocié con aquel mierda, porque Hoffmann no tenía trescientos mil euros, pero me pidió que convenciera al secuestrador de aceptar cien mil. Se pasó horas llamando a familiares y amigos para reunirlos. Queríamos que concertara una cita con el tipo aquel y trincarlo entonces, pero no entró al trapo, claro. Ya había matado a la criatura. Y mientras tanto, el médico no nos dejaba hablar con la mujer porque, en su estado, no había que ponerla más nerviosa.

—No habría servido de nada de todas formas, Ola. No os iba a decir la verdad, aunque hubierais podido interrogarla.

Carola esbozó una pálida sonrisa ante el diminutivo que había empleado Wolf. Era el mismo que usaba Tino con ella. Wolf lo había aprendido de él.

—Tienes razón. Yo también me lo digo, pero cuando pienso en aquella zorra haciéndose la afectada por la desaparición de

Toby, sabiendo todo el tiempo que su hermano lo habría matado ya y no tendría más que esperar a estar en medio del mar para librarse de él… la rabia me sube como un surtidor.

—Piensa que, al menos, los cogisteis.

—Sí, eso sí. Y ahora el pobre crío ha nacido en la cárcel y no vivirá jamás con su padre y su madre en una casa bonita, con un hermano mayor. Todo porque la guarra de su madre no quería que tuviera que repartir nada con nadie, porque quería que Daniel fuera solamente padre de su propio hijo, no del hijo de otra. Y el pobre de Hoffmann hecho polvo. Ha perdido de golpe a su hijo, a su mujer, de la que estaba enamoradísimo, y todo su futuro. Tendrá al pequeño, claro, pero su vida está destrozada. Tardará mucho en volver a fiarse de una mujer, si es que lo consigue… Cada vez me da más asco este mundo…

Wolf le puso el menú delante de la cara con una sonrisa.

—Anda, elige algo.

—No tengo hambre.

—Pues te fastidias. Hemos venido a cenar. Yo tomaré un *zwiebelrostbraten*; aquí lo hacen muy bien, con una cebolla muy bien frita, muy crujiente.

—Venga. Otro para mí.

—¡Menuda mierda de caso, sí! —confirmó él—. Para ti ha tenido que ser particularmente horrible.

—Sí —dijo mordiéndose el labio inferior—. Da igual cuántos años hayan pasado. Es como cuando te amputan las piernas. La pérdida es para siempre. Pero… vamos a hablar de otra cosa, anda. ¿Qué tal vas tú? En serio.

El camarero del moño tomó la comanda y se marchó discretamente.

—Como siempre, ya te lo he dicho. Todo es muy frustrante. Después de casi cuarenta años de profesión, la sensación de que no ha servido de nada es muy triste, y da igual que los colegas o la familia te digan que eres un buen policía, que siempre has hecho bien tu trabajo, que no te has dejado corromper, que has conseguido que el mundo sea un poco mejor… Sé que es verdad; solo que no me ayuda. Pero lo mismo es todo puro cansancio, no me hagas caso… Es que ya voy notando los años, o que me has pillado en mal momento.

—No sabes cómo te entiendo, Wolf. Es lo que nos pasa a casi todos a nuestra edad. Al menos a los decentes. No tiene remedio.

—Quizá tendría que haber aceptado el nombramiento de *polizeidirektor*, pasarme la vida en un despacho y en reuniones con gente importante. Lo mismo eso me daba la sensación de haber llegado a algo.

—No creo, la verdad, no es lo tuyo. ¿Y en lo personal, qué me dices?

Wolf suspiró, se bebió un tercio de la cerveza de un trago y le ofreció una media sonrisa:

—Bueno… nada grave, pero para serte sincero, a pesar de mi hija Anna, su marido Kris y los niños, me siento un poco solo; supongo que me entiendes. Es como nos pasaba a los veinte años, que queríamos encontrar a nuestra media naranja, el amor de nuestra vida… solo que ahora uno sabe que ya es tarde, que no va a pasar, que no son más que tonterías que nos ha inculcado esta sociedad, esta cultura de descerebrados, de películas de Hollywood y redes sociales. Y que, además, con suerte, nos quedan veinte años o incluso más, pero los vamos a tener que pasar solos.

—Los hombres no tenéis problema, Wolf. A la edad que sea, siempre encontráis una mujer que esté dispuesta a acompañaros, incluso una bastante más joven. Las mujeres sí que lo tenemos crudo.

—¡Venga ya! Dependerá de la mujer, ¿no?

—A ver… vamos a hacer una prueba. Somos amigos. Te caigo bien, ¿no?

—Claro.

—Pues imagínate que te digo que estoy buscando pareja y te pido que me presentes hombres que podrían irme bien. ¿Se te ocurre alguno?

Wolf abrió la boca y volvió a cerrarla. En unos segundos pasaron por su mente unos cuantos compañeros de trabajo, antiguos amigos del instituto, exmaridos de amigas de siempre… gente más o menos agradable, pero todos tenían algo que los hacía inviables cuando se los imaginaba con una mujer tan estupenda como Ola.

—Hombre… así, de pronto…

—¿Lo ves?

Les trajeron los filetes cubiertos de una cebolla dorada y crujiente acompañados de verduras variadas brillantes de mantequilla.

—¿A ti se te ocurriría alguna amiga para presentármela? —preguntó él, contraatacando.

—Varias. Mujeres estupendas, inteligentes, divertidas, independientes... eso sí, de nuestra edad, nada de muchachitas monas. Lo que pasa es que no estoy segura de que estuvieran dispuestas a hacer muchas concesiones. Ya las hicieron con sus primeros maridos e incluso con los segundos, y ahora se debaten entre el deseo de volver a tener alguien a quien querer y quien las quiera y la rabiosa necesidad de hacer lo que les dé la gana con su vida, sin tener que dar explicaciones a un hombre.

—¿Es lo que te pasa a ti?

Ella le ofreció su clásica sonrisa de medio lado.

—No del todo. Yo nunca hice muchas concesiones, ni a mi primer marido ni a Tino. Mi trabajo siempre estuvo por encima. Cuando una es policía, lo es por completo, no de lunes a viernes y de ocho a seis.

—Ya.

—Y así me fue, claro. Además, prácticamente solo conozco colegas. Y dos maderos casados entre sí es lo peor que puedo imaginarme.

—También.

—Por eso en las novelas y las películas siempre están divorciados o son solteros, sobre todo ellas.

—Sí —sonrió él—, y fuman como chimeneas, y beben como cosacos, y sufren en silencio acariciando su arma de reglamento mientras duermen vestidos en algún sofá.

Los dos se echaron a reír.

—Solo que él tiene una secretaria rubia o una colega joven que lo ama en silencio —insistió ella—, pero cuando se trata de una inspectora o una mujer detective, lo único que tiene es un hijo drogadicto o con problemas, o una madre senil, o un gato viejo. O todo junto.

—Venga, cuéntame qué haces en esa casa.

11

$\mathcal{M}$ientras Wolf y Carola cenaban tranquilamente en el Palmenhaus, Jo metía en una carpeta el permiso que acababa de llegar y que les permitiría poner patas arriba el jardín de los Tomaselli. A él le habría gustado no tener que hacerlo, pero estaba claro que no había más remedio. Y menos mal que la casa no tenía sótano, porque, de haberlo tenido, habrían tenido que picar todo el suelo por si a alguien se le había ocurrido enterrar o emparedar a alguien allí como había sucedido en 2008, en el caso de Estíbaliz Carranza, la hispano-mexicana propietaria de una heladería que había asesinado a dos maridos en el plazo de seis años, casualmente también en Meidling. No era mucho imaginar que donde había un cadáver podía haber varios más.

Después del horror de los casos de Fritzl, en Amstetten, de Priklopil con los ocho años de secuestro de Natascha Kampusch, en Strasshof, y de todo lo sucedido en el orfanato del Wilhelminenberg, lo que había quedado claro es que siempre podía ser peor.

Pero en esos casos las víctimas, aunque dañadas de por vida, al menos seguían vivas, mientras que en este...

Miró fijamente la foto del pequeño esqueleto acurrucado al pie del roble centenario. ¿Quién sería? ¿Quiénes serían sus padres? ¿Cuánto tiempo haría que lo buscaban?

Ya había empezado a comprobar todas las denuncias de desaparición de niños entre los seis y los diez años en Viena, pero no sabía cuánto tendría que retroceder en el pasado hasta que Hofer o el equipo científico pudieran precisar cuándo había sido enterrado allí.

Los compañeros de la sección de desapariciones le estaban

echando una mano, aunque tratándose de un *cold case*, la cosa estaba más que difícil.

Estaba ya asqueado de ver fotos de niños y niñas sonrientes, con sus flequillos y sus gorras y sus diademas de flores, algunos con una mella en los dientes delanteros, otros muy serios en una foto del colegio, incluso recortados de una foto con sus hermanos, que ahora serían ya hombres y mujeres adultos. Fichas y más fichas en la pantalla del ordenador con las letras DESAPARECIDO grabadas encima.

Sus familias se habrían tenido que acostumbrar a su ausencia, pero nunca habrían podido terminar del todo, dar por definitivamente perdido a su hija o hijo desaparecido. Si no habían recuperado su cadáver, si no lo habían visto muerto, no conseguían quitarse de encima esa ridícula chispa de esperanza de que aún estuviera vivo en algún lugar. Encerrado, torturado quizá... pero vivo, como había sucedido con Natascha Kampusch, con una posibilidad de escapar, por utópica que fuera. Y esa esperanza era terriblemente destructora.

Si ahora conseguían llegar a saber quién era la criatura cuyo esqueleto habían desenterrado, al menos una familia podría sepultar dignamente a su hijo y empezar a superar su pérdida. No era mucho lo que podían ofrecerles, dadas las circunstancias, pero era mejor que nada.

Apagó las luces, se puso el anorak y salió a la calle, donde había empezado a nevar ligeramente, nada que valiera la pena. Al día siguiente estaría todo mojado, pero no blanco.

Fue caminando hasta la boca del metro con las manos en los bolsillos y la cabeza dándole vueltas a la pregunta del viejo: ¿para qué necesita un anciano que no cuida su jardín una caseta de madera para guardar herramientas? Si no se gasta dinero en arreglar su casa, ¿por qué diablos se lo gasta en esa estupidez? Y en la caseta no había absolutamente nada.

En el andén de enfrente vio a alguien que le pareció su amiga Julia y le silbó fuerte. Ella, sorprendida, levantó la vista del móvil y empezó a manotear haciendo unos signos que no podía comprender. Marcó su número y, sin dejar de mirarse y sonreírse, hablaron de andén a andén.

—¿Adónde vas? —preguntó él.

—A casa, claro.

—¿Te apetece una cerveza? ¿O una pizza con cerveza?

—Mañana madrugo, Jo.

—Pero no son más que las nueve. Y, conociéndote, seguro que no has cenado.

—Estoy mal de pelas.

—Invito yo.

Ella se miró las puntas de las botas sin perder la sonrisa.

—¿Eso es que sí? —insistió él.

—Venga. Nos vemos arriba.

Jo subió las escaleras de dos en dos, antes de que Julia se arrepintiera. No le apetecía nada meterse solo en casa con todos aquellos rostros infantiles pasando por delante de sus ojos, en la oscuridad de su dormitorio.

12

«Cuéntame lo que haces en la casa», había preguntado Wolf, y, aunque de momento le costó encontrar las palabras, Carola empezó a explicarle por encima la situación, le habló de Javier y le contó lo que Toussaint le había dicho.

—¿Ves? —continuó—. Por lo que hablábamos de hombres elegibles… ese tal Jacobo parece haber sido un hombre de los que valen la pena. Culto, deportista, guapo… rico —terminó, guiñándole un ojo—. Con el pequeño inconveniente de que está muerto.

—No te irás a enamorar de un fantasma, Ola…

—Descuida, no tengo bastante imaginación.

—Pero el tal Toussaint está vivo.

—No es mi tipo.

—¿Porque es negro? Tú nunca has sido racista.

—No. Porque no me fío de él. —Le contó cómo lo había visto salir de la casa poco después de medianoche—. ¿Tú crees que se puede ser tan rico con la compraventa de antigüedades y objetos de arte?

—Supongo que sí, pero puedo echar una mirada a nuestros archivos. ¿Tienes alguna sospecha? ¿Drogas? ¿Armas?

—No, qué va. Es pura deformación profesional. A todo esto, ¿puedo usar vuestro gimnasio?

—Claro. Te lo arreglo mañana. ¿Sigues haciendo boxeo?

—Ahora más bien natación, thai-box y tiro, claro. Me gustaría ir de vez en cuando para no oxidarme.

—Voy a ver si puedo arreglarlo para que vayamos el domingo que viene al polígono de tiro. No te habrás traído tu arma bajo manga, ¿verdad? —Se quedó mirándola, serio.

Ella negó con la cabeza.

—Te confieso que me siento algo desnuda sin ella, pero no soy tan idiota.

—Es un alivio. ¿Te sigue gustando ir al cine?

—Claro.

—Pues podríamos quedar otro día para un cine o un concierto o algo. Así yo practico el español y tú el alemán.

—Sigues hablando muy bien el español.

—Siempre me he esforzado por no perderlo.

—¿No has vuelto a ver a Katia?

—¿Quieres otra cerveza?

Carola asintió con la cabeza y Wolf hizo una seña al camarero levantando su jarra en una mano y dos dedos de la otra: el pulgar y el índice, como se suele hacer en Austria.

—¿A Katia? No. Hace mucho que no sé nada de ella —contestó por fin.

Siguieron comiendo en silencio; les trajeron las cervezas frescas y se llevaron las jarras vacías. La cara de él había perdido toda expresión mientras masticaba mecánicamente.

—Perdona, Wolf, no quería ser indiscreta.

—No, no… De verdad que no pasa nada. Es solo que hacía siglos que apenas pensaba en ella. Ni me acordaba de que te lo había contado.

—Debió de ser una de esas noches en que nos pasamos un poco con el whisky. Una de esas en las que empiezas a hablar de lo que más te duele, de lo que no consigues olvidar. Como hice yo cuando te conté lo de Tino. Son cosas que pasan cuando te fías de la persona con la que estás.

Casi a la vez, y antes de terminar la carne, los dos apartaron el plato y agarraron la jarra de cerveza con las dos manos, mientras trataban desesperadamente de cambiar de tema sin que se les ocurriera de qué hablar.

—¿Y tú? ¿Sabes ya lo que vas a hacer cuando dejes el cuerpo? —preguntó Wolf por fin.

Ella negó con la cabeza.

—No se me ocurre nada, la verdad.

—Podríamos poner una agencia de detectives —dijo él con sorna.

—Sí, hombre, para cambiar de trabajo, ¿no?

—O hacer de vengadores, como Dexter, y dedicarnos a joder a todos los cabrones que se le escapan a la justicia. Yo tendría unos cuantos candidatos…

—Ahora no, Wolf, en serio. Vamos a hablar de cualquier tontería… de las series que hemos visto recientemente, de tus nietos, de mi hijo, de lo que quieras… de algo que no me dé pesadillas.

—¿Sigues con eso?

Ella soltó una especie de risotada ladrido.

—¿Tú qué crees?

—¿Fuiste a un terapeuta por fin?

—Durante años.

—¿Y no te ayudó?

—Sí. Un poco. Pero hay cosas que no se pasan. ¿Dónde vives ahora?

—En un sitio tranquilo y agradable. En la Sobietskiplatz, en el distrito noveno. Un piso antiguo; te gustará. La próxima vez te invito a cenar en casa y te lo enseño. He progresado mucho en la cocina.

—Estupendo.

—Pero tú tienes que enseñarme la supermansión. Me muero de curiosidad.

—Hecho. Ya verás qué lujazo. Venga, nos acabamos la birra y te invito a una copa donde quieras; luego a dormir, que me espera una biblioteca de tres pisos.

13

$\mathcal{V}$olviendo a casa, Carola le daba vueltas a la conversación que acababa de tener con Wolf. Hacía tiempo que no hablaba con nadie de nada personal o al menos no tan personal como lo que había surgido en ese par de horas. Parte de lo que habían hablado le había revuelto algunos sedimentos, como cuando se agita con una cucharilla un vaso con bicarbonato que llevaba tiempo reposando y todo lo que se había ido depositando en el fondo del vaso empieza a girar y a subir a la superficie, enturbiando el agua; pero le había sentado bien. De vez en cuando era necesario abrirse, mostrar algo de lo que a una le corría por dentro y que a veces era como un riachuelo de ácido que iba corroyendo la alegría de vivir, la gratitud por el presente, la ilusión de un futuro.

Su existencia se había roto por completo en dos ocasiones y en las dos había pensado que no conseguiría volver a pegar las piezas ni siquiera para poder montar un simulacro de vida. La primera vez fue la peor y, a pesar de todas las terapias y de su feliz matrimonio con Tino y del nacimiento de Julio, era un dolor tan profundo, tan enquistado en su alma, o en como se llamara el lugar que servía para guardar los dolores, que no había conseguido superarlo. Y, para ser sincera, mientras tanto había dejado de querer librarse de ese dolor, porque era lo único que le recordaba que su hija había existido, que la había querido más que a nada en el mundo y que la había perdido para siempre.

Hacía años había oído hablar de una práctica japonesa que le había impresionado mucho: consistía en reparar objetos rotos de loza o cerámica o porcelana usando oro para unir los pedazos. No se trataba de disimular la destrucción ni de fingir que seguía estando entero. Era una manera de seguir adelante, de mostrar, tanto para una misma como para los demás, que aquel objeto era tan amado, tan valioso para su dueño, que había estado dispuesto a usar el más precioso material —el oro— para volver a tenerlo entero y disfrutar de su existencia, aunque ya hubiera sido roto y golpeado y cualquiera pudiera ver el sufrimiento por el que había pasado. Se llamaba *kintsugi*.

Carola había intentado a lo largo de su vida usar la filosofía del *kintsugi* para su propia existencia, para pegar los pedazos que habían quedado después de la destrucción de su mundo y de su futuro. En lugar de deshacerse de los recuerdos y los pedazos rotos, los había unido cuidadosamente con el oro de su amor: las fracturas, visibles para todos los que la conocían, pero ennoblecidas por el trabajo y el valor del material empleado.

Seguía sin poder decidir si lo que había quedado de su pequeña Alma era una herida o una cicatriz. Se había esforzado por conseguir que aquel horrible tajo purulento fuera cerrándose para convertirse en una tremenda cicatriz que nunca podría borrarse, pero que sería una cicatriz seca, y había días, a veces hasta semanas, en que tenía la sensación de haberlo conseguido, especialmente cuando solo se fijaba en el oro que unía lo que el dolor había separado. Luego pasaba algo, como ahora la conversación con Wolf, y los bordes volvían a abrirse, y volvía el pus, la sangre, el dolor de quemadura, el brutal desgarro que siempre era nuevo, aunque fuera conocido. Al parecer, los seres humanos no podemos conservar la memoria exacta del dolor. Solo sabemos que algo dolió muchísimo, pero no podemos recuperar detalles de cómo se sentía aquel horror que nos volvía locos. Hasta que sucede de nuevo y entonces todo regresa, quizá no con la fuerza de la primera vez, pero con la suficiente intensidad como para quitarte el aliento y desear no haber tocado ese punto que sabes que desencadenará la tortura. Y hay que volver a fundir el oro y volver a unir lo que se acaba de romper; una tortura sin fin.

Sin embargo, era bueno hablar con Wolf, con alguien que la conocía desde hacía tanto, justo desde entonces, alguien cuya amistad se había forjado en el peor momento de su existencia y que era lo bastante sensible como para detenerse cuando empezaba a doler de verdad.

Habían ido caminando juntos hasta Schottentor y luego habían tomado tranvías distintos después de que él le hubiera reprochado otra vez no haberlo avisado de que pensaba trasladarse a Viena durante unos meses. Al menos lo había hecho con ligereza, sin darle a entender que se sentía ofendido por ello, no como Susana, que, si empezaba a hacerle reproches, acababa diciéndole barbaridades de las que luego se arrepentía.

Lo del arrepentimiento la llevó a pensar en que quizá tendría que haberse quedado en el hotel. No le apetecía nada llegar a aquella inmensa casa oscura y ajena impregnada del aura de un hombre magnético y muerto, una casa donde el silencio —y ella no era particularmente sensible a esas cosas— parecía guardar un secreto.

Sacudió la cabeza y los hombros como hacía siempre que quería cambiar de pensamientos. Tomás, que era profesor de literatura, le había dicho muchas veces, siempre que la veía haciéndolo, que eso era justo lo que hacían en el siglo XI para espantar la mala suerte y los malos augurios; y ella, cada vez que lo hacía, pensaba en Tomás y en el verso del poema del Cid donde don Rodrigo de Vivar lo hace cuando se marcha al exilio sin saber si algún día volverá. Asociaciones. Coincidencias.

El ping del WhatsApp la pilló bajando del autobús. Julio. Un mensaje brevísimo para informarle de que ya tenía el billete, pero que había cambiado de planes y llegaría el 5 de diciembre, porque prefería quedarse en Londres para Halloween y dejarla libre a ella en esas fechas. Su hijo se estaba volviendo raro. ¡Como si a ella le importara un pimiento Halloween o a él le hubiese importado jamás! Sería la influencia de Inglaterra.

Torció la boca. Ahora tendría que decirle a Susana que no podían venir para el puente de la Constitución, que era lo que ellos tenían planeado. Que o bien lo adelantaban a Todos los Santos, o bien tendría que ser ya en enero o febrero. No le iba a hacer ninguna gracia, pero Julio era primero, y si había comprado el billete no se podía hacer nada ya. Se encogió de hombros y volvió a guardar el móvil; le escribiría a Susana nada más llegar a casa, pero ahora prefería disfrutar del paisaje y tratar de relajarse, de dejar que todo lo que se le había revuelto en la conversación con Wolf volviera a depositarse en el fondo de su mente.

Las calles estaban oscuras y desiertas. Había dejado de nevar y apenas una delgada capa blanca decoraba los coches aparcados y los tejados de la vecindad; los abetos parecían dibujados con contornos de tiza y olía maravillosamente a nieve, al presagio de la nieve aún por caer y que se acercaba por momentos. Siempre le había gustado ese olor, tan limpio, tan transparente.

Lo que era raro era que hubiese nevado ya, tan temprano, cuando los árboles todavía no habían perdido del todo las hojas. El tiempo estaba cambiando. Los seres humanos, en su locura y avaricia, lo estaban haciendo cambiar sin querer aceptar la responsabilidad de sus actos, que al final los destruirían.

Ya en la puerta, volvió a sacar el móvil. Le había parecido que Julio había escrito «llegamos el 5», no «llego» o «llegaré».

Volvió a leer el mensaje. Era cierto. Había escrito un plural. «¿Llegamos? ¿Cómo que "llegamos"?», pensó.

¿A quién pensaba traer? No le había dicho nada, ni en ese mensaje ni en los anteriores. Estaba viviendo en una residencia de estudiantes; quizá hubiera hecho algún amigo vienés. ¿O era que pensaba traerse a alguien en ese viaje? Tendría que preguntarle y, además, llamar a Javier lo antes posible para ver si le permitía tener visitas en la casa. De lo contrario, tendrían que marcharse a un hotel, y entonces no era mucho plan que su hijo se trajera a un amigo sin consultarlo con ella.

Además, aunque los amigos y amigas de Julio siempre le habían caído bien y le gustaba la gente joven, se había hecho la ilusión de disfrutar de él plenamente, sin tener que compartirlo con nadie; poder hablar de cosas familiares, personales, privadas, sin esperar a que el amigo se retirase por la noche o a tener algún momento de intimidad. Julio y ella siempre habían estado muy unidos, incluso antes de la muerte de Tino, pero desde entonces la relación se había intensificado, como si los dos se hubiesen dado cuenta de que todo lo que parece fuerte y para siempre puede perderse en un momento.

La estancia en Londres había sido una idea de los dos; ella la había apoyado sinceramente porque sabía que era fundamental que Julio se emancipara, que sintiera que su madre lo dejaba volar libre sin cobrarle un peaje sentimental, pero no podía evitar echarlo mucho de menos y sentirse un poco abandonada ahora que solo le mandaba dos o tres mensajes a la semana y ya no se llamaban todas las noches como al principio.

Eran más de las once. Julio estaría despierto, pero seguramente estaría estudiando o viendo una serie y, para ser sincera consigo misma, a quien no le apetecía nada en ese momento ponerse a discutir sobre si traer o no al amigo era a ella. Ya habría tiempo por la mañana.

Abrió con su llave y, como empezaba a ser habitual, después de encender la luz, se quedó quieta unos instantes, escuchando el silencio de la casa que, de tan profundo, era casi una ligerísima vibración. Pondría música en cuanto se instalara en alguna parte, quizá en la biblioteca para tomarse un último whisky. Aunque… la biblioteca era su lugar de trabajo y ya pasaba demasiadas horas allí. ¿El salón, quizá? Demasiado grande.

Podría investigar cómo llegar al otro invernadero que, si no recordaba mal, estaba junto a la zona donde, en el sótano, estaban el pequeño gimnasio, la sauna y la piscina. Esa podría ser una idea. Mejor que el whisky. Nadar un rato, cansarse de verdad y acostarse lo bastante agotada como para no tener malos sueños; pero el *zwiebelrostbraten* aún le pesaba en el estómago, igual que los temas de la conversación.

Entró en la cocina, dejó el abrigo y el bolso y fue encendiendo luces mientras buscaba el arranque del pasillo que debía llevar a la escalera que recordaba y que bajaba uno o dos pisos. La encontró, caminó por el pasillo siguiendo el olor del cloro y, tras una puerta de cristal esmerilado, dio con lo que buscaba: un cuartito con bancos de madera y ganchos en las paredes para toallas y albornoces, una cabina de sauna y otra de infrarrojos, ahora apagadas las dos, un cuarto de musculación y, tras la siguiente puerta, una habitación más amplia totalmente a oscuras.

Tanteó por la pared hasta que su mano se cerró sobre un interruptor que al accionarlo iluminó una piscina estrecha y azul que, obviamente, no estaba hecha para retozar.

Se quedó mirándola unos momentos, decidiendo si le apetecía el agua o no. No había traído bañador, pero la simple idea le resultó graciosa: no había ni un alma en la casa; no se iba a enterar nadie si nadaba desnuda, como más le gustaba. ¿O sí?

Dirigió la mirada a todas las esquinas hasta encontrar lo que su subconsciente le había apuntado sin que se diera cuenta cabal. Había dos cámaras muy discretas, pero cámaras, al fin y al cabo. No había mirado por el resto de la casa, pero ahora pensaba que lo más probable era que todo estuviera vigilado, bien por una empresa de seguros, bien por una de seguridad privada. Aquella casa estaba llena de objetos de valor; sería absolutamente normal que su dueño quisiera saber si alguien entraba sin permiso.

Caminó hasta el final de la piscina recordando escenas de una película que hacía mucho que había visto pero que se le había quedado grabada: *Cat People*. El momento en el que la protagonista va a nadar a una piscina municipal, ya de noche, a punto de cerrar, y de repente la cámara enfoca una pantera negra que pasea por el borde, esperando a que ella salga del agua.

Allí no había ninguna pantera, evidentemente. Solo dos tumbonas y una larga cristalera que suponía que daba al jardín y que ahora, con la luz en el interior y la oscuridad de fuera, era un enorme espejo que reflejaba a una mujer con traje gris de chaqueta y pantalón que caminaba junto al borde de la piscina. La distancia convertía su rostro en un borrón pálido y no permitía ver de sus ojos más que dos círculos oscuros, como si la mujer fuera un esqueleto vestido. El único sonido era el de los tacones de sus botas sobre las losetas blancas y la tenue vibración de las luces cenitales.

Llegó a la puerta del fondo, la abrió y se encontró de frente con el invernadero, un espacio selvático de cuatro o cinco metros de altura lleno de palmeras, orquídeas y todo tipo de plantas tropicales que, junto a un pequeño estanque cruzado por un puentecillo de madera y una mesita de caña con dos mecedoras, fingían un paraíso balinés o tailandés en medio de aquel barrio de Viena; resultaba algo incongruente con la asepsia de la zona de la piscina que acababa de dejar atrás.

Se sentó en una de las mecedoras de ratán, esperó a que se le acostumbraran los ojos a la penumbra y se quedó quieta, escuchando el sonido de las gotas al caer sobre la superficie del agua, mientras notaba cómo, poco a poco, la tensión de sus músculos iba cediendo. Habría sido maravilloso poder encenderse un cigarrillo y ver el humo perdiéndose en la oscuridad del techo de cristal, pero hacía mucho que lo había dejado y no tenía ningún sentido volver a empezar.

Paseó la vista por los alrededores de la mesa, buscando sin saber bien qué, hasta que lo encontró: un frigorífico diminuto, igual de verde que las frondas que lo rodeaban. Sonrió. Aquel Chuy sabía vivir.

Se levantó, abrió la puertecilla y encontró dentro un par de cervezas y una botella de vodka helada junto con los vasos adecuados. Se sirvió un vodka puro, de una marca rusa que no conocía, y volvió a acomodarse en la mecedora, en la semioscuridad, con la luz a sus espaldas y los ojos dirigidos a la pequeña selva cuyo fin no podía distinguir desde donde estaba.

Le habría gustado conocer al hombre que cumplía sus deseos incluso antes de formularlos, incluso desde la muerte; el hombre que leía clásicos europeos y americanos, junto con griegos y romanos, y tenía primeras ediciones firmadas de novelas que nadie recordaba ya. Un hombre que, al parecer, era una especie de prócer renacentista que igual pilotaba un velero que escalaba el Aconcagua, y que pasaba veladas en su biblioteca contemplando los dibujos de la madera o las llamas de la chimenea. Un hombre sin hijos y sin compromisos ni con mujeres ni con hombres. Un tipo raro. Porque solo un tipo realmente raro llega a los sesenta años sin ninguna clase de equipaje. Debía de haber sido unególatra, un psicópata quizá, con esa obsesión por el orden y control que mostraban su casa y todas sus posesiones. Y sin embargo… su atractivo era innegable.

No podía negarse a sí misma que le gustaría que ese hombre estuviese allí en ese momento, ocupando la otra mecedora, tomando otro vodka a su lado, ofreciéndole esa sonrisa que ella conocía de las fotos y que imaginaba lenta y cargada de promesas.

Hacía demasiado tiempo que no había estado con un hombre en la cama, que ni siquiera había flirteado ni bailado con nadie, que no había besado otros labios, que no había sentido unas manos acariciando su cuerpo, otra piel bajo las suyas.

«¿No te estarás enamorando de un fantasma?», le había preguntado Wolf, alarmado. «No tengo bastante imaginación», había contestado ella. Pero era mentira. Claro que la tenía. No podría desempeñar su trabajo sin imaginación, sin fantasía, sin ser capaz de visualizar todas las posibilidades que podrían habérsele ocurrido a un asesino para ocultar su crimen, para desviar las sospechas.

Había hecho varios cursos de *profiling* en Estados Unidos y, a pesar de que ya hacía tiempo de aquello, ciertas cosas se le habían grabado a fuego porque, aunque no siempre sirvieran para dar con el culpable como quieren hacernos creer las películas, una vez hallado el criminal por los medios que fuera, al estudiar su personalidad durante los interrogatorios o ya en prisión, siempre te das cuenta de que coinciden con muchas de las cosas que habías aprendido y que intuitivamente sabías, aunque no hubiese habido forma de probarlas.

Aquella casa, a pesar de toda su belleza, era una prueba clara de una personalidad obsesivo-compulsiva. Estaba segura de que, de haber estado Jacobo —Chuy— a su lado, compartiendo el excelente vodka, se sentiría molesto al ver que ella había dejado su vaso sobre la ranura de división entre dos de las delgadas planchas de madera que formaban la mesa, en lugar de apoyarlo bien centrado en la mitad, y lo más probable era que alargase la mano para colocarlo en el lugar preciso mientras la distraía sonriéndole y cambiando de tema de conversación; pero como estaba sola, volvió a llenar el vaso y volvió a dejarlo sobre la ranura. Sin conocerlo de nada, la idea de fastidiarlo un poco le hizo sonreír.

«Esa es una de las desventajas de estar muerto —pensó, divertida—, que alguien puede hacer en tu propia casa algo que, de estar vivo, te molestaría profundamente, y no hay nada que tú puedas hacer para evitarlo. Claro, que la ventaja es que tampoco te enteras, y así no sufres.»

Se imaginó a Julio, cuando ella hubiera muerto, poniendo los pies sobre el maravilloso puf rectangular de ante color marfil que hacía las veces de mesa de café frente al sofá, diciéndole a su novia o a su mujer: «Mi madre se habría puesto hecha una fiera si estuviera aquí. Le encantaba este puf y me dijo mil veces que ni se me ocurriera ponerle los pies encima; pero es que tiene la altura perfecta…».

Julio. Eso la hizo volver a pensar en el mensaje de su hijo.

«Llegamos.»

¿Quiénes?

«No seas impaciente, Carola, ya te enterarás mañana. Total… ¿qué más da?»

Sacudió la cabeza, se acabó el vodka de un trago, fue a la zona de la piscina, lo enjuagó en el lavabo, lo devolvió a su sitio en la nevera y, justo cuando iba a salir del invernadero, descubrió otro interruptor junto a la puerta, lo pulsó y de golpe la selva en miniatura se encendió como un milagro: luces escondidas entre las frondas creaban una arquitectura luminosa en la que la vista se quedaba prendida y el corazón se lanzaba al galope con el deseo de penetrar en ella y buscar el misterio que albergaban sus falsas profundidades. Pequeños ruidos selváticos se añadían al goteo del agua sobre el estanque: algún chistido, algún rápido aleteo, de vez en cuando un rugido lejano, algún chillido de monos entre las ramas… un telón de fondo sonoro absolutamente real que la dejó allí clavada durante unos minutos, disfrutando del espectáculo, casi esperando ver surgir a Indiana Jones de entre los bambús con su sonrisa pícara, su látigo enrollado al hombro y un objeto valioso y antiguo entre las manos.

Aquel Chuy era una caja de sorpresas. Toda esa ambientación no casaba en absoluto con el tipo de personalidad que ella le había adjudicado. Aquello era teatral, juguetón, pura apariencia… pensado y controlado, sí, pero para sorprender y deleitar a otros, no para sí mismo. Casi daba pena apagarlo, pero debía de ser ya tarde y de repente el peso de la casa pareció instalarse de nuevo sobre sus hombros, de modo que pulsó el interruptor y todo volvió a quedar a oscuras, de nuevo a la espera.

Fue apagando luces a su paso, recogió el bolso y el abrigo de la cocina y subió a su dormitorio con la vaga sensación de desasosiego que siempre le producía lo que no acababa de entender.

14

$\mathcal{L}$anzó la mano contra la mesita de noche en cuanto empezó a sonar la música, pero no consiguió apagarla hasta que hubo tirado al suelo el libro, las gafas y el vaso de agua que, por suerte, ya estaba vacío.

—Altmann —dijo, agarrando el móvil aún en la oscuridad, carraspeando locamente.

—Va a pasar Fischer a recogerte dentro de diez minutos.

—Joder. ¿Y eso?

—Falta gente y te ha tocado a ti. Tenemos a unos cuantos con gripe. Abrígate bien. —La voz de Manuela sonaba divertida. Ella debía de estar acabando su turno.

—¿Cuánto hay?

—Solo cinco bajo cero, pero el puto viento panónico hace que se sienta como menos diez.

—Joder.

—Empiezas a repetirte, viejo. ¡Hasta luego!

En otros tiempos habría saltado de la cama maldiciendo por lo bajo. Ahora bajó de la cama con más calma, maldiciendo en voz perfectamente normal. Era verdad lo que le había dicho a Carola: se estaba cansando de hacer siempre lo mismo. Las cuatro y cuarto de la madrugada, una temperatura de diez bajo cero y algún cadáver esperando en algún lugar a que empezara todo el proceso hasta ver si conseguían dar con el asesino, encontrar suficientes pruebas para meterlo entre rejas y pasar al siguiente. De oca a oca. O, bastante peor, fracasar y archivarlo.

Tardó tres minutos en la ducha, como siempre, pero decidió no mojarse el pelo. Si salía a la calle con el pelo húmedo, aunque se pusiera el gorro de lana, lo más probable era que acabara pillando un catarro descomunal, y no le apetecía nada la perspectiva. Al cadáver le iba a dar igual que no llevara el pelo recién lavado.

Se puso la parka de plumas y el gorro, y se metió los guantes forrados en los bolsillos, por si acaso. Bajó por las escaleras de mármol, salió a la calle, musitó «joder, qué frío hace» y, apenas le había dado tiempo a pensar lo tristes que empezaban a ponerse los árboles sin su carga de hojas de colores, cuando dobló la esquina un coche negro en el que Alois Fischer le hacía señas de que se apresurase, como siempre, a pesar de que llevaba ya dos minutos esperando.

—Buenos días, jefe.

—¿Días? Ojalá. Es noche cerrada.

—Es que no me parecía plan decir buenas noches.

—A ver, ¿qué tenemos?

—Nos han llamado los colegas de estupefacientes...

—¿Qué pintamos nosotros en eso? ¿Hay cadáver o no?

—Hay cadáver, pero esa es la cosa: no tienen claro si el tío se ha caído porque iba ciego o porque alguien le ha pegado un empujón desde un octavo piso.

—¿Dónde?

—En Favoriten. Un edificio en construcción. A unos quince minutos.

—Joder, Fischer, sé dónde está Favoriten. Llevo treinta años aquí.

Hicieron los siguientes minutos en silencio hasta que Wolf volvió a hablar.

—Anda, para ahí delante y cojo dos cafés. ¿Con leche el tuyo?

—Capuchino.

Fischer siguió a Altmann con la vista mientras cruzaba la calle hasta el pequeño bar que llevaba una pareja de hermanos turcos y que estaba abierto toda la noche. Para el jefe era una forma de decir que sentía haber sido tan brusco, y él prefería, con mucho, esa forma de disculparse. Mejor un café que dos palabras. Justo lo que su novia no conseguía comprender y por eso insistía en que le pidiera perdón con todas las letras, incluso cuando le llevaba unas flores como disculpa. «¡Qué afán tienen las mujeres de decirlo todo con todas las palabras!», pensó, mientras aceptaba con una sonrisa el capuchino en su vaso de plástico con tapadera.

Diez minutos más tarde, cruzando la ciudad vacía donde solo los semáforos ponían una nota de color, llegaron a un área donde, al parecer, se estaba construyendo algo grande, posiblemente un centro comercial, y varios edificios a su alrededor.

Las luces azules de uno de los coches patrulla los guiaron hasta donde los esperaban los colegas. El aliento de varias bocas creaba nubes neblinosas entre las figuras vestidas unas de uniforme y otras con los monos blancos de la científica. El viento venía frío y racheado, haciéndoles hurtar el rostro a las ráfagas heladas.

Un hombre alto y fuerte se acercó al coche a recibirlos.

—Comisario Altmann y subinspector Fischer. Homicidios —comenzó Wolf, antes de interrumpirse al reconocer al colega—. ¡Ah! ¡Konrad! No te había conocido, así, a contraluz. Fischer, este es el inspector Konrad Gritsch, de estupefacientes.

Se estrecharon la mano.

—¿Qué tal, Wolf? Siento haberte sacado de la cama.

—Anda, enséñanos lo que hay.

Acompañaron a Gritsch unos treinta metros hasta llegar a lo que en un futuro sería la acera y de momento solo era una superficie irregular de cemento llena de cascotes. Más allá se extendía el laberinto de columnas de la construcción del edificio iluminadas ahora por los reflectores que la policía había instalado.

A sus pies, el cadáver de un hombre yacía boca abajo reventado contra el suelo.

—Ha debido de caer de plano, como cuando te tiras mal a la piscina y aterrizas de panza. Pero no está nada claro que haya muerto de eso. Según Maier, también sería posible que hubiera muerto por una sobredosis de *liquid sky*.

—¿Y luego se ha tirado?

—O se ha caído del octavo piso.

—¿Qué coño hacía con este frío en el octavo piso de una obra? Hay sitios más acogedores para meterse un chute así. ¿Se sabe quién es?

—Aún no. No llevaba papeles. Pero no parece drogadicto. Maier, así, de momento, no ha encontrado más marcas de agujas; al menos en el brazo, no, aunque el cristal también se puede fumar, claro. Va limpio y bien vestido. Vamos, normal, quiero decir, no como alguien que vive sin techo. Y lo más importante: tiene los dientes perfectos. Si fuera adicto, tendría la boca destrozada. Por eso os hemos llamado, porque no parece el típico yonqui que se queda tieso por un descuido.

—¿Es seguro que es *liquid sky*?

—Seguro.

—Pues eso aún no está muy extendido, ¿no?

—Es el último grito. Y carísimo, además. No es el tipo de muerte que se espera encontrar en una obra de madrugada; uno más bien lo asocia con niños bien de familias pijas de Döbling que ya han pasado por la coca y las metanfetaminas vulgares: el vidrio, el cristal, el arranque… esas cosas…

—Déjame ver…

Altmann se acuclilló junto al cadáver y, sin tocar nada, se limitó a observar como hacía siempre. Un hombre sobre los cincuenta años, quizá cuarenta y tantos mal llevados, barba gris, pelo blanco natural cortado corto en la parte de la nuca y muy largo en la parte de arriba, atado en una especie de moño de samurái de los que, incomprensiblemente para él, se estaban poniendo de moda. Iba vestido con vaqueros y una cazadora de cuero negro. Llevaba un par de pulseras de cuero y cuentas de colores en la muñeca derecha y una copia barata de Rolex en la izquierda. También en ese brazo, la manga estaba subida hasta el codo mostrando el orificio de entrada de una aguja y un enorme hematoma en la sangradura. O era la primera vez que se chutaba y lo había hecho fatal o se lo había hecho otra persona, pero, en cualquier caso, si se había producido un hematoma, eso significaba que aún estaba vivo al recibir la inyección; no había sido *post mortem*. Y eso los dejaba a ellos…exactamente donde estaban. Tendrían que esperar el informe de Schulz o de Hofer y, mientras tanto, tratar de averiguar quién era la víctima.

Se puso de pie y examinó los alrededores del cadáver. No había huellas apreciables. Si le habían quitado los documentos, lo habían hecho arriba, antes de empujarlo. Aunque eso de empujarlo estaba por ver. El técnico se encargaría de medir la distancia desde el balcón, para ver si había sido una caída, un suicidio o un asesinato. Si el tipo había sido tan imbécil como para chutarse estando en lo más alto del edificio y luego se le había ocurrido saltar a ver si era capaz de volar, como hacían algunos descerebrados en los hoteles de Mallorca, no sería ninguna de las tres cosas —ni caída, ni suicidio, ni asesinato— y estaría muerto igual.

—Vámonos, Fischer. Me estoy quedando tieso y aquí no hay ya nada que ver.

Se despidieron con un cabezazo en dirección a Gritsch y se subieron al coche, agradecidos por el calorcillo que se sentía al salir del viento afilado que llegaba en rachas impredecibles.

—¿Le ha llamado algo la atención, jefe? —preguntó Fischer.

—Que no iba vestido para este tiempo. No llevaba más que una chupa de cuero.

—O sea, que lo han sacado a punta de pistola de donde estuviera, sin darle tiempo a abrigarse más —dijo Fischer, esperando la aprobación del jefe por la rapidez de su pensamiento, pero Wolf miraba fijamente a través del parabrisas.

—O eso, o era taxista.

Fischer miró a Altmann entre admirado y perplejo. Él llevaba solo año y medio en Homicidios y no dejaba de sorprenderle la rapidez con la que el viejo sacaba conclusiones que, una vez formuladas, le parecían absolutamente obvias, pero que a él no se le habrían ocurrido.

—Claro. Podría ser. Dentro del coche no necesitaba más y para salir tendría un anorak en el maletero —resumió Fischer, tratando de asegurarse de que había captado la idea—; pero… entonces… ¿dónde está el taxi?

—Por ahí vamos a empezar, colega. Di que vayan buscando un taxi abandonado y que pregunten en todas las empresas si les falta un coche o si un taxista no responde a las llamadas. Después de eso y del informe forense ya nos pondremos en marcha. ¿Qué me dices de ir a desayunar como dios manda?

—Me ha leído el pensamiento, comisario.

15

—Voy a hacerme un té. ¿Te apetece una taza? —Carola había salido al vestíbulo y gritaba hacia arriba, hacia donde Flor, la muchacha mexicana, estaba haciendo la limpieza de las habitaciones.

—Sí, señora, gracias, ahorita bajo —oyó.

Puso la tetera grande, vertió el agua sobre el té —una mezcla aromática de té negro con trocitos de manzana, naranja y otras especies que llevaba un nombre muy sugerente: Maracaibo— y echó una mirada a su móvil para controlar el tiempo.

Había un WhatsApp de Julio en respuesta al que ella le había enviado nada más levantarse, después de una noche agitada llena de sueños angustiosos. El que mejor recordaba era uno en el que dos niños, chico y chica, obviamente muertos, jugaban en una selva hasta que acababan cayendo en un lago de aguas verde esmeralda. Un hombre con barba y sombrero de ala ancha los contemplaba desde la orilla a través de sus prismáticos y los miraba hundirse, con una sonrisa de satisfacción. Los prismáticos y el sombrero no permitían verle la cara.

Llego con una chica. Es una sorpresa para ti. No me preguntes nada más. Nos vemos pronto. Besos.

Vaya, una chica… Su primera novia… Sonrió. La verdad es que tenía mucha curiosidad por ver qué clase de chica pensaba presentarle. Hasta ese momento, a pesar de la buena relación que tenían, nunca había querido traer a ninguna a casa. Decía que no era nada importante, que ya llegaría el momento. Y ahora, de repente, había llegado. ¿Sería española también? ¿Inglesa? Esperaba que al menos tuvieran un idioma en común.

Tecleó: «Vale. Ya estoy deseando verte. Mil besos, cariño».

Borró «verte» y lo cambió por «veros». Ni siquiera era mentira; realmente estaba deseando ver a la chica. Sabía que la novia de los diecinueve años no era casi nunca la definitiva, pero le hacía gracia pensar que esa muchacha que Julio iba a traer podría quizá llegar a convertirse en su nuera, una mujer que entraría en su vida para pertenecer a la familia, para quedarse, quizá para ser la madre de sus nietos. Esperaba poder llevarse bien con ella. No tenía más que a Julio. No podía permitirse que no le gustara la mujer que hubiera elegido.

Sacudió los hombros y la cabeza, sacó el filtro del té, lo dejó en el fregadero y en ese momento entró Flor en la cocina con la sonrisa que Carola ya se había acostumbrado a esperar.

—¿Qué haces tantas horas por ahí arriba, mujer? Si, menos la habitación que yo ocupo, está todo intacto…

—El señor tenía un poco de alergia al polvo y quería que siempre estuviese todo perfecto.

—Ya… pero ahora…

—Es que no me acostumbro… Él viajaba muchísimo y por eso me parece normal que no estén ni él ni Santos. ¿Sabe usted si la casa por fin la hereda el hermano del señor o se la queda Santos?

—Ni idea. ¿Tomas azúcar? Y deja de tratarme de usted; tampoco soy tan vieja.

—¡Claro que no! Es la costumbre, señora. Un poco de miel, por favor.

—¿Cómo empezaste a trabajar aquí? —Cada una había cogido su taza y se habían instalado en la biblioteca, entre pilas de libros ya seleccionados.

—Vine a Viena hace quince años, con mi marido y nuestros dos hijos. Luego, al cabo de unos años, él me dejó y, al quedarme sola, puse un anuncio en el consulado y don Jacobo me llamó; supongo que porque los dos somos mexicanos y sabía que iba a estar bien atendido, a su gusto. Llevo ya mucho tiempo en la casa. Y ahora tendré que buscarme otra cosa. Menos mal que mis hijos ya son mayores.

Flor era una mujer guapa, morena, más bien pequeña, con grandes ojos negros y un cuerpo armónico y fuerte. Debía de hacer mucho deporte, y parecía muy joven para tener dos hijos ya independientes. Los habría tenido de adolescente.

Callaron unos momentos, disfrutando del sabor del té y la calidez de las maderas nobles mientras, a través de las cristaleras, miraban los árboles sacudidos por las rachas de viento. Se estaba bien allí, caliente, protegida del mundo exterior.

—¿También les hacías la comida a Jacobo y a Santos? —preguntó Carola al cabo de un par de minutos de agradable silencio.

—Normalmente no. A Santos le gusta cocinar y al señor, de vez en cuando, también. Solo algunas veces, cuando estaba solo en casa y tenía mucho trabajo, me pedía que le preparara algo sencillo: una sopa, un poco de pollo, un sándwich…

—¿Daba fiestas?

—¿Fiestas? ¿Grandes, quiere decir? No, que yo sepa. De vez en cuando venían unos amigos a hacer música o a escuchar uno de los pequeños conciertos que organizaba algún domingo por la mañana. Tenía muchos amigos músicos y algunas veces montaban un concierto y luego todos empezaban a participar, a improvisar… luego cocinaban algo y comían juntos. Me lo explicó Santos la primera vez que vine un lunes y estaba toda la casa patas arriba. Pero no eran muchas veces.

—Me habría gustado conocerlo.

—Era un señor. De los de antes. Culto, discreto, elegante… yo lo admiraba mucho. —Se bebió de un sorbo lo que quedaba del té, metió la mano en el bolsillo del delantal y se sonó la nariz.

—¿Y no tenía pareja? ¿Ni mujeres? —Carola se dio cuenta de inmediato de que, sin haberlo decidido, había conectado el «modo policía» y aquello empezaba a ser un interrogatorio en toda regla, pero Flor no parecía ofendida. Más bien al contrario: era como si se alegrase de tener a quién contarle todas aquellas cosas.

—Serias, no, que yo sepa, aunque alguna vez, al limpiar el baño y cambiar la cama, me pareció que había tenido compañía, pero nunca vi a ninguna. Yo me figuro que tenía unos estándares muy altos, y las chiquitas jóvenes no le interesaban.

—¿Ah, no?

—Alguna vez lo oí hablar con Santos, burlándose de su hermano Javier porque ya llevaba tres esposas y cada una era más joven que la anterior. Decía que lo que más define la altura mental de un hombre es que quiera tener una mujer que le quede intelectualmente por debajo y que, al paso que llevaba don Javier, acabaría teniendo que buscar pareja en una escuela de primaria, pero que el único inconveniente era que a esa edad aún no tienen tetas, que es lo que más le gustaba al diplomático... ¡uy, perdone, señora!

—No te cae bien Javier, ¿verdad?

Flor guardó silencio y se sirvió otro poco de té para no tener que mirarla a los ojos.

—No sufras. A mí tampoco. —Carola decidió hacer en ese momento una de las preguntas que más le interesaba porque sabía que Flor agradecería cualquier cambio de tema que la sacara de la sensación de incomodidad que se había producido—. ¿Sabes si hay un cuarto de vigilancia en alguna parte?

—¿Vigilancia? —Flor se quedó con la taza a medio camino entre la mesa y sus labios.

—Hay cámaras en la piscina y también las he visto en el jardín. —Estuvo a punto de decirle que andaba buscando las que con toda seguridad estaban en el interior de la casa, pero habían sido instaladas de manera que no pudieran verse a simple vista. Sin embargo, prefirió no hacerlo para no asustarla sin necesidad.

—Yo nunca he visto nada. Me figuro que el señor tendría contratado un servicio de seguridad, para cuando no estaban en casa. Lo de las cámaras del jardín sí que lo sabía; en la piscina... nunca me había fijado, pero es que de esa zona no me encargo yo.

—¿Ah, no?

—No. Para eso viene una empresa una vez al mes, para controlar la piscina y la sauna. Yo bajo solo un momento por si hay que pasar un trapo por el lavabo o las duchas. Y hay otra gente que se encarga del invernadero y el jardín.

—¿Crees que a Javier le importaría que vinieran mi hijo y una amiga suya a pasar un par de días aquí, por Todos los Santos, o bien a principios de Adviento, para el puente de la Purísima?

—Don Javier es muy amable —dijo, para cubrir el desliz anterior—. Yo creo que no habría problema, pero no se lo puedo asegurar.

—Claro, mujer. Lo llamaré hoy mismo.

—¿Quiere que vista dos camas? ¿O solo una?

Era una pregunta perfectamente adecuada a la situación y, sin embargo, Carola sintió una especie de ahogo en el pecho. No era tan vieja ni tan ingenua como para no saber que su hijo ya tenía experiencia sexual; él mismo se lo había dado a entender casi dos años atrás, pero le hacía un efecto extraño tener que decidir delante de una desconocida si iba a permitir que los dos durmieran en la misma cama en una casa donde también ella estaba de huésped. ¿Estaría de acuerdo si fuera en su propia casa, en Madrid?

«¿Por qué no? —pensó—. Julio es oficialmente adulto. Puede votar y ser elegido para cualquier cargo, comprar y vender, heredar, casarse, ir a la cárcel, alistarse en el ejército… lo que le parezca. ¿Quién soy yo para decirle si puede o no dormir con quien él quiera?»

Sin embargo, aún le parecía raro. Aún era su niño precioso. No tenía más que diecinueve años y ninguna experiencia en penas de amor. Flor seguía esperando su respuesta.

—Viste dos camas, haz el favor. Si luego Javier tiene algo en contra o al final resulta que ellos duermen juntos, ya lo arreglaremos.

—Pues con su permiso, me pongo a ello. Gracias por el té, señora.

Flor cruzó la biblioteca camino a la cocina llevándose su taza, mientras Carola la seguía con la vista sin verla realmente, pensando en Julio.

Trataba de no darle vueltas, pero de vez en cuando el miedo era como un rayo que la atravesaba sin aviso, salido de ninguna parte, de un cielo despejado. El miedo de perderlo, como había perdido a Alma, a su niña preciosa. El miedo de que Julio dejase de quererla, de que se alejara de ella, de no saber dónde estaba y con quién. De que pudiera morirse y quedar reducido a unos cuantos recuerdos, a unas pocas fotos de los pocos años que habían disfrutado de estar juntos, igual que había pasado con Alma y luego con Tino, dejando solo el agujero, la ausencia, la soledad. No había forma de luchar contra ese miedo que la dejaba débil, temblorosa y confusa, todo lo que ella no era ni quería ser.

—Señora —dijo de pronto Flor cuando casi había salido de

la biblioteca, volviéndose hacia ella ya en la puerta, como si acabara de recordarlo—, ahorita mismo es el 1 de noviembre, ¿quiere que ponga un altar de muertos en la entrada, por si viene su hijo de visita?

Carola se quedó mirándola como si de un momento a otro aquella mujer guapa se hubiese transformado en un ser monstruoso. Notó cómo toda la sangre desaparecía de su rostro dejándola helada. Ella había estado pensando en la muerte y ahora, de repente, Flor hablaba de muertos, de poner un altar de muertos para recibir a su hijo vivo, que venía con su chica, también joven y viva. Se imaginó a Julio pálido y frío, tendido en un túmulo cubierto de coronas de claveles. La imagen le daba terror.

—¿Qué? —consiguió articular. No parecía que Flor hubiese notado nada, a juzgar por su sonrisa.

—Es una costumbre mexicana muy bonita —comenzó a explicarle, acercándose de nuevo a ella, cruzando la biblioteca, sorteando las pilas de libros—. Ponemos una mesa toda decorada con cempazuchitl, unas flores preciosas de color naranja que comunican el mundo de los muertos con el de los vivos; aquí también se pueden conseguir, las llaman tagetes. Y luego lo adornamos con velas, calacas y esqueletos de papel, y fotos de los difuntos más cercanos, a los que queremos agasajar, y muchas cosas más. Si quiere, puedo hacer también pan de muerto para el altar. Me sale muy bueno.

—¿Pan de muerto? —musitó Carola. Cuando quiso darse cuenta, estaba negando con la cabeza sin saber bien qué quería decir, y Flor la miraba casi espantada.

—No. No te molestes —consiguió decir—. Por fin van a venir el fin de semana del 5 de diciembre. Y, para mí sola... Me lo pienso. Es que... me ha pillado un poco... me lo pienso y te digo algo. Gracias, Flor.

16

Jo había aparecido con una bolsa gigante de galletas con forma de fantasmas, diablillos, esqueletos y demás motivos propios de Halloween y, aunque al principio todo el mundo, por una u otra razón, había dicho que no, poco a poco habían empezado a meter la mano en la bolsa, habían ido picando y ahora ya estaba mediada, para satisfacción de Jo, que siempre disfrutaba de ser el tentador del equipo.

—Bueno, pues que alguien haga un resumen de lo que tenemos —dijo Wolf, agarrándose la nuca con las dos manos, cuando todos hubieron intervenido, dando cada uno su explicación en detalle.

Gabriella tomó la palabra:

—El antiguo dueño de la casa es Charles Walker, nacido como ciudadano estadounidense en 1920, en Idaho. Vino a Austria con las fuerzas de ocupación, después de haber pasado toda la guerra en Europa. Se alistó voluntario a los dieciocho años y cuando acabó la guerra, a los veinticinco, era teniente. Varias condecoraciones al valor y por su excelencia en el combate cuerpo a cuerpo. Dejó el ejército en el 47 y, en lugar de regresar a Estados Unidos, se quedó aquí en Viena no sabemos por qué. Podría haberse enamorado de una austriaca, pero aún no hemos avanzado nada en esa línea. Si dejó su casa en herencia a un sobrino nieto, es de suponer que no tuviera hijos propios, pero de eso tampoco sabemos nada.

«Se nacionalizó austriaco en 1959 y a partir de esa fecha hay algo más de información. Trabajó como escolta de varios políticos de nivel nacional y en 1963 fundó una pequeña empresa de seguridad, Metal Angels, que debió de irle muy bien porque hemos encontrado varios pisos a su nombre, que tuvo en alquiler hasta su muerte y le daban buenos ingresos. Parece que los vendió todos antes de morir y no tenemos ni idea de qué hizo con el dinero. Habrá que preguntarle al sobrino cuando lo encontremos. Murió en el AKH en 2007, pero no de viejo, como habría sido lo normal, sino de accidente. Lo atropelló un coche que se dio a la fuga. Cumpliendo con sus deseos depositados ante notario, fue incinerado. Yo no tengo más.

—Necesitamos una lista de los políticos a los que les hizo de escolta. Si queda alguno vivo, quiero hablar con él —dijo Wolf, haciéndose una nota en su cuaderno. Gabriella asintió, haciendo lo mismo—. ¿Quién sigue?

—Lo que podemos sacar de la información que nos han traído los agentes que han estado preguntando por el barrio —continuó Jo, mientras echaba un vistazo a sus notas dispersas— tampoco es que sea para tirar cohetes: los que lo recuerdan, que no son más que tres o cuatro, porque el caballero tendría ahora cien años si viviera, dicen que tenía horarios raros, que saludaba con amabilidad, pero no se paraba a charlar con nadie, salvo un «feliz Navidad» o similares, que no recuerdan que nunca hubiese una mujer en la casa, ni familia de ningún tipo, y que el jardín siempre estuvo hecho un desastre. Esto, para los vecinos, tiene su importancia, porque después de la guerra intentaban recuperar el buen aspecto del barrio y olvidar cuanto antes lo que había sucedido, y un vecino que no cuida su jardín es siempre una espina. ¡Ah! Tampoco recuerdan haberlo visto nunca en misa. Y lo gracioso es que todos los vecinos lo han nombrado, como si fuera algo muy importante o muy definitorio de su personalidad. Una de las interrogadas ha dicho también que era un hombre muy guapo, «como James Bond».

Todos se rieron.

—¿Cuál de ellos? —preguntó Gabriella.

—Pues me imagino que Sean Connery, porque la señora debe de andar por los noventa años.

—¿No tenemos fotos? —preguntó Wolf.

—Nada. Salvo la foto de carné de su ficha militar, de 1945, y la de su solicitud de nacionalización, en el 59.

—Pásale la más reciente a los colegas del equipo técnico. Que la envejezcan hasta los cuarenta, cincuenta, sesenta... Hasta los ochenta, digamos. Necesitaremos poder enseñar algo a la gente más joven del barrio, a ver si alguien recuerda algo de un niño en la casa. Si hubo un niño, quizá alguien de una edad similar lo recuerde, o fueron juntos a la escuela, o jugaban al fútbol en el mismo equipo infantil o algo. Jo, diles a los agentes que pregunten a vecinos que tengan sobre los treinta y tantos hasta los cuarenta.

—¿Se sabe ya cuántos años llevaba el niño enterrado al pie del roble? —preguntó Markus.

—Sobre los veinticinco años, dice Hofer.

—Lo que sitúa la muerte en 1995 o así, poco más, poco menos —calculó Jo.

—Cuando Walker tenía setenta y muchos. —Wolf arrugó el entrecejo—. O sea, que o estaba estupendamente en forma, o tuvo un cómplice. Cavar una tumba debajo de un árbol de raíces gruesas no es ninguna tontería.

—Y estamos hablando de un roble —añadió Jo.

—¿Sigues con las denuncias de niños desaparecidos?

—Sí. Ahora que sabemos la época, podré reducir un poco la búsqueda. Meidling, veintidós a treinta años atrás. Parece increíble, pero hay a montones.

Casi todos usaron la pausa para meterse una galleta fantasma en la boca y ahorrarse la respuesta. Al fin y al cabo, no había nada que decir.

—¿Y tú, Markus? ¿Has encontrado algo del trastero de madera?

—Bueno… no es que sea nada, pero resulta curioso. Fui a ver la casita con mis propios ojos para ver si tenía en alguna parte una etiqueta o cartel o lo que fuera con la marca y la empresa que la fabricó, o el número de modelo o cualquier otra información. Todas suelen tenerlo en algún lugar que no salte mucho a la vista. Bien, pues esta no lo tiene por ninguna parte y, donde debería estar, abajo, junto al rodapié, por la parte de detrás, alguien se tomó la molestia de quemar esa información. Ahora no hay más que una quemadura profunda que no permite descifrar ninguna letra.

—Curioso —dijo Gabriella—. Como si quisiera asegurarse de que nadie pudiera seguirle la pista.

—Por ahí van los tiros. De todas formas, he buscado a conciencia y lo más que puedo decir es que ese modelo, o muy similar, se ofrecía hace unos treinta años en varios supermercados de bricolaje. Era muy frecuente verlo en jardines y *schrebergärten* porque salía bien de precio, pero, por lo que me han dicho en Bauhaus, era bastante endeble y de dudosa calidad. Los fabricaban en los países del Este y por eso salían tan baratos, pero muy buenos no eran —terminó Markus.

Mientras iba saliendo el equipo para volver a sus despachos, Fischer tocó con los nudillos en el marco de la puerta abierta.

—Jefe, ¿se acuerda del taxi que buscábamos?

—Sí, ¿qué hay?

—Ha aparecido bien camuflado bajo unos árboles en un camino poco transitado, cerca del aeropuerto. Le habían destrozado el GPS a golpes. Los técnicos dicen que no creen que se pueda recuperar la historia.

—Joder. ¿Algo más?

—Nada que valga la pena. Una pegatina de un toro español y otra de Australia. Dos cojines de ganchillo. El dinero, poco, porque apenas había empezado el turno, en el coche.

—¿Y el taxista?

—Mehmed Özmir, turco de segunda generación. Divorciado. Su ex, austriaca, camarera en un *heuriger*, lo odia y dice que le está bien empleado por vago y por las compañías que frecuentaba.

—¿Que eran… según ella?

—Mafiosos de poca monta, traficantes, yonquis, putones… palabras textuales de la mujer. Parece que a nadie le importa una mierda que lo hayan matado, o se haya suicidado o lo que sea.

—Hay que buscar por la vía de la droga. Habla con Gritsch y que te dé nombres de camellos que trafiquen con *liquid sky*. Aún no debe de haber muchos porque es un invento muy nuevo.

—A la orden.

—Tenme al día.

$\mathcal{A}$ las cuatro de la tarde, cuando la luz empezó a declinar, Carola se levantó de la mesa donde había estado anotando en limpias columnas los diferentes tipos de libros que pensaba que tenían un valor evidente en términos económicos y los otros, los que eran especialmente hermosos u originales o los que le gustaban a ella misma, aunque suponía que nadie tendría particular interés en poseerlos.

Cada vez le llamaba más la atención la biblioteca de aquel hombre. Primero había pensado que sería una herencia, o que los habría comprado casi todos a la vez, en el remate de alguna colección que los familiares del difunto no querían conservar por falta de espacio o de interés, pero poco a poco se había ido dando cuenta de que la mayor parte de lo que había visto —y no había visto más que una ínfima parte de lo que había allí— había sido realmente elegido y colocado en un orden concreto. Había una gran selección de poesía de todos los tiempos, con preferencia por los poetas ingleses, pero sin desdeñar tampoco a los clásicos de la mayor parte de países europeos y varias colecciones de poetas chinos, indios e indonesios traducidos al inglés o al alemán. Otra vitrina estaba dedicada a mitos, leyendas e historias de dioses de todas las mitologías del planeta, textos sagrados de diferentes religiones y ensayos antropológicos. Otra contenía libros de todo tipo de escuelas psicológicas, las obras completas de Jung y de Freud, y publicaciones tan recientes como las del año anterior.

La colección de historia era impresionante, igual que la de astronomía, y la parte dedicada a los diccionarios y las gramáticas era casi divertida porque en algunas ocasiones ella ni siquiera sabía que existiesen esas lenguas y creía incluso que cabía en lo posible que, mientras tanto, alguna de ellas hubiese desaparecido de la faz de la tierra.

Estaban las obras completas de los grandes novelistas del siglo XIX; las novelas del boom latinoamericano, casi todas en primeras ediciones, algunas de ellas dedicadas por sus autores en años inmediatamente posteriores al de su aparición; había una importante colección de obras de teatro, desde Sófocles hasta la más reciente actualidad; ensayos sobre todo tipo de temas; novela negra, ciencia ficción, todas las distopías que ella había leído y oído nombrar, además de muchas otras que no le sonaban de nada; novelas de espionaje; obras escogidas de algunos premios Nobel —lo que la llevaba a pensar que de verdad le interesaban y las había leído, no se había limitado a comprar las obras completas de Tony Morrison o de J. M. Coetzee en edición de lujo—; biografías de hombres y mujeres de todos los campos.

A Jacobo Valdetoro parecía interesarle absolutamente todo: política, música, aeronáutica, biología, física… Podría pasar años clasificando todo aquello para que Javier pudiera desprenderse de aquellas maravillas, pero de momento había conseguido llenar tres cajas con libros de seguro valor bibliófilo, desde una preciosa Geografía del siglo XVI hasta un ejemplar de la primera edición del *Dracula* de Stoker firmada por el autor y dedicada probablemente a un miembro de la familia real británica, a juzgar por las letras HRH antes de un nombre que podría ser Philip y no había acabado de descifrar.

Y luego estaban todas las anotaciones en los libros, cientos, miles de anotaciones, desde simples subrayados o signos de interrogación y de exclamación o dibujitos —ojos, soles, espirales…— hasta párrafos a lápiz duro en letra diminuta que llenaban los márgenes de las páginas y unas veces la hacían sonreír y otras la obligaban a reflexionar con el ceño fruncido; y los papelitos que llenaban casi todos los libros que había abierto hasta el momento, que eran muchos: billetes de metro de ciudades de todo el mundo, entradas de cine y teatro, direcciones garabateadas por diferentes manos, números de teléfono, frases sueltas sin ningún contexto, citas de escritores y artistas en varias lenguas… Y de vez en cuando dibujos realmente buenos, retratos a lápiz encima de una página escrita, paisajes que igual podían ser reales que inventados, a lápiz o a pluma, caricaturas de desconocidos o de famosos...

Allí, en aquella biblioteca, estaba Jacobo —Chuy—, lo que había sido, más que en cualquier otro sitio, y, poco a poco, se iba formando una imagen, una especie de figura holográfica de su pensamiento, de su existencia, todo lo que no estaba en la Red porque, al parecer, aquel hombre había sido un auténtico fanático de su intimidad. Y ahora ella, por una de esas extrañas casualidades de la vida, tenía acceso sin cortapisas a lo que él nunca le habría permitido ver a nadie, al *sancta sanctorum* de su existencia. Si hubiese llegado a conocerlo en persona, habría tardado años en acceder tan dentro de su intimidad y jamás se hubiese atrevido a leer sus anotaciones sin su permiso expreso. Sin embargo, así... podía leer cosas como un comentario a un poema de Tennyson junto al que Jacobo había garabateado: «¿Por qué diablos me conmueven estos versos? ¿Es lo que yo querría haber sido? ¿Será la vejez?».

¿Sería posible enamorarse de un muerto por su biblioteca?

Movió la cabeza, impaciente, y borró la idea.

Creía que era buen momento para llamar al diplomático, hablarle de sus progresos y preguntarle la cuestión de alojar a su hijo en la casa. A su hijo y a su amiga, claro.

Se estiró a conciencia, fue a la cocina, se sirvió una copa de vino blanco, volvió a la biblioteca, cogió el móvil y, antes de pensarlo más, marcó el número privado que le había dado Javier. No tardó mucho en contestar y se mostró enormemente satisfecho por la rapidez con la que Carola estaba llevando las cosas. En cuanto ella le preguntó lo que más le interesaba, la respuesta fue inmediata:

—Pero por supuesto, querida Carola. No hay problema. Mi esposa y yo nos vamos de viaje esos días y sé que la casa queda en buenas manos. Me alegro mucho de que tu hijo haya decidido venir a visitarte; eso habla muy a favor de tus cualidades como madre. La mayor parte de los chicos de esa edad se irían a pasar los días libres con sus amigos.

Al oír «mi esposa», sin poder evitarlo, le vino a la cabeza lo que le había contado Flor que decía Jacobo y estuvo a punto de soltar una carcajada. Se imaginaba a Javier, con su pelo entrecano y su barriga incipiente, dando la mano a una niñita de diez años pintada y vestida como una mujer, haciendo equilibrios sobre unos tacones de aguja y sujetándose el bolso de cadena dorada.

—Muchísimas gracias, Javier. No quería causarte ninguna molestia.

—Para nada, querida. ¿Cuándo te parece que mande a alguien a recoger esas listas? Me gustaría que mi secretario empezara a ofrecerlas en algunas librerías que conozco.

—Cuando quieras a partir de mañana, que las pasaré a limpio y las dejaré arregladas.

—Perfecto. Ah, y a lo largo de la semana irá también alguien de un *antiquariato* de aquí de Viena, gente de mucho prestigio, a echar una mirada a los muebles y, si me da tiempo, quizá también tengas que recibir a un tasador de pintura moderna. Nunca acabé de entenderlo, pero Jacobo se empeñaba en comprar unos cuadros que a mí me parecían horrorosos, pero al parecer tenían posibilidades de aumentar de valor.

—¿Cuadros? En la casa no he visto muchos, la verdad.

—Solo tenía colgados algunos. Otros están embalados y guardados, imagino que en el desván, o quizá tenga alquilado algún almacén. Ya te digo que los compraba como inversión.

—Ah. De acuerdo. Yo estoy aquí casi siempre.

—Les daré una llave y así no tienes que estar presa en casa. ¿Te parece?

—Como quieras, Javier, pero te agradecería que me dijeras cuándo piensan venir. No quiero llevarme un susto encontrándome de pronto con alguien que no sabía que estaba dentro.

Él soltó una suave risa, condescendiente.

—Les diré que te llamen antes. Perdona, pero me has pillado en un momento en que no tengo tanto tiempo como desearía. ¿Hay algo más?

—No. Eso es todo. ¡Buen viaje!

—Es apenas un fin de semana largo en las Seychelles. Para escapar de estas horribles temperaturas que estamos teniendo fuera de estación. Dicen que el otoño aún va a volver, pero no me fío… —terminó con una risa—. ¡Que disfrutes de tus hijos, Carola! Y muchas gracias por estar ocupándote de todo.

«Mis hijos —pensó nada más colgar—. ¡Ojalá fueran mis hijos!» ¡Cuántas veces lo había pensado! Si hubiesen vivido los dos, ahora tendría dos hijos: Alma y Julio. Ahora su hija tendría casi treinta y siete años. Podría estar casada, podría tener ya uno o dos hijos a su vez y ella tendría nietos. Julio tendría sobrinos. Serían una gran familia. Mientras que así… «Hijos», había dicho Javier. Quizá, con suerte, alguna vez la mujer que Julio eligiera sería también su hija, o algo parecido… ¡Ojalá!

Otra vez la ola de miedo pasándole por encima como en una playa desierta, sin nadie que pudiese acudir en su rescate.

Antes, cuando le daba el ataque de pánico, Tino estaba ahí, al menos algunas veces, dispuesto a abrazarla, a consolarla, a asegurarle que todo saldría bien, que lo superarían, que serían felices… pero Tino tampoco era quien ella había creído, y se había marchado, la había dejado sola con sus terrores, con sus pesadillas, con sus fracasos, como el de Toby y el pobre Daniel.

Volvió a sacudir la cabeza con fuerza, se acabó la copa de un trago y fue a la cocina a ponerse otra. Se había hecho de noche, el frío en el exterior era considerable, según decía el termómetro instalado junto a la cristalera de la cocina; no era realmente una tarde para salir a pasear, pero tampoco le apetecía quedarse en casa, sola con todas las sombras, con sus pensamientos y sus terrores. No conocía a nadie en aquella ciudad, aparte de Wolf, y no quería volver a llamarlo y confesarle que se sentía sola y angustiada.

Podía llamar a Susana y charlar un rato, pero tendría que comunicarle el cambio de planes y seguro que acabarían peleándose. O a su hermana, a ver qué estaban haciendo ella y mamá. A Julio no. Pensaría que lo llamaba para espiar y que le contara más de lo que estaba dispuesto a decir por el momento.

El cine podría ser una buena opción; tenía que echar una mirada a qué estaban poniendo.

Oyó la música del móvil y volvió a buen paso a la biblioteca, casi ilusionada de que alguien se hubiese acordado de su existencia.

—¿Carola? —La voz de Wolf—. ¿No querías ir al gimnasio?

—¡Qué eficiencia la tuya!

—Estamos por tu zona. Si quieres me paso a recogerte, te llevo y te presento para que te acrediten. Luego podemos ir a picar algo por mi barrio y nos contamos las novedades.

—¿Novedades? ¡Si llevo todo el día encerrada en la biblioteca!

—Pues te contaré yo. ¿Te va?

—¿Cuánto tardarás?

—Diez minutos.

—Entonces tendrás que salir con una mujer sin pintar.

—Y tú con un hombre que no se ha lavado el pelo por la mañana.

Terminaron con una risa y Carola, más aliviada de lo que quería confesarse, subió a la habitación a cambiarse de ropa.

CAPÍTULO II

1

*L*os días que faltaban para el fin de semana de la Purísima se le pasaron a Carola en un soplo. Por fin Susana y Tomás habían decidido visitarla después de Navidad, ya que ella pensaba quedarse en Viena al menos hasta la primavera; Julio y su chica sorpresa llegarían a primeros de diciembre y, al parecer, Javier no tenía ninguna prisa en acelerar el trabajo, lo que a ella le estaba permitiendo relajarse mucho más de lo que nunca hubiera creído posible y hasta había empezado a dormir mejor.

Desde su llegada a Viena había conseguido crearse una tranquilizadora rutina de trabajo y asueto: media hora de natación en casa nada más levantarse, luego biblioteca y fisgoneo general; al final de la jornada, gimnasio, donde incluso había hecho algunas amistades gracias a Wolf, que le había presentado a Konrad, de estupefacientes, a Karin, de investigación tecnológica, especializada en pornografía infantil, y a otros colegas con los que coincidía con menos frecuencia, pero con los que a veces tomaba una cerveza en el local frente a la comisaría donde solían reunirse; paseos por la zona que se iban ampliando a otros barrios de Viena; sesión de tiro o visitas a museos los domingos y algún cine o cena con Wolf de vez en cuando.

El único problema era que su amigo, quizá por ese peso de la soledad que le había confesado en la cena del Palmenhaus o por la sensación, que ella conocía tan bien, de estar a punto de dar el paso final que cerraría la etapa profesional de su vida, estaba intentando acercarse más de lo que a ella le parecía aceptable. No habría tenido mayor inconveniente en meterse en la cama con Wolf; era un hombre atractivo y cariñoso, con un cuerpo fibroso y aún en forma, con una chispa de diversión en los ojos que lo anunciaba como buen amante. Sin embargo, la necesidad de amor que sentía en él era lo que la detenía. Ni quería hacerle promesas de un posible futuro común, ni quería hacerle daño ofreciéndole solo un pasatiempo mientras ella estuviese en Viena. Después de lo de Tino, no se sentía aún dispuesta a confiar en nadie, y mucho menos en otro policía.

Todo el mundo llega a los sesenta años con una mochila cargada a la espalda en la que ha ido metiendo los fracasos, los dolores, la culpabilidad, la rabia, las ocasiones perdidas, las decisiones mal tomadas..., todo el mundo. Pero los policías cargan una mochila mucho más pesada porque en la suya está también todo lo que han tenido que ver y oír a lo largo de su vida profesional, lo que las personas normales ni siquiera saben que existe en este mundo; los policías cargan con todos los monstruos de todas las caras, con las frustraciones de lo que no han podido hacer, con la vertiginosa sensación de no haber logrado defender o librar a una víctima de su verdugo. Por eso hay tantos policías que no consiguen tener una convivencia tranquila y feliz con sus parejas, porque a toda esa carga que arrastran hay que añadirle los silencios, las cosas de las que no se habla, ya que al ponerlas en palabras se les concede una realidad más dolorosa, una presencia que parasita el cerebro y se cuela en los sueños, convirtiéndolos en pesadillas.

A ella le había pasado con Juanma, aunque hasta lo de Alma lo habían ido llevando bastante bien, y luego con Tino, con el que nunca hablaba de su trabajo.

Él sí que hablaba incesantemente de sus proyectos, de sus ideas, de lo que estaban haciendo él y su equipo; le enseñaba croquis, planos, fotografías, la llevaba al fin del mundo a que viera los primeros pasos de una construcción a la que luego ella volvía para la fiesta, cuando se inauguraba. No había sitio en el mundo de Tino Uribe, lleno de trabajo duro y glamour, para lo sucio, para lo monstruoso con lo que ella se enfrentaba día tras día. Su formación como psicóloga y su entrenamiento profesional le habían otorgado una armadura que podía vestirse por dentro cuando la necesitaba, pero nunca era bastante y en algunos casos la sentía tan frágil como si estuviera hecha de papel de arroz.

Había momentos en que se había sentido como san Jorge

matando al dragón, y lo había conseguido. En otras ocasiones, sin embargo, el dragón había logrado destrozarla con un par de zarpazos y, dejándola tirada en el barro, había continuado su camino de destrucción.

Sabía que a Wolf le pasaba lo mismo, pero él pensaba que con ella sí que podía hablar del contenido de su mochila, de sus cicatrices, de sus heridas aún supurantes. Y ella no tenía ganas de eso. Quería olvidar. Cerrar los ojos ante la realidad, si era eso lo que hacía falta para sobrevivir, y seguir adelante por un camino de rosas. Ya había habido bastantes espinas en su vida. Ahora prefería sumergirse en la paz y el silencio de aquella casa ajena y dejarse envolver por el misterio que rodeaba a aquel hombre magnético y muerto, ir enamorándose poco a poco de un fantasma que nunca le haría daño, que ella podría formar según sus deseos sin tener que enfrentarse con la realidad de una voz, de un carácter, de un ego opuesto al suyo.

Poco a poco tenía la sensación de que todo empezaba a ser más amable y ligero; dormía mejor con menos pastillas, charlaba un poco con Flor o con alguno de los peritos que Javier había ido enviando a la casa y que se paseaban por las estancias haciendo fotos y tomando notas para recalar al final en la cocina donde ella les ofrecía un té o un vino y se entretenía durante un rato antes de volver a la biblioteca. Así se había enterado de que la colección de arte de Jacobo, que, efectivamente, estaba casi toda embalada y almacenada, era de primera calidad y constituiría un botín muy preciado para quien consiguiera hacerse con él. Y había descubierto también los poquísimos cuadros que tenía colgados y que se habrían disputado los mejores museos del mundo. Había pasado unas horas buscando en Internet y sabía que cualquiera de los cuadros que Jacobo tenía a la vista, incluso si los había comprado al comienzo de la carrera de los artistas, habría costado una millonada.

Cada vez le parecía más misterioso que aquel hombre hubiese podido amasar una fortuna tan grande importando arte exótico; empezaba a estar segura de que, por mucho que hubieran heredado de sus padres él y su hermano, tenía que haber otros negocios paralelos, pero hasta el momento no había descubierto nada que le diera la menor pista.

En su primera exploración de la casa, apenas se había fijado en los cuadros, pero desde entonces había tenido tiempo de admirar los pocos, pero impresionantes, que Jacobo había querido tener a la vista: un Pollock en el comedor formal, contrastando violentamente con sus colores salvajes y enmarañados con los sobrios muebles rectilíneos; un maravilloso cuadro de Cy Towmbly, que después de una búsqueda en Internet había conseguido identificar como uno perteneciente a un ciclo dedicado al dramaturgo inglés contemporáneo de Shakespeare, Christopher Marlowe, y que colgaba en la sala de música, en la pared que quedaba fuera de la vista al abrir la puerta, como si hubiese querido guardarlo solo para él; un magnífico retrato de Lita Cabellut en tonos rojos y negros, un hombre poderoso y cruel —un cardenal quizá, o un papa— con ojos como brasas que fascinaba y repelía a la vez al contemplador, y un Helnwein que todavía le daba escalofríos.

Tanto este como el de Cabellut habían sido montados de modo que un panel de madera, donde había otro cuadro, abstracto en un caso, simbolista en otro, podía correrse por encima de las obras de arte cuando el dueño de la casa no quería que quedaran a la vista. El de la artista española estaba en el despacho de Jacobo, cubierto por un Rothko; el del austriaco, en el dormitorio, oculto tras una pintura de Pepi Sánchez, la gran pintora sevillana del mundo onírico.

Desde que había descubierto el Helnwein, Carola había ido tres o cuatro veces a contemplarlo a pesar de que le daba terror y sacaba de su interior lo más horrible de sus recuerdos. Era un cuadro de dos metros por dos que, en una técnica hiperrealista, de precisión fotográfica, mostraba a una niña rubia y pálida, de siete u ocho años, con el pelo recogido en una cola de caballo y vestida con una enagua blanca, que, sentada en el borde de un camastro en una celda gris, parecía esperar a su torturador con una mezcla de espanto y resignación en su joven rostro. Sus ojos verdes, de pupilas dilatadas que los hacían casi negros, miraban hacia el contemplador, convirtiéndolo de ese modo en el torturador que estaba a punto de entrar en la celda y cerrar la puerta tras él con doble vuelta de llave.

Carola comprendía muy bien que Jacobo no hubiese querido que nadie viera aquello en su dormitorio, aunque el cuadro era grandioso y seguramente valiosísimo, pero las asociaciones que despertaba en quien lo contemplaba no eran las más apropiadas para una noche romántica.

El motivo para haber tapado la obra de Lita Cabellut podía ser otro. Quizá Jacobo lo usaba como inspiración para marcarse el camino que quería recorrer, para no perder de vista su meta de convertirse en un hombre poderoso, pero al estilo renacentista o barroco, uno de esos próceres que llegan a lo más alto con discreción y elegancia. Y posiblemente no le interesaba que ninguno de sus socios o clientes pudiera leer significados ocultos en sus elecciones artísticas. O sencillamente el cuadro era tan intenso y avasallador que no le habría permitido trabajar tranquilo y prefería ocultarlo para admirarlo en soledad, en las pausas.

De Toussaint tampoco sabía nada desde un breve mensaje que le había enviado a la semana de marcharse y que solo decía que iba a tardar más de lo previsto porque en Tailandia las cosas iban mucho más despacio de lo que uno pudiera imaginar.

Esperaba que no se le ocurriera regresar precisamente cuando estuvieran Julio y su amiga.

Le había escrito a su hijo que iría a la estación a recogerlos porque él se había negado a que fuera al aeropuerto. «¿Para qué vas a venir, si no tienes coche? Igual tenemos que coger el tren para llegar a la ciudad y ahí podemos montarnos en un taxi y llegar a la casa.» Pero al final había logrado convencerlo de un punto medio y habían quedado en la estación de Landstrasse.

Tenía que confesarse que estaba nerviosa. Hacía tres meses y medio que no lo había visto, y la simple idea de que no venía solo, de que quería presentarle a alguien que era importante para él, la inquietaba.

La noche anterior le había dado un par de vueltas a qué ponerse. ¿El traje, como siempre? ¿O mejor más informal: vaqueros y una sudadera? Aunque así... ¿no pensaría la chica que estaba tratando de parecer más joven, más coleguizante, menos futura suegra? A Julio le daría igual, ni siquiera notaría cómo se había vestido su madre, pero para la chica era la primera vez, la primera impresión, y eso siempre tiene importancia.

Al final se decidió por algo intermedio: vaqueros, camisa y americana. De todas formas, encima iba el anorak. A pesar de que, por suerte, había amanecido un día de sol radiante, las temperaturas dejaban claro que el invierno se acercaba y una americana no era suficiente para salir a la calle.

Cogió el tranvía hasta Schottentor y desde allí, como tenía tiempo de sobra, siguió caminando hasta la Landstrasse, disfrutando de la cálida luz sobre las fachadas de las casas que, con ese tiempo, ya no se veían tan tristes.

Viena siempre le había parecido una ciudad de hueso, hecha de edificios color marfil, beige, gris claro, como esqueletos antiquísimos abandonados en una llanura junto al gran Danubio y que, con el tiempo, habían sido colonizados, habitados, adornados con flores de estuco, con guirnaldas de escayola o de cemento o de hormigón; una ciudad de ancianos y de tantos perros que sus deposiciones suponían cuatro toneladas diarias; una ciudad donde una niña pequeña podía desaparecer para siempre, donde detrás de las fachadas de hueso sucedían cosas terribles a las que nadie ponía palabras.

Pero hoy no. Hoy no. Hoy Julio estaba a punto de llegar con su chica y hacía sol y él no conocía Viena ni sabía que era una ciudad donde podían pasar cosas terribles. Él descubriría la ciudad que ella iba a enseñarle: una ciudad hermosa, imperial, llena de parques, donde había semáforos con parejitas del mismo sexo cogidas de la mano o unidas por un corazón, donde había cientos de museos, de conciertos, de buenos restaurantes y de tiendas puestas con gusto exquisito. Se subirían en la noria del Prater y pasearían por los jardines de Schönbrunn; irían a un *heuriger* a comer platos típicos oyendo *schrammel* y tomando un buen *sturm*; los invitaría a una *sachertorte* en el hotel que la inventó y se tomarían un capuchino en el Hawelka, el clásico café de los intelectuales de los sesenta, y otro en el Landtmann, junto a la universidad; y los llevaría a comer al Café Central con sus techos de bóvedas góticas, blancos y dorados, y a la Albertina a ver la extraordinaria colección Batliner y…

Se interrumpió. Mejor dejar de hacer planes para ellos y esperar a ver qué les interesaba. Era ya casi la hora, de modo que se colocó junto a la salida, donde no pudieran dejar de verla.

Llegó el tren al andén indicado y enseguida empezó a bajar una marabunta de gente cargada con maletas y mochilas, de modo que, aunque se esforzó por distinguir la silueta de su hijo, no lo consiguió hasta que estuvo casi junto a ella con una enorme sonrisa en la cara, ahora con barba, y dos brazos apretándola en un abrazo de oso.

Cerró los ojos un instante disfrutando de la maravillosa sensación del cuerpo de su hijo contra el suyo, lo familiar de su tacto, de su respiración, de su olor. Hubiera podido estar así cinco minutos, olvidada de todo, pero, recordando que no venía solo, lo apartó con delicadeza y, sin soltarlo por completo, lo miró de arriba abajo, apreciando los cambios que esos tres meses y medio habían producido. Estaba más guapo, más adulto, más delgado. La barba corta le sentaba bien, se había cortado más el pelo y se había puesto un pequeño pendiente en la oreja izquierda, un diamantito negro.

—¡Cariño mío, qué ganas tenía de verte! ¡Estás guapísimo!

—¡Y tú estás estupenda, mamá! —le dijo con una sonrisa de oreja a oreja—. No sé qué tendrá Viena, pero está claro que te sienta bien. Mira, esta es Sheila —dijo volviéndose hacia atrás, para atraer a la muchacha que lo acompañaba.

Carola se quedó de piedra.

Sheila no era una chica; era una mujer. Debía de ser quince años mayor que Julio por lo menos. Era tan alta como él, muy delgada, llevaba el pelo teñido de negro noche, un *piercing* en la ceja, otro en el labio inferior y toda la oreja llena de aritos de plata. Iba vestida de cuero negro de buena calidad, con pantalones ajustados y cazadora corta sobre un jersey violeta de cuello vuelto, botines de tacón alto y un anorak plateado. Llevaba los ojos muy maquillados, lo que contrastaba con el azul clarísimo de sus iris que, por un momento, le parecieron ciegos, inquietantes.

Se quedó unos segundos parada, sin saber qué hacer, hasta que la amiga de su hijo le tendió la mano y Carola se la estrechó automáticamente, luchando por mantener la sonrisa en el rostro.

—¡Venga! —dijo Julio colocándose entre las dos y pasándoles un brazo por los hombros—. A ver adónde nos llevas a comer. Estamos muertos de hambre, ¿verdad, cari?

Le resultaba raro oír a su hijo llamando «cari» a alguien con esa naturalidad. Y en ese instante se dio cuenta de que había hablado en español, pero antes de que pudiera preguntar nada, él explicó:

—Sheila es inglesa, de madre escocesa, pero de padre argentino. Entiende todo, aunque no habla tanto.

—Ché, claro que hablo, boludo —dijo con una voz grave, de marcado acento porteño—. Pero sos vos quien tenés que aprender mi lengua.

—¿No queréis pasar primero por la casa a dejar el equipaje?

—No —dijeron casi los dos a la vez.

—La comida del avión es una basura y salimos muy temprano hoy —añadió ella.

—Vale, pues, en ese caso, mejor vamos directamente al Central, que es un sitio precioso con buenos menús de mediodía, y luego a casa. Para la cena ya buscaremos algo un poco más contundente.

—Gracias, mamá. Solo una cosa más… Sheila es vegana y yo…

—¿Te has hecho vegano? —Carola se volvió hacia su hijo; no daba crédito a lo que acababa de oír.

—No, no… —rio él—. Solo vegetariano. Al menos de momento…

—¿Vegetariano tú? ¡Pero si las vacas salían corriendo muertas de miedo nada más verte!

Julio cruzó una mirada rápida con Sheila.

—Es una cuestión moral, mamá. Claro que me siguen gustando los solomillos y los chuletones, pero me sacrifico por el bien del planeta.

—¡Ah! —Cruzaron la calle en silencio hasta la parada de taxis—. ¿Tenéis algo en contra de los vehículos de motor o preferís caminar? —preguntó con un cierto recochineo.

—Hemos venido en avión, mamá. No exageres.

—No, si ya me había dado cuenta… pero nunca se sabe…

En un segundo, Julio y Sheila se habían puesto cómodos en el asiento trasero cogidos de la mano y Carola tuvo que ocupar el lugar del copiloto mientras ellos cuchicheaban en inglés y ella le indicaba al taxista adónde querían ir. Al parecer nadie les había explicado que resulta de muy mal gusto cuchichear delante de otra persona, mucho más si es de la familia.

Apenas terminó de pagar Carola al llegar a la Herrengasse, Julio le enseñó un restaurante en el móvil:

—Mira, mamá, ¿qué te parece si comemos aquí? Hemos

mirado el menú del Central en Internet y no hay nada que pueda comer Sheila, mientras que aquí, que está a dos pasos, hay cosas para todos.

La foto mostraba un local pequeño, de mesas altas y taburetes, con pizarras en las paredes anunciando hamburguesas y kebabs veganos, hummus, falafel y otros platos que no le sonaban.

—Como queráis.

—Luego, o mañana, podemos venir al Central a tomar un té; parece muy bonito.

—No hay ninguna prisa —zanjó ella, molesta. Le habría hecho ilusión entrar allí cogida del brazo de su hijo, oyéndolo contar sus experiencias en Londres, invitarlo a un buen filetón de ternera o a un *tafelspitz* con toda su guarnición, pedir un buen vino y charlar, charlar, y reírse, y ponerlo al día de la casa en la que estaba viviendo... pero ya no iba a ser posible y cuanto más se negara a aceptar la realidad, peor sería.

—Guíanos tú, *baby* —dijo Julio—. Sheila tiene un sentido de la orientación increíble, ya verás, mamá.

—¿Conocías ya Viena? —le preguntó Carola a la chica.

—No. No estuve nunca acá, pero todas las grandes ciudades de Europa son iguales. —La inglesa se puso las gafas de sol, a pesar de que el cielo había empezado a cubrirse, y echó a andar delante de ellos.

Julio le echó el brazo por los hombros a su madre y le dio un rápido apretón.

—¡Qué ganas tenía de verte! Venga, cuéntame, ¿qué tal el «nuevo trabajo»? —Marcó con claridad la ironía.

—Mejor de lo que habría podido imaginarme, la verdad. Son casi unas vacaciones, y es muy curiosa la sensación de ir conociendo a una persona a través de sus libros, de las anotaciones que hizo en ellos, de los cuadros que eligió para su casa, de sus muebles y sus lámparas... No me había pasado nunca.

—¡Cuánto me alegro! ¿Duermes mejor?

Julio no se refería a las pesadillas que había sufrido desde la desaparición de Alma. De eso no sabía nada porque ella jamás le había querido hablar del asunto. A lo que se refería era a los insomnios y sueños angustiosos que había tenido desde el asesinato de Toby en el crucero.

—Sí, algo mejor, incluso sin pastillas. Parece que poco a poco lo voy dejando atrás.

El chico se inclinó hacia el oído de su madre para susurrarle:

—Sheila no sabe aún que eres policía. Ya habrá tiempo. De momento le he dicho que eres psicóloga.

Carola se envaró.

—¿Y eso? ¿Tanta vergüenza te da?

—Su padre tuvo muchos problemas con la Policía británica, como inmigrante, y odia a la Policía desde sus años de activista en Argentina. Ya te contaré. Por favor, mamá… —añadió después de una pausa en la que avanzaron unos metros con la vista perdida en el fondo de la calle.

Ella asintió con la cabeza por fin, sin palabras, justo antes de que Sheila se detuviera frente al local que buscaban —Garden's Delight— y que estaba bastante lleno de gente de treinta y tantos años acabando ya la pausa de mediodía. Encontraron una mesa de la que se estaban marchando cuatro chicas pálidas y casi transparentes, se acomodaron en los taburetes y cogieron la pequeña carta de cartón. Carola pasó la vista con rapidez por las ofertas y volvió a dejar la carta sobre la mesa.

—Curry de verduras —anunció—. Si tuvieran pollo, o gambas, sería ya la bomba, pero no creo… —terminó guiñándoles un ojo. Julio le sonrió. Sheila no.

—Tú podrías tomar una hamburguesa de soja, Julian —dijo Sheila en inglés—. Lleva mucha guarnición, mira —añadió señalando con los ojos la mesa de al lado, donde a un muchacho le acababan de poner delante justo eso.

—Vale.

—¿Cómo que «Julian»? —se le escapó a Carola, en un tono algo más fuerte de lo que pretendía. Sheila volvió hacia ella esos ojos tan claros y fríos como agua de glaciar. A pesar del maquillaje, las patas de gallo eran claramente visibles.

—Julio es nombre de inmigrante latino. No te ofendas, Carola, pero, en cambio, Julian es un nombre inglés que se asocia más bien con la clase alta y queda mucho mejor cuando uno vive allí. Hazme caso, sé de qué hablo. Julio se puede llamar un portero, un barrendero… como mucho un bailarín cubano o argentino en paro, pero no un hombre serio que va a ser arquitecto. Me entiendes si te hablo en inglés, ¿verdad?

En ese momento llegó la camarera y la conversación se interrumpió mientras pedían, también en inglés, lo que querían comer y beber. Carola descubrió con alivio que tenían cerveza y pidió una grande. Los jóvenes tomaron unas mezclas extrañas de zumos de frutas y verduras. Hubo un silencio. A Carola se le habían quitado las ganas de hablar y los otros no parecían echar de menos las palabras. Ambos estaban abismados en sus móviles, frunciendo el ceño o sonriendo fugazmente mientras sus dedos se movían a toda velocidad deslizando páginas o tecleando rápidos mensajes. Carola sacó también el suyo del bolsillo de la americana, aunque no tenía ningún interés en nada concreto.

En ese momento, por el rabillo del ojo, descubrió una mirada cómplice entre ellos y se dio cuenta, con profundo disgusto, de que se estaban pasando mensajes entre sí para poder hablar sin que ella interviniese ni se enterase de nada.

—Perdonad —dijo, levantándose—. Tengo que atender algo.

Salió a la calle con el teléfono mudo en la oreja para poder disfrutar de unos momentos a solas mientras pensaba qué hacer.

Nada.

No podía hacer nada.

Si al imbécil de su hijo le había dado por encontrar estupenda a aquella maleducada que casi podría ser su madre, no había nada en absoluto que ella pudiera hacer.

El móvil anunció un WhatsApp y le echó una mirada. Su hermana.

¿Ha llegado ya Julio? Dale muchos besos a mi sobrino favorito, míos y de mamá. Te llamo esta noche y así nos vemos todos.

Patricia siempre decía «mi sobrino favorito», como si tuviera más para elegir. Pero a Julio le encantaba.

Volvió a entrar. Sheila lo estaba besando con una avidez que ya resultaba exhibicionista, de modo que carraspeó y volvió a encaramarse en el taburete. Por suerte había llegado la cerveza y decidió dar el primer trago sin brindar con nadie. Tampoco es costumbre brindar sin alcohol.

Su carraspeo no produjo más resultado que una mirada de reojo de Julio que, ya algo violento por lo embarazoso de la situación, al parecer trataba de separarse de Sheila sin que ella lo dejara ir. La llegada de la camarera con la comanda consiguió por fin que se dieran cuenta de dónde y con quién estaban.

—Tu tía y la abuela te mandan besos. Dicen que llamarán a la noche para que nos veamos las caras.

—¡Estupendo! Hace siglos que no hablamos.

—¿No íbamos a salir esta noche, *honey*? —intervino Sheila.

—Después de cenar, ¿no? Da tiempo a todo.

—¿Dónde habíais pensado ir? —preguntó Carola mirando a la inglesa.

—Por ahí. A ver qué ofrece a los jóvenes la noche de Viena… Quizá empecemos por el Prater…

—¿De noche? Si buscáis droga es un buen sitio, efectivamente.

Julio se echó a reír.

—¿Droga? ¡Venga ya! Además, ¿tú cómo sabes esas cosas?

Carola se mordió el labio inferior.

—Tengo un buen amigo policía.

—«Cana» y «buen amigo» no funcionan en la misma frase, creéme —dijo Sheila, lapidaria, de nuevo en argentino—. Ningún policía es tu amigo.

Ya a punto de contestar de malos modos, porque aquella niñata estaba empezando a tocarle las narices, se encontró con la mirada suplicante de su hijo, una mirada que le pedía que, por favor, por favor, no dijera lo que estaba pensando, que no estropeara la ya precaria situación, que no lo obligara a ponerse de parte de una o de otra. Se metió una cucharada llena de curry y arroz en la boca y guardó silencio, notando cómo las palabras que se acababa de tragar le caían en el estómago como piedras de río que no iba a poder digerir.

2

$\mathcal{A}$ todos les resultaba desesperante lo poco, lo más bien nada que habían avanzado en el caso del esqueleto infantil de Meidling. A pesar de que este era el que más les había afectado personalmente y como equipo, otros casos se habían ido sobreimponiendo y ahora, casi cuatro semanas después del hallazgo, aún dedicaban ratos sueltos a tratar de encontrar algún cabo de hilo del que tirar, pero Nowak había decidido que si no había pronto algo que valiera la pena no tendrían más remedio que archivarlo. Y «pronto» significaba «ya».

De modo que, cuando se reunieron el 4 de diciembre en el despacho de Wolf, todos eran conscientes de que en el fondo se trataba simplemente de darle carpetazo al asunto.

—¿Sabemos algo de Hans Müller, el heredero de Walker? —preguntó Wolf en cuanto se hubieron sentado en torno a la mesa.

Markus negó con la cabeza.

—Ya no vive en la dirección que dio cuando la venta. Me he puesto en contacto con los colegas de Hamburgo, pero de momento no he sacado nada en limpio.

—¿Algo de los agentes que han estado preguntando puerta por puerta con las fotos de Walker envejecido a diferentes edades?

Contestó Jo:

—Nadie recuerda nada referente a niños cerca de Walker. Han localizado a una cajera del supermercado más cercano a la casa, ahora ya jubilada, y nos ha dicho que Walker debía de comer poquísimo y que parece que con frecuencia comía fuera. Hemos preguntado en todos los restaurantes y casas de comidas de la zona y lo único que hemos averiguado es que no era nada regular. Quiero decir, no como otros jubilados que comen religiosamente los lunes aquí y los martes allá, los miércoles pizza y los jueves chino… Nunca se sabía cuándo iba a aparecer. Ah, y que fue de las primeras personas en tener móvil. Un camarero recuerda lo que le impresionó, debía de ser a primeros de los noventa, verlo sacar un trasto enorme, como un *walkie-talkie*, y telefonear desde el restaurante. Eso es todo.

—Yo he estado tratando de averiguar algo sobre su forma de desplazarse y, filtrando las respuestas que nos han llegado de los agentes, y con un par de visitas, he logrado saber que tenía una pequeña furgoneta blanca, una Renault 4 F6, el modelo de carga. El testigo fue mecánico y es totalmente de fiar. Cree que dejó de verla por el barrio sobre el cambio de milenio y si le llamó la atención fue porque le extrañó la sensatez que supone dejar de conducir a los ochenta años. Se estuvo quejando mucho de que hay un montón de conductores peligrosísimos porque con la edad ya ni ven ni oyen, pero se empeñan en seguir conduciendo.

Gabriella repartió unas hojas impresas con una lista de nombres.

—Esta es la lista, por desgracia incompleta, de las personas con las que Walker trabajó como escolta entre 1960 y 1975. Parece que luego se concentró en dirigir su empresa. Al fin y al cabo, en 1975 ya tenía cincuenta y cinco años y no era mucho plan seguir trabajando como si fuera un chaval. Los encargos los hacía gente mucho más joven y él los enviaba. De los políticos o gente conocida parece que ya no queda nadie. Podríamos ver de entrevistar a sus hijos, pero la verdad es que no creo que vaya a servir para mucho. Lo más probable es que alguna hija se acuerde de que su padre tuvo un guardaespaldas o un chófer o un secretario, pero que no supieran nada de él.

Todos cabecearon, asintiendo.

—Entonces, ¿qué? ¿Lo dejamos? —preguntó Wolf a nadie en particular—. Nowak ha tenido mucha paciencia, pero me dijo ayer que esto no tiene ya ningún sentido y que tenemos muchos otros casos en los que concentrarnos, como el de la chica de Döbling. ¿Alguien tiene algo que añadir?

Jo se mordió los labios por dentro antes de hablar.

—Markus, una pregunta.

Todos lo miraron, expectantes.

—La famosa casita de las herramientas, ¿te acuerdas?

—Claro. No había nada de nada. Ni un solo pelo infantil. *Niente*.

—¿Sabes si en ese modelo concreto era necesario poner debajo una placa de hormigón como base? —preguntó con una expresión que hacía pensar que se le había ocurrido algo que podía resultar útil.

—No se solía hacer para evitar gastos, por eso duraban tan poco. —Calló un momento y rebuscó por su carpeta hasta que encontró la foto—. Pero la de Walker sí que podría tener una... aunque no se ve con claridad. ¿Por qué?

Wolf sonrió a Jo.

—Si vas por donde yo creo, habrá que levantar ese hormigón y ver qué hay debajo.

—Exacto. Le estuve dando vueltas a para qué querría Walker ese trastero y se me ocurrió que a lo mejor lo que quería era tapar lo que había debajo.

Todos se miraron, esperanzados.

—Pues ¡manos a la obra! Yo voy a ver si entretengo a Nowak un día más. Gabriella, ¿te encargas tú del juez?

—No creo que sea problema. Aunque los Tomaselli se van a subir por las paredes, eso sí.

—Llamadme en cuanto sepáis algo. Si de esto no sale nada, cerramos.

3

Cuando el taxi los dejó frente a la casa, Carola estuvo a punto de repetir lo que le había dicho a ella Javier la primera vez que la vio: «Por fuera no parece gran cosa...», pero decidió ahorrarse lo que seguramente no entenderían como broma. Se limitó a abrir la puerta y dejar que pasaran al impresionante vestíbulo.

—¡Mamá! —exclamó Julio—. ¡Qué pasada de casa! Esto es un casoplón.

—Pues aún no has visto nada... ya te iré enseñando. Mejor vamos directamente arriba a que dejéis los trastos en vuestros cuartos.

Sheila empezó a subir la escalera mientras Julio retenía a su madre por la manga y se inclinaba hacia su oído para decirle muy bajito:

—En Londres estamos viviendo juntos, mamá. Solo necesitamos un cuarto.

Se miraron a los ojos. Julio, expectante, en guardia, como dispuesto a pelear; ella estirando el tiempo, esperando tal vez a que su hijo cediera.

—Claro. Lo que queráis —dijo por fin Carola, apretando los labios e intentando relajarlos de inmediato para que no le notara tanto lo que sentía.

Cuando llegaron arriba, Sheila se había quitado los botines y estaba tumbada en la cama de Carola.

—Mira, Julian, nos he elegido este cuarto. ¿Te gusta?

—Esta es la habitación que yo uso —dijo Carola, evitando el posesivo y tratando de no sonar tan escandalizada como se sentía realmente.

—¡Ah! Entonces tomaremos el cuarto marrón.

La displicencia de aquella mujer le crispaba los nervios. Se comportaba como si estuviera en un hotel o peor; no tenía el menor sentido del decoro, de la simple educación social. Al parecer no se daba cuenta de que era una invitada en una casa en la que también ella misma era un simple huésped.

—Ese es el *master bedroom*, como lo llamáis vosotros. El de Jacobo Valdetoro, el propietario.

—¿El muerto?

Le rechinó la falta de respeto, pero no podía ponerse con sutilezas ahora.

—Exactamente. Las camas de los otros dos cuartos están vestidas. Podéis elegir.

—¿Y por qué no podemos tomar ese? El muerto no va a venir a ocupar su cama.

Carola se giró hacia su hijo, exasperada.

—Venga, cari, no te pongas pesada —intervino Julio, tratando de calmar los ánimos—. Vamos a estar tres noches, da igual, seguro que todos son buenos.

Sheila se levantó, contrariada, recogió su maleta y el bolso que había tirado sobre la alfombra y salió de la habitación.

—No digas nada, mamá, por favor. Ya sé que a veces puede ponerse un poco tonta; es que nos hemos levantado muy temprano y, cuando está cansada, se pone insoportable, pero también puede ser muy divertida, ya lo verás.

—¿Cuántos años tiene?

Julio levantó los ojos hacia el techo y suspiró.

—Ya sabía yo que antes o después íbamos a llegar a eso. No sé. Treinta y tantos, creo. ¡Qué más da!

—¿Y a qué se dedica?

—Es diseñadora gráfica. Trabaja para un estudio de arquitectos y diseña *free-lance* cubiertas de libros, de videojuegos, cosas así. Es muy creativa, ya lo verás.

—¿Cuándo pensabas decirme que habías dejado la residencia y te habías ido a vivir con ella?

Julio bajó la vista y se mordió los labios mientras cambiaba su peso de un pie a otro, deseando salir del cuarto y dejar el tema.

—Ahora. En este viaje. No quería decírtelo por teléfono. Además, aún no hace mucho tiempo. Quería que la conocieras y que lo supieras todo por mí.

—Te lo agradezco.

Él la miró dubitativo, como si no supiera si era sarcasmo o no.

—En serio —insistió ella.

—No te gusta, ¿verdad?

—La acabo de conocer.

—Pero la primera impresión no te ha gustado. —Hubo un pequeño silencio—. Lo sabía... Es que... cuando no está en su ambiente, a veces se pone un poco agresiva. No le gusta la gente mayor ni quería que le presentara a nadie de mi familia. Soy yo quien se ha empeñado. Anda... dale una oportunidad...

—Dame tú a mí un poco de tiempo. Puedes suponer que no es precisamente lo que yo me imaginaba para ti.

Julio le ofreció una de esas sonrisas suyas que calentaban el corazón y le guiñó un ojo.

—Bueno... tampoco nos hemos casado, mamá; no exageres.

Carola sonrió.

—Tienes razón. Anda, instálate y os hago un recorrido por la casa.

Julio salió del cuarto aliviado y un momento después lo oyó llamar a su novia: «¡Sheila! ¡Sheila! ¿Dónde te has metido?». Ella salió al pasillo.

Unas notas sueltas de piano los guiaron adonde estaba la inglesa: en la sala de música, sentada en el banco frente al piano de cola, cuya tapa acababa de abrir.

—Buen sitio para empezar una fiesta —comentó al verlos en la puerta mientras sus dedos seguían tocando teclas sueltas.

—¿Tocas el piano? —preguntó Carola.

Ella negó con la cabeza.

—En casa nunca hubo plata para boludeces... ya sabés... *fancy things* de niñas ricas.

—¿Queréis que os haga el *tour* de la casa?

Sheila volvió a negar.

—Nos gusta descubrir solos las cosas, ¿verdad, *sweetie*? —Apartó la vista de Julio y la fijó en Carola, con una mirada que se le antojó desafiante—. ¿Tú no tienes que trabajar?

Estuvo a punto de decir que sí, dejarlos solos y retirarse a la biblioteca con una copa de blanco, pero no quería darle a Julio la impresión de que su chica había conseguido intimidarla con su grosería. En treinta y siete años de profesión, de tratar con delincuentes, traficantes, prostitutas y asesinos, no era la primera persona grosera con la que se había topado y, aunque no quería comportarse en su propia casa como si estuviera en comisaría, pensaba que podía estar bien mostrar un poco más de firmeza con aquella maleducada.

—Mi trabajo es muy flexible —contestó con suavidad—, y me he reservado estos días para vosotros. Ven a que te enseñe la casa, Julio. Tú, Sheila, haz lo que mejor te parezca.

Su hijo dudó un segundo entre una y otra.

—Venga, cari. Ven con nosotros —animó, tendiéndole la mano.

Durante unos segundos, no sucedió nada. Luego Sheila se levantó de la banqueta y con sinuosidad felina cogió la mano tendida mientras con la otra dejaba caer la tapa del teclado con un estrépito que reverberó por toda la casa.

—¡Ups! —dijo, sonriendo con fingida inocencia—. Se me cayó. Te seguimos, Carola. Mostranos todo.

4

Wolf estaba en la morgue cuando notó la vibración de su móvil. Estuvo a punto de no hacerle caso, pero le echó un vistazo, vio que la llamada era de Carola y, con una seña a la forense y su ayudante, salió rápidamente al pasillo para poder hablar.

—¡Qué sorpresa! Pensaba que no sabría nada de ti hasta que se marchase tu hijo.

—Pues ya ves. ¿Tienes plan para esta noche?

—Pensaba ir a la sauna, pero me da igual ir o no ir. Estoy a tu disposición. —Wolf no acababa de creerse la suerte que tenía.

—Mira, lo de la sauna es buena idea. Ni se me había ocurrido, pero con este frío, ya apetece.

—¿Y tu visita?

—Tienen otros planes.

—¡Ah! —Por fortuna su amigo no comentó nada y ella no tuvo que darle explicaciones—. Entonces, ¿cuándo quieres que te recoja?

Carola pensó en decirle que mejor se encontraban delante de la sauna que él eligiera, pero de pronto se le ocurrió que quizá fuera buena idea citarlo en casa para que la imbécil de Sheila y el memo de su hijo se dieran cuenta de que no era una pobre viuda sola y necesitada de compañía, sino una mujer con una vida propia.

—¿Sobre las siete?

—Allí estaré. Y de paso me presentas a Julio. Creo que la única vez que lo vi tenía diez u once años.

—Ya lo verás. Ahora es un hombre con barba. —Ambos rieron.

Cuando colgó, Carola se encontraba un poco mejor, a pesar de que su estómago contraído seguía sin ser capaz de digerir el curry de verduras que se empeñaba en mandar emanaciones olfativas hacia su boca.

Entró en la biblioteca con un whisky que acababa de servirse en la cocina con la esperanza de que la ayudara en la digestión del emplasto de arroz y especias exóticas. Julio estaba tirado en el sofá absorto en el móvil y Sheila acuclillada junto a las pilas de libros apartados.

—¿Whisky a media tarde? No llegarás a vieja…, aunque, claro, ya a tu edad… —dijo Sheila en inglés—. Esto debe de valer una pasta —añadió, mientras hojeaba uno de los volúmenes más raros y valiosos de la biblioteca que Carola solo tocaba con guantes, y lo menos posible: un incunable impreso en Lyon en 1498 con media docena de bellas ilustraciones.

—Sí. Y te agradecería que lo dejaras donde estaba. Ese libro no se puede tocar sin guantes.

—Pues no deberías dejarlo al alcance de cualquiera —interrumpió la argentina, antes de que Carola hubiese terminado la frase:

—Parece arbitrario, pero hay un sistema en este caos.

—Como en el cajón de mis bragas —contestó sin sonreír, dejando caer el libro.

—¿De dónde has sacado eso? —preguntó de pronto Carola a su hijo, que tenía a los pies del sofá dos tubos de cartón de los que se usan para guardar carteles o planos de considerable tamaño. Él levantó la vista del móvil.

—¿Esto? De ahí. —Señaló vagamente hacia una de las estanterías—. Estaba aquí tumbado mientras Sheila le echaba un ojo a los libros y me he dado cuenta de que la balda de debajo de algunas estanterías era diferente, probablemente extraíble, así que he probado y… ¡tachán…! Es una especie de cajón muy hondo donde caben cosas grandes y que afearían el conjunto si estuvieran a la vista. Esta biblioteca es una joya. No sé quién la habrá diseñado, pero es de quitarse el sombrero.

—¿Has mirado lo que tienen dentro los tubos?

—No. Supongo que grabados o carteles o algo así. No te rayes, ya los guardo…

—No, deja. Les echaré un ojo. A todo esto, como vosotros tenéis vuestros planes, he quedado con un amigo.

—¿Con un amigo? —Julio la miraba con incomprensión—. ¿Con quién? Yo creía que íbamos a cenar juntos.

—Mañana y pasado aún estáis aquí.

—¡Joder, mamá! Para una vez que vengo…

—Tu vieja quiere castigarte, Julian, ¿no lo ves? Por ser mal chico y tener planes propios. Un comportamiento paternalista más antiguo que el hilo de coser, y que suele funcionar, sobre todo con los hijos varones.

Julio miró a una y a otra, como en un partido de tenis. Carola estuvo a punto de contestar una barbaridad, pero se contuvo, respiró hondo y respondió con calma.

—También podemos ir los cuatro a cenar. Es Wolf Altmann, un buen amigo.

—¿El cana? ¡Ah! En España dicen «madero», ¿no?

Julio se levantó del sofá, cogió a su madre de la mano y la dirigió hacia la cocina, sabiendo que, si contestaba a eso, se había acabado la tranquilidad.

—Pero ¿qué clase de persona has traído a casa, Julio? —explotó Carola en cuanto estuvieron en el vestíbulo—. ¿O quieres que ahora te llame *Julian*, que tiene más clase?

En la biblioteca, Sheila sonreía oyendo las voces que llegaban de la cocina y hojeando la pila de libros valiosos.

—No tendría que haberla traído. —Julio miraba a su madre muy serio, sin saber bien cómo manejar la situación.

—Efectivamente. Yo tampoco entiendo qué hace aquí. Llevamos más de tres meses sin vernos, estaba deseando abrazarte, hablar contigo, tener por fin a mi hijo en casa… aunque esta no sea mi casa, y de repente llegas con… con… esa… mujer que, aparte de ser una maleducada, está claro que disfruta de ponerte en mi contra.

—No hay que tomarla en serio, mamá. Para ella es un juego, casi todo es un juego… y como le he dicho que eres psicóloga, supongo que quiere ver si eres capaz de reaccionar adecuadamente.

—¿Adecuadamente?

—Ha ido a varias terapias y dice que resulta patético lo mal que los terapeutas manejan sus propios problemas o los que tienen en sus familias. Me figuro que quiere saber si eres una psicóloga de manual y por eso te provoca, pero no hay que hacerle mucho caso. Nosotros estamos bien, mamá, en serio. Sheila me quiere, aunque no es de las que lo dicen mucho, pero me mima, se preocupa por mí... —Julio se acercó a su madre con una repentina sonrisa—. Y... en la cama... es la bomba —añadió bajando la voz.

Carola y su hijo siempre habían hablado de sexo con toda naturalidad, desde antes incluso de la pubertad de Julio; sin embargo, en ese momento, ella sintió que se sonrojaba y, fingiendo que necesitaba más hielo, se dio la vuelta, abrió el frigorífico y se escondió brevemente tras la puerta.

—Sí —dijo desde allí—, parece evidente que se trata de un amor hormonal.

—¡Qué mala eres!

—¿Yo?

Carola salió de detrás de la puerta y se sirvió un par de dedos de whisky sobre el hielo que había sacado.

—¿Más alcohol, mamá?

—¿Qué pasa, que ahora que estás con ella te estás volviendo santo? Salvo lo de follar, claro, que debe de ser sanísimo y veganísimo y que supongo que harás con protección.

—Eso no es asunto tuyo —contestó el muchacho con sequedad de pistoletazo.

Carola sintió como si su hijo acabara de darle una bofetada. Nunca le había hablado así. Jamás.

—¿Ah, no? ¿Y si te contagias de algo? O si esa «jovencita» se queda preñada, tampoco será asunto mío, ¿verdad? ¿Quién te paga la estancia en Londres, y los médicos, y lo que te haga falta? ¿Ella?

Carola odiaba estar diciendo esas cosas justamente el día que llevaba semanas imaginando como un feliz reencuentro con su hijo, pero no podía permitir que la avasallaran de ese modo.

—Pues ya que estamos con el tema del dinero —dijo Julio muy frío—, me gustaría que habláramos del asunto de mi parte de la herencia de papá.

—¿La herencia de papá? —No se le había ocurrido más que repetir la frase de su hijo porque no tenía ni idea de qué estaba hablando—. Nuestro testamento estipula que, muerto uno, todo lo que hay es para el otro. Yo soy la beneficiaria oficial.

—Sí, claro, cuando murió papá, tú lo heredaste todo. Yo era menor de edad, pero ahora soy mayor, y hay una parte legítima que me pertenece. Me gustaría cobrarla ahora. Querría habértelo dicho en otro momento y de otra forma, pero ya que ha surgido… pues ya lo sabes.

Hubo un silencio en el que se limitaron a mirarse como dos desconocidos.

—Ha sido idea de Sheila, ¿verdad?

—Sheila no es la única que piensa, mamá. Yo tampoco soy tonto. Antes o después querré montar mi propio estudio y necesitaré dinero.

—Y lo tendrás. Todo lo que hay en casa es para ti, cariño. No tengo a nadie más que tú. ¿Crees que no voy a ayudarte?

—Claro que lo sé, mamá. No hay prisa. Solo que, ya que ha surgido, quería que lo supieras, que mires cómo están las cosas y, si hay que vender algo para darme mi parte, que ya podamos empezar a movernos.

—¿Vender algo?

—No sé si tendrás lo suficiente en dinero líquido. Y yo… no quiero que tú tengas que ayudarme, quiero hacerlo yo solo, con mi dinero, arriesgarme si quiero hacerlo, sin esperar a que me des tu aprobación. Compréndelo, mamá, ya no soy un crío.

—¿Cuánto tiempo llevas pensando en eso? —Carola dejó en la mesa el vaso de whisky porque las manos habían empezado a temblarle y no quería que Julio se diera cuenta.

—No sé. Un par de meses. Desde que he empezado a sentirme realmente adulto.

Carola inspiró hondo.

—Veré cómo están las cosas. Ni yo me he preocupado nunca de saber bien qué hay. Hablaré con Fernando.

—Ya te digo, mamá, no hay prisa. Puedo hacerlo yo, si quieres. —Julio también estaba temblando, las cosas se habían desmadrado con mucha rapidez; él no había querido que el tema se desarrollara de ese modo y tampoco quería hacerle daño a su madre. Hablándolo con Sheila, en la cama, haciendo proyectos de futuro con tranquilidad, entre risas y besos, todo había parecido muy sensato, muy práctico, nada que pudiera llegar a ese punto con tanta rapidez. Por eso insistió—: No hay prisa, mamá, en serio.

—Bueno… —dijo Sheila desde la puerta, con los brazos cruzados, un jersey lila caído hasta el codo y un hombro desnudo apoyado en la jamba—, algo de prisa sí que hay, Julian. Cuanto antes se solucione, menos peligro hay de que desaparezca.

—¿Qué? —Carola estaba empezando a notar los síntomas que anunciaban un estallido de furia de los que le habían dado algunas veces en su vida, pocas, por fortuna, y que llevaba años controlando férreamente.

—Que el dinero se deprecia, por ejemplo —dijo la inglesa sin inmutarse—. O que, si se te ocurre gastarte lo que sea o vender una propiedad que hubiese querido Julian, luego ya no se puede revertir. Así que, cuanto antes, mejor. No te lo tomes personalmente, Carola. Son hechos.

Hubo un pequeño silencio lleno de tensión. Julio se miraba la puntera de las deportivas, Sheila miraba a Carola sin perder la insinuación de sonrisa que a ella le daba ganas de querer borrarle de la cara a puñetazos.

—¡A la calle! —gritó de golpe—. ¡Quitaos los dos de mi vista! ¡Fuera! ¡Ya! O no respondo de mí…

Julio miró a su madre, pálida, con dos rosetones rojos en las mejillas y los ojos brillantes de lágrimas, y dio un paso en su dirección. Carola cruzó los brazos sobre el pecho.

—No, Julio, no. Vete. No es momento de hablar. No quiero ni verte ahora. Ya veremos mañana, cuando me encuentre mejor y cuando hayas tenido tiempo de pensar en lo que me acabas de hacer.

—¡Qué melodramática! —dijo Sheila, despreciativa—. *Such a drama queen!* Te lo advertí, *honey*. Todas las madres son muy dulces hasta que les quitas el poder del dinero. Ya ves que tenía razón.

Sin decidirlo, Carola cogió el vaso que reposaba sobre la mesa y lo lanzó contra la inglesa con todas sus fuerzas. Por fortuna dio en la jamba de la puerta, rebotó y cayó sobre el suelo del vestíbulo trizándose en mil pedazos que destellaban bajo la luz.

Sheila, con una leve sonrisa, hizo amago de sacudirse el

jersey, aunque todas las esquirlas estaban en el piso, y le tendió la mano a Julio que, desencajado y con la boca abierta, miraba a su madre como si no la conociera. Al cabo de un momento, reaccionó, tomó la mano tendida y salió de la cocina en silencio.

Carola apoyó la frente en la superficie metálica de la nevera y se echó a llorar, consciente de que, por un par de centímetros, aquella imbécil podría ser ahora un cadáver en la puerta de la cocina con el cráneo destrozado. Nunca, nunca en su vida le había pasado nada igual; nunca había perdido el control de esa manera. Aquella mujer había sacado lo peor que había en su interior, lo que ni siquiera sabía que estuviese allí.

Desde lejos, al cabo de un minuto, le llegó el ruido de la puerta al cerrarse y se dio cuenta de que no tenían llave, de que, si ella no les abría, no podrían entrar.

Se sorbió la nariz, se limpió con un papel de cocina y fue a buscar la escoba y el recogedor con unas manos que aún temblaban.

5

*I*nge Schulz se quitó los guantes, le dio las últimas instrucciones a su ayudante y salió al pasillo de la morgue, donde el comisario Altmann, con una sonrisa soñadora en el rostro, acababa de guardarse el móvil en el bolsillo. No lo conocía mucho, pero nunca lo había visto tan contento.

—¿Buenas noticias?

—Me invitan a cenar unos amigos —improvisó.

—¡Qué suerte! Yo aún tengo que pasar por el supermercado si quiero que haya algo hoy en la mesa. —La doctora Schulz era una mujer pequeña y fuerte, de pelo corto lleno de canas y gafas sin montura; debía de andar por los cincuenta años y parecía que hubiera nacido con la bata blanca. Wolf habría preferido que el forense encargado hubiese sido Karl, pero se había ido a pasar el fin de semana con sus hijos y no volvía hasta el martes. De todas formas, Schulz también era buena, aunque un poco seca, un poco demasiado alemana para su gusto. La conocía ya desde casi cuatro años atrás y no hacía ni dos meses que se tuteaban.

—¿Seguís sin saber quién es? —preguntó la forense con un cabezazo en dirección a la sala donde reposaba el cadáver al que acababa de practicarle la autopsia.

—No llevaba nada que pudiese identificarla —contestó Wolf.

—Bueno, tenía un tatuaje en el hombro izquierdo, una flor de hibisco.

—Algo es algo. ¿Has averiguado tú algo más?

—No había mucha duda sobre la causa de la muerte. Dos disparos a quemarropa, por la espalda, con silenciador. El asesino debió de acercarse sigilosamente por detrás, la agarró del cuello y le pegó dos tiros seguidos.

—¿No ha habido violación?

—No. Nada sexual. De todas formas, miraremos qué sale en la analítica y al menos sabremos si consumía drogas de algún tipo, pero no lo parece. Era una mujer de unos treinta y pico o cuarenta años, sana, fuerte, buena dentadura, con una estupenda musculatura muy trabajada. Habría podido ser policía, a juzgar por su forma física.

—Nadie ha denunciado la desaparición de una mujer policía.

—Pero podéis mirar en los gimnasios de la zona. Esos músculos no se improvisan.

—Gran idea. Miraremos. Quizá estuviera trabajando en algún servicio de seguridad, escolta… algo de ese estilo.

—Lo que está claro es que no es la típica víctima de violador o de sádico. Iban a por ella concretamente; al menos es lo que creo yo. A menos que llevase algo muy valioso encima.

—No hemos encontrado ni bolso ni mochila. Lo mismo la mataron por algo que llevaba.

—¿Te apetece un café?

—No, gracias, Inge. Aún tengo que pasarme por comisaría y luego ir a casa a cambiarme. Llevo todo el día de acá para allá y debo de oler a tigre.

—Es lo que tiene estar vivo… esas pequeñas ventajas.

Wolf sonrió.

—Nunca lo había visto por ese lado. Ya me llamarás con los resultados.

—No te olvides de las flores —dijo Schulz, cuando Wolf casi había alcanzado la puerta.

—¿Qué flores? —Su expresión era la viva imagen de la incomprensión.

—Si te invitan a cenar, lo mínimo es llevar unas flores, ¿no? ¿O eso no lo hacéis en Austria?

Altmann se tocó la frente con dos dedos en señal de reconocimiento y salió a la calle. Aún no eran las seis y ya era noche cerrada. Fría, además. Perfecta para una sauna.

6

*L*lamó tres veces al timbre, dejando un par de minutos entre cada llamada, por si Carola estaba en algún lugar alejado de la puerta, y ya iba a llamarla por teléfono cuando de repente abrió y se quedó mirándolo como si no lo hubiese visto en la vida. Llevaba el pelo revuelto y estaba muy pálida. Le brillaban los ojos como si tuviera fiebre.

—¿Ya son las siete? —dijo al cabo de unos segundos en los que Wolf pensó que lo más sensato sería marcharse sin preguntar nada. Estaba claro que había llegado en mal momento.

—Sí, pero si has cambiado de opinión, me marcho. Ya habrá ocasión.

—No, pasa, pasa. Es que me habías pillado haciendo algo y… se me había ido el santo al cielo. Pasa.

Wolf cerró la puerta con suavidad y la siguió hasta la biblioteca, que parecía un campo de batalla. Al pasar por el vestíbulo vio brillar algo en el suelo, se agachó y recogió un pedacito de vidrio grueso que tiró a la papelera.

—Se me ha roto un vaso. De los pesados, de los de whisky. He barrido, pero hasta que Flor no pase el aspirador seguirán saliendo por todas partes. ¿Te apetece uno?

—¿Un vaso? —preguntó con una sonrisa.

—Un whisky. O algo.

—Tú ya has tomado un par, por lo que veo.

Carola no contestó. Se limitó a llamarlo con la mano para que se acercara al escritorio donde tenía un plano extendido.

—Échale un ojo a esto.

—¿Qué es?

—Yo diría que el plano de esta casa, de las tres plantas. Hace un par de semanas me fijé en que hay cámaras por todas partes, lo que es normal, considerando la cantidad de cosas caras que tenía este tipo. Lo que no he llegado a averiguar es si hay una empresa de seguridad que reciba las imágenes, pero hace un par de días se me ha ocurrido pensar que a lo mejor hay un cuarto de control aquí mismo y estaba tratando de encontrarlo en el plano, pero no veo nada. Mira tú, anda, y yo mientras te sirvo lo que quieras.

—O sea, que no vamos a la sauna.

—No. No estoy de humor, pero tú puedes ir, claro.

—Claro. Anda, ponme una cerveza mientras le echo un ojo a esto.

Wolf no era experto en planos, pero después de ponerse las gafas de cerca y recorrer las tres grandes hojas, no encontró nada que no hubiera visto antes en las ocasiones en las que Carola le había enseñado la casa.

—Aquí no hay nada. —Cogió el bote y se sirvió la cerveza con parsimonia, evitando que hiciera mucha espuma—. ¿Estás bien, Carola?

Ella, de pie a su lado, concentrada en el plano, contestó sin mirarlo:

—No. Pero no voy a contarte nada. Al menos de momento. ¡Anda, vamos a la cocina, a ver si comemos algo!

Carola abrió la nevera para improvisar algo de cenar. Podrían haber salido a un restaurante, pero la idea de que volviera Julio y no hubiese nadie en casa la ponía nerviosa. El hijo que ella conocía estaría dándole vueltas a la situación, sería incapaz de divertirse después de lo que había pasado, y regresaría temprano para que pudieran volver a hablar con calma antes de irse a dormir. Aparte de que ya le habría mandado un mensaje diciendo que lo sentía y que tenían que hablarlo con tranquilidad. Claro, que el hijo que ella conocía era ahora el que se había dado cuenta de que se había hecho mayor, se acostaba con aquella zorra y le acababa de pedir su parte de la herencia; un Julio —o mejor un *Julian*— al que ya no conocía.

—Pues va a tener que ser caviar iraní o *foie-gras* francés —dijo desde detrás de la puerta del frigorífico.

—¡Qué sacrificios hay que hacer a veces en este oficio! —bromeó Wolf—. ¿Hay cava?

—Hay champán francés. ¿Te vale?

Él se echó a reír.

—Espero que no hayan hecho un inventario antes de que entraras.

—En cosas de comer, no. Y a Chuy ya no le hace falta. A Santos, al parecer tampoco. ¿A ti no te parece muy raro que lleve tanto tiempo fuera? ¿Y que no me haya mandado más mensajes?

Wolf se encogió de hombros, cogió la botella que Carola le tendía y se puso a abrirla.

—A mí todo me parece un poco turbio, la verdad, pero de momento no es asunto nuestro.

—¿De momento?

—Bueno, quería comentártelo por si has oído algo. Ayer encontramos un cadáver relativamente cerca de aquí.

—¿En serio? Cuenta.

Se acomodaron en dos taburetes en la isla de la cocina, con un paquete de pan tostado, mantequilla y el cuenco de caviar sobre unos pedazos de hielo para mantenerlo frío.

—Una mujer de mediana edad, guapa, musculosa, sin bolso ni nada que pudiera identificarla, con un tatuaje en el hombro izquierdo.

—¿Cómo la mataron?

—Dos tiros a quemarropa, por detrás.

—¿Agresión sexual?

—No. O querían robarle o iban a por ella. Pero aún no sabemos quién es. Fichada no está. Desde ayer están los agentes preguntando casa por casa por si alguien la conoce.

—¿Cómo iba vestida? Lo pregunto porque este barrio es muy pijo y quizá eso pueda dar una pista.

—Ropa deportiva, de buena calidad, chaquetón negro impermeable con capucha, gorro negro, botas de cordones, sólidas.

—¿Sin bolso ni mochila?

—Nada. Puede que el asesino se lo llevara todo. ¿Quieres verla?

Carola asintió con la boca llena. Wolf sacó el móvil, pasó un par de fotos y le tendió la que mejor mostraba la cara de la víctima, ya en la mesa de autopsias.

A Carola se le desorbitaron los ojos.

—¡No me digas que la conoces!

—Claro. Es Flor.

—¿Quién es Flor?

—La muchacha mexicana que limpia aquí. Le dije que no viniera estos días porque iban a venir mi hijo y una amiga.

—El tatuaje del hombro es una flor de hibisco.

—Nunca se lo vi.

—¿Qué sabes de ella?

—No mucho. Lo que ella misma me ha contado.

Carola le hizo un resumen de lo que Flor le había ido contando en el tiempo que se conocían.

—Pero hay que preguntarle a Javier, el hermano de Chuy; él le mantuvo el contrato y supongo que algo más sabrá. Lo que pasa es que ahora está en México y no tengo ni idea de cuándo vuelve.

—Preguntaremos en la embajada. Quizá trabajara en más casas.

—¡Joder! ¿Quién iba a querer matar a una empleada de limpieza?

—¿Su exmarido?

—No sería para robarle.

—Por lo que se oye, en México los feminicidios no son nada raro.

—Llevaban años divorciados.

—Nunca se sabe. ¿Te dijo si tenía novio o pareja o algo?

Carola negó con la cabeza.

—Ni idea, pero no me dio la sensación.

—¿No te llamó la atención nada sobre ella?

Carola desvió la vista hacia arriba, haciendo memoria, mientras masticaba despacio.

—Muy amable… con esa dulzura que yo asocio con los mexicanos, muy educada, pero no servil, eso me llamó un poco la atención… Recuerdo que también me fijé en que tenía buenos reflejos y muy buen cuerpo, como si fuera mucho al gimnasio o hiciera mucho deporte, pero no llegué a preguntarle sobre ello.

—¿Y de qué hablabais?

—Más que nada de Chuy, de cómo era, de la casa, de lo que hacía, de lo que le gustaba… ella parecía admirarlo mucho.

—Tú también, por lo que veo.

Carola soltó una risilla incómoda.

—Es que parece de esa clase de tíos que es demasiado bueno para ser verdad. Aunque también creo que debía de ser un ególatra de consideración. Y, sin embargo… por ejemplo ayer mismo vi una frase subrayada por él en un libro en la que se venía a decir que lo más importante de este mundo es saber qué desean los otros para poder darles lo que necesitan. Así los haces felices y, si te rodeas de personas felices, tú también lo eres. Los enriqueces a ellos y te enriqueces a ti mismo a la vez. Eso no suena egoísta.

Wolf dio un largo trago, pensando en la frase que Carola había resumido.

—Se puede ver de muchas formas… Suena a ese tipo de verdades baratas de *best seller*. Y también… es un buen lema para un traficante de arte, ¿no crees?

—Se dice «marchante». Traficante es para drogas, trata… esas cosas. Mmm… no lo había visto así. Pensaba que era una muestra de altruismo.

—Cuando estaba aprendiendo español, hace mil años, recuerdo que me encantó la respuesta aquella de «usted, que me mira con buenos ojos», cuando le decías algo bonito a alguien. Yo creo que a ti te pasa igual con ese Chuy: que lo miras con buenos ojos, quizá porque, al estar muerto, ya no puede hacerte daño. Ni a ti ni a nadie.

Carola se envaró un poco.

—¿Por qué iba yo a pensar en si me hace daño o no?

—Porque los dos hombres de tu vida te lo han hecho, y por la cara que llevas, el otro hombre de tu vida, tu hijo, también te lo acaba de hacer.

Ella apretó los labios y no contestó. Wolf se quedó mirándola un momento; luego llenó las copas y se untó otra tostada con mantequilla y caviar.

—Nunca me llegaste a contar por qué te pusieron Carola. Una vez me dijiste que era una historia curiosa, pero no llegué a enterarme.

No pudo evitar sonreírle. Era la única persona que conseguía salvar una situación insalvable cambiando de tema sin más, con garbo de torero. Por eso era un interrogador temible. Pero eran amigos, no estaba tratando de sonsacarle nada.

—Mi padre era español, ya lo sabes; mi madre, alemana, pero de padre colombiano. Por eso mis dos apellidos son hispanos: Rey Rojo, dos erres terribles, la pesadilla de cualquiera que aprenda nuestra lengua...

—Por eso yo aquí te presento como *Frau Doktor* Rotkönig y en paz —sonrió él.

—Cuando mi madre se quedó embarazada, acababan de instalarse en Valencia y estaba claro que su hijo o hija iría al colegio alemán. Lo que también tenía muy claro era que, si era chico, se llamaría Marco y que no quería ningún nombre de virgen para su hija, nada de Pilar, ni Carmen, ni Dolores... Mi padre no quería nombres alemanes, como Jutta o Wibke o Gudrun... Así que se pusieron de acuerdo en Carlotta, que a los dos les sonaba elegante, sofisticado y cosmopolita, y que se pronunciaba igual en las dos lenguas. —Hizo una pequeña pausa, disfrutando de lo que iba a decir—. Entonces alguien les dijo que en la ciudad donde vivían, «carlota» era la forma valenciana de decir «zanahoria» y que en cuanto la niña llegara al colegio, se iba a pasar la vida soportando las bromas de los compañeros. Se quedaron horrorizados, claro, y muy a su pesar, decidieron cambiar de nombre, pero mi madre se había enamorado de Carlotta y buscó lo más parecido que se le ocurrió: Carola.

—Fue una buena solución.

—Lo que no tuvo en cuenta es que «escarola» es un tipo de lechuga... —se echó a reír violentamente hasta que se atragantó con el champán y Wolf tuvo que darle un par de palmaditas en la espalda—, con lo cual me pasé la vida aguantando bromas de dudoso gusto hasta el punto de que en la universidad empecé a presentarme como Carol. Luego, ya en la academia de Policía, decidí volver a mi nombre porque, después de los primeros cursos de defensa personal, se me ocurrió que podía tumbar a cualquiera que volviera a hacerme la bromita de la lechuga. —Volvió a beber, esta vez sin atragantarse—. Hasta que me casé con Tino y él empezó a llamarme Ola, como las del mar, y si no lo ves escrito, parece que te esté saludando.

—A mí me gusta.

—Sí, a mí... un poco... también.

—¿Un poco?

—Sí. Cuando me trae recuerdos de los primeros tiempos. —Hizo una pausa, se chupó los labios y se acabó el champán que le quedaba en la copa—. Nos quisimos mucho, Tino y yo.

Hubo un silencio tan profundo que el crujido de las tostadas al ser mordidas y masticadas sonaba obsceno sobre el silencio de la casa, más intenso aún, como si el mundo hubiese desaparecido mientras ellos cenaban. Ahora se daban cuenta de que no se les había ocurrido ni siquiera poner una música de fondo que ahora habría cubierto un poco el silencio.

Wolf sabía, como casi todo el mundo, que Tino Uribe, el famoso arquitecto, había muerto de un fallo cardiaco en la cama con una estudiante de veinticinco años que estaba haciendo unas prácticas en su estudio, en la pausa de mediodía, en un hotel de cinco estrellas del centro de Madrid. También sabía, también como casi todo el mundo, que Carola se había enterado en ese momento, cuando la llamaron para comunicarle la defunción de su esposo, de que no era la primera vez que se había llevado a alguna chica joven a la cama, de que Tino, aunque siempre había sido discreto, tenía una nada despreciable fama de don Juan.

—¿Qué podría llevar en la mochila una mujer de la limpieza que valiese la pena matar para conseguirlo? —preguntó Wolf, como si hablase consigo mismo. Sabía que la mejor salida para Carola era hablar de temas profesionales. Ella contestó enseguida, agradecida por poder cambiar de pensamientos.

—Cualquier cosa que abultara poco y valiera mucho. Flor entraba y salía de esta casa con regularidad. Esto está lleno de obras de arte, de objetos que para ti y para mí no significan nada pero que, según los peritos con los que he tenido ocasión de hablar en las últimas semanas, son la hostia. Hasta un huevo de Fabergé tenía el buen hombre. Al menos eso creo.

—¿Para qué?

—Para nada. Para mirarlo. Porque es bonito y horriblemente caro y hay muy pocos. El primero fue un regalo de Pascua que el zar Alejandro III de Rusia le hizo a su mujer, la zarina María Fiodorovna en 1885. Parece que le gustó tanto que, desde entonces, el zar le encargó a Fabergé, que era un joyero danés de treinta y ocho años, que creara un huevo al año para regalárselo a su esposa. Las únicas condiciones eran que fuese único y que encerrase una sorpresa. Ni siquiera el zar sabía cómo iba a ser el regalo, así también él disfrutaba de la espera. Cuando él murió, su hijo, el zar Nicolái continuó la tradición hasta 1917, cuando la revolución y el asesinato de la familia imperial. Solo se fabricaron sesenta y nueve. Cuando Stalin llegó al poder, recogió todos los que pudo para venderlos y sacar dinero para la nueva Unión Soviética. Ocho de ellos desaparecieron en el proceso. De alguno queda una foto muy borrosa, de otros se sabe que existieron porque se nombran en alguna carta, pero no se sabe cómo son. Con el tiempo, después de muchísimas aventuras de todo tipo, solo quedan tres que nadie sabe dónde están ni si han sobrevivido.

—¿Sabes si el huevo ese sigue en la casa?

—No, pero podemos averiguarlo. Luego le echaré un vistazo. O le preguntaré al perito después de las fiestas. Ahora vamos a cenar tranquilos.

Carola no quería decirle que el huevo, que no le había mostrado al perito y que tanto podía ser un Fabergé original como una copia, no estaba en una vitrina ni nada parecido, que ella lo había descubierto mientras curioseaba por el dormitorio de Chuy, a lo que no tenía ningún derecho. Jacobo no lo tenía a la vista; estaba detrás de las corbatas, y era evidente que se trataba de un escondrijo, pero tampoco había tenido que forzar una caja fuerte para verlo.

Lo había encontrado casi por casualidad detrás de una puertecita disimulada dentro del armario del dormitorio. Al abrirla, se encendía una luz que iluminaba el huevo como en un museo y, si se apagaban las luces de la habitación, se veía desde la cama como una enorme joya irisada que lanzaba destellos por todo el cuarto. Estaba claro que Chuy era de esos hombres que gustaban de guardar ciertas cosas para su propio y solitario deleite, no para mostrarlo a cualquiera que estuviese invitado a su casa.

Ella había usado algunos ratos para buscar información sobre los huevos y el que tenía Chuy no era ninguno de los conocidos. No era muy grande, el color básico era un azul pavo real y debía de llevar esmalte de ostra porque cambiaba de color según se mirase. Estaba decorado con oro y diamantes y otros materiales que no supo reconocer. No había llegado a saber qué sorpresa encerraba porque lo había descubierto apenas unos días atrás y no se había animado a tocarlo, ya que estaba casi segura de que, como en las películas de Indiana Jones, si lo levantaba de su pedestal, se activaría una alarma en alguna parte.

También era mentira que hubiese un perito examinándolo. No le había hablado a nadie de la existencia del huevo hasta ese mismo momento, pero ahora, con el asesinato de Flor, las cosas habían cambiado y no tendría más remedio que comunicarle el hallazgo al embajador, aunque algo en ella se revolvía al pensar en el hermano de Chuy pasando sus manos regordetas por aquella preciosidad creada para una zarina, y sus ojos azules chispeando de placer al pensar en los millones que le darían por la joya, si se podía probar que era un original, uno de los tres huevos perdidos.

Y era de suponer que Chuy tuviese también una caja de seguridad en algún banco con otros objetos igual de caros o los documentos que atestiguaban la procedencia de ciertas obras de arte. Lo que no acababa de entender era que Javier no hubiera ya hecho valer sus derechos y hubiese abierto aquella caja. Quizá hubiese un plazo legal depositado ante notario. Pero eso no era asunto suyo, por supuesto.

Estaba tan perdida en sus pensamientos que tuvo que sacudir la cabeza para entender lo que estaba diciendo Wolf.

—O sea, que la tal Flor podría haber sido una ladrona que, muerto el dueño de la casa, iba sacando poco a poco pequeños objetos cuya falta no llamase mucho la atención. Alguien se dio cuenta, o quiso sacar tajada, y la mató por eso.

—Matando, de paso, y ya que hablamos de huevos, a la gallina de los huevos de oro, si tu teoría es cierta. Un asesino un poco corto, ¿no?

—Hum…¿Tienes idea de cuánto puede valer uno de esos huevos?

—Millones. De hecho, unos treinta millones por huevo como precio de partida. Y si es uno de los tres perdidos, de los que ni siquiera se conserva una foto del original, sería una revolución en el mundo del arte y la orfebrería.

—Eres un pozo de sabiduría, Carola.

—Es que, al verlo, me llamó mucho la atención, porque sabía que era algo valiosísimo, pero no tenía mucha información sobre el asunto y me dediqué a buscar por la Red hace un par de noches. Por eso aún lo tengo fresco. Y a todo esto, aunque en origen sean huevos de Pascua para la familia imperial rusa, muchos de ellos son bastante más grandes que un huevo normal; aunque este supongo que sí le habría cabido en la mochila. Y dentro todos tienen una sorpresa.

—¿Como los Kinder? —Wolf se echó a reír. Carola, después de un momento de perplejidad, también.

—Pues no se me había ocurrido nunca, pero sí. Era un regalito extra: unas fotos en miniatura, un colgantito con un zafiro, un reloj de señora…

—Y este tipo tenía uno de esos… me pregunto cómo lo habrá conseguido.

—Lo mismo era solo una copia, o alguien se lo había dado para que lo vendiera en su nombre.

—Veremos si esta Flor era algo más que la señora de la limpieza.

Carola repartió en las dos copas lo que quedaba en la botella y alzó la suya en un brindis silencioso.

—¡Por que encontréis al hijo de puta que ha matado a esa pobre muchacha!

—¡Por ello! Aunque… ya te digo… lo de pobre muchacha está por ver.

Se terminaron la copa de un solo trago.

—¿Te pasas mañana por comisaría para que te tomemos declaración sobre ella?

—Claro. Te llamo y te digo cuándo puedo, al fin y al cabo, tengo visita, pero como muy tarde, pasado. La verdad es que no sé mucho sobre ella, pero trataré de hacer memoria esta noche. ¿Y del asesino del taxista se sabe algo?

—No avanzamos. Hemos encontrado el taxi abandonado cerca del aeropuerto, los de la científica lo han peinado, pero ya me contarás… en un taxi… han encontrado de todo menos cocodrilos, y nada de lo que han encontrado concuerda con nadie que esté fichado. Vamos a tener que dejarlo. Como además el tipo vivía solo, no tiene hijos y su ex lo odia, no hay nadie que venga a reprocharnos nada. Otro pobre desgraciado que le da igual a todo el mundo.

Wolf aún no le había contado nada a Carola sobre el esqueleto infantil que habían encontrado en Meidling. No veía la necesidad, por el momento, de hablarle de desapariciones y asesinatos de niños pequeños ahora que daba la sensación de que se encontraba mejor y las pesadillas habían bajado de intensidad. Si el esqueleto hubiese sido de niña… quizá se lo habría dicho, aunque de todas formas seguramente habría esperado a tener un análisis genético, pero así… no valía la pena.

—En fin… —continuó—. ¿Te apetece salir a tomar algo por ahí? ¿La penúltima?

Carola negó con la cabeza.

—No puedo, aunque quisiera. Se han marchado sin llave y, si no estoy, cuando vuelvan no podrán entrar.

—¿Vuelvan? ¿Quiénes?

—Julio y su… amiga. —Apretó los labios como si con eso pudiera evitar mejor decir lo que había estado a punto de decir en lugar de «amiga».

Wolf sonrió, su típica sonrisa de ir a tomarle el pelo.

—Vaya, vaya… no me digas que vas a ser suegra tú también. ¡Qué mayor se ha hecho Julio! —Se dio cuenta de que Carola no estaba para bromas y añadió—: Yo ya lo soy desde hace tiempo. No es tan malo.

—Según quién te toque.

—No te gusta. —No era una pregunta.

—No. Nada. Solo me anima pensar que Julio no tiene más que diecinueve años y lo más probable es que en un par de meses se le haya pasado. A esa edad incluso los amores más desesperados acaban por difuminarse con el tiempo.

—Sí. Lo malo es que hay que pasar por ello, y a veces se hace muy largo… Anna también tuvo una época en que salía con un tipo que sacaba lo peor que había dentro de mí. Nunca en toda mi vida he tenido tantas ganas de matar a alguien a puñetazos. Aquí, entre tú y yo.

Wolf tuvo la sensación de que Carola estaba a punto de contarle algo, pero en ese momento sonó su móvil y, haciéndole un gesto de disculpa, salió de la cocina para hablar en el vestíbulo.

—Lo siento, Ola. El trabajo llama.

—¿Otro cadáver?

—No nos suelen llamar para bodas, ya lo sabes.

—¿Te pido un taxi?

—No. Me recogen ahí, en la esquina. Nos vemos mañana o pasado. ¡Gracias por la cena pija! Estaba de muerte. La primera vez en la vida que he comido caviar iraní, fíjate.

Carola había metido en el lavaplatos lo poco que habían ensuciado y se estaba secando las manos con un paño de cocina cuando Wolf se acercó a darle el beso de despedida.

Se abrazaron con afecto y Carola, sin haberlo decidido, dejó caer la cabeza sobre el pecho de Wolf, disfrutando de la sensación de los brazos cálidos que la rodeaban, del cuerpo sólido que se apretaba contra el suyo y le devolvía la presión. Supo con total claridad que si levantaba la cabeza de modo que sus ojos se encontraran, acabarían besándose y, aunque le habría venido muy bien, tenía muy claro que eso significaría meterse en un camino por el que, al menos de momento, no quería transitar. De modo que le dio otro apretón cariñoso y se soltó de él con una cierta renuencia, pero con resolución.

—¿Quieres que me pase mañana? —preguntó él en voz baja, como si temiera ser oído por alguien.

Ella negó con la cabeza.

—Mañana están Julio y Sheila. No sé qué planes habrán hecho, pero yo quería enseñarle a mi hijo unas cuantas cosas de Viena y no quiero que diga que no le hago caso. Cuando se vayan tendremos tiempo otra vez.

—Te tomo la palabra —dijo él ya en el vestíbulo, con una sonrisa.

—¡Wolf!

Él acababa de abrir la puerta y se quedó mirándola con un anhelo tan claro que le dio pena no poder decirle lo que él habría querido oír, sino algo que realmente no se esperaba.

—¿Crees que podrías conseguirme una pipa?

—¿Una pipa?

—Una pistola, un revólver, un arma. Ahora, con lo de Flor, me siento muy expuesta en esta casa enorme sin un arma a mano.

—No sé, Carola. Veré lo que puedo hacer.

—Solo tienes que decirme dónde o a través de quién puedo conseguirla. No quiero que tú tengas nada que ver con ello. La responsabilidad es toda mía.

Se hablaban a siete u ocho metros de distancia, con todo el vestíbulo en penumbra entre ellos, la luz automática que se encendía fuera durante unos segundos al abrir la puerta se había apagado ya. La figura del policía se recortaba como una silueta de cartulina negra contra la tenue iluminación de las farolas;

la de ella quedaba nimbada por la luz de la cocina. Como dos personas en dos barcos distintos que se cruzan durante un par de minutos en un crucero fluvial.

—Ten el móvil a mano por si acaso —dijo Wolf antes de salir definitivamente, rompiendo la tensión entre ellos—. Y llama si pasa lo que sea, ¿de acuerdo? A cualquier hora.

—Claro. —«Si mato a la hija de puta de Sheila, serás el primero en saberlo», pensó Carola—. Gracias, Wolf —dijo en voz alta—. Eres un amigo.

—Pues hasta mañana. Sé buena —terminó, como si hubiese podido oír sus pensamientos.

Nada más cerrar la puerta, Carola soltó el limpiamanos que había estado agarrando y, metiéndose el móvil en el bolsillo, volvió a la biblioteca a seguir mirando el plano. Sabía que había algo allí que le había llamado la atención a esa parte de sí misma que solo se comunicaba con ella mediante asociaciones crípticas, letras de canciones, acertijos y lo que la gente en general llama corazonadas. Wolf no había visto nada. Ella tampoco, pero estaba segura de que había algo que ver.

¡Si Tino hubiese estado con ella!

¡Cuánto lo echaba de menos, a pesar de todo lo que la había hecho sufrir en ocasiones! Todo el mundo pensaba que ella se había enterado de sus infidelidades en el mismo momento de su muerte, cuando la habían llamado para que fuera al hotel a reconocer a su marido, pero no era verdad. Tino, si no tenía un par de cualidades de las que a ella le parecían fundamentales en una pareja, sí que tenía una importante. De hecho, una de doble cara, porque no siempre se revelaba apetecible. Tino era brutalmente sincero. De modo que, cuando empezaron a plantearse un futuro juntos, llegó un momento en el que él le dijo que, para que su relación funcionara, ella tenía que estar dispuesta a hacer la vista gorda en ciertas cosas.

La verdad era que la conversación —la recordaba como si no hubieran pasado más de veinte años desde entonces— había surgido porque ella había sacado el tema de su profesión, de sus locos horarios, de que no todo hombre está dispuesto a tener una esposa inspectora de policía como ella era en esa época, que se pasa la vida fuera de casa, y viendo horrores que después no puede contar en familia, y que la pueden llamar a cualquier hora del día o de la noche y tiene que estar donde la necesitan. Le dijo con toda sinceridad que, en ese momento de su vida, y por mucho que lo quisiera a él, su profesión era primero. Era también lo único que había podido salvar de sus cuarenta años de vida y no estaba dispuesta a arriesgarse a perderlo.

Tino la miró a los ojos y en sus labios empezó a formarse una sonrisa.

—Por eso me gustas tanto, Ola. Porque eres una mujer de pies a cabeza, una gran persona, independiente, fuerte... aunque puedes ser tan dulce y suave como tu nombre... Ola. Tengo cerca de cincuenta años, no busco una niña como pareja. Estoy más que dispuesto a aceptar tus condiciones, si tú aceptas las mías, y estoy seguro de que puede salirnos muy bien.

Estaban en el piso de él, un enorme *loft* con vistas a todo el Madrid nocturno, tumbados en la cama, fumando y con una copa de *armagnac* en la mano, frente a una chimenea encendida. Todo casi demasiado de película para el gusto de Carola, salvo la conversación, que era directa y clara, como solía ser entre ellos.

—A ver... —dijo ella sin tener ni idea de por dónde le iba a salir, y temiendo que se refiriese a asuntos ilegales de corrupción en el mundo de la arquitectura institucional.

—Viajo mucho y paso largas temporadas por ahí, en las obras, que lo mismo son en Dubái, que en Noruega, que donde sea. Vendré a verte todo lo que pueda, pero no podremos ser una pareja clásica de cenar juntos todas las noches.

Ella asintió con la cabeza.

—Eso está claro...

—Espera, no digas nada aún —la interrumpió—. En esos viajes y estancias, a veces sucede que conozco a una chica que me resulta atractiva —ella sintió una especie de pinchazo en la boca del estómago—; nada serio —siguió él, con una sonrisa y un gesto para tranquilizarla—, solo su cuerpo, o sus ojos, o su manera de moverse, o su piel, que necesito tocar, como se toca una muestra textil o un nuevo material de construcción... y en ese momento empieza para mí el desafío. Tú me conoces. Soy competitivo, ambicioso. Soy un triunfador, aunque para la moral convencional esté mal decirlo, pero entre tú y yo no hay secretos; no debe haberlos. Cuando veo a una mujer que me apetece, tengo que conseguirla, tengo que poder acostarme con ella. A veces una vez nada más, a veces varias… pero a mí no me gustan las jovencitas, ¿sabes? Eso es lo que quiero que te quede claro y lo que resulta difícil que te creas. Intelectual y afectivamente, a mí no me gustan las jóvenes, que me miran como si yo fuera la solución de todos sus problemas y quieren aparecer de mi brazo en las inauguraciones y esperan que después de dos polvos les compre un anillo de compromiso como en las películas y les construya un chalé y les haga dos o tres hijos. O que me ven realmente viejo y piensan en heredarme. Ya pasé por un matrimonio así y no pienso volver a meter la pata. Tuve la suerte de que no tuvimos descendencia, y para Mayra fue muy doloroso, pero eso al menos me dejó libre a mí y ella pudo casarse otra vez y conseguir lo que quería, de modo que todos contentos.

Callaron durante unos momentos.

—¿Esa es la condición? —preguntó Carola.

—La única.

—¿Y yo?

—Me has dicho que tu condición es la libertad de atender primero a tu trabajo.

—Sí. Eso está claro, pero ahora te pregunto… tú tienes también tu trabajo, que está claro que es tu prioridad, como en mi caso… y las chicas. ¿Qué pasa si yo me encapricho también de un chico joven, o de un hombre mayor?

Tino calló unos segundos y volvió a sonreír.

—No es tu estilo.

—Vale, pero suponiendo que sucediera…

—Sería justo —dijo él, lentamente—. Siempre que… siempre que, como en mi caso, se tratara solo de sexo, de carne…

—No veo así a los hombres.

—Lo sé. Por eso te he dicho que no era tu estilo.

—Pero… ¿lo aceptarías? —insistió ella—. *Quid pro quo.*

—*Quid pro quo.* Tienes razón. Es justo. —Acercó su copa a la de ella y las chocaron, ratificando el contrato oral—. Tendría que aceptarlo. Te quiero demasiado para perderte por eso.

Se besaron hondamente y en ese instante Carola sintió dos cosas con toda claridad: que era cierto que la quería y que estaba totalmente seguro de que ella le sería fiel.

Siempre lo había sido, pero no por virtud, sino porque, a pesar de las largas ausencias de Tino, nunca había sentido una tentación lo bastante fuerte. Tenía su trabajo, que cada vez le resultaba más apasionante, tenía una relación cada vez más estable y divertida con Susana, su compañera, tenía a su familia, aunque vivieran en otra ciudad y luego, muy poco después de su boda, antes de que fuera demasiado tarde para ambos, habían tenido a Julio. ¿Qué más se podía pedir?

De vez en cuando le llegaba algún rumor; siempre hay almas caritativas que están deseando que te enteres de lo que piensan que más daño puede hacerte… pero salvo dos o tres veces en las que había llegado a saber quién era la chica e incluso se la habían presentado en un acto público, no había sido demasiado terrible.

Una vez había conocido a una Tatjiana, una rusa con la carrera recién terminada, inteligente, simpática y guapísima; una mujer como una modelo eslava, que miraba a Tino como los creyentes miran a la imagen de su devoción y, por un instante, había sentido unos celos agudísimos, como nunca en su vida, imaginando a Tino haciéndole a esa muchacha lo que le hacía a ella cuando tenían unos días tranquilos en la casa de Mallorca o en algún hotel de algún lugar del mundo. Había visto también la mirada de odio que la rusa le lanzó a ella, la legítima esposa, la madre del único hijo de Agustín Uribe, y también la mirada de Tino, mezcla de diversión y total indiferencia, el guiño de ojo que le lanzó a ella a través del salón moviendo la boca exageradamente para que ella comprendiera el mensaje mudo: «Ola, te quiero».

Y ahora aquel hombre guapo, conflictivo, maravilloso, a quien tanto había querido, ya no estaba. Ya nunca.

Siempre que creía tenerlo superado, al menos en parte, volvía su fantasma y lo echaba tanto de menos que tenía ganas de gritar y darse de cabezazos contra las paredes.

¿Sería por eso, por la definitiva ausencia de Tino y la angustia de su soledad y su nostalgia, que había empezado a «enamorarse» de Chuy? Para cambiar de fantasma, quizá, porque con este no tenía recuerdos, ni buenos ni malos, y no podía realmente echarlo de menos porque nunca lo había conocido y todas las conversaciones que entablaba con él eran unívocas. Solo hablaba ella y ponía en boca de él lo que le habría gustado que dijera en cada momento: justo lo que los vivos no hacen nunca.

¿Y Wolf? ¿Wolf, que tenía muchas de las cualidades que ella consideraba imprescindibles en un hombre, y más en una pareja, y estaba vivo, y deseando que ella se decidiera a probar? Sacudió la cabeza. Wolf era su compañero, su amigo, madero, como ella. Tenía una hija adulta, un yerno, dos nietos, una ex... ¿Qué pensaría Julio si ahora, de repente, se ennoviaba? ¿No creería que lo estaba haciendo para vengarse de lo de Sheila?

Además, ¿quería ella liarse con Wolf, llevar una relación a distancia —Viena-Madrid—, pasarse el resto de su vida hablando de casos no resueltos, de cadáveres, de frustraciones de todo tipo? La pregunta de siempre: ¿era mejor la soledad que la compañía, teniendo que hacer concesiones a otros hábitos, horarios, tipos de vida, gustos culinarios, artísticos, formas de pasar el tiempo libre?

Con una última mirada a los planos, los enrolló y los guardó de momento, sin saber qué más hacer. El móvil seguía sin mostrar ningún mensaje de Julio. A cambio, en los últimos dos días había recibido tres llamadas de Fernando, el abogado de Tino, que no tenía ninguna gana de devolver en ese momento, y otras dos de Susana, que seguramente querría hacer las paces por el berrinche que había pillado cuando ella le había dicho que no podían visitarla en el puente de la Constitución porque, en el último momento, Julio y su chica habían decidido cambiar el fin de semana de Halloween por el del 5 de diciembre. Tampoco tenía ganas de hablar ahora con Susana, ni realmente con nadie.

Se le caía la casa encima, aún no eran las once y no se le ocurría nada que le apeteciera hacer. Para un cine era demasiado tarde, igual que para la sauna. Wolf estaba trabajando y prácticamente no conocía a nadie más en Viena, o no tanto como para proponerles algo a esas horas. Ya había cenado. No se veía a sí misma metiéndose en un hotel a tomarse una copa en la barra ni yendo a un local a bailar sola. Y Julio había venido a verla, pero se había marchado y ni siquiera le había enviado un mensaje. Su hermana y su madre estarían esperando una llamada, pero no se sentía con ánimos de contarles que estaba sola en casa y ni siquiera sabía dónde se habría metido su hijo, de modo que decidió dedicarse a lo que ya llevaba tiempo pensando: averiguar dónde estaban todas las malditas cámaras de vigilancia que estaba segura de que habían sido escondidas primorosamente en todas las habitaciones de la casa.

7

*L*a llamada había sido de Gabriella y su excitación había resultado evidente solo con el tono en el que había pronunciado su nombre:

—Wolf. Tienes que venir a Meidling. Ya. Dime dónde estás y te recogen enseguida.

Se imaginaba que lo que habían encontrado debajo de aquella placa de hormigón debía de ser algo fuera de lo normal. Gabriella no se dejaba impresionar por cualquier cosa.

—¿Qué tenemos? —había preguntado él, echando miradas de reojo a la cocina donde Carola lo esperaba junto a los restos de la estupenda cena que habían compartido. Si era lo que él suponía, no quería que Carola se enterase aún del asunto.

—Tienes que verlo con tus propios ojos. Apenas hemos empezado, pero es algo muy fuerte.

Wolf le dio la dirección de la casa donde se encontraba.

—En unos diez minutos te recogen en la esquina.

—Voy para allá.

Después de despedirse de su amiga, salió a la calle con una mala sensación en la boca del estómago. Carola quería un arma, lo que era perfectamente comprensible, pero no correcto. Tendría que pensarlo porque, si no se la conseguía él, la conseguiría ella por su cuenta aunque no conocía la ciudad como para saber quién era más o menos de fiar y quién no.

Habría preferido quedarse con Carola. No estaba seguro, pero había creído notar una posibilidad, un acercamiento por parte de ella, y temía que, marchándose ahora, la próxima vez tuvieran que empezar de cero; pero no había más remedio. Si algo lo consolaba, era que ella lo comprendía perfectamente. También era su vida y sabía que tener que dejar las cosas a medias y echarse a la calle en cualquier momento, con cualquier tiempo, era parte del trabajo que ambos habían elegido.

La temperatura había caído varios grados. Se ajustó bien el gorro sobre las orejas y esperó cambiando su peso de un pie a otro hasta que vio aparecer el coche con todas las luces encendidas.

Un agente de uniforme estaba al volante y, nada más subir Wolf, puso la sirena y salió como si tuviera que apagar un incendio en alguna parte.

—¿Tanto urge? —preguntó.

—Me han dado orden de que lo lleve allí lo más deprisa que se pueda, señor.

—Bien. Pero procure que lleguemos vivos.

El agente fue eligiendo calles en las que el tráfico no era excesivo y en menos de media hora llegaron al barrio, que a esas horas estaba oscuro y callado. Un viento helado, que traía el regusto de las llanuras panónicas, ululaba entre las casas, haciendo que las ramas de los árboles, al moverse, parecieran cabelleras de mujeres desesperadas.

El jardín estaba iluminado como el escenario de un concierto, con varios potentes focos que ponían de relieve la excavación situada en el lugar donde muy poco antes había estado la casita de herramientas de Walker.

Markus y Jo lo esperaban en la verja y lo acompañaron en silencio hasta donde Gabriella, acuclillada en tierra y con los zapatos cubiertos por las fundas de plástico, miraba en silencio el trabajo de los compañeros que despejaban la tierra.

El matrimonio Tomaselli espiaba por la ventana de la cocina hasta que Wolf, nada más llegar, mandó a Jo a decirles que hicieran el favor de irse a dormir o se relajaran frente al televisor, pero que corriesen los visillos y que, por su propio bien, dejaran de fisgar.

—Ahora ya podéis decirme qué pasa.

—Hay más niños, Wolf —contestó Gabriella con voz enronquecida—. Aún no sabemos cuántos, pero no son ni uno ni dos.

—Joder —masculló.

—Todo lo que hemos encontrado hasta el momento son huesos. Es decir, que no son restos recientes. Quizá tan antiguos como el niño del roble o quizá no tanto, pero parece que, por lo demás, todo es igual: no hay ropa, ni zapatos, ni adornos... nada que nos pueda dar una pista. El hijo de puta que hizo esto se preocupó de no darnos facilidades.

Wolf se inclinó para ver mejor. Todos los huesos eran pequeños. A simple vista, distinguió dos calaveras y dos cajas torácicas, con sus delicadas costillas y sus frágiles vértebras asomando de la tierra oscura donde aún había trozos de hormigón que los picos mecánicos habían ido rompiendo a lo largo del día.

—Los forenses van a tener para un buen rato —comentó Markus, cuyo rostro había adquirido la inescrutable expresión de tótem de piedra que adoptaba cuando algo le resultaba particularmente ofensivo.

—Hay que encontrar todo lo que exista sobre Charles Walker. Tenemos que saber quién fue para empezar a plantearnos quiénes pudieron ser todos estos niños. Es fundamental averiguar cómo murieron. Volver a interrogar a los vecinos, saber si alguien en alguna ocasión oyó gritos o algo inusual. Tenemos una testigo que fue cajera de supermercado, ¿no? La que dijo que compraba muy poco y que comía fuera. Hay que ampliar la búsqueda a otros supermercados o tiendas de ultramarinos de la zona. A lo mejor compraba poco donde cualquier vecino podía verlo y el resto en otra parte. Hay que tratar de averiguar cuánto compraba.

—¿Cuánto? —preguntó Gabriella—. No, ¿qué?

—El qué nos da lo mismo. Lo que yo quiero saber es si un hombre que vivía solo compraba más comida de la normal. Eso podría indicar que tenía a algún niño secuestrado.

—Pues no es por ponerme cenizo —intervino Markus—, pero si hace casi veinte años desde que el tipo murió, va a ser realmente jodido encontrar a alguien que se acuerde de una cosa así. Y aunque se acordara...

—Siempre puede ser un hilo del que tirar. Aparte de que te recuerdo que no tenemos nada, y menos da una piedra.

—Claro.

—Pues vámonos de aquí, porque lo único que hacemos es molestar a los colegas de la científica. Todo el mundo a dormir y mañana nos vemos a las ocho en punto en mi despacho para ver por dónde tiramos. Ah, que alguien les diga a los agentes que no quiero vecinos filmando con el móvil ni mucho menos periodistas. Esto hará mucho ruido, pero cuanto más tiempo podamos retrasarlo, tanto mejor.

8

La temperatura había bajado muchísimo. A pesar de que había conseguido encontrar casi todas las cámaras que habían sido montadas en los lugares menos pensados, no se había quedado tranquila. Estaba agotada y, si no fuera porque ya no aguantaba más en la casa y porque sabía que no iba a conseguir dormir si se metía en la cama, no habría salido, pero necesitaba moverse, llenarse de oxígeno, ayudar a su cerebro a que dejase de darle vueltas a todo lo que la angustiaba; y eso solo podía hacerse en el exterior, aunque fueran casi las cuatro de la madrugada y el termómetro hubiese bajado a menos ocho.

Llegó hasta el Türkenschanzpark, helado, silencioso, y cerrado, por supuesto, como todos los parques públicos, con un oscuro mercadito de Navidad que le traía las peores asociaciones. Siguió caminando por la acera que lo rodeaba por la derecha, con las manos bien metidas en los bolsillos, pensando en su hijo, en dónde estaría a esas horas, en por qué no le había mandado un mensaje ni siquiera al darse cuenta de que habían salido sin llaves. Porque tenían que haberse dado cuenta de eso, no podían ser tan imbéciles.

Un movimiento a su izquierda, detrás de ella, la sobresaltó. Se dio la vuelta echando mano a la sobaquera que no llevaba, con las manos listas para defenderse y los ojos disparándose en todas direcciones. Se sentía desnuda sin su arma reglamentaria, pero no tenía ninguna, ni una simple navaja.

No había nadie. Silencio. Oscuridad. Ni una sola ventana iluminada. Ni una sombra que no fuera proyectada por un árbol, por una farola. Nadie por la calle. ¿Quién iba a ir por ahí, paseando en una madrugada de principios de diciembre a ocho grados bajo cero?

Podría haber sido una ardilla trepando a uno de los copudos

árboles que bordeaban el parque, pero, que ella supiera, todas las ardillas del mundo dormían por la noche. ¿Un búho, quizá?

Decidió regresar. Ya había pasado bastante frío.

Volviendo a casa, no dejaba de pensar en Flor. Ella también habría ido caminando en la oscuridad, al salir del trabajo. ¿Llevaría quizá los auriculares puestos y no oyó acercarse a su atacante? Nunca había podido comprender que la gente fuera tan imbécil como para anular voluntariamente uno de sus sentidos más importantes para su propia supervivencia. Oír música estaba muy bien, pero en casa, o en un local público, no cuando tu vida podía depender de que fueras capaz de darte cuenta de si se acercaba un coche o alguien armado con una pistola o un cuchillo. Y sin embargo todo el mundo lo hacía, y estaba segura de que, en cuanto fuera posible, irían por ahí con unas gafas en las que podrían seguir su serie favorita o ver las noticias mientras en el mundo real cruzaban calles y subían escaleras. En ocasiones pensaba que los seres humanos, muchas, muchas veces, se merecían la muerte por cretinos, por pura imbecilidad. Por eso le encantaba seguir el Premio Darwin, un premio anual que se concede a las personas que contribuyen a mejorar la genética humana al eliminar sus genes del acervo común, muriendo del modo más absurdo y ridículo posible, sin dejar descendencia. Era probablemente una muestra muy clara de humor negro, pero Julio y ella se partían de risa leyendo las estupideces de las que eran capaces algunos y que acababan en muertes realmente imbéciles.

Se detuvo de golpe, como si tuviera que atarse las cordoneras, para comprobar si había algo que oír. Nada. Ni pasos, ni ramas movidas por un cuerpo que pretendiera esconderse en algún jardín. Silencio nocturno. El cielo, nublado, de color canela a lo lejos, hacia el centro, reflejando las luces urbanas. A su alrededor solo oscuridad, desde que el ayuntamiento había decidido reducir las emisiones lumínicas para proteger a muchas especies de insectos en peligro de extinción.

Un soplo de viento repentino la hizo estremecerse. Hora de volver a casa. Nada más llegar, sacó el móvil. No tenía mensajes nuevos. «¡Que les den!», pensó, mientras cerraba la puerta con doble vuelta de llave y empezaba a subir las escaleras. Veinte minutos más tarde estaba dormida.

No oyó los suaves pasos en el desván.

9

*L*a despertaron bruscamente los timbrazos y los golpes en la puerta de la calle. Con la costumbre de toda la vida, de un segundo a otro pasó del sueño a la vigilia, casi contenta de haber salido de otra de sus pesadillas que, por fortuna, ya estaba empezando a olvidar mientras bajaba la escalera a toda la velocidad que le permitían sus piernas un poco entumecidas.

—¡Ya va!, ¡ya va! —gritaba mientras tanto en alemán, hasta que, al abrir, se dio cuenta de que quienes armaban ese escándalo eran Julio y Sheila, ambos pálidos como fantasmas, ambos con gafas de sol.

—¿Aún estabas durmiendo? —preguntó Julio en voz arrastrada mientras se escurría por su lado para entrar en la casa—. Y yo que venía diciéndole a Sheila que ya llevarías dos horas trabajando.

—¿Qué hora es? —preguntó, cerrando la puerta y siguiéndolos hasta la cocina.

—Las nueve.

—Es que me acosté casi a las cinco. —Nada más decirlo, se habría dado de bofetadas. ¿Qué necesidad tenía ella de justificarse delante de su hijo y de aquella grosera que ni siquiera le había dado los buenos días?

Pero nadie preguntó nada. Julio puso el agua a calentar y Sheila sacó la caja de los tés, eligió uno y puso dos tazas junto a la tetera, cada una con su bolsita.

—Vuélvete a la cama, si quieres, mamá. Nosotros nos tomamos el té y nos vamos al sobre. Estoy hecho polvo.

—¿Dónde habéis estado?

Julio iba a contestar cuando la inglesa lo interrumpió:

—Por ahí.

Carola miró a su hijo, perpleja, y él enseguida habló para cubrir la patochada de su novia:

—Fuimos a bailar a dos o tres sitios, y hemos comido algo por ahí. Nada del otro mundo, pero bien.

—Y lo de las gafas negras dentro de casa, ¿es por algo?

—Dolor de cabeza. Venga, mamá, no rayes, tú no eres así.

—¿Que no soy cómo?

—Metomentodo.

—¿Inquisitiva, quieres decir? ¿Que me preocupo por la salud de mi único hijo?

Julio y Sheila cruzaron una mirada de exasperación.

—A ver, déjame verte los ojos —insistió Carola.

Julio se quitó las gafas. Sheila dio un bufido y salió con su taza. Sus pasos resonaban en la escalera como una manada de búfalos.

—¿Qué has tomado? —preguntó Carola, muy seria, después de haber visto las pupilas de su hijo.

—Hemos bebido bastante y luego, como me estaba quedando frito y no llevábamos llaves, Sheila me ha conseguido una pastilla para despabilarme. Nada grave. No veo muertos ni elefantes rosas; no huelo la música ni siento los colores, pero estoy que me caigo. Me voy al sobre.

—Entonces, ¿los planes que teníamos para hoy?

Julio volvió a ponerse las gafas y se encogió de hombros; un gesto muy propio de él que, desde muy pequeño, usaba cuando se sentía culpable de algo, pero no quería articularlo.

Carola lo abrazó fuerte. Al fin y al cabo era su hijo, su niño, lo único que tenía. Él se dejó hacer y al cabo de un momento le devolvió el abrazo, apoyando la cabeza en la de su madre, que le quedaba un poco más abajo.

—Venga, vete a dormir. Yo saldré dentro de un rato. Llevo el móvil. Llama cuando te despiertes si quieres que hagamos algo juntos.

Lo vio subir la escalera a trompicones, agarrándose a la baranda con la mano derecha y sujetando la taza de té con la izquierda, hasta que lo perdió de vista en la planta superior. Volvió a la cocina, decidida a no retrasar más la llamada a su madre y a su hermana, que ya estarían preguntándose por qué no sabían nada de ellos. Era domingo, pero eran casi las diez de la mañana y lo más probable era que alguien hubiese salido a comprar unos churros y Patricia estuviera haciendo el chocolate que le encantaba a mamá, precisamente porque el médico se lo tenía prohibido.

Ya tenía el móvil en la mano cuando de repente empezó a vibrar y, sin mirar quién era, contestó.

—¿Carola? Perdona que te moleste a estas horas, pero es que no me has devuelto las llamadas y ya estaba empezando a preocuparme.

Fernando. No había nadie en el mundo con una voz radiofónica tan clara, y eso que no se dedicaba a la radio.

—¿Ha pasado algo?

—No, no, todo bien. Esto… ¿has hablado con Julio?

Carola apoyó la frente en la puerta de uno de los armarios de la cocina, tendió la mano libre para coger la taza de té y se dio cuenta de que solo habían puesto dos, una para Julio y otra para Sheila, de modo que metió una cápsula de café en la máquina mientras sujetaba el móvil contra la clavícula, pensando qué contestarle a Fernando.

—Algo me dijo ayer de la herencia de Tino, pero también me dijo que no corre prisa.

—Bueno… —Fernando carraspeó—. A mí me dijo que cuanto antes… y, la verdad, no me parece buen momento.

—¿Se lo dijiste?

—Claro, pero parece que le urge mucho y…

—¿Y qué?

—Que no quiere que tú lo sepas. Pero tú y yo nos conocemos desde hace más de veinte años y Tino era mi amigo, y Julio sigue siendo un crío. Así que me parece que tenemos que hablar de esto, tanto si él quiere como si no. ¿A ti te ha dicho para qué necesita el dinero?

—Para montarse el estudio de arquitectura.

—Si está en tercero de carrera…

—Ya. —Carola sacó el café, le echó una pastillita de edulcorante y estuvo un rato dando vueltas con la cucharilla—. ¿A ti te ha hablado de una tal Sheila?

—No. ¿Quién es?

—Una novia que se ha echado que podría ser su madre y

tiene mucha hambre. Es ella quien lo ha convencido de que me pida su parte.

—Joder.

—¿Hay alguna salida legal? ¿Te ha dicho al menos lo que quiere?

—Según él, lo que le corresponda, pero dice que también se conformaría con la casa de Mallorca.

—¡Qué modesto nos ha salido el niño! —A Carola le parecía tan absurdo y tan poco propio de su hijo que lo encontraba casi gracioso—. Ni hablar. Esa casa era el sueño de Tino. Por encima de mi cadáver.

—Pues igual tienes que vender el piso de Madrid para darle su parte y, con lo que quede, comprar algo más pequeño en una zona de precio más razonable.

—¿Y el dinero que hay?

—Casi todo atado, plazos fijos... esas cosas. Habla con él, Carola. Hazlo entrar en razón. O convéncelo de que venga a Madrid a verme a mí; yo le explicaré. Julio es un chico razonable, inteligente, bien educado... lo arreglaremos.

—Dios te oiga, Fernando. Está muy raro, de verdad.

—Habla con él y dime en qué habéis quedado. Después lo llamaré yo, ¿de acuerdo?

—De acuerdo. Gracias. Besos a Dori.

Se vistió rápido y salió a la calle sin saber bien adónde iba ni a qué. Quizá llamaría a Wolf a ver si estaba en comisaría y podía pasarse a que le tomaran declaración por lo de Flor, pero no le apetecía demasiado. Lo de llamar a su madre y a su hermana tampoco le hacía ilusión; tendría que fingir que todo estaba bien y una de las dos lo notaría, con lo que acabaría teniéndoles que contar lo que pasaba con Julio antes de que ella misma estuviese segura de qué era lo que realmente estaba pasando.

Decidió ir al centro y, si las tiendas estaban abiertas en domingo —sabía que hacía años que existía una gran polémica sobre si los comercios podían o no abrir durante las fiestas—, comprarle a su hijo unas cuantas cosas que le hacían ilusión: bolas de Mozart —esos bombones dulcísimos hechos a capas de pistacho, praliné y chocolate—; un buen jamón tirolés, el famoso *speck*; una caja de *lebkuchen* o de galletitas caseras de

Navidad, un *schnaps* de pera y manzana... Al fin y al cabo era la fiesta de San Nicolás, y el buen obispo tenía la obligación de traerle un detallito a los niños que se lo hubieran merecido: chocolates, mandarinas, nueces... Julio ya no era un niño —«por desgracia», pensó—, pero seguía siendo su pequeño. Si se lo había merecido o no, ya era otra cosa.

Sin embargo, a pesar de la conversación con Fernando, no podía evitar querer llenarle la maleta de cosas buenas para que pudiera disfrutarlas en Londres antes de volar a Madrid para las vacaciones de Navidad, que suponía que pasaría en casa como todos los años desde su nacimiento. Aunque... ahora que estaba Sheila... tendrían que hablar de ello, porque lo que para Carola estaba clarísimo era que no pensaba permitir que la inglesa se instalara con ellos en el piso de Madrid durante las fiestas ni que los acompañara a Valencia para la Nochebuena con la familia. Y cabía dentro de lo posible que, si Sheila estaba vetada, Julio —*Julian*— decidiera quedarse con ella.

En la plaza de la catedral, a rebosar de turistas de todas las nacionalidades, san Nicolás —de hecho varios san Nicolases—, con su túnica blanca, su capa roja, luenga barba y alta mitra dorada, se paseaba bendiciendo a los niños y ofreciéndoles nueces y mandarinas, mientras su séquito de Krampus —una especie de demonios peludos con pinta de oso y máscaras de madera con grandes cuernos y largas lenguas rojas asomando por las fauces abiertas— asustaba a los paseantes con sus cadenas, sus cinturones de cencerros de vaca y una especie de escoba hecha de manojos de varas secas con la que golpeaban a los que se habían portado mal, para arrastrarlos con ellos al inframundo.

Carola se removió inquieta, pegándose a un escaparate al paso de un Krampus gigantesco de ojos enloquecidos y lengua móvil, una lengua de color rojo sangre que le llegaba casi a la cintura. No se había dado cuenta de que era el 5 de diciembre y tampoco había pensado que salieran antes del atardecer, que era su hora natural de desfilar entre la gente, a la caída de la noche, cuando las antorchas que portaban y la iluminación amarillenta de las calles los hacía aún más monstruosos.

Otro Krampus más delgado, vestido con pieles negras, se encaró con ella y trató de pegarle en la cabeza con la escoba de ramas, entre las risas y chillidos de los paseantes. Sin pensarlo, Carola, apoyando las dos manos sobre su pecho, le propinó un empujón que lo lanzó en mitad de la calle, quejándose agudamente porque debía de haberse clavado en la espalda alguno de los cencerros que le ceñían la cintura.

Ella se marchó con rapidez, mientras algunos compañeros también disfrazados le daban la mano para ayudarlo a ponerse de pie y todos miraban en torno, con sus terribles máscaras de madera tallada, tratando de distinguir a la mujer que lo había atacado.

Carola se apartó de la Kärntnerstrasse, giró a la izquierda y rápidamente entró en el Hawelka, uno de los cafés más tradicionales de Viena, refugio de intelectuales y activistas de izquierda desde los años sesenta y que en ese momento aún estaba casi vacío, con su agresivo olor a café, su oscuridad, sus pósteres pegados en todas las paredes, su cutrez general que de algún modo le calentaba el corazón, y su tapizado de rayas granate que había conocido mejores tiempos, mucho mejores.

Pidió un café Sobieski —expreso doble con un chupito de vodka por separado— y se lo tomó en un instante, con auténtica avidez. ¿Cómo había podido olvidar que ayer había sido el 4 de diciembre?

Recordaba con toda claridad que, al día siguiente de la desaparición de Alma, por la tarde, todas las calles del centro se habían llenado de aquellos monstruos peludos de lenguas rojas y cuernos enroscados mientras ella y Juanma y todos los compañeros uniformados del centro de la ciudad patrullaban sin descanso buscando a su hija.

Si la noche del secuestro, en el mercadito de Navidad, alguien disfrazado de ese modo hubiera cogido a Alma y se la hubiera echado al hombro entre risotadas, nadie habría hecho nada por defenderla, a nadie se le habría ocurrido que estaba pasando algo real, algo malo. Llevaba una vida pensándolo. Podría haber sido así y todo el mundo habría creído que era teatro, que era un espectáculo más para las hordas de turistas prenavideños. Nadie se habría dado cuenta de que faltaba un día para aquello, de que aquel secuestrador vestido de Krampus llegaba un día más pronto de lo habitual. ¿Y luego?

Otros Krampus, como los que habían ayudado a levantarse al que ella había derribado. Una niña inconsciente, vestida de rojo, entre tres o cuatro monstruos, para llevársela ¿adónde? ¿A qué?

Apoyó la frente en las dos manos mientras las lágrimas le caían en la taza vacía del *espresso*, las lágrimas que llevaba años conteniendo y que ahora se habían desatado en un momento en el que había bajado la guardia.

Después de más de treinta años en la Policía no necesitaba mucha imaginación para que acudieran a su mente todas las cosas que podían pasarle a una niña de ocho años secuestrada por un monstruo del tipo que fuera, alguien que no la había raptado para pedir dinero a cambio, sino para satisfacer sus propios deseos, sus propias obsesiones; alguien que habría convertido a su pequeña, preciosa, maravillosa Alma en un personaje como el del cuadro de Helnwein que Jacobo Valdetoro tenía en su dormitorio, una niña aterrorizada, sentada en un camastro en una celda gris.

Una niña a la que su madre no había sido capaz de salvar.

10

*Y*a eran más de las cinco de la tarde, y ya noche cerrada, cuando por fin sonó su móvil —Julio— y Carola salió al vestíbulo de la Albertina, donde había pasado parte del tiempo con una visita guiada, para atender la llamada.

—¿Ya estáis en el mundo?

—Más o menos… —La voz de Julio sonaba aún bastante dormida—. Pero me acabo de dar cuenta de la hora que es y quería ver si quedamos para cenar o algo. ¿O prefieres que guisemos algo en casa?

—En casa no hay nada y los supermercados normales ya están cerrados. Tendremos que salir. El problema es que los locales típicos que yo conozco y que os quería enseñar… pues no es que estén muy equipados para vegetarianos. Aunque seguramente sí que tendrán cosas con setas y verduras y castañas…

—La verdad es que no es tan grave, porque solo seríamos tú y yo. Sheila prefiere quedarse en casa y ella, con tener té y unas tostadas, se apaña.

Carola se mordió los labios por dentro. Cenar a solas con su hijo le hacía una ilusión enorme, pero no quería dejar a esa mujer en una casa que no era suya y que estaba llena de objetos valiosos que ahora tendría ocasión de fisgonear sin ningún tipo de control.

—¡Anda, mamá! Si lo estás deseando… Incluso lo mismo me animo a que me invites a un buen chuletón, o a un estofado de ciervo o alguna de esas salvajadas que Sheila tanto detesta. Al fin y al cabo, los ciervos no se crían en granjas, ¿verdad?

—No. Creo que no. Hay que cazarlos para mantener la población estable en los bosques.

—Pues eso. ¿Dónde nos vemos?

—Estoy en el centro. Cojo un taxi y te recojo en casa, si quieres.

—Bien, pero dame aún hora y media o así. Hemos visto que aquí cerca hay un parque donde han puesto un mercadito de Navidad y, ya que estamos, nos apetecía dar una vuelta por allí. Luego Sheila se queda y nosotros nos vamos.

Un mercadito de Navidad. Su hijo quería ir al mercadito. Otra vez. Como entonces.

Su primera imagen fue la del tiovivo y los copos de nieve cayendo suaves, tan suaves, sobre las cabezas y los hombros de los paseantes, los olores agresivos, las luces parpadeantes, la ausencia de su hijo. Otra vez un monstruo que, salido de la oscuridad, le iba a quitar a su único hijo.

Pero Julio medía uno ochenta y cinco, tenía casi veinte años, nadie lo iba a secuestrar para…

—Voy con vosotros —se le escapó.

—Mamá… que ya no tengo cinco años…

Él no sabía… Nunca se lo había contado. Julio suponía que el miedo que ella había tenido siempre en las grandes aglomeraciones o en los aeropuertos se debía a que había estado trabajando durante mucho tiempo en casos de secuestros infantiles y le daba espanto pensar que a él pudiera sucederle algo así.

—Venga, hombre, déjame hacer de madre un rato. Y así nos vamos conociendo mejor Sheila y yo…

Se oyó claramente un suspiro a través del móvil.

—Vale. Venga, nos vestimos y te esperamos ya listos. ¿Sales ya?

—Estoy allí en quince o veinte minutos.

El paseo resultó más agradable de lo que Carola hubiese podido imaginarse. Sheila parecía estar de mejor humor y caminaron los tres juntos calle arriba hasta llegar a los puestecillos engalanados con ramas de abeto y bolas rojas entre familias del barrio, con hijos pequeños, que no habían querido desplazarse al centro, para que los niños tuvieran un vislumbre de la próxima Navidad. Hablaron de tonterías, los jóvenes compraron un par de regalitos para amigos ingleses: una vela, un cascanueces, una cinta de pelo de lana afieltrada, unas almendras garrapiñadas… Luego dejaron a Sheila en casa, a pesar de la reticencia de Carola, y ella y Julio se marcharon en un taxi que los depositó en un *heuriger* que a ella siempre le había gustado, aunque estaba demasiado cerca de uno de los escenarios policiales más terribles que conocía: el famoso Wilheminenberg, un antiguo palacio reconvertido en orfanato después de la Segunda Guerra Mundial, donde durante años se habían cometido las peores atrocidades contra niños y niñas indefensos hasta 1986, cuando se había producido el escándalo. De hecho, cuando Alma desapareció, en 1993, algunos colegas vieneses lo habían achacado a que, después de un tiempo de prudencia en el que todos los clientes del Wilhelminenberg —gente prominente de mucho dinero— se habían escondido en sus agujeros, aterrorizados de que sus vicios pudieran salir a la luz—, ahora, poco a poco, volvía a haber una demanda que no querían tener que satisfacer en Tailandia y otros países alejados y exóticos, y, aparentemente, habían vuelto a encontrar a quien les suministrara lo que necesitaban, más cerca de casa. Si ella no hubiera sido colega, seguramente ni se les habría ocurrido comentar algo así en su presencia —al fin y al cabo, era la madre de la niña desaparecida—, pero lo había oído y desde entonces no se le había ido de la cabeza la idea.

Pero ahora no quería pensar en ello. Habían ido a un mercadito de Navidad y habían vuelto sin novedad; la inglesa no estaba y ella podía disfrutar de la presencia de su hijo, del brillo de sus ojos, de su sonrisa, de sus palabras que eran solo para ella.

—¡Qué ganas tenía de verte, cariño! —le dijo, apretándole el brazo, cuando se sentaron a una mesa de madera basta cubierta con un mantel de cuadros rojos y blancos.

—¡Qué posesiva te has vuelto de pronto, mamá! —dijo, riendo.

Se quedó helada. Tanto, que Julio volvió a sonreír y le cogió la mano.

—No te lo tomes a mal, mujer. No es eso. Yo también tenía muchas ganas de verte, en serio. A ver —dijo, apoderándose de la carta—, aconséjame. Algo que luego pueda contarle a Sheila más o menos con buena conciencia —terminó con una sonrisa torcida—, pero carne roja. Hace siglos que no la pruebo.

—A ver… tendrá que ser algo de caza: ciervo, rebeco o jabalí. Esos no se crían en granjas y siempre puedes decirle que es necesario que alguien se los coma para mantener el equilibrio ecológico en los bosques austriacos, que es la pura verdad. Mira, asado de ciervo, con salsa de arándanos, verduras otoñales y puré de castañas, ¿qué me dices?

—Que me conoces como si me hubieras parido. —Los dos rieron y Carola empezó a relajarse.

—¿Estás bien, Julio? ¿Eres feliz? —le preguntó en cuanto la camarera los dejó solos con el tinto que habían pedido para acompañar el ciervo.

—Sí. En general, sí. Aunque… te vas a reír… no estoy seguro de querer ser arquitecto, fíjate. Me gusta lo que hacemos, pero a veces es insoportable ser el hijo de Tino Uribe y que todo el mundo te compare con tu padre, y se acerque a ti buscando contactos o Dios sabe qué, como si pensaran que así tienen el futuro garantizado. Y yo… la verdad… soy bastante bueno, pero estoy empezando, no soy genial, no soy papá. Ni siquiera sé si quiero serlo, ¿sabes?

—Me parece normal y me parece bien, Julio. Claro que no eres tu padre.

—Pues a Sheila le encantaría que lo fuera.

—Claro.

—¿Claro?

—A casi todo el mundo le encanta la idea de estar casada con un «gran hombre». —Marcó las comillas con el tono de voz—. La fama, el dinero, el poder, el interés mediático, las fiestas… esas cosas. Nadie comprendió nunca por qué tu padre y yo estábamos juntos, ya lo sabes. Una vulgar policía es poco para un hombre del tamaño y la fama de Tino Uribe. Sin embargo, nos fue bien, precisamente porque cada uno tenía su parcela del mundo y cada uno era bueno en lo suyo sin depender del otro.

Bebieron unos instantes en silencio, disfrutando del ambiente festivo y cálido de su alrededor, de las viejas maderas y los manteles de cuadros rojos y las lámparas hechas con cornamentas de animales del bosque.

—Tú siempre supiste que papá te engañaba, ¿verdad? —preguntó Julio por fin, como si llevara años queriendo hacerle precisamente esa pregunta.

—Tu padre nunca me engañó, cariño. Ya te lo dije entonces y te lo puedo repetir ahora. Da igual lo que piense la gente.

Eso lo hablamos él y yo al principio de nuestra relación y nos pusimos de acuerdo. Yo siempre lo supe.

—Y lo aceptaste.

—Igual que él aceptó que yo no siempre estaba disponible.

—Sí, eso lo notamos todos —dijo Julio con una cierta amargura.

—¿Te hizo sufrir? Otros niños tienen madres médicas, enfermeras, azafatas… profesiones con horarios y turnos incómodos para una vida de familia.

—Sí, ya, pero entre que papá siempre estaba por ahí y tú entrabas y salías a horas raras, y la tía y la abuela viven en Valencia, la mía no fue una infancia del todo normal. La mayor parte del tiempo la pasé con Martín y Tomás, porque Susana siempre estaba contigo.

—Claro, ¿dónde iba a estar, si era mi compañera? Pero Tomás era el mejor cocinero de los cuatro padres, ¿no? Contando al tuyo.

Julio sonrió.

—Sí. Tomás es un tío estupendo. No puedo quejarme, la verdad.

—¿Te pasa algo, sol? —Carola puso su mano encima de la de él, que había quedado como abandonada sobre la mesa, como esperando un gesto de ella.

—No sé, mamá. Que no sé bien lo que quiero. Que hay veces que solo me gustaría desaparecer y que todo el mundo me deje en paz y tomarme tiempo para pensar qué cojones quiero hacer con mi vida.

—Pues hazlo. Tómate un año, si quieres. Vete por ahí. Piénsalo y luego vuelves y te reorientas, si hace falta.

La camarera trajo el pedido y empezaron a comer con buen apetito. Julio, encantado de volver a comer una carne que realmente le apetecía.

—Lo mismo esa sensación que tienes es falta de testosterona —dijo Carola, con un guiño.

—¿Qué?

—Que como no comes carne, igual te han bajado los niveles de testosterona y estás como… no sé… más deprimido, o más flojo… no sé. Ve a que te hagan un chequeo. Podría ser que haya alguna descompensación, que te falte algo.

Julio se quedó pensativo.

—Pues no me parece mala idea, fíjate. En cuanto vuelva voy a que me hagan un control. Figúrate si solo fuera eso.

—A veces… algunas veces… ciertos problemas son más fáciles de solucionar de lo que uno cree; pero es importante que haya otros ojos que lo vean desde fuera. Y que sean ojos que te miran sin más intención que tu propio bien.

—¿Qué quieres decir, mamá?

—Que siempre que Sheila y yo te demos un consejo opuesto, que pienses que el mío solo tiene en cuenta tu felicidad por encima de la mía. Siempre. Da igual lo que ella diga. Te quiero tanto que, si tu felicidad consistiera en elegir entre las dos y quedarte con ella, lo aceptaría solo para que tú estés bien.

—*Drama queen* —dijo él, tragando saliva para disimular la emoción.

No le dijo que no podía imaginarse perdiéndolo a él también. Que si se trataba de que se vieran menos o de que él encontrara su felicidad con aquella mujer y nunca llegaran a ser una familia unida como la que ella siempre había soñado, al menos sabría que él seguía ahí. Podrían mandarse fotos y mensajes, verse por Skype, encontrarse de vez en cuando. Ella sabría dónde estaba y cómo le iba y, si alguna vez él descubría que aquella relación no le hacía feliz, existiría la posibilidad de que volviera, pero eso era lo de menos. Lo realmente importante era saber seguro que estaba vivo y que, estuviera donde estuviera, la seguía queriendo.

Todo eso no podía decírselo. A cambio le apretó fuerte la mano y, sin poder evitarlo, se abrazó a él. Julio le devolvió el abrazo y los ojos de Carola se llenaron de lágrimas.

CAPÍTULO III

4 de diciembre de 1993

—¡𝓜ira, Alma, está nevando!

Carola tenía la nariz pegada al cristal de la ventana y la sonrisa se le derramaba por el rostro como un fluido dorado. Su hija conocía la nieve, pero no la había visto nunca cayendo del cielo. ¡Qué suerte habían tenido! Todo el mundo les había dicho que era realmente raro que nevase en Viena en esas fechas, aunque los mercaditos de Navidad resultaban igual de mágicos con nieve que sin ella.

Pero esto era... una maravilla, una preciosa sorpresa; lo mejor que podían haberse imaginado.

—¡Almaaa! ¡Juanmaaa! No os lo perdáis.

Padre e hija salieron a toda prisa del baño donde se habían estado arreglando para ir a descubrir la ciudad.

Alma se colocó, como siempre, entre los dos, mirando arrobada los copos que parecían surgir de pronto de la nada y flotaban ingrávidos hasta el suelo donde se posaban suavemente sobre los coches, las farolas, los gorros y los hombros de las personas que pasaban frente a la ventana del hotel.

—¡Vamos a salir, mamá! ¡Quiero tocarla! ¡Quiero que la nieve me caiga encima! ¡Venga, vamos, daos prisa! ¡Venga, papá!

—Pero, muchacha... ¿no pensarás salir sin calcetines y en camiseta? Tiene que hacer un frío de narices. Espera a que mamá te saque la ropa.

—¡Quiero los *leggins* de lunares, los rojos!

—Espera, espera. Esos te los pones debajo. Para encima te he traído el mono que te compramos para ir al curso de esquí, y tienes que ponerte el jersey y los calcetines gordos, las botas, la bufanda, los guantes y el gorro.

—¡Venga, venga! ¡Antes de que se acabe!

Juanma y Carola se miraron por encima de la cabeza de su hija y sonrieron a la vez, compartiendo la excitación de la niña. Le brillaban los ojos como solo pueden brillar a los ocho años, el pelo se le había ondulado más con la humedad y ahora le enmarcaba la cara con rizos oscuros, tenía las mejillas enrojecidas por la alegría, como manzanas de feria. Sobre el hoyuelo de su cuello brillaba el corazoncito de oro que llevaba desde la comunión y que había sido un regalo a Carola de la *oma* Silke, su abuela alemana, y ahora había pasado a la siguiente generación. Carola pensó que nunca había visto más bonita ni más feliz a su niña y sintió un golpe en el corazón imaginándola en el futuro, cuando fuera una muchacha igual de preciosa, pero ya adulta. Nunca se le habría ocurrido diez años atrás que ser madre podía ser algo tan maravilloso.

Había sido una gran idea aprovechar ese puente para ir a conocer Viena. Desde primeros de julio no habían vuelto a tener vacaciones y en Navidad, si no estaba de servicio y podía escaparse un par de días, siempre se reunían todos en el pueblo y, aunque oficialmente eran días de asueto, no era lo mismo, ni de lejos, que estar los tres solos en un hotel, en una ciudad extranjera. En el pueblo los hombres sí que tenían vacaciones, pero las mujeres se pasaban el rato comprando, guisando y limpiando, poniendo y quitando la mesa, preparando cafés y pastas, cambiando camas, haciendo que maridos, hermanos, cuñados y todos los niños, tanto chicos como chicas, se sintieran cómodos y felices y tuvieran todo lo que pudieran necesitar. Y si alguna de sus hermanas o primas protestaba, su madre no la dejaba ni terminar.

«En tu casa haces las cosas como mejor te parezca, pero aquí se hace lo que se ha hecho siempre. Los hombres se van al casino o donde quieran y las mujeres lo arreglamos todo.»

Por eso lo de los cuatro días en Viena era un auténtico lujo: no tener que preocuparse de comprar ni guisar, no tener que molestarse ni en hacer la cama… abrir los ojos, arreglarse un poco y bajar a desayunar, teniendo todo el día por delante para ver cosas bonitas, visitar museos, comer cosas nuevas… Alma quería ir al palacio de Sissi y al zoológico, además de al mercadito de Navidad. Juanma quería visitar la casa de Sigmund Freud y ver la Ópera; ella no quería perderse la Albertina y la noria del Prater, la de la película de Orson Welles, y la catedral de San Esteban, y el placer de callejear, y mirar escaparates, y darse el lujo de entrar con su hija en cualquier tienda que le llamara la atención y ver qué había dentro.

A velocidad de relámpago, Alma se vistió, se calzó y empezó a dar saltos de impaciencia sin quitarle ojo a la nieve que seguía cayendo mientras sus padres se arreglaban para salir, contagiados por la prisa de la pequeña.

Cuando por fin salieron a la calle, Alma se quedó parada en la acera con los brazos abiertos, la cabeza echada hacia atrás y la lengua fuera, todo lo estirada que podía, tratando de coger algún copo de nieve.

Juanma hizo varias fotos de ella con el gorro de las orejitas que le habían traído sus tíos de un viaje a Londres y que le encantaba porque en España aún no existían y ella era la única niña del colegio que tenía uno así; luego se cogieron de las manos y, después de dudar un momento sobre si ir primero a ver la catedral, que estaba muy cerca, a su derecha, o encaminarse directamente al mercadito, acabaron decidiéndose por lo segundo y echaron a andar por el Graben, la calle que llevaba hacia el palacio, llena de guirnaldas y luces de Navidad, entre gente apresurada que acababa de terminar la jornada laboral y montones de turistas, muchos de ellos italianos, que se hacían fotos en todas las esquinas y se reían de cualquier cosa.

Alma, como de costumbre, iba charlando de toda clase de temas, comentando todo lo que veía, haciendo preguntas que no sabían contestar: «¿Por qué está ahí arriba esa estatua de un niño disfrazado de moro, mamá? ¿Por qué hay tantos señores vestidos de antiguos por la calle si no es Carnaval? ¿Aquí también vienen los Reyes para los niños? ¿Qué venden en esos carritos? ¿Por qué huele tan mal?».

Esa pregunta sí que supieron contestarla en cuanto llegaron a la Michaelerplatz y vieron la fila de coches de caballos esperando a que algún turista quisiera usar sus servicios.

—¿Podemos subir, papá?

—A lo mejor mañana. Ahora ¿no prefieres ir al mercadito?

—dijo Juanma señalando hacia el fondo, donde dos enormes edificios como de cuento de hadas brillaban a lo lejos, totalmente cubiertos de luces doradas y, entre ellos, el famoso mercado de Navidad hacía guiños luminosos con sus decoraciones.

—¡Síii! ¡Síii! —dijo batiendo palmas con las manoplas puestas.

Volvieron a agarrarse de las manos mientras Alma echaba la cabeza atrás de vez en cuando y, cuando atrapaba un copo, soltaba una carcajada diciendo: «Lo tengo, lo tengo. ¡Qué frío está!».

Carola cerró los ojos, inspiró hondo el aire helado que olía a nieve y a caballo, y se dejó llevar por las dos personas que más quería en el mundo, sintiendo que por sus venas corría la felicidad en estado puro. Fue uno de esos momentos para el recuerdo, esos momentos que te gustaría embotellar para poder destaparlos y volver a vivirlos en tiempos de dolor o de desesperanza; la prueba de que la felicidad era posible y de que no hacía falta demasiado para sentirla: las manos calientes de su marido y su hija, el aire frío entrándole por la nariz, el principio de hambre que la llevaba a pensar en qué le apetecería para la cena, la música del tiovivo que se iba haciendo más intensa conforme cruzaban la plaza y se iban acercando a él, el olor dulzón de los algodones de azúcar, grandes nubes de color de rosa que los niños llevaban frente a su pecho como un ser vivo en precario equilibrio sobre un palito a rayas, el cielo blanquecino del que caían aquellos preciosos copos de nieve que luego se derretían al tocar el asfalto, mientras que los que tenían la suerte de caer sobre cabezas, gorros y plantas de los jardines sobrevivían cubriéndolo todo de una capa blanca como azúcar sobre un bizcocho.

—¿Me compras uno, papá?

Juanma miró a Carola. Normalmente diría que no. Demasiada azúcar de golpe. Le quitaría el hambre para la cena. No era nada sano.

—¡Venga! —contestó ella sonriendo, para sorpresa de padre e hija—. Un día es un día.

Compraron la nube rosada, que era casi más grande que la niña, y atravesaron el arco de luces que permitía entrar en el *Weihnachtsmarkt*. Eran las seis de la tarde y ya estaba atestado de gente de todas las nacionalidades, muchas familias con niños, pero también muchos adultos solos buscando por los puestos algún regalo de Navidad, y muchísimos adolescentes alborotando en las casetas donde se servía vino caliente con especias.

—¿Probamos uno? —preguntó Juanma.

Se acercaron a una de las casetas menos concurridas y Juanma volvió con dos tazas llenas de un vino oscuro donde flotaban trocitos de manzana, naranja, canela, clavillos y otras cosas que no se molestó en tratar de identificar.

—¿Tazas de loza? ¡Qué lujo!

—Te cobran un poco más y luego las devuelves.

Chocaron las tazas y tomaron un primer sorbo, que aún estaba ardiendo, mientras Alma miraba embelesada un espectáculo de títeres que, aunque estaba en alemán, se entendía perfectamente porque la historia era la de Caperucita y el lobo feroz.

La niña y el gigantesco algodón de azúcar se fueron metiendo entre la gente hasta colocarse en la primera fila y sus padres, a base de sonrisas y ligeros empujones a unos y otros, consiguieron ponerse detrás de ella, con sus tazas en la mano.

—Es increíble cómo algunas historias perviven eternamente —comentó él entre sorbo y sorbo—. Da igual que ya no haya bosques, ni lobos, ni abuelas necesitadas.

Carola le sonrió sin apartar la vista de las marionetas.

—Siempre hay lobos, Juanma. Solo que los de ahora no son de cuatro patas. Y sigue habiendo bosques en los que perderse, aunque sean de cemento, y abuelas que viven lejos de sus hijas. O al revés.

Carola siempre se había sentido un poco culpable por haberse ido a vivir a Madrid cuando su madre y su hermana Patricia seguían viviendo en Valencia. Y en cuanto a los lobos... había estudiado Psicología, se había especializado en Criminología y era policía desde hacía diez años. La habían incorporado a la brigada de Homicidios y en el tiempo que llevaba allí había visto más cosas de las que habría podido imaginar, aunque casi nunca contaba nada en casa, y mucho menos si Alma estaba cerca.

Juanma la miró de reojo sin que ella se diera cuenta, absorta como estaba en las reacciones de la niña. A veces aún le parecía raro haberse casado con una mujer policía, pero no se había arrepentido jamás, a pesar de que, a simple vista, no parecían la pareja ideal. Él era profesor de lengua y literatura en un instituto, hacía teatro con sus alumnos y, a pesar de estar casado y ser padre de familia, se sentía a sí mismo como un intelectual un poco bohemio. Ahora, después de unos años de escribir relatos y de intentar escribir una novela, había conseguido terminar una juvenil y unos meses atrás había ganado con ella un premio importante. Por eso se habían podido permitir el capricho de pasar en Viena el puente de la Purísima sin pensárselo dos veces.

Muy poco a poco, Juanma sentía que se iba acercando a su sueño de vivir de la escritura, de ser escritor. Ella lo apoyaba, pero no le daba tanta importancia al hecho de que su marido hubiera sido capaz de escribir una novela premiada. No lo admiraba como a él le habría gustado. Esa era una pequeña espinita que seguía llevando clavada y no conseguía arrancarse.

No podía olvidar que, al volver al hotel después de la entrega del premio, ella, con una sonrisa traviesa, pero hablando totalmente en serio, le había susurrado frente al espejo del baño mientras él se lavaba los dientes: «Recuerda que eres mortal», que era lo que le decían al oído al general que entraba en triunfo en Roma mientras su carro recorría la Via Sacra frente al pueblo enfervorecido. Al parecer había alguien de pie detrás del triunfador, elegido por el Senado, para repetírselo una y otra vez, en un intento de que el triunfo no se le subiera a la cabeza al general victorioso.

Ahora hacía tiempo que no le había dicho nada de ese corte y a él casi se le había olvidado que la noche de la entrega del premio, en el hotel, después de aquella frase, aunque había pensado pedir una botella de champán y celebrar aquel primer galardón haciendo el amor en la enorme cama, había decidido castigarla poniéndose el pijama, apagando enseguida la luz y dándose la vuelta ostensiblemente diciendo que estaba agotado después de todo el día de entrevistas. No recordaba que ella se hubiese ofendido. Lo más probable era que ni siquiera se hubiese dado cuenta. Ella no tenía su sensibilidad, lo que en el fondo era una gran suerte de la que no parecía ser consciente.

Mirándola ahora, pendiente de los títeres, Carola seguía siendo una mujer muy atractiva, a pesar de que ya no era una jovencita y cada vez se arreglaba menos. Cuando empezaron a verse, aún en la universidad, ella no salía a la puerta de la calle sin pintarse y solo se ponía calzado plano para hacer deporte. Ahora, entre los horarios enloquecidos y los plantones que tenía que darse en el trabajo, verla con un vestido y un poco de tacón era rarísimo.

Claro, que él también hacía tiempo que no se había puesto traje, y mucho menos corbata. La que solía llevar americana era ella, sobre todo desde que había ganado las oposiciones a inspectora.

La última vez que la había visto arreglada había sido el día de la entrega de su premio, en su honor, porque sabía que a él le gustaba presentar a una esposa guapa, y en esos casos, si le preguntaban, decía que era psicóloga, que era lo que él prefería. Él, consciente de que a partir de ese momento iba a dejar de decir que era profesor para sustituirlo por «escritor» o incluso «autor», aún no lo había decidido, se había vestido del modo bohemio-chic que asociaba con los intelectuales y los autores, y se había comprado una bufanda de seda a propósito para la ocasión. Desde entonces ya tenía seis pañuelos de ese estilo y estaba escribiendo otra novela. De crímenes, esta vez, para aprovechar la información que Carola podía suministrarle.

Cuando el cazador mató al lobo, le abrió la barriga y liberó a Caperucita y a su abuela, el público empezó a aplaudir mientras el lobo se caía al pozo debido al peso de las piedras que le habían metido dentro y los otros tres bailaban en corro, felices de haberse salvado.

Alma, con toda la cara pringosa de azúcar rosado, levantó la mirada hacia ellos, feliz.

—¿Vamos al tiovivo? —preguntó, mientras Carola le pasaba una servilleta húmeda por la boca, las mejillas y las manos.

La multitud parecía haberse multiplicado en el tiempo que habían pasado en el teatrillo de marionetas. Había puntos en los que era difícil pasar y tenían que ponerse en fila india para avanzar en la dirección correcta. Carola iba delante, Alma entre los dos, y Juanma cerraba la pequeña procesión.

—No te separes de nosotros para nada, Alma —le advirtió su madre—. Agárrate siempre a mí o a papá. ¿Sabes en qué hotel estamos?

—Sí, mamá. En el Capitol, cerca de la catedral. Tengo la tarjeta en el bolsillo —terminó sonriendo con superioridad.

—Bien, muy lista. Y ya sabes, si te perdieras en algún momento, vas derecha a un policía.

—Claro. Venga… ¿vamos al tiovivo?

—Es lo que estamos tratando de hacer.

Había tantísima gente que parecía que estaban haciendo cola para alguna atracción mientras que, en sentido contrario, otra cola igual de larga pasaba hacia la otra punta del mercadito. Alma, mucho más pequeña que la mayor parte de las personas, estaba empezando a angustiarse. Juanma la levantó en brazos y se la echó a la espalda, a caballito.

—Ya pesas demasiado para llevarte a hombros, princesa.

Desde su posición actual, algo más elevada, Alma distinguió una carpa de rayas de colores llena de ponis vivos y empezó a moverse y a dar gritos para dirigir a sus padres hacia allá.

—Pero… ¿no querías ir al tiovivo?

—¡Sí! ¡También! ¡Pero primero a los ponis!

—Pues tendrás que elegir, porque las dos cosas son demasiado —zanjó Carola.

—Pero yo quiero los dos. —Sabiendo que a su madre le fastidiaba profundamente que empezara a poner «cara de cachorro abandonado», como decía su padre, empezó a hacer pucheros para conseguir lo que quería.

—¿Cuál de los dos?

—¡Los ponis! Tiovivos hay en todas partes…

Carola y Juanma se miraron, indecisos, pero la carpa de los ponis estaba casi al lado y les permitiría salir por un tiempo de aquel río humano, de modo que fueron desviándose poco a poco a la derecha, hasta conseguir apartarse y quedarse plantados frente a una mujer recia, agresivamente rubia, que empezó a explicarles algo en un italiano de fuerte acento alemán. Juanma no entendía nada, pero sacó la cartera y la mujer le vendió un billete rosado por veinte chelines. Luego, entendiéndose por medio de gestos, les dijo que la niña podía elegir caballito y que tenía derecho a quince minutos, terminó mostrándoles el cartel que habían colgado en uno de los postes que sujetaban la tienda. Los animales ocupados daban vueltas alrededor de la pista de arena con sus pequeños jinetes, luego salían por la abertura del fondo hacia otra pista al aire libre, daban toda la vuelta y regresaban a la carpa. Así una y otra vez hasta completar los quince minutos. Dos empleados, hombre y mujer, acompañaban a los niños a la zona exterior y estaban pendientes de cualquier cosa que pudiera pasarles.

—¡El blanco, papá, quiero aquel blanco de las melenas!

—No son melenas, Alma, son crines.

—Vale, crines; pero quiero ese.

Carola le señaló a la rubia el poni blanco y la mujer fue a traerlo. Luego ayudó a la niña a montar, le puso las riendas en las manos y, dándole una palmada en la grupa al animal, lo puso en marcha, lo que provocó un grito de alegría de Alma.

—Los pobres bichos están tan acostumbrados —comentó Carola— que dan vueltas sin que nadie les diga por dónde tienen que ir.

—Como todos nosotros —contestó Juanma guiñándole un ojo—. ¿Te has acabado el vino? Habría que devolver las tazas antes de que estemos más lejos.

Carola tomó el último sorbo de vino ya casi frío y le tendió la taza a su marido.

—¿Y si las devuelves tú y yo le hago unas fotos a Alma? —sugirió Juanma.

—Vale. Ya las llevo yo. Esperadme aquí. Como está el patio, tardaré lo menos diez o quince minutos. No os vayáis sin mí.

Juanma le dedicó una esplendorosa sonrisa, le entregó su taza y se giró hacia la carpa con la cámara pegada al ojo.

Carola se quedó un momento más parada frente a los caballitos, con las tazas en la mano, preguntándose cómo lo había vuelto a conseguir, por qué casi siempre le tocaban a ella las faenas más molestas o estúpidas; pero, claro, alguien tenía que hacerle las fotos a la niña, y ella era una fotógrafa más bien penosa. Siempre le salían oscuras, o quemadas de luz o movidas, o salía todo el mundo con los ojos cerrados. Juanma era mucho mejor para todo lo que fuera creativo.

Eso, mientras se unía de nuevo al río humano en la otra dirección, la llevó a pensar en la famosa novela y el famoso premio.

Últimamente la cosa se le estaba subiendo mucho a la cabeza. La novelita estaba muy bien y era muy amena de leer, pero daba la sensación de que Juanma se veía a sí mismo como el siguiente Galdós, o García Márquez o lo que fuera. Incluso le había dado por ponerse unas bufandas medio ridículas que se arreglaba frente al espejo durante un buen rato. Ella trataba de no darle importancia, pero había empezado a pensar que quizá fuera buena idea hablarlo con él antes de que pasara más tiempo y le viniera con eso de «pues hace meses que me visto así y nunca me habías dicho nada...».

No tenía nada en contra de que su marido se dedicara a la escritura, pero no acababan de gustarle esas ínfulas que le habían entrado de golpe, igual que lo de no querer que ella dijera que era policía. Decía que, en los ambientes en los que él quería moverse, ser policía estaba muy mal visto y que todo el mundo reaccionaba mejor si ella se presentaba simplemente como psicóloga.

«Pues decir que soy criminalista seguro que también mola mucho —insistía ella—, o digo que soy *profiler*, que ya es la repanocha; y además es verdad, he hecho incluso varios cursos en Estados Unidos.» «Que no, Carola, qué cabezota eres. Hazme caso y limítate a decir que eres psicóloga, y déjate de crímenes; si tienes que precisar, dices que eres psicóloga infantil.»

No podía jurarlo, pero tenía la sensación de que a Juanma lo de policía no le gustaba porque él mismo lo asociaba con cutrez y pensamiento de derechas, pero que lo de *profiler* no le interesaba porque era una de esas profesiones glamurosas que salen en las películas y que enseguida despiertan el interés de los demás. Y si los demás se interesaban por el trabajo de ella, él quedaba un poco en la sombra... exactamente lo que más detestaba.

Encontró la caseta del vino caliente, devolvió las tazas y le pagaron la prenda por haberlas vuelto a llevar. Se metió las monedas en el bolsillo derecho del anorak y regresó al río humano que la depositaría de nuevo en la carpa de los caballitos. Echó una mirada al reloj: las siete y cuarto. Les habían dicho que en Austria se cena pronto, que lo mejor era llegar al restaurante sobre las siete y media o las ocho, así que habría que ir pensando cómo quitarle a Alma la idea de subir aún en el tiovivo. Quizá diciéndole que en Viena se podía cenar solo con dulces y explicándole qué era un *kaisersmarrn*. Estaba segura de que eso podría funcionar.

Siguió avanzando, dándole vueltas a las monedas en el interior de su bolsillo, pensando qué le apetecería a ella. *Wienerschnitzel. Fiakergulasch. Tafelspitz…* todas las delicias de la cocina austríaca le apetecían. Y a la noche siguiente preguntarían en el hotel para que les recomendaran un buen *heuriger,* uno de esos locales tradicionales de la periferia de Viena, donde probar el vino joven comiendo un buen *schmalzbrot* o cualquiera de las pequeñeces de mil calorías que tan bien combinaban con ese vino turbio y un poco ácido que parecía zumo y enseguida se subía a la cabeza; y con las canciones sentimentales y lloronas típicamente vienesas, los famosos *schrammel* que a ella, si solo las oía de vez en cuando, le encantaban.

Tardó ocho minutos en regresar a la carpa de los ponis. De los doce animales que tenían, diez estaban siendo montados por niños de diferentes edades; cuatro daban vueltas por la parte de dentro y los otros seis estaban presumiblemente fuera. Alma y su poni blanco no estaban en el interior. Juanma tampoco estaba a la vista. A lo mejor había seguido a la peque a la pista de fuera para hacerle fotos en el exterior.

Saludó con un gesto a la rubia del pelo permanentado y dio unos pasos en dirección a la parte de atrás, donde cinco niños a caballo paseaban bajo la suave nevada. El suelo estaba embarrado con la nieve caída y pisoteada que ya no era blanca, sino más bien marrón, lodosa.

Alma no estaba. Su caballito blanco tampoco estaba a la vista.

Apretó las monedas en la mano hasta clavárselas. Alma y su padre no estaban. ¿Se habrían ido al tiovivo, a pesar de que ella le había pedido a Juanma que la esperasen allí?

Volvió a la carpa y preguntó a la rubia, que resultó ser vienesa. Si antes les había hablado en italiano era porque pensaba que ellos eran extranjeros y había supuesto que italianos, le dijo. No, no sabía dónde estaba su familia; ni siquiera había visto desmontar a la niña ni recordaba que su padre la hubiese recogido, pero el poni blanco estaba en la carpa. Lo había entrado uno de los ayudantes.

Carola sintió cómo el estómago se le volvía del revés. Si habían perdido a Alma sería muy difícil encontrarla en aquel gentío. ¿Cómo era posible que Juanma no la hubiera bajado del caballo? Aunque… que la rubia no lo hubiese visto no quería decir necesariamente que no lo hubiese hecho.

¡Cuánto le habría gustado tener una radio como la del coche patrulla, o un *walkie-talkie*, o uno de esos teléfonos móviles modernos que empezaban a ponerse de moda! Pero costaban un riñón; lo acababa de leer en el periódico que le habían dado durante el vuelo a Viena: casi cien mil pesetas entre el aparato y darse de alta en la compañía y la cuota mensual por el servicio, que tenías que pagar, aunque no hablases nada y que era de un mínimo de cinco mil pesetas. Además, considerando que, para que valiera la pena, necesitarían tener dos, resultaba prohibitivo. Doscientas mil pesetas era una cantidad que un profesor de instituto y una inspectora de policía no se podían permitir, ni siquiera con el famoso premio literario.

Empezó a moverse alrededor de la carpa, sin alejarse demasiado, para no perderlos si es que se habían ido a comprar algo y estaban volviendo a recogerla. A lo mejor Alma se había encaprichado de alguna tontería: un muñeco, una manzana cubierta de caramelo rojo y brillante, un botellín de agua… Eso podía ser. Se había comido aquel monstruo de algodón de azúcar y ahora tendría una sed espantosa.

Menos mal que no estaban ninguno de los dos; eso resultaba más tranquilizador, porque era un indicio de que estaban juntos, pero seguía sin tener ninguna gracia que la hubiesen dejado plantada allí delante de los ponis.

Se dio la vuelta para regresar de nuevo al punto de partida y entonces lo vio. Estaba sentado en un banco de madera con vista a la pista exterior escribiendo en su cuadernito. Solo. Se acercó con un ahogo extraño ciñéndole la garganta.

—¿Dónde está Alma? —preguntó de sopetón.

Él soltó un grito que acalló de inmediato, mientras guardaba el cuaderno en el bolsillo.

—¡Joder, Carola, qué susto me has dado!

—¿Qué haces?

—Pues ya ves. Tomar notas para una cosa que se me ha ocurrido. Una historia estupenda que sucedería aquí, en el mercadi…

—¿Dónde está la niña? —casi gritó ella, interrumpiendo lo que él quería contarle. Juanma parpadeó un par de veces, como si no comprendiera lo que Carola le decía.

—¿Alma? —Paseó la vista por los ponis que daban vueltas—. Hace un instante estaba ahí. Te lo juro.

—Pues ya no está. ¿Sabe ella dónde la esperas?

Juanma sacudió la cabeza un par de veces.

—No sé bien… Le he hecho un montón de fotos al principio y luego… se me ha ocurrido algo y estaba tomando notas de pie, pero estaba muy incómodo, he visto este banco y me he sentado aquí mientras ella… No le he quitado la vista de encima ni un momento.

Carola apretó las monedas del bolsillo hasta clavárselas. En ese instante lo que más le apetecía era darle un puñetazo en plena cara.

—Vamos a buscarla.

—¿Buscarla? ¿Cómo? ¿Dónde? Estará en la pista de dentro. Vamos… digo yo…

—Ahí ya he mirado, y no está. La dueña no sabe nada; le acabo de preguntar.

—A lo mejor no te ha entendido. Como hace tanto que no practicas el alemán, lo mismo se te ha olvidado.

Carola puso los ojos en blanco. Estaba realmente harta de que a Juanma le fastidiara tanto que ella tuviera una competencia fluida en alemán y en inglés mientras que él apenas si se defendía con el inglés que había aprendido en el instituto y luego en una academia.

—Me ha entendido perfectamente, igual que el recepcionista de nuestro hotel esta tarde cuando he pedido que nos cambiaran de cuarto porque a ti no te gustaba el que nos habían dado. Métete en la cabeza que mi madre es alemana, que hablo alemán desde que nací y que hice todo el bachiller en alemán.

»Vamos a buscar a un policía de uniforme. Ellos nos ayudarán. Y en cuanto veas una cabina, dímelo y llamo al hotel por si acaso.

—No vale la pena. No ha podido darle tiempo de llegar hasta allí y además no creo que sepa cómo volver. —Sin poder evitarlo, sin saber siquiera él mismo por qué, Juanma solía poner trabas a las soluciones que Carola sugería.

—Alma es muy lista y tiene muy buen sentido de la orientación. Lo más probable es que esté buscando a un policía, como le hemos dicho. Mejor nos separamos y volvemos a encontrarnos aquí a las ocho en punto.

—Preferiría que fuéramos juntos.

—Y yo preferiría no haber perdido a Alma, pero yendo separados cubrimos más terreno en menos tiempo.

—No sé, Carola… Si nos separamos… podría pasarnos algo… como en las películas.

—¡Soy policía, joder! Esto no es una película, ni una novela. ¡Hay que encontrarla! ¡Estará muerta de miedo! ¡A las ocho, aquí!

Juanma la vio marcharse dando codazos y empujones, tratando de salir lo antes posible del recinto del mercadito para ver de localizar a un policía. No le había echado la culpa, al menos aún no; pero él, sin embargo, no podía evitar sentirse horriblemente culpable. No habrían sido más allá de dos o tres minutos de falta de atención. Alma lo había saludado con la mano cada vez que la vuelta a la pista la llevaba a su altura; luego la idea le había venido de golpe y estaba tan clara en su cabeza que no había tenido más remedio que sacar el cuaderno y empezar a apuntar febrilmente antes de que se le olvidase. Por el rabillo del ojo había visto cómo una pareja de abuelos se levantaba del banco y él había ocupado el lugar de inmediato. Recordaba con toda claridad que en ese momento Alma se encontraba justo al final de la pista, a punto de emprender el regreso que la acercaría de nuevo a él. Después de eso lo único que sabía era que de golpe Carola estaba a su lado gritándole.

La gente era una masa casi sólida que angustiaba con su cercanía. Había cientos de niños de todas las edades, todos con gorros y bufandas, muchos con gorros rojos como el de su hija, muchos también con pompones dobles o con orejitas. No sabía qué hacer, no sabía adónde ir primero, de modo que trató de encontrar el tiovivo de rayas de colores guiándose por la música que salía de él, ahora una especie de vals repetitivo y machacón. Si Alma se había alejado, lo más probable era que hubiese decidido dirigirse a la atracción que más le apetecía. Sin embargo, algo le decía que no era posible que estuviese allí. Alma era una niña responsable, muy madura para su edad. Ella no era de las que salen corriendo sin pensar en las consecuencias, y no tenía ningún motivo para desobedecer a sus padres, ni siquiera se habían peleado, ni le habían dicho tajantemente que no podía subir al tiovivo. La cosa no tenía sentido.

«¿Y si la han secuestrado?», le susurró una desagradable voz interior. «¿Y si alguien ha raptado a Alma?»

«¿Para qué? —contestó de inmediato la otra voz—. ¡Qué tontería! No somos ricos, ni famosos, ni nada. ¿Quién iba a querer secuestrar a la hija de un profesor y una policía?

»Tiene que haberse perdido, eso es todo. Se ha bajado del poni, no me ha visto de momento, ha echado a andar buscándome y cuando se ha querido dar cuenta ya no sabía cómo volver a la carpa de los caballitos. Mide un metro, no puede ver a lo lejos en este gentío, y tampoco habla alemán para preguntar. Pero no es tonta. Cuando se dé cuenta de que así no va a encontrarnos, buscará a un policía o esperará junto a la fuente o en el arco de entrada hasta que demos con ella. Sabe que el mercadito cierra a las nueve. Como mucho dentro de una hora se ha ido toda esta gente y ahí estará Alma, muerta de frío, esperándonos.»

Hacía rato que había dejado de nevar, pero el frío era cada vez más intenso. Se le encogió el corazón al pensar en su pobre nena helada, asustada, sola, llorando. ¿Cómo había podido ser tan idiota de dejar de mirarla, aunque solo hubieran sido un par de minutos? Cuando la encontraran, le daría un abrazo de oso y le juraría que nunca, nunca más en la vida volvería a poner una estúpida idea para una novela por encima de ella y de su seguridad.

El tiovivo estaba lleno de niños de su edad, unos montados en los caballitos de madera, otros haciendo cola con sus padres, esperando a que acabara de dar vueltas, para subir. La música de organillo, chillona, insistente, le hacía pensar, sin saber por qué, en todas las películas de terror que había visto en su vida; los ojos se le iban detrás de las niñas vestidas de rojo, detrás de los gorros de orejitas, pero ninguna era Alma, ninguna tenía sus ojos oscuros y brillantes, ninguna su sonrisa. ¿La habría encontrado ya Carola?

Echó una mirada al reloj, pero aún era pronto para volver a la carpa de los ponis. Terminaría de recorrer el mercadito hasta el arco por el que habían entrado y luego volvería por el mismo camino que habían tomado al entrar. Carola se había ido en la otra dirección y con toda seguridad cubriría la otra parte del mercado. Pronto habría varios agentes de policía buscando a la niña. Pronto la encontrarían. Luego se abrazarían hasta que doliera, se irían a cenar algo bueno para entrar en calor y enseguida llegarían al hotel donde se acurrucarían los tres juntos en la gran cama de matrimonio hasta quedarse dormidos.

A las ocho menos cinco ya había vuelto a la carpa de los ponis y esperó mordiéndose el interior de los labios hasta que por fin vio aparecer a Carola acompañada por un policía de uniforme, pero sin la niña. Se le cayó el alma a los pies. De algún modo inconsciente y probablemente muy ingenuo, había estado seguro de que Carola la encontraría. Carola siempre lo solucionaba todo.

La vio agitar la cabeza en una negativa antes de que hubiese llegado a su altura. Le habían cambiado los rasgos de la cara; estaba palidísima y parecía más vieja, más dura, como si no fuera su mujer, la mujer con la que estaba en Viena de vacaciones, sino una desconocida que lo culpabilizaba solo con mirarlo.

—Los colegas la están buscando por todas partes —dijo nada más llegar junto a él con su cara de máscara—. De momento no parecen preocupados. Es normal que los críos se pierdan en estas aglomeraciones. Hay que seguir dando vueltas y esperar a que esto se vaya vaciando.

Juanma asintió en silencio.

—¿Has estado en el tiovivo?

Dijo que sí con un movimiento de cabeza. Tenía la boca tan seca que no se sentía capaz de hablar.

—Quédate aquí y no te muevas. Vamos nosotros a dar una vuelta por fuera del mercadito. Igual se ha agobiado con tanta gente y se ha salido a esperarnos en una de las entradas.

Un segundo después, Carola y el uniformado se habían perdido de nuevo en la marabunta y él estaba solo mirando el trajín de los niños que subían y bajaban de los ponis. Se dio cuenta de que, si alguien quería raptar a uno de ellos, la cosa sería bastante fácil, siempre que pudiera hacer algo para que la criatura no protestara. Su mente de escritor, hecha a leer novelas y ver películas, pensó en el típico pañuelo empapado en cloroformo, en alguien vestido con el mono de trabajo de los ayudantes, un anorak oscuro y un gorro bien calado hasta las cejas que se acerca a la víctima para arreglarle los estribos o sujetarle las riendas, le pone el pañuelo contra la nariz y la boca, la coge en brazos y se aleja con ella hacia el fondo de la pequeña pista para desaparecer entre los tableros y telas que la cierran sin que nadie se dé cuenta entre el barullo. ¡Sería tan fácil! Y más cuando el imbécil del padre de la criatura, en lugar de seguir a su hija con la vista, se dedica a meter la nariz en su cuaderno para garabatear un par de estupideces sintiéndose genial, un escritor de futuro.

Sabía que antes o después eso sería exactamente lo que Carola le iba a decir, y, aunque tenía que confesarse a sí mismo que era verdad, sabía también que jamás se lo confesaría a ella, que jamás le pediría perdón. Si se hubiesen quedado los dos juntos, él podría haber seguido escribiendo lo que se le acababa de ocurrir y ella habría podido vigilar a Alma, al fin y al cabo, era policía, lo de vigilar era lo suyo. Él no estaba hecho para eso.

Se estaba quedando tieso allí, sin moverse, con aquel frío que cada vez era peor y la humedad de la nieve reblandecida y pisoteada helándole los pies, a pesar de que llevaba las mejores botas que tenía. Echó una mirada a su alrededor y se apartó unos metros para comprarse otro vino caliente. Se lo dieron en una taza azul noche con estrellas doradas que estaba seguro que le iba a encantar a Alma. No la devolvería y al día siguiente podría ponerle en ella el Cola-Cao que se habían traído de Madrid para su desayuno. Por fortuna el vino estaba realmente caliente y, nada más beberse la mitad, empezó a sentirse mejor, incluso un poco más optimista. Se lo terminó deprisa, se guardó la taza en el bolsillo, volvió a ponerse en la cola y pidió otro.

Poco a poco las masas empezaban a desaparecer. Seguramente los padres pensaban que ya era hora de ir volviendo a casa y meter a los críos en la cama; los grupos de jóvenes, ya un poco tocados, iban dirigiéndose también a las salidas entre risas y palmadas en los hombros, algunas casetas empezaban a recoger.

Juanma notó de pronto un amago de mareo, un golpe de calor que hizo que el sudor aflorara en todos sus poros, a pesar del frío exterior, un aleteo en el estómago, producido seguramente por el vino peleón, azucarado además, que le había caído dentro sin que hubiese comido nada desde el simulacro de almuerzo que les habían servido en el avión. Por fortuna pasó pronto, se bebió lo que quedaba en la taza en un par de sorbos rápidos y la devolvió sin cobrar la prenda. Así, al menos, les compensaba por la que se había guardado en el bolsillo.

—¿Dónde te habías metido? —sonó la voz de Carola a sus espaldas, acompañada de una mano en su hombro que lo hizo trastabillar ligeramente.

—Estaba tratando de entrar en calor. Hace un frío de cojones.

—Sí. El mismo que tenemos los demás. ¿Cuántos de esos te has bebido?

—Uno —mintió con una voz que a él mismo le sonó apocada y ridícula—. ¿La habéis encontrado?

—No. No aparece. Vete al hotel. Yo voy a comisaría a presentar la denuncia. Los compañeros seguirán mirando por aquí y ampliando la búsqueda. Vete al hotel por si Alma consigue llegar allí o por si llama.

—¿Cómo va a llamar? —Su voz, sin habérselo propuesto, sonó agresiva.

—Si se ha echado a llorar y alguien la ayuda, lo normal es que les diga en qué hotel está y que la persona que la haya encontrado la acompañe allí o llame al hotel, ¿no crees? —Se notaba que empezaba a acabársele la paciencia—. ¿No es lo que harías tú?

—No sé… Supongo… ¿Y cómo llego al hotel?

—Está cerquísima, pero coge un taxi y así no corremos el riesgo de que te pierdas tú también.

—¿No puedes acompañarme?

—¡Joder, Juanma! ¡Ni que tuvieras tres años!

Carola habló un momento con el agente.

—Hay una parada de taxis al otro lado de la calle. Sales por ese arco de allí, cruzas la calle y le das al taxista esta tarjeta. Así no tienes que hablar. Vete al hotel y espérame allí. No te muevas de allí pase lo que pase. Mira, este es el número de la comisaría donde voy yo. —Garabateó unos números en el dorso de la tarjeta del hotel—. Si sabes algo de Alma, me llamas allí, ¿de acuerdo? Ya les diré que me avisen enseguida si llamas.

Juanma agarró fuerte la tarjeta. No le había echado la culpa. Aún no, al menos; pero sabía que antes o después volverían al tema de qué hacía él tomando apuntes y descuidando la vigilancia de la niña. Estaba seguro de que antes o después le diría que era un inútil y un mal padre y que toda la culpa era suya.

¿Dónde estaría su preciosa Alma? ¿Qué podía haberle pasado?

Carola le dio un beso rápido en la mejilla y se marchó sin mirar atrás, dejándolo solo en el mercadito de Navidad que se iba vaciando, donde la música iba dejando de sonar, donde las luces se iban apagando una por una.

Entonces, sin previo aviso, una arcada lo hizo doblarse sobre sí mismo y vomitó entre sus pies, sobre la nieve pisoteada, que quedó cubierta de un líquido rojo oscuro, maloliente.

CAPÍTULO IV

1

$\mathcal{H}$abían decidido llamar a un taxi para que los llevara directamente al aeropuerto. Dadas las circunstancias, Carola no los acompañaría.

Julio y Sheila se habían levantado tardísimo, habían salido los dos solos «a picar algo antes de marcharse» y luego habían recorrido la casa para cerciorarse de que no se dejaban cargadores en los enchufes, jerséis tirados en algún sofá o en el respaldo de un sillón, algún libro en la mesita. Carola estaba esperando un momento adecuado para colarse sin que se dieran cuenta en la habitación que ocupaban y meterle a Julio en la maleta los regalitos que le había comprado, todas las cosas buenas que le haría ilusión encontrar cuando llegara a Londres.

Por fin, volviendo del restaurante, había conseguido que Julio le prometiera que iría a Madrid y hablaría con Fernando sobre la cuestión de la herencia. «Esas cosas no son para hacerlas por teléfono y mucho menos con prisas —le había dicho—. Él era un buen amigo de tu padre y quiere hablar contigo con calma, hay muchas cosas que no sabes y es más fácil explicarlas cara a cara.» Después de la cena, Julio había estado dispuesto a aceptar el punto de vista de ella y habían quedado en hacerlo de ese modo. Un problema menos. Aunque ignoraba cómo se tomaría su hijo la explicación de Fernando, que venía a significar que de momento no había dinero líquido que repartir. No creía que, por mucha influencia que Sheila tuviese sobre Julio, estuviera dispuesto a obligarla a vender su piso, el piso en el que él mismo había crecido y que seguía siendo su hogar.

Mientras los jóvenes recorrían la casa, recogiendo, subiendo y bajando, Carola se refugió en la biblioteca y pasó la vista distraídamente por los montones de libros. No podía concentrarse en el trabajo cuando ellos estaban a punto de marcharse, de modo que se limitó a mirar las estanterías y las pilas que ya había separado.

No podría jurarlo, pero tenía la sensación de que faltaba algo. Inquieta sin saber por qué, pasó la vista por los libros. No es que supiera exactamente qué había ni dónde había puesto cada uno de los volúmenes que había tocado, pero tenía una idea general de lo que ya había inventariado y una imagen de cómo debían estar colocados los libros, y algo le decía que allí faltaba algo.

¡Claro que faltaba! El incunable que Sheila había estado hojeando cuando comentó que «aquello debía de valer una pasta». Un auténtico tesoro de bibliófilo. Se acuclilló junto a la pila y, con mucho cuidado, fue quitándolos todos y apilándolos a un lado para cerciorarse de que no se trataba de que Sheila lo hubiera puesto en otro lugar.

No estaba.

Hizo una inspiración profunda para calmarse. «No te precipites, Carola. Mira otra vez.»

Miró otra vez.

No estaba.

Quizá si a la chica aquella le interesaba mucho esa obra, podía darse el caso de que, aprovechando que Julio y ella habían estado cenando fuera de casa, se la hubiera subido a la habitación para hojearla en la cama.

Bueno. Al menos tenía una buena excusa para ir al dormitorio que compartían.

Los oía reírse en la cocina y por un momento no supo si entrar o no. Tampoco sabía cuánto tiempo iba a tener libre arriba, antes de que ellos decidieran subir.

—Mamá —oyó a Julio en cuanto puso el pie en el primer peldaño—, ¿te importa que antes de irnos nos demos un chapuzón en la piscina? —Él estaba en el umbral, mirándola con un resto de sonrisa en los labios.

—No, claro que no. Pero no tenéis más de media hora o tres cuartos. Y tendréis que llevaros el bañador mojado.

—¿Quién piensa usar bañador? —dijo Sheila abrazando a

Julio por detrás y empezando a mordisquearle la oreja—. Ahora nos vas a salir mojigata, Carola…

—Como queráis. A mí me da igual —contestó volviéndoles la espalda y, por supuesto, sin decirles que ella nadaba desnuda todas las mañanas.

Desde arriba oyó sus risas, los grititos de ella y los rugidos de él jugando a perseguirla como un tigre por la selva. Fue a su dormitorio, sacó de debajo de la cama los regalos para Julio y sigilosamente entró en el cuarto de ellos, donde las dos maletas, una lila y una negra, reposaban sobre la cama. Echó un vistazo al lugar donde había descubierto una minicámara y se colocó de manera que casi todo quedara tapado por su espalda. Abrió la maleta de su hijo, hizo un hueco en la zona del fondo, colocó los diferentes paquetes y arregló la ropa encima para que no se notara nada más abrir la tapa. Por fin el aguardiente se lo había quedado ella, al darse cuenta de que no pensaban facturar y, en ese caso, les quitarían los líquidos que llevaran, pero el *speck* y las galletitas de Navidad y los bombones y otro par de cosas buenas que se le habían ocurrido sí que cabían. Volvió a meter la mano para asegurarse de que todo quedara disimulado y, de repente, se topó con otro paquete. Por costumbre, se envolvió la mano en una camiseta y lo sacó casi temblando porque, simplemente al tacto, su mente le había sugerido de qué podía tratarse y era algo que no quería creer.

Miró la bolsa de plástico transparente azul sintiendo que el corazón se le disparaba. Aquello era cristal o algún tipo de metanfetamina de nuevo cuño. Nunca la había visto al natural, pero algo le decía que podía ser el famoso *liquid sky* del que hablaba Konrad cuando se tomaban una cerveza después del gimnasio, la nueva droga para gente de dinero. ¿Qué hacía aquello allí, en la maleta de su hijo? Porque lo que quedaba claro era que aquello no era una muestrecilla para consumo propio, sino una cantidad para traficar.

Sin concederse el tiempo de una respuesta, abrió la maleta de Sheila y apenas cubierto por una sudadera, vio el libro que estaba buscando. Aquella tipa era, además de una ladrona, cosa que había quedado clara, una hija de puta, porque era evidente que, mientras recogían juntos sus cosas, ella había metido la bolsa con la droga en la maleta de él. Sabía que en el aeropuerto pasarían por colas diferentes —ella era ciudadana británica— y así, si pillaban a Julio, ella no tendría nada que ver con el asunto y se marcharía tranquilamente a su país, libre y con el incunable que pensaba vender en cuanto llegara, seguramente cortando las ilustraciones para venderlas sueltas y sacar aún más.

Ahora entendía por qué la inglesa había querido ir al Prater la primera noche, nada más llegar. Si aquello era una droga de moda que aún no se había abierto camino hasta Londres, podría sacar una auténtica fortuna vendiéndola allí, especialmente si la cortaba con otro material.

Se miró las manos sin saber qué hacer: en una el libro, en otra la droga. Lo más sensato sería no decirles nada y tirarla al váter de inmediato. Incluso si Sheila comprobaba que todo estuviera en su lugar y resultaba que no era así, no creía que bajara a preguntarle qué había hecho con la bolsa de *liquid sky* que ella había puesto en la maleta de su novio, y mucho menos por qué le había quitado el incunable de la suya. La tipa tenía pinta de tener mal perder, pero idiota no era. Si quería conservar a Julio, no le quedaba más remedio que cerrar el pico o se enteraría de que su maravillosa novia lo había puesto en peligro de ese modo.

Ya estaba en la puerta cuando, de golpe, se le ocurrió una idea mejor. Oyó sus voces y actuó rápido, ya sin pensar. Metió la bolsa en la maleta de Sheila, muy abajo, y salió del cuarto apretando el incunable contra su pecho, dejando las maletas cerradas como las había encontrado. Podría haber dejado el libro dentro y haberla acusado de ladrona, pero lo otro era mucho más expeditivo y no se arriesgaba a que Javier pensara que había puesto en peligro una de sus propiedades más valiosas.

Cuando los jóvenes bajaron al vestíbulo con las maletas, las dejaron junto a la puerta y pasaron por la cocina a despedirse de Carola, que acababa de colgar el móvil.

—¿Tienes un momento para que llamemos a la tía y a la abuela? —preguntó.

—Venga. El taxi vendrá en diez o quince minutos. Aún podemos. ¿Quieres conocerlas, *baby*? —preguntó a Sheila.

—No, gracias. Ya tuve bastante familia para un solo viaje. ¿Querés un té? ¿Y vos, Carola?

Le sorprendió que se lo preguntara y negó con la cabeza,

igual que Julio. La inglesa se preparó una taza, sacó su móvil y se puso a mirar cosas en el rincón más alejado de la isla de la cocina mientras ellos charlaban y reían con la tía Patricia y la abuela, que estaba escandalizada de que se hubiese dejado barba y llevase un pendiente en la oreja.

—Pareces un pirata, Julito, un bandido. ¡Con lo guapo que tú eres!

—Pero así ligo más, abuela.

—Pues tú sabrás; pero a mí me gustabas más antes.

—¡Guapísimo es lo que estás, cariño! —dijo su tía—. Está claro que Londres te sienta bien.

Hablaron unos minutos más hasta que sonó un ping en el móvil de Carola: el mensaje del taxista de que ya estaba en la puerta. Se despidieron; Julio abrazó fuerte a su madre y le dijo al oído:

—Otro viaje vendré solo, mamá, te lo prometo. No ha sido buena idea, lo reconozco. Pero al menos ahora ya os conocéis.

Ella sonrió y volvió a abrazarlo.

—Sí, ahora nos conocemos. —Julio notó una ligera intención en las palabras de Carola, pero pensó que se refería a las desagradables discusiones que habían tenido y no preguntó más—. Mándame un mensaje al llegar, por favor.

—Pues claro, como siempre. Me has educado bien, señora madre.

—*Chau*, Carola —dijo Sheila desde la puerta—. Fue un bonito viaje.

Eso debía de ser lo más cerca que aquella tipa llegaba a la simple y mágica palabra «gracias».

Carola salió con ellos a la calle y le dio un último abrazo a su hijo bajo la mirada de Sheila, que esperaba junto al taxi, ya con la puerta abierta. Se dieron dos besos de entierro en las mejillas, de esos besos al aire que no rozan la piel de la otra persona y mucho menos su alma, Julio y Sheila subieron al taxi y se perdieron al volver la esquina, dejando a Carola temblorosa y dudando sobre si había hecho lo correcto.

2

Gabriella asomó la cabeza en el despacho de Altmann que, en ese momento, estaba pinchando en la gran tabla de corcho de la pared frontera las fotografías de los esqueletos infantiles que la científica había desenterrado en el jardín de los Tomaselli.

—Tengo una cita con el secretario del embajador, Wolf. ¿Voy sola o me llevo a Markus?

—Te acompaño yo. Tengo curiosidad. ¿Con el embajador no ha sido posible?

—No está en Viena. Al parecer las cosas en México están complicadas y lo han llamado. No se sabe cuándo vuelve. Por eso he quedado con su secretario personal.

—Conduce tú, hazme el favor —dijo Wolf cuando llegaron al aparcamiento—. Me duele la cabeza.

—A ver si te va a dar la gripe...

—No seas ceniza. ¿Dónde está la embajada?

—En la Renngasse, en el mismísimo centro; pero hemos quedado en el Café Central, para quitarle un poco de solemnidad a la cosa. Al fin y al cabo, se trata de un gesto de buena voluntad por su parte.

La encontraron enseguida. Era el único edificio amarillo en una calle de edificios blancos, todos igual de imponentes y de clásicos. La bandera mexicana ondeaba orgullosa y enorme en la fachada.

—La ventaja que tiene esto de los coches oficiales es que nunca hay problema para aparcar —comentó Gabriella, al cerrar el vehículo de la policía.

—Y la sirena, y la luz azul —añadió Wolf, poniéndose las gafas de sol. Había amanecido un día radiante que empeoraba su dolor de cabeza—. Al menos es lo que más ilusión les hace a los novatos.

—Hace mucho que no soy novata, viejo —contestó ella, displicente.

Gabriella era hija de Gaby Hauptmann, la compañera que Wolf había tenido durante los tres años que pasó en Innsbruck y con la que incluso había mantenido una breve relación al principio que, por fortuna, terminó con suavidad cuando ambos se dieron cuenta de que eran un buen equipo, pero no estaban llamados a ser pareja. Conocía a la niña desde que nació y, aunque luego habían pasado muchos años sin verse, cuando Gaby lo llamó para decirle que Gabriella quería ser policía, volvieron a encontrarse y, entre los dos, trataron de convencer a la muchacha de que hiciera una carrera primero —Derecho o Psicología— por si luego se daba cuenta de que el trabajo policial no acababa de convencerla, pero no hubo nada que hacer. Gabriella era policía con toda su alma ya de jovencita y quería empezar cuanto antes.

Desde entonces había aprovechado todas las ocasiones de aprender y formarse, y a los treinta y dos años era subinspectora y tenía previsto hacer carrera en el cuerpo.

El Café Central estaba animado, pero aún no abarrotado de clientes que iban a comer el menú de la casa en la pausa de mediodía. Era una sala bellísima, blanca, luminosa, de bóvedas góticas con nervaduras verde y oro adornadas con flores de lis, y enormes lámparas de latón y cristal que iluminaban el bosque de columnas de mármol, las sillas Thonet de madera negra y las tapicerías de color granate de los bancos y sillones.

En una mesa del fondo, junto a la ventana, los esperaba un hombre de cerca de cuarenta años que se puso en pie tendiéndoles la mano al verlos llegar y se presentó como Felipe Herrera. Iba vestido con un traje gris de excelente corte y una corbata azul oscuro con topitos blancos.

Después de las esperables cortesías y de pedir tres aguas minerales con una rodaja de limón, Gabriella comenzó directamente.

—Verá, señor Herrera, como usted sabe, la doctora Rey Rojo está viviendo en estos momentos en casa del difunto hermano del señor embajador y eso nos ha permitido identificar a la mujer que encontramos muerta muy cerca de la casa, porque fue ella quien, al ver la foto del cadáver, nos dijo que se trataba de Flor, la muchacha que limpiaba la casa de Jacobo Valdetoro. Nos gustaría que nos proporcionara toda la información que tenga sobre ella.

Herrera pasó las palmas de las manos sobre el mantel blanco, como alisándolo.

—La doctora está segura de que se trata de Flor, ¿sí?

—Sí, claro, la conocía desde que se instaló en la casa.

—Es que… bueno… es raro, ¿saben? Porque don Javier, al enterarse de la muerte de su hermano, decidió que sus servicios ya no serían necesarios y yo se lo comuniqué y le recogí las llaves a Flor. Me extraña que, a pesar de ello, haya seguido con su trabajo, la verdad, ya que nosotros no le pagamos.

Los dos policías cruzaron una mirada sorprendida. Wolf sacó el móvil, buscó entre sus fotos y le tendió el aparato a Herrera.

—No es agradable de mirar —le advirtió—, pero es necesario. ¿La reconoce?

El secretario miró la foto con total concentración: el rostro azulado, la cicatriz cosida de la incisión de la autopsia, el pelo como una aureola sobre la camilla.

—En absoluto, señores. Esta mujer no es Flor. Es mucho más joven y… bueno… simplemente no es ella.

—¿Puede darnos la dirección de Flor, de la que usted conoce?

—Con gusto. Dirección y teléfono. Un momento. —Buscó en su móvil y se lo tendió a Gabriella.

—Tendremos que hacerle una visita a esa señora. Le agradeceríamos que no la avisara, señor Herrera.

—Por supuesto.

Los policías se pusieron de pie, Wolf sacó la cartera y se encontró con la mano de Herrera en su brazo.

—Permítanme que les invite yo.

Volvieron al coche en silencio, dándole vueltas a las implicaciones de lo que acababan de oír. Gabriella marcó la dirección en el GPS y pusieron rumbo a Favoriten, el décimo distrito de Viena, un barrio obrero multicultural que, con doscientos mil habitantes, alberga a la mayor cantidad de población entre los distritos de la capital. Es también el barrio con mayor índice de criminalidad.

Tocaron a la puerta de un edificio de diez plantas construido probablemente en los años sesenta y que no parecía haber sido renovado desde entonces.

—Habla tú —dijo Wolf—. Si está sola en casa, una voz femenina inspira más confianza.

—Igual voy a decir «policía» y eso nunca inspira confianza, sobre todo por aquí.

Wolf sonrió.

—¿*Frau* López? ¿Flor López?

El telefonillo hacía unos ruidos que dificultaban bastante la comprensión.

—Sí. Diga.

—Policía. Necesitamos hablar con usted.

Hubo unos segundos de silencio hasta que, por fin, con un zumbido, la puerta se liberó.

—Suban, por favor. Octavo piso. El ascensor tiembla mucho, pero funciona.

La mujer tenía toda la razón en las dos cosas. Ambos se alegraron al verse arriba, en un pasillo sembrado de puertas pintadas de gris, muchas de ellas con arañazos y desconchones. A mitad del trayecto, una de ellas se abrió, dejando ver a una mujer de unos cincuenta años, bajita y regordeta, de expresión bondadosa. Iba vestida con un chándal de terciopelo color malva y llevaba el pelo, intensamente negro, recogido en una trenza tirante.

—Pasen, señores, les ruego.

La pequeña entrada estaba llena de chaquetas y anoraks juveniles y había unos cuantos pares de calzado deportivo masculino en el suelo.

—Estos muchachos… —comentó la mujer moviendo la cabeza.

—¿Sus hijos?

—Sí, tengo dos. Ambos varones, ya mayores, pero siguen viviendo conmigo porque en estos momentos están sin trabajo.

En la salita, aparte del sofá lleno de cojines, lo que más destacaba era un enorme televisor curvado y una PlayStation de última generación, con sus mandos y sus gafas tiradas en el parqué.

—Les gusta jugar —comentó, mientras, con la mano, les

hacía señas de que tomaran asiento en una de las sillas que rodeaban una mesa cuadrada de Ikea. Hablaba un alemán con fuerte acento español, pero se entendía perfectamente—. Ustedes dirán.

—Verá, señora López, sabemos que hasta hace muy poco trabajaba usted en casa del difunto señor Valdetoro, el hermano de don Javier.

—Nuestro embajador —añadió ella con orgullo.

—Y parece que ahora, con la muerte de don Jacobo, ya no son necesarios sus servicios.

—Sí, señorita.

—Subinspectora.

—Sí, señorita subinspectora. Pero no me va mal, no vaya usted a creer. Tengo otras casas. Y además don Javier ha sido muy generoso y me ha dado una... —luchó un poco hasta encontrar la palabra que buscaba— indemnización.

—¿Se conocían hace mucho tiempo?

—Desde que don Javier estuvo destinado aquí en otro puesto, que no recuerdo cómo se llamaba. Entonces empecé a trabajar en casa de su hermano y, al cabo de los años, don Javier volvió ya como embajador y yo seguía en casa de don Jacobo, que Dios tenga en su santa gloria. Hasta hace muy poco.

Wolf sacó de nuevo su móvil y le mostró la foto de la mujer que decía llamarse Flor.

—¿Le suena esta mujer?

Flor se quedó pálida y, lentamente, hizo la señal de la cruz mientras cerraba los ojos y negaba con la cabeza.

—¡Ay, pobre muchacha! ¿Qué le ha pasado?

—¿La conoce?

—No, claro que no, pero igual me da mucha pena.

Gabriella sacó una tarjeta.

—Mire, señora, le dejo aquí mi número de teléfono. Si se le ocurre algo que pueda sernos útil, haga el favor de llamarnos.

—¿Útil para qué? ¿Quién era esta muchacha?

—Una persona a la que han asesinado y que podría haber estado relacionada con la casa de Jacobo Valdetoro. Más no podemos decirle —contestó Wolf—, pero, como dice la subinspectora, si piensa usted en algo que pueda darnos alguna pista, no dude en llamarnos.

La mujer metió la tarjeta en una caja de lápices que tenía en la estantería de la salita y, apretándose las manos una contra otra, los acompañó a la puerta.

Una vez en el pasillo, los dos policías, por tácito acuerdo, se encaminaron a las escaleras.

—El televisor era nuevo y de lo más caro que hay en las tiendas —comentó Gabriella.

—Igual que la *play*.

Iban bajando uno detrás de otro y se hablaban sin mirarse, como pensando en voz alta.

—Por eso nos ha dicho lo de la indemnización. Tonta no es, aunque se hace la ignorante. ¡Mira que me dan asco las mujeres que juegan a eso!

—Cada uno sobrevive como puede. —Wolf se encogió de hombros—. Y ser extranjera sin ninguna formación y dos hijos no debe de ser nada fácil en Viena. Si la mujer ha encontrado una forma de que la traten con más amabilidad a costa de rebajarse… es una estrategia como cualquier otra. Llama a Felipe Herrera y pregúntale cuánto le han dado. Si de verdad ha sido tan generoso el diplomático, igual los hijos la han obligado a gastárselo todo en esos juguetes.

—Pues ya puede haber sido generoso, ya. Solo esa tele vale más de seis mil euros.

Llegaron a la calle casi sin aliento, pero con la tranquilidad de llegar vivos y no quedarse atrapados en aquella jaula metálica que temblaba como una poseída.

—Voy a hacer esa llamada. Espérame en el coche si quieres. ¿Va mejor el dolor de cabeza?

Wolf asintió, aunque no era verdad, cogió las llaves y dejó a Gabriella hablando en la acera.

Como esperaba, Julio la llamó hora y media después de haberse marchado. Aún no estaba histérico, pero solo el tono de la palabra «mamá» ya le dejó claro lo angustiado que estaba. Se le escapó una media sonrisa. Dos días atrás, tan gallito, un hombre que no necesita ayuda de nadie, mucho menos de su madre, y que quiere tomar sus propias decisiones, y ahora, en cuanto pasaba algo mínimamente distinto a lo que esperaba, lo primero era llamar pidiendo auxilio.

—¡Mamá, menos mal que te pillo! —El alivio era perfectamente audible.

—Pues claro, hijo, ahora que estoy de excedencia, siempre estoy localizable. ¿Qué pasa? ¿Hay algún problema?

—No sé, la verdad. Sheila y yo nos hemos separado para pasar el control porque ella es británica y se ha tenido que ir a otra parte de la terminal. Yo he pasado sin problema y habíamos quedado en vernos delante de la puerta de embarque, pero llevo aquí casi media hora y ni viene ni contesta al teléfono.

—Igual le han hecho uno de esos controles aleatorios y le han hecho vaciar toda la maleta. Eso lleva tiempo.

—¿Y por qué no me llama? —sonaba quejumbroso, como un niño malcriado.

—No es buen momento para ponerse a llamar al novio cuando la policía quiere cachearte o te pide que te desnudes, ¿no crees?

—Pero… ¿por qué ella?

—Psé. Los controles son aleatorios, pero no me negarás que Sheila llama la atención.

—Eso sí. —Ahora se notaba un ligero orgullo de propietario en su voz.

«Pero ¡qué tontos pueden ser los hombres!», pensó Carola.

—Estará al caer. No llevaríais nada prohibido encima, ¿verdad?

Julio tragó saliva audiblemente. Quizá ni él estuviese seguro de lo que podía haber hecho su novia.

—¡Qué cosas tienes, mamá!

—Soy policía.

—Ya.

—Mira, deja de preocuparte. Ponte en cola y ya llegará.

—¿Y si no llega a tiempo?

—Pues coges el avión y ella cogerá el siguiente.

—¿Cómo me voy a largar sin más?

—Para no perder dos billetes. —Carola paseaba arriba y abajo de la biblioteca mordisqueándose el lateral del dedo índice. Ahora que estaba sola se lo podía permitir—. Llámame antes de entrar en el avión, anda.

—Tú tienes contactos en la policía de Viena, ¿no, mamá?

—Pocos.

—Pero si pasara algo, podrías enterarte y hacer algo, ¿no?

—¿Qué crees tú que va a pasar?

—¡Yo qué sé! Pero esto no es normal.

—Tómate una tila si aún te da tiempo, *lindenblütentee* se llama. Supongo que aún te acordarás de todo el alemán que has estudiado, respira hondo y relájate, Julio.

Su hijo colgó sin despedirse y ella soltó todo el aire que había almacenado en los pulmones mientras había estado hablando con él casi conteniendo la respiración. Lo único que de verdad le preocupaba era que Julio no subiera a ese avión, que se empeñara en quedarse y volviera a presentarse en casa dispuesto a luchar como un paladín por la bella princesa. Tendría que prometerle lo que quisiera con tal de que se marchara sin interferir. El tráfico de drogas era un delito muy serio y no se trataba precisamente de una niña de quince años que ha hecho una tontería. Tendría que preguntarle a Konrad si Sheila tenía antecedentes en su país.

Se le revolvían las tripas al pensar que esa mujer había metido la bolsa de droga en la maleta de Julio para que, si lo pillaban, lo trincaran a él y ella pudiera quedar libre para seguir ligando con jovencitos idiotas como su hijo, más simple que un ajo, inocente hasta decir basta, educado entre gente culta y correcta, convencido de que todo el mundo es bueno, al menos a su alrededor. Quizá ella debería haber contado más cosas de su trabajo en casa, en lugar de haber mantenido a Julio al margen de todo lo sórdido que el mundo ofrece.

Lo iba a pasar fatal cuando se enterase de que su blanca doncella era un bicho peligroso, pero sería la mejor manera de librarse de ella para siempre. Cuanto antes se convenciera, antes lo digeriría.

Volvió a sonar el móvil, pero esta vez era Konrad, su colega de estupefacientes.

—Carola, la tenemos. Gracias por el aviso.

—¿Era *liquid sky*?

—Sí. Esa bolsita, bien revendida, vale un pastón.

—Konrad, ¿me harías un favor?

—Claro.

—Dejadla que le ponga un mensaje a Julio, por escrito, para tranquilizarlo un poco. Si mi hijo no oye nada de su novia, se pondrá histérico y querrá quedarse, y solo me faltaba a mí eso.

—Pero si la tipa le escribe y le dice que acaba de detenerla la policía, no creo que eso lo deje más tranquilo.

—Entonces me llamará a mí y yo le diré que ya me encargo, pero que él tiene que irse.

—Como quieras.

—¿Sabes si tiene antecedentes?

—Aún no. Te tendré al día.

—Gracias, Konrad.

Colgó con una sensación de inquietud muy desagradable. Había hecho bien. Había protegido a su hijo de algo que podría haberle costado muy caro, pero de algún modo no se encontraba del todo tranquila. Julio no lo entendería. Nunca debía enterarse de lo que había pasado realmente, de la participación que ella había tenido en el asunto. Si alguna vez llegaba a saber que su propia madre había tenido algo que ver, su primera reacción sería apartarse de ella y tardaría mucho tiempo en comprender que solo había querido salvarlo.

4

$\mathcal{W}$olf se había bebido el medio litro de agua que quedaba en la botella del coche, había reclinado la cabeza contra el respaldo, haciendo presión con la nuca, y se estaba masajeando las sienes cuando Gabriella ocupó su puesto al volante.

—¿Y? —preguntó. No tenía demasiadas ganas de hablar.

—No le han dado un duro de indemnización. Rácanos. Después de casi veinte años de trabajo.

—¿Entonces?

—Entonces habrá que presionarla un poco para que nos cuente de dónde ha sacado la pasta. ¿Volvemos o la dejamos que se cueza un poco en su propio jugo y luego la citamos en comisaría?

—Lo segundo. Me ha parecido una mujer decente y lo más probable es que ya se esté arrepintiendo de lo que sea que ha hecho.

—¿No decías que ibas mejor de la cabeza?

—Me he equivocado. Anda, para en la próxima farmacia, a ver si me dan algo. Si esto sigue así, ya no voy a poder ni pensar.

Había salido el sol y, con el calor, la escarcha se había derretido, de modo que todo brillaba de un modo casi insoportable: el asfalto, las superficies metálicas, los cristales de los coches… Gabriella se puso las gafas oscuras y Wolf deseó tener un antifaz negro a mano.

5

*A*penas habían pasado quince minutos cuando Julio volvió a llamar.

—Dime, cariño.

—Sheila me ha mandado un WhatsApp. Dice que la ha retenido la policía y que necesita un abogado, pero no me ha dicho por qué.

—¡Vaya! Voy a ver qué puedo hacer. Aunque, sin saber siquiera el motivo, va a ser un poco más difícil. Me pongo a ello y te digo cuando sepa algo. Y tú te subes a ese avión y sigues con tus estudios mientras yo me ocupo. ¿Trato hecho?

Hubo unos segundos de silencio.

—No sé. Me parece una guarrada largarme sin más y dejarte todo el problema de Sheila a ti, que ni siquiera te cae bien.

—Si no ha hecho nada ilegal, se resolverá pronto. ¿Sabes si tiene algún problema de cleptomanía?

—¿Cleptomanía? Pero ¿qué dices? ¿A qué viene eso?

—Nada, nada. —Había estado a punto de decirle que su primorosa novia había metido un incunable en su maleta para sacarlo de la casa discretamente, pero eso la habría delatado a ella misma. No solía cometer esos deslices, ni tenía costumbre de mentirle a su hijo. Lo más que hacía era guardar silencio sobre algo, pero nunca mentir; y ahora, con la tensión, y queriendo que Julio se diera cuenta de que Sheila era una auténtica perla, había estado a punto de meter la pata.

—Dime de qué hablas, mamá.

—No es nada. Un libro muy valioso que no encuentro por aquí, donde debería estar, y como el otro día ella estaba hojeando los más especiales… perdona. Se me había pasado por la cabeza que a lo mejor se ha dejado tentar, ha metido algo en la maleta y se lo acaban de descubrir en el control. Eso no sería muy agradable, pero mejor en todo caso que si fuera una cuestión de drogas.

—¿Drogas? ¿Qué te hace pensar en eso?

—Que pienso como un madero, según Sheila.

Se oyó una llamada por el sistema de altavoces del aeropuerto.

—¿Vais a embarcar?

Julio carraspeó.

—Sí. Ya nos llaman. ¿Subo?

—Pues claro. Te prometo tenerte informado. Ponme un mensaje al llegar.

—¿Lo arreglarás, mamá?

—Haré lo que pueda. Un beso, cariño. Buen vuelo.

Nada más colgar, subió la escalera a toda prisa, se cambió de ropa y se lanzó a la calle. No podía soportar más estar encerrada. Pensó ir a ver si estaba Wolf y a que le tomaran declaración por el asunto de Flor. Estar de nuevo entre colegas, en el ambiente conocido, aunque fuera en otro país, la ayudaría a encontrarse mejor.

Sin embargo, nada más verse en la calle cambió de opinión. No estaba de humor. Primero tenía que tratar de arreglar consigo misma lo que le daba vueltas por dentro, entender lo que había hecho y, quizá, liberarse de la sensación de que, aunque solo trataba de protegerlo, había traicionado a su hijo.

6

$\mathcal{K}$arl Hofer se lavó las manos, se quitó la bata y fue a cambiarse para irse a casa con un regusto metálico en el fondo del paladar. A lo largo de su carrera había visto muchas cosas desagradables. En términos de pura repulsión, del asco físico que está profundamente grabado en todos los seres humanos, por fogueados que estén, como era su caso, había cosas peores que lo que acababa de hacer. La mayor parte de los cadáveres de ahogados eran más repugnantes, o los ancianos que habían muerto solos en casa y eran descubiertos por el olor a podredumbre, pero tener que trabajar sobre los esqueletos descarnados de ocho criaturas le había puesto los nervios de punta, a pesar de que todo su entrenamiento y su experiencia lo llevaban a examinarlos sin pensar en el aspecto que habrían tenido cuando estaban vivos, en cómo sonarían su voz o sus risas. Al menos no mientras trabajaba e iba dictando los resultados. Luego ya era otra cosa, cuando volvía a taparlos con la sábana y los dejaba allí, en el depósito, tan solos, sin un nombre siquiera que los identificara.

Maier, Inge y él se habían repartido los restos y luego habían vuelto a intercambiarlos porque, como prácticamente no había nada, era fundamental que al menos dos personas los hubieran estudiado. El hijo de puta que había hecho aquello lo había hecho muy bien, y ellos habían tenido la desgracia de encontrar los cadáveres cuando el tiempo había completado su obra y había destruido cualquier detalle que hubiera podido serles útil. Prácticamente no había forma de saber cómo habían sido asesinados aquellos niños, ahora que todas las partes blandas habían desaparecido.

De todas formas, algo había encontrado que a los otros dos colegas se les había pasado y que pensaba discutir con ellos al día siguiente, porque cabía en lo posible que, en su obsesión por hallar alguna pista, se hubiese figurado una de las dos cosas que le había parecido descubrir. Tenía la sensación de que uno de los pequeños esqueletos presentaba un par de arañazos posiblemente producidos por un cuchillo, pero había que asegurarse, y tampoco es que eso les fuera a dar una pista fácil de seguir ni demasiado útil, pero algo era.

Lo otro, sin embargo, ya era una pista —aunque mínima, eso sí, al menos sólida— que la científica podía investigar. Había extraído de entre los molares traseros de una de las víctimas, posiblemente una niña de unos siete u ocho años, a juzgar por la dentadura, unos hilos de seda roja, quizá de una prenda que le hubiesen metido en la boca como mordaza.

Había llamado al viejo, que enseguida le había enviado a alguien a recoger la muestra, y le había pedido que el equipo que había exhumado los esqueletos fuera de nuevo al lugar del hallazgo a buscar cualquier resto textil que pudiese quedar. No tenía muchas esperanzas, pero había que intentarlo.

De momento no podía hacer más, salvo irse a casa, tomarse una cerveza y tratar de relajarse con la cena que Emma tendría ya lista. No hacía nada que habían vuelto de Malta, apenas unas semanas, y aunque había regresado moreno, feliz y descansado, tenía la sensación de que ya habían pasado meses desde esas cortas vacaciones. Le gustaba su trabajo, pero a veces la impotencia lo ahogaba, y esta era una de esas veces. Esperaba que el equipo de Wolf tuviera más suerte.

7

*E*ran las siete y veinte de la tarde cuando sonó su móvil anunciando un mensaje y, por un momento, se le aceleró el corazón pensando que podía ser Julio diciendo que por fin había decidido quedarse, pero no, era Wolf, y eso la tranquilizó de golpe.

«¿Has terminado por hoy? ¿Te recojo y vamos a cenar?»

¡Qué buen chico era! Y la verdad era que no le apetecía nada pasarse otra noche sola en casa dándole vueltas al asunto de Sheila, que aún le hacía hervir la sangre. Estaba tan sumamente enfadada que, a pesar de su promesa a Julio, todavía no había hecho nada para encontrarle un abogado. La primera noche en prisión preventiva nunca era plato de gusto, y mucho menos si ni siquiera sabía cómo y cuándo iba a conseguir un abogado que hablara su idioma, pero a veces ya esa primera noche obraba maravillas y, al menos, le bajaría un poco los humos a aquella tipa que lo sabía todo y no se consideraba en la obligación de agradecer nada a nadie; y que había convencido a Julio para desvalijarla lo antes posible pidiéndole una herencia que ella en esos momentos no estaba en posición de dar. Solo pensar que consiguiera sacarle dinero de ese modo para que Julio se lo gastara en tonterías en lugar de esperar al momento en que sirviera para construir su futuro la hacía subirse por las paredes.

No quería pensar más en ello.

Contestó sin darle más vueltas.

«Te espero en casa. Cuando quieras. Creo que me vendrá bien salir.» Subió a la habitación y se cambió de ropa echando ojeadas al reloj que tenía en la mesita de noche. Julio debería de haber aterrizado ya, pero aún no le había llegado su mensaje. Suspiró.

Antes de bajar, entró un momento en la habitación que habían ocupado los jóvenes hasta apenas unas horas atrás. Ahora que no estaba Flor tendría que quitar las sábanas, ponerlas a lavar y dejar el cuarto limpio. Llamaría a Javier para preguntarle si la brigada de siempre podía volver, aunque solo fuera para una limpieza general, pagándola ella, y para darle las gracias por haberla dejado tener invitados en la casa. Él no tenía la culpa de que la cosa hubiese salido tan mal y, por supuesto, tampoco pensaba contárselo.

Ya a punto de apagar, vio polvo en la mesita del lado de la ventana y se acercó con una cierta aprensión. Se mojó con saliva la yema del dedo, la pasó delicadamente por el polvillo blanco, se lo chupó y, con una mueca, se dejó caer sentada en el borde de la cama. Era lo que temía, lo primero que había pensado por pura deformación profesional. Cocaína.

Casi podía oír la voz de Julio: «¡Qué exagerada eres, mamá! Hoy en día lo hace todo el mundo cuando sale de fiesta. No es nada grave». Solo que a ella sí que se lo parecía. «¡Mira que eres antigua! ¿Tú nunca lo has hecho de joven?» Pues no. Nunca. Aunque tenía que confesar, aunque solo fuera para sí misma, que, si no lo había hecho, era más que nada porque, una vez cogido el vicio, la cosa salía carísima y, por lo que había oído, los dolores de cabeza eran descomunales. Eso ya lo había pasado cuando la desaparición de Alma, esas jaquecas que te taladraban el cerebro y que no remitían ni con analgésicos, ni con tapones en los oídos, ni con las gafas de sol más oscuras del mundo; esos dolores que te volvían el estómago del revés y hasta la muerte te parecía una solución aceptable a cambio de que cesaran.

Sonó el timbre de la puerta y se precipitó a abrir porque temía que, una vez que su mente se hubiese metido por ese camino, fuera muy difícil desviarla de allí, y bien sabía Dios que en esos momentos tenía otras preocupaciones más acuciantes y, si no más terribles, al menos más presentes, más actuales.

—Pasa si quieres —le dijo nada más abrir—. En la biblioteca se está caliente y me he dado cuenta de que tengo el abrigo arriba. Ahora vuelvo.

Cuando volvió a bajar, Wolf estaba inclinado sobre la mesa mirando los planos de la casa.

—No hay nada nuevo —dijo Carola—. Me he cansado de mirarlos.

—Es que se me ha ocurrido algo mientras venía hacia acá.

—¿Ah, sí?

—¿No me dijiste que había una casita en el jardín, donde estaba viviendo el tal Santos? Podría estar allí el centro de control.

Carola se quedó mirándolo como si no lo hubiera oído bien y luego se dio una palmada en la frente.

—Estoy fatal, Wolf. Se me había olvidado que existía la puñetera casa. Como desde aquí no se ve… Me pasé por allí al principio, por fuera, claro; vi que no había nada que ver y se me fue de la cabeza hasta este mismo momento.

—Lo que no acabo de entender es que te haya dado de golpe esa curiosidad por descubrir lo de las cámaras.

—Me dan de repente estas obsesiones y no se me quitan hasta que doy con lo que busco. No me haría gracia que me estuvieran grabando dentro de la casa.

Lógicamente, no le dijo que existía una cámara en la que tenía un interés concreto. Había hecho lo posible por colocarse de un modo que hiciera imposible grabar lo que estaba haciendo, pero no podía estar segura de que no hubiese más cámaras en los dormitorios de invitados.

—¿Por qué? ¿Nadas desnuda? —preguntó con una sonrisa pícara.

—Pues sí.

Wolf se echó a reír.

—No lo decía en serio.

—Yo sí. Anda, acompáñame a la casita. No voy a parar hasta saberlo. Luego ya nos vamos a cenar. —Salió de la biblioteca a paso de marcha en dirección a la cocina—. Voy a buscar las llaves.

Un algo indefinible en su manera brusca de contestar, incluso en su forma de andar, le dio a Altmann la sensación de que estaba triste, o enfadada, o preocupada, de modo que, aunque sabía que no iba a servir para nada, preguntó:

—¿Estás bien, Carola?

Ella contestó sin volverse:

—No. Pero no tengo ganas de hablar de ello ahora. Quizá más tarde.

Él se encogió de hombros. Lo esperaba.

—Venga, vamos. ¿Tienes una linterna?

Volvió a la cocina. Wolf la oyó trastear y un momento después salió con el anorak puesto y una linterna larga en la mano. Cruzaron el saloncito de las palmeras, abrieron la cristalera y salieron al jardín, a una tarde fría y ventosa que ya era noche. Los árboles se habían quedado desnudos y entrechocaban sus ramas con ruido de huesos. Un caminito a la derecha bajaba en ligera pendiente hasta una construcción sencilla, también blanca, de contraventanas cerradas.

—Espero que aquí haya una llave para esta cerradura —murmuró Carola manipulando el llavero—, porque, si no, es allanamiento de morada.

Probó varias hasta encontrar una que giraba. El haz de luz de la linterna iluminó una salita ordenada y sencilla, con un sofá, un televisor y una estantería medio vacía, con libros de bolsillo.

—¡Vaya diferencia con la casa principal! —comentó Wolf en voz baja.

—Oye, ¿por qué susurramos? También podríamos encender la luz, ¿no?

—Según si quieres que, más tarde, algún vecino haya visto a alguien moverse por aquí, o no.

—Aquí no hay vecinos. Los millonarios no se espían unos a otros. Y no son más que las siete y pico de la tarde. —Carola le dio al interruptor y, como en un hotel, todas las lámparas se encendieron.

Había cuatro puertas en la salita: una era un WC diminuto, con lavamanos; otra el baño, con una ducha grande y moderna que contrastaba con la antigüedad de la construcción de la casita; la siguiente era la cocina, también moderna y bien equipada aunque no muy grande; la cuarta era el dormitorio: sobrio, recogido, con una cama enorme y un televisor plano y curvado justo enfrente; unas puertas correderas lo separaban de un vestidor de película, con trajes colgados y todo tipo de prendas formales e informales colocadas en una gradación de colores que iba desde el blanco veraniego, pasando por tostados, grises y azules, hasta un esmoquin dentro de su funda.

Wolf soltó un silbido.

—No me habías dicho que el tal Santos fuera tan coqueto.

—No me di cuenta al verlo. Iba normal. No se me ocurrió que fuera un *dandy*.

—La gente engaña. Deberías saberlo, colega. —Wolf giró sobre sí mismo, mirando con atención—. Pues ya lo hemos visto todo. Falsa alarma. Vámonos, aquí hace frío.

—Espera.

Carola se metió dentro del vestidor, apartó varios trajes a izquierda y derecha y dio unos golpecitos contra la pared del fondo del armario.

—¿Tú también le leías a tu hijo los cuentos de *Narnia*? ¿*El león, la bruja y el armario*? —bromeó él.

—Escucha esto. —Carola volvió a golpear, ahora más fuerte—. ¿No suena a hueco?

—Sí. Ahí hay algo. —Se acercó a ella para entrar también en el vestidor.

Miraron hacia abajo. Las dos baldas donde estaban los zapatos, una a la izquierda del centro del armario y otra a la derecha, llenas de calzado de todo tipo, dejaban entre sí un metro de separación. Carola enfocó la linterna sobre la pared del fondo hasta que descubrió una ranura del suelo al techo.

—Aquí hay una puerta. Se trata de ver cómo se abre.

Les costó un buen rato de búsqueda descubrir un botón encastrado en el suelo, debajo de un par de zapatos de baile tan lustrados que podían hacer de espejo. Apartaron los zapatos, pisaron el botón y la pared se deslizó como un Ábrete, Sésamo para descubrir un pequeño cuarto sin ventanas lleno de monitores y equipo electrónico.

—*Eh, voilà!* —dijo Carola, satisfecha—. ¡Me encanta tener razón!

Susana habría dicho: «Sí, eso es lo jodido de trabajar contigo». Wolf no dijo nada durante unos segundos. Luego preguntó:

—¿Y ahora?

—Ahora nos vamos a ver si comemos algo y mañana ya le echaré un vistazo a todo esto.

—¿Para qué? Si me permites la pregunta…

—¡Yo qué sé! Para ver qué hay. Para tener el cerebro ocupado.

—Oye, Carola, ¿y si me lo cuentas?

Habían apagado las luces y Carola estaba cerrando la casita con llave. Sacudió la cabeza en una negativa.

—Son rollos míos.

$\mathcal{A}$l volver de la cena, sin quitarse siquiera el anorak, volvió a coger la linterna y bajó a la casa de Santos. Si antes lo de localizar el cuarto de control había sido una simple necesidad de curiosear, de asegurarse de tener razón, ahora se había convertido en algo más urgente. Tenía que saber qué había quedado grabado del momento en el que ella había recuperado el incunable, descubierto la bolsa de droga y cambiado el lugar del *liquid sky*. Sabía que había llevado mucho cuidado con colocarse de manera que la cámara no captara más que su espalda, pero no podía estar segura de que no hubiera otra cámara que ella no había descubierto en su exploración y que la hubiese tomado de frente con toda claridad, metiendo con sus propias manos envueltas en una camiseta la comprometedora bolsa de plástico.

Se había pasado horas en el cuarto de control tratando de recordar lo poco que sabía de cómo funcionaba todo aquello, empezando a organizarse y a entender lo suficiente como para darse cuenta de que la vigilancia había sido programada para que nada quedase borrado antes de tres meses, lo que, según ella, significaba que Santos —o quizá incluso Chuy—, antes de salir de viaje, lo había dejado todo listo para saber quién había estado entrando en la casa y qué habían hecho. Y que, en contra de lo que Santos le había dicho a ella antes de irse, suponía que su ausencia iba a ser larga, en cualquier caso, mucho más larga de la «semana o quizá algo más» que le había anunciado.

En cuanto había conseguido hacer funcionar la reproducción, Carola había ido saltando de día en día, de cámara en cámara, picando un poco de aquí y otro de allá. Había visto a los diferentes peritos enviados por Javier con sus lupas y herramientas y cuadernos de notas y ordenadores portátiles; había visto a Flor compaginando la limpieza con el fisgoneo: abriendo puertas y cajones, subiéndose a sillas para mirar en la parte alta de los armarios, aunque siempre con un plumero a mano, metido en la cinturilla de los pantalones, para tener una buena excusa por si aparecía alguien y la sorprendía; se había visto a sí misma trabajando en la biblioteca, en la cocina haciéndose una tortilla o sirviéndose una copa de vino, nadando desnuda en la piscina, leyendo en la cama, buscando detrás de las corbatas del dueño de la casa, apartando los cuadros que cubrían otros cuadros, fisgando también… Estaba todo allí, para que Santos pudiera enterarse de todo a su vuelta. Y además él tendría la ventaja de poder verlo todo, pensando que ella no sabía nada de lo que él había visto gracias a esas cámaras tan bien ocultas que nadie que no fuera policía o tuviera mucha costumbre profesional habría podido descubrir.

Lo que había quedado claro era que Flor no era una limpiadora común, pero tampoco era una vulgar ladrona. Era evidente que buscaba algo, y parecía que buscaba algo concreto. Habría que mirar horas y horas hasta saber si había conseguido encontrarlo antes de que la mataran; y habría que enseñar todo aquello a los colegas vieneses para ayudar a esclarecer su asesinato. No podía darse el lujo de ocultarlo. Wolf estaba con ella cuando habían descubierto el cuarto de control. Lo más que podría hacer —si era capaz técnicamente y si se atrevía a hacer desaparecer evidencias— era borrarlo todo, o dejar solo los últimos tres o cuatro días, como si esa fuera la programación original. Pero eso era una animalada, además de un delito y, si se les ocurría investigar a fondo, sabrían enseguida que alguien las había reprogramado.

No iba a tener más remedio que dejar que Wolf y los colegas que llevaban el caso de Flor vieran todo aquello. ¿Qué más le daba a fin de cuentas? Total, igual la iban a ver desnuda si se animaban a ir a la sauna en grupo cualquier tarde. Aunque… No era por eso. Era, sobre todo, porque, vista así, desde fuera, sin haber sido ella consciente de que la estaban grabando, había muchas pequeñeces que le molestaban. Tonterías, realmente: rascarse la vulva cuando de pronto le picaba, o mirarse en un espejo y darse pellizcos y tirones acá y allá para ver si su cara y su cuerpo mejorarían con una pequeña operación estética o una liposucción, o servirse todas las copas que le apetecían hasta que alguna que otra noche tenía que apoyarse en la pared del pasillo para llegar a la cama, o la estupidez de oírse hablándose a sí misma en voz alta, como si fueran dos personas con dos opiniones contrapuestas, o verse bailar en bragas en medio del vestíbulo una noche que en la radio pusieron un concierto de Bowie justo cuando estaba a punto de irse a la cama…Tonterías… Las mismas tonterías que hace todo el mundo cuando se cree solo, a salvo de miradas ajenas.

Pero había cosas peores que tampoco quería que viera nadie. Como Julio y Sheila follando desaforadamente en la media hora que habían tenido al volver de la comida de mediodía, entre el *tour* de la casa y el rato de la biblioteca, donde había empezado todo a desmadrarse.

No había mirado más de dos o tres minutos, pero le daba vergüenza haberlo hecho y, si pudiera volver atrás y no mirar esa escena, lo haría. La saltaría de inmediato. En su infancia le habían enseñado a respetar la intimidad de los demás. No abres una carta que no te está destinada. No lees el diario de otra persona. No miras por el ojo de una cerradura. No pegas la oreja a una puerta. Y sin embargo… después de treinta años en la policía estaba acostumbrada a entrar en la intimidad de los demás como un elefante en una tienda de porcelanas; pero se trataba de desconocidos, normalmente ya muertos, y el trabajo consistía precisamente en eso, en tratar de descubrir quiénes habían sido en vida y quién podía haber ganado algo matándolos.

Pero para espiar a su hijo y a esa tipa que se había traído no tenía ninguna excusa válida. Salvo… estirando mucho las cosas… la necesidad de proteger a Julio.

Justo lo que la había llevado a manipular las maletas de los dos. «A remanipular», se corrigió, ya que la primera manipulación había sido la de Sheila.

Pasó de nuevo las imágenes en las que se veía a la inglesa recogiendo cosas por el cuarto y metiéndolas en las maletas. Julio debía de estar duchándose y no salía en la grabación. La inglesa iba y venía de una maleta a otra ajustando las cosas y llegaba a un punto en el que, mirando en todas direcciones, como asegurándose de no ser vista, sacaba algo de debajo del *hoodie* extragrande que llevaba puesto y lo metía en la maleta. El ángulo de su cuerpo no permitía ver en cuál de las dos, porque estaban una al lado de la otra, lo que sería un auténtico problema si aquella grabación salía a la luz.

Con una profunda inspiración, reteniendo el aire en los pulmones, hizo avanzar la grabación hasta el momento de verse aparecer en la imagen.

Ahí estaba. Entrando sigilosamente con los regalos que pensaba meter en la maleta de su hijo para darle la sorpresa. Una rápida mirada en dirección a la cámara que había sido colocada para captar la cama. Luego su espalda ocultando casi todo lo que sucedía. Una mano sosteniendo el incunable, la otra, envuelta en una camiseta blanca, sacando la bolsa de plástico. No se alcanzaba a ver con claridad qué pasaba después, pero era evidente que ella sabía que aquello estaba en el equipaje de los jóvenes.

Claro, que, como había llamado a Konrad enseguida para informarle, por ese lado quedaba cubierta. Lo que no estaba tan claro era qué había sucedido antes, o si era ella misma la que había introducido la droga en el equipaje.

La única forma de evitar problemas era borrar todas las grabaciones. Siempre podía decir, si llegaban a enterarse, que había querido ver qué había en las imágenes y, por error, lo había borrado todo. Al fin y al cabo, el dueño de la casa estaba muerto, Santos estaba prácticamente desaparecido y Wolf era un buen amigo. Si le decía que las cámaras grababan veinticuatro horas y luego se borraba el día completo para volver a empezar, se lo creería. No tenía ninguna necesidad de investigarlo.

Aunque… estaba lo de Flor. Si en esas grabaciones salía algo que pudiera ayudar a esclarecer su asesinato, era un auténtico delito borrarlas antes de haberlas visto.

¿Y si borraba solo las últimas veinticuatro horas? Eso podría ser una solución. Los colegas se reirían un rato viéndola hacer el indio por la casa, pero no sospecharían nada si faltaba el último día, un simple error por su parte, y ahora que Flor ya no iba a aparecer de todas formas, un error que no molestaba a nadie.

Tenía que pensarlo bien, meditarlo a fondo porque, una vez hecho, no había vuelta atrás. Optó por consultarlo con la almohada y dejar la decisión para el día siguiente.

Al llegar a su habitación, sonó el móvil. Julio había llegado a su piso en Londres.

9

«*J*oder, viejo, cuando tú no tienes hambre aquí no come ni Dios.» Eso es lo que a Markus le habría gustado decir cuando Altmann convocó una reunión para las doce y media, que seguramente se prolongaría lo menos hasta las dos y pico, con lo cual el pequeño restaurante donde solía comer ya habría cerrado la cocina y tendría que conformarse con algún plato frío: una ensalada o una selección de embutidos con pan y un poco de chucrut. Naturalmente no lo dijo. El viejo era buena gente, pero tampoco había que pasarse.

De todas maneras, él no tenía mucho que aportar. Estaba tratando de seguir el rastro de la furgoneta de Walker, la que, según los vecinos, dejó de conducir sobre el año 2000 o poco más, pero no resultaba nada fácil saber algo de un vehículo que se retiró de la circulación veinte años atrás. Había recorrido ya varios talleres mecánicos y dos desguaces, pero sin ningún éxito. De todas formas, pensaba asegurarse visitando todos los que estaban en activo sobre el 2000, ya que Walker no había tenido que acudir necesariamente a uno cercano a su casa, sobre todo si tenía algo que ocultar.

Era desesperante perseguir a alguien que no solo llevaba trece años muerto, sino que al parecer, y seguramente debido a la pura deformación profesional de un hombre entrenado en servicios de seguridad, apenas había dejado rastro de su paso por la tierra, salvo ocho cadáveres infantiles en su jardín, siete de ellos debajo de una placa de hormigón.

Esperaba que Jo hubiera tenido más suerte siguiendo la pista del contenido de la casa que los Tomaselli compraron vacía, o Gabriella con la lista de personajes públicos para los que Walker trabajó de escolta.

Cuando abrió la puerta del despacho del jefe, que solo estaba entornada, las expresiones de sus compañeros dejaban muy claro que tampoco habían tenido demasiada suerte en sus pesquisas. Saludó en torno y se sentó de cara a la ventana, aunque no había nada que ver, porque Altmann había bajado la persiana y el cuarto estaba casi en penumbra.

—Dolor de cabeza —susurró Gabriella inclinándose hacia él.

—Venga, a ver si terminamos pronto —empezó el jefe—, que hay mucho que hacer. ¿Algo nuevo?

—Yo no —dijo Markus—. Sigo en ello, pero de momento no he encontrado a nadie ni en garajes ni en desguaces que se acuerde de él y su furgoneta, pero la lista es larga. Aún me quedan unos cuantos.

—¿Jo?

—Según la inmobiliaria, ellos recurrieron al CARLA para vaciar la casa. Los chavales se lo llevaron todo, para vender en su tienda lo que aún estaba en buen uso y deshacerse de toda la mierda, que debía de haber mucha. He estado preguntando por allí y me han dado el número de un tío que estuvo currando con ellos hasta que encontró un trabajo en una empresa de transportes. Parece que los tiempos coinciden y que seguramente participó en lo de vaciar la casa de Walker. Lo he llamado, pero es camionero internacional y lo pillé saliendo de Copenhague. Hablaré con él en cuanto llegue, a ver si se acuerda de algo interesante y, pedir por pedir, a ver si encontró algo que le gustó lo bastante como para quedárselo y aún lo tiene. Claro que lo difícil será que me lo diga, si fue así.

—Dile que, si se hubiese dado el caso, le devolveremos el objeto, que solo queremos examinarlo en busca de huellas.

—Puedo probar.

—¿Gabriella?

—Yo he estado mirando los nombres de la lista de gente para la que trabajó personalmente de escolta; ya os digo, casi todos muertos o, si siguen vivos, están más allá que acá, pero me ha llamado la atención un nombre que hace años sonó durante un tiempo en relación a los sucesos del Wilhelminenberg. Naturalmente se echó tierra sobre el asunto. Era un juez del Supremo.

—¡Joder! Un pedófilo contratando como guardaespaldas a un asesino de niños —dijo Jo.

—Sigue vivo, pero no sé cómo estará. De todas formas voy a hablar con su hijo para preguntarle por amigos o conocidos que aún estén con vida. Naturalmente le diré que él debería tener interés en limpiar el nombre de su padre, ahora que dentro de nada va a explotar este escándalo.

—Hablando de lo cual… de momento no ha llegado a los periódicos, ¿verdad? —preguntó Markus.

—Sí —contestó Wolf—. Pero Nowak le ha pedido a su amigo Huber que haga el favor de retener la noticia, aunque solo sea un día más, por si para entonces podemos ofrecerles ya algo. Como el 8 de diciembre no parece buena fecha para un escándalo de ese calibre, nos han dado un respiro. Aprovechadlo, porque se va a acabar enseguida. Seguimos siendo un país católico y bastante hipócrita, pero al menos hasta mañana o pasado aguantará la tregua.

—¿Sabemos algo de Hofer? ¿Algún resultado forense que podamos aprovechar?

Wolf inspiró hondo, se levantó, fue a su mesa, sacó unas carpetas del cajón y fue repartiéndolas.

—Falta aún mucha información, pero ahí tenéis unas fotos y lo poco que sabemos: siete esqueletos infantiles entre los siete y los once años aproximadamente, más el primero, el que encontramos debajo del roble. Cinco niñas y dos niños, tres contando el primero, aunque, según Hofer, a esa edad es difícil decir con absoluta seguridad si son de un sexo o de otro. La pelvis aún no está lo bastante desarrollada. Lo que sí podemos es extraer ADN para contrastar con el de los padres que presentaron denuncias por desaparición. También podemos intentar cotejar las dentaduras con la información que puedan darnos los dentistas de las familias. Los restos tienen, al parecer, entre veinte y treinta años, y no se enterraron todos los cuerpos a la vez, sino que fueron depositados con intervalos de meses o de pocos años. Lo más probable es que tengamos a un asesino en serie que fue enterrando a sus víctimas en su propio jardín hasta que se dio cuenta de que la edad ya no le permitiría seguir haciéndolo, compró la caseta, encargó que le hicieran una base de hormigón, y los dejó debajo de la losa para siempre. Como por entonces Walker tendría ya cerca de ochenta años o más, es posible que dejara de matar, sabiendo que no iba a ser ya capaz de deshacerse de los cadáveres. Habría que mirar también las desapariciones denunciadas entre 2000 y 2007, la fecha de su muerte, y si en esa época se encontró algún cadáver infantil en la zona de Viena y los bosques de alrededor. Podría ser que, al no poder enterrarlos en casa con garantías de intimidad, se limitara a dejarlos en el bosque, confiando en que los animales se encargaran de ellos.

—¿Y cómo llegaba al bosque con el cadáver? ¿En metro? ¿En tranvía? ¿A los ochenta y pico años? —preguntó Markus con la retranca de siempre, que se le agudizaba cuando no podía comer a su hora habitual.

—Quizá los mataba en el bosque… —apuntó Jo.

—No puedes contactar por redes y citar en el bosque a un crío de ocho o nueve años.

—Muy cierto —dijo Wolf—, aunque si estamos hablando de asesinatos en 1993, 1994 o así, lo de las redes no existía. Tenía que secuestrarlos de modo, digamos, tradicional. Además, por muy sano que estuviera, y por fuerte que fuera la compulsión que lo llevaba a matar, no le sería posible correr detrás de un niño o llevarlo en brazos o cualquier cosa que significara un esfuerzo. Pero igual vamos a mirar lo de las desapariciones y los cadáveres sin identificar. ¿Necesitáis refuerzos? Nowak está dispuesto a darnos lo que haga falta.

Los tres se miraron.

—Yo diría —dijo Gabriella— que, si en tres días no hemos conseguido nada, sí; pero de momento creo que aún nos las apañamos solos.

Estaba a punto de decirles que Hofer creía haber encontrado algo más, aunque le había pedido que esperase un poco para que la científica pudiera confirmar lo que había creído descubrir, cuando un agente de uniforme apareció en la puerta del despacho y tocó con los nudillos en el marco:

—Una visita para usted, señor. La comisaria Rotkönig.

—Dígale que salgo enseguida.

Altmann se puso en pie y los despidió casi con prisa. Fue al baño a lavarse las manos y aprovechó para atusarse un poco el pelo. Se quitó las gafas de sol, vio sus ojos enrojecidos y los párpados pesados por el dolor de cabeza y decidió dejárselas puestas. Llevaba unos cuantos días con jaquecas que iban y venían, lo que le fastidiaba mucho, pero no encontraba manera de quitárselas de encima. Suponía que sobre todo se trataba del estrés que le producía ese caso en concreto, sobre todo teniendo a Carola en Viena.

Ella lo esperaba abajo, hojeando la revista de la Policía. Tampoco tenía muy buen aspecto.

—No me digas que tú también tienes dolor de cabeza.

Ella le ofreció una medio sonrisa.

—No. En mi caso el plural es más exacto, y he dormido fatal. Ya te contaré. Iba a venir ayer por lo de la declaración del asesinato de Flor, pero al final no pude. He llegado hace un rato y, como he supuesto que estarías liadísimo, ya la he hecho, la he firmado y se me ha ocurrido que, a las horas que son, igual te apetecía comer algo. Si no, ya nos veremos.

—La verdad es que no tengo hambre, pero quizá comer algo le siente bien a la puñetera migraña, y, si no, siempre se me ha dado bien vomitar.

Ella se echó a reír; él, muy austriaco, la ayudó a ponerse el anorak y salieron a la calle.

Quería contarle a Wolf lo que estaba pasando con Sheila y pedirle consejo, pero aún no tenía claro hasta qué punto, además de que a él se le notaba raro. O era simplemente el dolor de cabeza o le pasaba algo que tampoco sabía si compartir con ella o no. Quizá había sido mala idea pasarse ahora. Al fin y al cabo, aunque eran colegas, tampoco podía esperar que le contara el caso en el que estaba trabajando y ella sabía muy bien que, cuando uno está metido hasta las cejas en un caso difícil, resulta casi imposible llevar una vida mínimamente normal. Pensó en preguntarle qué había sido del homicidio por el que lo habían llamado un par de días atrás, cuando estuvieron cenando juntos en la casa de Jacobo, pero decidió esperar para que él no pensara que trataba de sonsacarle información.

Como la comisaría estaba en el mismo centro de Viena, iban sorteando grupos de turistas que se hacían fotos con los palos de *selfie* sin preocuparse de a quién pudieran molestar. Hacía un día precioso de sol que hacía destellar los cientos de detalles dorados que adornaban las fachadas, las puertas, las cúpulas y torres de iglesias y palacios. Era un día imperial, *kaiserwetter*, como lo llaman en Austria, uno de esos días en que se puede creer que volverá la primavera para llenar de flores los parques y los jardines, aunque los dos sabían que el invierno ni siquiera había empezado realmente y el dorado de hoy pronto daría paso a los días y las noches de plata, con sus lloviznas, sus vientos húmedos, sus nieblas en el Danubio, su frío y su escarcha, todo iluminado por un sol blanquecino o una luna mercurial, helada, que marcaba sombras de tinta china sobre el asfalto.

—Ven, vamos a entrar aquí, que de momento aún no lo ha descubierto nadie. —La tomó del codo y la empujó por un corto callejón hasta que le abrió una puerta a su derecha, tan baja que él tuvo que agachar la cabeza para no golpearse—. No hay mucho, pero lo que hay es casero.

Dentro no había más de cinco o seis robustas mesas vestidas con manteles de lino basto, y todas estaban ocupadas, pero en la del fondo, que era más grande, sobraban dos sillas y, después de preguntar a los comensales que ocupaban el resto, se instalaron allí. Como hablaban en español, la intimidad quedaba garantizada.

—¿*Gulasch* o *beuschel*? —preguntó Wolf después de mirar la hoja escrita a mano que estaba plantada entre el salero y el pimentero.

—¿Qué es lo segundo?

—Una especie de guisado de corazón y pulmón de ternera, en salsa de cebolla y nata, con un punto agrio. Lo sirven con *semmelknödel* y aquí lo hacen de vicio. Sé que explicado así no apetece, pero está bueno de verdad.

—¡Venga! Al menos es carne…

—¿A qué viene eso?

—A que la amiguita de mi hijo es vegana, entre otras cosas, y eso me ha estropeado muchos de los planes que tenía para cuando viniera Julio.

—¿Se han ido ya?

—Ayer, un par de horas antes de que nos viéramos tú y yo. Te darías cuenta de que no quise hablar de ellos en todo el rato que pasamos juntos.

«¡Ah! Así que era eso lo que anoche te tenía tan preocupada», pensó Wolf, confiando en que ahora, después de haberlo consultado con la almohada, estuviera dispuesta a contarle algo.

Pidieron dos aguas con limón y ella una copa de tinto de la casa.

—¿Puedo contarte algo, Wolf?

El tono que había usado Carola sonaba muy serio. Quizá había decidido contarle lo que no le había dicho el día de la cena en su casa, cuando evidentemente estaba preocupada o enfadada por algo, o bien lo que la noche anterior la había tenido tan obsesionada, aunque no había querido hablar de ello.

—Lo que quieras. Ya lo sabes.

—En confianza.

—Por supuesto.

—La novia de mi hijo es una ladrona y, si no me equivoco, una traficante.

Wolf se quitó las gafas de sol y la miró fijamente. Ella tomó un largo trago de agua seguido de un sorbo de vino y empezó a hablar. Lo que no le dijo fue que ella había manipulado las dos maletas. Ya habría tiempo para eso, si se hacía necesario. Tampoco le dijo lo de la cocaína en la mesita de noche porque no podía estar segura de que su hijo no estuviera metido también en el asunto.

—A ver si lo he entendido —resumió Wolf cuando ella dejó de hablar—. Tú has echado de menos el libro y has ido a ver si estaba en el dormitorio de los chavales porque ya pensabas que esa tipa podía habértelo mangado. —Carola asintió—. Al abrir la maleta de la inglesa, el libro estaba allí junto con una bolsa de plástico llena de *liquid sky*. Has llamado a Konrad para darle el soplo y la han trincado en el control. —Ella volvió a asentir—. Tu hijo no sabe nada del asunto y ha tomado el avión de vuelta a Londres.

Hubo un minuto de silencio mientras les traían los dos platos y cada uno pensaba por su cuenta.

—¿Tan odiosa la encuentras? —preguntó Wolf por fin, después de probar su *beuschel* y cabecear con satisfacción.

—¿La verdad? Sí. No es una mujer para estar con mi hijo. Su influencia es tóxica y ha quedado claro que es una delincuente.

—¿Y por eso la has denunciado?

—Sí. Por eso y porque soy policía.

—Pues como se entere Julio le va a costar un par de años

perdonarte. Luego lo comprenderá, antes o después, pero de momento… lo va a interpretar como una grave putada que les has gastado a los dos.

—Por eso no quiero que se entere.

—Ni siquiera sabes si Julio lo sabe, ¿no?

—Si sabe ¿qué? ¿Que la dulce Sheila trapichea?

—No me lo tomes a mal… pero cabe la posibilidad de que él sepa que ella se gana un extra traficando en pequeñas cantidades. Hay muchos jóvenes que piensan que eso no es nada del otro mundo y no entienden por qué nos lo tomamos tan en serio.

—Julio es hijo mío. Sabe muy bien lo que puede suceder cuando tratas de pasar droga por un control. Suponiendo que él lo supiera, habría intentado disuadirla, pero, claro, Sheila siempre sabe más y mejor que cualquiera.

—No quieres hacer nada por ella, supongo. En su descargo, digo.

—Ahora ya no hay nada que hacer.

—No. La verdad es que no. Salvo buscarle un abogado, claro.

—Eso se lo he prometido a Julio. ¿Me das un par de nombres?

—Claro.

Carola inspiró hondo y atacó su plato casi con rabia. Para su sorpresa, lo encontró de su gusto y siguió comiendo con apetito. Ahora que se lo había contado a Wolf, si no todo, al menos gran parte del asunto, se sentía bastante mejor.

—Está muy rico esto. ¿Y tú? —preguntó al cabo de unas cuantas cucharadas—. ¿Qué tal vas? ¿Algo nuevo?

Altmann la miró de frente, pensando si era el momento adecuado. No. No lo era, pero nunca lo iba a ser. Había cosas para las que no existían momentos adecuados. Bebió un buen trago de agua, deseando que fuera un líquido más fuerte, y dijo:

—Hemos encontrado algo espantoso, Carola. Mañana o pasado estará en todos los periódicos, así que prefiero decírtelo yo, aunque quiero que te quede claro que aún no sabemos nada, pero nada de nada.

Esa manera de comenzar hizo que a Carola empezaran a temblarle las manos de un momento a otro. Era evidente por la formulación y por la mirada de Wolf que aquello no era un caso más, sino que de algún modo tenía relación con ella, y lo único a lo que podía referirse era a…

—¿Qué? —preguntó, con el corazón en un puño.

—Esqueletos de niños —dijo sin dejar de mirarla a los ojos, sabiendo el daño que le estaba haciendo con cada palabra—. Antiguos. —Se corrigió—. No arqueológicos, simplemente antiguos. Hizo una pausa y tragó saliva—. De hace unos veintitantos años —terminó, sabiendo que Carola comprendería lo que trataba de decirle.

Ella se apretó la boca con la servilleta, se levantó sobre unas piernas que temblaban y desapareció detrás de la puerta marcada con el dibujo de una tirolesa con trenzas rubias.

Cuando volvió a salir, unos minutos después, estaba pálida y tenía el pelo mojado. Volvió a sentarse frente a Wolf y apartó el plato.

—¿Qué se sabe? —preguntó con su mejor tono profesional.

—Ya te digo, casi nada. Pero vamos a contrastar el ADN de esos huesos con el de los padres y madres de las criaturas desaparecidas en esa época. Va a ser un escándalo y un trabajo ímprobo. No sé si he hecho bien en contártelo ya, pero antes o después tenía que ser, porque estás directamente implicada, y quería que lo supieras por mí, no por la prensa.

—Te lo agradezco. ¿Qué edad tenían los niños?

—La adecuada. Lo siento. Hay cinco niñas.

—¿Cinco? —Tragó saliva, tomó un sorbo de agua tratando de controlar el temblor y que Wolf no se lo notara, y dejó el vaso en la mesa con tanto cuidado como si fuera una pompa de jabón.

—¿Quién? —preguntó, luchando por controlar también el temblor de sus labios.

—El presunto asesino murió en 2007. No hay muchos cabos de los que tirar.

—Necesito estar en esa investigación, Wolf. Lo necesito.

—No creo que pueda ser, Carola. Eres extranjera, y estás de excedencia. Lo más que puedo hacer es ir dándote información para que podamos contar también con tu cerebro, pero si me cogen, me empapelan, lo sabes.

—Lo sé y te lo agradezco. Lo que pasa es que no puedo prescindir de ello. Me entiendes, ¿verdad?

Él le cogió la mano y se la apretó.

—Perfectamente.

—Y necesito un arma. Ahora más que nunca.

—El hijo de puta que mató a todos esos niños está muerto, Carola. No hay contra quién disparar.

—Sabes que la voy a conseguir con o sin tu ayuda.

—Dame uno o dos días. Veré lo que puedo hacer.

Wolf se levantó a pagar y, en silencio, salieron del local.

—Siento dejarte sola ahora, Carola, pero tengo que volver.

—Claro.

—Si no acabo demasiado tarde, podría pasarme un rato por tu casa.

—Sí. Claro. —Ella había sacado las gafas de sol de la mochila y ahora parecía un maniquí de escaparate que hubiera aprendido a contestar con monosílabos.

—Te mando un par de nombres de abogados en cuanto llegue al despacho.

—Gracias.

Se dieron dos besos en las mejillas y Carola se alejó de él, rígida y fría, sin que él pudiera hacer nada para ayudarla, consolarla, evitar que volviera a caer en aquel pozo en llamas donde la había conocido veintisiete años atrás.

SEGUNDA PARTE

1

*P*or fortuna no nevaba. A lo largo del vuelo, y a pesar de que llevaba dos semanas controlando la previsión del tiempo, no había hecho más que pensar, con horror, qué haría si de repente, al mirar por la ventana antes de salir del hotel, se daba cuenta de que los copos de nieve habían empezado a caer sobre la ciudad helada. ¿Cómo decirle a Eva que no pensaba poner un pie en la calle? ¿Cómo volver a hablar de todo aquello con alguien que no sabía, que no podía saber, lo que significaba que estuviese nevando en Viena?

Porque la idea había sido de ella, claro, ¿de quién, si no? Y tenía que confesarse, aunque fuera solo para sí mismo, que, desde que estaba con Eva, las cosas habían ido cada vez mejor. Ella era para él lo que Gala había sido para Dalí. Por eso le hacía tanta gracia cuando los ignorantes decían que Gala era la musa del artista. ¿Qué musa ni qué ocho cuartos? Gala había sido su mejor vendedora, la creadora de su imagen y su leyenda, y sobre todo y, en definitiva, su negrera, su cómitre, la que con su látigo (existente) y sus (inexistentes) caderas lo había obligado a trabajar día y noche para convertirse en Salvador Dalí, el mayor artista del siglo XX. Gala había sido la mujer que lo había encumbrado delante de todos, mientras lo obligaba a arrodillarse ante ella y a pedirle audiencia para visitarla como si ella fuera su señor feudal y él simplemente su vasallo; la que se había reído de su homosexualidad y lo había forzado a prescindir de todo lo que no fuera ella para reinar juntos en un Olimpo surrealista donde ella era Galatea de las Esferas y él una especie de Señor de las Moscas venido a menos que cultivaba en público su imagen de artista iluminado nacido de un huevo alienígena, que se alimentaba de moscas con miel y escuálidos filetes de lenguado, mientras que en privado, y mientras no afectara al bolsillo que ella manejaba, podía comer todos los huevos fritos con chorizo que se le antojaran, siempre que la producción estuviera asegurada y fuera ella quien le pusiera precio.

Eva, como Gala con Dalí, había conseguido colocarlo a él en la primera fila de la intelectualidad. Con sus contactos, su belleza y su desfachatez había logrado que los invitaran a todas partes, que su opinión fuera recabada en los mejores diarios y programas de televisión, que sus libros fueran comentados y reseñados por los críticos más prestigiosos, que hubiera que contar con él para cualquier gran montaje cultural, que incluso hubiese entrado en la lista de los cien autores que podrían optar al Nobel. Ella lo había llevado desde la literatura juvenil a la novela negra y luego a la generalista. Le había conseguido los premios más sustanciosos, las colaboraciones mejor pagadas, las invitaciones más golosas y suculentas, todo lo que él había soñado desde sus primeros cuentos. Lo había ido llevando de editorial en editorial, cada vez más alto, cada vez más polémico, cada vez mejor vendido hasta alcanzar un puesto que ni él hubiese podido soñar.

Tendría que estarle agradecido, besar el suelo que pisaban sus pies calzados con zapatos de Loubutin y de Jimmy Choo, —Manolos no usaba porque decía que desde *Sex and the City* se habían convertido en una vulgaridad, por muy caros que fueran—; debería comer de su mano —como había oído decir más de una vez en voz baja en más de un cóctel— y sin embargo... desde hacía algún tiempo, cada vez que la miraba frente a él, al otro lado de la mesa de cualquier restaurante distinguido con alguna estrella Michelin, se preguntaba por qué seguía con ella, por qué continuaban discutiendo una vez tras otra aquel penoso asunto de la autoficción, por qué aquella mujer se empeñaba en que su próximo libro tratase de la peor experiencia de su vida, de aquello que jamás había conseguido superar y que no quería revivir de nuevo.

«Es lo que tus lectores esperan de ti. Se lo debes. Todo el mundo, incluso chavales de treinta y pocos años a los que nunca les ha pasado nada de importancia están escribiendo libros contando sus vidas, la historia de sus familias, cosas íntimas, más o menos embellecidas, y la gente las compra, las devora, como si se lo estuvieran contando al oído uno por uno, como si fueran secretos de confesionario a través de la rejilla. La rejilla es el adorno que tú pones encima de la verdad, Juanma. Nadie te pide que lo cuentes todo como fue. Hazme caso, es el momento.»

Pero no se sentía capaz, no quería volver a abrir aquella caja llena de candados que había tirado al pozo tanto tiempo atrás. No tenía el valor de hacerlo. Y Eva cada vez lo despreciaba más por ello. Se le notaba en cierto rictus que había desarrollado, en una forma apenas perceptible de girar el hombro cuando él le hablaba, en la frecuencia con que se cruzaba de brazos o de piernas cuando estaban juntos, como estableciendo una barrera entre los dos. Aunque también podía ser la menopausia. Siendo ella como era, si había empezado ya con los desarreglos propios de la edad, no se lo había mencionado. Le habría parecido de pésimo gusto, y a él, la verdad, tampoco le apetecían los sudores nocturnos y los sofocos repentinos como tema de conversación. Ella actuaba como si tuviera treinta y pico y, al no haber tenido hijos, por propia decisión, no se veía constantemente confrontada con el paso del tiempo como les pasa a todas las madres del mundo.

A pesar de las carísimas cremas, de su delgadez extrema —«qué elegante, Eva, tan mona, tan delgadita, siempre tan bien vestida»—, ya no era joven, y se le notaba cada vez más. Seguía teniendo veintiún años menos que él, evidentemente, pero él llevaba mejor sus setenta y dos —a pesar de la calvicie y la barriguita— que ella sus cincuenta y uno. Y desde que había cumplido los cincuenta, con un disgusto terrible que trató, sin éxito, de ocultarle, no lo dejaba solo ni a sol ni a sombra y ahuyentaba de malos modos a cualquier mujer joven que se acercase a pedirle una firma en un libro o a preguntar algo de una novela. No había invertido los últimos treinta años de su vida para que alguna aprovechada le arrebatara ahora lo que tanto le había costado conseguir. Eso, al menos, era lo que él suponía, lo que él hubiese puesto en la mente de Eva si fuera un personaje de una de sus novelas.

La verdad era que él, después del amago de infarto que había tenido, no sentía particular inclinación por ninguna muchachita, por mona que fuera. La muerte de Tino Uribe le había hecho aprender en cabeza ajena que no hay mejor sitio para morir que la propia cama, con la mujer de siempre y, a ser posible, ya muy anciano.

Por eso había que cuidar a la legítima, y precisamente por eso se había dejado convencer, si no exactamente de lo que Eva esperaba de él, al menos de una parte importante. Se habían puesto de acuerdo en que viajarían a Viena a principio de Adviento con un fotógrafo y una periodista que filmarían un vídeo sobre su regreso al lugar donde más había sufrido en su vida y dejarían caer la posibilidad de que estuviera trabajando en un nuevo libro sobre esa temática. Libro que no pensaba escribir pero que, de momento, parecía haber contentado a su «musa». Porque a Eva sí que le gustaba que la llamaran así y se lo tomaba tan en serio que casi lo había elevado a una profesión, tan exigente y seria como cualquier otra, aunque mucho más glamurosa y muy bien remunerada.

Desde la ventana de la *suite* que Eva había escogido se veía la fachada trasera del edificio de la ópera y la Albrechtsbrunnen, la gran fuente de delante de la Albertina. La diferencia con la pensión de la última —de la única vez— que había estado en Viena no podía ser más grande, pero no quería pensar en ello.

Ese iba a ser el peor esfuerzo de los tres días siguientes: no pensar, no comparar, no recordar.

La gente pasaba rápida, bien abrigada, salvo los turistas, que caminaban más despacio, echando atrás la cabeza, haciéndose fotos, envolviéndose en bufandas y pañuelos que eran claramente insuficientes para las temperaturas reinantes. Una mujer mayor, con un abrigo rojo cereza y un gorro de piel, fumaba pacientemente mientras un perro diminuto y chillón levantaba la pata en todas las farolas y papeleras que le salían al paso en un diámetro de tres o cuatro metros. Una pareja de orientales con el palo de *selfie* más largo que había visto en su vida se contorsionaba frente a la ópera para conseguir algún efecto óptico que a él se le escapaba. Tres muchachas jóvenes pastoreaban a un grupo de niños de cuatro o cinco años que iban cogidos de la mano de dos en dos, riéndose como locos y saltando a la pata coja. Varios hombres jóvenes vestidos al estilo Mozart con casacas rojas y doradas sobre calzas blancas trataban de captar turistas y venderles entradas para distintos conciertos. De vez en cuando pasaba una calesa tirada por un caballo blanco, conducida por un cochero con bombín y ocupada por dos parejas de edad mediana girándose a izquierda y derecha como veletas. No pudo evitar pensar que después de la cena les dolería el cuello a todos, como le pasaba a él desde hacía años cuando tenía que ir a alguna parte en tren y se veía obligado a entablar conversación con su acompañante.

—¿Aún no te has cambiado?

La voz de Eva lo sobresaltó. Soltó la cortina y se giró a mirarla. Acababa de vestirse y maquillarse y se frotaba las manos para repartir bien la crema protectora antes de calzarse los guantes. Estaba guapa. Tenía que reconocer que el triunfo le sentaba bien; en cuanto ganaba y conseguía lo que se había propuesto, incluso parecía más joven. Quizá fuera el nuevo color de labios. O sería que había vuelto a aclararse más la corta melena, que se iba volviendo más y más rubia a medida que cumplía años.

—Te dejé la ropa sobre la cama antes de meterme en el baño. ¿Se puede saber qué has estado haciendo todo este tiempo?

—Lo que solemos hacer los escritores, querida. Pensar. Fabular. Irme por los cerros de Úbeda, si lo prefieres en castizo. No sufras, ya me cambio. Debe de hacer un frío de narices.

—Menos ocho. Lo acabo de mirar. Pero sin nieve. ¡Qué lástima! ¡Habría quedado genial tener alguna escena nevando!

Él, de espaldas mientras ella se ponía otro jersey encima del que ya llevaba, hizo una mueca que Eva no podía ver.

—Voy a darles un toque a Pol y a Nessa. ¿Dentro de diez minutos en la puerta?

—Por mí, bien.

—He reservado mesa aquí mismo. Así, al volver no tenemos más que cenar y no hace falta taxi para llegar a la cama.

—Estás en todo. ¿Para cuatro?

—Para dos. Esto es carísimo y ellos son jóvenes. Si tienen suerte, ya lo conseguirán algún día.

—Entonces, ¿dónde duermen?

—En un hotelito muy bien aquí al lado.

—Nosotros en el Sacher y ellos en una pensión. Nos van a poner a parir.

—Lo dudo, cielo. Les pago el viaje, el alojamiento, una cantidad fija para comidas y unos honorarios razonables, aparte del honor de ser ellos los elegidos para hacer tu vídeo. ¿Tú sabes lo que viste eso en un currículum? Hay autores que no les habrían pagado un duro, pero yo creo que el trabajo hay que pagarlo, dentro de lo razonable. Y lo del hotel… hay que mantener ciertos estándares. Con tu nivel no podemos permitirnos ir a otro más sencillo, ni más moderno. Aquí es donde se alojan los grandes.

—Pues Julio Cortázar, cuando venía a Viena a traducir a la FAO, se alojaba en una pensioncita de la Walfishgasse, aquí cerca.

—Tú lo has dicho, venía como traductor, no como autor importante. Además, Cortázar… en fin… ya sé que tú lo admiras, pero estoy segura de que García Márquez o Vargas Llosa cuando venían a Viena no iban de pensión. ¡Venga, tortuga, que se nos hace tarde! Pol me ha dicho que le gustaría captar aún la luz de atardecer antes de que se encienda todo lo eléctrico.

Como hacía cada vez con más frecuencia, se metió en el baño a vestirse, aunque sabía que estaría todo húmedo y revuelto, pero no quería mostrarle a Eva, a esas horas de la tarde, su evidente degeneración, aunque por la mañana, después de la ducha y el afeitado, con el pañuelo de seda y las gafas de sol, él mismo se encontraba más que pasable. Sin embargo, por la noche tenía la sensación de que la gravedad había jugado tantas horas con su rostro y con su cuerpo, tirándolos hacia abajo, que todos sus músculos, especialmente los faciales, se habían rendido, dándole aspecto de bulldog, con las mejillas caídas y bolsas hinchadas bajo los ojos, que estaban más saltones de lo normal. Por eso su agencia, cuando le pedían un retrato para catálogos, invitaciones y festivales, solo enviaba o aprobaba fotos de cuando tenía sobre los cincuenta y era, en palabras de Madeleine, «un madurito interesante».

Mirándose al espejo lo menos posible, se vistió y salió del baño. Eva ya lo estaba esperando con el abrigo puesto y el gorro de piel en la mano.

—Espero que Pol no se haya olvidado del neceser.

—¿Neceser?

—Te brillan un poco la nariz y la barbilla.

—Es casi Navidad. Se llevan los brillos —sonrió él.

Eva le devolvió una sonrisa helada, como siempre que no le hacía gracia un chiste, y salió al pasillo.

En la calle el frío era intenso y la luz se estaba yendo como si tuviese prisa por alcanzar otro lugar. A pesar de ello, Pol y Nessa fumaban tranquilamente en la puerta del hotel. Llevaban mitones para tener libres las yemas de los dedos y unas mochilas enormes con todo el equipo. Eva conferenció con ellos unos minutos, mientras él miraba a su alrededor. Por fortuna, y de momento, no reconocía absolutamente nada. Igual podían haber estado en Oslo, o en Riga, o en Budapest.

Nessa se le acercó con una cajita de polvos y una brocha de maquillaje, le dio un par de toques y Pol, que ya había sacado la cámara, hizo una prueba rápida. Luego asintió en silencio, le enseñó el *display* a Eva, que asintió también, y se pusieron en marcha hacia el terrorífico mercadito de Navidad, ellos dos delante, los jóvenes, detrás. Al cabo de un par de calles, los hicieron esperar un poco más allá de la Albertina, Pol los adelantó y, a una orden suya, volvieron a ponerse en marcha charlando y señalando aquí y allá como si no fueran conscientes de que estaban siendo filmados.

Al pasar por una librería de antigüedades, quiso detenerse en el escaparate, pero Eva, mirando su reloj con cara de policía, le prometió que volverían a la mañana siguiente, que estaría bien filmarlo mirando libros de anticuario e incluso comprando alguno, pero era mejor hacerlo de día. Supuso que tenía razón y siguió caminando.

De pronto le asaltó un poderoso olor a boñiga de caballo y, por un instante, tuvo la sensación de que el suelo se abría bajo sus pies y él caía a un pozo profundísimo cada vez más oscuro. Su mano enguantada se cerró con fuerza y, durante unos segundos, creyó sentir una mano pequeña apretando la suya.

Eva le ofreció el brazo, solícita.

—Cariño… ¿te encuentras bien?

Él asintió con la cabeza, sin abrir aún los ojos.

—Un pequeño mareo nada más, uno de esos vértigos sin importancia.

—Has recordado algo de entonces, ¿verdad? —Eva tenía una expresión casi hambrienta.

—No, no —se apresuró a negar—. No es nada, en serio.

Cruzaron la Michaelerplatz, con su fuente barroca y sus coches de caballos esperando clientes. Otra fila de *fiaker* esperaba más allá de la Hofburg, la residencia urbana de Francisco José, el último emperador, sus cocheros frotándose las manos para calentarlas mientras charlaban de pie, junto a sus animales.

Las lucecillas doradas del mercado de Navidad parpadeaban en la distancia. Juan Manuel Araque sintió cómo en un momento la frente, bajo el sombrero de fieltro, se le perlaba de sudor. Todo en él se retorcía ante la idea de cruzar ese arco que ya se insinuaba desde la Ballhausplatz. Las masas de gente de cien lenguas y cien etnias diferentes eran cada vez más grandes y más ruidosas. La estrella que coronaba el abeto gigante, cuajado de luces, cambiaba de color y se balanceaba en la ligera brisa del atardecer que de vez en cuando traía los olores mezclados del vino caliente con especias, el chucrut que acompañaba a los platos de salchichas hervidas, el algodón de azúcar… produciéndole unas terribles náuseas. El cielo tenía un color cárdeno y grisáceo, como un vientre que hubiera sido repetidamente pateado hasta hincharse, lleno de morados. Los grupos, las parejas, las familias… todos reían y charlaban en voz alta. Nadie parecía darse cuenta del horror. Eva lo tenía firmemente agarrado del brazo y lo conducía como si fuera ciego hacia el peor lugar del mundo, el único lugar en todo el universo adonde no quería ir.

Sacó del bolsillo del pantalón su anticuado pañuelo de algodón y se secó la frente, las sienes, la zona de la boca y de debajo de la nariz… Se abrió un poco la cremallera del anorak y se aflojó el pañuelo de seda. Luego metió en el bolsillo la mano libre para que Eva no se diera cuenta de que había empezado a temblarle.

¿Por qué le estaba haciendo eso? ¿Cómo era posible que una mujer que decía quererlo se hubiese empeñado en hacerlo sufrir de ese modo?

Entre padres y madres, bebés en cochecitos y en mochilas, niños y niñas de todas las edades, cruzaron hacia el arco de ramas de pino y luces doradas que marcaba la entrada al mercadito. Cada vez había más niños, excitados, con los ojos brillantes, dando cortas carreras delante de sus padres, como perrillos falderos... los oía hablar sin entenderlos —nunca había querido aprender alemán—, sabiendo lo que decían: «Vamos al tiovivo, mamá», «Quiero un algodón de azúcar», «Mira, papá, zapatillas de fieltro para la abuela»... Sin poder evitarlo, su mirada se quedaba prendida de todas las niñas de siete u ocho años, con sus anoraks de vivos colores y sus botas de nieve, algunas con luces en los tacones, otras con gorros que lucían antenas, pompones, borlas de colores... todas tan sonrientes, tan guapas, tan inocentes... Le llegaban risas infantiles de algún teatrillo de títeres, música navideña interpretada por un grupo de instrumentos de viento, la voz estentórea de algún feriante que animaba a comprar números de una tómbola...Eva alternaba sonrisas falsamente maternales con miradas de preocupación dirigidas a él, que fingía no verlas. Se preguntaba cómo quedaría aquel vídeo después de haber pasado por el montaje y la edición. ¿Qué esperaba Eva de todo aquello? Se lo había preguntado cientos de veces, pero la invariable respuesta era: «Confía en mí, Juanma; tú sabes que yo sé lo que me hago». Y sí, lo sabía, pero en esta situación concreta no podía imaginar qué de bueno podría traer esa mascarada absurda. No estaba dispuesto a desnudar en público su mayor dolor, a poner palabras a algo que le había costado lo más valioso que había tenido nunca. Nadie podía obligarlo. Ni siquiera Eva.

A veces, cuando en otras épocas, casi al principio de su carrera «seria», como él llamaba a la fase de después de la literatura juvenil, alguien le echaba en cara haber ido traicionando una tras otra a las pequeñas y medianas editoriales que habían hecho que las grandes se fijaran en él, Eva le había aconsejado que se limitara a sonreír y a contestar, como quien hace un simple chiste: «Ya ves, me he convertido en una puta de lujo». Al principio le había dado mucha vergüenza, pero poco a poco se había ido dando cuenta de que eso los callaba, que le tenían envidia, pero, visto que no habían conseguido que él se sintiera culpable por haber «traicionado» a sus antiguas editoriales, lo mejor era seguirle la broma y aceptar que, al fin y al cabo, ninguno de ellos estaba trabajando con oenegés, que aquello era un negocio, no un matrimonio, y que cada uno, una vez en el agua, se agarraba al tronco que más garantías le ofrecía de seguir a flote. En aquella época, salvo en cuestiones puramente literarias, donde aún sentía que mandaba él —más o menos—, siempre había hecho lo que Eva y Madeleine, su agente, le habían primero aconsejado, ordenado después.

Pero ahora no. Ahora estaba dispuesto a negarse todas las veces que hiciera falta a escribir ese libro que las dos le estaban pidiendo desde hacía más de un año. Aquel recuerdo, aquel dolor eran solo suyos, del hombre que había sido mucho tiempo atrás y que nadie conocía ya. A veces ni siquiera él mismo.

El olor del vino caliente, que le llegó de golpe como una bofetada de especias, le provocó una arcada que no consiguió disimular. Se detuvo, volvió a sacar el pañuelo y, soltándose de Eva, se giró de espaldas a ella como si quisiera sonarse la nariz.

El tiovivo giraba justo frente a sus ojos. El mismo tiovivo de rayas rojas y blancas con su música de feria y sus caballitos de cartón piedra subiendo y bajando, reflejados en los espejos del cuerpo central.

«Papá, quiero subir al tiovivo. Por favor… por favor, papá.»

Se dio la vuelta sin saber adónde mirar, adónde dirigirse. Respiraba con dificultad, como si el pecho se le hubiese estrechado y no hubiese bastante sitio en su tórax para que los pulmones pudieran cumplir su cometido. Y eso que había dejado de fumar hacía casi treinta años.

Se puso en marcha sin saber adónde iba, sin asegurarse de que Eva estuviera a su lado. Ya lo seguiría, ya lo alcanzaría para meterlo en un taxi y llevarlo al hotel, como la otra vez. Ahora lo único que le importaba era salir de allí. Cuanto antes. Librarse de las luces, de los olores, de las voces de los niños, de los recuerdos.

La gente se amontonaba frente a las casetas de tal modo que casi no era posible avanzar. Hacía rato que había perdido de vista a Pol y a Nessa, de modo que no creía que lo estuvieran filmando, lo que era un gran alivio.

Un borracho grande como un armario, con los dientes amarillos y una taza de Glühwein en cada mano, se le plantó delante cantando a gritos algo que podría haber sido *Noche de Paz*. Lo esquivó por la derecha y, sin darse cuenta, se encontró frente a un recinto circular donde una docena de ponis de distintos colores daban vueltas cargados de niños y niñas saludando con la mano a los padres y abuelos, que los miraban pasar con una sonrisa y les hacían fotos con el móvil.

Sintió una patada en el estómago, tan real que se dobló sobre sí mismo sujetándoselo con las dos manos.

No era posible. Habían pasado veintisiete años casi exactos.

Pero los ponis seguían allí dando vueltas, y allí estaba el banco donde él se había sentado, y allí, al fondo, sobre un caballito blanco —«no se llaman melenas, cariño, se llaman crines»— estaba Alma, su niña, con su anorak rojo y su gorro de orejitas, también rojo.

Sintió que se mareaba, que estaba a punto de desmayarse, a pesar de que no había bebido nada desde la copa de tinto que había tomado con el almuerzo. Avanzó como un zombi hasta la fila de padres que cercaba el recinto, tratando de ver mejor a aquella niña, pero la gente se había movido y le ocultaba la vista de los ponis.

Desencajado y dando empujones a izquierda y derecha, consiguió llegar al borde de la pequeña pista. La niña ya no estaba. El poni blanco estaba entrando en la carpa sin ningún jinete. Como entonces. En algún punto de la vuelta, la pequeña habría desmontado o su padre habría ido a recogerla, igual que habría tenido que hacer él veintisiete años atrás.

Todo el horror de entonces le cayó encima de nuevo, como una avalancha de cieno. ¿Dónde estaba aquella niña? ¿Dónde estaba Alma?

Paseó la vista por todas partes mientras daba vueltas como un derviche hasta que, alejándose en dirección al tiovivo, de la mano de una mujer rubia con una cinta azul en el pelo, le pareció ver a la niña de rojo saltando a la pata coja, cambiando de pie, levantando la cabeza para hablar con quien la llevaba —¿su madre?, ¿su tía?, ¿una canguro?— sin mirar atrás.

Se lanzó a seguirlas con el corazón estrujado. Tenía que verle la cara. No era Alma. Claro que no era Alma, ¿cómo iba a serlo, si habían pasado casi tres décadas?, pero la necesidad de verle el rostro a la pequeña era absoluta.

Eva había desaparecido, pero le daba igual. Ya la encontraría. Mientras tanto no le preocupaba perderse en una ciudad extraña de lengua desconocida. Se alojaba en el Sacher, por el amor de Dios, el hotel más emblemático de Viena; no iba a ser problema volver allí.

Entre la gente, la niña de rojo aparecía y desaparecía, hasta que de pronto dejó de verla, a ella y a la mujer de la cinta azul. Debían de haberse parado en alguna caseta sin que él se hubiese dado cuenta.

Desanduvo el camino, fijándose bien en todas las colas de todos los puestos llenos de bolas de Navidad, de campanas de plata y renos y bisutería y gorros y zapatillas y pisapapeles donde la nieve caía eternamente sobre un paisaje de abetos diminutos.

No estaban en ninguna de las casetas decoradas con ramas de pino y lucecillas rojas y doradas. Se habían esfumado, como entonces.

Se quedó quieto, pasándose el pañuelo por el rostro sudado, tratando de pensar con sensatez. ¿Qué más le daba a él que una niña vestida de rojo y su acompañante hubiesen desaparecido de su vista, tragadas por el gentío?

Era, simplemente, que le había recordado a Alma, porque el lugar era el mismo y la pequeña desconocida también iba vestida de rojo, como su hija entonces.

Pero al verla montada en el poni, por un segundo, le había parecido que el tiempo había girado sobre sí mismo, como un nadador, y todo había vuelto atrás. Los ojos de la niña brillaban como los de Alma, su cabello oscuro también se escapaba del gorro rojo en graciosos mechones rizados por la humedad. Por un segundo aquella pequeña no solo le había recordado a ella. Por un segundo había sido ella, su hija, la que desapareció allí mismo una noche de Adviento veintisiete años atrás.

Ahora tendría treinta y cinco, si viviera.

Notaba ya su mente haciendo cabriolas, fabulando, creando historias imposibles. La mujer rubia podía ser Alma con su propia hija. Había pensado muchas veces, unas para consolarse, otras porque deseaba tanto que hubiese sido así, que quizá Alma había tenido un accidente, que había perdido la memoria, que la había recogido un matrimonio sin hijos y, en lugar de avisar a la policía, desde entonces la habían criado como propia, cambiando de ciudad o de país para que nadie supiera que se la habían encontrado herida y desorientada en el mercadito de Navidad de Viena.

Alma podía haber crecido como austriaca, podía haberse casado, teñido de rubio… habría podido tener una niña como era ella misma a esa edad… Sabía que era mentira, que era imposible, pero a veces le había ayudado un poco a sobrellevar el zarpazo de fiera de su desaparición, el agujero sin fondo que había dejado en su vida, la destrucción de todo lo que entonces había sido su mundo.

Llegó al tiovivo sin saber cómo, impelido por la necesidad de asegurarse de que no estaba allí. La otra vez Alma había querido subir al tiovivo, al unicornio de colores, pero, después de los ponis, ya no habían vuelto a verla. Si era un fantasma, una alucinación suya, estaría en el tiovivo y tendría otra oportunidad.

La vio nada más llegar, montada en el unicornio, agitando la manita hacia la mujer rubia que estaba de espaldas a él.

Era Alma.

No era una niña que se le pareciera. Era ella. Los mismos ojos, la misma sonrisa, la misma ropa.

Sacudió la cabeza y se apretó el corazón porque temía que se le fuera a parar de un momento a otro, como un par de meses atrás, cuando tuvieron que ingresarlo.

El tiovivo siguió girando y Alma desapareció de su vista. Sin pretenderlo, se oyó a sí mismo gritando: «¡¡¡Noooo!!!». Algunos se volvieron a mirarlo, pero iba bien vestido, no parecía estar borracho… pasearon la mirada por los alrededores buscando el posible peligro y, al no encontrarlo, dejaron de prestarle atención.

Cuando en la siguiente vuelta del tiovivo regresó el unicornio, no había nadie montándolo. Alma se había esfumado, como entonces. La mujer rubia ya no estaba en su lugar.

Se quedó tres vueltas más, sin apartar la vista del tiovivo. Los niños subían y bajaban, algunos padres y madres acompañaban a los más pequeños que apenas si conseguían sujetarse encima del elefante o del tigre blanco. Ella ya no estaba.

Se dio la vuelta desorientado, sin saber qué hacer, y se encontró con los brazos de Eva, cariñosos, protectores, su perfume, su tacto tan familiar.

—¿La has visto, Eva?

—¿A quién, cariño?

—A Alma. Era Alma. La niña morena del gorro rojo. Iba montada en el unicornio.

Eva lo miró con los ojos húmedos, sacudiendo la cabeza en una negativa.

—Era ella —insistió.

—Vamos a casa, Juanma. Es natural. No tendría que haberte convencido de venir aquí. Ha sido demasiado, han salido todos tus fantasmas de golpe.

Él la escuchaba sin comprender realmente lo que le decía. Su mirada estaba fija en sus labios violentamente rojos de los que se escapaba una columna de vaho blanquecino, como si hablase en la lengua de las nubes, una lengua evanescente, incomprensible, falsa.

Un momento después, Nessa lo había agarrado del otro brazo y caminaban lentamente en dirección a la parada de taxis. Ni se le ocurrió pensar dónde se había metido Pol.

2

*A*l llegar al hotel, Eva anuló la mesa del restaurante y pidió una sopa y un sándwich del servicio de habitaciones, a pesar de que Juanma le había dicho que no se sentía capaz de tragar nada. Lo conocía. Antes o después, lo convencería para que comiera algo y así poder tomarse la pastilla para dormir sin que le diera un ataque de acidez.

—Era ella, Eva. La misma. No una parecida. Era Alma.

Juanma estaba sentado en el borde de la cama, con la vista perdida en la fachada iluminada de la Ópera. Eva se acuclilló delante de él y le cogió las dos manos.

—Cariño, comprendo que te haya impresionado ver a una niña parecida a la tuya, pero no era ella. Han pasado veintisiete años desde que desapareció. Alma sería ahora una mujer adulta.

—Entonces, ¿qué? ¿He visto un fantasma? —Juanma sonaba agresivo y tenía las pupilas dilatadas y el rostro desencajado.

—Pues quizá sí.

Él la miró casi a punto de echarse a reír de pura histeria. Eva era la persona más pragmática y realista que había conocido en la vida. No creía en nada que no pudiera tocarse, medirse y comprarse.

—¿Y eso me lo dices tú a mí? ¿Un fantasma?

—Entiéndeme, Juanma, no hablo de un fantasma de esos de los castillos escoceses… Me refiero simplemente a que, como tú ya ibas con esa prevención… con ese miedo… todos esos sentimientos te han revuelto por dentro y has creído ver algo que no estaba ahí. Yo, por ejemplo, no la he visto.

—¿No? ¿Y quién iba en el unicornio?

—No sé, cariño, no me acuerdo, no me he fijado.

—No, claro. A ti, al fin y al cabo, ¿qué más te da?

Eva no entró al trapo.

—Anda, come algo. Aquí tienes la pastilla. Mañana lo verás todo de otra forma.

—Mañana volveré al mercadito.

—¿Para qué?

—Para… no sé… para buscarla.

—Sé razonable, cariño. Si esa niña era real y estaba allí con su madre, no estará mañana. ¿Tú crees que la gente va dos días seguidos al mismo sitio? Hay más mercaditos, además.

—No. Solo hay ese. Para mí. Y para ella. Si es un fantasma, como tú dices, estará allí, y podré verla. Verle la cara de verdad.

Juanma se cubrió el rostro con las dos manos. Su voz sonaba lejana detrás de la barrera de carne, sangre y huesos.

—Cuando sueño con ella nunca le veo la cara, ¿sabes? La veo por detrás. Veo su abrigo, su gorro de orejitas… la veo moverse entre la gente, pero siempre de espaldas. A veces la lleva un hombre en brazos, con la cabeza echada hacia atrás, como si estuviera desmayada. O muerta. Pero nunca le veo la cara. Necesito verla, Eva, lo necesito.

Se puso en pie y, con pasos de anciano, arrastrados y lentos, se dirigió al baño.

—No hace falta que vengas mañana. No tendríamos que estar aquí. Duele demasiado.

Cerró la puerta con suavidad, con un clic que a Eva le sonó definitivo y le hizo más daño que si hubiese dado un portazo. Nunca había pensado que a Juanma le iba a doler tanto volver a Viena, sacar esos fantasmas de su mente, pero no le gustaba tener que admitir que se había equivocado, que de todo aquello, en lugar de salir un gran libro de autoficción, lo que podría salir era una depresión salvaje que lo confinara durante meses en un sanatorio, y no era eso lo que ella tenía pensado.

No había más remedio que cambiar de planes y ver qué podía hacer para levantarle el ánimo. Antes habría sido fácil: una lencería especial y unos juegos de los que a él le gustaban y al día siguiente estaría como nuevo, pero desde hacía un tiempo daba la sensación de que el sexo había dejado de interesarle. Desde el amago de infarto y esos valores descompensados que salían en sus análisis de próstata y que según su urólogo no eran en absoluto preocupantes, siempre estaba cansado, desganado, distinto.

Eva intentaba asegurarse de que se trataba de una desgana general, de que el problema no era que ya no sintiera deseo por ella, porque ya no era tan joven ni tan guapa como años atrás, pero no había notado en ningún momento que Juanma tuviera interés en alguna mujer joven y atractiva de las que acudían a sus presentaciones y le pedían dedicatorias o incluso le escribían su número de teléfono en un papelito que le entregaban subrepticiamente al estrecharle la mano o le metían en el bolsillo de la americana al darle un beso de despedida.

Detestaba reconocerlo, pero Juanma se estaba haciendo viejo. Ya habían celebrado su setenta cumpleaños y, aunque se negaba a aceptarlo, setenta años era, si no aún la ancianidad, sí su comienzo. Y lo peor era que parecía que a él, que siempre había sido tan vanidoso y tan cuidadoso de su apariencia, empezaba a darle igual. Hacía poco se había echado una mancha de salsa en la corbata y, en vez de subir inmediatamente a la habitación a cambiársela o mandar a Mireia a que le comprara otra, se había frotado un poco con la servilleta y había seguido como si tal cosa. Ella no había podido apartar la vista de la mancha durante toda la mesa redonda, iluminada por los focos del teatro donde se celebraban las jornadas literarias.

Y ahora esta reacción: tristeza, depresión, lágrimas… porque había llorado, estaba claro, por eso se había tapado la cara y se había metido en el baño. Eso no se lo esperaba. Juanma no era de llorar.

Quizá al día siguiente lo dejaría ir solo. Al menos en apariencia. Pol y Nessa estarían ya allí para filmarlo sin que él se diera cuenta y ella lo seguiría de lejos para poder recogerlo de inmediato si sucedía algo. Tenía que reconocer que no se le había ocurrido pensar que volver a Viena de verdad pudiese causarle tanta impresión, tanta como para sufrir otro infarto. Siempre había creído que casi treinta años era tiempo suficiente como para que las heridas de entonces se hubiesen cerrado definitivamente, y ahora resultaba que tal vez no.

Juanma salió del baño ya en pijama y bata de seda, más calmado.

—¿Quieres que te dé un masaje en la espalda, cielo?

Él la miró sin expresión.

—Y luego comes algo, un poco nada más, te tomas el somnífero y verás como mañana ves las cosas de otro modo. Anda, ven. Te sentará bien.

Sin cambiar de expresión, se quitó la bata y la chaqueta del pijama, se tendió en la cama boca abajo y se dejó hacer.

Carola llegó a casa caminando como en trance. Al abrir la puerta se dio cuenta de que no recordaba cómo había llegado hasta allí, por qué calles, con quién se había cruzado. Su mente era de nuevo un agujero negro, un tremendo vacío aullante que no le permitía relacionarse con el mundo exterior.

Veintisiete años sufriendo, esperando, desesperando, agarrándose a cualquier clavo ardiendo, soñando con la posibilidad de que su hija siguiera viva en algún lugar y llegara alguna vez a ponerse en contacto con ella; veintisiete años que acababan ahora en un esqueleto diminuto enterrado en algún jardín suburbano; en un asesino que había muerto de viejo en su cama; en un punto final que no permitía explicaciones, que no la dejaba comprender nada de lo que había sucedido.

El único consuelo era que le entregarían a su niña para que pudiera llevarla a casa y tenerla a su lado en la muerte, ya que no había podido tenerla en vida.

Ocho niños asesinados y nadie había visto nada, no se había resuelto ningún caso. Dieciséis padres y madres, más un montón de hermanos, abuelos, tíos... cien vidas destrozadas por un monstruo.

La de ellos tres —la vida de Juanma y ella y Alma, su pequeña familia— también había quedado tirada en la cuneta con la desaparición de su hija. Lo habían intentado. Habían llorado juntos, habían tratado de apoyarse, pero su relación se había disuelto con la ausencia de Alma, convirtiéndose en una inacabable letanía de reproches, lamentos, insultos, intentos de reparación que nunca habían llegado a ninguna parte.

Fue un alivio separarse. Ella se metió de lleno en su trabajo, dejó de llevar un horario razonable, de alimentarse saludablemente, de disponer de momentos de ocio. Bebía, fumaba y trabajaba como una posesa para poder caer reventada en la cama y, con la ayuda de los somníferos, aguantar un par de horas sin pesadillas. Su vida se convirtió en una cinta sin fin, en un salto de obstáculos perpetuo, hasta que por fin su hermana Patricia, y Susana, que por entonces acababa de entrar en el cuerpo y estaba empezando a convertirse en una amiga, la convencieron para que se pusiera en tratamiento y, lentamente, fue saliendo del horror.

Juanma se hundió también. Le llegaban noticias suyas de vez en cuando a través de amigos comunes que lamentaban su separación. Al cabo de un par de años escribió una segunda novela juvenil que también ganó un premio y poco a poco fue subiendo en la difusa jerarquía de la intelectualidad. Unos años después se casó con Eva, un mal bicho que, sin embargo, a él parecía sentarle bien. Bajo su batuta cambió de imagen, de editorial, de género literario y hasta de amigos, porque los que habían tenido en común cuando estaban juntos ya no eran lo que necesitaba un escritor con ambiciones casado con un tiburón blanco.

Hacía veinte años que no se habían visto, aunque ella se había topado con su foto —siempre la misma, de cuando tenía unos cuarenta y tantos años, aún delgado y aún con pelo— en revistas y escaparates de librerías. Nunca había sentido curiosidad por leer lo que escribía ahora. Sabía fehacientemente que era mentira, que todo lo que decían sus libros —que tanta gente admiraba por su profundidad y su compasión con los seres humanos— era una farsa, una máscara que se ponía cuando se sentaba a trabajar, e iba simplemente encaminada a vender sus obras, cuantos más ejemplares mejor, para permitirse la vida de lujo y fama que siempre había deseado. Nadie sabía que Juan Manuel Araque era un hombre acomplejado, inseguro, asustado de quedar por debajo de los demás, alguien que temía a cualquiera que pudiera hacerle algo de sombra. Su vanidad y su arrogancia eran una forma de defenderse de los demás, de lo que él pensaba que los otros pensarían de él si los dejaba acercarse demasiado. Ella lo había querido mucho treinta años atrás y lo conocía bien.

A veces Patricia decía que cabía en lo posible que hubiese cambiado en esas casi tres décadas, que a lo mejor se había convertido en otra persona, templada por el dolor, pero ella no conseguía creérselo después de haber leído un par de entrevistas suyas. Era el mismo engreído de siempre haciéndose el humilde, ahora que se lo podía permitir.

Carola no tenía el menor interés en volver a verlo, pero ahora, si uno de esos esqueletos infantiles pertenecía a Alma, no tendrían más remedio que encontrarse otra vez, volver a ser los padres de aquellos huesos que habían creado juntos, de aquel horror expuesto en una camilla de la morgue, de aquello que se negaba a considerar su hija, la hija que, viva y sonriente, perdió una noche de suave nevada en un mercadito de Navidad en Viena, la noble ciudad que se la había arrebatado para siempre. Porque al gilipollas de Juanma se le había ocurrido una idea brillante que tenía que apuntar en su cuaderno de escritor. Notó de nuevo la rabia rugiendo en su interior, esa rabia que pensaba que ya se había evaporado con los años.

Dio vuelta a la llave y entró en la casa sin saber a qué había venido, a qué iba a dedicar las horas que faltaban hasta que llegaran la noche y las pesadillas.

Llamaría a Javier, dejaría el «trabajo» y volvería a instalarse en un hotel o en un *bed and breakfast*. No podía hacer como que seguía cumpliendo con su parte del trato cuando, a partir de ahora, no podría pensar más que en Alma y en el caso, y en encontrar a quien fuera que pudiese pagar por haberle destrozado la vida.

Se dirigió a la biblioteca, se sentó en un sillón frente a la chimenea apagada, con el móvil entre las manos, y leyó los dos mensajes que había recibido: uno de Wolf con dos nombres de abogados; otro de Julio preguntando si ya había solucionado lo del abogado de Sheila. Copió los nombres y se los mandó a su hijo con un par de líneas:

Aquí tienes las sugerencias de mi amigo *el cana*. Házselas llegar a Sheila y que decida lo que prefiere. Un beso.

No se sentía con fuerzas de más. Ni siquiera se sentía capaz de llorar. Como si, por dentro, se hubiera quedado seca, momificada.

La idea de que le entregaran una cajita con los huesos de su hija la hacía querer aullar de dolor, pero algo en su interior se negaba a formar el grito y darle salida. Conocía aquella sensación. Era una muerte en vida de la que costaba muchísimo salir, porque el dolor acababa convirtiéndose en una sensación casi placentera —la única que existía— y una no quería prescindir de ella, ya que, de hacerlo, no quedaría más que un vacío helado donde ni siquiera habría dolor. Ya había pasado por ello, y en esos momentos ni siquiera quería intentarlo. ¿Para qué? Tino ya no estaba. Julio se estaba alejando irreversiblemente. Ella estaba ya al final de su carrera. Aunque volviese, no le quedaban más que dos años de profesión antes de tener que jubilarse… y luego ¿qué? ¿Venirse a vivir a Viena y montar una agencia de detectives con Wolf, como le había propuesto medio en serio medio en broma?

Un golpeteo en las cristaleras que daban al jardín la sacó de su ataque de conmiseración e hizo que se pusiera de pie como un muñeco de resorte.

Era la hora azul y las sombras se estaban apoderando de las frondas. No se veía nada del exterior. Los cristales solo le devolvían su propia imagen de muñeca de cera, pálida y rígida. Sin poder evitarlo, su mano se deslizó hacia la pistola que no llevaba. Volvieron a sonar unos golpes discretos, comedidos. Carola se acercó lentamente a la ventana.

Detrás del cristal, el rostro de Toussaint se confundía con la penumbra. Por gestos le pidió que le abriera.

El hombre entró a pasos lentos, sujetándose el costado izquierdo con la mano derecha, corrió las cortinas y se sentó despacio en el sofá con una mueca de dolor. No llevaba anorak ni abrigo.

—Perdone si la he asustado, Carola, pero no quería tener que dar toda la vuelta para entrar por la puerta principal. Hace mucho frío y aún me duele bastante.

—¿Qué es lo que le duele? —preguntó antes de decidir que quería saberlo.

—Una herida de bala, pero ya va mejor.

—¿De bala? Parece que vive usted peligrosamente.

Santos se encogió de hombros.

—¿Le han hecho una cura? ¿Quiere que le eche una mirada o que lo acompañe al hospital? —ofreció Carola.

—Estoy bien. No se preocupe.

—¿No va a contarme qué le ha pasado?

—No. —Luego, en tono más suave, añadió—: No vale la pena, créame. No hay mucho que contar y ya estoy casi bien. En muchos lugares las armas no son nada extraordinario, pero, como ve, sigo vivo.

La verdad era que a Carola no le extrañaba particularmente que Santos estuviese metido en algún lío y, una vez cubierto el expediente, para que no sospechara de ella si se lo tomaba con demasiada naturalidad, decidió cambiar de tema.

—¿Cuándo ha llegado?

—Vine hace un par de días, pero me di cuenta de que tenía gente en casa y volví a marcharme. Ahora ya está sola, ¿verdad?

De alguna extraña manera, la formulación le dio un escalofrío.

—Sí. Aunque quizá venga luego un amigo.

—¡Ah! Es bueno tener amigos… ¿Haría el favor de servirme un coñac? Estoy helado.

Carola se dirigió a la cocina.

—Hay licores dentro del globo terráqueo, ¿no lo ha mirado?

Ella se sorprendió. Le había parecido una esfera de calidad, no uno de esos muebles para nuevos ricos que ocultan un bar dentro.

—Es usted poco curiosa, por lo que veo.

Ella sirvió dos copas de Gran Duque de Alba, le entregó una y se acomodó en un sillón.

—¿Ha tenido éxito en su viaje? —le preguntó con genuino interés.

—Sí y no. Y… a propósito de suerte… aún no es oficial, pero ya sé que soy yo quien hereda la casa. Javier se va a poner como una hidra. —Toussaint le ofreció su blanca sonrisa en un rostro grisáceo por el cansancio o el dolor.

—Entonces me retiraré enseguida. Deme dos días para recoger y me quito de en medio.

—No, por Dios, Carola. Siéntase como en su casa. Vuelvo a salir de viaje, aunque esta vez tardaré mucho menos. Ya puede ir devolviendo los libros a sus lugares. Le pagaré lo mismo que le pagaba el diplomático. Eso sí… le ruego que no diga una sola palabra de esto.

—¿De esto?

—De que nos hemos visto, de que estoy en Viena, de que sigo vivo. A nadie, ¿comprende? A nadie —insistió.

Ella asintió con la cabeza dando vueltas a su copa entre las manos. No acababa de entender toda aquella fantasmagoría, pero en el fondo le daba exactamente igual.

—Júremelo.

—¡Qué forma de exagerar, Santos! ¿A quién quiere que le diga que lo he visto? ¿A Javier, que no ha vuelto por aquí desde que llegué y apenas si me coge el teléfono? ¿A mi hijo, que no lo conoce y que está en Londres? Pero, si le tranquiliza, puedo prometérselo.

El rostro de Santos cambió de pronto.

—Solo quiero que sepa, querida Carola, que le conviene cumplir su palabra.

No era la primera vez que la amenazaban y, aunque nunca era agradable, tampoco se sintió particularmente en peligro.

—¿Con qué me está amenazando concretamente, Santos?

—Hay unas grabaciones que, si no me equivoco, no le gustaría que llegaran a ciertas manos, o digamos a ciertos ojos. —Carola apretó los labios, cogió aire y tomó un sorbo de su coñac—. A la policía podrían interesarle, por ejemplo. Pero a quien más podrían interesarle es a su hijo. Julio, ¿no es cierto?

Los muchos años de experiencia hicieron que Carola pudiera mantener su cara de póquer. Aunque Santos hubiese visto las grabaciones de la casa, no podía saber cuál era el peso que podían tener contra ella. Era un simple farol, pero le convenía tenerlo de cara, por si acaso.

—Ya le he dicho que no voy a delatarle, ¿qué más quiere?

—Que me haga una tortilla y unas tostadas y luego me llame a un taxi para que me recoja en la esquina de la Gersthofer con la Währingerstraße. También le voy a pedir que me acompañe hasta allí y me lleve la bolsa que he dejado ahí fuera, junto a las cristaleras. Si es tan amable…

—¿Y por qué no pedimos el taxi a esta dirección?

Santos se levantó con cuidado, presionando la herida, y no contestó. Lentamente se dirigió a la cocina dejando la copa vacía en la mesa de café.

Carola lo siguió, pensando lo curioso que resultaba que media hora antes no le importaba nada en el mundo y hubiese podido dejarse morir, mientras que ahora se sentía totalmente viva. Solo echaba de menos su arma reglamentaria, pero eso era algo que pensaba solucionar esa misma noche, en cuanto se hubiese librado de Toussaint.

4

Juan Manuel Araque se despertó antes de que dieran las siete y, después de dar varias vueltas en la cama, se levantó sigilosamente, se duchó, se afeitó, salió de nuevo y, aunque había ido a buscar su ropa para cambiarse en el baño, acabó vistiéndose en el cuarto, casi a oscuras. Como Eva tenía costumbre de que él se levantara antes que ella para escribir, se limitó a suspirar y darse la vuelta en la cama para ocupar el sitio que él había dejado libre.

Se aseguró de llevar su móvil y dinero en la cartera, cogió el abrigo, la bufanda, los guantes y el sombrero y, con la mirada fija al frente, desdeñando el ascensor, bajó por las escaleras, atendiendo la recomendación de su médico, cruzó el vestíbulo sin saludar a nadie y salió a una mañana aún oscura y extraordinariamente fría. El viento húmedo se le metía entre los pliegues de la bufanda, haciéndole desear volver al calor del hotel, pero lo que tenía que hacer tenía que hacerlo donde ni Eva ni aquellos jóvenes que se había traído pudieran verlo.

Echó una mirada al plano y se dirigió a toda prisa al café Demel, que no estaba demasiado lejos y era fácil de encontrar, porque no tenía más que seguir la misma calle que la noche anterior los había llevado al mercadito y, al llegar a la plaza de la fuente barroca, la Michaelerbrunnen según su plano, torcer a la derecha por el Kohlmarkt, la calle principal, donde aún no se había apagado la iluminación navideña, y allí estaba el café.

Entró aterido, cruzó la zona de la confitería, donde todas las tartas estaban recién colocadas junto a enormes bandejas de pastelillos de todas clases, y se instaló en uno de los salones interiores, sin vista a la calle, en una mesa junto a un radiador, sintiendo cómo el ambiente de maderas nobles, altos techos y detalles dorados le iba ayudando a relajarse.

Pidió en inglés un café con leche y un pedazo de tarta de chocolate, que era la única que reconocía en la carta. No se creía capaz de comérsela, pero, al menos, lo dejarían en paz un buen rato.

Sacó el móvil, respiró hondo y empezó a buscar el contacto al que no había llamado en más de quince años, pero había ido pasando de móvil a móvil con la idea, casi supersticiosa, de que quizá volviera a necesitarlo algún día.

Ya a punto de marcar miró la hora: las ocho y diez. Por eso no había ni Dios en el Demel, aunque se oía ya movimiento en la sala delantera. Ella siempre había sido una persona madrugadora y su trabajo la obligaba a llevar horarios raros; valía la pena probar.

Eva se subiría por las paredes cuando se enterara, pero ahora esto no era de su incumbencia. Esto era algo entre él y Carola y, aunque no sabía cómo decírselo, sí sabía que ella era la única persona en el mundo que entendería el alcance de su angustia, aunque se riera de él, aunque lo ridiculizara diciendo que se le había ido la olla o que, ahora que era un escritor famoso, todo lo que sucedía en su vida tenía que ser como sacado de una novela. Daba igual. Tenía que hablar con ella. Tenía que contarle lo que había pasado la noche antes en el mercadito.

Lo dejó sonar tantas veces que ya estaba seguro de que el número que tenía era falso, que con los años ella habría cambiado de contacto y no se habría molestado en darle el nuevo; sin embargo, cuando ya estaba a punto de colgar, su voz enronquecida contestó como si esperase una llamada del trabajo. Igual no hacía más de dos horas que se había metido en la cama.

—Rey Rojo al habla.

—¿Carola?

En una novela suya, ahora ella se habría subido la manta hasta taparse bien los hombros, se habría apoyado contra el cabezal y habría sacudido la cabeza un par de veces para despertarse del todo.

—Sí.

—Soy Juanma.

—Ya.

—¿Me has reconocido? —Sin saber por qué, aquello le calentaba el corazón.

—Pues claro. ¿Qué pasa para que me llames a estas horas? ¿Te han detenido?

Un momento antes no se habría creído capaz de volver a reír en su vida, pero de golpe se encontró riéndose de la ocurrencia, aunque duró poco, solo hasta que volvió a recordar por qué llamaba.

—No, mujer, ¡qué cosas tienes!

—Pues tú dirás…

Sí, era él quien la había llamado, él quien tenía que decir… lo que fuera… solo que no sabía cómo.

—Carola… —Un largo silencio que ella no interrumpió—. Me ha parecido ver a Alma.

—¿Quéee? —Ahora sí que se habría sentado en la cama, completamente despierta—. ¿Cómo? ¿Dónde? ¿Cómo la has reconocido? —Su voz sonaba desgarrada y urgente.

—No sé por dónde empezar…

—Por la mitad, por lo importante. No me vengas con prolegómenos.

El hombre volvió a inspirar hondo, tomó un trago de agua y se lanzó.

—Ayer noche. En el mismo mercadito donde la perdimos —«donde la perdiste», casi podía oírla pensar— hace tantos años.

—¿Estás en Viena? —lo interrumpió Carola.

—Sí. Eva me ha convencido de volver para «enfrentarme con mis fantasmas» —las comillas eran audibles—, y eso es justamente lo que ha pasado. Anoche la vi, vi a nuestra Alma.

—A una mujer de treinta y cinco años que se le parece.

—No. A Alma como era entonces. A nuestra nena de ocho años, Carol. Vestida de rojo, con el gorro de orejitas y los rizos saliéndosele como muelles por debajo. En los ponis. —Carola hizo una inspiración por la boca que sonó como si le hubiesen clavado una aguja de pronto—. Y luego en el tiovivo, montada en el unicornio. Pude verla durante una vuelta y luego, a la siguiente, había desaparecido.

Silencio.

Carola se mordió las mejillas por dentro para no aullar. Lo que le estaba contando Juanma era exactamente lo que ella había soñado una y otra vez durante años. Si era un fantasma, era un fantasma muy persistente, y muy bien informado.

Juanma sabía que Carola estaba sopesando si valía la pena decirle que se lo había inventado todo o que ya veía visiones, o si por el contrario era mejor dedicarse a asuntos más prácticos y ponerse a interrogarlo como si fuera un sospechoso. Al parecer se había decidido por lo último, ya que preguntó:

—¿Iba sola?

—No. Con una mujer rubia de unos treinta y pico que la llevaba de la mano, y parecían tener mucha confianza.

—Juanma... tú sabes que eso no es verdad, que no puede ser verdad. Yo también sueño cosas así, pero no son reales.

—Claro que lo sé. Pero es. No estaba soñando, estaba totalmente despierto y la vi con mis propios ojos. Esta noche voy a volver. Si es un... si es un fantasma, quizá aparezca de nuevo. Quizá quiere decirme, decirnos algo. Quizá quiere llevarnos a... adonde... a su tumba... —Se le quebró la voz.

En ese momento, Carola estuvo a punto de contarle que la policía vienesa acababa de encontrar una fosa llena de esqueletos de niños y que uno de ellos podría ser el de Alma, pero no quería echar más leña al fuego. Si le decía eso, lo reafirmaría en su idea.

—No me jodas, Juanma. —Por fin había dicho lo que él esperaba, pero lo había dicho con un cierto cansancio, o dulzura... o como si estuviera dejando un resquicio de posibilidad—. ¿No puedes dejar de hacer literatura barata?

Le escoció el comentario, pero prefirió no contestar. Había algo más importante.

—¿Podrías tomar un avión hoy mismo y llegar aquí antes de que se haga de noche? Podríamos ir juntos al mercadito. Te pago yo el billete.

Otro minuto de silencio por parte de su exmujer.

Le diría que no podía moverse, que estaba liadísima con un caso que los llevaba locos, que no iba a desplazarse a Viena porque el cretino de su exmarido creyera haber visto un fantasma.

—Estoy en Viena, Juanma. Llevo un par de meses aquí.

Juanma esperó un momento a ver si se lo explicaba, pero ella no dijo nada más.

—Entonces —se le había quedado la boca seca y tuvo que tomar otro sorbo de agua antes de continuar—, ¿vendrás?

—A las siete delante del tiovivo, pero eso no significa que me lo haya creído, ¿me entiendes?

—Gracias, Carol.

—Ven solo, Juanma. Esto es cosa nuestra. Aquí Eva no pinta nada.

—Ya veré…

—No, no verás nada. Si ella viene, yo me voy.

—Vale. A las siete.

—Allí estaré.

$\mathcal{L}$a sala de interrogatorios era como Flor la había visto en muchas películas de la tele: sencilla, un poco cutre y no demasiado limpia. No es que hubiera polvo, ni migas sobre la mesa, ni huellas de pies en el suelo; era más bien una sensación de que todo estaba grasiento, manoseado, como si el miedo de toda la gente que había pasado por allí se hubiera quedado pegado a las paredes, al espejo que ahora reflejaba su imagen de mujer encogida, avejentada. De una mujer que nunca en su vida había hecho nada malo y ahora se encontraba allí, en la policía, como una criminal. Le habían ofrecido un café con leche que no se había tomado porque estaba demasiado amargo, a pesar de las dos bolsitas de azúcar que le habían echado, y llevaba ya unos diez minutos esperando a que llegara alguien.

Sabía que había hecho mal mintiéndoles a aquellos dos policías que habían ido a visitarla a casa: el hombre alto y guapo de las gafas oscuras y la subinspectora joven del pelo corto y rojo, pero ella había prometido no decir nada y al fin y al cabo tampoco había hecho nada demasiado malo; no era como si le hubiera hecho daño a alguien... y la habían echado a la calle sin un céntimo de indemnización después de casi veinte años de trabajo. Don Javier se lo había merecido; pero no podía decirle eso a la policía.

La chava joven entró con una taza en la mano y unos papeles en la otra, seguida de un hombre desconocido, recio, de unos cuarenta años, con cara de pocos amigos. Se sentaron enfrente de ella y conectaron una grabadora, después de informarla de que eran la subinspectora Gabriella Hauptmann y el subinspector Markus Graf y de que le iban a hacer unas preguntas.

Ella había visto en la tele que una podía pedir un abogado, pero no conocía a ninguno y tampoco quería gastar dinero en eso, además de que no había hecho nada malo.

—*Frau* López… —empezó la joven.

—Puede llamarme Flor, señorita…, perdón, señorita subinspectora.

El hombre esbozó una sonrisa burlona, antes de taparse la boca con la mano.

—¿Por qué no nos lo cuenta todo y terminamos antes, Flor?

Ella asintió, se sacó de la manga un pañuelito de tela y se secó las comisuras de los labios antes de hablar.

—Hará unos tres meses, debía de ser septiembre, me llamó el secretario de don Javier, don Felipe, para decirme que don Jacobo había tenido un accidente con su avioneta y había fallecido —se aclaró la garganta—, que ahora había que deshacer la casa y que ya no me necesitaban. Me pidieron que fuera a la embajada a devolver las llaves, me firmaron un papel diciendo que las había entregado, si quieren aquí lo tengo…, eso se le ocurrió a mi hijo pequeño, y ya no volví por la casa.

—No, usted no, pero unos días después se presentó por allí alguien que se hacía llamar Flor y que tenía las llaves. ¿Alguna idea de quién era o de cómo las consiguió?

La mujer bajó la vista hacia el pañuelo que retorcía entre sus manos.

—Se las di yo —dijo por fin muy bajito.

—Cuéntenos.

—Cuando me llamaron para decirme lo de la muerte del señor, apenas unas horas después, me llamó una mujer, mexicana, diciendo que quería hablar conmigo y ofrecerme algo que sería de mi interés. Quedamos en el jardín de donde vivo, una zona verde entre los edificios, en la parte de los juegos infantiles. Mis hijos me acompañaron, pero se quedaron escondidos para que ella viera que había ido sola.

—¿Puede describirla?

—Sobre los treinta y tantos o cuarenta bien llevados, guapa, delgada, con pinta de deportista. Educada. Me preguntó un poco por mi vida y la del señor, y yo le conté algo. Me ofreció diez mil euros por que le dejara hacer una copia de las llaves.

—Levantó los ojos de pronto como buscando la complicidad

o al menos la comprensión de la subinspectora—. Yo eso no lo gano en un año, y era en mano, sin tener que declararlo ni pagar impuestos.

—Pero usted sabía que la casa del señor Valdetoro estaba llena de objetos muy valiosos.

—Sí, pero me prometió que no era para robar.

Los dos policías se miraron y estuvieron a punto de soltar una carcajada. Nadie podía ser ingenuo hasta ese punto. Flor empezaba a pasarse mucho.

—No se rían. Me dijo que era de la policía.

—¿Qué? —El hombre la miraba, perplejo.

—Bueno, no sé si lo entendí bien. Me dijo que era de una de esas unidades especiales, como el FBI de las películas o la CIA o algo por el estilo. Me enseñó un carné que parecía muy de verdad y me dijo que llevaban tiempo siguiendo ciertos negocios sucios, pero que nunca habían podido probarlo y ahora, si dejaban que los herederos vaciaran la casa antes de que ellos hubieran podido registrarla, se perdería todo el esfuerzo que habían hecho.

—¿Usted pensaba que el señor Valdetoro era un delincuente?

Ella se encogió de hombros.

—Era un señor. Muy educado, muy elegante… pero cosas más raras se han visto. Tenía muchísimo dinero, eso sí. Y Santos también. Y se pasaban la vida yendo y viniendo de sitios raros. Podría ser, ¿yo qué sé? A mí me pagaban por limpiar en los sitios delicados y vigilar a la brigada de limpieza que hacía todo lo demás. Además… yo le tenía ley al señor, pero una vez muerto ya… ¿qué tenía de malo que vieran si había estado metido en tejemanejes sucios?

—¿Y a ese… Santos… no le tenía usted «ley»?

—No, señorita. A mí ese hombre me daba escalofríos.

—¿Por qué nos dijo que el embajador le había dado una indemnización? —preguntó Gabriella, haciéndole una seña a Markus, que había estado a punto de intervenir.

—Eso fue idea de esa mujer. A mí no se me habría ocurrido. —No era del todo cierto, porque en el momento que le comunicaron por teléfono la muerte del señor, lo primero que se le había pasado por la cabeza era que a lo mejor le daban un dinero por todos los años de servicio, o don Jacobo había dejado algo en su testamento para ella; pero la policía tampoco tenía que saberlo todo.

—Bueno, Flor, pues de momento hemos terminado. ¿Tienes tú alguna pregunta más, Markus?

—¿Cómo era el carné que le enseñó esa mujer?

Se quedó pensando.

—Solo lo vi un momento.

—¿De qué color era?

—Azul. ¡Ah, y ya me acuerdo! Creo que ponía Interpol.

—¿No era marrón claro?

—No, señor. Era azul. Las letras eran grandes y leí algo de *Special*.

—¿Y el nombre?

—No sabría decirle. Raro, como extranjero.

—Pero nos ha dicho que era mexicana.

—Hablaba como mexicana, parecía mexicana... Hay muchos mexicanos con nombres alemanes, no es nada raro. Yo conozco a un Schwarz y a un Glockner.

—Pero no eran esos.

—No. Era más bien tipo... del Este. Largo, con muchas letras de las que no se pueden pronunciar.

El hombre sacó la foto que ella ya había visto cuando la visitaron en su casa y se la puso delante.

—Una última cosa. ¿Era esta la mujer? ¿La reconoce?

Ella asintió con la cabeza, mordiendo el pañuelo.

—Tiene que decirlo en voz alta, señora, por la grabación.

—Sí —dijo con un hilo de voz—. ¡Pobre muchacha! ¡Tan joven!

—Gracias, Flor —siguió la subinspectora—. Nos ha ayudado usted mucho. Ya la llamaremos si se nos ocurren más preguntas. Y usted, llámenos si recuerda alguna otra cosa.

La mujer se puso en pie, vacilante, como si no supiera seguro si eso significaba que podía marcharse, que estaba libre.

—Señorita subinspectora... esa mujer... ¿ha hecho algo malo? ¿Ha robado algo en casa del señor?

—No, Flor, no se preocupe —dijo Gabriella en tono tranquilizador.

—A esa mujer le han robado la mochila, que no sabemos

qué contenía, y la han asesinado en la calle, muy cerca de casa de Valdetoro —dijo el hombre, mirándola fijamente, como si esperase algún tipo de reacción por su parte. Flor volvió a sentarse, se llevó el pañuelito a la boca y lo mordió. Era la viva imagen de la culpabilidad—. Ahora ya puede irse, *Frau* López.

—¿Cómo se te ha ocurrido decirle eso? —preguntó Gabriella a su compañero en cuanto la mujer hubo salido.

—Quería ver cómo reaccionaba.

—¿Y?

—Creo que de verdad es la pobre ignorante que parece y que no sabe nada del asunto, pero, de todas formas, yo le echaría un ojo a ella y a sus hijos los próximos días y miraría en los anticuarios y tiendas de segunda mano, en los más equívocos, por si han tratado de vender lo que fuera que la falsa Flor llevaba en el bolso o la mochila.

—¿Crees que pueden haberla matado ellos?

—No, pero nunca se sabe.

—¿Qué me dices de lo del carné?

—Que o era real o estaba bien falsificado. La gente que tiene prisa a veces lo falsifica con otros colores. Ignoro por qué, pero suelen preferir los tonos amarronados.

—Hay que llamar a la Interpol.

—Que lo haga el viejo. A él le harán más caso. Pero si de verdad era una agente especial, igual no tienen mucho interés en compartir con nosotros la información de qué estaba haciendo en esa casa.

6

$\mathcal{A}$ las siete menos diez, Carola estaba a la entrada del *Christ-kindlmarkt* como veintisiete años atrás, esperando a que apareciera Juanma y decidida a largarse en el mismo segundo de ver llegar a Eva dispuesta a hacerse cargo de la situación.

Todo era como ella lo recordaba. Los mercaditos navideños son de las pocas cosas que apenas si han cambiado en un cuarto de siglo. Quizá ahora hubiera más luces, todo el mundo hacía fotos con el móvil y casi nadie llevaba una cámara colgada del cuello, los abrigos eran de plumas y de colores vivos, pero, por lo demás, la sensación, los olores y el ambiente no habían cambiado nada. Solo ella era otra.

La vez anterior, la Carola que había atravesado esa puerta de ramas de pino era una mujer joven, feliz, de vacaciones con su hija pequeña y su marido, con un gran futuro por delante. Ahora todo lo importante de su vida había quedado atrás. Estaba cerca de la jubilación, no sabía qué hacer con el futuro que le quedaba, había perdido a Tino y estaba en proceso de perder a Julio.

Un par de horas atrás había recibido un mensaje suyo diciendo:

Sheila no quiere hablar conmigo. Me ha insultado, me ha dicho que la he traicionado y que se acabó para siempre. ¿Tú sabes algo de esto?

Aún no le había contestado, pero ¿qué le iba a decir? ¿Que sí? ¿Que Sheila se iba a pasar un par de años en el talego por su culpa, porque había querido protegerlo y evitar que fuera él quien tuviera que ir a la cárcel?

No se lo perdonaría nunca. Lo entendería como una revancha por la actitud de Sheila hacia ella en los dos días que habían pasado juntos. Antes o después tendría que contárselo. Ya se habría dado cuenta de que había abierto su maleta para ponerle allí los regalos sorpresa; no hacía falta ser muy listo para imaginar que también podía haber abierto la maleta de Sheila y, ciego como estaba, habría pensado que su madre policía, con sus contactos, habría conseguido una bolsa de droga para implicar a la pobre inglesa inocente.

Tendría que haberlo dejado todo donde lo había encontrado. Pero en ese caso cabía la posibilidad de que le hubiesen hecho a Julio un control aleatorio y que ahora fuera él quien estuviera en prisión preventiva, mientras la inglesa se iba de rositas.

No vio a Juanma hasta que estuvo a su lado tirándole de la manga y, cuando lo vio, sintió que algo en su interior se desmoronaba. No se parecía ya en nada a las fotos que había visto en las librerías. Estaba horrible. Viejo, con bolsas oscuras bajo los ojos y una papada lacia que la bufanda apenas conseguía disimular. El sombrero ocultaba el cráneo casi pelado, pero los aladares mostraban ese cabello como de bebé de tan fino, ya lleno de canas.

Se dieron dos besos sin acercarse demasiado el uno a la otra.

—¡Joder, Carol, estás estupenda! Da asco lo bien que te mantienes —comenzó Juanma casi en tono de reproche, que enseguida hizo pasar por broma.

—Es que tengo unos años menos que tú. A los treinta apenas se nota la diferencia, pero luego… Y, además, yo siempre he hecho deporte.

—Sí, la vida intelectual pasa factura.

Estuvo a punto de decirle que no se trataba de la intelectualidad, sino del sedentarismo, pero decidió dejarlo. ¿Para qué? Juanma ya no era asunto suyo.

—Bueno, dime, ¿qué hacemos?

—Nada. —Se notaba que estaba muy nervioso. No hacía más que pasarse la lengua por los labios y echar miradas acá y allá, por encima de su hombro, como si temiera que lo hubiesen seguido—. Pasearnos. Mirar si aparece.

Carola soltó un bufido, pero guardó silencio y echó a andar junto a él. Antes eran igual de altos, él un poco más. Ahora ella le sacaba unos cuantos centímetros. Juanma se había encogido considerablemente.

—¿Se puede saber qué miras? Me estás poniendo nerviosa —explotó Carola al cabo de unos minutos de pasear sin rumbo entre la gente, dando y recibiendo empujones.

—Nada. Es que le he hecho prometer a Eva que se quedaría en el hotel y que no mandaría a los chavales a seguirme, pero no me fío un pelo.

—¿Qué chavales?

—Se le ha metido en la cabeza grabar un vídeo de mi «reencuentro» con Viena y usarlo para publicitar mi siguiente novela.

—¿Vas a ambientar una novela en Viena? ¿En serio? ¡Si no la conoces!

—Esa novela nunca existirá, Carol. Quiere que escriba una autoficción contando... lo de entonces. Y no pienso hacerlo.

—¡Qué hija de puta, tu amada esposa! —dijo Carola apretando los dientes.

—Es que ella nunca ha perdido nada importante en la vida, mucho menos a una hija. No sabe lo que es. Si lo supiera, nunca me lo habría pedido. Ella y mi agente están conchabadas y me hacen la vida imposible.

—Al menos ahora tienes lo que querías... Fama, dinero, una agente... una pareja que te admira...

Él no contestó. Habían llegado al puesto de los ponis y los dos miraban como hipnotizados aquel lugar en el que su vida se había roto tantos años atrás. Los caballitos montados por niños y niñas de todas las edades daban vueltas y vueltas por el recinto, al paso, incansablemente, como si desde entonces el tiempo se hubiera detenido.

—Ahí la vi ayer, Carol.

—Sí, ya. Y ahí está el banco donde te sentaste a tomar notas, ¿te acuerdas? Ahora ya tienes lo que soñabas entonces.

—Carol...

—¿No es verdad?

—Bueno... sí, pero no a ese precio.

—Ya. —Hubo un larguísimo silencio mientras los dos pasaban la vista por los alrededores, buscando, esperando un vislumbre de lo imposible.

—Anda, vámonos de aquí. Me estoy quedando tiesa y no hay nada que ver.

No sabía si era por el lugar en el que se encontraban o porque, después de tanto tiempo, veía a Juanma con otros ojos, pero notaba una enorme agresividad hacia él que no se correspondía con la mansedumbre con la que él la trataba, como si durante todos esos años sin verse se hubiese ido apagando. Se sentía impaciente, irritada, molesta por que se hubiese convertido en un viejo al que ya no la unía nada.

—Vamos a pasar por el tiovivo. Por favor, Carol.

—Deja de llamarme así. Soy Carola.

El tiovivo daba vueltas y más vueltas desgranando su melodía metálica. Los niños sonreían con las bocas pringosas de algodón de azúcar, mostrando sus sonrisas melladas, agitando las manitas al pasar por delante de sus padres, y tíos, y abuelos.

—Esto no tiene sentido, Juanma.

—Ayer estaba, te lo juro.

—Ayer viste a alguien que se le parecía; que se parecía a Alma cuando tenía ocho años. El ambiente te hizo creer que el tiempo no había pasado y que era la misma niña que perdimos. ¡Vámonos de aquí! Nos tomamos un café por aquí cerca y cada mochuelo a su olivo.

Hacía siglos que Juanma no había oído esa expresión y por un momento se sintió transportado al pasado remoto, a cuando se acababan de conocer y todas las expresiones que ella usaba le hacían gracia, por desconocidas.

—¿Vamos al Demel? —preguntó él, dándoselas de cosmopolita.

—¿A pagar seis euros por un café entre turistas orientales haciéndose *selfies* y señoronas vienesas torciendo el morro? No. Vamos a otro sitio que tampoco está lejos.

Caminaron en silencio, demasiado rápido para el gusto de Juanma, aunque no se atrevió a protestar.

—¿Estás de vacaciones o es una de esas cooperaciones internacionales? —preguntó él con la esperanza de que, al tener que hablar, redujera la velocidad.

—Ni una cosa ni otra. Estoy ayudando a un conocido a liquidar la casa de su difunto hermano. Vivo gratis y el trabajo es agradable, con libros, aunque un poco solitario. Tengo una excedencia y estoy pensando en prejubilarme.

—¿Ya?

—Tengo más de sesenta años, Juanma. No eres el único que se hace viejo.

—¿Has conseguido superarlo? —preguntó él sin mirarla, en voz baja. No hacía falta que dijera a qué se refería.

—No, claro que no. Hay cosas que no se superan. Se tira adelante sin lo que te han quitado, pero la mutilación sigue ahí para siempre, aunque aprendes a apañártelas con ella. ¿A ti no te pasa?

Él asintió, metió la mano en el bolsillo y se pasó el pañuelo por los ojos.

—Yo creía que ya no me afectaba casi, que lo había dejado atrás.

—Pues ¡hay que ser imbécil para creerlo!

Juanma la miró ofendido y luego apartó la vista al darse cuenta de que tenía razón.

Carola estuvo a punto de decirle que Wolf y su equipo acababan de encontrar ocho esqueletos infantiles que podrían ser de la época en que Alma desapareció, pero al final no lo hizo. Con sus aficiones góticas, Juanma empezaría a pensar que, al remover los restos, el alma de su hija, o su fantasma, o lo que fuera, se había liberado de su tumba y se le había aparecido en el último lugar en el que estuvo con ellos. Tenía que confesarse que ella también lo había pensado, pero sabía que eran tonterías, demasiadas lecturas decimonónicas, demasiadas películas idiotas vistas a lo largo de su vida.

Se sentaron en un café pequeño y coqueto, lleno de gente más bien joven. Él pidió un té de Ceylán y ella un capuchino.

—¿Vendrás mañana otra vez, Carol... Carola?

—¿A qué?

—A buscarla. Te juro que estaba. Eso tiene que significar algo.

—Ya.

—No me crees.

—Sí te creo. Es decir, creo que tú te lo crees, que no te lo has inventado, pero yo nunca he creído en fantasmas, tú lo sabes. Después de la muerte no hay nada, Juanma. No me digas que ahora, de pronto, te has hecho religioso.

—Siempre he sido abierto de mente.

—Es un decir…

—Te lo juro, Carola. La vi. ¿No crees que sería posible que de algún modo su espíritu o lo que sea se haya liberado y haya venido a buscarnos?

Ella cabeceó en silencio y de pronto tuvo una idea.

—Mira, me has dicho que ayer te estaban grabando un vídeo promocional, ¿no? Se me ha ocurrido una cosa: quedamos en tu hotel, vemos ese vídeo y, si ahí aparece alguien que pudiera ser Alma, mañana vuelvo contigo al mercadito y a ver qué pasa.

—Es que yo no sé si la habrán tomado… o si… bueno… —parecía un poco incómodo con lo que iba a decir— que igual sí que era un fantasma, y los fantasmas no salen en la grabación de una cámara.

Ella se echó a reír.

—Claro. Siempre hay una excusa.

—¿A qué hora te va bien mañana? ¿A las cinco y media? Así, si te convences, a las siete podemos estar otra vez allí. Es la hora a la que estuvo ayer.

—De acuerdo. ¿Dónde te alojas?

—En el Sacher.

—¡Joder, Juanma! ¡Cuánto has progresado! ¿Te acuerdas de la pensión donde estuvimos la otra vez?

—Claro —dijo él bajando la vista, notando cómo los ojos volvían a llenársele de lágrimas, como a un viejo chocho—. Pero tú tampoco puedes quejarte. Te casaste con Tino Uribe. —Otra vez sonó como un reproche, como si ella no tuviera derecho a haberse casado con un arquitecto de fama internacional, como si, con esa boda, él hubiera vuelto a quedar por debajo en el podio de la absurda carrera en la que había convertido su vida.

Carola se puso en pie sin contestar. Fue a buscar a la camarera, pagó y, ya desde la puerta, le hizo una seña:

—A las cinco y media en tu hotel.

Salió a la calle resoplando como un toro, furiosa de que aquel estúpido viejo con el que no había tenido relación en un cuarto de siglo siguiera siendo capaz de afectarla así. Por una vez se sintió agradecida por el frío y decidió ir a casa caminando.

7

—*T*engo algo interesante —comenzó Altmann, nada más ocupar su sitio en la mesa de reuniones y echar una mirada en torno—. Hace un par de días, Hofer encontró entre los dientes de uno de los esqueletos unas fibras rojas. Las mandamos a analizar y volví a pedir al equipo que siguiera cavando debajo de la caseta, buscando concretamente cualquier resto textil, a ser posible rojo. Y mirad lo que han encontrado.

Puso sobre la mesa una foto fuertemente ampliada de un trocito de tela estrecha, que debía de haber sido roja en algún momento. Todos se inclinaron a mirarla.

—Es seda, y lo que veis aquí debió de ser parte de la cinturilla de unos *boxer shorts*. Lo que queda formaba parte de la goma, por eso ha durado más que el resto. No es que sea mucho, pero por fin hemos tenido algo de suerte. Tiene unas iniciales bordadas que apenas si son descifrables, pero yo diría que la segunda es una W.

—Walker —dijo Gabriella.

—Posiblemente. Pero la primera, aunque apenas se ve, no es una C de Charles.

—¿Sabemos algo más? —preguntó Markus.

—Según Brigitte, de la científica —todos cabecearon—, es seda de verdad, de la que se usa para la ropa interior realmente cara, y si además la hizo bordar, estamos hablando de un tipo que se quería mucho a sí mismo. Lo mejor de lo mejor.

—Y al que, para divertirse, se le ocurrió la genial idea de amordazar a un niño, o niña, metiéndole sus calzoncillos de seda en la boca —comentó Gabriella—. ¡Qué hijo de puta!

—¿Eso es todo lo que han encontrado en la fosa? —preguntó Jo.

—Eso y una perla.

—¿Cómo que una perla? —Las voces sonaron casi a la vez.

—Esta.

Altmann puso otra foto en el centro de la mesa. Una perla blanca, irisada, redonda. Una perla sin más.

—¿Es buena? —preguntó Gabriella.

—Sí. Eso es lo curioso. Primero pensaron que sería plástico, una de esas perlas de los collares de Carnaval, de las que tiran desde las carrozas en el *Mardi Gras* o de las que se ponen los críos para disfrazarse en el colegio y se compran en los bazares chinos, pero no, es una perla auténtica, de las caras. Ni siquiera de las cultivadas, de las de Mallorca, sino una auténtica joya; y parece que tiene bastantes años, probablemente más de cien.

—¿Cómo llega una cosa así a una fosa llena de cadáveres de niños? —preguntó Markus casi para sí mismo.

—Puede que no tenga ninguna relación —dijo Wolf, que ya llevaba un día dándole vueltas al asunto—. La perla es tan antigua que podría llevar allí mucho más tiempo.

—¿Saben a qué clase de joya pertenecía? —preguntó Gabriella.

—No te sigo.

—Quiero decir, ¿era parte de un broche, de un alfiler de corbata, de un pendiente, de un collar?

—No se me ha ocurrido preguntarlo. Que alguien llame a Brigitte. Aunque la verdad es que no sé para qué nos va a servir.

—Si era de un pendiente, lo mismo encontramos la pareja en otro sitio y eso nos da otra pista —insistió Gabriella.

Todos se miraron con poco entusiasmo.

—Además, si formaba parte de un pendiente, por ejemplo, podría ser que lo llevara una de las niñas asesinadas y ahora su familia podría identificarla por ese detalle. O también podría ser un colgante.

—Eso ya suena mejor.

—Hay que seguir cavando, Wolf, filtrarlo todo. Si hay más perlas... son pequeñas, pueden haberse ido yendo hacia abajo con las lluvias de los últimos treinta años —añadió Jo—. Aunque concedo que yo tampoco veo muy bien adónde puede llevarnos esto.

—Lo haremos igual. ¿Y tú, Markus, qué hay de la furgoneta?

—Me faltan tres garajes y un desguace. Los hago esta tarde y al menos podemos tachar algo.

—Wolf —volvió a hablar Gabriella—, ¿crees que podríamos pedirles a los padres de los niños desaparecidos que nos manden fotos donde se les vea con pendientes, colgantes, algún adorno...? A muchos niños les regalan cruces de oro o pendientes o cosas así para su comunión, y todos tenían sobre esa edad; lo más probable es que aún lo llevaran puesto. Si encontráramos algo más, podríamos cotejarlo de inmediato.

—Yo me encargo. En cuanto sepamos seguro a quién pertenecen los huesos que hemos encontrado. Sabine ya está poniéndose en contacto con familias que perdieron a un niño en esa época.

—No le envidio el trabajo —dijo Jo casi para sí mismo.

—¿Se lo has dicho ya a tu amiga? —Gabriella lo miraba con preocupación. Los otros dos no parecían saber de qué hablaba.

—Sí. Carola ya lo sabe y espero que venga pronto a que le tomen una muestra.

Dio una doble palmada sobre la mesa y se puso en pie.

—¡Venga! ¡A trabajar!

8

*E*n cuanto volvió a la calle, dejando atrás al que fuera su marido, Carola tuvo que pararse un momento, apoyarse en la pared y hacer un par de inspiraciones profundas. No quería entrar por el camino esotérico que se estaba abriendo frente a ella, pero ¡sería tan hermoso que de verdad su pequeña hubiese encontrado una forma de comunicarse con ellos desde el otro mundo y pudiera guiarlos para que la recogieran y la llevaran a casa!

Se abrazó a sí misma frotándose los brazos, aunque el frío era lo de menos. Sentía de nuevo esa necesidad de cariño, de que otra persona la tocara, le prometiera que todo saldría bien, la mimara un poco... ¡Estaba tan harta de ser la mujer fuerte, autosuficiente, a la que todos pedían consejo y ayuda y a la que olvidaban en cuanto dejaban de necesitarla!

Pero tenía que reconocer que ella tampoco se dejaba querer particularmente bien, porque en cuanto alguien quería darle justo lo que estaba buscando —ese mimo, ese cariño, esa preocupación por ella—, lo primero que hacía era decirle lo que tenía que hacer —por su bien— y eso le hacía desarrollar una especie de reacción alérgica: ¿cómo se atrevía ese alguien a decirle lo que le convenía, lo que podía y no podía hacer?

La cosa no tenía solución. No es posible ser independiente a medias. O eres libre y haces lo que te da la gana, pero estás más sola que la una, o te supeditas a alguien, al menos parcialmente, y entregas tu libertad a cambio de cariño, o tal vez solo de un poco de compañía. ¡Qué triste! ¡Y qué pereza!

Caminó apenas dos calles y entró en un pub. De repente le había apetecido tomar un par de taponazos para acallar esa estúpida voz interior que se empeñaba en rebelarse. Sonrió con un punto de amargura pensando que si estuviera con alguien que se preocupara de ella, ahora no estaría en el bar a punto de tomarse lo que se le había ocurrido. Ese alguien le habría dicho que el alcohol no es la solución, que no podía arruinarse la salud solo porque tuviera problemas, que los superarían juntos… todas esas cosas que se dicen con la mejor intención de ayudar y acaban jodiéndote la existencia.

Dudó un momento entre vodka y tequila y acabó eligiendo el vodka. Tenía más tradición en su vida y había menos probabilidades de que le diera acidez.

Había un par de tipos en la barra bebiendo whisky, comentando vaciedades, y comiendo desganadamente cacahuetes de un cuenco de cristal donde se reflejaba la luz del foco que los iluminaba desde arriba; unos cacahuetes absolutamente glamurosos y solitarios, como el pub, que parecía sacado de un cuadro de Hopper. Le vino a la cabeza un verso de la canción de Billy Joel: «*They're sharing a drink that's called loneliness, but it's better than drinking alone*».

No estaba segura de que fuera mejor beber en compañía que beber sola. No estaba para charlas. Si alguien le hubiera dirigido la palabra en ese momento, lo habría mandado al carajo.

Sacó el móvil por inercia y lo dejó junto a su minúsculo vaso, el segundo. El primero, helado y fragante, había desaparecido en su estómago nada más acomodarse en el taburete.

¿Quería llamar a Wolf y contarle lo que le había dicho Juanma? Pensaría que estaba loca, que estaba otra vez agarrándose a todos los clavos que ardían en las paredes de su cárcel y haría todo lo posible para quitarle la idea que, de todos modos, no tenía. ¿Cómo iba a creer ella realmente —siendo quien era, Carola Rey Rojo, comisaria de policía— que Alma trataba de comunicarse desde el Más Allá? O, mucho peor, ¿cómo iba a creer que aquella niña que Juanma había creído ver era de verdad su hija, detenida en el tiempo como en una novela fantástica?

Pero era tentador… muy tentador… verla otra vez… verla viva y alegre, no muerta girando en un tiovivo como en sus pesadillas. Daba igual que no fuera verdad, que fuera un fantasma, que se estuviera volviendo loca… Verla otra vez. ¿Qué estaría dispuesta a dar por volver a abrazarla, por verla otra vez? Cualquier cosa. Cualquier cosa.

Se tomó el vodka de un solo trago y, con un gesto de la mano, pidió otro. Se quitó la bufanda, que empezaba a darle calor.

En el televisor, olvidado en una esquina, con el volumen al mínimo, vio unas imágenes espeluznantes, aunque muy breves: una foto de una fosa con varios esqueletos muy pequeños, una panorámica a un jardín suburbano, una presentadora con los labios muy rojos hablando sin voz mientras debajo de la imagen pasaban un texto: «Ocho esqueletos infantiles encontrados en Meidling. La policía solicita información» y un número de teléfono.

Se pasó la mano por la frente que de un momento a otro se le había puesto fría y húmeda.

Casi sin darse cuenta marcó el número de Wolf, que lo cogió de inmediato.

—Acabo de verlo por la tele.

—Sí. ¡Menuda mierda! Ahora está aquello hecho un circo.

—¿Cómo han conseguido esa foto?

—Pues como siempre, colega, por alguien que necesitaba un dinerillo extra y ha pensado que no era gran cosa, que igual se iban a enterar antes o después.

—Y yo que pensaba que esas cosas solo pasaban en España.

—¡Ja!

—¿Cuándo puedo verlas yo? Las fotos.

—No sé, Carola. Ahora no puede ser. Te llamo mañana y vemos. Además, tienes que venir a dejar una muestra de ADN.

—De acuerdo. Me acerco mañana.

—¿Dónde estás, en casa?

—No. Por ahí. Se me caía la casa encima.

—Me encantaría acompañarte, pero vamos ciegos.

—Ya me hago cargo.

De hecho, no había nada más que decir, pero era agradable notar el suave mareo del alcohol que desdibujaba un poco las cosas y les quitaba las aristas más cortantes, oír la voz de Wolf en la oreja sin que él pudiera verla.

—He hablado con Konrad —dijo él, cuando Carola pensaba que ya iba a colgar—. Dice que la amiga de tu hijo jura y perjura que ella no ha tenido nada que ver con lo de la droga y que está segura de que eres tú quien le ha metido el paquete en la maleta para separarla de Julio.

–¿Qué va a decir ella? ¿No pensarías que iba a confesar sin más? Está tratando de echarle la culpa a quien sea. Igual, dentro de nada, empieza a decir que ha sido Julio.

—Tenemos la evidencia de que la droga la llevaba ella. Con eso debería bastar. Te tendré al tanto.

—Gracias, Wolf.

—Anda, vete a casa. Se te nota cansada y me parece que ya has bebido bastante.

«¿Cómo que cansada? ¿Cómo que me vaya a casa, como si fuera una ancianita o una niña que no sabe lo que le conviene? ¡Serás cretino! Yo me voy cuando me da la gana, y me bebo lo que me da la gana cuando quiero.» Carola se tuvo que morder los labios para no morderle a él con su respuesta. Era justo lo que acababa de pensar antes: cuando alguien se molestaba en ser amable con ella y darle un consejo por su bien, su primera reacción era mandarlo a tomar por culo.

—Una copa más y me voy. Andando, así con el frío se me pasa.

Hubo una pausa.

—¿Hay algo más, Carola? —preguntó él en un tono que dejaba claro que sabía que le pasaba algo.

—No. Nada. Ya hablaremos. Hasta mañana.

9

*A*ltmann colgó con una cierta preocupación. Era evidente que Carola había estado bebiendo en serio, pero podía deberse al descubrimiento de la fosa de los niños. No quería ni imaginarse las vueltas que le estaría dando en la cabeza a la posibilidad de llegar a saber qué le sucedió a su hija veintisiete años después de su desaparición, y a la vez, la otra opción: que ninguno de esos restos perteneciera a la suya y el misterio nunca acabara de resolverse.

Jo asomó la cabeza a su despacho.

—Jefe, me voy ya, si te parece bien. —Estaba pálido y todo lo despeinado que resultaba posible con un pelo de dos centímetros.

—Reúne a la gente, haz el favor. Cinco minutos y nos vamos todos.

—Okay.

Un momento después, Wolf tenía delante a su equipo completo: tres personas con ojeras, pelos revueltos y pieles grisáceas.

—A ver, resumen de lo que haya habido a lo largo del día y nos largamos cada uno a su casa.

—Te lo resumo yo en una palabra, viejo —dijo Gabriella rascándose la cabeza con el lápiz—. Nada. *Niente. Nichts.*

—Vale, entonces. Todo el mundo a dormir. Mañana, más.

10

$\mathcal{A}$ pesar de la larga caminata a cero grados, no se encontraba tan despejada como había pensado.

Nada más abrir la puerta de la casa, Carola sintió algo que no pudo definir. Quizá un ligero olor desconocido, o una vibración, o algún sonido lejano procedente del desván. Echó la mano a la cinturilla de los pantalones y enseguida notó cómo el alivio le recorría todo el cuerpo. Allí estaba la pipa que había comprado la noche anterior. No pensaba usarla, pero era estupendo tenerla a mano. Simplemente saber que estaba ahí ya le daba ánimos.

El día anterior la había sorprendido la visita de Toussaint y, aunque le había prometido desaparecer de nuevo una temporada, no estaba segura de poder fiarse de él. La bolsa de deporte con la que lo había acompañado a tomar el taxi pesaba lo suyo, pero ni ella preguntó qué había sacado de la casa, ni él se lo contó. Tendría que echar una mirada a ver si el famoso huevo, falso o no, estaba en su sitio y algunos de los libros más valiosos, de los que se pueden convertir en efectivo con rapidez.

Entró en la biblioteca, encendió las luces y echó una mirada alrededor. Todo parecía estar bien. Los volúmenes especiales seguían en la caja donde ella los había puesto. En otra, las obras que, siendo interesantes, no eran tan valiosas y en otra las que le interesaban a ella personalmente y le apetecía hojear antes de que desaparecieran. Aunque Santos le había dicho que podía volver a guardarlos, que él no pensaba deshacer la biblioteca del que fuera su amigo… Quizá podría ponerse a ello por la mañana, o incluso quedarse con algún libro que le apeteciera mucho. Estaba segura de que a Santos le iba a dar igual. No daba la sensación de que fuera hombre de libros.

Por un instante pensó en acercarse a la casita a comprobar si había borrado las grabaciones o seguían estando allí al alcance de cualquiera, pero no tenía ganas de nada; aunque el alcohol le daba un agradable calorcillo, le quitaba las ganas de actividad. Era evidente que Santos las había copiado para poder chantajearla, tanto si las había dejado visibles en el disco duro como si no. Ahora no era momento. Con lo de Juanma ya tenía bastante.

Se quitó el abrigo, pensó en tomar otro vodka y al final fue a servirse una copa de vino, cogió el libro que más arriba estaba en la pila —*El Aleph*, de Jorge Luis Borges, en una bella edición de cuero azul noche— y, justo cuando estaba a punto de subir a su cuarto a leerlo tumbada en la cama para no tener que pensar en lo que había estado hablando con Juanma, creyó oír un ruido procedente del piso superior.

Sacó el móvil de la mochila y se lo pasó al bolsillo, quitándole el sonido y dándose cuenta de que tenía un mensaje de Wolf y otro de Julio. Podían esperar. Metió en la mochila el libro que llevaba aún en la mano, se puso en pie y, muy despacio, sacó la pistola y se quedó quieta, escuchando. Un frote de pasos en el piso de arriba. ¿Habría vuelto Santos?

Estaba aún decidiendo si subir a investigar cuando de repente toda la casa se llenó de un sonido feroz que le puso los pelos de punta en un segundo. Nunca había oído nada igual. No podía compararlo con nada. Era una especie de rugido de fiera, como la voz de un dragón que se hubiera dado cuenta de golpe de que la doncella que tenía prisionera había huido con todo su oro, un grito de rabia y de dolor que, a la vez, tenía algo de musical y melancólico, algo atrayente que la llamaba, que le hablaba a ella directamente, que le pedía que subiera a encontrarse con la criatura que rugía y cantaba y sollozaba así. Luego, de un segundo a otro, el sonido se volvió más estridente, más metálico, subiendo imparable hacia un agudo que le ponía los dientes sensibles y, justo cuando pensaba que no podría resistir más esa progresión, después de un segundo de pausa, un sonido bajo profundo, grave y oscuro como si saliera de las más negras cloacas reptando hacia ella. Era como la banda sonora de una película de terror en el espacio.

Sacudió la cabeza con fuerza tratando de despejarse. ¿Qué demonios podía ser lo que producía aquellos sonidos? ¿Era posible que se tratara de un animal encerrado en el desván que había conseguido liberarse? No podía quedarse allí, protegiéndose con una estúpida pistola de algo que sonaba como un dinosaurio rabioso; aunque tampoco era posible que hubiese un dinosaurio rabioso en una casa, y mucho menos en una casa como aquella, que era el epítome del orden y el control.

Sin embargo... era absurdo quedarse allí, esperando que se acercara un peligro, y más idiota aún acercarse voluntariamente a él.

El sonido era aterrador y, al mismo tiempo, ahora ya no sonaba como el aliento de un animal. Ahora de pronto tenía una cualidad mágica, fantástica, algo que la hacía sentirse como si estuviera perdida en el bosque primigenio y a punto de encontrarse con el monstruo que recorre el laberinto de árboles y huesos pelados buscando a su presa; pero ese monstruo no era un animal.

Se vio a sí misma como si se estuviera viendo desde fuera, con las dos manos agarrotadas en la culata de la pistola, apuntando hacia arriba, hacia la oscuridad, y justo cuando estaba a punto de darse la vuelta y salir de nuevo a la calle, a tratar de pensar con claridad, el sonido cesó.

Cesó, pero quedó reverberando en sus oídos, como un mensaje en una lengua extraña que estuviera a punto de poder comprender. Ahora lo que dolía era el silencio, un hueco en su pecho que no se podía llenar.

Sin saber bien lo que hacía, empezó a subir lentamente, peldaño a peldaño, poniendo los dos pies en el mismo antes de intentar llegar al siguiente, sin quitar los ojos de las profundidades del pasillo, a cuyo fondo se adivinaba un fulgor amarillento, como de una vela o un farol.

Paso a paso, mirando de vez en cuando por encima del hombro, llegó a la salita de música, donde brillaba la luz dorada, y asomó la cabeza. Se le acababa de ocurrir que quizá Santos, antes de marcharse, hubiese dejado una grabación sonora programada para la noche siguiente a su partida. Una broma de decidido mal gusto, pero una broma al fin y al cabo.

Alargó la mano y encendió la luz.

$\mathcal{U}$n hombre alto, vestido de negro, con unos pantalones anchos, un suéter fino y ajustado y una especie de fajín, también negro, estaba de espaldas a ella, junto al enorme gong que ella había admirado en su primera visita a la casa. En la mano derecha llevaba una especie de baqueta grande y peluda y en la izquierda una más pequeña con un cabezal de goma roja.

Antes de que ella pudiera decir nada, el hombre dejó las dos baquetas y se giró hacia ella.

—Buenas noches. ¿Puedo preguntar quién es usted y qué hace en mi casa? Eso no será necesario —añadió, indicando con un gesto de la cabeza la pistola que llevaba en la mano.

Carola se quedó mirándolo como hipnotizada por su presencia. Aquel era el hombre de las fotos que estaban por toda la casa. Aquel hombre, con los ojos brillantes, la mirada intensa, los pómulos marcados y la cara angulosa y bronceada era el difunto Jacobo Valdetoro. Solo que estaba vivo.

Ella, sintiéndose torpe e inadecuada, guardó la pistola en la parte de atrás de sus pantalones y avanzó hacia él tendiéndole la mano.

—Doctora Rey Rojo —se presentó—. Carola Rey Rojo.

—¿Amiga de mi hermano Javier, supongo?

Ella sacudió la cabeza.

—No, no mucho, más bien conocida.

—Pues no quisiera ser maleducado, pero me gustaría saber qué hace usted aquí a estas horas, Carola.

—Llevo casi tres meses viviendo aquí por encargo de su hermano. Inventariando la biblioteca.

—¡Ah, claro! Era de suponer... y dígame... ¿ha malvendido ya todo lo que había?

—No, no, puede estar tranquilo, todo sigue en su lugar. Es decir, todo está en la casa, pero ahora más bien en el suelo y en varias cajas.

—No sabe cuánto me alegro.

Era absolutamente absurdo estar hablando así con un hombre que oficialmente estaba muerto. Ni siquiera podía estar segura de que fuera él y no alguien que trataba de hacerse pasar por el difunto. Aunque la intensidad de su mirada era la misma que le había llamado la atención en las fotos y la tensión de su cuerpo, una especie de tensión relajada, por curiosa que resultara la combinación, era también la misma, como si estuviera siempre listo para saltar, igual que un tigre en reposo.

—¿Me permite ofrecerle algo de beber, Carola? ¿O prefiere que la llame doctora? Venga conmigo, bajemos.

—¿Era ese el instrumento que estaba tocando, señor Valdetoro?

—Sí, uno de mis favoritos.

—No sabía que se pudiera tocar el gong.

—Es un tamtam y, como ha oído, se puede, aunque le aseguro que no es fácil; hace falta una sensibilidad especial, sobre todo para combinar los graves con los agudos, para las transiciones. Me gusta hacerlo sonar como el aliento de un dragón.

—Pues lo ha conseguido. Es escalofriante —dijo ella, con total sinceridad.

—Sí. Eso es lo que más me gusta. ¿Bajamos?

Deseando no haber bebido tanto, Carola siguió a Chuy por las escaleras. Llevaba tres meses viviendo allí, pero de pronto la sensación era diferente, como si se hubiera producido un sutil cambio de escenario. La casa parecía adaptarse a él como una vestimenta, un manto que se ajustara a sus formas y ondeara a su paso. Jacobo Valdetoro era uno de esos hombres que siempre parecen llevar una capa que se mueve a su alrededor con un viento que no afecta a los demás. Cojeaba ligeramente, aunque hacía lo posible por disimularlo y, de vez en cuando, tensaba el hombro derecho o se lo frotaba como sin darle importancia.

—¿Tanto le sorprende verme? —preguntó el dueño de la casa mientras descorchaba una botella de tinto, sacada de un armario con temperatura controlada que Carola no había tocado nunca, aunque sabía de su existencia.

—Se supone que lleva usted tres meses muerto.

—Eso pensé yo también durante un par de semanas. Casi no recuerdo nada, salvo el dolor. Debí de rompérmelo todo en ese maldito accidente, y Tailandia no es un país famoso por su pericia médica. A pesar de ello, han conseguido salvarme, como ve.

—¿Lo sabe ya Javier?

Jacobo se giró hacia ella tendiéndole una copa. Su sonrisa era cálida, pícara y llena de algo a lo que no consiguió poner nombre, algo que bordeaba la crueldad.

—Quiero darle una sorpresa. En persona. Le ruego que, hasta entonces, guarde silencio sobre mi regreso.

Carola asintió con la cabeza. Él le ofreció la copa para brindar, chocaron los bordes con un delicioso tintineo de cristal y ambos bebieron.

—Supongo que se habrá dado cuenta de que Javier y yo no somos los mejores amigos, ¿no es cierto? Siempre me tuvo mucha envidia, y me figuro que ahora ha disfrutado enormemente de creerse dueño de todos mis tesoros durante unas semanas... —Dejó en suspenso la frase, esperando que ella la completara. Por un segundo, Carola pensó hacerlo; luego prefirió mantener la neutralidad.

—No sé decirle. No ha venido por aquí desde que me abrió la casa y me explicó el trabajo.

El rostro de Jacobo se ensombreció.

—Curioso... ¿Y Santos? Supongo que lo ha conocido.

—Sí, al principio. Luego se marchó a Tailandia, a repatriar su cadáver.

—¿Y no lo ha vuelto a ver?

—Me ha parecido una persona muy misteriosa, si quiere que le sea sincera.

Si Jacobo se dio cuenta de que no había respondido a su pregunta, no lo mostró.

—Lo es, lo es... como todas las personas que valen la pena. Dígame, Carola, si no es un secreto, ¿a qué se dedica usted?

—Soy psicóloga. Infantil —añadió tras una pequeña pausa—. Traumas en general. Por abandono, por abuso... lo normal.

—En ese caso, aún entiendo menos qué hace usted aquí.

—He tenido una mala racha. Necesitaba airearme. Me surgió esto y me apunté para cambiar de aires.

—Pero… no me malentienda, Carola, no quiero ofenderla, ¿por qué la ha elegido Javier? Esto no tiene nada que ver con su especialidad profesional.

—Hice Biblioteconomía y Documentción hace siglos y, durante la carrera de Psicología, me ganaba un sueldecillo trabajando en la biblioteca de la Facultad de Filosofía y Letras en Valencia. Eso debió de parecerle bastante a su hermano. Aparte de que tenemos amigos comunes.

Estaban de pie en la cocina, pero Jacobo empezó a moverse lentamente hasta que acabaron en el pequeño invernadero junto al vestíbulo, el de los muebles de ratán con vistas al jardín.

—Dígame, Carola, ¿no hay nada en concreto que mi hermano le haya pedido que busque?

Ella sacudió la cabeza en una negativa antes de tomar otro trago. Aquel vino era espectacular, pero el vodka de antes hacía que lo apreciase menos de lo que se merecía el caldo.

—Fíjese que me cuesta de creer…

—Será que Javier no se fía mucho de mí —contestó Carola con una sonrisa, como quitándole hierro a lo que acababa de decir.

—Mi hermano es un imbécil, querida doctora, no se le habrá pasado por alto, pero tiene un componente de astucia que es, junto con la fortuna familiar, lo que le ha permitido medrar en la carrera diplomática. Javier no se fía de nadie.

—Eso suele ser propio de personas inteligentes. Y de criminales, claro.

—Cosas que no tienen por qué estar reñidas.

Ambos sonrieron. Jacobo se sentó en uno de los sillones, de cara al vestíbulo oscuro.

—Es bueno estar en casa —dijo, pasando la vista por todo lo que los rodeaba, casi como si lo acariciara con los ojos—. Pensé que no volvería.

Los dos bebieron en silencio.

—Para serle sincero, al principio me ha molestado encontrarla aquí, pero ahora me alegra su compañía.

—Igualmente.

Él se echó a reír.

—Aprecio su sinceridad. ¿Le importaría decirme qué clase de psicóloga infantil lleva una pistola en el cinturón? —Hizo la pregunta de golpe, para pillarla desprevenida, pero Carola tenía demasiada experiencia en interrogatorios como para caer en la trampa.

—La gente con la que trato no siempre es de fiar. Por lo que decíamos hace un momento. Como dicen los ingleses, *better safe than sorry*. Tengo permiso de armas y me siento más segura si tengo una a mano. Supongo que igual que usted. Por las fotos que adornan esta casa, imagino que usted también tiene bastante experiencia en armas de fuego y en situaciones peligrosas.

—*Touché*, queridísima.

Carola se puso de pie, dejando la copa en la mesita baja.

—Si me perdona, Jacobo, tengo que retirarme. Hoy ha sido un día muy largo. Mañana recogeré mis cosas.

—No hay prisa —dijo él, poniéndose también en pie—. La casa es grande. Ya hablaremos mañana. Buenas noches.

Se estrecharon la mano y, ya estaba Carola al pie de la escalera después de haber recogido su abrigo y su mochila de la biblioteca, cuando Jacobo volvió a hablar.

—¿Sabe qué ha pasado con la limpieza de esta casa? Está hecha una pocilga. Lamento que haya tenido que vivir así.

Ella tardó un segundo en responder, después de decidir que no le hablaría de Flor.

—Supongo que su hermano anularía el contrato con la empresa de limpieza. Yo me he limitado a limpiar lo poco que ensucio.

—No vuelva a hacerlo. Faltaría más, doctora. Me ocuparé de ello mañana. Que descanse.

Desde la mitad de la escalera, la salita tropical brillaba amarillenta y cálida como una gota de ámbar, con las hojas de las palmeras silueteadas en negro sobre los cristales que daban al jardín y ahora, con la negrura exterior, eran espejos que reflejaban el vestíbulo, las grandes figuras de piedra, las feroces expresiones de las tallas de madera. En ese exótico escenario, la silueta de Chuy, de pie y mirándola, aunque el contraluz ya no le permitiera a ella verle los ojos, era un tótem inescrutable de algún pueblo desaparecido.

$\mathcal{M}$arkus Graf, acompañado de uno de los colegas más jóvenes, Bernhard Moritz, después de dar muchos tumbos, había conseguido llegar adonde el chatarrero le había indicado, pero de momento no tenía muy claro si había querido tomarle el pelo o si eran ellos los que se habían equivocado siguiendo las explicaciones más bien confusas que habían recibido.

Después de haber agotado todos los nombres de la lista de mecánicos, desguaces y chatarreros, en el último parecían haber tenido un golpe de suerte. El dueño, un tipo de unos cincuenta años, flaco y fibroso como un perro callejero, les había contado una historia interesante: se acordaba de aquella furgoneta blanca que andaban buscando, la Renault 4 F6, porque, gracias a ella, su padre le había podido ayudar a pagar la entrada de un piso de protección oficial cuando él tenía veinticinco años y estaba a punto de casarse. Había sido todo pura casualidad, les contó.

Llevaba ya bastante tiempo trabajando con su padre en el desguace, aunque también tenían un pequeño taller mecánico que era el que heredaría en cuanto el viejo decidiera jubilarse. Un día apareció por allí un tipo grande, muy mayor, con gafas oscuras y pelo blanquísimo que hablaba bien alemán, pero con acento extranjero. Les dijo que había decidido dejar de conducir y que no quería que nadie se quedara la furgoneta que lo había acompañado durante tantos años. Les ofreció dos mil euros por destruirla allí mismo, frente a sus ojos, y ya habían salido al patio para indicarle al hombre dónde tenía que colocar el vehículo cuando de repente empezó a sonarle una música electrónica en el maletín que llevaba y sacó un teléfono móvil. Esos aparatos, entonces, aún eran una novedad y por eso se acordaba. Se apartó unos pasos, habló apenas un minuto y dijo que tenía que marcharse, pero que confiaba en que cumplieran sus instrucciones y que volvería para comprobarlo. Le dejó a su padre dos mil euros en mano, salió a la calle y fue recogido por un Toyota azul noche. No lo volvieron a ver.

Al día siguiente, un mecánico con el que tenían amistad y que era un gran coleccionista de coches antiguos vio el R4 en el patio del desguace y preguntó cuánto pedían por él. Se arreglaron en seis mil euros y el nuevo dueño se lo llevó a la nave donde guardaba sus adquisiciones y que tenía la esperanza de convertir poco a poco en un museo.

Por eso estaban ahora ellos allí, en ese polígono industrial donde se suponía que encontrarían la colección de vehículos antiguos de Rolf Huber.

Por fortuna, Sabine había hecho averiguaciones *online* y pudo guiarlos por teléfono hasta que consiguieron llegar a una nave grande y destartalada a la que se accedía por una escalera de hormigón. Tocaron a la puerta de hierro pintada de azul y al cabo de unos segundos les abrió un hombre mayor de aspecto jovial y el pelo tan blanco que parecía una peluca de bazar chino.

—¿*Herr* Huber?

—¿Han venido a ver mis coches? —preguntó con una sonrisa de satisfacción.

Los policías cruzaron una mirada, Graf enseñó su placa y, brevemente, explicó el motivo de la visita.

—Pasen, pasen. Creo que puedo darles buenas noticias.

Subió un conmutador en la pared y de pronto todo el espacio se inundó de luz. El policía joven soltó un silbido de admiración. Había unos veinte coches de todos los estilos, en perfecto estado de conservación, refulgentes, casi todos de más de treinta años de antigüedad.

—¿Ese es un Fiat Spider? —preguntó Moritz, con un evidente tono de admiración, señalando un descapotable amarillo.

—Exactamente. Muy buen ojo. Un Fiat Spider de los años sesenta. ¡Y funciona! Todos funcionan, esa es la gracia.

—¿Entiendes de coches? —preguntó Markus a su compañero, sorprendido.

—Un poco —dijo modestamente, bajando la vista. Ahora se daba cuenta de que quizá había sido poco profesional demostrar así su entusiasmo y sus conocimientos en un área que no era más que un *hobby*.

—Vengan conmigo. Les enseñaré el que les interesa.

Estaba al fondo, en una zona donde los vehículos no eran tan esplendorosos como los de delante y parecían más bien dedicados a carga y transporte de mercancías. El que ellos buscaban era una furgoneta pequeña, muy cuadrada, blanca, con matrícula de Viena. Toda la parte de detrás era de metal, cerrada, sin cristales. Era un coche evidentemente antiguo, pero tan limpio y brillante como si acabara de salir de fábrica. «Si lo ha limpiado por dentro igual de bien, no nos va a servir de nada», pensó Markus.

—¿Me permite una pregunta, señor Huber? —dijo Moritz—. ¿Por qué compró esta furgoneta, tan poco glamurosa, cuando tiene todas esas maravillas?

El hombre sonrió.

—Les va a hacer gracia. Mi mujer es francesa; antes íbamos mucho a Francia, y a mí me encantaban algunos de los coches más emblemáticos, como ese Tiburón que ven ahí y que fue nuestro coche durante bastante tiempo a principios de los años setenta. Este Renault me interesaba especialmente porque es un vehículo que durante muchos años fue el coche de carga oficial de Correos en Francia y... ahí entran ustedes, también fue elegido como coche de la gendarmería francesa y de la Guardia Civil española hasta bien entrados los años noventa. ¿Y saben por qué lo eligieron en Francia?

—Bueno... —empezó el policía más joven—, era un coche muy duro, muy resistente, no se oxidaba con facilidad...

—¡Y era el único con la altura interior necesaria para que los gendarmes pudieran estar sentados dentro con la gorra puesta! Se acordarán de lo altas que eran las gorras de los gendarmes franceses —terminó Huber con una carcajada. Vio en sus rostros perplejos que no conseguían decidir si era una broma o no y continuó—: ¡Les juro que es la pura verdad!

Los tres se rieron. Al cabo de un momento, Graf volvió a ponerse serio.

—Lamento decírselo, *Herr* Huber, pero vamos a tener que llevarnos su R4. Nuestro equipo científico se lo devolverá cuando hayan terminado de analizarlo.

—¿Qué esperan encontrar después de veinte años que hace que lo traje aquí?

—No hay muchas esperanzas, cierto, pero hay que intentarlo.

—¿Tiene que ver con el caso ese de los niños que sale por la tele? —preguntó el hombre, repentinamente serio.

—Lo siento. No podemos decirle nada.

—Si sirve para que cojan al hijo de puta que mató a esos niños, pueden hacer lo que quieran con mi coche.

—Gracias, *Herr* Huber. Ojalá todo el mundo reaccionara como usted.

13

*N*ada más despertarse, con la boca amarga y un dolor de cabeza que le daba golpes en la frente y que, sin tener que pensarlo mucho, atribuyó al alcohol de la noche anterior, Carola cogió el móvil, que había estado en silencio, y vio que Julio la había llamado seis veces. «Increíble cómo cambian las cosas cuando es él quien me necesita a mí», pensó con sorna y una cierta amargura.

Por primera vez en su vida, la idea de tener que hablar con su hijo le resultaba desagradable y precisamente por eso, para no posponer el momento, marcó su número. Cuanto antes se lo quitara de encima, mejor.

—¡Ya iba siendo hora! —fue su manera de saludarla.

—Sí, Julio, yo también te quiero. Dime.

—Dice Sheila que el abogado de oficio que le han adjudicado es una mierda y que así no conseguirá jamás librarse de la cárcel.

—Pues lo mismo tiene razón... pero ¿qué quieres que haga yo?

—¿No podemos pagarle uno bueno?

Si no fuera porque sabía que se lo tomaría muy a mal, se habría echado a reír.

—¿Tú qué crees que soy yo, hijo? ¿El Banco de España?

—Tenemos dinero, mamá. Podemos permitírnoslo.

—¿Ah, sí?

—Es mi novia. Está donde está por mi culpa. Tenemos que ayudarla.

—Tú no tienes culpa de nada.

—Yo me empeñé en llevarla a Viena.

—En ese plan, la culpa de sus desgracias será de su padre y de su madre, que la trajeron al mundo.

—No estoy de humor para tus genialidades, mamá. ¿Nos vas a ayudar o no?

Carola guardó silencio. No acababa de comprender que su hijo, en un par de meses que había pasado sin relacionarse con ella todos los días, hubiese podido cambiar tanto.

—Tengo que pensarlo, Julio. Ni siquiera tengo idea de cuánto puede costar un abogado privado en Austria... porque la muchacha no tendrá ningún tipo de seguro para asuntos legales, supongo.

—Las personas decentes no tienen ese tipo de seguros.

—Yo soy decente y tengo; y tú también.

Julio se quedó sin habla. Al cabo de un momento se recuperó y enseguida preguntó algo que hizo comprender a Carola lo que ya sabía: que su hijo era muy rápido de mente.

—¿Y si estuviéramos casados, la cubriría a ella?

Carola no tenía ni idea, pero contestó de inmediato.

—No creo. Tú estabas con mi seguro y la verdad es que, al ser ahora mayor de edad, lo más probable es que no te cubra a ti tampoco. Tengo que mirarlo.

—Hay que hacer algo ya, mamá. ¡Ya! ¿Me oyes?

—Pensaba que Sheila te había dicho que no quería saber nada más de ti...

—Está asustada, no habla la lengua, no tiene a nadie... Es normal que diga cosas que no piensa.

Eso era verdad, pero no quería estimular en su hijo esa vía de pensamiento empático y solidario, de modo que prefirió callarse.

—Prométeme que la vamos a ayudar, mamá. Es muy importante para mí. Mira... Si le echas una mano, no volveré a nombrar lo de la herencia.

La desfachatez de Julio la dejó sin aliento. Lo que acababa de decir era un chantaje en toda regla, aunque seguramente no era así como él lo veía.

—Déjame pensarlo y ver unas cuantas cosas. Ya te llamaré.

—Gracias, mami. ¡Ah, y gracias por los regalos! ¿Los metiste tú en la maleta o se los diste a Sheila para darme a mí la sorpresa?

Seguramente era una pregunta inocente, pero al verse reflejada en el espejo del tocador y darse cuenta de la cara que se le había puesto, decidió no contestar.

—Julio, hijo, me está entrando otra llamada —mintió—. Te llamo en cuanto averigüe un par de cosas.

Colgó sin darle tiempo a nada más y se quedó sentada en el borde de la cama, como si acabara de tener un accidente, como si la hubiese arrollado un vehículo que no había visto venir.

14

Gabriella tocó con los nudillos en el cristal de la puerta, abrió unos centímetros y asomó la cabeza.

—Wolf, ¿me acompañas a ver a Johannes Werner-Krack?

Altmann levantó la vista de los papeles que cubrían su mesa, la miró y por un segundo no supo ni quién era. Había estado muy concentrado persiguiendo un pensamiento que le había venido durante la noche y que luego se le había escapado; por eso se le había ocurrido llenar la mesa de papeles y fotos con la esperanza de que alguno de ellos le trajera de nuevo aquella escurridiza idea.

—¿Quién coño es Johannes Werner-Krack?

—Su Señoría Dr. Johannes Werner-Krack, *in Ruhe,* fue juez del Supremo y lleva siglos jubilado.

Wolf hizo una especie de molinete con la mano, indicando que necesitaba más explicaciones.

—Hace un montón de años, nuestro hombre, Charles Walker, fue guardaespaldas suyo en una convención de jueces que se celebró en Ginebra y donde había habido un aviso de terrorismo. Supongo que no se acordará del tipo y que, de todas formas, no hay nada que rascar, pero como de la famosa lista de gente que conoció a Walker solo quedan dos vivos, he pensado que tampoco pierdo nada visitándolo.

—Yo también lo veo así.

—Entonces, ¿vienes? He llamado a su hijo, me ha dado la dirección de la residencia donde vive y me ha pedido que vaya temprano porque luego o está ya muy cansado o lo confunde todo. Pensaba llevarme a Jo, pero ha salido persiguiendo al camionero que en sus años mozos, cuando trabajaba en el CARLA, vació la casa de Walker.

—Venga, te acompaño. A ver qué nos cuenta. A todo esto, ¿cuántos años tiene?

—Noventa y dos, y, según su hijo, hay que tomarlo con resignación si le da por gritarnos. Y siempre, pero siempre, siempre, dirigirnos a él como «Señoría».

—¡Joder!

Ella se encogió de hombros. Cosas peores había tenido que hacer para tener contento a quien tenía respuestas a sus preguntas.

El patio de la comisaría estaba desierto, las rachas de viento levantaban la poca nieve que había caído durante la noche y que, si el tiempo seguía así, acabaría por endurecerse en montones congelados y crujientes cuando las ruedas de los coches la aplastaran. Había empezado a nevar suavemente, copos diminutos, persistentes, que aún no blanqueaban el suelo, pero acabarían por conseguirlo.

—Cada vez me da más asco el invierno —protestó Wolf, dando un buen tirón a la portezuela del coche, que se había quedado pegada con el frío.

—Pues tú aún tienes la esperanza de irte a un sitio más cálido cuando te jubiles, viejo. A mí me quedan más de treinta años.

Ya llevaban un par de minutos en el coche, con la calefacción a tope, cuando Wolf comentó.

—No me llames «viejo» más que cuando estamos solos, Gabriella. Por favor.

Ella se volvió hacia él, dolida.

—Sabes que no es con mala intención. Lo he hecho toda la vida.

—Lo sé, pero me han dicho que en comisaría se comenta que mi gente no me tiene respeto y que yo me dejo. Sé que no es verdad, pero tampoco cuesta tanto que nadie tenga nada que decir.

—No querrás que te llamemos «comisario» o «jefe» de repente, ¿no?

—Claro que no. Solo cuando haya jefes o periodistas presentes. Ahora estamos en el punto de mira de mucha gente y el protocolo es importante.

—Lo que tú digas. —Se notaba que estaba molesta, pero por supuesto obedecería.

—Se lo comentaré también a los demás, al volver.

Ella apretó los labios y no contestó.

—Siempre he pensado que cuando uno necesita un título para ser alguien, es que realmente no es nadie, ni con título ni sin él. No se trata de que yo, de repente, quiera títulos.

Gabriella siguió callada, mirando por la ventanilla con la cabeza girada a la derecha. Al cabo de unos minutos de tráfico caótico, porque los vieneses parecen volverse locos en cuanto caen dos centímetros de nieve, a pesar de que deberían tener costumbre, Wolf volvió al tema.

—Mira, Gabriella, a mí me la pela cómo me llaméis. Incluso le veo cierta gracia a lo de «viejo»; me llaman así desde los cuarenta años, y de eso ya hace tiempo…, pero no quiero que se interprete como una falta de respeto. No nos conviene a ninguno, ni a mí ni a vosotros.

Ella siguió en silencio.

—Imagínate —insistió Wolf— que llegas a ser comisaria y, por lo que sea, porque te conoce desde siempre, o te tiene cariño, o le encanta tomarte el pelo, hay un subinspector joven al que le da por llamarte Gaby, o Gabilein… en público…

—Lo mato —dijo ella, interrumpiéndolo.

Se miraron y, al cabo de un par de segundos, ella sonrió.

—Pues no hay más que hablar. Bueno —añadió, poniendo el intermitente y girando en la entrada de un edificio decimonónico al que le habían añadido un ala ultramoderna de cristal y hormigón que de algún modo hacía el conjunto más atractivo—. Parece que ya estamos. A ver si Su Señoría quiere recibirnos. Esto tiene pinta de ser carísimo y no creo que haya horas concretas de visita.

Unos minutos más tarde, una enfermera vestida de rosa pastel tocaba a la puerta del juez.

—Su Señoría les espera. Ya está avisado de su visita —susurró.

El hombre estaba sentado a un escritorio antiguo de madera pulida, con tiradores de latón brillante, con la luz blanquecina de la ventana a su espalda, lo que, de momento, lo hacía parecer una silueta de cartón negro, y, con aquella disposición de muebles, daba la sensación de que ellos dos habían venido a realizar algún trámite que aquel importante funcionario tenía que autorizarles. Si no hubiera sido porque, mirando por el rabillo del ojo, se veía una cama articulada y un orinal debajo, habría parecido que el juez seguía en su despacho, trabajando a pesar de su edad.

Como tantas personas de más de noventa años, era piel y huesos —piel amarillenta, apergaminada, y huesos frágiles—, pero sus ojos seguían siendo brillantes, muy negros, muy penetrantes. No parecía que fuera fácil inclinarlo a la benevolencia.

Sacando unas manos como garras de pollo de los bolsillos de su bata de seda de estampado Paisley, les hizo un amplio gesto para que tomaran asiento en las dos sillas tapizadas de brocado que había delante de la mesa.

—Gracias, *Frau* Moni —dijo secamente, indicando a la mujer que los había acompañado que podía marcharse—. ¡Buenos días, comisario! Subinspectora… Ustedes dirán.

Empezó Wolf. Su intuición le decía que si dejaba que fuera Gabriella la que llevara la conversación, aquel espantajo se cerraría en banda. En su orden del mundo, los hombres hablan y las mujeres se callan, los hombres son jefes y las mujeres, secretarias.

—Señoría, estamos recabando información sobre un tal Charles Walker que hace tiempo fue escolta o guardaespaldas y más tarde abrió una pequeña empresa de seguridad. Murió en 2007.

—¿Qué les hace pensar que yo puedo proporcionar esa información? —Tenía la voz ronca, como si la usara poco, pero parecía estar en posesión de sus facultades mentales, cosa que tranquilizaba bastante.

—Consta en nuestros informes que usted lo tomó a su servicio en 1972 para asistir a una convención de jueces europeos donde había habido una amenaza de ataque terrorista. Quizá recuerde que ese verano se produjo una masacre en los Juegos Olímpicos de Múnich. La situación estaba muy candente en toda Europa.

—Y porque durante tres o cuatro días hace casi cincuenta años ese hombre estuvo dando vueltas a mi alrededor, suponen ustedes que tengo algo que aportar. ¿Tan desesperados están, comisario?

Wolf abrió las manos con las palmas hacia arriba, en silencio.

En ese momento, tras un breve golpeteo, se abrió la puerta y una muchacha de veintipocos años, cargada con una cesta de plástico llena de ropa planchada, entró en tromba en la habitación, hablando como si le hubieran abierto un grifo.

—¡Buenos días, *Herr* Krack! ¿Ha visto que está nevando? Pero dese la vuelta y mire por la ventana, buen hombre, que así no se entera usted de nada. ¡Ay, perdón, no me había dado cuenta de que tiene visita! Dejo la ropa y ya me voy. —La muchacha, rubia, con coleta y una sonrisa que parecía real, dejó un pequeño montón de ropa sobre la cama y ya se había dado la vuelta para marcharse cuando el juez, rojo como un tomate, casi rugió.

—¡Meta esa ropa en el armario, descerebrada! ¡Habrase visto, qué desfachatez!

—No se ponga así, *Herr* Krack, que no es bueno para su tensión. Le va a dar una apoplejía. —La muchacha no perdió la sonrisa mientras guardaba la ropa en el armario.

—¡Señoría! ¡Debe llamarme Señoría!

—Vale, vale, es que se me olvida, y además me da mucha risa, me siento como en una película americana de juicios. —Miró a los policías con un guiño—. Bueno, Señoría, pues ya me voy y los dejo tranquilos.

El hombre tendió una mano que temblaba hacia el jarro de cristal que reposaba sobre una pequeña estantería a su izquierda llena de tratados de leyes. Gabriella se levantó, con un «permítame, Señoría», llenó el vaso tallado y se lo ofreció. El hombre bebió golosamente.

—¿Entonces? —insistió Wolf—. ¿Algo que recuerde de Walker?

—No suelo fijarme en esas personas. Hacen su trabajo para facilitar el mío. Nada más.

—¿Era bueno en su trabajo? Walker.

—Tenía buenas referencias. Era puntual, de fiar. Imponía ya con su presencia. Era grande, fuerte y… tenía… un aura de peligro, eso que dicen los americanos de «*don't fuck with me*». —Soltó una risilla. Parecía que, de algún modo, aquello le hacía mucha gracia.

—¿Algo más?

El juez tosió durante un buen rato. Luego se pasó un pañuelo por la boca.

—Parece que era bueno consiguiendo cosas. Se veía a la gente acercarse a cuchichearle, él asentía, luego se acercaba otro y Walker le pasaba algo discretamente o había cosillas en puños cerrados que cambiaban de manos en un par de segundos...

—¿Cosas? —preguntó Gabriella—. ¿Qué tipo de cosas?

La mirada rapaz de aquel hombre consumido se posó en ella con una mirada de desprecio que hizo que Gabriella sintiera una ola de calor y sus mejillas se enrojecieran.

—¿Qué cree usted, subinspectora? Le puedo asegurar que nadie pedía helado de vainilla.

Volvió la mirada hacia Wolf.

—Y ahora, comisario, me gustaría estar solo. Si no hay nada más...

—*Herr* Krack —intervino Gabriella con una rapidísima mirada de reojo a Wolf para avisarle de lo que estaba intentando hacer—, ¿recuerda el caso del Wilhelminenberg?

El juez cambió de color, como si de pronto toda la sangre de su cuerpo hubiese acudido a sus mejillas hundidas.

—Ese caso está archivado desde hace más de treinta años, señorita —dijo con ferocidad, casi escupiendo la dentadura postiza—. Quedó cerrado.

—Sin que ninguno de los implicados llegara a pagar por sus crímenes.

—No hubo pruebas. —El juez, cada vez más ronco y más rojo, había empezado a rugir—. Y en el caso de que hubiese habido delito, ¡ya ha prescrito! ¡La ciudad ha pagado más de cuarenta millones a esas supuestas «víctimas» —escupió la palabra con todo el desprecio del que era capaz— que nunca habían abierto el pico para quejarse hasta que vieron que el momento era favorable para sacar tajada! ¡Ya está bien de acusar a diestro y siniestro a personas honorables que ya han muerto y no se pueden defender! ¿Quiénes eran ellos, al fin y al cabo? Huérfanos, desechos sociales a los que ni sus madres habían querido, escoria, gentuza...

—Y usted, claro, nunca tuvo nada que ver con el asunto... a pesar de que su nombre sale en la lista de las cuarenta personas implicadas.

—¿Cómo se atreve? ¿Cómo se atreve? —El hombre había empezado a temblar y, al tratar de ponerse de pie, apoyado en los brazos de su sillón, el temblor se intensificó hasta que tuvo que volver a dejarse caer en el asiento mientras con una mano apretaba el bastón de puño de plata que había tenido escondido hasta ese momento y con la otra daba palmadas una y otra vez sobre el botón de emergencias que estaba encima de la mesa, cubierto por un pañito de encajes.

Los dos policías se pusieron de pie justo cuando entraban dos enfermeros vestidos de verde, que enseguida se hicieron cargo del juez tembloroso y vociferante. Con los ojos inyectados en sangre y escupiendo saliva, seguía insultándolos con ferocidad mientras los hombres trataban de calmarlo.

—Señoría, tranquilo, Señoría… vamos, túmbese, túmbese —empezó a decir uno de los enfermeros, mientras el otro, con la vista, los conminaba a salir del cuarto.

Mientras los dos hombres se ocupaban de calmar al juez, Gabriella abrió la puerta del armario, metió la mano, sacó una prenda y la guardó precipitadamente dentro de su americana antes de salir del cuarto y apoyar la espalda en la pared del pasillo con un suspiro. Wolf, apoyado en la pared de enfrente, le sonreía.

15

*J*onathan Schweiger, acompañado por Fischer, aparcó cerca de la Stadthalle y luego caminaron bajo la suave nevada las dos calles que los separaban de la dirección de Lukas Scholl, el camionero que, según su jefe, ya había vuelto de Dinamarca. El piso no estaba lejos de donde habían aparcado, pero Jo notaba cómo los pies se le iban quedando fríos al pisar la nieve reblandecida que se estaba convirtiendo en una especie de aguachirle gris y helada. Tendría que haberse puesto las otras botas, pero luego en el despacho daban demasiado calor y él no era de los que se llevan unos zuecos al trabajo, aunque comprendía que la cosa tenía sentido.

La dirección que buscaban era un edificio antiguo con la fachada recién renovada y pintada de color marfil. La entrada era, como en casi todas las fincas construidas a finales del siglo XIX, amplia y elegante, aunque la renovación no había llegado a los interiores y todo tenía un aspecto bastante cutre, contrastando con la hermosa fachada. La pintura de las paredes estaba desconchada, la caja dorada del ascensor ostentaba un cartel de «No funciona» y todo olía ligeramente a rancio con una agresiva nota de pino sintético por encima. Alguien se tomaba mucho trabajo para compensar con limpieza y detergente la decrepitud de la estructura.

Subieron cuatro pisos en silencio. Hasta el entresuelo, los peldaños, aunque muy gastados, eran de mármol; de ahí al principal, de granito; luego ya de piedra gris y posiblemente, si hubiesen seguido subiendo, se habrían encontrado con escalones de madera para llegar a los dos o tres últimos pisos, los que, en la época en que fue construido el inmueble, solo las familias más pobres ocupaban.

Ellos iban solamente hasta el tercero, el primero según la dirección que les habían pasado. A Jo le hacía mucha gracia la importancia que la gente daba a la nomenclatura. En el siglo XIX y hasta la mitad del XX, vivir en un piso bajo era lo elegante, y solo los desgraciados vivían en buhardillas y desvanes. Para poder venderlos todos a buen precio, al primero lo llamaban «entresuelo» y al segundo «principal», lo que hacía que el primero fuera, de hecho, un tercer piso.

Ya a partir de mediados del siglo XX, vivir más alto empezó a considerarse mejor y entonces se cambiaron las palabras «desván» y «buhardilla» por «ático» y «dúplex», que daban sensación de mayor esplendor y riqueza. La realidad cambiaba menos que los nombres.

Les abrió la puerta un hombre recio, de treinta y tantos años, con el pelo largo atado en una coleta y vestido con un chándal marrón. Se identificaron, y Scholl los hizo pasar a una salita de altísimos techos con molduras de escayola y dos ventanas, enmarcadas por grandes plantas de interior, por las que entraba una deslumbrante luz grisácea. Los muebles eran nuevos y aún olían ligeramente a tienda. Scholl se dio cuenta de que el policía se había fijado y comentó:

—Me pasé diez años trabajando en antros de segunda mano y vaciando pisos de viejos. Me prometí a mí mismo que en cuanto tuviera un trabajo decente me lo compraría todo nuevo.

En ese momento, antes de que los hubiese invitado a sentarse, salió de la cocina una mujer joven, también sobre los treinta y pico, que los saludó y les ofreció té o café.

—Mi mujer, Melitta —presentó Scholl. Era una chica pelirroja, con toda la nariz cubierta de pecas y una sonrisa franca.

—¿Ha tenido tiempo de hacer memoria, *Herr* Scholl? —preguntó Jo, que había estado en contacto telefónico con él.

—La verdad es que mucho que contar no hay. Vaciamos la casa en dos días, entre cuatro personas, que era lo normal cuando había que sacarlo todo. No había demasiado, terminamos más rápido de lo previsto. Los muebles, muy poca cosa, fueron a nuestra tienda; no tenía cuadros ni casi objetos de decoración. Las cortinas estaban tan gastadas que las tiramos sin más. Las alfombras no eran gran cosa, pero también fueron a la tienda, igual que los objetos de menaje. Aquella casa era... no sé...

como triste, como si el dueño no le tuviera ningún cariño. Y el tipo debía de ser raro, porque no había nada que señalara algún *hobby*: ni libros, ni vídeos, ni equipo deportivo… Había un televisor bastante antiguo y una radio a pilas en la cocina. Ni plantas, ni nada en las paredes…

Paseó la vista orgullosamente por unas cuantas ilustraciones de *fantasy* en marcos negros que adornaban su sala de estar y por una colección de muñecos tipo *El señor de los anillos*.

—Eso es lo que me gusta hacer a mí —dijo con una sonrisa de orgullo, señalándolos—: pintarlos.

—Debe de ser un trabajazo —dijo Jo, levantándose a mirarlos.

—Me relaja —contestó echándose hacia atrás en el sofá—. Deja que te ayude, *Maus*.

Se levantó para cogerle a su mujer la bandeja que traía, cargada con tetera, cafetera, leche, azúcar y un plato de pastas caseras.

—Ya he empezado con las pastas de Navidad —dijo la chica, sonriendo—. Estas son las primeras. A ver si les gustan.

—¿Había joyas en la casa? —preguntó Jo, echándose azúcar en el café.

—¿Joyas? No. El tipo vivía solo. No había ninguna mujer, quiero decir, no había nada femenino en ningún lado, ni ropa ni trastos en el baño ni nada.

Melitta le lanzó una mirada a su marido, que a Fischer no le pasó desapercibida.

—¿Está seguro? —insistió.

Ella se llevó la mano al cuello y empezó a juguetear con un colgantito que llevaba, mientras lanzaba miradas a su marido hasta que él se dio cuenta.

—Ah —dijo de pronto—. Ya sé. Es que, cuando han dicho «joyas», yo pensaba en… no sé… collares de perlas, esmeraldas, esas cosas. Y de eso no había. Lo que sí había eran un par de cosillas pequeñas: crucecitas de oro, un ángel, un corazón… —Miró a su mujer y volvió a sonreír—. Enséñaselo, *Maus*.

Melitta Scholl desabrochó la cadenita que llevaba al cuello y se la mostró a los policías. Era de oro y llevaba un pequeño corazón también de oro con una piedra diminuta roja y redondeada en el lateral superior.

—Me gustó nada más verlo. Entonces hacía apenas un par de meses que salíamos juntos. Le dije al jefe que quería comprarlo y me dijo que me lo podía quedar. Se lo regalé esa misma tarde y nos casamos tres meses después.

—¿Me permite hacerle una foto? —preguntó Fischer.

—Claro —dijo ella.

—¿Sabe qué fue de las otras cosillas, *Herr* Scholl?

—Supongo que se fueron vendiendo poco a poco. Si se pasan por la tienda, verán que hay una sección para bisutería y algunas pocas cosas que tienen más valor y están en una vitrina, pero han pasado trece años; no creo que quede nada de la casa de aquel tipo.

Jo y Fischer se pusieron de pie.

—Gracias por el café, *Frau* Scholl. Y por las pastas, estaban buenísimas, sobre todo los cuernecillos de vainilla. Son mis favoritos. —Jo le estrechó la mano—. *Herr* Scholl, si se le ocurre algo más, lo que sea… llámenos.

Los acompañó a la puerta por un largo pasillo lleno de estanterías con cómics, novelas gráficas y muñecos de ciencia ficción. Ya en la puerta, antes de despedirse, aún añadió:

—No creo que les sirva de nada, pero yo, con aquella casa, tuve la sensación de que era pura fachada, de que aquel pavo no vivía allí. Pero lo mismo son manías mías.

16

*D*espués de la conversación con su hijo, Carola se dio una ducha rápida, se vistió y, procurando no hacer ruido, salió de la casa sigilosamente. Después de tres meses allí, le resultaba raro que hubiera alguien más y no le apetecía en absoluto encontrarse con Chuy a plena luz y empezar a darle explicaciones sobre lo que había hecho con sus libros, aunque en realidad no había hecho nada más que hacerse una idea de lo que había en aquella inmensa biblioteca. Cuando la ocasión fuese propicia le gustaría preguntarle por qué, teniendo tanto dinero, nunca se había molestado en contratar a una bibliotecaria profesional que hubiese podido hacer un inventario en condiciones y haber fichado aquellos miles de volúmenes para que encontrar un libro concreto resultara más fácil. Claro, que lo mismo Chuy entendía su biblioteca como una especie de jungla o de laberinto y quería llevarse sorpresas cuando decidía pasearse por ella.

Era un tipo raro. De un indudable atractivo, pero no como ella lo había imaginado en los tres meses de bendita soledad que le habían permitido adornar a aquel hombre con toda clase de cualidades. Sonrió para sí misma mientras bajaba las escaleras del metro. Era una auténtica manía femenina eso de crearle a los hombres una especie de manto imaginario de bellas cualidades que iba creciendo con la ausencia hasta convertir a cualquiera en una especie de semidiós del que esperar prodigios. Por eso tantas mujeres se sentían decepcionadas con la realidad de sus parejas y tantos hombres se quedaban perplejos cuando, sin haber hecho nada, sentían la frustración de ella y no se les ocurría qué hacer para cambiar la situación.

Salió en Stephansplatz, fue a tomar un capuchino, confiando en que la cafeína y el Ibuprofeno obraran su magia contra los restos del alcohol de la noche pasada, y luego echó a andar a buen paso en dirección a la comisaría.

Tenía que convencer a Wolf de que la dejara participar en las reuniones, como policía, no como madre de una de las víctimas. A pesar del dolor, los veintisiete años transcurridos le permitían distinguir entre las dos posiciones. Sería muy malo de vez en cuando, pero en general se creía capaz de mantener la mente clara y todas sus facultades de análisis y observación en buen estado, y le resultaba absolutamente necesario tener algo importante en que focalizar su mente. No podía estar dándole vueltas al asunto de Julio y Sheila, a la amenaza de chantaje de Santos y a las fantasmagorías de Juanma.

El asunto presente del hallazgo de los esqueletos infantiles era algo tangible, real y de su especialidad, aparte de que le ofrecía una posibilidad de cerrar el círculo, de pasar página, de resolver el trance más amargo de su existencia. Lo demás era secundario, aunque también hubiese que resolverlo cuanto antes.

¿Le iba a pagar un buen abogado a aquella capulla que había puesto en peligro a su hijo? ¿Para que siguieran en plan Romeo y Julieta excluyéndola a ella, que había puesto el dinero para salvar a la blanca dama? ¿Iba a negarse sin más, arriesgándose a que Julio dejara de hablarle quién sabe durante cuánto tiempo? Se le revolvía el estómago solo de pensarlo. Además, ni siquiera sabía cuánto podía costar la cosa. Quizá, con suerte, fuese tan caro que podría decirle a su hijo con toda sinceridad que no se lo podían permitir.

Y estaba el asunto de las grabaciones, que ahora se le había ido totalmente de las manos. Estando Chuy en la casa, y Santos pululando por las inmediaciones, ya no podía entrar en la sala de control y ver si aquellas imágenes eran o no concluyentes, si la implicaban o no. Tampoco sabía si Chuy era consciente de que Santos había vuelto; y la herida de bala de Santos... no podía excluir que se hubiera producido en un rifirrafe entre ellos.

Sacudió la cabeza tratando de espantar las ideas y, lógicamente, su cabeza la premió con un par de golpes muy desagradables que el Ibuprofeno no consiguió detener. Se puso las gafas de sol a pesar de que el día no era especialmente luminoso. Tendría que tomarse en serio lo de reducir el alcohol. Quizá cuando volviera a Madrid y a su trabajo habitual…

Se le ocurrió que hacía lo menos tres semanas que no hablaba con Susana, que ni siquiera habían cruzado un mensaje de texto. O seguía molesta por no haber podido visitarla en el puente de la Constitución o era simplemente que la vida sigue cuando alguien deja de estar presente en el día a día y cuando te quieres dar cuenta han pasado semanas, o meses. Primero se nota mucho el vacío, la ausencia de esa persona que formaba parte de tu vida; luego, poco a poco, empieza a ser normal que no esté, hasta que llega un momento en que lo raro es darte cuenta de que sigue en el mundo, pero ya no forma parte del tuyo. Como le pasó a ella con Juanma, a quien tendría que ver de nuevo esa misma tarde en su imperialísimo hotel junto a su glamurosísima esposa, que seguro que organizaba un pequeño té con pastitas en uno de los bellos saloncitos para visitas. Aunque también podría ser que no le pareciera que la exmujer de su marido, policía para más inri, tuviera la categoría necesaria para ello, y más ahora que ya no era la esposa de Tino Uribe, sino solo su viuda.

Eso la llevó a pensar en su amiga Laura, la que le había organizado el trabajo en casa de Chuy y con la que también hacía casi dos meses que no hablaba. Le parecía increíble cómo se le había ido el tiempo desde que estaba en Viena. Ahora se daba cuenta de lo bien que le había sentado la rutina de estar en la biblioteca, nadar, ir al gimnasio y al polígono de tiro con Wolf y otros compañeros, las cenas y los paseos solos los dos, hablando de todo lo habido y por haber…

Tantas ganas que había tenido de que llegara por fin el momento de la visita de Julio, y ahora resultaba que desde entonces todo se había ido a hacer puñetas. Además, Chuy había vuelto y el asunto de la casa se había acabado, porque, aunque le permitiera quedarse, ya no se sentiría cómoda. Prefería volver a una pensión y plantearse qué hacer con los meses que le quedaban de excedencia. Estaba claro que en Viena ya no tenía nada que hacer —dejando aparte el asunto de los huesos encontrados y en el que seguramente no le permitirían participar— y, por tanto, si se quedaba, era en plan turista, quizá alquilando un apartamento. ¿Y hacer qué con sus días? ¿Salir a ver todos los museos?

¿Tumbarse a beber cerveza y a ver series en Netflix? ¿Liarse con Wolf para tener algo que hacer al final de la jornada?

¡Joder!

¡Cómo pueden cambiar las cosas en un par de días!

Llegó a la comisaría, saludó, dijo a qué venía, le tomaron unas muestras mientras trataba de no pensar para qué iban a servir y, una vez lista, pidió ver al comisario Altmann y la acompañaron arriba.

El despacho estaba vacío, pero oyó su voz procedente de otro cuarto unos metros más allá, de modo que se acercó despacio y, aprovechando que la puerta estaba abierta, se quedó de pie con un hombro apoyado en la jamba, esperando que alguien le dijera que pasara o le mandara desaparecer.

Wolf estaba diciendo:

—La verdad es que no han sido muy cooperativos y, en cristiano, han venido a decirme que no es asunto nuestro, que es un caso del que se van a ocupar ellos; que si necesitan refuerzos, ya contactarán, pero que se trata de una agente suya y que no tienen por qué darnos información sobre sus actividades.

—Pero ¿no te han dicho ni siquiera qué es lo que buscaba en la casa? —preguntó Gabriella, muy ofendida.

—No. Aunque he creído entender que se trata de tráfico de obras de arte. De las de verdad, bajo el manto de la importación de cachivaches exóticos. Yo he tratado de hacerles ver que ha habido un asesinato y eso nos compete a nosotros, pero parece que el jefe supremo les ha dado vía libre de momento y a mí me ha dicho que podemos olvidarnos de la falsa Flor porque tenemos un caso mucho más importante entre manos, lo que es la pura verdad.

En ese momento de pausa, Carola carraspeó para hacer notar su presencia y todos se volvieron hacia ella.

—¡Carola! —dijo Wolf, poniéndose en pie con una cálida sonrisa—. Pasa, pasa, ven que te presente.

Unos minutos más tarde, después de estrechar manos y escuchar un resumen de su currículum de labios de Wolf, todos volvieron a sus papeles y miraron al comisario con la muda pregunta de si seguían con el asunto delante de la extranjera o si había que esperar a que se marchase.

—A ver —dijo Wolf, sin darle ninguna importancia aparente a la presencia de Carola—, muy buen trabajo, gente. Ya tenemos más cabos de los que tirar. —Al parecer la reunión llevaba un buen rato empezada y cada uno había aportado lo suyo ya—. ¿Has conseguido averiguar algo del heredero de Walker, Jo?

El interpelado sacudió la cabeza.

—Como si se lo hubiera tragado la tierra. Lo he rastreado a través de tres cambios de domicilio por toda Alemania, pero después de Colonia, donde al parecer trabajó hasta 2015 de informático en una empresa de telefonía, nadie sabe nada de él. De todas formas, en mi modesta opinión, tampoco nos va a servir de nada localizarlo. —Se encogió de hombros—. Según el notario que redactó el testamento, Walker no había tenido contacto con su sobrino nieto desde que el chaval tenía cinco o seis años. Me figuro que le dejó la casa porque, como le pasa a casi todo el mundo, le jodía la idea de que se la quedara el Estado. De todas formas, los impuestos son tan altos cuando no va de padres a hijos que tampoco es que le haya solucionado la vida al informático.

—Pero menos da una piedra —dijo Gabriella.

—Pues sí.

—Si el análisis de la furgoneta nos da algún resultado y conseguimos probar que los niños fueron secuestrados y transportados en ese coche, ya no queda mucho que hacer —intervino Markus—. Los esqueletos se encontraron en su jardín, los niños estuvieron en esa furgoneta, ¡ojalá!, y ya no hay más que hablar. Aparte de que, estando muerto Walker, hemos resuelto el caso, pero nadie va a pagar por el asesinato de esos niños. Mala suerte.

—Al menos sabremos quién fue el monstruo que los mató —dijo Jo.

—Sí, ya —añadió Gabriella—, y con eso y doce euros vas al cine.

—Ya sé que no sirve de mucho, pero no sé qué más quieres que hagamos.

Carola sopesó durante unos segundos si hablar o no, pero al final acabó por decidirse. Tanto Jo como Gabriella eran aún muy jóvenes y lo mismo les servía de algo su punto de vista.

—Si me permiten… —Todos los ojos se volvieron hacia

ella—. Ya les ha dicho el comisario que soy colega suya, pero también soy una de las personas afectadas por el caso. —Notó cómo Gabriella cerraba los ojos y se mordía los labios, lo que significaba que ya lo sabía, pero prefirió ignorarlo—. Una de las niñas desaparecidas y que quizá hayamos encontrado ahora en esa fosa era mi hija. Alma. Ocho años. El análisis de ADN pronto lo confirmará; ya he dado una muestra y he entregado también varias fotos que siempre llevo en el móvil de cómo era ella hace veintisiete años. También he dado la descripción de un colgantito que siempre llevaba puesto. Espero contra toda esperanza que hayan encontrado ustedes algo con lo que contrastarlo y salir de dudas. Pero... en fin... lo que ahora quería decirles a todos es que, aunque yo también habría preferido encontrar vivo al hijo de la gran puta que me robó a mi hija, y probablemente la torturó hasta la muerte... —hizo una inspiración honda, relajó un poco los puños, donde las uñas habían empezado a clavarse en las palmas de sus manos, y continuó, haciendo un esfuerzo para sonar serena— simplemente saber quién fue y poder hacerme cargo de los huesos de Alma para enterrarla decentemente ya es un alivio, y algo por lo que les estaré eternamente agradecida. Yo, y su padre, y los padres de todas esas pobres criaturas. Así que... sí que ha servido de algo, si se confirma.

Hubo un silencio en el que hubiera podido oírse el ruido de un pelo al caer.

—Y algo más... casi es mejor haberlo encontrado muerto, porque, de estar vivo, les juro que no respondería de mi reacción. Llevo tanto tiempo pensando en qué le haría si lo encontrara que creo que la vida que me queda no sería bastante para hacérselo todo. Ahora, al menos, podré escupir sobre su foto.

Gabriella la miró a los ojos y asintió ligeramente, como dándole a entender que estaba con ella. Los demás, después de un segundo de contacto ocular, desviaron la vista, incómodos por esa confesión tan clara y tan sincera.

Wolf carraspeó, en un intento de poner de nuevo en marcha la reunión.

—¿Algo más?

Gabriella sacó una foto de su carpeta y repartió varias copias.

—¿Qué es esto? —preguntó Jo, mirando alternativamente a su compañera y la imagen que tenía en la mano—. ¿Te has hecho representante de lencería erótica?

Lo que todos miraban con más o menos perplejidad era la foto de unos *boxer shorts* de seda roja bien extendidos sobre un fondo blanco.

—¿Recordáis las fibras de seda que encontramos en los dientes de una de las criaturas y las iniciales del trozo de cinturilla que se había conservado? Echad una mirada a esta cinturilla. —Les tendió una lupa cuadrada de fuerte aumento—. Dos letras diminutas: WK.

—¿Walker… Charles…, Karl? ¿Quieres decir que a lo mejor se germanizó el nombre con los años? —preguntó Markus, dubitativo. Ella sacudió la cabeza en una negativa.

—¿De dónde has sacado estos calzoncillos? —dijo Jo—. ¿Dónde estaban? Parecen nuevos, perfectos… No estarían en el CARLA después de trece años, ¿verdad?

—No. Estaban en el armario de una residencia de ancianos para ancianos muy pijos. En el armario de Su Señoría el honorable juez emérito Dr. Johannes Werner-Krack.

$\mathcal{A}$ las cinco y cuarto de la tarde, ya noche cerrada, Carola se paseaba por delante de la Ópera esperando que pasaran diez minutos más para entrar en el Sacher y preguntar por Juan Manuel Araque. Habría preferido estar en cualquier otro sitio, pero la mayor parte de veces en la vida las cosas no se eligen, y esta era una de esas veces.

Hacía frío, soplaba un viento muy afilado, y lo que menos le apetecía en el mundo era volver al puñetero mercadito con su ex, persiguiendo una quimera.

Sacó el móvil y abrió una de las fotos de Alma, de las que había entregado a la policía, de su último verano, en 1993. Acababa de perder un diente de delante y sonreía, feliz, con fondo de mar y arena, con un bikini rosa, su color favorito; el pelo oscuro y rizado creaba una aureola en torno a su cabeza y colgado de su cuello destellaba un corazoncito de oro con un pequeño rubí sin tallar, como una diminuta gota de sangre, que había llevado ella misma en su infancia y era regalo de su abuela alemana, *oma* Silke, la madre de su madre, que no había llegado a conocer a Alma.

Cruzó la calle en dirección al hotel y, con una inspiración profunda y arrancándose el gorro de un tirón, se acercó al mostrador y preguntó por el señor Araque, precisando que estaban citados para las cinco y media. Un botones la precedió hasta una puerta de madera maciza brillante y casi perfumada. Tocó con los nudillos y, antes de que pudiera hacerse una idea de dónde estaba, Eva se le abalanzó con una sonrisa llena de dientes blancos, vestida con un *tailleur* que posiblemente fuera un Chanel auténtico. La nube de perfume que la rodeaba era casi ofensiva.

Por encima de su hombro, al darse los dos besos de cortesía, vio a Juanma hundido en un sillón, encogiéndose de hombros, como dándole a entender que él había hecho lo posible para librarla de Eva, pero no lo había conseguido.

—Pasa, pasa, Carola. ¡Qué alegría verte! ¡Cuánto tiempo! Ponte cómoda —dijo Eva, con un amplio gesto que englobaba la salita de maderas nobles, donde un fuego ardía en la chimenea y había una mesa redonda puesta con mantel blanco hasta el suelo y un par de bandejas tapadas con campanas de plata, junto a una cafetera y una tetera, también de plata—. Déjame que te presente a Nessa y a Pol. Ella es periodista y él director de cine. —Ambos sonrieron mientras se acercaban a estrecharle la mano—. Son los responsables de la producción del próximo vídeo de Juanma.

—Sí, para eso he venido —contestó Carola—. Hola, Juanma.

Él la abrazó brevemente y, al hacerlo, ella notó que estaba temblando, como si una leve corriente eléctrica atravesara su cuerpo. Olía a viejo. Un olor indefinible que exudaba su piel y que no tenía nada que ver con su ropa nueva, limpia y recién planchada, sino con algo interior: con miedo o tensión, o un preludio de la muerte que antes o después vendría a buscarlo, a pesar de su dinero, su éxito, su capacidad creativa. Tratando de que no se le notara, se sacudió al soltarlo, como si así pudiera librarse de los malos presagios.

—¿Té o café, Carola?

—Café, por favor. Yo me sirvo la leche y el azúcar. ¿Habéis encontrado algo en la grabación?

—Enseguida lo verás —dijo Pol, que estaba terminando de conectar unos cables al ordenador donde iban a ver las imágenes—. Ya os podéis sentar.

Se acomodaron en el tresillo, cada uno con su taza, frente a los dos platos que Nessa, atendiendo a una mirada de Eva, había colocado sobre la mesita baja: uno con *petit fours* y otro con minisándwiches.

Para su propia sorpresa, Carola se dio cuenta de que tenía hambre. No había comido nada desde el café del desayuno y de pronto ni siquiera sabía en qué había ocupado las horas desde que había salido de la comisaría hasta llegar adonde se encontraba ahora. Cogió un canapé de salmón y pepino y se lo comió de un bocado.

—Vais a ver secuencias sueltas —dijo Nessa—. Hemos seleccionado las imágenes donde cabe la posibilidad de que se vea lo que Juanma vio, pero, como nosotros no teníamos muy claro qué es lo que tanto le había impresionado y hay tanta gente, esto es como los libros aquellos de *¿Dónde está Wally?* Seguramente habrá que visionarlo varias veces. Y si veis algo que os llama la atención, decidlo y lo paramos, ¿vale?

Carola se comió dos canapés más, se levantó a servirse un agua mineral y volvió a acomodarse en el sofá, un Chester de cuero que, a pesar de la buena temperatura de la estancia, estaba frío.

Las imágenes del mercadito de Navidad empezaron a desfilar por la pantalla: lucecitas, gente sonriente, niños con globos plateados, con nubes de algodón de azúcar, adultos con tazas de *Glühwein* y mejillas enrojecidas, gente haciendo cola para comprar salchichas o *Döner*, un teatrillo de marionetas, un grupo de músicos tocando villancicos, gorros de todos los colores, anoraks de plumas, pequeñajos subidos a hombros de sus padres o colgados en mochilas en el pecho de sus madres… los ponis.

Juanma se había echado hacia delante y estaba prácticamente sentado en el borde del sofá, con las manos entre las rodillas y los ojos clavados en la pantalla, buscando. Carola cerró los suyos un momento, deseando que acabara cuanto antes.

—¡Ahí! —gritó Juanma de pronto, poniéndose de pie, con la cara enrojecida—. ¡Páralo, Pol! ¡Ahí! ¿No la veis? ¡La niña vestida de rojo sobre el poni blanco!

Carola fijó la vista en la imagen y, a su pesar, el corazón le dio un vuelco. Era como haber vuelto al pasado.

—Está de espaldas —dijo, sin embargo, con la boca seca—. Es una niña de unos siete u ocho años vestida de rojo y de espaldas a nosotros.

—Mírala como madre, no como policía. —Juanma tenía los ojos húmedos.

—Sigue siendo una niña de espaldas, Juanma. Sigamos, a ver qué más hay.

Carola se dio cuenta de que Eva tenía una expresión rapaz mirando a su marido y los jóvenes cambiaban también miradas entre sí, las de ellos, incómodas.

La grabación continuó. Más niños de la mano de sus padres y sus abuelos, llantos infantiles de protesta, canciones desafinadas de los que habían bebido demasiada cerveza o *schnaps* o vino con especias, música navideña interpretada con instrumentos de viento, gente, gente, gente... El tiovivo.

Carola apretó los dientes hasta que empezaron a dolerle las mandíbulas y se forzó a relajarlos. El puto tiovivo de casi treinta años de pesadillas. Caballitos y tigres y elefantes de cartón piedra subiendo y bajando, la música estridente de cajita de música, las sonrisas que ahora, de pronto, le parecían sonrisas de calaveras, las manitas agitándose al pasar, los espejos del cuerpo central del tiovivo reflejándolo todo, los alientos de mil bocas bordando de nubes la oscuridad punteada de luces.

—¡Ahí! —volvió a gritar Juanma, fuera de sí—. ¡En el unicornio! ¿La ves ahora, Carola? ¿La ves? —Se había girado hacia ella y la sujetaba por los hombros, sacudiéndola. Ella tenía la vista clavada en la pantalla y, al cabo de un minuto, inspiró hondo de golpe, dándose cuenta de que, por un tiempo, se había olvidado de respirar.

La imagen era borrosa. Tendría que llevarla a comisaría y pedirle a un técnico que hiciera una buena ampliación, pero entonces saldría tan pixelada que tampoco serviría de mucho.

Era absolutamente imposible, pero tenía que darle algo de razón a Juanma. Aquella niña, aunque borrosa, se parecía increíblemente a Alma y, además, iba vestida como ella entonces: abrigo rojo, gorro rojo con orejitas, rizos oscuros escapándose del gorro, bufanda blanca, manos enguantadas saludando al pasar...

Abrió la boca como para gritar y aspiró una gran bocanada de aire.

«¡No! ¡No!», gritó por dentro. Alma nunca había llegado a subirse a aquel tiovivo. Había desaparecido mucho antes de que pudiesen decidir si subía o si lo dejaban para el día siguiente, para que no lo tuviera todo ya la primera noche. Ni podía ser su niña real, ni podía ser un fantasma. Alma llevaba veintisiete años desaparecida y, probablemente, otros tantos muerta. Los fantasmas no existen, y si existieran, no repetirían las pesadillas de su madre, simplemente porque no podían conocerlas. Allí había algo incomprensible, pero no era lo que Juanma creía.

—Juanma —preguntó, después de beber un largo trago de agua, cambiando la vista entre la pantalla y el hombre que había sido su marido—, tú, cuando sueñas con Alma, ¿qué sueñas?

Todos estaban atentos a su respuesta.

—No sé. Hace tiempo que, cuando me despierto, no lo recuerdo. Antes, muchas veces, soñaba que se había perdido, que la oía gritar y no la encontraba. Estábamos en el mercadito y había tanta, tanta gente… yo sabía que Alma estaba allí, a unos metros, pero no podía alcanzarla. —Se pasó la mano por la frente y cerró los ojos—. Otras veces soñaba con los ponis, los malditos, puñeteros ponis. Aparecía un hombre sin cara, vestido con mono gris, que se la echaba al hombro y se la llevaba por el fondo, pero Alma estaba muerta ya y no gritaba ni se movía…

—¿Y el tiovivo? ¿Soñabas con Alma en el tiovivo?

Juanma retiró la mano de los ojos y negó lentamente.

—Ese era tu sueño. El tiovivo y el unicornio. A lo mejor porque Alma quería subir y tú dijiste que no, que al día siguiente… No, creo que yo nunca soñé con el tiovivo.

Eva lo miró fijamente, como si estuviera a punto de decir algo, pero luego guardó silencio.

—Tú soñabas con eso todo el tiempo, hasta que nos separamos —continuó él—. ¿Recuerdas que estuve leyendo, documentándome, para saber por qué soñabas con un unicornio? El animal de fábula que solo se deja montar por una doncella, por una niña virgen. Algo en ti quería mantenerla virginal. Algo que sabía lo que le estaba pasando a nuestra hija y no quería ofrecértelo en toda su crudeza. Algo que te hablaba en el lenguaje de los símbolos. A ti, Carola. Alma montada en el unicornio, dando vueltas, desapareciendo… Me daba escalofríos oírte cuando lo contabas. ¿No te acuerdas?

Carola asintió con la cabeza.

—Lo sigo soñando, Juanma. Pero no es tu pesadilla. Es la mía.

—¿Qué quieres decir? —preguntó Eva con una voz alterada, mucho más chillona de lo normal.

Ahora fue Carola la que se pasó la mano por la frente y se frotó el cráneo, poniéndose el cabello de punta.

—No lo sé, Eva. No sé qué quiero decir. Esto… esto sencillamente no es posible.

—Yo, lo que soñaba… Lo que soñaba venía de mi complejo de culpa. Tardé varios años y gasté mucho dinero en psicoanalista hasta que conseguí aceptar que yo sabía que era culpable de que nos hubieran robado a Alma. Perdóname, Carola, perdóname.

En silencio, se apretaron las manos mientras las lágrimas les resbalaban por las mejillas a los dos. Estuvo a punto de contarle el descubrimiento de los huesos, pero sentía que no era el momento y, además, no quería hacerlo delante de toda aquella gente.

—¿Vamos al mercadito? —preguntó Juanma en voz baja, casi susurrante—. La última vez. Te lo juro. Por favor, Carola.

Ella se puso de pie, cogió la taza de café vacía que había dejado en el sofá, a su lado, y la dejó sobre la mesa con enorme delicadeza. Sabía que si no se controlaba férreamente acabaría por estrellar toda la vajilla contra las paredes enteladas.

—Vale. Vamos. La última vez —contestó con voz ronca.

Todos se pusieron de pie. Carola, por el rabillo del ojo, vio a Pol guardarse el móvil en el bolsillo y empezar a desconectar la cámara del ordenador.

—¿Vosotros también venís? ¿Y eso?

—Seguirán grabando; para eso los hemos contratado —contestó Eva, en lugar del muchacho—. No podemos saber qué va a pasar y siempre es bueno tener material. Luego veremos qué se puede hacer con él.

—Eres un buitre, Eva —dijo Carola, con la misma naturalidad que habría usado para decir: «Eres blanca y morirás, como todos». Se dio la vuelta y abandonó la sala diciendo—: Os espero en la calle.

En ese momento deseó con toda su alma no haber dejado de fumar tantos años atrás. Le habría sentado de maravilla poder encenderse ahora un cigarrillo.

$\mathcal{N}$owak había pedido a Wolf que pasara por su despacho antes de terminar la jornada, de modo que a las siete y media se reunió con él y le dejó una carpeta sobre la mesa con los últimos desarrollos de la investigación. Se sentó en uno de los dos silloncitos que había junto a la ventana y esperó, mirando las luces de las farolas, mientras Nowak terminaba de hablar por teléfono.

Le había mandado un mensaje de texto a Carola preguntando si le apetecía que cenaran juntos, pero aún no había recibido respuesta, de modo que lo más probable era que no hubiese plan y estaba debatiendo consigo mismo si dejarse caer por casa de su hija y su yerno, o cenar en uno de los locales de cerca de su piso, o pasar de cena, meterse en la cama y dar por terminado el día.

—Perdona, Wolf —dijo Nowak, al acabar la conversación—. A ver... ¿qué tenemos? No nos ha quedado más remedio que convocar una rueda de prensa para mañana, para que no se inventen barbaridades y se ciñan a los hechos; a los que les queramos contar, claro. ¿Tenemos ya un culpable?

—Lo más probable es que sí. Pero hace trece años que murió.

—Eso no es óbice. Lo importante es que la población vea que cumplimos con nuestra obligación y que están a salvo, que no volverá a suceder.

—Considerando que en los últimos años hemos tenido un cien por cien de casos resueltos, no sé yo por qué iban a pensar que no cumplimos. Somos la ciudad con menor índice de homicidios y los resolvemos todos, nadie se va de rositas.

—Lo sé, hombre, lo sé. Pero esto es muy fuerte, y llevaba casi treinta años sin solucionarse.

—Porque no lo sabíamos. El problema lo tenían los de Desapariciones.

—Tienes razón. —Había notado que Altmann empezaba a sentirse agredido y decidió tranquilizarlo. Ellos habían sido realmente rápidos, y si alguien no había hecho bien su trabajo, eran, efectivamente, los de Desapariciones—. ¿Puedes darme ya un nombre?

—Sí. Ahí lo tienes. —Señaló a la carpeta que había puesto sobre el escritorio—. Charles Walker, un americano que se quedó aquí después de la guerra y luego se nacionalizó austriaco. Murió en 2007 a los ochenta y ocho años. Fue guardaespaldas de gente importante y más tarde creó una empresa de escoltas.

—¿Relacionado con gente conocida?

—Conocida sí, pero casi todos ya muertos. Es posible que haya contactos con un antiguo juez del supremo que está en la lista de los posibles pedófilos del Wilhelminenberg, y con otro tipo que fue político hace treinta años, de extrema derecha, y a quien todavía tenemos que entrevistar, pero que no sé cómo está de la cabeza.

—¿Hace falta implicarlos?

—¡Joder, Heinz, qué pregunta! Si tienen algo que ver con la desaparición y asesinato de ocho niños, yo más bien creo que sí, por viejos que sean. Por si tus muchas ocupaciones te han hecho olvidarlo, el asesinato no prescribe.

—Sí, hombre, ya. Tranquilo. —Pasó distraídamente los papeles de la carpeta—. Pues, si te parece, mañana doy el nombre de este cabrón, calmamos un poco a la prensa y vosotros, si creéis que aún quedan flecos, os dedicáis un par de días a recortarlos y a otra cosa, mariposa.

Wolf asintió con la cabeza y se puso en pie. Había ido dispuesto a contarle el asunto de las perlas que le acababan de contar a él, pero estaba cansado. Nowak no tenía ya ningún interés en el caso, una vez que había un nombre que tirarles a los periodistas como la carnaza que se echa a los cocodrilos, y él mismo no sabía exactamente qué significaba aquello, de modo que decidió dejarlo pasar y terminar el día.

Algo tenía que tener la burocracia que acababa por cambiarle el carácter a la gente. Antes, Heinz era un tío cojonudo.

Se encogió de hombros y salió del despacho. Pasó por el suyo, agarró el anorak que colgaba de la percha y salió a la calle sin haber decidido aún adónde ir. Miró el móvil por rutina y el nombre de Carola iluminó la noche. ¡Lo había llamado mientras él estaba con Nowak!

Devolvió la llamada de inmediato. La voz de Carola lo sobresaltó. Sonaba conmocionada.

—¿Wolf? ¿Puedes venir? Sé que esto no es de tu competencia, pero te necesito.

—¿Dónde estás? ¿En casa?

—No. En el *Christkindlmarkt*. Ha vuelto a desaparecer una niña. Una niña que se parece mucho a Alma.

—Voy para allá.

19

*P*or un momento, al llegar a la entrada del mercadito, Altmann tuvo la sensación de estar en uno de esos sueños repetitivos en los que sabes qué va a pasar y no puedes evitar que suceda. Todo estaba como veintisiete años atrás, salvo que ahora tanto él como Carola estaban más viejos y más cansados, y que la niña desaparecida no era su hija.

Ella estaba esperándolo en el arco de ramas de pino junto a un hombre desconocido de grandes bolsas bajo los ojos y mirada enloquecida.

—¿Te acuerdas de Juanma? —dijo ella, después de saludarlo—. Mi exmarido. El padre de Alma.

—Claro, claro —mintió Wolf. ¡Era increíble cuánto había envejecido aquel hombre! Debía de ser apenas un par de años mayor que ellos.

—¿Qué ha pasado?

Se apartaron unos metros para alejarse del barullo y la música. Carola resumió la situación que los había llevado allí hasta que salieron del Sacher y luego continuó:

—Llegamos aquí hará una hora. Juanma y yo íbamos juntos, los demás, Eva y los jóvenes, iban a su bola…

—Para poder filmarme a mí o a nosotros dos y luego aprovechar las imágenes para el vídeo —interrumpió Juanma, cansado.

—¿Ah, sí? ¿Y a quién le habíais pedido permiso? —Carola estaba ofendida.

—Eva prometió hablarlo contigo. Pensaba que ya lo había hecho.

—Al grano —zanjó Wolf, lo que le valió una mirada agradecida del hombre.

—Fuimos a los ponis, como ayer, pero no había nadie —siguió contando Juanma—. Entonces volvimos en dirección al tiovivo y allí —se interrumpió un momento para tragar saliva—, allí estaba Alma, subida al unicornio, dando vueltas…

Wolf le puso la mano en el hombro a Carola. Sabía lo que significaba para ella esa imagen.

—Era ella, comisario —insistió Juanma, clavando sus ojos húmedos en los del policía—, ¿verdad, Carola?

—Era una niña que hace veintisiete años podría haber sido Alma, sí. Solo que no es posible —contestó ella, con rabia.

—Saludaba con la mano a alguien, pero no conseguimos saber a quién. Dio tres vueltas frente a nosotros y, de repente, como las otras veces, como en los sueños de Carola, de repente… desapareció. En la siguiente vuelta ya no estaba.

Wolf miró a uno y a otro, casi esperando que soltaran una carcajada y confesaran que le habían gastado una broma, pero no fue así.

—Salimos corriendo hacia la parte trasera del tiovivo. Trasera, desde nuestro punto de vista, claro; la que quedaba oculta a nuestros ojos —continuó Carola—. Allí no había nadie recogiendo a una niña vestida de rojo. Se había esfumado sin más. —Hizo una pausa para respirar—. Al cabo de unos momentos, hubo un pequeño revuelo: una mujer joven, rubia, que, según Juanma era la misma que el día antes iba con la niña, empezó a moverse como enloquecida por la zona del tiovivo, preguntando a todo el mundo en inglés si había visto a una niña morena vestida de rojo. Fue como entonces, Wolf. Yo la miraba y me veía a mí misma, buscando, encajando cada negativa, cada movimiento de cabeza, cada mirada de lástima.

Nos hemos acercado a ella y le hemos ofrecido ayuda para contactar con la policía. Ha resultado ser española. Pero ahora viene lo mejor: de repente nos ha mirado a los dos como si nosotros fuéramos fantasmas, o monstruos, o qué sé yo, y ha salido corriendo sin dar más explicaciones. La hemos seguido un poco, pero ha conseguido perderse en el tumulto, aparte de que, la verdad, yo ya no tenía muy claro para qué la perseguíamos. Pero me ha dejado tocada, no te lo niego. No sé lo que está pasando aquí, Wolf, no lo sé.

—¿Han venido los colegas de Desapariciones?

—Lo dudo. Yo, al menos, no he visto a nadie.

—¡Joder!

—No me encuentro bien —dijo Juanma en ese momento. Se había puesto muy pálido y se estaba frotando el pecho y el brazo izquierdo—. No puedo respirar.

Wolf lo sujetó, temiendo que cayera al suelo.

—Vamos a coger un taxi —dijo Carola—. Te llevamos al hotel, Juanma. Ahora, en cuanto estemos sentados, llamas a Eva, a ver dónde se ha metido, y le dices que vamos para allá.

—Mejor llevarlo a urgencias. Suena a que podría ser un infarto. ¿Te ha pasado otras veces?

Juanma asintió con la cabeza.

—¡Pues vamos!

—Dame tu móvil, Juanma. Necesito el número de Eva.

Mientras Carola trataba de localizar a Eva, Wolf se acercó a toda carrera al puesto de los *Johanniter* y volvió con dos chicos jóvenes que llevaban una silla de ruedas. Acomodaron a Juanma y salieron corriendo por la parte exterior del mercadito hasta llegar a una ambulancia, donde lo tumbaron en la camilla.

—No me dejes solo, Carola —susurró Juanma, con el miedo pintado en el rostro.

Ella miró a Wolf, quien asintió con la cabeza, y subió con su exmarido.

—Os sigo en un taxi. Nos vemos allí.

Carola se sentó en el banquito, junto al paramédico que le estaba poniendo el oxígeno a Juanma, y le cogió la mano, fría y sudada, durante un momento, antes de retirarla para telefonear.

—Voy a llamar a Eva y enseguida te la vuelvo a dar —explicó—. No te preocupes, no te va a pasar nada.

—¿Tú crees que si me muero ahora me iré con ella? —preguntó en voz muy baja.

—¿Con Eva? —Carola estaba perpleja.

—Con Alma.

—No pienses en eso. Concéntrate en respirar y no hables. ¿Eva? ¡Ya era hora de que lo cogieras! Estamos en una ambulancia, de camino al AKH. Un hospital. Allí te esperamos. Parece que está controlado, pero no tardes, Juanma te necesita.

Nada más colgar el móvil de Juanma, su propio teléfono empezó a sonar desaforadamente. Con un gesto de disculpa, Carola echó un vistazo y colgó. Luego lo puso en silencio. Inmediatamente volvió a iluminarse, pero al menos esta vez ya no hacía ruido. Era Julio, pero no era buen momento, de modo que lo dejó sonar una y otra vez hasta que por fin dejó de llamar.

«Se va a subir por las paredes, pero ahora no puedo y no hay más que hablar. ¡Que se espere! Total… me va a preguntar qué he decidido sobre el asunto del abogado para Sheila… y no he decidido nada aún. Mañana será otro día.»

20

*E*ran las doce de la noche. Acababan de salir del hospital, arrastrando a una Eva quejosa y malhumorada que no acababa de comprender que hubiesen llevado a Juanma a un hospital público y que allí no la dejaran quedarse en su cuarto haciéndole compañía. Le habían asegurado que lo tenían bajo control y le habían pedido que se marchara.

Luego Carola y Wolf la habían sentado en un taxi mientras ella protestaba y repetía que, en cuanto amaneciera, iba a llamar al embajador de España para que la ayudaran a trasladar a Juanma a una clínica privada.

Ahora los dos policías caminaban por una acera oscura, hurtando el rostro a las ráfagas de aire helado, pero felices de poder estar en el exterior después de las horas pasadas en la sala de espera, oyendo las protestas de la pija de Eva.

—¿Tienes hambre? —preguntó Wolf.

Ella levantó la vista hacia él, como sorprendida por la pregunta.

—No sé. Creo que sí. Pero, a estas horas, lo más que nos van a dar son unas salchichas asquerosas con chucrut en algún puesto callejero.

—Pues vamos a casa.

—No sé… —No quería tener que empezar a explicarle en ese preciso momento que Chuy había vuelto, que estaba vivo, que ella pronto tendría que dejar la mansión y que no sabía qué iba a ser de su vida en los próximos meses. Estaba muy cansada, se había quedado helada ya y, ahora que Wolf lo había nombrado, se daba cuenta de que tenía los niveles de azúcar por el suelo.

Wolf levantó la mano al paso de un taxi y subieron.

—Vamos a mi casa y hago algo de cenar para los dos. No será gran cosa, pero pasta tengo seguro, o un par de huevos… ahora veré.

Carola sintió una ola de cálido agradecimiento pasarle por encima. Era muy bonito que por una vez en la vida alguien se preocupara de ella y de su bienestar. Era tan poco frecuente que casi se le había olvidado cómo se sentía. Fue a darle las gracias, pero notó que le iba a fallar la voz y se limitó a cogerle la mano y darle un cariñoso apretón.

—Recuérdame que te cuente lo de las perlas —dijo él—. Yo me acabo de enterar y aún no sé qué hacer con ello. Al llegar a casa.

Siguieron en silencio los diez minutos que tardaron en llegar. Se estaba bien en el taxi, caliente, a salvo del mundo, con una suave música de blues y las luces de Navidad, doradas y titilantes, brillando en los árboles a izquierda y derecha. Carola pensó que le gustaría que el viaje durase mucho más. Se sentía arropada en una especie de capullo de seda, con el calor del cuerpo de Wolf a su derecha y la iluminación de las calles distorsionándose en las gotas que resbalaban por los cristales de las ventanillas del coche, los rayos rojos y amarillos que las luces de los frenos y los intermitentes de los demás coches creaban al romperse en el agua que se escurría por el parabrisas… Le estaba entrando una deliciosa somnolencia cuando el taxi paró y Wolf sacó la cartera.

—¡Anda, bella durmiente, ya hemos llegado!

Sacudió la cabeza, se cerró bien el anorak, volvió a ponerse el gorro y bajó del coche. Por suerte, la puerta estaba a apenas unos metros. Subieron por la escalera de piedra hasta el cuarto piso, Wolf abrió y la dejó pasar primero a un vestíbulo amplio con un gran perchero y una cómoda antigua llena de cartas y papeles.

—Como no sabía que ibas a venir, no he arreglado nada. Lo siento.

Ella se encogió de hombros, dejó toda la ropa en un sillón de mimbre y se sentó a quitarse las botas mientras Wolf buscaba por un armario hasta que le tendió unas zapatillas azules más o menos de su número.

Él fue encendiendo luces para crear un ambiente más acogedor. En la cocina, Carola se acomodó en un banquito que había en la esquina, mientras él destapaba una botella de tinto, le ponía una copa delante junto con unos cacahuetes tostados y empezaba a buscar por la nevera.

—Toca pasta. ¿Algo en contra?

—Creo que hasta podría comérmela cruda.

Él sonrió.

—No va a ser necesario.

—¿No me ibas a contar algo?

—Sí. Enseguida.

—Podrías empezar por explicarme de qué iba aquello de los calzoncillos rojos que habéis comentado en la reunión. No me he enterado de nada, pero tampoco me he atrevido a preguntar. No tenía muy claro si iba a ser bienvenida y he preferido callarme.

Wolf pensó que, nada más irse Carola, lo primero que Gabriella había hecho era acorralarlo cuando él iba al baño para preguntarle qué diablos hacía la española allí y cómo se le había ocurrido dejar que participara en una reunión de trabajo. Luego, tanto Markus como Jo habían preguntado lo mismo a lo largo de la tarde, ambos cuidando de estar solos con él, y hasta Fischer había dejado caer una insinuación. Estaba claro que Carola sabía que él se había arriesgado más de la cuenta autorizando su presencia y que tenía que estarle muy agradecida.

—Te iré contando lo que sepamos, pero no creo que puedas venir a las reuniones, al menos no a todas. Mi gente es muy celosa, como habrás visto.

—Sí. Pasa siempre. Como si esto de tratar de encontrar a un asesino fuera una competición que tiene que ganar el equipo de casa. —Torció la boca en una mueca de amargura.

Mientras iba echando cosas en la olla para hacer el *sugo*, Wolf le explicó el asunto de los calzoncillos, de cómo habían encontrado las fibras, del resultado del análisis y de cómo, mientras entrevistaban al juez en la residencia de ancianos, una auxiliar había entrado con la ropa limpia y eso les había permitido darse cuenta de que Su Señoría, a pesar de su avanzada edad, seguía prefiriendo ropa interior de seda roja con sus iniciales bordadas.

—O sea, que os habéis apropiado indebidamente de una prueba, que, por tanto, ya no podrá serlo.

—Pero si hiciera falta, podríamos solicitar una autorización de registro y apropiarnos de esa prueba de modo totalmente legal.

—Explicándole al juez o a la juez que lleve el caso que suponéis que ese señor usa una ropa interior parecida a unas fibras de hace treinta años que se encontraron entre los huesos de las víctimas.

—¡Joder, Carola! ¡Haces que la cosa suene absolutamente gilipollas!

—Sí. Tengo un don. ¿Hay más cacahuetes?

Wolf rellenó el cuenco y se giró de nuevo hacia lo que tenía al fuego.

—¿Y lo de las perlas?

—Cuando encontramos esas fibras enganchadas en las muelas de una de las víctimas, también encontramos una perla en la fosa. Una buena, una auténtica joya, por lo que nos dicen. No teníamos forma de saber si tenía relación con los niños enterrados, pero Jo insistió en que podía haber más, ya que es raro que solo hubiera una; el equipo siguió cavando y profundizando, y al final hemos encontrado muchas, suficientes como para hacer un collar de una vuelta, o una pulsera doble… y parece que también ha aparecido un pendiente montado en oro, con una perla enorme, desproporcionada. Falta el otro. Me lo han comunicado hace un par de horas.

Los dos guardaron silencio unos minutos, oyendo la música que Wolf había elegido, una selección de *ragtime* de los años treinta.

—¿No te parece idiota que alguien tire a una fosa unas perlas que valen una millonada? —preguntó él, en cuanto echó la pasta al agua y se sentó enfrente de Carola a comer cacahuetes, esperando a que los espaguetis estuvieran listos.

—¿No habéis encontrado huesos de una mujer adulta? —preguntó ella.

—No. Todos eran niños pequeños. Ahora, en cuanto tengamos los resultados de los análisis de ADN, sabremos seguro cuántos niños y cuántas niñas y, cotejándolos con sus padres, también sus nombres y las fechas de su desaparición.

—¿Tienes por aquí la foto de ese cabrón?

Wolf alzó la vista, que había perdido en el fondo de su copa de vino.

—Sí. ¿Para qué la quieres?

—Para ver lo último que vio mi hija antes de morir.

—Carola... —Wolf puso la mano encima de la de ella—. No te tortures.

Ella lo miró fijamente, con los ojos secos, hasta que él se levantó, fue a la entrada, volvió con su mochila y sacó una carpeta que puso en la mesa delante de ella.

—No es una foto auténtica. Solo hemos encontrado su ficha militar de cuando la Segunda Guerra Mundial y la de su solicitud de nacionalización, de los años cincuenta. Los técnicos han envejecido su cara hasta los ochenta años para que pudiéramos enseñarla por el barrio, a ver si alguien sabía algo. Debe de haber salido bastante decente porque algunos lo han reconocido.

Carola inspiró y aguantó la respiración al abrir la carpeta. El hombre que la miraba de frente era perfectamente normal: un anciano recio, de pelo muy blanco, frente amplia, mejillas afeitadas y bigote, también blanco y poblado. Sus ojos eran claros y su mirada era directa.

—¿Cómo sabéis que llevaba bigote?

—Por algunos testigos. Enseñamos la reconstrucción con y sin, y todos nos confirmaron que llevaba.

—Es curioso lo normales que pueden ser los monstruos.

—Hay una frase de un autor estadounidense, Colson Whitehead, que siempre anda dándome vueltas por dentro: «*A monster is a person who has stopped pretending*». No hago más que preguntarme si será verdad...

—«Un monstruo es una persona que ha dejado de fingir» —tradujo ella—. Eso significaría que todos somos monstruos, que lo único que hacemos es seguir fingiendo día tras día que somos personas decentes. —Sacudió la cabeza y se sirvió más vino—. No me lo creo. Me niego a que nadie me reduzca a la categoría de monstruo solo porque la frase suena bien.

—Pero es cierto que los auténticos monstruos tienen que fingir para pasar desapercibidos y cuando dejan de hacerlo es cuando sacan la fiera de dentro.

—Sí. Pero no todos tenemos esa fiera dentro. O, si la tenemos alguna vez y la oímos removerse en nuestro interior, no la alimentamos para que se haga grande. La dejamos morir, o luchamos contra ella. Tú y yo, los dos hemos estudiado psicología...

—Yo hace tanto que casi ni me acuerdo, igual que de la filosofía, que también estudié hace siglos.

—Da igual. Me refería a que hace años estaba muy de moda hablar de la oscuridad que nos ocupa a todos, que todos tenemos esa sombra dentro, ese monstruo depredador... Me pasé siglos tratando de aceptar que yo tengo ese Mr. Hyde en mi interior, como todo el mundo, pero llegué a un punto en que empecé a darme cuenta de que hay grados; que es posible que nadie sea del todo bueno y blanco, pero que tampoco podemos aceptar que solo el disimulo y el fingimiento nos separa de ser unos salvajes. Sé que hay cosas muy negras que podría hacer según las circunstancias, pero también sé que hay otras que nunca haría, nunca, en ninguna situación. Nunca le haría daño a una criatura, Wolf, y tú tampoco. No vamos a compararnos con ese pedazo de mierda. No somos iguales.

—Tienes razón. Hay cosas que ni tú ni yo haríamos.

El ruido del agua hirviendo saliéndose de la olla los hizo girarse hacia la cocina. Wolf se levantó rápido, probó un pedazo de pasta y la echó toda al escurridor. Luego la mezcló con la salsa, que era una especie de popurrí de cosas que había encontrado por la nevera y que, sorprendentemente para Carola, estaba deliciosa.

—¡No sabía yo que fueras tan buen cocinero!

—Lo mío no es cocina, querida amiga, es alquimia. —Ella enarcó una ceja mientras comía a dos carrillos—. Pruebo cosas, las mezclo y a veces sale oro. Otras, no. Has tenido suerte. Sin contar con que el hambre ayuda mucho a darle sabor a las comidas.

Comieron un par de minutos en silencio, escuchando la música.

—No me has dicho qué piensas del asunto de las perlas.

—¿Habéis empezado a investigar robos, desapariciones, escándalos...? Si esas perlas son tan maravillosas como me dices, alguien tiene que haber denunciado su pérdida.

—Sí, buscaremos... pero ¿qué coño hacían allí, en aquella fosa, debajo de una placa de hormigón, con todos los huesos de los niños? Claro, que a lo mejor no tenían nada que ver.

Carola hizo un ruido raro y se llevó la mano a la garganta. Wolf la miró, asustado.

—¿Qué te pasa?

Ella se puso en pie, tragó saliva varias veces y se volvió a mirarlo con los ojos lagrimeantes, pero más tranquila.

—Ya podías haberme dicho que habías puesto olivas con hueso. Me acabo de tragar uno.

Él se echó a reír.

—¡Menudo susto! ¡Ya creía yo que era algo más grave!

—¿Más grave? ¡Casi me ahogo, joder!

—Estoy seguro de que te has tragado pastillas más gordas que esa miserable aceituna. Anda, sigue comiendo, antes de que se enfríe.

Carola se acercó al fregadero, se puso un vaso de agua, se lo bebió casi de un solo trago y volvió a ocupar su lugar en el banquito, frente a su plato de pasta, que volvió a atacar con ganas.

—Oye, Wolf, ¿no encontrasteis nada más con los esqueletos? ¿Nada de ropa, zapatos, cadenitas, pendientes…?

—Nada. Los enterró desnudos. Después de quitarles absolutamente todo lo que podría haber ayudado a su identificación. Si encontramos aquellas pocas fibras fue porque, seguramente, el hijo de puta usó los calzoncillos para amordazar a su víctima.

—¿El juez?

—No creo. Tampoco es que esos calzoncillos sean modelo exclusivo. Tuvo que ser Walker. Luego, cuando enterró a la criatura, le sacó de la boca el trapo y no se dio cuenta de que quedaban unas fibras enganchadas.

—¿Y todo lo demás que les quitó a los niños, ya te digo, pendientes, cadenas… esas cosas?

—Estamos en ello. Hemos averiguado qué empresa vació la casa y estamos tratando de ver si alguien recuerda algo. Te tendré al día.

Ella terminó de comer, rebañó la salsa y apartó el plato un par de centímetros.

—¿Un poco más?

—Si como más, exploto.

Wolf retiró los platos y se sentó de nuevo, poniendo entre los dos la botella de tinto.

—Oye —dijo ella moviendo la copa de vino como para apreciar su color—, ¿tú qué dirías si yo te dijera que esta tarde, en el mercadito, por un momento, he tenido la sensación de estar viendo un fantasma?

—¿Alma? ¿Lo que me ha contado Juanma? Creía que tú opinas que no es posible.

—Es que no es posible. Pero eso no quita para que, por un instante… no sé… por un instante, era mi nena llamándome, dándome otra oportunidad de salvarla. Piensas que estoy loca, ¿no?

—No. Pienso que estás desesperada otra vez.

Carola bebió un largo trago de vino.

—Culpable, señoría. Esto no se acaba nunca. Pero ¿piensas que existe una posibilidad, una sola? Se han dado casos así. Hay mucha gente que ha tenido ese tipo de encuentros, de apariciones… Tú mismo me contaste que hace tiempo, con Katia, tuviste una experiencia paranormal.

—Sí. Eso creí yo entonces. Ahora ya no estoy tan seguro.

Quedaron en silencio, escuchando la música y dando sorbos de vino.

—¿Por qué, después de tantos años sin dar una sola señal —comenzó de nuevo Wolf— ahora, de pronto, se te aparecería?

—Porque se han removido sus huesos, porque habéis encontrado su tumba. Al menos es eso lo que dirían en una novela o en una película de terror, y es también lo que cree Juanma. Ahora viene a buscarnos para que le hagamos justicia, para que le demos sepultura.

—Yo, la verdad, a estas horas, ya no sé lo que pienso, Carola.

—Anda, querido, pídeme un taxi.

—¿No prefieres quedarte a dormir? Tengo una habitación libre.

Ella sonrió mientras negaba con la cabeza.

—No. Hoy no. Necesito ducharme, pensar un poco… no sé. Te llamo mañana.

Wolf hizo la llamada, la acompañó a la puerta y, al despedirla, la abrazó fuerte.

—Carola…

—Buenas noches, Wolf. —Ella se dejó abrazar, le dio un beso extra en el cuello y empezó a bajar los cuatro pisos hasta la calle.

$\mathcal{N}$ada más abrir los ojos, antes de poder pensar qué tenía que hacer y por dónde quería empezar, la sobresaltó la vibración del teléfono y lo cogió por inercia, aunque se dio cuenta de que se trataba de un número desconocido.

—Rey Rojo.

—Carola, soy Eva. Perdona que llame tan temprano, pero tengo que pedirte un favor.

—Dime. —Aún sonaba ronca y dormida, pero Eva no lo comentó.

—Me ha surgido un imprevisto importante y tengo que marcharme de Viena inmediatamente. Espero volver esta misma noche o mañana, no más, pero necesito que te encargues de Juanma.

—¿Qué quieres que haga yo?

—Ir a verlo, preocuparte de que esté bien y tenga todo lo que necesite, no dejarlo solo… En fin… lo normal con un marido.

«Lo normal con un marido», pensó Carola, divertida, recordando la cantidad de veces que Tino estaba al otro lado del mundo y ella ni siquiera tenía claro dónde y haciendo qué.

—Es que no es mi marido, Eva.

—Pero aún sois amigos, ¿no? Y aquí no tiene a nadie más.

—No sabía que tenías mi teléfono —dijo para ganar tiempo.

Eva soltó una risita orgullosa.

—Hay mucha gente que mataría por tener mi agenda, querida. Yo puedo llamar a media España sin pedir favores. A la otra media, después de un par de llamadas. ¿Puedo confiar en ti? Tengo que irme ya.

—¿Y qué le digo a Juanma?

—Que he tenido que ir a resolver un asunto urgente, que no se preocupe de nada y que mañana, como mucho, ya me tiene allí.

—De acuerdo.

—Si pasa algo, llámame a este número. A la hora que sea. *Ciao, bella!*

Todo fue tan rápido que, cuando colgó, tuvo la impresión de haberlo soñado. Miró la hora: las siete y cuarto. Había dormido poquísimo, pero la imbécil de Eva la había despertado y ahora ya no se creía capaz de volver a dormirse.

La casa estaba en silencio, como siempre. Sin embargo, algo había cambiado en su percepción desde que sabía que Chuy estaba vivo y se había vuelto a instalar allí, como una araña en mitad de su tela. Ya no se sentía cómoda en un lugar en que era una simple invitada, y ni siquiera del dueño, sino de su hermano, dos hombres que se odiaban y que además no eran amigos suyos.

Trataría de dedicar algunas horas a ir recolocando todo lo que andaba en cajas y por el suelo, visitar a Juanma en el AKH, plantearse seriamente el asunto del abogado para Sheila, empezar a recoger sus trastos y decidir dónde pensaba vivir en cuanto saliera de aquella casa, llamar a Javier… aunque para eso tendría que esperar a que Chuy le hubiese dado a su hermano la noticia de su resurrección… Mil cosas.

No estaba en la lista mental que acababa de hacer, pero antes incluso de saber que quería hacerlo, se encontró escuchando los pitidos del teléfono y luego la voz femenina de su colega vienesa de personas desaparecidas.

—Kerstin Kogler.

—Hola, Kerstin. Soy Carola. Sé que es muy temprano, pero tengo una pregunta rápida. ¿Hubo ayer una denuncia de desaparición de una niña española en el *Christkindlmarkt* del KHM?

—A ver… déjame echarle un vistazo… —Se oía el cliqueteo de sus uñas en el teclado—. Mmm… No. Nadie ha denunciado nada.

—¡Vaya! Ha habido suerte, entonces. Debe de ser que la encontró enseguida.

—¿De qué hablas?

—Ayer estaba yo con un amigo por el mercadito y nos encontramos a una mujer española desesperada porque había perdido a su hija. Tratamos de ayudar y yo le ofrecí traducirle y llamar a la policía, pero de repente echó a correr y ya no conseguimos encontrarla. Me pareció tan raro que, ya ves, nada más abrir el ojo, quería ver qué había pasado.

—Pues ya te digo… aquí no consta nada.

—Gracias, Kerstin.

—Ya hace días que no te veo por el gimnasio.

—Es que me han surgido muchas cosas. A ver si esta semana ya…

Colgó, dándole vueltas a lo raro de la situación, aunque lo más probable era que la mujer aquella hubiera visto de lejos a su hija entre la gente y se hubiera lanzado a buscarla, dejándolos a ellos pasmados. Luego ya, una vez juntas, ni se le ocurrió volver y darles las gracias.

«O ella también era un fantasma», pensó con un punto de diversión.

Juanma estaba más que dispuesto a creer que aquella niña de rojo que durante dos días seguidos había aparecido en el tiovivo era el fantasma de Alma.

¿Y ella? ¿Qué pensaba ella?

Por un momento, la noche anterior, después de haber visto esas imágenes borrosas en el vídeo, había estado casi dispuesta a aceptar que lo imposible era posible, que aquella niña que subía y bajaba montada en el unicornio del tiovivo como en sus peores pesadillas podía ser la suya. Pero sabía que no lo era.

Cuando la perdió pasó años creyendo verla por el rabillo del ojo cruzando una calle, doblando una esquina, jugando en un parque… destellos rojos de otras niñas que nunca eran ella. Otras veces era su voz. O su risa. Le llegaban de golpe, en los momentos y los lugares más inesperados, y la dejaban débil, temblorosa, sin fuerzas para seguir adelante, sobre todo cuando esa voz que le había parecido la de Alma gritaba: «¡Mamáaa, mamáaa!», pidiendo ayuda.

Ahora ya hacía mucho que no le pasaba. Por fortuna, la voz de Julio nunca le había desencadenado recuerdos de Alma, ni siquiera cuando era muy pequeño y tenía el mismo timbre agudo.

¡Había pasado tanto tiempo! Casi no se había dado cuenta de que sí que se encontraba mejor, de que aunque siguiera pensando en ella todos los días, ya no era el zarpazo de veinte años atrás. Y ahora… de nuevo… ¡Maldito Juanma! ¡Maldita Eva, que quería ordeñarlo como a una vaca lechera! Y él se dejaba…

Aunque… él lo creía de verdad. Estaba convencido de que lo que habían visto era el fantasma de su hija.

Se metió en la ducha sin dejar de pensar en el asunto. El mundo estaba lleno de experiencias paranormales, de libros y películas que contaban historias de aparecidos, de almas en pena que, después de una muerte violenta, buscaban quién las liberase y les permitiese cruzar al otro lado y alcanzar la paz. ¿Y si su niña estaba en esa terrible situación y ella, con su pragmatismo y su tozudez, se negaba a creérselo y ayudarla? No había conseguido salvarla entonces y ahora volvía a dejarla tirada, solo porque no se sentía capaz de creer en una explicación de ultratumba, pero es que la cosa no tenía ningún sentido.

Alma llevaba veintisiete años muerta. ¿Por qué ahora, de repente, empezaban a pasar cosas?

«Porque su tumba ha sido removida», se contestó. Al menos es lo que dirían en una película de terror o en una novela victoriana.

«Despacio. Despacio. Todavía no sabes si uno de esos esqueletos es el de Alma. No te precipites.»

Salió de la ducha, se secó el pelo frotando con la toalla y fue a ver cómo estaba el tiempo. Asqueroso. Lluvia, viento, frío, una luz gris oscura de cementerio, uno de esos días que parecían noches y que no invitaban a salir, pero no había más remedio. Tenía que pasarse por el hospital a ver qué tripa se le había roto a Juanma. Pero ella no era Eva y no estaba dispuesta a darle caprichitos. Iría a ver cómo se encontraba y si necesitaba algo de verdad, y luego se iría a hacer sus cosas y ya volvería a pasarse por la tarde. No se iba a quedar allí cogiéndole la mano.

Estaba a medio vestir, en bragas y camiseta, cuando sonó de nuevo su móvil. Susana. Le extrañó que después de tres semanas de silencio se le hubiese ocurrido llamarla tan temprano, pero igual estaba volviendo a casa después de algún caso particularmente desagradable y se le había ocurrido llamar a su lejana amiga. Se metió otra vez en la cama para no enfriarse y contestó.

—¿Te pillo en mal momento? —fue la primera pregunta de Susana.

—No, qué va. Me acababa de levantar. Ni siquiera estoy vestida.

—Mira, Carola, tengo que contarte algo que no te va a gustar y por eso llevo tantos días sin llamarte, pero prometí callarme un tiempo y eso he hecho. Solo que creo que deberías saberlo.

—Joder, Susana, me estás asustando. —Se sentó más recta con la espalda apoyada en el cabezal y se arropó bien con el edredón.

—Se trata de Julio.

—¿De Julio? —Sintió como si le hubiera dado un puñetazo en el estómago.

—Ha llamado varias veces a Tomás. A mí solo me llamó una vez, me hizo prometer que no te diría nada, que no era nada serio, y yo me lo creí, pero luego ha empezado a darle la vara a Tomás y, como es un buenazo, ya lo sabes, el pobre hombre está preocupadísimo.

—¿De qué va la cosa?

—De dinero. Quiere que le prestemos mucho dinero. Dice que a ti no te lo puede pedir, que nunca se lo darías.

—¿Os ha dicho para qué?

—Ahora es para pagarle un abogado a su novia inglesa.

—¿Cómo que «ahora»?

Susana carraspeó. Era evidente que la situación le resultaba muy desagradable. Ella sabía muy bien que para Carola no había nada más importante en el mundo que su hijo.

—Yo, eso lo habría entendido, pero es que lo de pedirnos dinero viene de más lejos. Tomás me ha confesado que ya el año pasado le prestó tres mil euros. Julio se los devolvió un par de semanas después.

—¿Para qué los quería?

—Le contó un rollo raro de que lo habían pillado en un parque fumándose un canuto y le habían puesto una multa. Que no quería que ni tú ni yo nos enterásemos... por obvias razones.

—¿Y de dónde sacó la pasta para devolverla?

—Según él, de un trabajillo en una discoteca.

Carola tragó saliva. Todo aquello era nuevo para ella.

—Dice Tomás que hace un par de semanas le pidió otros cinco mil para un «negocio».

—¿Qué clase de negocio?

—Algo de montar un pequeño estudio en Londres con otros compañeros. Cada uno tenía que aportar cinco mil, pero los recuperarían pronto, le prometió. Como comprenderás, la cosa no me olió bien.

—Entonces, no se los dio, ¿verdad?

—No.

«Por eso empezó a llamar a Fernando a ver si podía sacar algo de la herencia de Tino y luego me la pidió a mí», pensó.

—Me has dejado de piedra, Susana.

—Ya. Lo siento. ¿Qué vas a hacer?

—No sé. Me ha pillado en muy mal momento.

—Carola... ¿qué te pasa?

—Uff, mil cosas.

—¿Eso de los esqueletos encontrados en Viena... tiene que ver con Alma?

Carola cerró los ojos. Ni se le había ocurrido que las noticias vuelan y que todo el planeta estaría enterado de la existencia del «monstruo de Meidling».

—Seguramente.

—¿Quieres que vaya? Podría pedirme un par de días...

—Gracias, guapa. Me lo pienso. Ahora es mal momento porque ni siquiera puedo ofrecerte casa. Ya te contaré. Están pasando demasiadas cosas.

—Hemos dejado pasar demasiado tiempo sin hablar. Te llamo a la tarde.

—Sí. Llámame, a ver si pienso más claro. Un beso, preciosa, y muchas gracias.

Colgó y, antes de pensar si era lo mejor que podía hacer, eligió el número de Martín, el hijo de Tomás y de Susana, que siempre había sido el mejor amigo de Julio, desde que nacieron con un mes de diferencia.

—Carola, ¡qué sorpresa! —Martín parecía genuinamente contento de oír su voz—. Me pillas a punto de entrar en clase.

—Hola, guapo. No quiero molestar. Tengo una pregunta rápida, aunque me figuro que incómoda. Necesito que me digas por qué Julio y tú lleváis meses distanciados.

Hubo un silencio glacial al otro lado, un silencio que a Carola le dijo más de lo que esperaba.

—Ya sabes, mujer… Hacemos carreras diferentes, yo tengo novia desde hace casi un año… Julio estaba preparando el viaje a Londres…

—Martín, te lo pido por favor. Si sabes algo de Julio que yo necesite saber, dímelo ahora. Si se ha metido en algún lío, quiero estar a tiempo de salvarlo, no enterarme cuando sea demasiado tarde.

—Tía Carola… si se entera de que te he dicho algo, me mata. —El «tía Carola» le dejó claro que Martín estaba seriamente preocupado, que estaba volviendo a ocupar el papel de niño en el sistema familiar compuesto por niños y adultos.

—Por favor, cariño…

Matrín carraspeó locamente, como si estuviera buscando la voz en algún lugar de su estómago.

—Hace un par de años que Julio… le ha cogido el gusto a ciertas sustancias… Coca los sábados para salir, alguna pastilla en la discoteca… no sé… cada vez más cosas; no es que me dé muchas explicaciones. Lo lleva bastante bien, apenas se le nota, pero no me gusta. Lo hablé con él y me mandó a tocarme los cojones, ya sabes cómo es cuando se enfada.

—¿Y de dónde saca las pelas?

Martín suspiró. Hubo una pausa y debió de decidir que, de perdidos, al río, porque contestó.

—Trapichea.

—¿Qué? ¿Estás seguro?

—Según él, nada grande. Lo justo para pagarse lo que consume. Yo, la verdad, no estoy tan seguro.

—¿Por qué nadie me ha dicho nada?

—Joder, Carola, porque es mayor de edad, y es amigo mío de toda la vida, y tú eres policía, como mi madre. Tengo que entrar en clase.

—Gracias, hijo. ¿Puedo llamarte si tengo más preguntas?

—Claro. Cuando quieras. Lo siento, de verdad.

Cuando volvió a quedarse sola, sin la voz de Martín, sintió

un frío repentino extenderse por todo su cuerpo. Lo que acababa de escuchar cambiaba mucho la situación. De hecho, la cambiaba por completo. Si era verdad, y lo más probable era que así fuera, Julio llevaba más de un año engañándola, y ella, con el asunto del falso secuestro y el asesinato de Toby, no había tenido ojos para nada más que su propia desgracia y su sentido de culpa. Julio siempre había sido un buen chico que no le daba problemas. Ni se le había ocurrido que pudiera pasarle algo.

No se había dado cuenta de nada hasta su visita de la semana anterior y, estúpidamente, lo había achacado a la influencia de la inglesa. Ahora todo podía verse de otra forma. Ahora, aunque no le gustara la idea, tenía que considerar la posibilidad de que aquella bolsa de *liquid sky* fuera propiedad de su hijo y que Sheila no tuviera nada que ver con ello. En ese caso, lo que ella misma había hecho era absolutamente imperdonable y quien tendría que estar ahora en prisión preventiva sería Julio.

No podía comprender en qué se había equivocado, cómo era posible que un buen chico como su hijo se hubiera deslizado de repente por la estúpida pendiente del consumo de droga y del trapicheo. ¿De dónde había sacado el dinero para comprar aquella bolsa? Si de verdad Tomás no le había dado nada… ¿quién?

Tenía que llamar a su madre. Si Julio había sido capaz de mentirle a ella durante un año, no le extrañaría nada que lo hubiera hecho también con su abuela, que lo adoraba. ¿Qué cuento le habría contado a ella?

Se vistió deprisa, deseando salir a la calle, por mal que estuviera el tiempo. Lo peor que podía pasarle ahora era encontrarse con el dueño de la casa y tener que fingir que estaba bien, que no pasaba nada.

Se colgó la mochila del hombro, abrió la puerta con sigilo y, casi de puntillas, bajó las escaleras, cruzando los dedos para que Chuy hubiese salido ya o estuviera durmiendo todavía. Nada de natación, ni de café con leche. Se había acabado la buena vida.

En el tranvía le sonó el móvil. Wolf.

—¿Dónde te pillo? —preguntó.

—Yendo al hospital, a asegurarme de que sigue vivo.

—¿Puedes pasarte luego por aquí? Tengo dos noticias que darte: una buena y otra mala.

—¿Y no puede ser por teléfono?

—Mejor que no.

—Vale. Me paso en cuanto salga de ver a Juanma.

—¿Ha pasado algo, Carola?

Sin darse cuenta, se oyó soltando una carcajada de pura histeria.

—Un par de cosas. Luego te cuento.

22

Se había encontrado a Juanma preocupado y casi lloroso; siempre había sido más bien hipocondríaco y los veinte años pasados junto a Eva no solo no habían hecho nada para mejorarlo, sino que más bien lo habían vuelto peor. Como un niño, había protestado de que no estuviera Eva, de que no estaba cómodo con el camisón del hospital, de no tener una habitación individual y de más cosas que a ella le habían entrado por un oído y salido por el otro. Luego Juanma le había firmado una autorización para entrar en su habitación del hotel y traerle su propio pijama, bata y zapatillas, su neceser y un par de cosillas fundamentales para un escritor, le había dicho: su cuaderno, su pluma favorita, su tableta… El buen hombre se había convertido en un viejo malcriado que se creía mejor que los demás porque era capaz de inventarse historias y ponerlas por escrito.

Había estado apenas media hora y luego, entre sus protestas, lo había dejado, prometiendo volver más tarde.

Juanma le había dado el nombre del hotel donde estaban Pol y Nessa para que pasara a explicarles lo que había sucedido y a pedirles que lo visitaran. Carola suponía que Eva los habría informado, pero Juanma quería que fuera a verlos en persona. Al parecer se había acostumbrado a tener siempre a alguien a sus órdenes o bien dispuesto a darle todos los caprichos. Era agotador y se alegraba infinitamente de haberse separado de él.

Antes de pasar por comisaría a recoger aquellas dos noticias —una buena, una mala— que le había anunciado Wolf, decidió solucionar lo de Juanma, de modo que pasó primero por el hotelito donde se alojaban Pol y Nessa, a un par de calles del Sacher, igual de céntrico, pero mucho más modesto.

En la calle lateral, justo antes de doblar la esquina para alcanzar la entrada, tres ventanas iluminadas permitían ver la salita de desayunos, donde una veintena de turistas se preparaban para enfrentarse a otra larga y fría jornada de monumentos y museos. A través del cristal, y desde la protección de un amplio zaguán que había justo enfrente en la callejuela, vio a Pol volviendo a la mesa con un plato lleno. Lo siguió con la vista hasta que descubrió a Nessa sentada al fondo, en una esquina, charlando con una mujer que no supo reconocer, aunque le sonaba. ¿De qué conocía ella a esa mujer?

Era morena, llevaba una melena hasta los hombros, con flequillo, y debía de tener unos treinta y cinco años. Su gestualidad era española y, por lo que se podía apreciar desde la calle, hablaban en susurros, con las cabezas muy juntas y una expresión preocupada en el rostro. Curioso.

Carola decidió pasar de largo, ir primero a hacer el encargo del Sacher para tener tiempo así de darle un par de vueltas a lo que acababa de ver, y regresar después a darles las noticias de Juanma. Al volver al hotelito, de paso, aprovecharía para que la informaran de los precios y quizá también para que le enseñaran una de las habitaciones. Si iba a salir de la casa de Chuy, tendría que buscarse un hotel primero y luego, quizá, alquilar un apartamento amueblado, una vez hubiese decidido cuánto tiempo más pensaba quedarse en Viena. Le daba mucha pereza, pero no había más remedio. Y lo que tenía claro era que no quería marcharse hasta que quedase resuelto el caso de los esqueletos infantiles, tanto si encontraban el que a ella le interesaba como si no. El asunto de Julio era otra cosa. Lo mejor sería verse cara a cara, y lo más cómodo para ella, en Viena, pero no quería que él estuviera tan cerca de Sheila ni que se le colgara a ella misma del cuello cuando tenía tantas otras cosas en qué pensar. Solo faltaba que ahora Julio empezara a sentirse justificado en su engaño porque ella tampoco le había contado nunca lo de Alma. Habían visto juntos muchas películas americanas donde todo se justifica por la mentira que alguien ha contado o la verdad que ha sido ocultada durante décadas. A Julio nunca le había gustado asumir sus responsabilidades ni su parte de culpa. Quizá tendría que ir ella a Londres un par de días, pero no era el mejor momento. Pronto sería Navidad.

Podrían hablarlo en casa, con calma, en Madrid ellos dos solos, o en Valencia con el resto de la familia, si Julio había implicado a su abuela o a sus tíos. Los llamaría apenas quedara libre, pero primero aún había otras cosas que hacer.

Ahora, en cuanto cumpliera los encargos de Juanma, tenía que ir a ver a Wolf, a dejarse sorprender por sus noticias.

23

*E*n el Sacher, después de enseñar su DNI junto con la autorización de Juanma y de que el recepcionista hubiera hablado con él por teléfono para confirmar el permiso —él con su penoso inglés y el recepcionista en un británico muy aceptable—, un botones la acompañó a la habitación, le abrió la puerta y la dejó sola.

Para Carola no tenía nada de particular estar en la habitación de otras personas, rodeada de trastos desconocidos, pero el hecho de que se tratara del cuarto que compartían su exmarido y el bicho de Eva le daba un morbo especial a la situación.

Se quedó un momento quieta en el centro de la estancia, haciéndose una idea de qué había y dónde estaban las cosas. Necesitaría una bolsa de viaje o, si no, un par de bolsas de plástico para llevar lo que Juanma le había pedido. No le apetecía nada meter trastos ajenos en su propia mochila.

Había un *beauty case* de Vuitton que ni siquiera se molestó en mirar y un maletín de Hermès que supuso que sería el «maletín de escritor consagrado», el que, según decían las malas lenguas, ocupaba un asiento propio en todos los vuelos de Juan Manuel Araque, sobre todo cuando no los pagaba él, sino cualquier institución importante que lo invitase. Lo abrió y se aseguró de que estaba allí el cuaderno que le había pedido, junto a su pluma favorita, una Montblanc negra y oro, de las que cuestan más de mil euros; buscó con la vista por la habitación hasta dar con la tableta, que metió también en el maletín y, dejándolo sobre la cama, impoluta, fue al armario a ver si encontraba el pijama y la bata. Por fin encontró la bata en el baño y el pijama debajo de la almohada. Lo sacó con una ligera repugnancia que hasta a ella misma le sorprendió, y lo metió también en el maletín, junto con una muda de ropa interior que encontró en el armario. Veinticinco años atrás le parecía perfectamente normal recoger sus calcetines y calzoncillos sucios y llevarlos a la lavadora. Sin embargo, ahora... le daba grima la simple idea de tocar su ropa. Daba igual. Juanma era de las pocas cosas que, en ese momento, no representaban ningún problema, por fortuna.

A punto de irse ya, sabiendo que era una travesura, pero que nadie se iba a enterar, volvió al armario y miró la ropa de Eva. Todo recién comprado, todo de ultimísima moda, todo caro. Se preguntó qué haría aquella mujer cada seis meses con la ropa que ya no iba a volver a ponerse, sobre todo considerando que no podría regalársela a casi nadie, porque debía de tener una talla treinta y cuatro, o menor. Se vestía muy bien, pero era una escoba vestida. Recordó la famosa frase de Wallis Simpson, la americana que se casó con Eduardo VIII, el rey de Inglaterra que luego abdicó para poder estar con ella: «Una mujer nunca es lo bastante rica ni está lo bastante delgada». Eva debía de haberse tomado el consejo muy en serio.

Se acercó a la mesita de noche del lado que ella debía de ocupar y abrió el cajón. Dentro había un cuaderno forrado en seda cruda de color marfil con hebras doradas. Lo sacó y le echó una mirada. Números de teléfono, direcciones tachadas, enmendadas, reescritas... al parecer no se fiaba únicamente de su móvil. Pasó las hojas al desgaire. La mayor parte de los nombres no le decían nada, aunque seguramente serían personas de la máxima importancia, tanto para ellas mismas como para Eva.

Siguió pasando páginas, por pura curiosidad. Reconoció los nombres de algunos políticos, escritores, artistas, periodistas televisivos... En el bolsillo del final, junto a la cubierta trasera, encontró dos fotos, una de Eva y Juanma, muy orgullosos, con los reyes, otra con una persona que no reconoció. Al sacarlas, cayó al suelo un papel. Lo recogió de la alfombra y, ya iba a guardarlo de nuevo, cuando se le ocurrió desplegarlo.

Era un papel blanco, vulgar, con un texto impreso en mayúsculas:

ESTO ES UN SECUESTRO EXPRESS. SI QUIERES RECUPERAR A LA NIÑA SANA Y SALVA, TIENES VEINTICUATRO

HORAS PARA ENTREGAR 30.000 EUROS EN BILLETES USADOS. ENTRA EN LA CATEDRAL DE SAN ESTEBAN A LAS OCHO DE LA TARDE DE MAÑANA. ENTRANDO, A LA IZQUIERDA, HAY UNA CAPILLA DE JESÚS. SIÉNTATE EN EL PRIMER BANCO. MIRA HACIA ATRÁS DE VEZ EN CUANDO. CUANDO VEAS A LA NIÑA DETRÁS DE LAS VELAS DE SANTA TERESA DEL NIÑO JESÚS DEJA LA BOLSA DEBAJO DEL BANCO. ESPERA TRES MINUTOS Y MÁRCHATE. LA NIÑA TE ESTARÁ ESPERANDO DELANTE DE ZARA, EN LA HAAS HAUS. VE SOLA Y NO LLAMES A LA POLICÍA. DE LO CONTRARIO, NO VOLVERÁS A VERLA.

Por un instante la angustia le cortó la respiración. Algo en su interior había hecho una conexión absurda. De un segundo a otro había pensado que aquella era la nota que Juanma había recibido en 1993 y que nunca le había enseñado a ella porque sabía que era imposible que pudieran pagar treinta mil euros; que, por su culpa, había perdido la oportunidad de rescatar a su hija.

Enseguida se impuso la sensatez. En 1993 no había euros; ni siquiera sonaba aún la palabra, y Zara no existía fuera de España. El papel de la nota era nuevo.

Aquello no tenía nada que ver con Alma.

Empezó a respirar con más facilidad.

Se sentó en la cama y volvió a leer el mensaje. ¿De cuándo era? ¿Por qué lo tenía Eva allí? ¿De qué niña hablaba el texto?

Estaba escrito en inglés, pero no lo había escrito un nativo y, de momento, no veía nada que pudiera apuntar a una fecha concreta. Se hablaba de «veinticuatro horas» y de «ocho de la tarde de mañana», pero no sabía cuándo habría recibido aquella nota y por tanto lo de «mañana» no tenía ningún valor.

¿El repentino viaje de Eva tendría algo que ver con aquello?

Desplegó el papel sobre la cama, lo fotografió y volvió a dejarlo donde estaba. Terminó de hurgar por el cajón y luego continuó por el tocador hasta asegurarse de que no había nada más que pudiera darle una pista. Eva no tenía hijos, que ella supiera, y, caso de tenerlos, serían ya mayores.

No se había denunciado la desaparición de una niña española, se lo había asegurado Kerstin. Pero eso podría querer decir que sí se había producido un secuestro, que Eva había recibido esa nota y se había marchado urgentemente a reunir el dinero necesario para que la cosa no llegara a la policía. ¿Por qué? ¿Quién era aquella niña?

Suspiró. Dio un último vistazo a la habitación y salió, cerrando la puerta tras de sí. Había huido a Viena después de la debacle del caso de Toby y ahora, después de tres meses de creerse a salvo, se encontraba otra vez con una desaparición y un secuestro, pero sin la posibilidad de hacer nada para arreglarlo. Había pensado que iban a ser una especie de vacaciones y ahora resultaba que, si se hubiese quedado en su casa, en Madrid, habría podido descansar más y se habría ahorrado todo aquello.

Si de verdad Eva, por lo que fuera, estaba implicada en un secuestro, ¿por qué no había acudido a ella, sabiendo que no solo era policía, sino que era su especialidad? ¿Cabía en lo posible que aquella niña fuera hija de Juanma? Era lo único que se le ocurría para que Eva hubiera salido corriendo a arreglar la situación. Pero ¿qué hacía aquella cría en Viena y por qué él no sabía nada? La cosa no tenía ningún sentido.

Cuando llegó al hotel de Nessa y Pol, aún estaba sacudiendo la cabeza. Les explicó la situación, les entregó el maletín con las cosas de Juanma y no les dejó más opción que llevárselo al hospital, aprovechando que iban a visitarlo.

—Siempre podéis filmarlo en la cama, ahora que tiene ya su pijama de seda y ha sobrevivido a un infarto —dijo guiñándoles un ojo—. Ese tipo de cosas son lo que más gusta a vuestro público, ¿no?

—¿Y por qué no vas tú? —Nessa estaba molesta.

—Porque tengo trabajo. Dadle recuerdos míos. Yo ya he estado allí esta mañana.

—Oye —escuchó decir a Pol, antes de que la puerta del hotel se cerrara tras ella—, pues no me parece mala idea filmar un poco al llegar al hospital y luego en la cama. Coge el neceser y salimos para allá.

24

—*L*as famosas perlas de la condesa Skavronskaia son las únicas que unen dos de nuestros puntos, Wolf. Pertenecieron a la esposa de uno de los políticos relacionados con Walker y fueron robadas en 1992. Fue un enorme escándalo y el seguro tardó años en pagar. Siguen desaparecidas a día de hoy. —Gabriella hablaba a toda velocidad, poniendo en antecedentes a su jefe mientras él conducía.

—¿Las perlas que hemos encontrado tienen algo que ver con esas que me cuentas?

—Según el experto del seguro al que hemos contactado, podrían formar parte del mismo juego y es posible que, juntas, pertenecieran a la pulsera. Las perlas del collar robado eran más gruesas y de distintos tamaños, para que las más grandes quedaran en la parte de abajo, y se fueran haciendo más pequeñas conforme subían hacia el cuello. Acabo de imprimir la foto para que te hagas una idea. Era un collar de tres vueltas de perlas naturales de más de tres siglos de antigüedad. Valía una fortuna. Las que nosotros hemos encontrado son igual de antiguas y de valiosas, pero son todas iguales y no muy grandes, lo que apunta a que se trata de una pulsera. Lógicamente, no podemos contrastarlas con el collar porque no ha vuelto a aparecer, pero parece que la edad coincide y el tipo de perla también. Nos ha pedido dos días más para decirnos con absoluta seguridad si son las de la condesa.

—¿A quién vamos a ver ahora?

—Vamos a ver al político retirado del que te hablaba, Hansjörg Lichtmann, lo mismo te suena. El marido de la dueña de las perlas, una descendiente de la condesa que te decía.

—¿Lichtmann? ¿El ultraderechista que hace treinta años

parecía que iba a comerse el mundo? ¿Ese que se casó con una condesa rusa o algo así?

—Ese. Lo que pasa es que parece que ya no anda muy bien de la cabeza…

—¡Mira qué novedad! —interrumpió Wolf—. Eso ya le pasaba entonces.

—Me refiero a una condición médica. —Echó una mirada a sus notas—. Parece que poco después del robo de las perlas, que fue un escándalo social sin precedentes, el buen hombre intentó ahorcarse en su garaje, con poco éxito, porque consiguieron salvarlo; pero la privación de oxígeno le había dañado el cerebro y, desde entonces, por lo que me ha contado su hija por teléfono, tiene graves dificultades para hablar y confunde las cosas. Últimamente, además, se le ha agravado la enfermedad y tiene demencia senil…

—Y a ese es a quien vamos a preguntar sobre un asunto de hace treinta años… ¿No sería mejor hablar con su mujer, la condesa?

—Murió el verano pasado.

—¡Vaya! ¿Y su hija?

—Tenía doce años cuando el robo.

—Yo a los doce años ya me enteraba de todo, y conservo recuerdos muy claros de varios años antes.

—Podemos probar, si vemos que con Lichtmann no avanzamos.

—¿Vive en casa?

—Según me ha dicho *Frau Dr.* Rohde, la hija, tiene un apartamento para él solo al lado de la casa grande donde viven todos.

—¿Quiénes son todos?

—Ella y su marido, los tres hijos, dos de ellos con pareja, dos nietos, la *nanny*, el enfermero que cuida a Lichtmann y el servicio, supongo; eso no me lo ha precisado. El marido es banquero, ella estudió química y heredó una pequeña empresa farmacéutica y de cosmética natural de su madre; los hijos están todos colocados en puestos importantes en empresas de socios y amigos. La *Schikeria* de Viena, la pijería más absoluta, vamos. Menos las famosas perlas, tienen de todo.

La casa, en la zona norte de Döbling, tenía efectivamente

de todo, pero lo que más saltaba a la vista eran sus tres pisos, repartidos en un cuerpo central y dos alas, la amplia entrada de automóviles y el enorme jardín delantero.

Les abrió un ama de llaves vestida de gris y blanco, con ropa de calle, pero que de algún modo dejaba claro que se trataba de un uniforme, y los hizo pasar a un saloncito decorado en tonos azules con estanterías blancas cubiertas de trofeos de todo tipo de deportes: tenis, judo, baloncesto, tiro con arco, hípica… Las fechas indicaban que los campeones eran los hijos del matrimonio a lo largo de su adolescencia.

Un par de minutos después apareció una señora vestida con traje de chaqueta que daba la impresión de haberse apartado de su escritorio apenas un momento para recibirlos.

—Comisario, subinspectora… —saludó, estrechándoles la mano con firmeza—. Erna les acompañará ahora a ver a mi padre, pero, como ya les he advertido por teléfono, hace mucho que no habla y, cuando lo hace, no dice más que tonterías sin relación con la realidad.

—*Frau Dr.* Rohde, si me permite una pregunta. —Wolf habló rápido, antes de que la mujer volviera por donde había venido. Ella se detuvo y asintió con la cabeza—. Ustedes no llegaron nunca a recuperar ni siquiera parte de las joyas robadas, ¿verdad?

—No, comisario. Lo único que nos queda de ellas son fotografías.

—¿Tampoco la pulsera del juego?

—Ya le digo que no.

—¿Cuántos años tenía usted cuando desaparecieron?

—Casi doce.

—Si le enseñáramos una perla, ¿cree que sería capaz de decir si podría ser de las robadas?

La mujer avanzó dos pasos en su dirección.

—Podría ser —dijo chupándose los labios—. Eran unas perlas muy especiales, de una calidad extraordinaria, lo que se llama «agua pura» sumando la claridad y el oriente, y casi perfectamente redondas, sin impurezas ni cacarizos…

—Parece que entiende usted de perlas.

Ella echó la cabeza atrás, como si fuera a reírse, pero no lo hizo.

—Me pasé toda mi infancia oyendo que aquellas perlas eran mi patrimonio, mi herencia, el eslabón que me ligaba con mi familia, con el pasado... Mi madre las sacaba de vez en cuando, me llamaba, nos acomodábamos en la otomana de su dormitorio y me dejaba cogerlas y pasarlas entre las manos hasta que se ponían tibias y brillaban como si estuvieran vivas. Aún recuerdo con claridad su tono rosado, «como un amanecer japonés», decía mamá. Perderlas fue un golpe del que nunca se recuperó del todo. Para mí también fue muy duro...

—Tengo entendido que su padre intentó suicidarse.

La mujer torció la boca en un gesto amargo, como si hubiera mordido algo desagradable.

—Así es. Intentó. —Enfatizó la palabra de modo que quedaba muy claro lo que pensaba de su padre: que era un inútil que no había servido ni para quitarse la vida con éxito.

—¿Acaso se sentía culpable?

—Lo ignoro, comisario. Hace muchos años que no se puede hablar con mi padre y, antes del robo, yo prácticamente tampoco hablaba con él, por otras razones. Es posible que se haya sentido culpable, pero, considerando lo que nos hizo sufrir a mamá y a mí, tampoco me parecería mal. Sería una especie de justicia poética. —Hizo una breve pausa—. Si no me necesitan... tengo mucho que hacer.

Volvieron a estrecharse la mano y ya casi se había dado la vuelta cuando Wolf habló de nuevo.

—La llamaremos de comisaría para que pase usted por allí cuando mejor le venga.

La mujer se tensó visiblemente y, con esfuerzo, volvió a relajarse antes de preguntar:

—¿Se me acusa de algo?

—¡No, por Dios! Me gustaría enseñarle una perla que hemos encontrado. Eso es todo.

—Llamaré hoy mismo para concertar una cita. Me ha picado usted la curiosidad, comisario Altmann. Subinspectora...

—¡Qué señora! —susurró Gabriella cuando, siguiendo a Erna, avanzaban por el pasillo de la planta baja hasta una puerta que daba al jardín trasero y a una galería cubierta que permitía llegar a un edificio blanco que, al parecer, tenía un garaje de varias plazas en la parte de abajo. Una escalera semicubierta permitía acceder a la planta superior.

Erna llamó con los nudillos a la puerta pintada de gris claro y un hombre fuerte, calvo, de unos cuarenta años, la abrió. Iba vestido de blanco y estaba claro que se trataba del enfermero que cuidaba a Lichtmann.

—Pasen —dijo—. Soy Emil. Hoy tiene un buen día —añadió, señalando hacia dentro—. Está muy dicharachero, aunque no se entiende casi nada.

El ama de llaves se excusó en un susurro y desapareció a toda velocidad, como si le diera miedo estar allí.

Entraron a una habitación amplia, arreglada al gusto de los años ochenta, con muebles de madera maciza, papel pintado a rayas en las paredes, un enorme televisor y un tocadiscos con dos grandes altavoces. Gabriella se sintió como si hubieran atravesado el túnel del tiempo.

Emil los invitó a sentarse en el grueso sofá de color vainilla y entró a uno de los dos dormitorios. Un momento después regresó con su paciente.

Tanto Wolf como Gabriella habían visto fotos de Lichtmann, pero todas ellas eran de treinta años atrás, bien de cuando era el líder de su partido y se presentaba a las elecciones nacionales, bien de la época del robo y los litigios con la compañía de seguros. Ahora, aquel hombre fuerte, resoluto, de nariz aguileña y ojos rapaces, se había convertido en un anciano calvo, con el cráneo cubierto de manchas oscuras y una piel que le colgaba por todas partes, como si fuera una ropa demasiado grande para su esqueleto. Tenía la mirada húmeda, vacua, como un niño, pero sin su dulzura ni su curiosidad. Emil lo guio hasta el sillón que había junto a la ventana. En la repisa había una colección de animales de trapo.

—Siéntese, *Herr* Lichtmann. Estos señores han venido a visitarlo.

El hombre se quedó mirándolos sin expresión. Estiró una mano y cogió una jirafa, que instaló en su regazo. De vez en cuando, metía la mano en el bolsillo, sacaba una pastilla mentolada y se la ponía en la lengua antes de cerrar la boca. En dos ocasiones trató también de meter una en la boca de la jirafa y, con una risilla, acabó tragándosela él mismo.

Gabriella y Wolf carraspearon casi a la vez. Los dos pensaban que había sido un error tratar de entrevistarse con aquel hombre.

—Bonitazz pel… las —dijo de pronto sin apartar la mirada de Gabriella.

Justo en ese momento, cuando ella se llevó la mano a la garganta, se dio cuenta Wolf de que se había puesto un collarcito de perlas, de los que estaban de moda en los años sesenta como regalo de fin de carrera o de boda para las chicas de clase media. Podían ser heredadas de su abuela, de la madre de Gaby, y nunca se las había visto puestas. Se preguntó por qué lo habría hecho precisamente hoy.

—¿Quiere tocarlas, señor Lichtmann? —preguntó Gabriella con su voz más dulce.

El octogenario extendió las manos como un niño que va a recibir un regalo. Ella se abrió el cierre, cogió la ristra de perlas y la depositó en el cuenco de la mano derecha del hombre, que se cerró de inmediato, apresándola con rapacidad. La jirafa cayó al suelo sin que le concediera una mirada. Se giró de medio cuerpo hacia la ventana y, abriendo un poco el puño como si tuviera un animalillo vivo dentro, metió el dedo índice de la otra mano y acarició las perlas entrecerrando los ojos.

—¡Guánto diempo…! —susurró—. Abbe la boca, cadiño…

—¿Cómo dice?

El hombre empezó a reírse bajito.

Wolf y Gabriella lo miraban con cara de póquer, tratando de no influenciarlo con una expresión cualquiera. Estaba claro que en su mente habían aparecido imágenes o recuerdos que no era capaz de articular o que, de todas formas, no hubiera querido compartir con ellos. De pronto su rostro blando se había convertido en una máscara salaz: los ojos entrecerrados, la lengua paseándose por sus labios como relamiéndose, buscando un sabor olvidado. Se llevó a la entrepierna la mano que aferraba el collar de Gabriella y cerró los ojos, echando la cabeza atrás, disfrutando de lo que solo él veía.

—*Herr* Lichtmann —Emil se acercó a hablarle al oído, reprendiéndole como si fuera un niño maleducado y cogiéndole la mano para apartarla de sus genitales marchitos—, haga usted el favor… Tenemos visita. Son policías —terminó, usando un tono ominoso.

De repente el hombre empezó a gemir como un animalillo asustado y a protegerse la cabeza con las dos manos mientras se encogía en el sillón diciendo: «¡No, nooo, no, mamá, no!». «¡Puta, puta!», «¡Muédete, Alix!», «Te quieggo, Zab... ine, mi amoggg». Las lágrimas le escurrían por las mejillas hundidas. Había empezado a morderse los labios y los nudillos.

El enfermero los miró con una muda disculpa, sacudiendo la cabeza con lástima. A la vez, trataba de tranquilizar al anciano y abrirle la mano para que soltara el collar de Gabriella.

—Vamos, hombre, no diga usted esas cosas. Aquí nadie quiere hacerle daño. No hay ninguna puta, y su esposa ha fallecido ya. Tranquilo, *Herr* Lichtmann. Le diré a Sabine que venga a verlo. Eso le gustaría, ¿verdad? Sabine vendrá.

—¿Tiene tet... tetitas ya? —dijo con cara de asco—. ¡Puta!

Los policías se habían puesto de pie y, a pesar de que tenían mucha experiencia, estaba empezando a costarles un auténtico esfuerzo seguir allí, mirando a aquel desgraciado mientras revivía momentos terribles de su larga vida. Por gestos, le indicaron a Emil que se marchaban. El enfermero consiguió arrebatarle por fin el collar, se lo pasó a Gabriella con toda rapidez para que el anciano no lo viera, lo cambió por un muñeco de peluche, un gatito gris, les dio la espalda y con la mano libre les hizo señas de que se marcharan mientras seguía murmurando en voz tranquilizadora.

—No pasa nada, *Herr* Lichtmann, todo está bien. Nadie va a hacerle nada, no se preocupe. Mire, ahora le daré un caramelo. Sí, vendrá Sabine, su niña pequeña, claro que vendrá.

Por encima del hombro de Emil vieron cómo el viejo le apretaba el cuello al gatito y lo retorcía mientras iba poniéndose rojo de furia, y acababa golpeándolo contra la repisa de mármol de la ventana. Una y otra vez, una y otra vez.

Cuando cerraron la puerta del apartamento y bajaron la escalera, se detuvieron un minuto a hacer unas inspiraciones.

—Joder —dijo Gabriella—. Da escalofríos. ¡Qué asco! ¡Qué hijo de puta! ¡Qué pedazo de cerdo!

—¿Quién sería Sabine? —preguntó Wolf, más conmocionado de lo que quería mostrar.

Ella lo miró, restregando el collar contra la manga de su chaqueta.

—Su hija. *Frau Dr.* Rohde, la mujer que acabamos de conocer. Y Alix era su esposa. ¡Qué asco! ¿Con qué crees tú que podría limpiar el collar? Era de mi abuela.

—Y te lo has puesto hoy por casualidad, ¿no?

—Claro que no. Me lo he puesto a ver si reaccionaba.

—Pues lo has conseguido.

—Me da asco la simple idea de haber estado en la misma habitación que ese tío. ¡Imagínate cuando es tu marido, o tu padre! ¡Y que ese cerdo haya tocado el collar de mi abuelita...! ¡Joder!

—Vámonos de aquí. Ya hemos visto bastante.

$\mathcal{A}$ los diez minutos de haber salido del hotel y de andar sin rumbo por el centro histórico, Carola se dio cuenta de que no había preguntado el precio de las habitaciones. Tenía demasiadas cosas en la cabeza y, al fin y al cabo, también podía hacerlo *online*. Entró en un café desconocido, pidió un *verlängerter* y agarró un periódico de los muchos que, montados en sus atriles de madera, esperaban colgados a los clientes que se interesaran por ellos. Una mera ojeada le bastó para darse cuenta de que no iba a ser capaz de concentrarse, de que los grandes problemas del mundo le importaban un pimiento y que los suyos le parecían más acuciantes.

Sacó su cuaderno de la mochila y empezó a hacer una lista de todo lo que le preocupaba para luego organizarlo por importancia y prioridades. Siempre le había resultado práctico hacerlo así, aunque a Susana le parecía la muestra de una mente analítica y un corazón frío.

Primero hizo dos columnas, separando lo que solo se refería a ella misma y lo que implicaba a otros:

¿Alma???	Devolver la biblioteca a su estado original
Ir a comisaría (Noticias Wolf)	Hablar con Javier
¿Secuestro???	Llamar a Julio/Llamar a Patricia y a mamá
Recoger mis cosas	¿Abogado Sheila?
Buscar dónde vivir	

Rodeó Javier con un círculo y lo pasó con una flecha hacia abajo. Hasta que Chuy no le comunicara el cambio de situación a su hermano, ella no tenía nada que ver con el asunto. Recoger los trastos y buscar nuevo acomodo tampoco era realmente urgente. Chuy le había dicho que no tuviera prisa. Arreglaría la biblioteca lo más rápido posible y, a lo largo de esos días, iría buscando un lugar. Trastos no tenía muchos, en un par de horas estaba todo recogido y quizá, no teniendo nada concreto que hacer en Viena, decidía volver a Madrid definitivamente o irse a Mallorca o volar a Londres a hablar con Julio, pero no quería marcharse hasta que no quedara resuelto el asunto de los restos infantiles, y, soñar por soñar, haber encontrado lo que hubiese quedado de su hija, aunque sabía que no había ninguna garantía de que fuera a suceder antes de fin de año.

Ya estaban a mediados de diciembre. Diez días para Nochebuena. Si pensaba volar adonde fuera, ya tendría que haber sacado el billete, pero se le había pasado por completo. Lo añadió a la lista para no olvidarse. Y también tenía que discutir con su hijo qué iban a hacer durante la Navidad. Todo le daba una angustia y una pereza infinitas.

Rodeó el nombre de Julio. Era fundamental llamarlo. Solo que no quería tener que hacerlo. Pero era consciente de que, de momento, debería estar en el primer lugar de la puñetera lista.

Volvió a repasarla. Iría a comisaría a primera hora de la tarde a ver qué tenía que contarle Wolf. Cuanto antes lo supiera, menos vueltas le daría a qué podía ser esa mala noticia que tenía que darle.

Solo quedaba el asunto del secuestro.

No tenía ninguna forma de saber si eso era actual o si la nota que había encontrado en la agenda de Eva estaba allí desde hacía siglos. Sacó el móvil, amplió la foto y leyó varias veces su contenido. Como recordaba, no había ninguna indicación cronológica, nada que pudiera confirmarle que se trataba de algo a punto de suceder.

¿A qué descerebrado se le ocurre un secuestro *express* en Viena? Estaba claro que no se trataba de profesionales. Pensaban ir al centro con la niña, dejar que Eva la viera y luego llevarla a trescientos metros del lugar de la entrega del dinero para que la recogiera. Era absolutamente absurdo. Cualquier policía novata los trincaría sin ningún esfuerzo poniendo a dos parejas de agentes vestidos de calle, una en la catedral y otra delante de la tienda.

Quizá podría pasarse a ver a Kerstin y enseñarle aquella nota, pero había varias cosas en contra: no sabía si la nota se refería a la actualidad, no podía explicar cómo la había conseguido, ya había preguntado por una denuncia inexistente… acabarían pensando que estaba obsesionada con los putos secuestros. Estaba de excedencia, allí en Viena no era policía ni tenía ningún tipo de competencias. Lo más sensato sería acercarse a las ocho por la catedral y ver si pasaba algo.

O, al ir primero a comisaría, invitar a Wolf a tomar una cerveza al final de la jornada y pasar por la catedral justo a las ocho. Eso sería probablemente lo mejor.

Miró fijamente la primera línea de la lista.

Alma.

Lo que Wolf tenía que decirle estaría relacionado con ella. Mejor esperar a hablar con él, y dejar de darle vueltas. A plena luz del día era más difícil creer en la posibilidad de un fantasma pidiendo ayuda después de casi treinta años. Y, si era así, ya se enteraría. Alma siempre había sido muy cabezota. Cuando quería algo, insistía hasta conseguirlo. Si de verdad había venido a buscarla, insistiría.

Las listas eran un gran invento. Ahora se sentía mucho mejor.

Pidió otro café y un *apfelstrudel*. Era ya hora de comer, pero no tenía ganas de carne ni guisados ni ensaladas. *Comfort food*. Dulce, caliente, con olor a vainilla y a canela. Cosas que le recordaban a su infancia, a los postres que hacía su abuela alemana, la *oma* Silke.

En cuanto se lo comiera, fortalecida, llamaría a Julio y verían de arreglar la situación, aunque aún no había decidido ni siquiera en qué tono pensaba hablarle.

El primer bocado le supo a gloria: ligero, crujiente, tibio, aromático… como una caricia a su alma.

Entonces sonó su móvil. Eva.

Pensó no cogerlo, pero la curiosidad le pudo.

—Dime, Eva.

—¿Cómo va Juanma? —Siempre al grano, cuando no estaba hablando con alguien a quien quería hacer sentir importante.

—Bien. Supongo.

—¿Supones? ¿No has ido a verlo? —Un toque de enfado, de leve histeria.

—Sí. Esta mañana temprano. Todo bien.

—¿Le has llevado sus cosas?

—No. Se las he pasado a los chavales y ellos se las habrán llevado ya. ¿Dónde estás tú?

—Vuelvo a las cinco. Iré directamente al hospital. —Carola sonrió para sí misma por la finta que acababa de hacer Eva para no tener que contestar su pregunta—. ¿Te ha dicho cuánto tiempo quieren tenerlo ingresado?

—Solo hoy, en observación. Si no pasa nada, mañana ya puedes llevártelo al hotel.

—Mañana, si hay suerte, volamos a casa. Ahora mismo es Navidad.

De pronto, a Carola se le ocurrió una idea para probar su reacción con respecto a la nota de secuestro.

—¿Qué te parece si salimos a cenar juntas esta noche, Eva? Conozco varios sitios agradables y, como estás sola… ¿A las ocho?

Eva le concedió la enorme satisfacción de tragar saliva audiblemente. Casi se podía oír cómo su cerebro giraba a toda velocidad para decir algo que sonara plausible, pero le permitiera estar libre a las ocho. Quizá la nota sí que se refería al momento presente.

—¿Tan pronto?

—Es la hora normal aquí, y en el hospital ya te habrán echado.

Eva carraspeó enloquecidamente.

—Perdona. Te lo agradezco, Carola, pero estaré hecha polvo y la verdad es que prefiero quedarme en el hotel y pedir algo ligero del *room service*.

—Como quieras.

Hubo un suspiro de alivio al otro lado que a Carola le arrancó una sonrisa.

—Ya te llamo yo mañana con lo que haya, a ver si aún nos da tiempo a despedirnos. —Era evidente que estaba deseando colgar.

—¿Tú estás segura de que Juanma va a querer marcharse sin volver al mercadito? —preguntó Carola—. Está obsesiona-

do con esa niña que aparece y desaparece, y la verdad es que…
lo entiendo, Eva. Para nosotros dos es muy fuerte.

—Ya —dijo entre dientes—. Quizá no haya sido precisamente una idea genial venir a Viena. Tengo que dejarte, bella.
Nos vemos.

Ahora sí que le quedaba claro que, sola o con Wolf, se iba
a pasar por la catedral de San Esteban a las ocho de la tarde.
La curiosidad la estaba matando. Y, si aquello no era una broma, una niña secuestrada era algo que no tenía ninguna gracia.
Esta vez la salvaría. Como fuera.

$\mathcal{F}$ue caminando hacia comisaría aunque, por unos segundos, había pensado ir a casa y ponerse cómoda en la biblioteca, pero enseguida se había dado cuenta de que ahora ya no estaba sola en el palacio y, aunque no le molestaba la idea de ir conociendo mejor a Chuy, tenía la cabeza demasiado llena de cosas y lo que más le habría apetecido era una siesta, lo que no se podía permitir si él estaba en la casa y tenía ganas de charlar. Le costaba volver a hacerse a la idea, pero había regresado al papel de invitada/empleada, y prefería evitarlo.

De todas formas, antes de las ocho tenía que estar de nuevo en el centro y antes de eso tenía que hablar con Wolf. Para estar más o menos «de vacaciones», tenía mucho más trabajo del que habría creído posible.

Encontró a su amigo en la máquina del pasillo sirviéndose un capuchino. Sacó otro para ella y juntos se acomodaron en el despacho de Wolf.

—¿Has ido a ver a Juanma? ¿Qué tal va?

—Vivirá —dijo ella, encogiéndose de hombros—. Está quejica, como siempre.

—Mujer, un infarto no es ninguna tontería.

—No. Además, ya es la segunda vez. Pero Juanma siempre ha sido más bien hipocondríaco; a eso me refería.

—¿Hacía mucho que no lo veías?

—¡Uff! Cerca de veinte años. No te lo vas a creer, pero lo miro y no puedo imaginarme que alguna vez fuimos pareja, que tuvimos una hija juntos. Hasta me resulta raro pensar que es mi exmarido, fíjate.

—Sí. A mí me pasa con Tina, la madre de Anna. Se casó con un italiano y hace mil años que no la he visto. Ni la echo de menos, ni me acuerdo de ella, ni, cuando lo pienso, se me ocurre por qué coño nos casamos. Es raro que cosas que en un tiempo nos parecieron terribles o maravillosas se desdibujen con esa facilidad, ¿no?

Sonrieron y volvieron cada cual al vaso de plástico que les calentaba las manos.

—Bueno, colega —dijo ella—, ¿qué noticias eran esas?

Wolf se levantó, estiró los hombros, movió el cuello para librarlo de tensiones y sacó una carpeta delgada del mueble que ocupaba toda la pared.

—¿La mala o la buena primero?

—La mala.

—Les he metido prisa para que comprobaran tu ADN antes que ningún otro. No casa. Ninguno de esos niños es Alma.

Ella apoyó el codo en la mesa y la frente en la mano. Cerró los ojos, tratando de entender las implicaciones de lo que le acababa de decir Wolf.

—¿Seguro?

—Claro.

—¿Y la buena?

—Ahora ya no estoy tan seguro de que sea buena. —Puso una foto en la mesa, al lado de donde Carola apoyaba el codo—. Mira lo que hemos encontrado.

Al mirar la foto, los labios empezaron a temblarle. La cogió, se la acercó a los ojos, pasó un dedo por su superficie, levantó la vista hacia él.

—¿Dónde estaba? —dijo con la voz quebrada.

—Es suyo, ¿verdad? Lo hemos cotejado con las fotos de Alma que nos diste. Si no es el mismo, es muy similar.

—Es el mismo —dijo ella—. Aunque, si lo tuviera en la mano, podría decirlo seguro.

Wolf le acababa de enseñar la foto del colgante en forma de corazón que llevaba *Frau* Scholl, la mujer del camionero que unos años atrás había trabajado en el CARLA y había vaciado la casa de Walker; el colgante que había encontrado en una cajita en aquella casa y le había regalado a su novia.

—¿Puedo verlo al natural?

—No lo tenemos aquí, pero puedo acompañarte a conocer a la mujer que lo tiene.

Le explicó la situación en unas palabras, notando con claridad que ella solo lo escuchaba con la mitad de su mente. Sus manos pasaban una y otra vez sobre la foto, como si eso la acercara a su hija.

—O sea, que estaba en casa de Walker, el hijo de puta de la foto que me enseñaste ayer. Con otras cosillas del mismo estilo.

—Todo pequeñas joyas que otros padres han identificado.

—¿Y esa era la buena noticia? —preguntó con amargura.

—Sí, porque sabía que te alegraría que estemos sobre la pista correcta. Aún no sabemos dónde están sus restos, pero sabemos quién la mató y podrás recuperar su colgante.

—Solo a un madero se le ocurriría que esa es una buena noticia —dijo, torciendo la boca en un rictus amargo—. ¡Menos mal que yo también lo soy!

—Markus nos ha pasado el informe de la furgoneta de Walker. A pesar de los años transcurridos y de las limpiezas, aún han encontrado restos que permiten probar que al menos tres de las víctimas estuvieron allí.

—Pero nada de Alma.

—En la furgoneta, no; pero el colgante estaba en su casa.

—¿Y por qué no se deshizo de todas esas cosas, si se molestó en quitarles todo lo que llevaban puesto y pudiera permitir identificar los cadáveres?

—Muchos asesinos conservan recuerdos, tú lo sabes. Trofeos.

—Es posible.

—Además, el tío murió sin esperárselo. Lo atropellaron al cruzar una calle. Bueno, de hecho, según un testigo presencial, un taxi se subió a la acera y lo embistió contra una farola; se supone que, por lo que sea, el taxista perdió el control sobre el vehículo y luego se acojonó y salió cortando, dejando a Walker tirado. El testigo no memorizó la matrícula ni el modelo ni nada. Según los informes de hace trece años, investigaron a las compañías de taxis, pero no consiguieron dar con quien lo hubiera hecho. Como Walker no tenía a nadie, nadie insistió en aclarar el caso. Murió sin recobrar la conciencia y lo incineraron.

—¿Y todo eso para qué me lo cuentas? Le está muy bien empleado al cabrón.

—Sí. Te lo decía por lo que hablábamos de guardar recuerdos. Igual pensaba librarse de las joyas en algún momento y el accidente le estropeó los planes. Ya no volvió a su casa.

—Pero en la fosa habéis encontrado todas aquellas perlas… ¿Por qué conserva las crucecitas y los angelitos de oro, que no valen casi nada, y sin embargo entierra unas perlas buenas?

—Hoy hemos entrevistado… bueno, es un decir, porque el hombre está demente… al tipo aquel que te comentaba ayer del robo del collar de perlas de la condesa rusa. Ha sido repugnante. No sé si podremos probarlo, aparte de que no nos va a servir de nada, porque está gagá, pero es muy posible que tenga algo que ver con abusos infantiles e incluso asesinato de menores.

Wolf recogió los dos vasos de plástico, salió al pasillo y los tiró a la papelera correspondiente.

—Tenemos reunión dentro de nada. ¿Quieres estar?

Ella sacudió la cabeza.

—No quiero crearte problemas con tu gente. Ya me voy. Eso sí, me gustaría quedar para ir a ver el colgante de Alma. Por favor.

—Claro. Cuando quieras. Los llamaré hoy mismo.

—Y, si tienes tiempo… ¿qué tal si nos vemos esta tarde, a eso de las siete y media, en el centro?

—¿Por algo en concreto? —Wolf sonrió con picardía.

—¿Tanto se me nota?

—¿Que tienes una intención concreta? ¿Que no es por mis bellos ojos grises? Sí. Se te nota una barbaridad.

—Pero ¿vendrás?

—Iré.

—A las siete y media delante de la catedral o a las ocho menos cuarto dentro. En el tercer o cuarto banco de la izquierda. Ven armado, si es posible.

—Carola, ¿de qué se trata?

—Seguramente de nada. Ya te lo explicaré. Pero podría ser importante. ¿De acuerdo?

—De acuerdo. ¿Seguro que no quieres explicarme más?

—Confía en mí. Y, si puedes hacerlo sin tener que dar muchas explicaciones, tráete a alguien más, por si acaso.

Wolf dudó un instante, aún en el umbral de su despacho antes de salir al pasillo.

—Le preguntaré a Gabriella si quiere conocer a mi amiga española fuera de lo profesional. Le caes bien y no me extrañaría que haya estado investigándote un poco. Es joven y ambiciosa. Cuando ve a una mujer que ha llegado a lo que a ella le gustaría llegar, estudia cómo lo ha hecho.

—Pues perfecto. Hasta las siete y media, ocho menos cuarto, en el Stephansdom.

Wolf salió, dejando la puerta abierta, mientras Carola recogía su mochila y empezaba a ponerse la bufanda y el abrigo.

De pronto, varias de las ideas que habían estado dando vueltas por su cabeza se coagularon de un momento a otro y la forzaron a salir corriendo detrás de su amigo.

—¡Wolf! ¡Wolf, espera, espera! Tengo algo que decirte, algo que se me acaba de ocurrir y puede ser importante.

Cuando lo alcanzó, estaba a punto de entrar en la sala de reuniones, donde lo esperaban los tres hombres y la chica joven, Gabriella, que ya había conocido en la reunión anterior.

—Lo siento. Se me acaba de ocurrir y aún no me ha dado tiempo a pensarlo bien y a contrastarlo, pero creo que no me equivoco.

Todos los presentes miraban a Altmann y a la española, la comisaria Rotkönig, que, desde el pasillo, seguía hablando.

—Te voy a decir algo que no te va a gustar —dijo. Wolf la miró, sorprendido.

—Anda, pasa y nos lo dices a todos.

Carola entró, saludó con la cabeza a su alrededor y continuó mirando alternativamente a Wolf, a los demás presentes y de vez en cuando hacia arriba, como viendo algo que no estaba al alcance de los otros.

—¿Y si yo te dijera, os dijera, que Walker no es el asesino, que hay que empezar de nuevo?

—¿Quéee? ¿De dónde te sacas eso ahora? —sonaron varias voces mezcladas.

—No es posible —dijo Markus—. Tenemos lo que la científica ha encontrado en la furgoneta, tenemos los esqueletos del jardín, tenemos los trofeos encontrados en casa de Walker. Más claro, agua.

—Lo mismo estoy diciendo tonterías, pero oídme, a ver si os parece sensato: Walker tiene ocho cuerpos infantiles en su jardín. Todos están desnudos y sin ninguna pista de ningún tipo. Les quita a todos las pequeñas joyitas que llevan y las guarda en una caja en su casa. No sabemos si como trofeos, o pensando en revenderlos, o para tirarlos más tarde.

»No se le olvida sacarle los calzoncillos de la boca a una de las víctimas, aunque no se da cuenta de que se deja un par de fibras. Eso es normal. Pero imaginad que hay otra víctima que tiene algo en su interior, algo que puede proporcionar una pista, pero Walker no lo elimina porque no sabe de su existencia.

—¿Estás hablando de las perlas? —preguntó Wolf, perplejo.

—Exactamente. Imagina por un momento que alguien le hace tragar esas perlas a su víctima. O se las introduce por otros orificios. El porqué es algo que, de momento, ignoramos. Si hubiera sido el mismo Walker, habría esperado a que las perlas salieran de modo natural del cuerpo de la criatura o bien, una vez muerta, la habría rajado para acceder al contenido del estómago o al interior del cuerpo y vaciarlo. Esas perlas valen una fortuna. Para el asesino puede haber sido muy divertido metérselas a la víctima, pero no es plan perderlas sin más y que acaben en la tierra, debajo de una placa de hormigón para siempre.

»Si no las recuperó es porque no sabía de su existencia. Cogió el cadáver de la criatura, la desnudó, le quitó todo lo que permitiera identificarla y la enterró, sin saber que en el estómago, o ya en los intestinos, o donde fuera, había unas perlas que podían resultar muy comprometedoras y que además podrían haberse vendido por una millonada.

»Con el paso de los años, cuando se deshicieron las partes blandas, lo único que quedó fueron los huesos y las perlas que, con las lluvias primero, antes de que pusieran la placa de hormigón, y luego algún temblorcillo de tierra, se fueron metiendo más y más hacia abajo hasta que las habéis recuperado ahora.

Todos la miraban fijo, con la mente dando vueltas a toda velocidad.

—Lo que significa… —dijo Altmann, dejando la frase incompleta.

—Que Walker era el enterrador, el tipo al que alguien le pagaba para deshacerse de los cadáveres. Que el asesino o asesinos que buscamos siguen por ahí y a lo mejor están vivos —concluyó ella.

—¡Viejo! —casi gritó Gabriella—. ¿Te acuerdas del cerdo de esta mañana? Cuando ha visto mis perlas ha dicho algo que no entendíamos, algo de abrir la boca, ¿no?

Wolf asintió despacio con la cabeza.

—En ese caso... si Carola tiene razón, y yo creo que puede tenerla... buscamos a un asesino en serie que actuó durante varios años usando a Walker para el trabajo sucio. ¡Joder, Carola! ¡Eres increíble!

—O igual estamos hablando de una red de tráfico infantil que alguien montó hace años para suministrar «material» a ciertos clientes que se habían quedado tirados cuando salió a la luz lo de los abusos del Wilhelminenberg —añadió Jo con los ojos brillantes al imaginar las implicaciones—. En ese caso estaríamos hablando de varios asesinos, un facilitador o vendedor y un enterrador.

—¿Cómo se le ha ocurrido una cosa así, *Frau Kommissar*? —preguntó Gabriella, mirando a Carola con una clara admiración en los ojos.

—Hace poco estuve a punto de ahogarme con una oliva que me tragué. Creo que la iluminación me ha venido por eso.

—Pues creo que ya tenemos al dueño de esas perlas —dijo Wolf.

—O a la dueña —añadió Gabriella.

$\mathcal{L}$ukas Scholl colgó el teléfono y se quedó mirando por la ventana, indeciso. ¿Cómo le iba a decir a Melitta que el colgante del corazón, el que llevaba tantos años colgado del cuello y que simbolizaba su amor y su pareja, había pertenecido a una niña secuestrada y asesinada? Además, según acababa de decirle el comisario, era una joya de herencia, que había estado en la familia durante tres generaciones. ¿Cómo se iban a quedar ellos una cosa así, ahora que lo sabían? Altmann había insinuado que quizá la dueña estuviera dispuesta a darles una compensación económica por recuperar el colgante, pero no se trataba de eso. Ahora que los dos trabajaban, estaban bien de dinero; incluso habían empezado a pensar en tener un hijo y a él se le había ocurrido que, si era una niña, podrían darle el colgante cuando cumpliera diez años y entrara en el instituto. En el camión, las horas eran a veces muy largas y le daba tiempo a imaginarse miles de cosas.

Se imaginaba muy bien siendo tanto padre de un niño como de una niña; trataba de decirse a sí mismo que daba igual, que haría exactamente las mismas cosas con uno que con otra; sin embargo, al pensar en el colgante, había pensado en una niña. No se imaginaba regalándole una cosa así a un chico, aunque estaba seguro de que igual lo llamaría «corazón», «cariño», «tesoro»…, pero quería evitarle los problemas que seguro le causaría en el colegio llevar un corazoncito al cuello.

Ahora tendría que decirle a Melitta, cuando volviera del trabajo, que iban a tener que devolverlo, y le daba mucha pena, pero no veía otra solución. Le compraría otro lo más parecido posible, claro, aunque no sería lo mismo.

También tenía que ponerse a buscar la maldita foto antes de que llegaran los policías. Se había acordado de que al recoger la casa de aquel tipo, mientras metían en una caja los pocos libros que tenía —casi todo novelas de espionaje y *thrillers* americanos—, se había caído al suelo una foto donde se veía al dueño de la casa, bastante joven, con otros dos hombres, uno blanco y uno negro, todos sonrientes, con los fusiles al hombro y un fondo que parecía sacado de la publicidad de los safaris africanos. Se había guardado la foto porque uno de ellos llevaba en el brazo un tatuaje del que se había enamorado de inmediato y quería llevárselo a Theo, su tatuador de confianza, para que le hiciera uno igual, pero no en el brazo, sino en medio de la espalda, entre las paletillas.

Sabía que la foto debía de estar por algún lado, pero ya había buscado por todas partes y seguía sin encontrarla. Por él habría dejado de buscar ya, al fin y al cabo, nadie sabía de la existencia de esa fotografía, pero Melitta lo había convencido. Una vez que se había dado cuenta de que, si el dueño de la casa que habían vaciado podía ser un asesino de niños, era importante averiguar quiénes eran los dos tipos que lo acompañaban, había empezado a buscar sistemáticamente, aunque de momento sin éxito. Aún no le había dicho nada a la policía y no pensaba hacerlo hasta que encontrara la foto.

Ahora lo que le resultaba desagradable era pensar que llevaba en la espalda un tatuaje igual al que había elegido aquel monstruo. Quizá fuera momento de rediseñarlo.

$\mathcal{A}$ las siete y veinte de la tarde, la plaza del Stephansdom estaba abarrotada. La mayor parte eran turistas cargados de mochilas, con zapatillas de deporte y la inconfundible expresión agotada de las personas que llevan todo el día de monumento en monumento o de museo en museo y sienten que no pueden más, pero no quieren retirarse aún, por si se pierden algo. También había muchos vieneses que habían terminado la jornada y habían decidido acercarse al centro a comprar algún regalo de Navidad, o a cenar, o a un espectáculo. Unos cuantos chicos jóvenes con pelucas blancas de muy mala calidad y anoraks negros abiertos sobre casacas de terciopelo rojo, calzas y medias asediaban a los paseantes, tratando de venderles entradas para todo tipo de conciertos. Grupos de orientales de rostro gris por el cansancio, algunos con mascarillas cubriendo bocas y narices, seguían disciplinadamente a sus guías hacia el restaurante que constaba en el programa. Nubes de niños con sus familias, charlando y riendo y protestando, caminaban bajo las luces navideñas rumbo a los mercaditos.

La luna, casi llena, presidiéndolo todo. Un círculo helado en mitad del cielo que, en los barrios menos iluminados, lo bañaría todo con su fría luz de plata.

Manos pequeñas vestidas de lana aferrando manos adultas cubiertas de cuero. Gorros con pompones, con antenas, con orejas, con ojos saltones de monstruos de dibujos animados. Zapatos con reflectantes, con ruedas, con luces de colores. Móviles por todas partes, *selfies*, palos de *selfie*, gente con auriculares, gente tecleando mensajes. Un músico distinto en cada esquina. Mimos, malabaristas, estatuas vivientes, prestidigitadores, cantantes de ópera esperando ser descubiertos, violinistas en solitario, cuartetos de cuerda, grupos de gente cantando villancicos tradicionales… Inmensas lámparas navideñas, como arañas de salón, rutilantes con sus luces doradas por encima de las cabezas de la muchedumbre. Escaparates iluminados de todos los colores mostrando joyas, ropa, complementos, zapatos, flores, instrumentos de escritura… tentaciones para todos los bolsillos. ¡Faltaba ya tan poco para Navidad! Pero Carola no tenía el cuerpo para navidades. Los ojos se le disparaban en todas direcciones y cada vez que veía a una niña, especialmente si iba vestida de rojo, la seguía con la mirada hasta asegurarse de que iba acompañada por una persona que la quería, una persona que no la iba a entregar a un torturador.

Si iba en serio lo del secuestro y estaba de verdad a punto de suceder, alguien se iba a llevar una sorpresa muy, pero que muy desagradable. Le había pedido a Wolf que viniera armado porque él tenía derecho a usar su arma si se hacía necesario. De todas formas, ella también llevaba la pistola en la cintura y, aunque solo la usaría si no había más remedio, estaba perfectamente dispuesta a hacerlo y cargar con las consecuencias. Esta vez la criatura quedaría a salvo, por encima de todo y de todos.

Se apostó justo enfrente de la puerta de la catedral unos minutos antes de la hora convenida y solo se movió de su lugar cuando vio a Wolf y a Gabriella saliendo del metro en dirección al Stephansdom. Los interceptó y con un ligero «venid conmigo», siguieron caminando paralelos a la fachada gótica mientras ella, en unas frases, los ponía al tanto de la situación.

—O sea —resumió—, que igual no pasa absolutamente nada y nos podemos ir a cenar enseguida, porque en la nota, como habéis visto, no hay la menor indicación de tiempo. O resulta que sí que es hoy y, con un poco de suerte, los trincamos. En cualquier caso, y no digáis nada, ya sé que lo sabéis… en cualquier caso, la niña es prioritaria.

—Lo malo es que no sabemos quién es ni qué pinta tiene. Ni siquiera cuántos años… —dijo Gabriella.

—Tú quédate delante de Zara y encárgate de cualquier niña de cualquier edad que dé la sensación de estar contra su voluntad con un adulto o una adulta. Los secuestradores son unos gilipollas. Me juego algo a que es la primera vez y, en cuanto digas «policía», se van a acojonar seguro. Yo estaré dentro de la iglesia, un par de bancos por detrás de donde se tiene que sentar Eva. Tú, Wolf, en la puerta, por fuera. A Eva sí que la conocéis.

Los dos asintieron con la cabeza. Carola les acababa de enseñar una foto de Internet.

—Atentos al móvil. ¿Están en silencio?

Volvieron a asentir.

—Pues vamos allá.

Se separaron. Gabriella, paseando, como si no tuviera nada que hacer, se dirigió hacia la Haas Haus. Wolf y Carola llegaron a la puerta de la catedral ya iluminada para la noche y se pusieron uno frente a otro, como si fueran a despedirse con un par de besos, lo que permitió a Carola mirar por encima del hombro de su colega. Se retiró de inmediato, susurrando:

—¡Eva! ¡Ahí viene! Entro ya. Si me oyes gritar…

Él se tocó la sien con dos dedos, a modo de confirmación militar. Carola se apresuró a ocupar su puesto donde los secuestradores habían citado a Eva, pero muy atrás, en uno de los bancos menos iluminados. A esa hora, la catedral estaba casi vacía. Las pisadas de Eva sonaban indecisas sobre las losas ajedrezadas en blanco y rojo, acercándose. Carola se arrodilló e inclinó la cabeza sobre sus manos unidas mientras, por el rabillo del ojo, la veía pasar, con su abrigo de plumas azul plomo y su gorro de visón. Llevaba una bolsa de tela negra con la cara de Mozart en blanco.

Luego la vio sentarse cuatro bancos por delante de ella y quedarse quieta en el profundo silencio de la nave.

Carola suponía que los secuestradores no habían contado con que no hubiera masas de gente entre las que esconderse. Si querían un lugar tranquilo, habían dado con él.

Eva volvía la cabeza constantemente, vigilando la posible aparición de la niña. Carola seguía de rodillas, con la cabeza inclinada, esperando el momento en que reaccionara.

Carola miró hacia atrás, donde, detrás de una mesa llena de velas, a la luz temblorosa de las llamas, acababa de percibir un movimiento y una ropa roja. ¡Alma! ¡Aquella niña era Alma! Por un momento, se le nubló la vista y tuvo la sensación de que su corazón dejaba de latir, pero su entrenamiento pudo más.

Apretó el botón de enviar en su móvil. Ya tenía preparado el mensaje dirigido a sus dos compañeros.

«La niña está. Salid a por ella.»

Se oyó una inspiración rápida y un segundo después Eva se inclinó hacia delante y enseguida se puso en pie, sin la bolsa. Esperó los tres minutos que le habían exigido cambiando su peso de un pie al otro y en cuanto su reloj le dijo que ya habían pasado se dirigió a paso rápido hacia la salida.

Carola se puso en marcha a toda velocidad hacia el lugar que un segundo antes había ocupado Eva. Wolf y Gabriella se encargarían de la niña. Ella sabía dónde estaba la bolsa. Se agachó, la agarró y en ese instante oyó una voz masculina, en inglés, que decía:

—¡Eh! ¡Oiga! ¿Qué hace? ¡Eso es mío!

Un rápido vistazo le permitió asegurarse de que Eva ya había salido en dirección a Zara a encontrarse con la pequeña, como le habían prometido. Sacó la pistola y encañonó al hombre que, con un gorro negro hasta los párpados y una bufanda cubriéndole la boca y la nariz, había tendido la mano hacia la bolsa y ahora acababa de quedarse rígido de terror. Debía de haber estado escondido en la siguiente capilla, la que tenía una foto de la madre Teresa de Calcuta.

—Sal delante de mí, sin hacer tonterías. Las manos en la cabeza, que yo las vea.

—No, por favor, esto es un error. ¿Qué hace con la pistola? —Hablaba con acento español y en una voz que no le resultaba desconocida. Le habría gustado llevar las esposas, pero las había dejado en España, junto con su arma, y no tenía nada que pudiera servirle para atar a aquel tipo. Ni siquiera llevaba medias.

Lo haría tirarse al suelo en cuanto se encontrara con Wolf o con Gabriella y a partir de ahí ya serían ellos o los agentes de uniforme quienes se encargarían.

—¿Adónde me lleva? ¿Qué quiere que haga? —lloriqueó el muchacho nada más salir al exterior.

—Vamos a dar un pequeño paseo hasta la Haas Haus, donde está Zara, ¿te suena? Baja las manos y disimula, pero no se te ocurra hacer ninguna tontería. Si tratas de huir, te reviento los riñones, o la olla, según se tercie. —Carola le puso el cañón de la pistola en la cintura y se pegó a él para empujarlo entre la gente. El chico estaba temblando. «¡Menuda mierda de secuestrador!», pensó ella.

Cuando llegaron a la altura de la Haas Haus, la escena parecía sacada de alguna comedia estúpida. Había dos o tres puertas y lo menos seis o siete escaparates, con lo que aquello de «delante de Zara» quedaba bastante ridículo.

De todas formas, Eva, palidísima y con los ojos cerrados, se apoyaba contra una columna mientras los dos policías vigilaban a dos mujeres de bruces en el suelo con las manos en la cabeza. La cosa había ido increíblemente rápida.

Sintió una especie de descarga eléctrica de puro alivio, incluso antes de asegurarse de que habían salvado a la criatura. Tenían a los secuestradores.

Wolf estaba telefoneando cuando la vio llegar. Le hizo señas para que el secuestrador del gorro negro se tumbara en la acera junto a las dos mujeres y siguió hablando. Carola empezó a buscar con los ojos; tenía que saber si habían encontrado a la niña. Eso era lo fundamental.

De pronto la vio y se quedó de piedra: junto a Eva, sin saber qué hacer, mirando con ojos desorbitados a los que estaban en el suelo, había una niña de unos siete u ocho años.

Disfrazada de Alma.

Esa fue su primera impresión al verla. Como si hubiese ido disfrazada de Caperucita roja o de princesa Leia. Aquello era, evidentemente, un disfraz, prendas que tenían que haber conseguido en una tienda de segunda mano o en un mercadito de ropa vieja: el abrigo rojo, el gorro de orejitas, la bufanda blanca, los guantes de lana… Todo exactamente igual a lo que llevaba Alma aquel cuatro de diciembre de 1993.

El pelo era también moreno y rizado, las mellas de los dientes, muy parecidas. La cara no y, sobre todo, la expresión tampoco. Aquella era una niña mona, como casi todas las niñas de siete años, pero, vista de cerca, quedaba claro que no era la suya, que no era Alma, que no tenía ni el brillo de los ojos, ni la sonrisa traviesa con los hoyuelos, ni hacía cantar su corazón al decir «mamá» como estaba diciendo ahora al echarse a llorar, mirando a la mujer de la melena morena y el flequillo tumbada en el suelo, a la que dos agentes de uniforme estaban empezando a levantar para ponerle las esposas. La peluca se le había ladeado al levantarse.

—¿Mamá? ¿Cómo que «mamá»? —preguntó una de las agentes, sorprendida—. ¿Su madre es de la banda?

Gabriella se encogió de hombros. Contestó Carola.

—Parece que sí. Parece que todo ha sido un montaje para sacarle dinero a esta señora —dijo, señalando a Eva.

Una vez de pie, quedó claro quiénes eran los otros dos del equipo: Pol y Nessa. La niña los miraba como esperando que alguien se echase a reír y acabara aquel asunto.

—¿Cómo te llamas? —preguntó Carola acuclillándose para poder mirarla a los ojos.

—Yolanda.

—¿Y tu mamá?

—Nuria.

—¿Puedes explicarme qué hacíais aquí tu mamá y tú?

—Yo soy actriz —dijo con orgullo, y de repente pareció crecer medio metro—. Mamá me lleva a los *castings* y he participado ya en dos anuncios y una película. Este es mi primer papel internacional.

—Ajá. ¡Qué bien! Y aquí... ¿qué papel tenías que hacer?

—No les digas nada, Yolanda —siseó la madre, con rabia—. No pueden obligarte.

—Pero a usted sí, Nuria. Será mejor que colabore. —Los agentes los habían esposado y los estaban haciendo entrar en la furgoneta.

—Comisario, ¿qué pasa con la niña? —preguntó el jefe de grupo.

—Nos encargamos nosotros, no se preocupen. Nos vemos luego en comisaría.

En cuanto se marcharon, Carola se encaró a Eva.

—¿Nos lo explicas por las buenas?

—Vamos a un sitio donde pueda sentarme, por favor. Estoy que no me tengo. Me he levantado a las cinco y llevo todo el día por ahí. Aparte de... todo esto.

Caminaron juntos, en silencio, los pocos metros que los separaban del Café Europa, entraron y ocuparon la mesa del fondo.

—A ver, Eva, cuéntanos.

Wolf cruzó una mirada con Gabriella. No le parecía muy adecuado que Yolanda tuviera que oír lo que fuera a decir Eva.

—Ven, Yolanda, te invito a un helado —dijo Gabriella poniéndose de pie.

—¡Hablas español! —exclamó Carola, encantada.

—Muy poco y muy mal. Vamos, Yolanda. Esto es aburrido.

La niña miró a Eva, como pidiéndole permiso, ahora que su madre no estaba.

—¿Dónde está mamá? —preguntó.

—Volverá pronto, reina. Tenía que firmar unos papeles para una película de policías —contestó Eva, improvisando.

Gabriella y la niña salieron del local. Wolf pidió dos cervezas y Eva una tila. Luego los dos se quedaron mirando a Eva.

—No me miréis así. No he tenido nada que ver con este estúpido secuestro.

—Empieza por el principio. Tenemos tiempo.

—Tengo que ir a ver a Juanma.

—Sobrevivirá sin ti. Ahora tienes un par de cosas que explicarnos.

—No hay nada que explicar —dijo Eva, con un mohín de desagrado—. Yo no sabía nada de nada. No he tenido que ver con todo esto.

—Si lo prefieres, también puedes ir con los demás y declarar en comisaría, ¿sabes?

Eva tomó un sorbo de tila, muy digna.

—A ver… —De repente les ofreció una sonrisa esplendorosa, como si hubiese decidido encender una lámpara para disipar las tinieblas, poner en marcha el glamour que todo lo alcanza—. Juanma llevaba un tiempo… ¿cómo decirlo? Seco. Sin ideas, sin historias. Algo que no le había pasado nunca. Nunca —insistió, como si le pareciera muy importante dejar claro que Juan Manuel Araque jamás había sufrido un bloqueo—. Su última novela no había funcionado demasiado bien, aunque no era problema. Él es de los grandes. Lo que para él es poco en ventas, para otros sería impensable, maravilloso…

—Sí, ya. Al grano —cortó Carola.

—Yo llevaba ya unos meses diciéndole que un escritor de su nivel lo que ahora tendría que hacer es publicar un libro de autoficción. Es lo que se lleva, es lo que los lectores merecen. ¿Y qué mejor tema que el de sus fantasmas? Otros cuentan su infancia, su relación con el padre, los abusos del internado… siempre lo mismo; pero él tiene algo especial que contar. Sus lectores están deseando saber qué pasó aquel invierno en Viena, sentir su dolor cuando perdió a su hija y cómo ese sufrimiento fue el que lo llevó a convertirse en uno de los mejores autores del mundo. Él no quería. Ponía excusa tras excusa, pero yo sabía que, si veníamos a Viena en la misma época y volvía al mercadito de Navidad… algo se pondría en marcha en su interior. Él decía que no y que no. Yo sabía que tenía miedo, pero al miedo hay que enfrentarse. ¿No creéis? Entonces es cuando se me ocurrió lo del vídeo y lo mejor de todo, la idea genial, perdonad la inmodestia, de buscar en las páginas de agencias de actrices infantiles hasta encontrar una niña que se pareciera a Alma. ¿Habéis leído *Don't look now*, de Daphne du Maurier, la autora de *Rebecca*?

Carola asintió. Wolf, no.

—También hicieron una película en los años setenta, *Amenaza en la sombra*, con Donald Sutherland y Julie Christie. —Wolf siguió negando con la cabeza. Eva continuó—. Yo sabía que si lo confrontaba con una niña que podría ser Alma, todo volvería a su mente. Pol y Nessa podrían filmarlo por el mercadito, buscando angustiado, perdido… y ¡de pronto! —los ojos le brillaban— aparece una criatura como era Alma hace veintisiete años, y cuando está a punto de verla… porque en sus sueños nunca la ve de frente…, ella desaparece. Eso tenía que desencadenar —Eva hablaba como una maestra repelente— una reacción, la reacción que yo buscaba. Ne-ce-sa-ria-men-te. De ahí tenía que haber salido una gran obra, la obra de un genio que ha descendido a los infiernos y ha conseguido volver.

Lo ensayamos todo a espaldas de Juanma. Yolanda sabía exactamente qué tenía que hacer. Nuria la acompañaba y luego la hacía desaparecer justo en el momento adecuado. La niña veía que la filmaban y estaba convencida de que estaba actuando en una película. Juanma estaba convencido de que todo era verdad. Hasta tú habías empezado a creértelo… —Señaló hacia Carola, con una evidente satisfacción.

—Salvo que aquello del tiovivo no era la pesadilla de Juanma, sino la mía. Eso te delató.

—Bueno… ¿qué más da? Juanma debió de contármela en algún momento y visualmente era mucho más efectiva que lo de los ponis, ¿no crees?

«Todo iba de maravilla hasta que ese par de descerebrados tuvo la genial idea de organizar un secuestro *express* con la colaboración de Nuria. Me han pedido treinta mil euros. Ahora lo entiendo. Diez para cada uno. Y a Yolanda le habrán dicho que era una película de policías, un *thriller*, un *noir*... ¡pobre niña!

»Tengo que decir en mi descargo que me lo creí. Nuria vino a mi hotel desesperada, histérica, preguntando por su hija. Yo acababa de recibir la nota y no sabía qué hacer. No podía consentir que Juanma llegara a enterarse, y no podía dejar que hicieran daño a la niña. Ella me pidió ayuda y, claro, ¿qué podía hacer? He tenido que volar a Suiza porque, como os podéis imaginar, no puedo sacar esa cantidad en un cajero. ¿Habéis recuperado el dinero?

Carola se quitó la bolsa del hombro y la tiró encima de la mesa.

—Si no fueras por ahí enseñando el dinero que tienes, alojándote en el Sacher y llevándolos a ellos a un hostal...

—¡No es un hostal!

—Da lo mismo, Eva, de verdad. ¿Cómo puedes ser tan cerda? ¡Pobre Juanma!

—¿Pobre? Si no fuera por mí, sí que sería pobre. ¡Sería un desgraciado! ¡Yo lo he hecho! ¡Yo lo he formado para que sea lo que es! Me lo debe todo.

—Pues a ver qué piensa de todo esto cuando se lo contemos...

Eva, que después del frío del exterior y el calor de la tila, había vuelto a recuperar el rosado de las mejillas, perdió el color de un momento a otro. Miró a Carola y agachó los hombros y la cabeza sin dejar de mirarla a los ojos.

—Por favor..., Carola. ¿No estarás hablando en serio? Si le dices eso a Juanma... este es el segundo infarto... lo vas a matar.

—No, querida. Tú lo vas a matar.

—Comisario —Eva se dirigió por primera vez a Wolf sin saber siquiera si la entendía—, no estará usted dispuesto a permitirlo, ¿verdad? ¿De qué sirve contárselo? Yo no pienso presentar una denuncia contra ellos. Con el susto de esta noche tienen bastante. Todo ha sido una estúpida broma, algo que contribuye al material para el vídeo y que no es seguro que vayamos a utilizar.

Los miraba alternativamente, tratando de adaptarse a lo que uno u otra dijeran o esperasen de ella. Era realmente camaleónica.

Gabriella entró, llevando de la mano a Yolanda.

—Habla raro, pero es muy simpática —dijo la niña, sentándose al lado de Eva. Aún tenía un rastro de chocolate en la comisura de los labios—. ¿Lo he hecho bien? ¿Valen las tomas?

Carola sintió que se le encogía el estómago al oírla hablar así. Su madre debía de ser de esas mujeres que explotan a sus hijos desde la primera infancia y los martirizan con la idea de que, si trabajan mucho y se esfuerzan y dicen que sí a todo, pueden llegar a ser grandes estrellas de cine. ¡Pobre pequeña! Pero en la sociedad que hemos montado, los padres y las madres tienen derechos sobre la educación de sus hijos, aunque los estén destrozando, aunque decidan no vacunarlos o no autorizar una transfusión o una operación vital. ¡Qué mundo tan terrible!

Yolanda había tenido suerte hasta el momento. Una madre como esa quizá estaría dispuesta a permitir o incluso propiciar un encuentro de su hija de siete años con un viejo verde de cincuenta, si se trataba de un productor importante, o un gran director, o un actor de prestigio; cualquier cosa para que la niña llegara a lo más alto, siempre de la mano de su mamá.

Eso debería estar penado; pero no lo estaba. Luego, treinta o cuarenta años más tarde, la niña quizá se atreviera a hablar claro, a separarse de su madre, a inculpar al hombre que había abusado de ella a cambio de un papel, pero el daño ya estaría hecho porque ciertas heridas, aunque cicatricen, nunca llegan a curarse del todo.

Notó la mano de Wolf sobre su brazo y solo entonces se dio cuenta de que debía de llevar un par de minutos pensando. Se puso en pie automáticamente.

—¿Cuándo vuelve mamá? —preguntó Yolanda.

—Seguramente mañana —contestó Wolf—. Anda, ya es muy tarde y tienes que dormir. ¿Prefieres irte con Eva o con Carola? ¿O con Gabriella?

Gabriella miró a Wolf con tal cara de horror que hizo sonreír a Carola.

—Con Eva.

—Estupendo. Venga, a dormir. Mañana nos pondremos en contacto con usted, señora Araque.

Eva sonrió, orgullosa y agradecida, al oír que la llamaba por el apellido de Juanma. En España no le había pasado jamás, por razones evidentes, pero siempre lo había deseado.

—Tengo que ir a verlo —dijo muy seria.

—No, Eva. A estas horas no se permiten visitas. Y tienes que meter en la cama a Yolanda. Es tardísimo. ¿No decías que esta-

bas cansada? Lo llamas al móvil y en paz. Mañana será otro día.
—Carola se puso en pie, dando por zanjada la cuestión—. Nosotros tendremos que ir a declarar, ¿no?

—Sí, vamos a pasarnos, a ver si acabamos pronto. Hoy ha sido un día muy largo. ¡Venga, vamos!

Se separaron a la puerta del café. Carola echó una mirada a su móvil. Seis llamadas de Julio y tres de su hermana. «¡Joder! —pensó—. Esto es agotador». Sintió una repentina nostalgia de cuando para llamar a alguien había que ir a una cabina de teléfonos y encontrar una que funcionara. Ese agobio de tener que estar siempre localizable acabaría por matar a la población de puro estrés.

Salieron a la Kärntnerstrasse y los recogió un coche patrulla. Carola pensó en llamar a Patricia, pero no quería tener que hablar delante de Wolf y de Gabriella, de modo que decidió dejarlo para después, cuando saliera de comisaría hacia su casa, aunque probablemente entonces fuera demasiado tarde y tuviera que esperar hasta el día siguiente.

Después de toda la adrenalina segregada, estaba empezando a notar el bajón. Estaba cansada, tenía hambre y solo le apetecía tumbarse en algún sitio tranquilo con una copa de buen vino y un par de pinchos, a ser posible vascos, cosa de todo punto imposible; pero al menos la cosa había salido bien. Aunque no hubiera sido un secuestro de verdad, la niña estaba a salvo. Eso debería animarla. Claro que nunca había estado en peligro. Si Eva no hubiera conseguido el dinero o se hubiese negado a pagar, a Yolanda tampoco le habría pasado nada.

Los árboles cubiertos de luces doradas pasaban a izquierda y derecha de la marcha. La comisaría estaba muy cerca, pero tenían que dar la vuelta por el Ring antes de poder entrar de nuevo a la zona centro. El ayuntamiento brillaba, pálido, como una fantasía feérica, la Votivkirche era un encaje de piedra recortado contra la oscuridad del cielo. La luna se había vestido con unas nubes ligeras, alargadas, como velos de gasa. Al enfilar la calle que los llevaría a su destino, todas las fachadas parecían de hueso, iluminadas por su luz de plata. La recorrió un escalofrío. Debía de ser el agotamiento.

*E*l taxi la dejó justo en la puerta. Estaban todos tan cansados que en vez de irse a tomar la última habían decidido dejarlo para la noche siguiente y cada uno se había ido a su casa.

Ahora era cuando, de pronto, le había caído encima toda la tensión del día y, sin poder evitarlo, su mente no paraba de hacer conexiones con los sucesos de veintisiete años atrás. Ahora Yolanda estaría, si no con su madre, al menos con alguien a quien conocía y con quien se sentía segura, en una habitación de hotel, sin miedo, sin dolor. ¿Cuántos días habrían pasado en 1993 hasta que Alma hubiera dejado de sufrir por fin? ¿Qué le habrían hecho? ¿Quién? ¿Cuántas veces habría gritado «mamá» antes de dejar de hablar para siempre?

No quería pensar en eso. No quería pensar. Solo quería tomarse un somnífero, meterse en la cama y olvidarse de todo.

El vestíbulo estaba tenuemente iluminado. O bien Chuy dejaba siempre alguna luz encendida o es que aún no se había retirado para la noche a pesar de la hora. Se encogió de hombros. Las costumbres de Jacobo Valdetoro no eran asunto suyo. Pronto dejaría de vivir allí. Parecía que, para bien o para mal, era ya tiempo de empezar otra etapa.

Subió la escalera despacio, procurando no hacer ruido, pero, nada más llegar arriba, la voz grave de Jacobo, desde la oscuridad, la sobresaltó.

—Ha sido un día muy largo, por lo que veo.

Ella se limitó a murmurar un «mmm, mhaha» antes de añadir un apresurado «buenas noches».

—Espere, Carola. ¿Me permite que le haga un pequeño regalo?

—Gracias, Jacobo, pero, si no le importa, necesito irme a dormir urgentemente. No tiene usted por qué regalarme nada.

—No es nada material, no se preocupe. Solo querría regalarle algo que necesita mucho precisamente ahora.

—¿Un somnífero?

—Algo mejor. Deje el bolso en su cuarto y venga conmigo. Verá como vale la pena.

Sin saber exactamente por qué, quizá porque estaba demasiado agotada para negarse, hizo lo que le había pedido: dejó la mochila, se quitó los zapatos que llevaba puestos desde la mañana y, en calcetines, disfrutando del frescor del parqué, lo siguió por el pasillo oscuro hasta la salita de música donde lo había visto por primera vez.

Chuy encendió una lámpara de mesa que esparcía una débil claridad ambarina y, con gesto de prestidigitador, movió la mano indicándole el extraño instrumento o mueble que ya le había llamado la atención en su primera visita a aquella sala: un medio cilindro de madera rubia, montado sobre patines como una mecedora, con una tabla con forma de medialuna como asiento y dos series de cuerdas a izquierda y derecha del mueble.

—Siéntese, apoye la cabeza en la tabla de detrás, cierre los ojos y relájese. Le juro que no le voy a hacer daño.

Ella se dejó caer con cuidado en el exiguo asiento, echó atrás la cabeza hasta que sintió la madera, cerró los ojos y con el simple movimiento que había hecho para acomodarse, el balancín empezó a moverse suavemente, como una cuna.

De pronto, a izquierda y derecha, junto a sus oídos, sintió un estremecimiento de armonía, una especie de arpegio inesperado, de onda musical que, en lugar de transmitirse por el aire, la atravesó entera, cosquilleando sus nervios y sus músculos. No pudo evitar lanzar un suspiro tanto de sorpresa como de placer.

—Déjese llevar —susurró la voz de Jacobo antes de empezar a acariciar aquellas cuerdas produciendo una cascada de sonidos que la hacían vibrar y estremecerse como si ella fuera la superficie de un lago recorrida por cientos de ondas de diferentes amplitudes e intensidades que se complementaban, se superponían, chocaban unas con otras, salpicándose entre sí como olas, como espumas.

Los graves eran profundos azules y violetas sedantes, aterciopelados. Los agudos, chispas de plata, de oro, de fuego, que punteaban la base, correteando como animalillos fantásticos, llevándola cada vez más lejos, más alto, acercándose cada vez más al cielo del atardecer cuajado de estrellas que despuntaban y florecían en el índigo sedoso atravesado por nubes carmesí.

Pronto perdió la noción del tiempo y, con ella, la noción de sí misma, de sus problemas, de sus angustias, para convertirse en un cuerpo de resonancia que sentía y era la música a la vez. Sin darse cuenta, las lágrimas empezaron a deslizarse por sus mejillas. Supo que lloraba por el rastro de calor sobre la piel y por las gotas que iban mojando la pechera de su blusa, pero no le importaba. Estar allí era como volar en una alfombra mágica tejida con hilos de música, planear sobre un paisaje nocturno que unas veces era un bosque milenario y otras veces un desierto plateado por la luna y otras veces una ciudad casi dormida, con sus luces titilando en las tinieblas.

Oía el ulular de las aves nocturnas, el aullido del lobo, el fragor del océano, el frote de las palmas de las palmeras que sonaban como un mar agitado. Aquella música, que no era una música, sino un ataque de sonidos simultáneos o sucesivos que recorrían sus nervios y sus huesos, la llevaba de un lugar a otro, de un sentimiento a otro, sin respiro, sin pausa, haciendo que detrás de sus ojos cerrados destellaran los colores, puros como los de un prisma bajo el sol, como un puñado de gemas lanzadas al aire que en lugar de caer se quedasen girando y girando, refulgiendo bajo un cielo que cambiaba de luz y empezaba a esparcir aromas que ella sentía mucho antes de poder nombrarlos: canela, gasolina, hierba cortada, hongos, sal, almizcle, jengibre… y cada fragancia era un color y un sonido, una voz: grave como el rugido de un dragón o aguda como una campana de cristal.

Nunca supo cuánto duró aquel viaje, pero, cuando los sonidos fueron perdiéndose y la vibración se convirtió en un recuerdo en sus dientes y en sus huesos, el silencio la cubrió como un pañuelo de seda y se dio cuenta de que estaba llorando con sollozos que la sacudían hasta el fondo de su ser hasta que, poco a poco, hasta eso se perdió y todo quedó en calma.

Una mano se posó sobre su cabeza, caliente, quieta. Carola

volvió a cerrar los ojos, sintiendo su peso. En ese momento, por primera vez en casi treinta años, se sintió en paz y, sin poder evitarlo, dejó que una sonrisa se extendiera por su rostro, una sonrisa que alcanzó todo su cuerpo. Sabía que antes o después tendría que volver a su vida, a sus problemas, a tomar decisiones... pero ahora estaba en paz y eso era mucho más de lo que había tenido en la mitad de su existencia.

Cuando volvió a abrir los ojos, Chuy estaba delante de ella, tendiéndole la mano para ayudarla a levantarse.

—¿Bien? —preguntó, sabiendo cuál era la respuesta.

—No tengo palabras.

—No hacen falta. Venga conmigo. Vamos abajo, le preparo una bebida mágica y a dormir.

Carola se dejó llevar, esta vez sin pensarlo. En la semipenumbra, bajaron las escaleras; él le indicó con un gesto la otomana de caña que había debajo de una palmera en el pequeño invernadero de la entrada, entre los tótems de madera, y dejándola instalada allí se marchó a la cocina.

Unos minutos más tarde, cuando ella ya se había arrebujado con una manta de cachemir, mirando las sombras que las palmas proyectaban sobre la pared y los rostros inescrutables de los tótems, Chuy, con un vaso en cada mano, depositó uno junto a ella, en la mesita, y se acomodó con el otro en una mecedora de ratán a un par de metros. Desde allí, levantó su vaso y brindaron sin palabras.

La mezcla era fuerte, fría y cremosa, increíblemente suave.

—¿Qué es? —preguntó Carola.

—Un *white russian* clásico. Combina bien con el agotamiento y la *klangwiege*, ¿verdad?

—¿La *klangwiege*? ¿El instrumento de antes?

—Ajá.

—Ha sido...

—No se esfuerce en buscar palabras, Carola. Sé cómo ha sido. Se siente mejor, ¿no es cierto?

—Gracias, Jacobo. Hacía mucho que nadie me regalaba nada así. Me hacía mucha falta.

—Me gusta dar a cada persona lo que necesita.

—Perdone que hoy no haya podido avanzar con la biblioteca. Me han surgido muchas cosas.

—No se preocupe, he estado trabajando yo en ello. De hecho, casi tengo que estarle agradecido a mi hermano. Ha propiciado un reencuentro con mis libros y me ha permitido conocerla a usted.

—¿Ha hablado ya con él?

—No. Creo que está de viaje, y este tipo de cosas hay que hacerlas cara a cara.

—Quiere disfrutar de su sorpresa y ver su expresión cuando comprenda que su hermano Jacobo sigue vivo. ¿Me equivoco?

Él esbozó una pequeña sonrisa entre traviesa, soñadora y maligna.

—No. No se equivoca. Siempre he disfrutado de estropearle los planes, igual que él ha disfrutado de entorpecer los míos. Esta vez gano yo.

Hubo un silencio en el que los dos miraban las sombras, escuchando el viento entre los árboles, detrás de los cristales.

—¿Me va a contar qué le dijo Santos? —preguntó Jacobo suavemente.

—¿Santos? ¿Cuándo?

—Cuando vino hace unos días.

Carola suspiró y se encogió de hombros.

—Me dijo que no le dijera a nadie que había estado aquí. Pero yo entonces no sabía que usted seguía vivo, y él probablemente tampoco.

—Sí. Él lo sabía. Nos encontramos brevemente en Tailandia, pero consiguió llegar aquí antes que yo y llevarse un par de cosas. ¿Tiene idea de dónde puede estar?

—No. No me dijo nada. Tomó un taxi.

—Investigaré. ¿Llevaba equipaje?

—Una bolsa de viaje, relativamente pesada. Me pidió que lo ayudara con ella. Supongo que sabe que estaba herido.

—Sí. Le disparé yo.

—¡Y yo que pensaba que eran ustedes amigos! Santos me explicó que eran algo como maestro y alumno… muchas cosas.

—Así era. Pero pensó que, después de mi muerte, el maestro era él y todo era suyo. No le gustó tener que cambiar de planes. Se había acostumbrado a creerme muerto y había descubierto las ventajas. En fin… nada dura para siempre.

Con aquella luz tan suave, el rostro de Jacobo seguía siendo anguloso, pero tenía un algo de El Greco, con la barba recortada y el brillo de los ojos negros, algo casi sobrenatural que emanaba de su figura, como una luminosidad oscura.

Carola se bebió lo que quedaba en el vaso y se puso en pie, agradablemente mareada por el alcohol y el cansancio.

—Me voy a la cama, Jacobo. Estoy muerta. Buenas noches.

—¿No quiere contármelo, Carola? Hablar ayuda, ya lo sabe usted, dada su dedicación profesional.

Ella sacudió la cabeza, lo que aumentó su mareo y la hizo volver a sentarse. Se acababa de dar cuenta de que llevaba todo el día sin comer, desde el *apfelstrudel* a media mañana.

—Ah, y llámeme Chuy, haga el favor. Jacobo soy para mi hermano y para los negocios. Aquí estoy en mi guarida y puedo ser yo mismo.

Por un momento, Carola estuvo a punto de empezar a hablar, pero era tanto lo que le preocupaba que no se podía contar en un rato, ni siquiera en un rato largo y, aunque Chuy hubiese estado dispuesto a escuchar, tenía que empezar tan atrás que se sentía como si tuviera que comenzar a contar la historia del mundo desde Adán y Eva para que resultara mínimamente comprensible. No era un problemilla que hubiese surgido de un día para otro. Tendría que contarle sus sesenta y tres años de vida, y le daba una pereza inmensa. Además de que, precisamente por su «dedicación profesional» como él lo había formulado, sabía que a veces resulta casi imposible verbalizar ciertas cosas y, si lo hace una sin haber reflexionado, acaba tergiversando lo que piensa y siente. Sin contar con que lo que una diga siempre se puede usar más tarde en su contra. Eso lo sabía ella mejor que nadie, y no estaba dispuesta a arriesgarse con un semidesconocido. Si en ese momento Wolf hubiese estado en el otro sillón, quizá habría empezado a hablar y no habría parado hasta el desayuno, pero con Chuy era demasiado pronto, de modo que se despidió bajo su oscura mirada de dios de piedra y subió las escaleras tratando de acordarse de si tenía una chocolatina en el bolsillo exterior de su mochila.

CAPÍTULO II

1

Cuando bajó a la cocina al día siguiente, había una nota de Chuy junto a la cafetera:

> Estaré fuera todo el día. Si llama Santos, hágame el favor de decirle que necesito ponerme en contacto con él. ¡Que tenga un buen día!

A pesar de que le venía estupendamente haberse quedado sola, se sorprendió pensando que era una lástima, que le habría gustado la idea de desayunar juntos, charlar, ir conociéndose mejor.

«¡Mira que eres tonta, Carola! Con la cantidad de cosas que tienes pendientes.»

Puso agua a calentar para hacerse un té y marcó el número de Julio sin darse tiempo a pensarlo más.

—¡Por fin! —oyó al otro lado, sin ningún tipo de saludo.

—Recoge tus cosas y saca un billete para Madrid hoy mismo —dijo con el mismo tono que hubiese empleado para uno de sus agentes más díscolos—. No vas a volver a Londres. Si tienes que despedirte de alguien, hazlo.

—¿Qué? ¿Cómo que no voy a volver a Londres? Pero... pero ¿tú qué te has creído? Soy mayor de edad y puedo hacer lo que mejor me parezca.

—Si estás dispuesto a ganarte la vida solo y a ir a la cárcel si se tercia, no tengo inconveniente.

Hubo un silencio tenso al otro lado.

—¿Cuánto tiempo pensabas tenerme engañada, Julio? Todo acaba por saberse.

—¿Te lo ha contado la abuela?

—Tengo mis fuentes.

—Ah.

—¿Sabes? Me alegro de no tenerte delante en estos momentos porque me creo capaz de darte de hostias.

—Sí, me acuerdo de lo que hiciste con Sheila cuando te chuleó. Un poco más y la matas con aquel vaso.

Le dolió, pero no dejó que su hijo se lo notara.

—Así a lo mejor empiezas a comprender quién es tu madre. No hay más que hablar. Recoges y te vienes a casa. Puedes ir haciéndote a la idea de que voy a atarte corto.

—¿Me vas a denunciar?

—Aún no lo sé.

—Yo podría denunciarte a ti, ¿sabes? Por lo de Sheila...

—Deja de decir estupideces, niñato. El mundo es un lugar serio y peligroso. No es un juego, como tú crees. Las decisiones tienen consecuencias.

—Ya. Eso deberías saberlo tú mejor que nadie. ¿Qué va a pasar con Sheila?

—Eso es asunto mío. Si te saco de esta, tú te olvidas de Sheila, ¿trato hecho?

—No.

—Pues irás a la cárcel. Hablo totalmente en serio. Piénsalo. Compra el billete. Ahora no tengo tiempo para tonterías. Nos vemos en España y entonces hablaremos largo y tendido.

—¿Mamá? ¿Qué te pasa? Nunca me habías hablado así...

—Ya. Ese es precisamente el problema. Haz lo que te digo. Ya hablaremos.

Colgó sin darle tiempo a decir nada más. El corazón le latía como una máquina al final de su aguante, pero estaba convencida de haber tomado la mejor decisión. Ahora le pagaría un buen abogado a Sheila y no volvería a verla en su vida. Por desgracia, había tenido que aceptar que su maravilloso hijo no era de fiar, pero, como seguía siendo su hijo, no veía más solución que sacarlo del lío en el que casi se había metido por imbécil, salvar a la inglesa porque, al fin y al cabo, no tenía realmente la culpa de lo que estaba acusada, y empezar a cerrar todos los cabos que quedaban sueltos.

Echó el agua hirviendo en la tetera, sobre las hojas de té, y en ese momento sonó el móvil de nuevo. Se mordió los labios pensando que sería Julio otra vez, pero la que sonó en su oído fue la voz de Santos.

—¿Qué hay? —preguntó, bastante harta.

—Le dije que no le contara a nadie que he vuelto.

—Sí, ya. A todo esto, Jacobo quiere verlo. Me temo que no se ha tomado demasiado bien que usted haya sacado ciertas cosas de esta casa.

—No voy a tener más remedio que entregar las cintas a la policía.

Carola dio un sorbo a su taza de té y se quemó la lengua.

—¡Pues hay que ser idiota! —soltó, con furia—. ¿O piensa que la policía de Viena se chupa el dedo? Es usted un traficante investigado por la Interpol.

—¿Cómo sabe usted eso?

—Por la bola de cristal. ¡No te jode! ¡Déjeme en paz, Santos! Tengo muchas cosas que hacer y no estoy para sandeces.

—No es una amenaza hueca.

—Pues claro que lo es. ¿Piensa de verdad presentarse en la policía, siendo usted quien es, con unas cintas tomadas en su casa en las que no se ve prácticamente nada y decirles que soy culpable? ¿De qué? ¿De haberle puesto unos bombones en la maleta a mi hijo y su novia?

Hubo un silencio al otro lado.

—Le conviene dejarme en paz, Santos. Y si me permite el consejo, también le conviene arreglar las cosas con Chuy, antes de que se cabree de verdad.

—¿Chuy? ¿Ahora ya es Chuy para usted?

—Él mismo me lo ha pedido.

—¿Cómo está?

—¿Chuy? Bien. Supongo. No sé cómo estaba antes.

Santos colgó sin darle tiempo a nada más.

Carola soltó el aire, tomó un sorbo de té y sonrió para sí misma. Lo de las cintas había sido un farol por su parte. No estaba en absoluto segura de cómo reaccionarían los colegas de Viena si les entregaban anónimamente unas grabaciones en las que se la veía a ella manipulando algo en las maletas de Julio y de Sheila, pero suponía que ahora Santos tenía otras preocupaciones si de verdad había sacado de la casa aquel maravilloso huevo azul que podría ser un Fabergé y probablemente, a juzgar por el peso de la bolsa que ella misma había llevado, varias cosas más. Algo le decía que Chuy no era de los que se tomaban bien ni el robo ni la traición. Si ya le había pegado un tiro a su compañero y discípulo, no sería de extrañar que acabara por rematar la faena. Pero de todas formas, aquello no era asunto suyo. Había cosas que le preocupaban más.

Mientras se tomaba el té, repasaba mentalmente todo lo sucedido el día antes. Por culpa de aquella descerebrada de Eva había estado a punto de creerse que el espíritu de su hija había vuelto pidiendo sepultura. «Es increíble lo que la desesperación puede hacer con los seres racionales —pensó—. Una es capaz de creerse cualquier cosa y de hacer el peor de los ridículos. ¡Qué hija de puta! Con tal de tener una novela más, ¡lo que ha sido capaz de hacernos a Juanma y a mí!»

Aún no había decidido si se lo iba a contar a él, pero estaba muy cerca de hacerlo. ¿Cómo, si no, iba a entender lo de las apariciones de la niña de rojo? Pero contárselo equivalía prácticamente a que el pobre desgraciado tuviera que enfrentarse a Eva, justo en el momento de su vida en que más la necesitaba. Se había hecho viejo de golpe y llevaba muchos años dejando que Eva le resolviera todos los aspectos vulgares de la vida cotidiana. ¿Qué iba a hacer ahora si se separaba de ella?

Quizá tuviera razón Eva y eso lo estimulara a escribir algo sobre sus propias obsesiones y dolores, quizá precisamente el no saber qué había pasado lo hacía escribir una historia de fantasmas o de la pervivencia del amor, de su triunfo sobre la muerte, justo lo que sus lectores y sus lectoras querían que les dijeran: que el amor permanece, que la muerte no es el final, que siempre hay esperanza. ¡Paparruchas! Aunque a veces esas paparruchas, incluso sabiendo que lo son, sean muy necesarias para seguir adelante.

Le daría un par de vueltas más a si debía contárselo o no y decidiría más tarde. Ahora lo que sí que tenía que hacer cuanto antes era encontrar un sitio donde esconder su arma pirata. Antes o después, Wolf o Gabriella le iban a preguntar si tenía una pipa, si había amenazado con ella a Pol para llevarlo desde la catedral hasta la puerta de Zara. Lógicamente, les iba a decir que no la tenía, pero para eso era necesario que fuera verdad y que, si por lo que fuera había un registro de sus cosas, esa pistola no estuviera a la vista.

Considerando que tampoco sabía cuántos días más se iba a quedar en aquella casa, tampoco podía esconderla allí. Tenía que ser en un lugar que a ella misma le resultara accesible, pero que no dependiera de una llave que iba a tener que entregar en cualquier momento.

Por fortuna, la tienda donde la había conseguido no era un lugar en el que el propietario estuviera muy dispuesto a hablar con nadie. Susana, que tenía contactos en todo el mundo, le había dado la dirección de un anticuario de poca monta que también vendía otro tipo de cosas. Discretamente, por supuesto, y si el cliente tenía referencias.

Se acabó el té y salió al jardín. Estaba segura de que en la valla que dividía la casa de Chuy de la propiedad contigua encontraría algún sitio donde dejar el arma, bien envuelta en plástico y, por supuesto, descargada.

El día era gris y frío, pero no demasiado ventoso. Los árboles, ya totalmente pelados, tendían hacia el cielo sus brazos esqueléticos; el barrio, a esa hora de la mañana, estaba casi en silencio, un silencio solo roto por los ocasionales graznidos de los cuervos que volaban de rama en rama, posándose de vez en cuando a mirarla con sus ojos inquisitivos.

Dio la vuelta a la casa, pasando por la parte más frondosa del jardín, donde los tejos y otros arbustos de hoja perenne formaban casi una pequeña selva que sería podada a final del invierno. Encontró un lugar idóneo en el murete de separación de los dos jardines. Guardó allí la pistola y la munición, en bolsas y lugares separados, y caminó por el otro lado, de vuelta hacia el frente para asegurarse de que podría acceder al arma, aunque ya no tuviera llave de la casa. Era bastante fácil. Solo tendría que subirse al muro, poco más de metro y medio, por la parte delantera y saltar al jardín. Una vez dentro y en la parte trasera, nadie la vería.

Regresó para asegurarse de que su cálculo era correcto, se agachó, metió bien la pistola entre las hojas caídas, comprobó que la otra bolsa estuviera igual de cubierta y, al volver a levantarse, se dio cuenta de que había una puerta en la fachada norte; una puerta de hierro pintada del mismo color que la casa, sin tirador y con dos cerraduras. Desde dentro nunca había visto esa puerta.

Volvió a entrar en la casa, pensando a qué zona correspondería aquella entrada. Ahora que Chuy la había dejado sola, podía volver a sacar los planos de la casa y echar una mirada, aunque lo que de verdad tenía que hacer era ver cuánto había avanzado él en la biblioteca y empezar a devolver los libros a sus lugares. Faltaba muy poco para la Navidad y entonces, como mucho, se habría acabado la cosa.

Quizá Chuy hubiera ido a la embajada a ver si su hermano había regresado ya y podía darle la sorpresa de que había vuelto a la vida.

Sonó su móvil.

—¿Carola?

—Hola, Wolf.

—Oye, estoy tratando de ordenar lo que sucedió ayer y quería preguntarte algo.

—Dime.

—¿Cómo hiciste para llevar a Pol hasta donde estábamos nosotros? ¿Se dejó, sin más, al ver que lo habías pillado *in fla-grante*?

Carola sonrió. Wolf era tan buen chico que le estaba dando una salida aceptable.

—No. Le puse una linterna contra la espalda. Él debió de pensar que era una pipa.

Wolf soltó una risilla.

—Sí, eso nos ha dicho… que ibas armada.

—Ha visto muchas películas y le dará vergüenza decir que se acojonó con una linterna. —Los dos rieron—. ¿Qué vais a hacer?

—Eva no va a denunciarlos. Todos insisten en que fue una especie de broma desafortunada; que querían montar un teatro para que Juanma saliera del bloqueo y consiguiera escribir de una vez; que lo del secuestro lo entendimos todos mal. Ahora Eva dice que ella lo sabía.

—¡Venga ya! Y se dejó a Juanma en el hospital con un amago de infarto para irse a Suiza a sacar dinero, mucho más de lo permitido al cruzar una frontera en la Unión Europea, solo para hacer un teatro del que Juanma no tenía que enterarse... Tú y yo sabemos que es mentira, y además no tiene sentido.

—Ahora es asunto de la fiscalía. Lo mismo la dulce Eva es capaz de convencerlos a ellos de que no ha sido más que una chiquillada. Pero en fin... tú no tienes ningún arma, ¿verdad?

—No.

—Perfecto. ¿Nos vemos esta noche?

Carola carraspeó.

—Aún no lo sé. Tengo que resolver unos asuntos familiares. Ya te contaré. Te llamo luego, cuando lo sepa seguro.

A ella misma le daba un poco de vergüenza, pero prefería no comprometer la tarde hasta saber qué planes tenía Chuy. Podía imaginarse perfectamente otra sesión de *klangwiege* y quizá después una cena tranquila y una copa en el invernadero grande, el que estaba al lado de la piscina. Hablar de libros, de preferencias, ir conociéndose, sonreírse, dejar que los ojos hablaran un poco más allá que las palabras... Los dos tenían algo importante en común. Él había estado a punto de morir. Ella sentía que había dejado de pisar terreno firme, que ya no podía fiarse ni de su propio hijo, que todas sus seguridades se habían tambaleado hasta quedar torcidas, en un equilibrio precario que quizá se resolviera con la caída de todo y la catástrofe final.

El descubrimiento de aquellos huesos junto con la ausencia de los restos de su hija la habían sacudido hasta la médula. Luego esa absurda, horrorosa llamita de esperanza que se había prendido en su interior al pensar, aunque solo hubiera sido por un momento, que había un Más Allá, que su niña, su Alma, había intentado ponerse en contacto con ella y darle un mensaje. No quería confesárselo ni siquiera a sí misma, pero por unos instantes se había sentido henchida de esperanza imaginando la posibilidad de volver a ver sus ojos oscuros y brillantes, de oír su vocecilla infantil diciéndole que estaba en paz, que no tenía miedo, que la esperaba en aquel lugar adonde iremos todos y que a partir de ese momento nunca más se separarían.

Y luego todo había resultado una farsa, un complot forjado por Eva Sirvent y sus acólitos para conseguir unas páginas más que poder vender en el mercado de la «alta literatura», publicitadas con la sangre y las lágrimas del que había sido su marido y el padre de Alma.

Ella había sufrido muchas horribles sorpresas en la profesión que había escogido, pero nunca se había sentido tan afectada como por aquel plan absurdo, diseñado por Eva, inspirándose en viejas películas de Hollywood y cuentos de terror paranormal.

Además de sentirse herida en lo más íntimo de sus sentimientos, se sentía vejada y humillada en su inteligencia y su raciocinio. Aprovechándose de su dolor de madre que ha perdido a una hija, se habían reído de ella y la habían torturado para nada. Porque de su dolor no iba a salir ninguna obra de arte que pudiese quizá ayudar o consolar a otros. De su dolor no iba a salir más que dolor. Más dolor. De nuevo. Después de tanto tiempo. Después de que su herida se hubiese cerrado.

Tenía ganas de agarrar a Eva por el raquítico cuello de pollo que ya empezaba a llenarse de arrugas y apretar hasta que se le salieran los ojos de las órbitas y se le pusiera la lengua azul. Estaba empezando a darse miedo a sí misma.

Quizá fuera el mejor momento para cerrar los ojos al mundo exterior, empezar a relacionarse con alguien que no la conocía de nada, que no sabía que era comisaria de policía, que la trataba con delicadeza, con esa juguetona ironía que ella, a través de los comentarios escritos en sus libros, había aprendido a esperar de él. Alguien con quien hablar de arte y de belleza, alguien que no había presenciado nunca una autopsia ni buscaba asesinos. Alguien como Chuy.

2

Wolf y Gabriella volvieron a tocar el timbre de la casa de *Frau* Rohde y, aunque esta vez eran portadores de buenas noticias, suponían que no iban a ser bien recibidos porque ya por teléfono había sido necesario imponerse para poder concertar una cita.

Les abrió la misma ama de llaves de la otra vez que volvió a acompañarlos a la misma salita. La doctora Rohde llegó apenas dos minutos más tarde caminando a paso de carga, esta vez vestida con falda acampanada y una bata blanca por encima. Ni se sentó ni los invitó a hacerlo.

—Tendrán que perdonarme, pero tengo mucho trabajo, estaba en el laboratorio y si he accedido a verlos ha sido simplemente para terminar de una vez. No entiendo bien la razón de su visita y no estoy dispuesta a permitirles que vean de nuevo a mi padre. La última vez tuvimos que sedarlo fuerte después de su entrevista. Hacía años que no se ponía así.

—*Frau Dr.* Rohde —comenzó Wolf con suavidad, tratando de rebajar la tensión—. Tenemos buenas noticias.

La mujer hizo un ruido nasal que les dejó muy claro que no estaba dispuesta a creerse una mentira tan burda.

Gabriella abrió la cartera y sacó una bolsita de papel fino que le tendió a *Frau* Rohde.

—Hemos encontrado esto y nos gustaría que lo identificara.

Abrió la bolsa y sus ojos se agrandaron de sorpresa. Volcó el contenido en la otra mano y se quedó mirándolo como si estuviera frente a un espejismo. Era una perla muy grande, irregular, con forma de pera, y aún conservaba restos del engarce de oro donde había estado sujeta.

Frau Rohde se dejó caer en el sillón que había detrás de ella, apretó la perla en la mano y cerró los ojos.

—¿Dónde estaba? —preguntó con un hilo de voz al cabo de un momento.

—¿La reconoce?

—Por supuesto. No hay otra igual. Es el pendiente de mi antepasada, la condesa Yekaterina Vasilievna Skavronskaia, Yekaterina von Engelhardt de soltera, dama de compañía de Catalina la Grande, sobrina del almirante Potemkin, miembro honorario de la familia imperial rusa. —Mientras hablaba, tenía los ojos fijos en la perla y la acariciaba con el índice de la mano derecha, como si fuera un ser vivo. El orgullo rezumaba en cada palabra.

—¿Ha dicho usted «el pendiente»? —preguntó Gabriella—. ¿No «los pendientes»?

—Sí. No. Solo había uno. Por eso mi madre no solía usarlo. Mi madre era muy clásica y encontraba exagerado llevar una joya tan enorme en una oreja y nada en la otra. Le parecía demasiado extravagante. Decía que en el siglo XVIII se hacían cosas muy raras, pero que una dama no debía parecer jamás un pirata. —Una sonrisa fugaz atravesó su rostro y desapareció como una nube.

Antes de que pudiera preguntar de nuevo por la procedencia de la perla que le acababan de enseñar, Wolf hizo un gesto a Gabriella, que volvió a sacar otra bolsita.

—¿Reconoce estas también?

La doctora Rohde tendió la mano para recibir la bolsa y vieron que le temblaba el pulso.

—¡La pulsera! —dijo en un susurro.

—¿Sabe si están todas?

Las volcó en su falda y las contó con rapidez.

—Juraría que faltan tres, pero en cualquier caso el número exacto debe de estar recogido en el contrato del seguro. ¿Pueden decirme ahora de dónde las han sacado? ¿Y dónde está el collar?

—El collar, por desgracia, no ha aparecido, aunque vamos a seguir buscando.

—¿Dónde estaban las perlas? ¿Por qué están sueltas? ¿Por qué el pendiente no está completo? Los detectives de la aseguradora movieron cielo y tierra para encontrarlas y no aparecieron. ¿Cómo es posible que salgan ahora? —*Frau* Rohde se atropellaba haciendo preguntas y los miraba con suspicacia, como si estuvieran tratando de engañarla de algún modo.

—Estaban bajo tierra, doctora —dijo Wolf con cuidado.

La mujer se quedó mirándolo, esperando que le diera una explicación completa. Parecía estar acostumbrada a conseguir lo que quería, pero el comisario le sostuvo la mirada sin añadir nada más y de repente los ojos de Sabine Rohde destellaron comprendiendo. Un segundo después, el brillo de sus ojos había dejado paso a una expresión horrorizada.

—¿Tiene que ver con los restos infantiles de los que todo el mundo habla? ¿Los esqueletos de Meidling? ¿Las perlas de mi antepasada estaban allí, en aquella fosa? ¿Cómo es posible?

—Si sigue usted las noticias, quizá sepa que el antiguo propietario del jardín donde hemos encontrado los restos infantiles fue guardaespaldas de su padre.

—¿Guardaespaldas?

—De la época en la que *Herr* Lichtmann fue líder de su partido.

—¿Y eso qué tiene que ver? De eso hace lo menos cuarenta años...

Los dos funcionarios le devolvieron la mirada, impertérritos, en silencio. La mujer recogió las perlas que había en su regazo, volvió a meterlas en la bolsita junto con el pendiente y las apretó en su puño mientras sus labios se cerraban en una línea que le cruzaba la cara como si le hubiesen tachado la boca.

—Ya comprendo —dijo, poniéndose de pie.

—¿Qué es lo que comprende usted, *Frau Dr.* Rohde?

—¿Quieren hablar con mi padre? —preguntó sin responder.

—Usted sabe muy bien que su padre ya no habita el cuerpo que vive en la casita del jardín. No tiene sentido hablar con él. Parece que hace mucho que está demente.

—Siempre estuvo demente. —Se pasó la mano libre por la nuca, inclinando la cabeza y mordiéndose los labios—. Díganme... ¿qué va a pasar ahora? Si no me equivoco, parece que mi padre fue quien nos robó las perlas y, por lo que me ha parecido entender, es culpable de algo mucho peor, relacionado con los asesinatos de esas criaturas. —La mujer, aunque estaba pálida, se había rehecho con bastante rapidez y volvía a ser la fría científica que habían conocido en su primera visita.

—Es una posibilidad, lo reconozco —concedió el comisario—, pero aún no hay pruebas concluyentes. Aparte de que el estado de salud mental de su padre le exime de…

—Sí. Siempre fue muy hábil eludiendo responsabilidades.

—Tendremos que volver a llevarnos esas perlas, señora. Más adelante el seguro se pondrá en contacto con usted.

—Las recuperaré cueste lo que cueste. Y ahora… si no desean nada más… Erna los acompañará a la puerta.

Sus pasos de vuelta a su despacho eran mucho más lentos, pero su espalda seguía erguida.

—¡Qué témpano de hielo! —dijo Gabriella en cuanto estuvieron en el jardín.

—Es una mujer acostumbrada a dominarse, sí.

—O a fingir.

—También. Controlarte cuando querrías gritar y morder es fingimiento, claro, pero gracias a eso tenemos una sociedad civilizada.

—Estoy deseando acabar con este caso, viejo.

—Y yo.

Carola pasó el día en la biblioteca devolviendo a sus lugares todos los libros que había seleccionado, esta vez sin entretenerse en leer las anotaciones en los márgenes o mirar los dibujitos que Chuy había esbozado en algunas páginas. Era buen dibujante y algunos le habían hecho sonreír al descubrirlos cuando había hojeado los libros por primera vez. Luego había empezado a buscarlos conscientemente, pero ahora no podía perder el tiempo mirándolos. Sabía que no le quedaban muchos días y su dignidad profesional la llevaba a querer dejarlo todo en orden antes de tener que marcharse.

Se dio cuenta de que él había devuelto muchos a sus lugares y había separado otros cuantos en una caja, quizá algunos de sus favoritos que ahora había vuelto a encizar y pensaba releer. Miró el que estaba más arriba en la pila —*Les fleurs du mal*, de Charles Baudelaire—, un delgado volumen en cuero verde y oro que le tentaba terriblemente, pero no podía entretenerse leyendo. Era importante avanzar.

En las pausas hizo varias llamadas: contactó con el abogado que llevaría el caso de Sheila y quedó con él para el día siguiente, aunque aún no tenía claro qué era lo que iba a decirle. A pesar de la amenaza que le había hecho a su hijo, no pensaba denunciarlo. El tráfico de droga era un delito muy serio y no quería que Julio estuviera marcado para siempre; confiaba aún en que aquello le hubiese enseñado que ciertas cosas tienen unas repercusiones terribles y que no volviera jamás a hacer algo así. Esperaba poder hablar con él aprovechando las vacaciones de Navidad, los dos solos, con calma, con tiempo, para ser capaz de comprender qué era lo que lo había llevado a meterse en ese mundo del que resultaba tan difícil salir. Tendría que llevarlo al médico. Era fundamental saber si era drogodependiente o si la situación —ojalá— no había llegado aún a ese punto.

También llamó a su madre para que le confirmara su sospecha de que le había dado una buena cantidad de dinero a Julio. Sí, lo había hecho. «Hay que invertir en el futuro profesional de los jóvenes, Carola», le había dicho en tono de reproche, dando por sentado que Julio le había pedido ayuda a su madre para su proyecto y ella se la había negado. No la sacó de su error. ¿Para qué decirle que su maravilloso nieto había decidido gorrearle a todo el mundo para pagarse sus vicios y que la «inversión profesional» era poder comprar en Viena un alijo de la droga de última moda para revenderlo en Londres?

Si ella apenas conseguía creérselo, ¿cómo se lo iba a creer su abuela, que lo adoraba? Se alegraba de que Tino no hubiera vivido para verlo, aunque, conociéndolo, lo más probable era que le hubiera dicho que una temporada en la cárcel podía sentarle muy bien a Julio para darse cuenta de que el mundo no es un bufé de hotel de cinco estrellas donde cada uno coge lo que quiere. Casi podía oírlo diciendo: «Siempre hay alguien que paga por ello, y todo es correcto mientras seas tú quien paga. Si lo has ganado tú, te lo gastas como quieras. Si lo has robado, vas a la cárcel; así de sencillo».

«¡Ay, Tino, Tino! —pensó—. ¿Tantas ganas tenías de acostarte con aquella becaria como para dejarte la vida en ello y dejarme sola con esta situación?»

A veces pensaba que la imbécil de la ecuación tenía que ser ella, porque no era normal que hubiera metido la pata dos veces, básicamente en lo mismo: sus dos maridos, aunque no lo parecieran, eran hombres débiles. Uno esclavo de su vanidad —Juanma, el excelso escritor— y otro —Tino, el gran arquitecto— de su libido, lo que probablemente también apuntaba a una desmesurada vanidad, la sensación de poder, de triunfo que le proporcionaba el meterse en la cama de quien quisiera.

Luego, cuando algo salía mal, tanto el uno como el otro acudían a ella para que los consolara, los apoyara, les resolviera los problemas, les asegurara que eran maravillosos y que, si algo les había salido mal, no era culpa de ellos, sino de la estúpida sociedad que no era capaz de darse cuenta de su valía. ¡Lo había hecho tantas veces! Y lo que más le sorprendía, siempre funcionaba. Siempre la creían. En los malos momentos, una palabra suya bastaba para que se sintieran mejor, un «todo va a salir bien», un «lo conseguirás», un «tú vales mucho»... y todo se iluminaba. Luego ya, cuando las cosas empezaban a rodar, dejaban de necesitarla desesperadamente y se dedicaban a mostrarse a los demás, abriendo su cola de plumas de colores para ser admirados en público.

Se sirvió una copa de blanco pensando que, en la base, su mejor papel con los hombres de su vida siempre había sido el de madre. Madre de Juanma, de Tino, de Julio. Allanarles el camino, bailarles el agua, retirarse discretamente a un segundo plano cuando no querían que destacara demasiado.

¡Si Alma hubiese vivido! Una relación entre mujeres, de madre e hija, sí, no de amigas, pero una relación limpia, sin toda esa carga inútil de vanidad, de arrogancia, de necesidad de control, de tener razón, de estar por encima que era tan habitual en los hombres.

¿Cómo había podido ser tan tonta?

Porque lo gracioso era que ella se consideraba... No, no «se consideraba». Sabía que era una mujer inteligente, valiente, llena de recursos. Una mujer que en su trabajo era respetada, admirada y a veces casi hasta temida por su capacidad de trabajo, su claridad de mente, su rapidez para tomar decisiones después de un análisis profundo, pero rápido, de la situación.

Sin embargo, en asuntos de amor, o de hombres en general, algo nublaba su entendimiento y la hacía ponerse al servicio de ellos sin saber por qué. «Por amor» era la frase hecha que parecía explicarlo todo, pero ella llevaba ya mucho tiempo pensando qué tenía que ver el amor con perder la dignidad, con rebajarse, con hacerse la tonta para dejarlos a ellos en buen lugar.

Incomprensiblemente, se sentía atraída hacia hombres creativos, obsesionados por su trabajo; hombres que la necesitaban y, de vez en cuando, como quien da unas monedas, le daban también algo de lo que más necesitaba ella: el lujo de no tener que ser siempre la mujer fuerte que todo lo arregla, el lujo de poder bajar la guardia y dejarse arrullar como una niña.

Incluso ahora, cuando comparaba a Wolf con Chuy, y aunque sabía perfectamente que Wolf era un hombre mucho más sólido, algo la llevaba a desear que fuera Chuy el que se quedara un rato más en su vida. Posiblemente porque era misterioso, elegante, extraño… mientras que Wolf era un madero como ella, sencillo, normal, feliz con ir a cenar a un chino y hablar de sus casos y de sus nietos.

En ese momento sonó el teléfono. Wolf. Hablando del rey de Roma…

—Carola, ¿tendrías un momento esta tarde? Tengo que enseñarte algo. Es importante. ¿Puedo pasarme por tu casa?

Ella sacudió la cabeza, aunque era consciente de que él no podía verla.

—No, Wolf, lo siento. Ya te contaré, pero esta casa… ya no podemos vernos aquí.

—Bien. Dime dónde.

—¿Cuándo puedes tú?

—A eso de las siete, si quieres. Podemos ir a cenar chino. —Ella sonrió. ¡Era tan previsible!—. O una pizza, lo que quieras.

—¿No me dijiste que cerca de tu casa hay un restaurante asiático que está bien?

—Sí. El Pho.

—Pues nos vemos allí a las siete, ¿te parece?

Colgó con una sonrisa. Así no se le haría tan larga la tarde y, de todas formas, Chuy era un animal nocturno. Habría tiempo cuando volviera de cenar con Wolf.

Sabine Rohde volvió al laboratorio como en trance y, por la ventana, vio marcharse a los dos policías.

Aún sentía el tacto de las perlas en las palmas de las manos, esas maravillosas perlas que creía perdidas para siempre y que ahora, milagrosamente, habían vuelto a aparecer. No todas, pero al menos las que habían formado parte de la pulsera de la antepasada Yekaterina.

Esas perlas eran su herencia, el hilo que la conectaba con su pasado, con una larga fila de mujeres que las habían sentido sobre su piel. Ella nunca las había llevado, porque era muy niña cuando desaparecieron.

«No cuando desaparecieron. Cuando las robó papá», precisó para sí misma.

Siempre había sabido que su padre era un ser despreciable, abusador y violento —lo había sufrido en carne propia, como su hermano y su madre—, pero jamás habría creído posible que hubiese hecho una cosa así, que hubiese sido él quien hubiera robado las perlas de mamá, y ahora, además, resultaba que había sido incluso peor. Ahora sabía que era un auténtico monstruo que había usado aquellas perlas para algo que no se atrevía ni a imaginar con claridad, pero que había acabado con un cadáver infantil enterrado en el jardín de una casa de Meidling.

No podía permitir que las cosas quedaran así. Había mantenido a su padre durante años, costeándole todas sus necesidades, aunque teniéndolo alejado de sus hijos y nietos por obvias razones, pero cuidando de que tuviera todo lo necesario, aunque ella misma hacía años que no lo visitaba. Pero ahora se había acabado. Incluso si conseguían probar todas las culpas de su padre, que eran muchas y terribles, él nunca pagaría por ellas. El comisario ni siquiera había querido volver a entrevistarlo porque era evidente que la demencia se había llevado para siempre el poco cerebro que alguna vez tuvo, pero se le revolvía el estómago de pensar que aquella basura de hombre había matado a una criatura después de hacerle cosas seguramente peores que las que habían tenido que soportar su hermano y ella hasta que entraron en la adolescencia, y que no le iba a pasar nada, que iba a seguir durmiendo en una cama caliente y comiendo galletitas de mantequilla y saliendo a pasear al jardín.

No podía permitirlo.

Buscó en un armario cerrado con llave, sacó una ampolla y una jeringa, se las metió en el bolsillo de la bata y, con una inspiración profunda, echó a andar en dirección al apartamento donde vivía el monstruo.

5

*E*staba ya cerrando la puerta de la calle, sin haber vuelto a tener noticias ni de Chuy ni de Santos ni de nadie de su familia, cuando sonó el teléfono. Juanma. Querría despedirse, supuso, mientras se quitaba el guante para poder contestar y se apartaba el gorro de la oreja.

—¿Carola? ¿Podemos vernos?

—Buenas tardes, Juanma. Sí, gracias, estoy bien, muy amable por tu parte —dijo en un falso tono azucarado que inmediatamente cambió para que así se diera cuenta—. ¿Qué pasa? ¿Te has aficionado a los diálogos de las películas americanas, que ya ni saludas?

—Perdona, es que Eva ha ido al baño y tengo poco tiempo —contestó bajando la voz. Carola podía imaginárselo mirando por encima del hombro hacia la puerta cerrada. Quizá incluso metido entre las cortinas de la ventana más alejada.

—¿Qué pasa?

—No sé. Es todo muy raro. Está empeñada en que nos vayamos hoy mismo y yo no quiero irme hasta… bueno… hasta entender qué está pasando. Tú eres la única que puede comprenderme.

—Ya. —No sabía qué decirle porque la explicación que a Juanma le permitiría saber qué había sucedido pasaba por contarle qué clase de mal bicho era su mujer.

—Eva no quiere que te vea. Dice que tu presencia me sienta mal, que lo hace para protegerme. —Carola soltó una breve carcajada. ¡Qué hija de puta era Eva!—. ¿Puedes venir a mi hotel y yo salgo con alguna excusa? Quiero ir otra vez al mercadito.

—No, Juanma, hoy no puedo. Y además… no tiene sentido,

créeme. Ha sido un espejismo. El choque con la realidad después de tantos años ha hecho que vieras lo que querías ver, o lo que más temías.

—¡Tú también la viste!

Carola subió al tranvía.

—Sí —susurró.

—¿Y no quieres seguir investigando? Eres policía, joder. ¿No te mata, aunque sea, la curiosidad?

Antes de que Carola pudiera contestarle, y con un enorme alivio, lo oyó decir:

—Tengo que dejarlo. Te llamo en cuanto pueda.

—¿Quién era? —preguntó Eva, suspicaz, cuando lo vio colgar y girarse hacia ella con una expresión de inocencia que conocía bien.

—El pesado de Manuel Alcántara con no sé qué historias de un homenaje que quieren hacerme, como los del siglo pasado.

—Pues a mí no me ha dicho nada.

—Es que te tiene miedo —contestó, con una sonrisa que Eva devolvió.

Era cierto que algunos de los más rendidos admiradores de Juan Manuel Araque le tenían miedo a su esposa y mánager, y era algo que a ella siempre la ponía de buen humor.

—¿Quieres llamar a Carola para despedirte? —le ofreció con una expresión que a Juanma le pareció de una magnanimidad tan fuera de lugar que le dio el valor necesario para oponerse a ella.

—No. Quiero verla. Hablar con ella cara a cara. Además de que no me voy a ningún sitio hasta que sepa qué está pasando.

—¡Cómo eres, Juanma! De verdad… ¿Qué va a estar pasando? No está pasando nada, salvo que el haber vuelto adonde tanto sufriste ha reabierto algunas heridas y tu cerebro se ha inventado unas imágenes como cuando estás dormido y sueñas. Algunos sueños también parecen reales y no lo son. Si lo que quieres es que me disculpe por haberme empeñado en venir a Viena… en fin… vale, te pido perdón. No sabía que te iba a afectar tantísimo como para que tu mente te hiciera ver cosas y llegar a tener un amago de infarto. De verdad que lo siento.

Juanma se quedó mirándola fijamente, con la cabeza inclinada hacia la izquierda y los ojos entornados; la viva imagen de la suspicacia.

—Eva —dijo por fin—, no me estarás haciendo luz de gas, ¿verdad?

—¿Luz de gas? No sé de qué me hablas.

—Claro, será por tu juventud… —Ella apretó los labios ante el sarcasmo—. Venga, Eva, no me toques las narices. Es una película de los años cuarenta, conocidísima, con Ingrid Bergman. Solo que, en la peli, es el marido el que quiere volver loca a su mujer haciéndole creer que ve fantasmas.

—Yo no te he dicho que veas fantasmas.

—Vamos a dejarlo. Si quieres volverte a España, no hay problema. Yo quiero quedarme unos días más.

Eva se mordió el labio inferior. Sabía por experiencia que en los pocos casos en los que Juanma no daba su brazo a torcer, la única solución era no llevarle la contraria. Al cabo de un par de días, él solo se daría cuenta de que era estúpido quedarse en Viena y de que allí ya no había nada que ver. Ahora lo único importante era evitar que se encontrara con Carola, porque ella no estaba nada segura de que la ex de Juanma fuera a callarse la boca como habían convenido.

—Vale. Nos quedamos hasta que tú quieras, pero te advierto que Pol y Nessa ya no están.

—¡Mira tú qué pena! Así me ahorro hacer el idiota por las calles de Viena, fingiendo que no me entero de que me están filmando. Perdona. Tengo que llamar a Carola —terminó, saliendo de la habitación con el teléfono en la mano.

6

A las siete de la tarde era ya noche cerrada. Se había levantado un viento que se colaba por todos los pliegues de la ropa y hacía desear haberse quedado en casa al lado del radiador. Quizá cuando volviera después de cenar, podría pedirle a Chuy que encendiera un fuego en la chimenea mientras tomaban un buen whisky o un coñac.

Flotaban en el aire helado unos diminutos copos de nieve como cristalitos que danzaban en el halo de las farolas. La gente pasaba con la cabeza gacha, hundida en las profundidades de la capucha o con el gorro calado hasta las cejas.

Pensó que le encantaría estar en Madrid, tomando unas cañas con Susana en la terraza de algún bar, bajo una de las estufas, y pedir por pedir, que no hubiera sucedido lo de Julio, que Sheila no estuviera en la cárcel por su culpa, que Juanma no se hubiera casado con una hija de puta, que lo del fantasma de Alma hubiera sido verdad y hubiese venido a decirle dónde encontrarla.

Entró en el restaurante sacudiéndose la nieve que se le había quedado pegada a los hombros y a la capucha del anorak. Wolf la esperaba en una mesa del fondo y se puso en pie con una sonrisa al verla llegar. Se dieron dos besos, pidieron un *curry* con gambas ella y uno de ternera él, y brindaron con la cerveza que les acababan de traer.

—¿Qué es eso de que ya no podemos vernos en tu casa? —preguntó él después de limpiarse el bigote con la servilleta para eliminar los restos de espuma.

—Jacobo ha vuelto.

—¿Quéee? ¿Cómo que ha vuelto? ¿De la tumba?

—Parece que lo de su muerte fue una noticia falsa. El accidente de avioneta sí que fue verdad, pero él sobrevivió y estuvo inconsciente bastante tiempo. Se ha debido de romper muchos huesos porque aún cojea un poco, cada tres por dos se frota el hombro y tengo la impresión de que aún le duelen las costillas al respirar, pero está vivo. Me ha dejado quedarme en la casa mientras vuelvo a poner los libros en su sitio. Estoy tratando de trabajar rápido y, considerando las fechas, ahora mismo me voy a España y no creo que vuelva.

—Pues ¡qué putada!

—¿Por qué?

Le cogió la mano con la que ella había cogido la jarra de cerveza. Estaba mojada y fría.

—Porque te voy a echar muchísimo de menos, Carola. Estos últimos meses han sido los mejores desde hace años. —Sus ojos grises la miraban de un modo tan directo y tan honesto que ella bajó la vista hacia el mantel. Con suavidad, retiró la mano.

—Sí, yo también te echaré de menos —dijo por fin—, pero las cosas son como son.

—Algunas sí. Otras son como queramos hacerlas. Estás de excedencia. Puedes quedarte si quieres.

—No sé…

—Tengo un cuarto de sobra. Puedes quedarte el tiempo que quieras. No te voy a cobrar nada.

—Ya veré… Ahora mismo es Navidad. Tengo que ir a casa, hablar con Julio, ir a ver a mi madre y a mi hermana… pensar lo que quiero hacer.

Un camarero silencioso depositó los dos *curries* delante de ellos y los dejó de nuevo solos con la vela y la orquídea blanca entre un plato y otro, y un montón de palabras que nadie quería pronunciar.

—Venga —comenzó ella poniéndose de nuevo el disfraz profesional—, ¿qué era eso que querías enseñarme?

—Me acabo de dar cuenta de que quizá no sea el mejor momento. Casi es más sensato que vengas mañana a comisaría y así, de paso, te pongo al corriente de todo.

Ella asintió con la cabeza. Estaba deseando terminar la cena y volver a casa para librarse de la sensación de que Wolf esperaba algo que ella no podía o no quería darle. De golpe había vuelto a sentirse como en la adolescencia, cuando quedas con alguien que todo el mundo piensa que te tiene que gustar porque es buen chico, inteligente y culto, y resulta que es verdad, pero de algún modo te apetece más el chico malo, el de la chupa de cuero y las malas notas, aunque sepas que eres imbécil y que te vas a arrepentir.

De todas formas, le supo mal despedirse de Wolf en la puerta del restaurante, después de haber rechazado la copa que le propuso, pero sentía que se ahogaba, que no estaba preparada para lo que él le estaba ofreciendo sin palabras. No era el momento adecuado y, probablemente, tampoco era el hombre adecuado.

Durante mucho tiempo se había quejado de su soledad, de no tener a nadie que la abrazara al final del día, que le diera un beso al abrir los ojos por la mañana, un cuerpo cálido al que pegarse a media noche u otras piernas en las que enredar las suyas. Añoraba la seguridad de saber que hay alguien en el mundo a quien le importas de verdad, aunque no viva contigo todos los días, aunque considere imprescindible tener otras mujeres en las camas de otras ciudades.

Sin embargo, apenas se acercaba algún hombre que mostraba interés por ella, algo en su interior se rebelaba y salía huyendo ante la simple idea de tener que contar con él para tomar decisiones, de no ser libre de ir y venir a su gusto, de tener que comprometerse de alguna manera. No quería ser la mujer de nadie. Ya lo había sido en dos ocasiones y ahora quería ser ella, solo ella, aunque por otra parte también necesitara tener a quien besar, a quien hacerle confidencias, con quien poder sentirse débil de vez en cuando y que asumiera durante un tiempo la carga común.

Cada vez se entendía menos a sí misma y le daba una cierta vergüenza haber pasado de los sesenta años y seguir sintiendo esa trepidación interior por ir a encontrarse con un hombre guapo que, en rigor, también era un viejo como ella.

Siempre había sido partidaria de hablar claro, tanto a sí misma como a los demás, y era evidente que a los sesenta años uno ha dejado la juventud atrás, aunque quizá fuera excesivo llamarse «vieja». En cualquier caso, le daba un poco de grima la situación en la que se había metido, justo cuando había tantas otras cosas que la angustiaban: esa estúpida tensión interior entre su buen amigo Wolf y el misterioso desconocido Chuy. Tal vez fuera precisamente por eso, para olvidar otras preocupaciones, para tener la sensación de que la vida continuaba y ella no era ni la viuda, ni la ex, ni la madre de nadie, sino solo ella: Carola Rey Rojo.

7

Wolf vio marcharse a Carola con una desagradable sensación de malestar en la boca del estómago, como si la cena le hubiese caído mal. Podrían haber caminado juntos cinco minutos más, porque iban en la misma dirección, pero ella se despidió con prisas y se marchó por la Nussdorferstrasse hacia arriba, en lugar de acompañarlo hasta la Sobieskiplatz. Quizá porque era allí donde él vivía y no quería tener que decirle de nuevo que no le apetecía subir a tomar algo con él.

De hecho, a él tampoco le apetecía subir a su propia casa. No eran ni las nueve de la noche y, aunque estaba cansado, no quería volver a meterse allí, solo, pensando en Carola como un crío que se acaba de enamorar de su compañera de clase. Era ridículo a su edad.

Cruzó la plaza y entró en el Highlander, que por suerte no estaba lleno de gente cenando costillitas de cerdo o hamburguesas como solía pasar los viernes y sábados, se acomodó en la mesa del fondo, junto a la ventana, y pidió un whisky doble, con hielo, para hacerlo durar.

Después del primer sorbo, sacó una bolsita de plástico del bolsillo y vertió su contenido en el cuenco de la mano: era un corazoncito de oro, pequeño y gordezuelo, colgado de una fina cadena también de oro. En la parte superior derecha había un diminuto rubí en cabujón, como una gotita de sangre.

Lo llevaba consigo porque era lo que había pensado enseñarle a Carola, ya que cabía dentro de lo posible que fuera el de su hija y necesitaba asegurarse, pero se había dado cuenta de que no era el momento más adecuado y había preferido dejarlo para el día siguiente en un contexto más profesional, más neutro.

Lo había hecho por eso, pero también —no tenía sentido engañarse a sí mismo— porque, aunque le había servido como excusa para quedar con ella, no había querido estropear el buen rollo de estar cenando juntos, enseñándole algo que solo podía traerle tristeza y malos recuerdos. Luego no había servido de nada evitarlo; Carola igual se había ido nada más terminarse el *curry* del Pho.

Estaba rara. Siempre había sido una mujer directa, pragmática, sincera, que decía con claridad lo que pensaba, lo que quería y lo que no. Sin embargo, ahora estaba todo el tiempo como ida, como si tuviera mil temas dándole vueltas por la cabeza, pero no quisiera compartir ninguno de ellos.

La idea lo llevó a pensar en Anna. Su hija era actriz de teatro y, una vez que estaban hablando de interrogatorios, le habló de un ejercicio que se usaba en seminarios de actores y que consistía en que tú participabas en una improvisación reaccionando a la situación y al diálogo que proponía la otra persona, mientras por dentro repetías constantemente el texto de una canción, o el padrenuestro, o cualquier cosa que te supieras de memoria. Lo difícil era conseguir que desde fuera nadie notara que tú estabas pensando concentradamente en otra cosa. Resultaba casi imposible, pero era una forma de crear un personaje que todos los espectadores encuentran raro sin saber por qué.

Eso le había pasado a él en muchos interrogatorios: esa sensación de que el interrogado reacciona a tus preguntas, contesta y te sigue, pero que dentro de su cabeza pasan muchas cosas a las que jamás tendrás acceso. Y era lo que le había pasado con Carola durante la cena, y no por primera vez.

Se acordaba perfectamente de la primera cena al llegar ella a Viena, en el Palmenhaus, a finales de septiembre o primeros de octubre. Entonces Carola había sido aún ella misma: directa, clara, sincera, a veces divertida, a veces angustiada; pero no había esa barrera que existía ahora y que él no conseguía no ya derribar, sino ni siquiera identificar.

Claro que la investigación de los restos infantiles la había sacudido, y el hecho de que Alma no se encontrara entre ellos, y la fantasmal aparición de la niña que se parecía a su hija en el mercadito de Navidad, pero estaba seguro de que había algo más que no le había contado y él no podía evitar querer averiguar de qué se trataba.

Que le hubiera mentido con lo del arma era normal. Era lo que hubiese hecho él en su situación. Solo esperaba que la tuviera bien escondida, pero estaba seguro de que sí. Carola era muy buena profesional.

También sabía que había algo relacionado con su hijo que la tenía preocupada, y él no había querido insistir porque, al fin y al cabo, no tenía derecho a meterse de ese modo en su intimidad. Ahora había aparecido de nuevo el dueño de la casa, con lo que tendría que abandonar su trabajo y el lugar donde había estado viviendo, aquella maravillosa mansión llena de obras de arte, pero no creía que eso fuera lo que la tenía tan preocupada. Ella siempre había sabido que aquello era solo para una temporada, además de que, por lo que le había contado, tenía una casa estupenda en Mallorca construida por su difunto marido y un piso en el centro de Madrid.

¿Qué podía tenerla tan preocupada y tan distante? ¿El caso de España que le había contado y por el que se había sentido tan culpable? ¿Habría habido nuevos desarrollos y, por lo que fuera, no había querido contárselos? ¿Sería que el no haber encontrado el cuerpo de Alma la había sumido de nuevo en el dolor de la pérdida?

Volvió a guardar el corazón de oro. Ya se lo enseñaría al día siguiente. Quizá eso le diera el impulso necesario para confiarse a él.

Sacó la foto que le había dado Scholl, la puso en la mesa y se quedó mirándola de nuevo. Debía de haberla mirado ya un par de cientos de veces, pero no era infrecuente que al volver a observar una foto algo te saltara a la vista de pronto, algo que siempre había estado allí, pero no habías visto hasta ese momento.

Tres hombres vestidos de cazadores contra un fondo de sabana y una montaña que podría ser el Kilimanjaro, con su cumbre nevada. Todos parecían tener entre cuarenta y cincuenta años, dos blancos y uno con rasgos finos y piel oscura. Sonreían acunando sus rifles que, según el experto, eran de unos treinta años atrás. El de la izquierda era sin lugar a dudas Charles Walker; los otros eran desconocidos.

Si el experto tenía razón, en esa foto Walker tendría ya más de sesenta, cerca de setenta años, pero parecía mucho más joven porque era fuerte, de piel bronceada y músculos prominentes. En el brazo izquierdo llevaba un tatuaje muy llamativo que le cubría desde el hombro hasta el codo: una cara de león combinada con una especie de brújula o rosa de los vientos y la inscripción «FREE» en letras góticas. En el derecho, uno mucho más sencillo: dos círculos concéntricos, el de dentro, mucho más pequeño que el grande. Desde el centro, tres triángulos, como flechas, partían hacia afuera mientras que desde el círculo exterior otros tres triángulos apuntaban hacia dentro.

Wolf se quedó un buen rato mirando el tatuaje. Estaba seguro de conocerlo, de haberlo visto alguna vez en algún sitio, pero nadie de su equipo lo había reconocido. Quizá podría probar con Carola, a ver si a ella le sonaba.

Scholl había encontrado la foto al vaciar la casa. Le había contado que, al coger unos pocos libros que había en una balda para meterlos en la caja, la foto había caído al suelo y, si él la conservaba, era porque le había encantado el tatuaje y la había guardado para llevársela a su tatuador y pedirle que le hiciera lo mismo a mayor tamaño, en la espalda. Ahora se arrepentía de llevar encima el mismo dibujo que aquel monstruo, asesino de niños, pero pensaba tratar de remodelar el dibujo, ya que no era posible quitárselo. En ese momento se dio cuenta de que no sabía de cuál de los dos tatuajes estaba hablando el muchacho.

Volvió a pasar la vista por los rostros que tanto él como Jo, Markus y Gabriella habían mirado hasta quedarse bizcos. A Walker lo habían reconocido todos de inmediato, pero no tenían ni idea de quiénes podían ser los otros. Tampoco sabían si Walker, después de jubilarse y vender la agencia de seguridad, había empezado a hacer de guía de safaris de caza en Kenia y aquellos dos eran unos clientes, o bien se trataba de amigos personales.

Siguió mirando la foto mientras daba sorbos cortos a su whisky, pensando si pedir otro más o marcharse a casa.

El hombre negro, que estaba a la derecha, parecía ser el más joven y sonreía con unos dientes casi luminosos de tan blancos. Llevaba la camisa muy abierta y apretaba el rifle contra su pecho como si fuera un ser vivo.

El del centro era sin lugar a dudas el jefe de la expedición, o el que pagaba, en cualquier caso. Llevaba un sombrero caqui de ala ancha que dejaba en sombra la zona de los ojos, oscuros y brillantes. Iba afeitado y miraba a la cámara con total aplomo, como si supiera que él era el centro del universo. Sus brazos eran fibrosos y no llevaban ningún tatuaje.

Wolf suspiró, pidió otro whisky, sacó la pequeña lupa que siempre llevaba en la cartera y que siempre le valía bromas y risas por parte de cualquiera que trabajara con él —nadie se había privado nunca de hacer el chiste de Sherlock Holmes— y repasó la foto de arriba abajo y de izquierda a derecha buscando algo que seguramente no existía: alguna pista de la identidad de aquellos tipos, por tonta que fuera.

Al pasar la lupa por encima del pecho del más joven, algo le llamó la atención. El pico de la camisa abierta dejaba adivinar algo que podía ser un fragmento de tatuaje.

Subió y bajó la lente en todos los ángulos posibles hasta que llegó a la conclusión de que era más que probable que se tratase del mismo tatuaje que llevaba Walker en el brazo, el de los círculos y los pinchos o flechas. Quizá los tres formaban parte de algún club o fraternidad de cazadores o de aventureros o de cualquiera de esas estupideces que muchos hombres consideran importantes para sentirse unidos y por encima de los demás, algo así como hermanos de armas, o hermanos de sangre.

No le iba a servir de mucho, pero era un cabo del que tirar. Endeble, pero cabo, a fin de cuentas. Le diría a Jo que empezara a investigar si en Viena o en Austria existía alguna hermandad que usara tatuajes, posiblemente relacionados con África negra, y también habría que repasar todas las fichas que tenían sobre los políticos, empresarios y otras personas que habían requerido en algún tiempo los servicios de Walker, como Lichtmann o el juez Werner-Krak, «Su Señoría», pensó con cierta retranca, el repugnante anciano que habían visitado en el geriátrico. Quizá, mirando sus fotos, pudieran reconocer a uno de los dos cazadores y luego no habría más que ir a ver si tenían el mismo tatuaje y conseguir que les explicaran qué significaba aquello.

Sería estupendo dar con una conexión que permitiera identificar a un grupo de asesinos de niños unidos por su amor al crimen y a la caza mayor, y marcados por el mismo tatuaje.

8

Cuando Carola llegó a casa, helada y cubierta de nieve, la recibió el *Réquiem* de Mozart que sonaba a toda potencia desde la biblioteca. El vestíbulo estaba a oscuras. Solo una claridad anaranjada iluminaba desde abajo los tótems de la izquierda y recortaba en negro las palmeras de los macetones.

Subió tratando de no hacer ruido, dejó la mochila en su cuarto, se arregló el pelo que el gorro le había aplastado, se dio un poco de rojo en los labios y se puso unos *leggins* y un suéter amplio también negro.

Luego, después de pensarlo un momento, cogió la botella de perfume que solo usaba en ocasiones muy especiales o cuando quería disfrutarlo ella misma en soledad, y se puso unas gotas en las muñecas, en las sangraduras de los brazos y en la nuca.

Sonrió al recordar la famosa frase de Marilyn Monroe cuando le preguntaron qué ropa se ponía para dormir y ella contestó: «Dos gotas de Chanel número 5».

En su caso no era Chanel y llevaba bastante más ropa, pero la intención era similar.

Cuando llegó de nuevo abajo, la puerta de la biblioteca estaba entreabierta, la empujó con la yema de los dedos y se encontró a Jacobo sentado en uno de los sillones de cuero mirando el fuego de la chimenea. No era capaz de decidir ni siquiera para sí misma qué tenía aquel hombre que resultaba tan carismático, pero así era. También iba vestido de negro y casi lo único que se apreciaba de él eran sus ojos, brillantes, y la barba bien recortada que destacaba sus labios.

—¿Seguimos con Mozart? —preguntó, como si hubiera estado esperándola.

—Mozart siempre está bien, pero algo menos doloroso que el *Réquiem*, si no le importa.

—¿*La flauta mágica*?

—Perfecto.

—¿Le apetece una copa de vino?

—Siempre —contestó, acomodándose en el sillón de enfrente.

—No sé si será de su gusto. Es de unos amigos de Südtirol que hacen un Gewürz Traminer magnífico, pero no le va a todo el mundo.

Se acercó adonde ella estaba, con una copa perlada de humedad.

—Me gusta su perfume. ¿*Flower bomb*?

Ella asintió, admirada, pero sin querer demostrarlo. Chocaron con un tintineo y Chuy volvió a su sillón mientras empezaba a sonar la obertura.

—Espectacular, el vino —dijo Carola en voz baja. Era realmente delicioso, tan frío y con ese punto dulce que despertaba las papilas gustativas.

—Me alegro.

Durante unos minutos se dedicaron a contemplar las llamas y su reflejo en los lomos de los cientos de volúmenes de la biblioteca, a disfrutar del sabor del vino y de la música que llenaba la estancia, a pensar cada uno en sus cosas.

—¡Es tan bueno estar vivo! —dijo él por fin, mientras Papageno cantaba su *Vogelfänger*.

—A veces sí —contestó ella.

—¿Solo a veces?

—Depende de las circunstancias. ¿Nunca ha sentido el deseo de morir? ¿Nunca ha pensado que la vida no tiene valor?

—Jamás. ¿Usted sí?

—Sí. Un par de veces.

Chuy esperó educadamente hasta que quedó claro que Carola no pensaba añadir nada. Se levantó y rellenó las copas.

—Pero en este momento concreto —volvió a hablar ella—, sí, es bueno estar viva.

—Me alegro de haber podido contribuir.

En la ópera, la Reina de la Noche acababa de aparecérsele al joven príncipe Tamino y lo estaba convenciendo de que fuera a rescatar a su hija, la princesa Pamina, que había sido secuestrada por el malvado Sarastro.

—Es realmente curioso que Sarastro, que ha secuestrado a Pamina y se niega a darle la libertad por mucho que le ruegue su madre, es presentado como el bueno de la película —dijo Carola, mirando al techo de la biblioteca que casi se perdía en la penumbra de la estancia, solo iluminada por el fuego de la chimenea. Por fortuna, en esos momentos, lo que decía era puramente intelectual, sin relación con los sentimientos que el tema del secuestro siempre despertaba en ella.

—Sarastro es el sumo sacerdote, el hombre sabio y justo que restablece el orden...

—El orden que él mismo ha destruido —interrumpió Carola, ligeramente molesta.

—La Reina de la Noche es malvada —dijo él con una sonrisa soñadora.

Carola se enderezó en su sillón.

—¿Quién lo dice? El mismo Sarastro, su enemigo; nadie más. Ni tenemos ninguna prueba de su supuesta maldad. La hija de la Reina no desea más que volver con su madre y en ningún momento dice que haya sufrido malos tratos. La Reina es la mala de la película simplemente porque es mujer y, a pesar de serlo, tiene una voluntad propia que al hombre le parece inadecuada y quiere castigar. Sarastro recurre a algo tan despreciable como el secuestro para hacer su voluntad y para destruir a su enemiga.

—Parece que le importa mucho el tema...

—Me importa la justicia; y tengo ya suficientes años como para haberme dado cuenta de que las mujeres siempre salimos perdiendo porque son los hombres los que establecen las normas y los baremos. Al final, Pamina reniega de su madre, que es destruida por Sarastro, y queda bajo la tutela y protección de Tamino, el príncipe joven y guapo, un poco tonto, que no ha hecho absolutamente nada por ella, y que desde ese momento será su marido y, por tanto, su dueño. Y la muy idiota, además, está contenta con la solución.

Chuy rio suavemente.

—Me encanta su pasión, Carola. Nunca he conocido a nadie que hable con tanta intensidad sobre los personajes de una ópera que, salvo la maravillosa música de Mozart, no vale un comino.

—Yo también creo que el libreto es bastante flojo. Schikaneder, el libretista, no era gran cosa, pero la trama es tan absolutamente arquetípica que, por mala que sea, siempre crea un eco en el espectador.

Jacobo se acuclilló frente a ella, la miró casi perplejo y, muy suavemente, le tocó la mejilla con los nudillos de la mano derecha. Carola sintió un escalofrío.

—No acabo de explicarme que el cretino de mi hermano haya elegido a una mujer como usted para destruir mi biblioteca. He tenido una suerte descomunal.

Jacobo volvió a levantarse, volvió a servirle vino en silencio, fue hacia la chimenea, se agachó y avivó el fuego que, por un momento, lanzó chispas hacia el tiro de la chimenea para volver a bajar enseguida. Buscó otro leño en la cesta, lo añadió y se quedó unos momentos frente a las ascuas, sentado sobre sus talones, esperando a que prendiera, mientras Monostatos empezaba a discutir con Papageno y de repente sonaban las campanillas mágicas.

Was klinget so herrlich, was klinget so schön, la la la, la la la la la, lar ara lara la lala...

Carola tuvo, por un instante, el atisbo de un tatuaje en la base de la columna de Chuy, pero fue solo un segundo y, aunque no pudo llegar a distinguir el dibujo completo, empezó a desear poder verlo, pasar las yemas de los dedos por aquellas formas geométricas que apenas si había podido distinguir. Él se acomodó de nuevo en el sillón, mirando al fuego.

—Carola, ¿me permitiría invitarla a cenar mañana o pasado? Falta poco para la Navidad, supongo que tiene usted compromisos en España, yo también tengo citas inaplazables, y me gustaría que despidiéramos el año *in style*, como dicen nuestros amigos ingleses. Luego, ya en el próximo año, podemos ver qué se nos ocurre. ¿Le parece?

—¿Significa eso que tengo que marcharme cuanto antes?

—No, por Dios, querida mía. Aquí usted es siempre bienvenida. Es solo que dentro de un par de días llegarán unas personas que fueron invitadas hace meses. Antes de mi muerte. —Esbozó una sonrisa y acabó riendo de buena gana.

—¿Ha conseguido encontrar a Santos? —preguntó Carola, tratando de cambiar el rumbo de la conversación.

—No. A pesar de lo bien que lo conozco, no he sido capaz de adivinar dónde encontrarlo, pero mañana será otro día y no pierdo la esperanza de dar con él. ¿Ha sabido usted algo mientras tanto?

Ella sacudió la cabeza, se acabó el vino y se puso de pie. De algún modo la sensación de flirteo, de ese incipiente erotismo que había marcado la primera media hora, se acababa de evaporar y lo único que quería era desaparecer lo más rápido posible. Chuy, elegantemente, tan diplomáticamente como siempre, le había dejado claro que en su casa estaba de más, que esperaba a alguien que le importaba y que lo mejor que podía hacer era marcharse a España de momento, hasta que él, eventualmente, volviera a llamarla.

—Buenas noches, Chuy. Gracias por el vino, por el fuego y por la música.

—He hecho algo que no le ha gustado, ¿verdad?

Carola sacudió la cabeza.

—Estoy muy cansada. Eso es todo. Puedo asegurarle que mañana terminaré de recoger aquí y, como mucho, pasado me marcho.

—Mañana tengo un día muy ocupado. Estaré fuera hasta la noche y, si me hace el honor, a eso de las siete podemos encontrarnos aquí para salir a cenar.

—¿Adónde piensa llevarme?

Chuy sonrió misteriosamente.

—Es una sorpresa. Vestido largo para las damas, esmoquin para los caballeros. ¿Tiene qué ponerse o prefiere que me ocupe yo? No. No me conteste. Yo me ocupo. Le deseo felices sueños. Hasta mañana a las siete.

Carola subió las escaleras notando la mirada de Chuy clavada en su nuca, deseando girarse hacia él y lanzarse a sus brazos y, a la vez, sintiéndose absurda y ridícula, humillada, y llena de expectativas frente a lo que pudiera traer la noche del día siguiente.

9

Sobre la mesa de la sala de reuniones había una bandejita de cartón con unos *apfelstrudel* y unos cruasanes de nuez. Wolf silbó de admiración al verlos, antes de acomodarse en una de las sillas giratorias.

—¿A qué se debe este dispendio?

—Regalo de tu amiga la comisaria española. Ha llegado hace un momento, pero está telefoneando ahí fuera —dijo Markus—. ¿La hemos cooptado o qué?

—Tengo que enseñarle la joyita de la niña para que la reconozca, además de que Carola piensa muy bien, ya os habréis dado cuenta.

Los otros, Jo, Gabriella, Fischer, los miraban sin intervenir, pero la tensión que se había instalado entre ellos dejaba bien claro que no les gustaba la idea de que aquella extraña participara con total normalidad en las reuniones de equipo.

—Quien esté en contra de que Carola nos acompañe en la reunión que lo diga.

—Da igual, Wolf. De todas maneras le vas a contar cómo vamos —dijo Gabriella—. Así que da lo mismo que esté presente o no. Lo que quieras. Tú mandas.

—¿Eso es una acusación?

—No. Es un hecho.

En ese momento apareció Carola en el vano de la puerta y todos fingieron estar concentrados en sus papeles.

—Si molesto, me voy.

—Espérame en mi despacho, Carola. Voy enseguida.

Ella se marchó sin más palabras. Wolf les mostró lo que había visto en la foto la noche antes y les mandó buscar las fichas de todos los que hubieran tenido relación profesional con Walker a lo largo de su vida, tanto si seguían vivos como si habían muerto ya. Era importante tratar de identificar a los dos hombres que aparecían con él en la foto africana.

Los bollos y pasteles seguían en el centro de la mesa, sin que nadie se animara a alargar la mano y coger uno.

—Me traéis resultados cuanto antes. Estoy en mi despacho.

Se puso de pie y salió de la sala sin despedirse de nadie. Tenían razón en cuanto al procedimiento oficial. Carola no tenía ningún derecho a participar en sus reuniones. Pero le parecía realmente idiota prescindir del cerebro de una colega con treinta años de experiencia solo por cuestiones de protocolo.

Sonreír y saludar tampoco eran normas oficiales; no estaban allí con los pingüinos de la película *Madagascar* que había ido a ver con su nieto. De modo que podía ahorrarse la amabilidad y no tenía por qué fingir que le había sentado bien aquello.

En su despacho, Carola se entretenía mirando las fotos de diferentes casos que estaban pegadas o clavadas en los corchos que prácticamente cubrían las paredes.

—¿Este es el asesinato del taxista del que me hablaste hace un par de semanas?

—Hace bastante más, pero sí. Voy a quitarlo de ahí en cuanto tenga tiempo. No vamos a ningún sitio. Lo mismo ni siquiera fue un asesinato. ¿Te ha llamado la atención algo en concreto?

Carola señaló con el dedo la trasera del taxi.

—Esta pegatina blanca del toro español.

—Sería un aficionado a las vacaciones en Lloret de Mar.

Los dos sonrieron. Lloret de Mar llevaba décadas siendo el destino favorito de una multitud de austriacos de bajo nivel económico y cultural. Dos semanas de pensión completa, sangría a mares, sol, playa y juerga nocturna.

—Puede. Pero el taxi que recogió a Santos aquella primera o segunda noche que yo pasé en casa de Jacobo también llevaba esa pegatina y la matrícula también terminaba en AF. No pude ver más, pero me fijé en eso porque era como Air Force.

—Joder, Carola, eres una bruja. Llevamos siglos tratando de averiguar cualquier cosa, lo que sea que nos pueda hacer avanzar, y ahora me dices algo que nos permite tener a quién preguntar.

—Pues no sé si vas a poder preguntarle a alguien, porque Santos está desaparecido.

—¿Ah, sí?

—Parece que él y Chuy, esto… Jacobo, tuvieron algún tipo de altercado que acabó en una herida de bala cuando Jacobo regresó de entre los muertos. Santos, herido, pero según él, nada grave, se llevó cosas de la casa. No sé cuáles, pero debían de valer un pico. Jacobo está tratando de localizarlo y lo más probable es que lo consiga, dado que es un hombre de recursos y debe de tener muchos contactos. Si lo encuentra, te lo digo para que podáis interrogarlo. Igual sabe algo.

Wolf salió al pasillo, volvió con dos capuchinos, puso uno delante de ella y ambos se sentaron.

—No te cabrees con tu equipo, Wolf. Tienen razón. Yo no pinto nada ahí.

—Tú fuiste la que pensó lo de las perlas.

—Tuve suerte. Pero ellos están haciendo un buen trabajo y comprendo que les joda que una colega extranjera esté ahí, viendo y juzgando cómo lo hacen. ¡Venga! ¡Enséñame eso que me querías enseñar!

—Vamos primero con esto. Recuérdame luego que también quiero que veas una foto. Por si acaso…

Wolf sacó el contenido de la bolsita y extendió la pequeña joya sobre la mesa, casi como si quisiera vendérsela, el corazón apuntando hacia ella, la cadena lisa hacia él. Carola se puso blanca de golpe.

—¿Es de Alma? —preguntó Wolf en voz baja, aunque no habría hecho falta la pregunta, dada su reacción.

Ella asintió con la cabeza mientras miraba fijamente el corazón, sin alargar aún la mano para tocarlo.

—¿Segura?

Carola volvió a asentir.

—Cuando lo abres, dentro hay una C de Carola. Compruébalo —añadió.

—¿Cómo que «cuando lo abres»? ¿Se puede abrir?

Ella tendió la mano, apretó el corazón en su puño unos instantes, presionó con fuerza la piedrecita roja usando la uña y las dos mitades se abrieron para dejar ver el interior, donde había una C grabada.

—¿Ves? Me lo regaló mi *oma* Silke, de pequeña. Lo llevé casi toda mi vida, de mayor y todo, y, cuando tuve a Alma, se lo puse a los cuatro años. ¿Puedo quedármelo?

—Quédatelo. Te lo pediré si hace aún falta para algo.

—Gracias, Wolf.

Carola abrió el cierre y se lo puso al cuello. Su mano lo acariciaba una y otra vez. Se le habían llenado los ojos de lágrimas que no acababan de caer. Se los frotó con la muñeca.

—Pues si no necesitas nada más… —Se puso en pie para marcharse.

—Espera. ¿Cenamos hoy?

—Hoy no puedo.

—¿Mañana?

—Vale.

—Te llamo.

Iba a abrazarla cuando apareció Gabriella en la puerta, muy agitada.

—Viejo, noticias de los Rohde. Al de las perlas le ha dado un ataque. Está muerto.

Salieron todos al pasillo y Carola se despidió con un gesto, dejándolos atrás, contenta de no haber tenido que dar explicaciones.

10

*U*na vez en la calle echó a andar lentamente, tratando de decidir qué hacer a continuación. El abogado le había retrasado la cita. No tenía ganas de volver a la biblioteca que, por lo que había visto la noche antes, estaba de nuevo bajo la firme mano de su dueño. Jacobo no iba a estar en todo el día. No le apetecía hablar con Julio, que había intentado llamarla, sin éxito, porque ella le había quitado el sonido al móvil para irse a dormir y se había olvidado de volver a conectarlo. Había leído el mensaje en el que le decía que tenía un vuelo para Madrid el día 23 y se había limitado a mandarle un OK. Ahora tenía que comprar ella un billete para llegar antes o a la vez que él, pero le daba muchísima pereza. El tiempo no acompañaba para pensar en dar un largo paseo disfrutando de los monumentos, y las hermosas fachadas de color de hueso estaban volviendo a recordarle a un cementerio de animales prehistóricos a la luz de la luna. No nevaba ni llovía, pero había una luz grisácea, plateada, casi nocturna, a pesar de que no era más que media mañana, y el mundo de su alrededor le parecía muerto, como si todas aquellas personas que la rodeaban no fueran más que proyecciones holográficas que podría atravesar con la mano.

Sentía el calor y el roce del corazón de oro y, de pronto, al volver una esquina, se dio cuenta de adónde se dirigía.

En cinco minutos de marcha rápida llegó al Sacher y preguntó en recepción si los señores Araque seguían alojándose allí. Le pidieron que esperase en uno de los saloncitos y, al cabo de unos momentos, apareció Juanma, con una sonrisa de agradecimiento que la hizo sentirse casi feliz, seguido del espantapájaros mejor vestido del mundo literario español.

Aprovechando que al ir detrás de Juanma él no podía verla, Eva le lanzó una mirada de advertencia y se cruzó la boca con el índice, por si no hubiese quedado claro el mensaje.

Juanma y Carola se abrazaron, Eva se limitó a los dos besos de funeral y se acomodaron en los sofás de terciopelo.

—He venido a despedirme —empezó Carola.

—¿Te vas? —Eva estaba sorprendida.

—Yo aún no. Vosotros, supongo.

—No. Nos quedamos unos días más. Para descansar de tantas emociones. —Eva mentía bien, con aplomo, pero Carola tenía demasiada experiencia en mentirosos como para no notarlo. Sin embargo, no lo comentó. No era asunto suyo por qué hubieran decidido quedarse.

De pronto Juanma, desde el otro lado de la mesita, señaló hacia Carola con un dedo tembloroso.

—Eso… eso que llevas al cuello… ¿no será…? No puede ser…

—Sí, Juanma. Es el colgante de Alma. La policía lo encontró hace unos días.

—¿Cómo? ¿Dónde? ¿Y… Alma? ¿La han encontrado por fin?

Eva le cogió la mano y lo forzó a mirarla a ella.

—Juanma, por favor, tranquilízate. No es plan que te vuelva a dar un ataque. Carola… te hacía más sensata. ¿No te das cuenta de que Juanma acaba de salir del hospital?

—Déjame en paz, Eva. No soy un niño. Tengo derecho a saber.

—No hay mucho que saber —cortó Carola, temiendo que se enzarzaran en una disputa delante de ella—. Lo siento. ¿Os acordáis de que la policía ha encontrado ocho esqueletos infantiles en un jardín de Meidling? Pues el antiguo dueño de la casa tenía este colgante y otras cosillas más en su casa. La policía ha montado una búsqueda pidiendo a la gente que compró este tipo de joyas infantiles en una tienda de segunda mano que hiciera el favor de presentarse. Se han presentado cuatro. Los padres de las otras criaturas las han reconocido. No se ha encontrado el esqueleto de Alma, ni nada que apunte a ella, salvo este colgante. ¿Te acuerdas de que yo lo llevaba cuando nos conocimos, Juanma?

Él se soltó de Eva y cogió la mano de la que había sido su mujer, con una sonrisa soñadora.

—Claro, Carola, claro que me acuerdo. ¿Se sabe algo más que pueda ayudarnos?

Carola negó con la cabeza y empezó a explicar:

—El monstruo se llamaba Charles Walker, murió en 2007. —No les dijo que la hipótesis actual era que Walker solo había sido un intermediario y que los posibles asesinos eran personas de importancia pública que podían permitirse comprar a una criatura para violarla y torturarla hasta la muerte. El corazón de Juanma no estaba para ese tipo de noticias y realmente no tenía por qué saberlo.

—En un periódico español se hablaba de que esto podía tener relación con los sucesos de un orfelinato de aquí de Viena.

—El Wilhelminenberg. Fue el más sonado, pero había más: Eggenburg, Hütteldorf... hasta diecisiete orfelinatos, hogares infantiles para niños de familias desestructuradas, toda clase de instituciones donde había sobre todo niñas, pero también niños que no le importaban a nadie y que el Estado no fue capaz de proteger. Casi dos mil quinientos casos, contando solo los que denunciaron. Se habló de todo tipo de abusos, torturas, violaciones, «alquiler de niños y niñas» a todo el que pudiera pagarlo, pruebas médicas y farmacológicas ilegales... cualquier horror que os podáis imaginar. Cerraron el Wilhelminenberg en 1986 para convertirlo en un hotel y centro de congresos, pero otras casas de acogida estuvieron maltratando y abusando de criaturas hasta 1999. En 2013 se acordó por fin pagar compensaciones a las víctimas, más de cincuenta y dos millones, pero muchos casos habían prescrito ya y nunca se castigó a los culpables. Ni a los criminales directos, ni a los responsables políticos, que sabían lo que estaba sucediendo y cerraban los ojos.

»De todas formas, no creo que este caso de los esqueletos infantiles tenga nada que ver con todo esto. Quizá el hijo de puta de Walker acudió en algún momento a uno de estos orfanatos o reformatorios y luego empezó a actuar por libre. Nunca lo sabremos.

—Entonces... —Juanma se pasó la mano por la frente—. ¿Tú crees que nunca encontraremos a Alma? ¿Que no llegaremos a poderla enterrar?

Los dos tenían los ojos húmedos y se miraban el uno al otro, dejando fuera a Eva.

—La policía sigue buscando, Juanma. Si ha encontrado el colgante, hay esperanza de que antes o después encuentren también sus restos.

—Sus restos...

—No pensarás que sigue viva, ¿verdad?

Juanma contestó moviendo la cabeza en una negativa, con los ojos cerrados.

—No. Sé que no. Pero... cuando la vi en el tiovivo... Carola... era ella. Tú la viste también.

—Era una niña que se le parecía, tesoro. —Se le escapó la antigua palabra sin darse cuenta, como si no hubieran pasado veintisiete años.

Juanma buscó sus manos y se las apretó, sin dejar de mirarla.

—Cariño, ¿tú crees que sin lo de Alma habríamos seguido juntos? Yo... yo te he querido tanto...

Ella miró a Eva, como pidiendo ayuda para salir de aquella situación y, en ese instante, le pareció que aquella mujer dura y afilada quería de verdad a Juanma y que, por una vez, no sabía cómo reaccionar ante algo.

—No, querido, no habríamos seguido juntos. Nos quisimos, tienes razón, pero cuando Alma desapareció ya no nos iba bien, ¿recuerdas? —No era del todo cierto, pero Carola pensó que era lo mejor que podía decir en esos momentos. Se puso en pie—. Bueno, tengo que irme. Llámame cuando os vayáis.

—¿Me avisarás si llega a saberse algo, Carola?

—Claro, hombre. Serás el primero en saberlo.

Cuando salió a la calle, la ciudad seguía siendo un cementerio de huesos blanqueados por la luna, pero era mucho mejor que la salita caliente con sus terciopelos rojos.

11

Cuando, media hora después, llegó a la casa —desde que Chuy había vuelto, ya no pensaba en ella como «casa», sino como «la casa»— fue primero al jardín a asegurarse de que el arma seguía donde la había dejado.

Allí estaba, entre la hojarasca, bien protegida por su plástico. Un impulso repentino la hizo cambiar de idea y guardarla en su mochila, en lugar de seguir dejándola donde estaba. Cogió también el cargador. A lo largo de más de treinta años de carrera había aprendido a fiarse de sus instintos y corazonadas, y algo le decía que era mejor tener el arma a mano.

Al levantarse de donde había estado agachada vio otra vez la puerta encastrada en la pared y volvió a pensar adónde podría dar esa puerta. Sacó el móvil, buscó entre sus fotos y, caminando pegada a la casa, se dirigió a la zona delantera, donde el tejadillo de vidrio protegía un poco del frío, el mismo lugar donde meses atrás había compartido un aperitivo con Toussaint, que aún no era Santos para ella.

Encontró las fotos que había hecho de los planos de la casa, fue ampliándolas con los dedos y concentrándose en lo que veía en la planta baja. Luego empezó a comparar el semisótano y la planta baja con el primer piso.

No se explicaba cómo no se había dado cuenta antes. En el semisótano faltaban metros. Tenía que haber una habitación de un mínimo de cinco por cinco o incluso siete, que no figuraba en el plano. Quizá por eso la piscina era tan estrecha, «solo para nadar», como le había dicho Javier en su primera visita a la casa. Quizá la habían construido así para disimular que tenía que haber otra habitación ocupando el espacio hasta la pared exterior. Por no hablar de que también cabía la posibilidad de que hubiese un sótano al que solo podría accederse a través de ese cuarto que no aparecía en el plano.

¿Qué podía tener Chuy ahí? ¿Un almacén? ¿Una enorme caja fuerte donde guardar las obras de arte más valiosas, o menos limpias? No creía que fuera un criminal, pero todo comerciante tiene cosas de procedencia irregular si se dedica al mercado del arte o de la joyería.

Tenía que ir a ver si conseguía encontrar ese cuarto, aunque suponía que debía de estar muy bien protegido y lo más probable era que no pudiera entrar en él. Estaba segura de que, entre las llaves que le había confiado Javier, no habría ninguna que abriera la habitación secreta que seguramente el diplomático tampoco conocía.

De todas formas, antes de entrar en la casa, volvió a la parte de atrás y probó una tras otra todas las que llevaba en el llavero. Ninguna entraba, como ya había supuesto.

Sacó la pistola de la funda, la cargó, puso el seguro y se la metió en la cintura por detrás. Luego rodeó la casa y entró con su llave a un vestíbulo oscuro y solitario. Se detuvo, escuchando. Chuy le había dicho que no estaría, pero no tenía por qué ser verdad. Subió a su cuarto. No había nada fuera de lo normal. Dejó la mochila en el sillón, sacó el arma y volvió a bajar.

El estómago le rugió de improviso, pero no era momento de ponerse a pensar en comer. Así tendría más hambre para la cena misteriosa. Tenía que confesarse que le hacía ilusión ver adónde pensaba llevarla y qué aspecto tendría vestido de esmoquin.

Fue a la cocina y recorrió el pasillo que llevaba a la sauna y la piscina. Todo estaba en silencio, vacío, limpio, normal. Giró sobre sí misma buscando alguna fisura que pudiera indicarle dónde había una puerta secreta. El cuarto de control de Santos había sido escondido dentro de un armario; podría ser algo similar.

Recorrió toda la pared de la piscina, golpeando con los nudillos, escudriñando cualquier irregularidad de la superficie, pero no había nada. Con un bufido, volvió a la zona de la cabina de infrarrojos y la sauna finlandesa. Estaba segura de que tenía que haber una entrada allí, pero no conseguía descubrir la mínima pista.

Se acuclilló en el centro de la pequeña estancia y empezó a mirar el suelo y el zócalo. Nada.

Abrió la sauna, fría, totalmente de madera, y observó con atención hasta descubrir unas pequeñas bisagras en uno de los bancos. Unas bisagras que no servían absolutamente para nada en un banco fijo que solo estaba hecho para sentarse o tumbarse en él.

Estaba segura de que ahí había algo que era necesario investigar. Esas bisagras no estaban ahí de adorno, tenía que haber una forma de ver qué es lo que abrían, dónde había que presionar para que saltara el mecanismo que abría una puerta a una cámara secreta.

Ya le había parecido ver una fisura que podría ser la entrada, cuando sonó su móvil con una estridencia que la sobresaltó y le hizo casi tirarlo al suelo con las prisas de silenciarlo. Si mientras tanto Chuy había vuelto a casa, no quería que supiera que ella estaba allí abajo.

Lo apagó, y solo después vio que era Juanma quien trataba de comunicarse con ella, pero en ese momento le daba bastante igual lo que pudiera querer. Miró la hora: las seis y cuarto. A las siete tenía que estar lista para salir. No podía entretenerse más. Bajaría al día siguiente en cuanto Chuy saliera de casa. Pero… si no salía…

Ya buscaría una forma de calmar su curiosidad. Tenía que ver ese cuarto. Por encima de todo.

Antes de salir de la zona de sauna, echó una mirada sobre su hombro porque algo en su interior le decía que había algo que había pasado por alto, pero no era el momento adecuado.

Tenía que arreglarse y ver qué sorpresa le deparaba Chuy.

12

$\mathcal{A}$ las seis y media de la tarde, los ánimos en el equipo no eran particularmente positivos. Después de haber comprobado todas las fichas que habían conseguido encontrar, ninguna de las fotos coincidía con los dos hombres de la foto africana. Una pista más que se perdía en el vacío.

Por otro lado, sí habían conseguido encontrar el original del tatuaje de los círculos y los triángulos, pero por desgracia no apuntaba a nada que pudiera referirse a una hermandad secreta, a pesar de que se trataba de una especie de mandala cristiano, una rueda, como la llamaban en muchas de las páginas que habían consultado.

Al parecer, era un símbolo muy conocido que tenía su origen en San Nikolaus de Flüe, o el Hermano Klaus, como se le conocía en su país, Suiza, a mediados del siglo xv. Se trataba de un «paño para la meditación» y la imagen había sido creada por el mismo santo que, después de una vida secular, se retiró como anacoreta a una cueva y solo se alimentaba de la comunión y del agua del río.

Cuando un peregrino le preguntó qué significaba ese símbolo, contestó que representaba al Ser Divino, y que el centro era la «divinidad indivisa». Según habían podido averiguar en distintas búsquedas *online*: «Las flechas salen del centro y vuelven al centro, operando una fuerza de concentración y de orden sobre quien lo contempla». «Desde el centro surge el poder divino, que abarca el cielo y el mundo entero, vuelve al centro y es indivisible en su eterno poder.»

Todos estaban de acuerdo en que resultaba bastante raro que aquellos tipos cargados de rifles de caza mayor hubieran elegido precisamente ese símbolo como tatuaje, pero después de varias horas de darle vueltas, no habían conseguido llegar a ninguna conclusión. Aquel blablá místico no les decía absolutamente nada.

Wolf estaba recogiendo sus cosas para marcharse cuando Gabriella tocó con los nudillos en la jamba de la puerta.

—Pasa, pero no te enrolles. Me estaba yendo ya. —Notó cómo se tensaban sus músculos por el esfuerzo de que no se diera cuenta de que aún estaba molesto con ella.

—Wolf —carraspeó la chica—, solo quería disculparme por lo de esta mañana. Creo que me he pasado y me he puesto muy desagradable.

—Sí, yo también lo creo, pero acepto la disculpa.

—¿Tienes plan?

—Pasar por el supermercado y elegir la película que quiero ver cenando.

—¿Nos tomamos algo? Pago yo.

—Vaya. Sí que va en serio lo de la disculpa…

Ambos sonrieron y echaron a andar, sabiendo que acabarían en la pizzería de siempre, que no era gran cosa, pero estaba bien de precio y no era de las que frecuentaban los colegas.

—¿Tú crees que lo de Lichtmann ha sido muerte natural? —preguntó ella cuando ya se habían instalado en la mesa con la pizza de siempre: *Diavolo* él, *Quattro stagioni* ella.

—Hofer nos lo dirá.

—Pero ¿tú qué crees?

—Yo creo que no, pero si quieres que te diga la verdad, no solo me importa un carajo, sino que casi me alegro. Si todo lo que nos ha parecido entender es verdad, ha hecho muy bien la doctora Rohde. Todo tiene un límite.

—Pero… ¿por qué ahora, después de tanto tiempo de aguantar a su padre y mantenerlo y todo lo demás?

—Supongo que por lo que te decía: porque todo tiene un límite. Me figuro que el tío ese era un abusador desde siempre. ¿Te acuerdas lo que dijo, eso de las «tetitas» y la cara de asco? Supongo que estuvo violando a su hija hasta que llegó a la pubertad, y luego empezó a buscarse otras niñas. Pero ella seguramente no sabía que había seguido «alquilando» niñas, ni tampoco que él había robado las perlas. Cuando nosotros le contamos lo que sabíamos, de repente comprendió algunas cosas y decidió que se había acabado. Es doctora en química, no creo que encontremos nada sospechoso. Ya nos ha dicho que fue a verlo cuando nos marchamos, que se puso hecho una furia y que hubo que sedarlo dos veces, que quizá, con los nervios, se pasaron de dosis, o que ya estaba demasiado débil y su corazón no lo soportó. No creo que Hofer pueda probar nada, y me da francamente igual. Entre tú y yo, claro.

—Gracias.

—¿De qué?

—Por hablarme claro, por quitarme esa angustia que llevo encima todo el día.

—¿Qué angustia es esa?

—Que soy policía, viejo, que no debería alegrarme cuando una hija se carga a su anciano padre.

Wolf le guiñó un ojo:

—Mientras no la imites…

Los dos sonrieron y atacaron sus pizzas.

13

*A*l abrir la puerta de su cuarto, le sorprendió lo que ya esperaba, exactamente lo que a lo largo de cientos de películas románticas americanas había encontrado ridículo y machista. Extendido sobre la cama había un vestido de noche sobrio y elegante, muy propio de ella, pero de un color que jamás habría elegido: un verde oscuro intenso, no brillante, pero sí de un raso que hacía una especie de aguas, como si fuera un lago en medio del bosque. Una gran estola, verde por un lado y negra por otro, completaba el modelo.

Se acercó a tocarlo. Suave, frío, de un excelente tejido con peso y caída. Yves Saint Laurent. «No está nada mal», pensó.

Junto al vestido, sobre la colcha, una caja de zapatos —treinta y ocho, su número; negros, de raso, con un tacón estriado de oro, pero de altura llevadera—, un bolso de mano negro, también de raso, y una bolsita de terciopelo en la que encontró unos pendientes largos, verdes, pero de un tono más claro que la ropa, junto con una notita:

Me he tomado la libertad de elegir las piedras que mejor destacarán sus ojos. Como no sabía si aceptaría usted una joya auténtica, considérelos un préstamo por el momento.

Durante todos los años que había estado casada con Tino había tenido que llevar una buena cantidad de vestidos de noche para eventos especiales a los que estaba invitada como esposa del gran arquitecto. Unas veces los había elegido ella y otras veces habían ido juntos a comprarlos y se había dejado aconsejar por él, pero nunca en toda su vida le había pasado algo así, tan peliculero, tan obviamente pensado para impresionarla, como si ella fuera una pobre muchachita de pueblo, una vulgar *pretty woman* que se deja embaucar por un millonario.

Sin embargo, y a pesar de que todo aquello le parecía ridículo, tenía que confesarse a sí misma que había encendido una chispita en su interior, un agradable calorcillo, debido, simplemente, a que un hombre se hubiera tomado la molestia de ir de compras para ella, y que la hubiese observado con tanta precisión como para adivinar su número de calzado y, probablemente, hasta su talla.

Eso siempre le había parecido absurdo en las películas: que el príncipe azul acertara con la talla de la chica. Sin embargo, poniéndose el vestido contra el cuerpo delante del espejo, daba la sensación de que Chuy tenía muy buen ojo, casi perfecto. Debía de ser una cuarenta o cuarenta y dos. Esperaba no tener que salir en bata a decirle que se había equivocado y le estaba pequeño.

Se duchó a toda velocidad, se secó el pelo con más cuidado de lo normal para domarlo un poco, se pintó ligeramente —no tenía maquillaje a mano, pero la luz del restaurante sería tenue y no se notaría demasiado su ausencia— y, con una cierta trepidación, se puso el vestido y los zapatos. Le quedaban perfectos.

Se dio cuenta de que no se había perfumado antes de vestirse, pero no quería llegar tarde, de modo que lo hizo después. Se puso los pendientes largos y se quedó mirándose en el espejo, sorprendida de verse tan bien. El vestido se ajustaba a su cuerpo sin resultar vulgar, con un recogido a la altura de la cadera izquierda que le daba un aire de estatua griega, y un escote de pico, cruzado, que dejaba entrever el comienzo de sus pechos sin que parecieran dos magdalenas en una bandeja, que era lo que había temido al principio. Se le pasó por la cabeza la cara que pondría Wolf si la viera así y sonrió para su imagen. Wolf solo la había visto con traje de chaqueta profesional o ropa deportiva, igual que ella a él. Se quedaría con la boca abierta.

Miró la hora. Las siete menos tres minutos.

Se quitó el reloj porque, con aquel maravilloso vestido de noche, quedaba horroroso. Con un ligero forcejeo, metió el móvil en el bolsito y, de pronto, se acordó de la pistola que había dejado caer en la cama. No podía llevársela porque se le marcaría bajo el vestido —en las películas eso no pasaba, pero en la realidad, sí—, y no le cabía en el estúpido bolso de raso, diminuto, que nunca había entendido para qué servía.

Se mordió los labios recién pintados, pensando. En la mochila era demasiado obvio, si alguien la buscaba. En el baño también. Abrió la ventana, se asomó, asegurándose de que nadie la viera, y sujetó el arma entre los dos tubos de un bajante. Si alguien miraba hacia arriba, vería algo oscuro en la fachada, pero era noche cerrada, hacía un frío intenso y la mayor parte de la gente no mira hacia arriba en una noche de diciembre.

Apenas cerró la ventana, oyó los discretos golpes de Chuy en la puerta.

$\mathcal{W}$olf se metió temprano en la cama, con la idea de elegir alguna serie de las que le habían recomendado recientemente, pero al final acabó cometiendo el error clásico y abrió el *mail* del trabajo.

Luego cometió el siguiente: darse cuenta de que tenía un mensaje nuevo y abrirlo. Era la respuesta a una pregunta que había enviado a la Interpol cuando descubrieron que la falsa Flor trabajaba para ellos.

Se enderezó en la cama y se frotó los ojos antes de releer el texto. Como ya les habían comunicado con anterioridad, Xiomara Gjurisich Vargas, ciudadana venezolana, había sido una agente a la que se había encomendado la vigilancia de Jacobo Valdetoro, anticuario y marchante de arte, por sospecha de tráfico de obras robadas.

Hasta ahí, nada nuevo.

Pero en ningún caso, continuaba la respuesta, la Interpol la había provisto de diez mil euros con los que comprar el silencio y las llaves de la auténtica limpiadora de la casa en cuestión. Ni, por supuesto, había recibido ninguna orden de entrar en la casa, ni de registrarla ilegalmente. Ignoraban qué había estado haciendo Vargas durante tanto tiempo en la propiedad de Valdetoro y, cuando la encontraron muerta, hacía ya días que no había mandado ningún informe ni se había comunicado con la central.

—¡Joder! —murmuró Wolf, apartando el portátil, molesto. Nunca había sido capaz de pensar en la cama. Uno se iba a la cama a descansar y, en los últimos tiempos, a ver una película, o jugar un rato a algo, pero nada que tuviera que ver con el trabajo. Ahora no tenía más remedio que volver a levantarse y empezar a pasear de un lado a otro, tratando de entender quién cojones era aquella mujer y qué estaba buscando en la casa.

Lo primero que se le venía a la cabeza era que estuviera buscando una pieza concreta que alguien tenía mucho interés en comprar, o bien en recuperar, si era ilegal y se la habían robado. Sonaba plausible que ese alguien hubiese convencido al operativo de la Interpol que ya estaba sobre el terreno de hacer un trabajito extra. Si a Flor, la limpiadora, le habían dado diez mil euros por quitarse de en medio, quizá a Vargas le hubieran dado otros tantos, o incluso más, por introducirse en la casa y tener los ojos abiertos mientras fingía limpiar.

Tenía que volver a hablar con Carola, preguntarle si la falsa Flor nunca trató de sonsacarle algún tipo de información, si mostró interés por alguna obra concreta.

¿Qué estaría haciendo? ¿Con quién habría quedado?

A lo mejor había ido a cenar con su ex y el espárrago seco, la tal Eva, para despedirse, ya que era evidente que aquel bicho quería marcharse de Viena cuanto antes y que siempre conseguía lo que buscaba.

Eso le llevó a pensar que Carola tampoco estaría mucho más tiempo allí y que, si pensaba intentar algo con ella, tenía que darse prisa.

Fue a la cocina y se preparó un té de hierbas. Durante unas semanas había tenido la sensación de que Carola estaba cada vez más cómoda con él, de que había posibilidades reales de que empezaran una relación que fuera más allá de la amistad que siempre habían tenido. Sin embargo, de un tiempo a esta parte, cada vez estaba más distante y más rara, como si se sintiera culpable por algo que a él se le escapaba por completo.

¿Por haberle mentido con lo del arma?

No. No era posible. Carola no podía ser tan mojigata. Le había mentido, simplemente porque no podía decirle la verdad, porque él no debía saberlo y hacerse cómplice de un acto ilegal. Si hubiera sido al contrario, él tampoco se lo habría dicho y ella lo habría sabido igual.

Se sentó a la mesa de la cocina, echó un poco de miel en la taza y, cuando quiso darse cuenta, llevaba ya un minuto removiéndola en el té.

Quizá Carola se sintiera mal por no poder quererlo como a él le habría gustado. Eso le parecía razonable y significaba que era una mujer cariñosa y decente, justo lo que él había pensado siempre. Si era ese el caso, no tendría más remedio que aceptar su decisión, evidentemente, pero quería que ella se lo dijera con todas las letras. A su edad, había tenido ya demasiadas experiencias negativas que al final, cuando después de mucho tiempo llegaban a aclararse, resultaba que solo se habían debido a un malentendido, que cada una de las personas implicadas creyó entender algo concreto y nunca se tomó la molestia de preguntar y saber seguro cómo estaban las cosas. Esa maldita manía de creer que uno sabe lo que el otro quiere y piensa, sin haberle preguntado jamás. O, mucho peor, preguntarle, recibir una respuesta y no querer creerla; pensar que el otro ha dicho eso, pero que realmente sentía algo distinto que no se atrevió a decir. Eso sí que resultaba nefasto para las relaciones humanas.

De modo que, como hacía mucho que había pasado de los quince años, al día siguiente llamaría a Carola, le preguntaría por el asunto de la falsa Flor, le enseñaría la foto de Walker y sus dos compañeros de caza, y una vez terminada la parte profesional, le diría con toda claridad lo que sentía por ella.

Si decía que no, era que no. Pero... podía darse el caso de que dijera que sí. Había que intentarlo.

15

Cuando vio a Chuy en la puerta de su cuarto vestido de esmoquin, se sintió otra vez como una adolescente en su primera cita con alguien que le gusta de verdad y que nunca habría imaginado que tuviera el menor interés por ella.

Estaba realmente guapo, pero lo mejor era que llevaba aquel traje con la misma naturalidad que los pantalones y los suéteres de andar por casa; que no se le notaba ni vestido de fiesta, ni orgulloso de estar tan estupendo.

—Me encanta acertar —dijo besándole la mano, con una sonrisa.

—¿En qué?

—En el color y el modelo del vestido, en los pendientes... en todo. Estás perfecta, Carola —dijo, tuteándola por primera vez—. Como yo te veía desde el primer momento.

—Nunca se me habría ocurrido vestirme de verde.

—Pero te gusta.

—Sí. La verdad es que sí.

—¿Vamos? —preguntó él, ofreciéndole el brazo.

Bajaron las escaleras como si estuvieran ensayando para una boda y fueran a reunirse en el vestíbulo con medio centenar de invitados. La leve cojera de él seguía siendo patente, pero ahora ya no hacía nada por disimularla. Pensó en preguntarle por ella, pero acabó decidiendo que quizá a lo largo de la cena, de modo que cambió de tema:

—¿Has conseguido encontrar a Santos?

—Aún no, pero creo que ya sé dónde se esconde. No creo que pase de mañana el dar con él. De todas formas, tengo que salir a fisioterapia y varias cosas molestas, pero necesarias. No hablemos de ello ahora.

Llegaron a la zona de la piscina. Carola estaba totalmente desconcertada. ¿Qué diablos pensaba hacer allí? ¿No iban a salir de la casa? ¿La había invitado a su propio invernadero después de vestirla como una princesa?

—Con tu permiso… —dijo Chuy, adelantándose a ella.

Al final de la piscina había un cuarto para la maquinaria, los termos para la cocina y una serie de máquinas que nunca se había molestado en investigar. Chuy abrió una puerta lateral que ella no había visto y la invitó con un gesto a pasar delante de él y bajar un piso de escaleras.

—La entrada al garaje. No es especialmente glamurosa, pero, como solo la uso yo… Y la verdad, me gusta sentirme un poco Batman. Casi nadie sabe que existe.

Al atravesar la puerta, se encendieron las luces a un aparcamiento para seis vehículos que ahora estaba ocupado por tres coches, dos de ellos cubiertos por unas fundas. Se dirigieron a un Alfa Romeo plateado, tan perfectamente limpio que parecía por estrenar. Chuy le abrió la puerta, se acomodó él, abrió con el mando y salieron a una noche oscura, helada y ventosa. Carola se sorprendió de que el garaje diera a la calle paralela; por eso no lo había visto nunca.

—Cuando compré esta casa, hace ya treinta años, me dijeron que había pertenecido a un gerifalte nazi. El actual garaje era un búnker, pero como yo nunca le he tenido miedo a la hecatombe nuclear, preferí cambiarlo de uso, y así, además, tengo salida a otra calle, lo que siempre es tranquilizador, ¿no crees?

Estaba segura de que no esperaba respuesta y no se la dio. Sus manos acariciaban la tela sobre sus muslos y sus ojos se deslizaban por las fachadas de color marfil, por las decoraciones navideñas que destellaban, doradas, detrás de los cristales del coche. Chuy puso música de blues y los dos quedaron en silencio, escuchando la voz de la cantante, una voz de humo y telarañas, perfecta para la noche invernal.

Al cabo de cinco minutos, Carola dejó de saber adónde iban. Solo conocía el centro de Viena y ya habían cruzado el Danubio. La oscuridad era casi total, pero parecía tratarse de una zona elegante, con muchos jardines y grandes casas ocultas entre las frondas.

—¿Me vas a decir ahora adónde vamos?

—No. La gracia de las sorpresas es no saber.

—Yo no soy mucho de sorpresas.

—¿Eres una loca del control? Vaya… pues esta vez vas a necesitar un poco de paciencia.

Lo dijo con un tono tan juguetón que Carola no se ofendió por lo que la había llamado. Tenía algo de razón, al fin y al cabo. Estaba acostumbrada a mandar, a dirigir equipos, a saber siempre en qué punto estaba de cualquier situación y, aunque le hacía gracia lo que le estaba sucediendo, a la vez lo encontraba raro y estaba deseando que se resolviera.

Cruzaron una gran verja de hierro que se abrió a su paso, después de unos segundos en los que Carola supuso que estaban comprobando la matrícula del coche, y entraron por un camino de gravilla hacia un palacete blanco y amarillo, muy austriaco, que posiblemente hubiese sido un pabellón de caza en el siglo XVII, uno de esos *petits palais* que se mandaban construir los príncipes, los cardenales y los grandes nobles para poder alejarse de la ciudad y divertirse a sus anchas.

Aparcaron junto a la amplia escalinata y un muchacho vestido de traje negro se quedó las llaves del Alfa. Chuy se apeó y dio la vuelta al coche para ayudarla a bajar. Por fortuna, Carola había tenido suficiente experiencia en la alta sociedad como para quedarse quieta como una señora esperando a que le abrieran la puerta, en lugar de hacerlo ella misma.

Las preguntas le quemaban en la garganta, pero decidió no perder la calma. Al fin y al cabo se trataba de una cena, no de un operativo policial.

El vestíbulo, donde los recibió un *maître* o mayordomo vestido de frac, estaba lleno de candelabros en los que ardían cientos de velas naturales que esparcían un suave olor a miel. El hombre los saludó efusivamente y los condujo, atravesando varios pequeños comedores donde algunos huéspedes les sonrieron o reconocieron a Chuy con un gesto, hasta una coqueta salita donde ardía un fuego en la chimenea y había sido dispuesta una mesa para dos, con manteles de lino, plata antigua y cristal de Bohemia. Cuando se abría o cerraba la puerta, bajaba o subía el tono de la música que un cuarteto de cuerda interpretaba en el salón más grande.

—Supongo que te estarás preguntando el porqué de todo

esto, Carola. —Continuó sin esperar su respuesta, como si fuera evidente lo que ella pensaba—. He estado muy cerca de morir. He necesitado meses y una voluntad de hierro para poder volver a moverme y a recuperar muchas de mis facultades. No te aburriré hablándote de las que he perdido, quizá para siempre. Todo esto —miró a su alrededor, casi con orgullo de propietario—, en principio, lo hago por mí, para mí, porque me hacía falta volver a sentirme vivo, humano, al timón de mi existencia; porque quiero volver a vivir las cosas que valen la pena antes de que la oscuridad final me devore. —Hizo una pausa, mirándola a los ojos con sus brillantes ojos negros—. ¿Sabes? —Le cogió la mano con naturalidad, sin dudar de si ella la aceptaría—. Durante mucho tiempo me sentí inmortal, invencible. Y no te hablo de la adolescencia, sino de hace muy poco. Nunca sentí que la muerte fuese algo de lo que debía preocuparme, algo que tuviera relación conmigo. Hasta hace tres meses.

Un camarero les sirvió champán y dejó la botella en el cubo, a su lado.

—Ahora he decidido no volver a tomarme las cosas con tanta naturalidad. Quiero disfrutarlas minuciosamente, beberme la vida hasta atragantarme, dejar de acumular un dinero que no me va a dar tiempo a gastar, y ser feliz.

Levantó la copa y se la ofreció para brindar.

—Me hacía ilusión compartirlo con una mujer inteligente y atractiva. Contigo, Carola. Ya se dice que el placer compartido aumenta. Te doy las gracias por compartirlo conmigo. ¡Por la vida!

Chocaron las copas. Chuy se bebió la suya hasta el final. Carola la dejó mediada.

—Para ofrecerte la experiencia completa, he pensado que vamos a comer mis platillos favoritos. Así no tendrás que hacer ni siquiera el esfuerzo de elegir. Puedo asegurarte que todo lo que nos van a servir es excelente.

—Me sacrificaré —dijo ella con una sonrisa pícara que hizo reír a Chuy.

Mientras comían unos *amuse-gueule* tan bellos como joyas, Carola le preguntó por su biblioteca y hablaron unos minutos.

—Me han sorprendido dos cosas —dijo.

—Cuéntame. No todos los días se tiene ocasión de hablar

con alguien que conoce la biblioteca de uno. Aunque… es tan grande que ni yo la conozco en profundidad. Dale, cuéntame.

—Por un lado, que es una biblioteca de libros leídos y amados, no solo un amontonamiento de libros comprados al por mayor, para impresionar a las visitas, como sucede con tantos nuevos ricos.

—Soy un rico antiguo —bromeó él—. Y me encanta leer.

—Ya lo he notado. Tengo que confesarte que he disfrutado mucho con tus comentarios en los márgenes, los dibujitos, las citas de autores desconocidos… Aunque en algunos casos he tenido la impresión de que estaban mal atribuidas —terminó con un guiño.

Él volvió a sonreír.

—Me encanta jugar a despistar al posible lector de esos libros. Es un juego que inventé para un hipotético invitado en mi biblioteca, que has resultado ser tú. Estoy fascinado de que te hayas dado cuenta. ¡Eres increíble! ¿Cuál era la segunda cosa?

—¿Cómo?

—Has dicho que te llamaron la atención dos cosas.

—¡Ah! —Carola se terminó la copa y, mientras él la rellenaba, contestó—. Tengo un buen amigo bibliotecario, de quien he aprendido mucho, y en una ocasión me comentó que no existe biblioteca masculina que no tenga una sección de pornografía, o al menos de erótica. Que si no hay, el tipo no es de fiar. La tuya no tiene.

Chuy la miró serio y, poco a poco, fue sonriendo. Si hubiera sido un sospechoso, Carola habría pensado que llevaba muchos años ensayándolo y que había conseguido la perfección.

—Es que no soy de fiar. ¿O pensabas otra cosa?

Los dos rieron.

—De acuerdo. Confieso. La sección erótica está en mi dormitorio. Te agradezco la delicadeza de no haber andado hurgando por allá, a pesar de creerme muerto.

Ella volvió a levantar la copa antes de beber y no dijo nada. No le dijo que sí había estado hurgando en su dormitorio y que allí no había libros eróticos, pero que sí había cuadros cubiertos por otros cuadros y un huevo azul irisado perfectamente escondido.

Cada ser humano tiene derecho a sus secretos, pensó Carola, siempre que no dañen a otros, o al menos no demasiado.

Y cada persona tiene también derecho a su propia puesta en escena, a mostrarse a los demás como quiere que la vean. Por eso ella se replegaba y se ocultaba en su casa cuando estaba mal, mientras que otras preferían mostrarse y pedir ayuda, escenificándose como víctimas. Nadie lo hacía mejor ni peor, cada uno era quien era o quien quería parecer.

Chuy quería presentarse como un hombre refinado, valiente, duro y tierno a la vez. Por ella, estaba bien así. No necesitaba más cercanía. Podía imaginarse una noche de sexo con él, pero no necesitaba conocerlo mejor, por el momento. Sabía por experiencia que, a medida que aumenta la intimidad entre dos personas, empiezan a aparecer con más y más frecuencia las características que antes se ocultaban porque no eran agradables. Si la intimidad se mantiene dentro de ciertos límites, solo se disfruta de lo mejor.

—Esto… ¿es un restaurante? ¿O más cosas?

—Tienes buen olfato, Carola. De hecho, hay una amplia oferta. Sobre todo, es restaurante, pero también se puede bailar; hay un par de salas de juego, ruleta, *baccarat*, póker…; hay otra zona más orientada a los juegos eróticos… —Abrió las manos con las palmas hacia arriba—. Ya sabes… *Chacun son goût*. Yo te he traído a cenar, pero si se te antoja cualquier otra cosa…

—Llevo todo el día sin comer. Cenar es lo que más me apetece.

Obedeciendo a sus deseos, la cena se prolongó hasta las once de la noche y consistió en más de una docena de pequeños platos que cubrieron todo el espectro de sabores posibles.

En las dos ocasiones en las que Carola se levantó de la mesa para ir al baño, notó las miradas de varios hombres y un par de mujeres, apreciándola, evaluándola, pero hizo como que no se había enterado y regresó a su mesa sin entablar conversación ni siquiera con una chica que fumaba en el saloncito contiguo al baño y tenía una espectacular melena pelirroja y unos ojos entrecerrados, llenos de promesas. Nunca había tenido la menor relación erótica con una mujer y no le parecía el mejor momento para probar.

La velada había sido tan suave, tan relajada que, ya en el coche, Carola se sentía como envuelta en un capullo de seda, como si todo aquello hubiese sido un sueño, un regalo que pronto tendría que devolver.

Regresaron por el mismo camino, arrullados por la música y, en el caso de Carola, por el calor de los vinos que habían tomado durante la cena y que él había empezado a evitar una hora antes de tener que conducir.

—¿Una última copa? —preguntó Chuy cuando hubo dejado el coche en el garaje.

—¿En el invernadero? Es uno de los lugares de la casa que más me impresionó desde el principio.

—Con gusto. ¿Qué se te antoja tomar?

—Descubrí una noche por casualidad que tienes un vodka excelente en el frigorífico.

—Ah, malvada… Descubriendo mis secretos.

Carola se sentó en una de las mecedoras de mimbre y dejó que Chuy fuera a buscar la botella y los vasos. Al pasar, él pulsó el interruptor que conectaba los sonidos y las luces de la selva en miniatura y ella recordó la noche que había estado allí, sola, pensando en cómo habría sido el difunto Jacobo.

Unos momentos después, sirvió los vasos y le entregó uno, que ella colocó en la mesita sobre la fisura de dos de los listones de madera que formaban su superficie. Él se inclinó para brindar y, como sin darle importancia, deslizó el vasito hasta que estuvo bien colocado sobre una sola de las maderas. Ella sonrió por dentro. Había tenido razón calibrando el carácter de Jacobo Valdetoro.

—¿Me permites una pregunta? —dijo Chuy, al cabo de unos minutos en los que habían disfrutado del silencio punteado por los sonidos selváticos que los envolvían. Él le había estado dirigiendo miradas enigmáticas y sus ojos volvían una y otra vez hacia la zona de su pecho, lo que estaba empezando a ponerla nerviosa.

—Claro —contestó con un ligero temblor de inminencia. ¿Qué le iría a pedir? ¿Sería de los hombres que han aprendido que antes de insinuarse a una mujer es mejor pedirles permiso?

—¿Por qué no te has quitado ese colgantito que llevas? —La pregunta la desconcertó—. No quiero ser descortés, pero no acaba de combinar con las esmeraldas que luces.

Ella se llevó la mano al cuello.

—Era de mi hija.

—¿Era?

—Murió a los ocho años.

—Lo siento. Disculpa.

Chuy se levantó, fue al frigorífico y regresó con dos nuevos vasos helados que volvió a servir.

—Pero estos días pasados no lo llevabas.

—No. Lo había perdido. Un amigo lo encontró y me lo devolvió. Ahora no quiero hablar de ello, si no te importa.

—¡Cómo no, Carola! ¿Estás cansada? ¿Nos retiramos ya?

Ella se puso en pie tan rápido que sintió un ligero mareo producido por el alcohol.

—Ya tengo recogidas mis cosas, Chuy. Mañana, o como mucho pasado, me marcho.

Él no le llevó la contraria, ni le dijo que no había prisa. Se limitó a preguntar:

—A casa, supongo. ¿A Madrid?

—Sí. A casa.

—¿Volverás?

—Aún no lo sé.

—Vuelve cuando quieras, linda. Aquí siempre vas a ser bien recibida.

A pesar de toda la amabilidad de Jacobo, Carola sintió una ola de decepción pasarle por encima. No era eso lo que había esperado. De hecho, ella había supuesto que él intentaría un acercamiento, que sería ella quien tendría que decirle que aún no sabía bien lo que deseaba, que necesitaba más tiempo..., y ahora era él quien no tenía interés.

Se iría al día siguiente. Adonde fuera. A un hotel. O quizá aceptaría la oferta de Wolf y se quedaría en su casa, en la habitación de invitados, hasta el momento de su vuelo.

Pero antes tenía que volver a dar una vuelta por la zona de la sauna y la sala de musculación. Algo le decía que aún no lo había visto todo, y quería saber antes de irse para siempre.

«Nunca dejarás de ser policía, Carola. Da igual que te vistas de seda. Tienes mente de madero», pensó al darle dos besos a Jacobo y cerrar tras de sí la puerta de su dormitorio.

Lo primero que hizo fue abrir la ventana. La pistola seguía donde la había dejado.

16

Si hubiera conseguido dormirse a la primera, probablemente todo lo demás no habría sucedido, o habría sucedido en otro momento y, por tanto, de otra forma, pero la reacción de Chuy no la dejaba descansar. Dando vueltas en la cama, recordaba imágenes del extraño restaurante, de la conversación que habían mantenido, de los ojos brillantes y las misteriosas sonrisas que le había dedicado... Sabía que estaba metido en su cama prácticamente al otro lado de la pared y por un momento estuvo a punto de levantarse para ir a visitarlo. Ya no era una niña. Si ella quería algo, tenía perfecto derecho a expresar su deseo. Si él no estaba dispuesto, ya se lo diría con toda claridad.

¿Quería ella que se lo dijera con toda claridad? La verdad era que no, que prefería dejar las cosas como estaban.

Encendió la luz y abrió la ventana. Necesitaba aire fresco. Se ahogaba en aquella casa tan caliente, con sus cortinas, sus alfombras y sus edredones de pluma en las camas, pero era muy tarde y tampoco le apetecía salir a la calle, donde la escarcha ya había cubierto los jardines y los coches aparcados.

Cogió el móvil y se dio cuenta de que había recibido un mensaje de su hijo y no lo había visto.

¿Qué hay de lo de Sheila? Dentro de nada es Navidad y sigue encerrada en Viena.

Contestó, aunque no eran horas. Julio siempre desconectaba el teléfono para que nadie lo molestara por las noches. «¡Ni que fuera un ministro!», había pensado siempre. Pero ahora le venía bien.

Veo al abogado esta tarde. Ya te contaré.

Se dio cuenta de que tenía otro mensaje de Juanma.

Eva ha comprado los billetes para pasado mañana. He ido al mercadito. Sin éxito. Ahora la niña o el fantasma o lo que sea ha desaparecido de nuevo. Me estoy volviendo loco. Tenemos que vernos. A solas.

No tenía ganas de contestarle. No sabía qué rayos suponía Juanma que ella podía hacer, y tampoco le apetecía seguir mintiéndole, inventando excusas más o menos plausibles para la niña de rojo que había visto en el tiovivo durante dos días seguidos. Él había elegido a Eva como compañera de su vida. Era asunto suyo. Estaba hasta las mismas narices de sacarles las castañas del fuego a los demás. Tenía que empezar a concentrarse en su propia existencia.

Había decidido que saldría de la casa al día siguiente, lo que significaba que tenía que ver dónde pensaba quedarse los pocos días que faltaban para regresar a Madrid. También tenía que hablar con Wolf y ver qué hacían. Por la tarde tenía que entrevistarse con el abogado que defendería a Sheila y aún no sabía qué pensaba contarle para exonerar a la inglesa sin implicarse ella misma. No se había pasado la vida en la Policía con un expediente intachable, para inculparse ahora de un delito de narcotráfico y arriesgarse a que la expedientaran y la expulsaran del cuerpo a un par de años de la jubilación.

Tiró el teléfono sobre la cama, volvió a la ventana, inspiró unas cuantas veces hasta que empezó a sentir frío. Tampoco era plan de resfriarse ahora. Cerró y se metió en la ducha tratando de relajarse. A veces funcionaba. Una ducha caliente, la habitación bien ventilada y a dormir.

Por ella, habría bajado a investigar la zona desconocida, la que no aparecía en el plano y estaba segura de que ocultaba algo, pero Chuy estaba en la casa. Tendría que esperar a la mañana. Él había dicho que pensaba salir temprano y estar fuera unas horas.

En cuanto él se fuera, se vestiría, se aseguraría de que realmente se hubiese marchado, y bajaría a explorar de nuevo. Si había conseguido ocultarle aquel inmenso garaje, cabía la posibilidad de que hubiese más que descubrir, y ella sentía una comezón casi insoportable por averiguar qué más escondía.

El vestido de noche seguía colgado en su percha, sujeto en la puerta del armario, los pendientes de esmeraldas, sobre el tocador. Lo dejaría todo allí: «Por si regreso», le diría con una sonrisa falsa. No pensaba volver jamás.

Si un hombre ha conseguido llegar a los sesenta y tantos años sin compromisos previos, sin mochila de ningún tipo —exesposas, hijos, nietos...—, es que no está dispuesto a comprometerse de ningún modo, ni ahora ni nunca. Si después de vestirla como a una muñeca y exhibirla en uno de los lugares más exclusivos de Europa no había sentido el impulso de besarla siquiera, era que no pensaba hacerlo, y ella se respetaba lo bastante a sí misma como para no forzar la situación. Había quedado claro y ella tenía otras cosas, muchas otras cosas en las que pensar.

Se había ilusionado brevemente con aquel tipo tan especial, pero su interés era una plantita que apenas si había tenido tiempo de arraigar. La arrancaría de un tirón. No volvería a crecer.

Decidió volver a la cama y leer hasta que le entrara sueño. Buscó el *e-book* por la mochila, que como siempre estaba repleta de cosas que había ido metiendo dentro al correr de los días. Sus dedos tropezaron con un libro que no recordaba haber guardado. Lo sacó con curiosidad. *El Aleph*, de Jorge Luis Borges.

Se acordaba vagamente de haberlo metido allí unos días atrás porque le había encantado la encuadernación, pensando en releerlo. No había visto nunca una edición de Borges tan cuidada y tan obviamente cara. Al mismo autor le habría encantado porque parecía un libro del siglo xix con sus pastas doradas y sus tapas de fino cuero azul.

Amontonó las almohadas y se acomodó, dispuesta a reencontrarse con los cuentos del maestro argentino.

Nada más abrirlo, le sorprendió poderosamente que aquellas páginas estaban escritas a mano, en tinta negra, con una caligrafía elegante y disciplinada que reconoció al instante por haberla visto en cientos de anotaciones en los libros de la gran biblioteca. Era la letra de Jacobo. Y, aunque empezaba con las frases de un cuento de Borges, lo que venía a continuación era algo que nunca hubiese creído posible.

«*S*é que me acusan de soberbia, y tal vez de misantropía y tal vez de locura. Tales acusaciones (que yo castigaré a su debido tiempo) son irrisorias.»

Así empieza *La casa de Asterión*, de Jorge Luis Borges, un relato que leo y releo con extraordinario placer y que ha sido la causa de que encuaderne así este diario. También he querido citar las primeras líneas al comenzar a escribir para llenarme los ojos con esas palabras si alguna vez vuelvo a dar con estas, las mías, en el (casi) infinito laberinto de mi biblioteca.

Extrañamente, me identifico con Asterión, a quien los seres vulgares llaman Minotauro. Y no porque él sea un monstruo, que no lo es. Quizá se trate tan solo de una afinidad espiritual, o de que él, como yo, es hijo de una reina, y es diferente a todos, especial, único. También él está solo, como yo, y, como yo, recorre su mundo incansablemente, solo que el mío es más amplio y me permite tener la experiencia de las nieves, de las junglas y los desiertos, de las grandes urbes creadas por los hombres, de los mares infinitos. También, de algún modo, ambos esperamos a un salvador que no llegará, aunque los antiguos dicen que el joven Teseo, guiado por el hilo de Ariadna, logró liberarlo.

A veces pienso que no soy humano, ya que las dos grandes pasiones de la humanidad no han tocado mi vida: ni el amor ni el miedo. Quizá sea la muerte lo que me humanice. Si llega por fin un día. Envejezco, pero despacio. Me miro al espejo y veo la figura de siempre: un cuerpo fuerte y templado, unos ojos brillantes, unos cabellos abundantes y sanos. En algún lugar de las islas Marquesas hay un tótem con mis rasgos, una figura tallada en la que los nativos me representaron y a la que rezan para que los libre de todo mal. En el tiempo que pasé entre ellos me ofrecieron lo mejor que tenían: frutos, animales, hombres, mujeres, niños y niñas, y cuando lo rechacé todo, quedaron convencidos de que yo era un dios porque lo mejor que podían ofrecer jamás era bastante bueno para mí.

Por eso elegí el tatuaje que llevo en la base de la columna, porque es el que mejor me representa: yo soy el centro del que todo parte y al que todo vuelve. No hay nada místico en él y, si permití que Santos y el americano lo copiaran también, fue simplemente porque me pareció gracioso que lo eligieran sin entender su significado y, al marcarse con ese símbolo, de hecho, estuvieran poniéndose bajo mi autoridad, mostrando al mundo que me pertenecen.

***

Nunca he entendido que a ciertos hombres les interesen sexualmente las niñas y niños pequeños. De hecho, ni siquiera he comprendido jamás que uno pueda sentir interés por los niños, de modo general. Son seres incompletos, a medio hacer, casi animalillos, con los que no se puede tener una conversación civilizada; seres profundamente egocéntricos, capaces de chillar y rabiar y morder cuando no se les da inmediatamente lo que desean.

A veces, en un vuelo largo, he visto a esos padres y madres desesperados, paseando con sus hijos de dos, tres, cuatro años, que lo quieren todo, lo tocan todo, se aburren en cuestión de segundos y hay que mantenerlos ocupados para que no protesten y despierten a los demás pasajeros. Algo que, lamentablemente, sucede incluso en la primera clase, no solo en la zona económica o «turista» donde los viajeros se hacinan en un espacio mínimo con las rodillas rozándoles el mentón y las panzas contraídas apretándose contra el respaldo del asiento delantero.

Hace mucho, mucho tiempo, cuando empecé a comprar y vender piezas especiales, exquisitas, lo hacía simplemente atraído por su belleza, motivado por la necesidad de tener a mi alcance lo que amaba. Nunca hubiese comprado nada que a mí mismo no me hiciera vibrar con ese inexplicable tirón de lo que es especial, de lo genial o de lo único. Luego, con los años y la experiencia, conforme iban creciendo mi fortuna y mi fama, empecé a darme cuenta de que para vender no es necesario amar lo que uno, de todas formas, va a entregar a otro. Si solo compraba lo que me producía felicidad a mí mismo, acababa por no poder venderlo, ya que no me sentía capaz de separarme de ese cuadro, de ese tótem, de ese instrumento. Esta misma casa en la que escribo es el más fiel testimonio de algunas de mis obsesiones: las estatuas de pueblos ignotos, las bellas lámparas, las pinturas que me tocan ese centro que no tiene nombre, pero pulsa y se agita como un segundo corazón al contemplarlas... los libros... esos libros antiguos y modernos en los que está el mundo, todos los mundos posibles e imposibles. «*Quod non est in libris, non est in mundo*» ha sido siempre una de mis máximas.

Nunca he estado seguro de que me haya tocado en suerte, de entre todos los mundos posibles, el que mejor se adapte a mi carácter y mis necesidades, pero, aparte de los libros, es el único del que puedo disfrutar. Quizá por ello haya tratado siempre de conformarlo de manera que él se ajuste a mí, ya que yo no me siento capaz de cambiar para ajustarme a él. Con los años he ido perfeccionando mi máscara de tal modo que puedo asegurar que no hay nadie en el planeta que me conozca realmente. Mi disfraz es tan perfecto que, si bien puede suscitar envidia, nunca suscita rechazo, sino admiración y complacencia.

No me interesan ni los hombres ni las mujeres, mucho menos los niños o las niñas, pero soy una persona perfectamente normal a quien los hombres reconocen como un igual y las mujeres como un caballero. Así he sido educado y así me he ido perfeccionando en un funcionamiento social intachable.

Antes llevaba un diario y, el último día de cada año, al volver a casa de celebrar la Nochevieja en cualquier lugar del mundo, lo quemaba y empezaba un nuevo cuaderno. Ya que no puedo hablar con nadie y mostrar mi verdadero yo, decidí escribir para hablar conmigo mismo, el único ser a quien considero mi igual.

Después de mucho tiempo de quemar diarios, un día de año nuevo la pereza me venció, o tal vez fuera la vanidad —empezaba a darme lástima haber perdido tantos cuadernos que contenían mi vida verdadera—, y renuncié a quemarlo. En estos momentos no sé cuántos años hace de eso, cuántos diarios estarán en mi biblioteca —disfrazados, como yo— esperando a que mi mano los encuentre por azar. Es un juego que me gusta. Un juego para mí solo, porque nadie más puede entrar en mi biblioteca a fisgar en ella.

Si en el resto de mi vida el control lo es todo, en este juego puedo dejarme llevar y permitir que sea la ciega fuerza de la fortuna la que me regale esos encuentros inesperados y así, buscando una obra concreta de Corneille, abro una hermosa edición del siglo XIX y me doy cuenta de que yo mismo encargué la encuadernación de ese libro en una piel que podría ser humana de tan suave y que, en su interior, no está el viejo maestro francés del XVII, sino yo mismo, el yo que era en 1986 o en 2001.

***

A veces me gustaría —teóricamente, se entiende— encontrar a alguien con quien poder compartir todo lo que he amasado en esta vida: mis conocimientos, mis obras de arte, la belleza que he reunido, mi forma de ver el mundo...

He conseguido formar en cierta medida a Toussaint, ser una especie de Pigmalión para aquel muchacho que encontré en Angola hace tantos años, solo, perdido en las calles de Luanda, hambriento no solo de comida, sino de algo que me hizo respetarlo desde el principio, aunque él no tenía más allá de dieciséis años: el control, el orden, la belleza. Al contrario de otros muchachos africanos que no veían más allá de sus necesidades físicas —comida, bebida, drogas, mujeres, lujo—, Toussaint era un hombre disciplinado, riguroso, valiente; y poco a poco empecé a enseñarle todo lo que debía saber para estar a mi lado.

Eso es justo lo que no entiende Chavi, mi pomposo hermano: que Toussaint no es un criado, que no está a mi servicio. Nosotros, los Valdetoro, que nos criamos como se dice en algunos lugares «con una cuchara de plata en la boca», rodeados de sirvientes por todas partes, siempre hemos tenido tendencia a pensar que todos los seres humanos están ahí para cumplir nuestra voluntad y hacernos cómoda la existencia. A mí, sin ir más lejos, también me costó un gran esfuerzo darme cuenta de que hay algunos seres que, aunque hayan nacido en circunstancias menos halagüeñas, son, por derecho natural, superiores a los otros y no siempre se trata de dinero, sino de una cualidad del espíritu que o se tiene o no se tiene. Mi hermano carece de ella. Santos la posee. Por eso no congenian.

De todas formas, ahora que ya es un hombre adulto y tiene su vida y sus secretos, como todo el mundo, y a pesar de que me sigue agradando su compañía, no es alguien con quien pueda compartir mi aportación a la humanidad. Confiarse es entregarse, y una vez que una ostra ha abierto su dura concha, lo que hay dentro es vulnerable, y la perla que oculta en su interior solo puede extraerse matando al animal que la ha creado y la custodia.

He leído tanto en esta vida que sé perfectamente que muchos autores muestran la felicidad de entregar su vida, su alma y su corazón a otro ser humano. Unas veces a una persona a la que encuentras digna de ello, otras veces a alguien indigno de tu amor, pero de quien no puedes ni quieres escapar. Creo saber lo que es el amor, pero no me ha sucedido nunca y, sinceramente, espero que siga siendo una pasión desconocida, habida cuenta de los síntomas, que más se parecen a la locura que a la felicidad.

Cuando te enamoras —según la literatura y los ensayos médicos—, pierdes el control, la conciencia de tu individualidad, el valor que dabas a tu vida. Te sientes capaz de morir por el otro, necesitas su presencia para sentirte completo. La dependencia —debida a tu necesidad de dopamina, que solo se segrega en grandes cantidades estando con el ser amado— te aniquila y te convierte en un despreciable yonqui que ha perdido todo sentido de la medida y el decoro. No hace tanto leí una carta escrita por Gerald Durrell a Lee MacGeorge, la mujer que se iba a convertir en su esposa, y quedé sorprendido y casi vicariamente avergonzado por la intensidad de sus sentimientos y la desnudez con la que los presentaba. Si el amor hace que uno se sienta así, no deseo que me suceda.

No. Aunque me resulta curioso y es una experiencia atrayente por lo peligrosa, el amor no es para mí.

Si algo me resulta similar —a juzgar por mis lecturas— es lo que siento cuando veo el deseo en los ojos de alguno de mis clientes, esa necesidad desnuda, cruda y salvaje de poseer lo que les ofrezco. Lo he visto con cuadros, con objetos de arte, con personas. Y no es lo que yo siento. No. Para mí la motivación es otra. Es, posiblemente, el deseo de tener el control y el poder, de saber mío ese objeto que ambiciono. Lo que en mí es fuerza en los otros es debilidad. Los otros desean, codician, y eso los vuelve débiles, los hace plegarse a mis deseos y condiciones, se arrastrarían a mis pies si yo se lo pidiera, a cambio de tener lo que no pueden dejar de tener. Son ridículos, despreciables, absurdos. El mundo los admira y los respeta por los cargos que detentan, por los millones que amontonan en todos los bancos del planeta, por los uniformes y galas que tienen derecho a llevar. Solo yo los veo como son: gusanos blandos de boca avarienta retorciéndose en el lodazal de sus pasiones incontrolables; gusanos que no son más que un tubo con dos agujeros: una boca para devorar, un ano para expulsar los desechos y un falo que contentar cada vez con más frecuencia, un falo hediondo y siempre inquieto que tienen que imponer a otras criaturas porque nadie lo desearía libremente, y del que, en secreto, se avergüenzan. Por eso mantienen ocultos su necesidad y su deseo: porque ellos mismos los encuentran repugnantes y despreciables.

Cuando el deseo de un hombre es abatir a un tigre de un solo disparo, o escalar el Everest, o descender a las profundidades del océano, lo muestra a los ojos del público, todo el mundo lo sabe, y lo celebra y, si lo consigue, se convierte en un héroe, en un ser admirado por su valor, su rigor, su disciplina.

Cuando el deseo de un hombre es, por el contrario, ejercer su poder sobre una criatura o sobre una mujer prisionera, él mismo sabe que no puede esperar más que desprecio por parte de la sociedad. Por eso se calla y disimula, y se entrega a quien sea que pueda conseguirle ese placer culpable que guarda para sí, porque le horroriza la idea de que alguien que no sea su víctima pueda sentir su mirada verde, sus labios rezumando baba, el temblor de su cuerpo marchito al contacto con una piel tersa y aterrorizada.

Luego vuelven a vestirse las pieles con las que se disfrazan —sus trajes hechos a medida, sus uniformes de altos oficiales, sus togas de representantes de la ley, sus galas eclesiásticas—, guardan para sí el temblor de sus manos avarientas, sus lenguas envenenadas, el brillo de sus ojos enfebrecidos por la obscena codicia, y salen al mundo limpios de nuevo mientras alguien retira los desechos, entierra los restos, pasa un paño de olvido sobre lo que nunca debió suceder hasta que todo recupera el orden, la limpieza, la inocencia, o al menos una apariencia de ello.

Están dispuestos a dar cualquier cosa a cambio. Hace mucho que lo aprendí. Unas veces basta con dinero; otras, objetos preciosos; otras más, influencias, favores, cargos, títulos… lo que sea que el vendedor quiera aceptar.

Carola alzó la vista del diario y lo soltó, asqueada. Nunca se le habría ocurrido que alguien pudiera confiar al papel algo tan horroroso. La idea de haber estado charlando y cenando con aquel monstruo, de haber fantaseado incluso con meterse en su cama y haberse sentido defraudada al sentir su falta de interés, le daba ganas de vomitar.

¿Era posible que todo aquello fuera verdad o se trataba de un intento de literatura, de una novela que Chuy había pensado escribir en algún momento y le había dado vergüenza tratar de publicar?

Se frotó las manos sudorosas en la pechera del camisón, apretó los labios y siguió leyendo.

Recuerdo uno de esos casos. Hace mucho tiempo, pero en cuanto focalizo en mi memoria, las imágenes aparecen con toda nitidez en el palacio interior que construí para guardar los fragmentos de mi vida. Este recuerdo sigue estando donde lo coloqué, en el salón de baile, entre espejos venecianos en sus marcos dorados, grandes copas de mármol rebosantes de flores y arañas de cristal cargadas de velas fragantes, dulces como la miel.

Él era uno de esos políticos oportunistas, un inútil más astuto que inteligente, que había sabido ascender en la jerarquía del picoteo usando su crueldad con los hombres, su labia con las mujeres, hasta casarse con la hija de una familia aristocrática de las pocas que habían conseguido conservar su fortuna, a pesar de los vaivenes de las dos guerras mundiales, arrimándose siempre, y a tiempo, al árbol que mejor sombra daba en cada situación.

Lo único bello de su esposa era un collar de perlas de tres vueltas, con pulsera y pendiente a juego, como supe después, que había ido pasando de generación en generación desde que una antepasada lo recibió de un archiduque ruso como regalo de desposada, ese curioso regalo que en alemán llaman «Morgengabe», y que era el detalle con el que el marido aplacaba a su esposa el día después de la boda para hacerse perdonar el dolor y las humillaciones que él mismo le había infligido en su lecho virginal.

El que se llamaba a sí mismo «político» y yo nos encontramos en un baile que el presidente de la República auspiciaba y que, aunque no era tan glamuroso como el Opernball, tenía a su favor que era terriblemente selecto, con lo cual los invitados éramos pocos y teníamos más ocasión de charlar entre nosotros.

Fue él quien se acercó a mí, dejando a su mujer con sus perlas al cuidado de un aburrido grupo de diplomáticos eslavos. No era la primera vez que había requerido mis servicios especiales, pero siempre intentaba fingir que apenas si nos conocíamos, aunque para un ojo experto la desesperación se le salía por todos los poros que el esmoquin dejaba ver. Su droga eran las niñas, cuanto más pequeñas, mejor. No tenía sentido ofrecerle una de doce disfrazada para parecer más joven. Santos ya había cometido una vez ese error y resultó muy embarazoso. Ahora hacía ya tiempo que no recurría a nosotros, aunque no creo que eso significara que estaba en el «buen camino», sino que simplemente había encontrado a alguien que cubría sus necesidades por menos dinero. Pero ese alguien debía de haberse esfumado porque en aquel momento, en aquel salón, era como un náufrago que ve pasar un barco relativamente cerca de su solitaria isla.

Me pidió que saliéramos a la terraza con la excusa del cigarrillo que ninguno de nosotros necesitaba. Conversamos unos minutos hasta que se decidió a entrar en materia; debía de parecerle especialmente humillante tener que mostrarse tan vulnerable frente a un muchacho de poco más de treinta años, como era yo entonces, cuando él era ya un hombre que había pasado los cincuenta.

—¿Se puede arreglar? —preguntó.

—Todo se puede arreglar, querido amigo. ¿Digamos de unos seis, siete años?

Se le hizo la boca agua. Vi cómo se mordía los labios, a pesar de la penumbra de aquella terraza que daba sobre las oscuras frondas de un jardín encerrado entre altos muros de piedra.

—Perfecto.

—Comprenderá que el precio estará en consonancia…

—Usted dirá.

—Las perlas de su esposa.

Casi tuve que morderme por dentro las mejillas para no dejar escapar la sonrisa que me desbordaba los labios. No solo era un precio ofensivo, sino que era un insulto deliberado. Toda la buena sociedad de Viena sabía que aquellas perlas formaban parte de la imagen de la familia. La madre de aquella pobre sosa que las llevaba al cuello había sido una condesa Skavronskaya y, según rezaba la leyenda, aquella joya era lo único que habían conseguido salvar al huir de Rusia cuando la Revolución. No era verdad, por supuesto, pero la esposa del político antes se dejaría matar que verse privada de aquel emblema. Y yo tenía curiosidad por ver cómo pensaba solucionarlo aquel mequetrefe que me miraba con la boca abierta.

—Imposible.

—Pues en ese caso… —Tiré el cigarrillo hacia la oscuridad de abajo y me di la vuelta.

—¡Espere! Deme un par de días…

—Los que quiera, amigo mío. No tengo ninguna prisa.

Yo no, pero él sí que la tenía. Notaba cómo su cerebro de maraco daba vueltas y vueltas en busca de una solución que le permitiera arreglar las cosas del modo que quería.

—Entiendo que será… servicio completo. Hasta el final —terminó después de una pausa.

—Por supuesto. Ya sabe cómo localizarme.

No tardó más de cuatro o cinco días en ponerse en contacto. Apenas una semana después de nuestra conversación en el baile, los periódicos se llenaron de noticias sobre el misterioso robo del famoso collar de perlas ruso. La familia estaba devastada, nadie tenía idea de cómo habían podido entrar en la casa y abrir la caja fuerte donde, desde siempre, habían tenido guardada la joya. Fui siguiendo el caso durante los años siguientes hasta que, al final, el seguro acabó por pagar una suma horrenda que, sin embargo, jamás cubriría la pérdida emocional, según confesó, entre lágrimas, la esposa del líder de la extrema derecha.

Por aquella época, mi hermano Chavi estaba de secretario de embajada en Tombuctú y no pudo llegar para celebrar el cumpleaños de mamá que, desde niños, había sido siempre una fecha sagrada.

Le regalé las perlas. Recuerdo aún su sonrisa maravillada, sus manos pequeñas y finas acariciando la redondez, la suavidad irisada de aquellas imperfecciones que el trabajo constante de un animal ciego, en el fondo del mar, habían hecho perfectas.

—No puedes lucirlas en público, mamá —le dije con una gran sonrisa pícara—. Las robé para ti. Nadie debe saberlo.

Me abrazó, envolviéndome en una nube de L'Heure Bleue, de Guerlain, el perfume que yo siempre asociaba con mi infancia, con mi bella madre, arreglada para salir, viniendo a despedirse de mí antes de internarse en el mundo de los adultos, hecho de bailes, cenas y conciertos. Ella sabía perfectamente que no era una broma. Si hubo alguien en el mundo que me conociera un poco, esa fue mamá.

—Dejaré en mi testamento que regresen a ti cuando yo muera, cariño. Esto no es para Chavi.

—Tú nunca morirás, mamá.

Me regaló una sonrisa misteriosa, se dio la vuelta y me ofreció su nuca para que le abrochara el collar. Luego se giró hacia mí de nuevo, me besó en los labios, un beso de mariposa, suave y cálido, y bajamos del brazo al comedor donde cenamos los dos solos entre velas prendidas. Las perlas refulgían con su brillo soñador sobre su escote.

Cuando murió, aún bella, las perlas regresaron y desde entonces no han vuelto a salir de su oscura madriguera en el más profundo vientre del banco donde las conservo. Voy alguna vez a verlas, a pasar mis manos por donde las pasó ella, a olerlas, buscando el rastro de aquel perfume que detesto en cualquier otra mujer.

Carola volvió a soltar el libro. Allí tenían la prueba de que Lichtmann había comprado a una niña y la había torturado hasta morir. Podrían atrapar no solo a los asesinos de los niños y niñas que Walker había enterrado en su jardín, sino al monstruo que lo había organizado todo: Jacobo Valdetoro.

Si no se trataba de una ficción, de un intento de escribir una novela. Pero no. Aquellas tortuosas reflexiones tenían el sonido de la verdad, la arrogancia de Chuy, toda la monstruosidad de su mente enferma.

Es una gran suerte que Santos no tenga la misma sensibilidad que yo. De otro modo no sé bien cómo habría solucionado la retirada del material después de su uso por parte de algunos de mis clientes.

Cuando salen de la sala sudorosos, sucios de sangre y babas, de orina, de heces, y sobre todo pringosos de terror, porque el terror —lo he comprobado con el tiempo— es una exudación que se pega a la piel, todos tienen esa mirada enloquecida, mezcla de triunfo y de asco que los impulsa a querer desaparecer cuanto antes del lugar donde han dado rienda suelta a sus peores obsesiones. Entonces es cuando hay que actuar con firmeza y rapidez para restaurar el orden cuanto antes.

Santos los hace pasar a un baño neutro donde pueden volver a ponerse el disfraz de persona decente y, mientras tanto, Charlie y él se ocupan del resto hasta que todo queda de nuevo a la espera, sin eco de los gritos que han sonado entre aquellas cuatro paredes.

Yo, mientras tanto, los espero en el invernadero, o en el saloncito, o en la biblioteca, para asegurarme de que han quedado satisfechos, de que han recibido el mejor servicio que pudieran desear. De que volverán.

Porque esa es precisamente la base de mi trabajo: asegurarme de que vuelven a mí, de que me entregan sus deseos y quedan inermes a mis pies, aunque casi nunca es necesario que ellos lleguen a darse cuenta cabal. Con los años he aprendido a comportarme como si fueran ellos los que tienen el control y yo me limitara a proporcionarles lo que desean y merecen. Solo en muy raras ocasiones he tenido que mostrar mi fuerza, como con el político de las perlas cuando me enteré de que me había mentido. O, para ser exactos, no me había mentido, pero sí me había ocultado que esas hermosísimas perlas eran parte de un juego que quedaba completado con una pulsera y un solo pendiente, una perla extraordinariamente grande y valiosa. Nunca me lo dijo. Me enteré por la prensa, cuando se publicó la noticia del «robo».

Le hice saber que tenía que entregarme lo que quedaba del juego, a menos que estuviera dispuesto a ver su imagen públicamente destruida, ya que yo poseía grabaciones de lo que había sucedido en aquel cuarto. Era obviamente un farol, porque a mí tampoco me convenía que la policía tuviera imágenes que analizar en las que aparecía el lugar secreto.

«El lugar secreto.» ¿Se referiría a la casa de Walker, en Meidling? ¿Sería allí donde tenían lugar las aberraciones por las que pagaban los «clientes» de Chuy? No. No parecía posible. Jacobo hablaba de recibir a los clientes, una vez saciados sus apetitos, limpios y presentables, en la biblioteca o en el saloncito, o en el invernadero. Evidentemente, se estaba refiriendo a la casa donde estaba ella en ese momento. El lugar secreto tenía que estar allí, en la casa misma, y ella lo encontraría al precio que fuera.

Surtió efecto, si bien no el que yo quería. Entre mis presiones y las que, sin duda alguna, estaba sufriendo por parte de su esposa, la aristócrata, el pobre desgraciado acabó colgándose de una viga de su propio garaje, justo encima del Porsche que tanto amaba.

Fue uno de mis raros fracasos. Nunca llegué a saber qué sucedió con el resto del juego de las perlas. Quizá lo vendiera para financiarse sus pequeños vicios, o pensara que era fundamental hacerlo desaparecer, porque no tendría ningún sentido que los supuestos ladrones se hubiesen llevado solo el collar, desdeñando el resto.

Mucho después supe que no había muerto al ahorcarse, sino que lo habían encontrado «a tiempo», pero había pasado tanto tiempo sin suministro de oxígeno que había quedado muy afectado en sus capacidades cognitivas que, por otro lado, tampoco habían sido nunca notables. Su partido le dedicó un homenaje y luego se olvidaron de él.

De todas formas, aunque tengo que aceptarlo, me consuela pensar que tampoco le di lo mejor a cambio de aquellas maravillosas perlas. Santos tenía el encargo de conseguir una niña no mayor de ocho años, blanca y rubia. Nadie dijo nada de guapa y, efectivamente, aquella cosita no era particularmente agraciada, pero no hubo quejas. He de suponer que para ciertos menesteres la absoluta belleza física no es necesaria, probablemente ni siquiera deseable.

Lo que me resulta curioso es que aquel mentecato estaba mentalmente muerto apenas dos semanas después de haber cumplido su mayor deseo. Si yo creyera en Dios, pensaría que era una muestra de la justicia divina; siendo como son las cosas, me inclino a llamarlo justicia poética.

Había algunas páginas más, pero el asco no la dejaba seguir leyendo. Se negaba a pensar que una de esas niñas, vendida a un monstruo como Lichtmann, o al juez del que le había hablado Wolf, hubiese sido la suya. Casi habría sido misericordioso que su hija hubiese sido simplemente víctima de un asesinato «normal», de un accidente con consecuencias fatales en mitad de un simple secuestro.

Con manos temblorosas, sacó los sedantes y se tragó dos. No era momento de ponerse histérica ni de permitir que la tensión le subiera hasta la luna. Desde que vivía en Viena la llevaba mucho mejor y no quería tener un ataque al corazón precisamente ahora que había encontrado al monstruo que llevaba casi treinta años buscando.

Acarició la pistola, dejándose llevar por la maravillosa fantasía de abrir la puerta donde dormía Jacobo, llegar hasta su cama y pegarle un tiro en la cabeza sin más explicación.

Pero, aparte de que eso le destrozaría la vida a ella, sería demasiado fácil para él, y ella quería que sufriera.

Aunque no hubiera sido el asesino de Alma, aunque no la hubiera visto en su vida, se merecía sufrir por todas aquellas criaturas, por todo el terror, por todo el dolor que había causado.

Fue al baño a echarse agua a la cara. Tenía que pensar fríamente, sopesar qué era lo mejor. Chuy no sabía que ella sabía. Podía jugar esa baza y reunir todo el material posible para entregárselo a Wolf y su equipo.

Volvió al diario. Había nombres aquí y allá, unas veces subrayados, otras, tachados, otras, encerrados en un círculo.

Sacó el portátil y empezó a picar algunos en un buscador. Todos existían. Los más frecuentes eran más difíciles de rastrear porque con el mismo nombre y apellido había sastres, médicos, peluqueros, periodistas, jueces, panaderos, diplomáticos… cualquiera de ellos podía ser. Sería un largo trabajo policial, si conseguía encontrar más nombres; a ser posible, la lista completa.

Lo primero sería, una vez que consiguieran encerrar a Chuy, peinar su biblioteca buscando los otros diarios que estarían allí, disfrazados de inocentes volúmenes con nombres clásicos. Reunir toda la evidencia, porque Jacobo Valdetoro era un hombre muy rico, muy influyente, con muchos contactos en lo más alto. Si el caso no era absolutamente firme, siempre cabía la posibilidad de que se les escapara.

De momento tenía que disimular. Procurar no encontrárselo y aprovechar su ausencia para explorar los lugares de la casa que no aparecían en el plano.

$\mathcal{A}$ las ocho y media ya no pudo aguantar más en su cuarto. Se vistió cómoda —vaqueros, jersey y suéter con capucha—, se calzó las zapatillas de correr, cogió la pistola y, después de ocultarla a la vista, bajó las escaleras con apariencia de despreocupación, sin intentar hacerlo en silencio. Si Jacobo aún andaba por allí, no quería que sospechara, pero, al parecer, ya había salido de casa. No se oía nada. No había música procedente de ninguna habitación. La casa seguía vibrando como siempre, como si estuviera esperando que sucediera algo que nunca llegaba.

Fue directamente a la zona de recreo y volvió a repasar todo lo que había visto la tarde anterior, pero esta vez abrió también el cuarto de máquinas, bajó al garaje y comprobó que faltaba uno de los coches más pequeños. El Alfa seguía donde Chuy lo había aparcado al volver del misterioso lugar donde habían cenado y del que, entre bromas, le había escamoteado el nombre. «Da igual, linda. Nunca podrías volver sin mí. Solo aceptan nuevos miembros si son presentados y avalados por cuatro socios de un mínimo de diez años de antigüedad.»

Con una última mirada al garaje, regresó a la escalera con la sensación de que allí mismo tenía que haber también una entrada a algún lugar, porque el espacio se sentía pequeño para el tamaño de la casa. Le habría gustado estar allí con un equipo de la científica, pero de momento solo estaba ella y no conseguía encontrar nada fuera de lo común.

Volvió a la sauna. Nada. Seguía sin saber para qué podían servir aquellas pequeñas bisagras disimuladas en uno de los bancos, pero aquello no había forma de moverlo por mucho que lo intentara.

Entró en la pequeña sala de musculación. Todo estaba como siempre. Limpio, vacío, con sus bancos y sus pesas ordenadas por tamaños, su *cross trainer* y su máquina de remo, y el espejo que cubría media pared.

Se sentó en mitad del cuarto y dejó que su mirada vagara por las paredes, el techo, de nuevo las paredes, las esquinas...

Dirigió la vista hacia el suelo y, de pronto, contuvo el aliento. Gateó hacia lo que le había parecido ver delante del espejo, a la derecha, con la mirada fija en lo que acababa de ver: una gota oscura de algo que podría ser sangre.

Se puso de pie como un relámpago y salió corriendo hacia su dormitorio. Era fundamental documentar aquello, antes de que alguien lo limpiara.

Volvió con su kit para tomar muestras, fotografió la gota, poniendo a su lado el bolígrafo que siempre llevaba encima, para que se pudiera apreciar el tamaño, y luego tomó la muestra y la selló en su bolsita.

Ahora ya podía dedicarse a buscar la manera de entrar, y tenía que darse prisa porque quien estuviera allí dentro estaba herido.

*E*stuvo a punto de tirar la toalla varias veces, a pesar de que le constaba que la entrada al lugar secreto tenía que estar necesariamente allí, detrás de ese espejo. Conociendo a Jacobo, aquello podía ser incluso una cita literaria: «*Alice through the looking glass*», la segunda parte de *Alicia en el País de las Maravillas*.

Varias veces sintió la necesidad de coger las mancuernas y estrellarlas una tras otra contra aquella superficie que le vedaba el paso adonde más interés tenía en entrar, pero no podía hacerlo sin una buena excusa y, por muy policía que fuera, una solitaria gota de sangre en el suelo no le daba derecho a esa barbaridad.

Podría llamar a Wolf para que le echara un vistazo, pero sería, si no tan ilegal como en su caso, al menos altamente irregular, más ahora que el dueño de la casa estaba vivo y había regresado.

Tenía que encontrar la entrada por sus propios medios, ver qué había detrás y, después, actuar en consecuencia.

Se dejó las uñas buscando por arriba y por abajo del espejo porque se había dado cuenta de que estaba encastrado en una especie de marco delgado que podría ser una ranura que permitiría deslizarlo si encontrara dónde estaba el mecanismo que lo soltaba de su anclaje.

Le costó un buen rato de búsqueda y de miradas frenéticas al reloj. Jacobo había salido a hacer unos recados, pero lo más probable era que estuviera a punto de regresar. Se quedó quieta, aguzando el oído. No se oía nada, ni desde detrás del espejo ni desde la zona de la sauna y la piscina.

Se plantó en medio del cuarto con los brazos en jarras y los ojos recorriendo toda la superficie de las paredes, del techo al suelo y del suelo al techo, tratando de imaginar dónde podía estar el interruptor o lo que fuera que permitía el paso. Tenía que ser en un lugar cómodo, elegante, fácil de alcanzar. Jacobo se sentía a sí mismo como un caballero; no se iba a tirar al suelo delante de sus clientes a levantar un pedazo de madera y hurgar debajo. Tenía que ser algo discreto, para poder sorprender a sus visitantes, igual que hacía con las luces y los sonidos del invernadero.

Levantó la vista hacia la moldura que unía las paredes con el techo. Era un *hangboard* que recorría toda la habitación: una moldura clásica para entrenamiento de escaladores, de madera, llena de agujeros y salientes de distintos tamaños desde los que poder colgarse y levantar tu propio peso con las dos manos, o con una, o usando solo las yemas de los dedos.

Extendió el brazo hacia uno de los salientes, el que parecía más pulido, y sin pensarlo mucho hizo presión hacia abajo. El espejo se deslizó sin ruido hacia la derecha.

Una vez descorrido, quedó el paso libre a un diminuto distribuidor con paredes de hormigón y dos puertas a izquierda y derecha.

Sacó la pistola, le quitó el seguro y, sujetándola firmemente con una mano, intentó girar el pomo de una de las puertas, suponiendo que estaría cerrada. No lo estaba.

Empujó con el pie y, con precaución, asomó la cabeza, pensando encontrarse con algún tipo de almacén. Lo que había dentro la obligó a sacudir la cabeza con incredulidad.

Era una habitación desnuda de mediano tamaño, unos cinco por seis, calculó, toda de hormigón. El suelo era de losetas grandes, blancas, casi sin uniones entre ellas. «Fácil de limpiar», pensó sin querer, estremeciéndose. En el techo había un extractor y varias cámaras disimuladas. De las paredes partían una manguera y un equipo eléctrico con cables terminados en distintos tipos de cabezales e instrumentos. En el centro exacto, sobre un amplio sumidero enrejado, había una silla de metal atornillada al suelo y, en ella, un hombre descalzo, en camisa y pantalón, con una capucha negra por la cabeza, caída sobre el pecho, y los brazos atados por detrás del respaldo. Manchas de sangre moteaban su camisa de un azul clarísimo. El color de los pies apuntaba a que podía tratarse de Santos.

Carola inspiró hondo, se aseguró de que no hubiese nadie más en aquella cámara de los horrores, entornó la puerta y, colocándose del mejor modo para no perderla de vista, se acercó al hombre y le quitó la capucha. Era Santos, efectivamente, pero estaba inconsciente y amordazado.

Lo despertó a cachetazos sin preocuparse de no hacerle daño. Ahora sabía qué clase de persona era y qué clase de relación lo unía a Chuy. Además, no podía entretenerse. Él abrió los ojos, espantado, sin saber por un momento quién era la persona que acababa de despertarlo. Sus pies empezaron a temblar y a sacudirse sobre las losetas. Tenía el pantalón húmedo de orina en la zona de la bragueta, lo que significaba que no había pasado mucho tiempo de la última visita de su torturador.

Forcejeó para quitarle la mordaza hasta que lo consiguió.

—Carola… —susurró Santos. Tenía la cara curiosamente limpia, sin sangre, salvo por un hematoma considerable a la altura de la sien, pero palidísima y desencajada, como si alguien se hubiera molestado en torturarlo de modo que no se le notara demasiado en el rostro—. ¡Sáqueme de aquí, por lo que más quiera! ¡Ayúdeme! —Su voz sonaba rara, quizá porque había perdido algún diente o porque alguien le había apretado la tráquea varias veces. O simplemente por el terror.

Sorprendiéndose a sí misma, sintió una especie de satisfacción.

—¿Quién le ha hecho esto, Santos? ¿Ha sido Chuy?

—Eso no importa.

—¡Claro que importa, gilipollas! Mira —pasó al tuteo sin darse cuenta—, te voy a explicar cómo lo hacemos: yo pregunto y tú contestas, o te dejo aquí un rato más, hasta que llegue la policía.

—¡NO! Carola, no, la policía no. ¡Suéltame, déjame ir! Te diré dónde tengo el USB con las grabaciones de la casa. No volverás a saber de mí.

—Vamos a hacerlo en otro orden, Santos. Tú me das lo que tienes y luego, si me parece bien, te dejo libre.

—Chuy lo ha borrado todo. Ha dejado el sistema en blanco. Yo tengo aún lo tuyo, pero te lo daré si me sacas de aquí.

—Dime dónde está.

Santos se chupó los labios cuarteados y resecos.

—En mi casa. Hay una orquídea cerca de la ventana. Entre la tierra. Tengo sed…

—Ahora vuelvo. Si me has mentido, te pongo la capucha y te dejo aquí.

Santos asintió varias veces con la cabeza, sin dejar de mirarla, tratando de transmitirle confianza.

A toda velocidad, Carola volvió a la cocina, atravesó el vestíbulo, salió al jardín, entró en casa de Santos, agarró la única orquídea que había, la sacó al exterior, la volcó y se apoderó del USB. Luego volvió a meter la planta apresuradamente en su tiesto, la dejó donde estaba, cerró y volvió a la sala de tortura.

Para entonces ya se le había ocurrido un plan que podía no funcionar, pero era mejor que nada. Había cogido de la casa de Santos todo lo que podía necesitar.

—Lo tengo —le dijo, nada más entrar.

—Suéltame. Ya no te debo nada.

—Necesito que me hagas un favor, Santos. He decidido soltarte, a pesar de que me consta que le has robado a Chuy cosas de gran valor. La verdad es que me da igual, ¿qué quieres que te diga? Supongo que él tampoco está limpio. Pero tu libertad tiene un precio.

—Lo que sea.

Santos lanzaba miradas constantes hacia la puerta, temiendo que Chuy volviera de un momento a otro. Carola también quería acabar rápido. Jacobo había dicho que tenía fisioterapia y otros asuntos, pero estaba claro que no era totalmente de fiar. También le había dicho que no había encontrado a Santos y lo había estado torturando en su propia casa.

—¿Recuerdas esa cinta con la que me amenazabas? ¿En la que se me veía metiendo unos bombones en la maleta de mi hijo y su novia? Pues bien, resulta que, en la maleta de la novia, también había un paquete de *liquid sky*, la policía la trincó en la frontera y ahora está en el talego esperando juicio. Quiero que digas que fuiste tú quien le metió el paquetito en la maleta; que necesitabas dinero rápido y habías pensado vender esa mierda en Londres porque allí aún es algo nuevo que causa sensación. Que le metiste el paquete en la maleta y pensabas recuperarlo en Stanstead, en cuanto aterrizara el avión.

—Yo nunca he vendido droga. No se lo va a tragar ni Dios.

—Vamos a probar. Primero lo grabamos en el móvil y luego te traigo algo escrito para que lo firmes.

Santos hizo un ruido que Carola tardó en identificar como una risa que le salía del pecho y pasaba por una garganta destrozada.

—Con esta pinta que llevo, cualquier madero, por tonto que sea, verá que me has torturado para que me autoinculpe.

—Me lo vas a decir aquí y ahora, después de arreglarte un poco. Y vas a decir que es Jacobo quien tiene la culpa de que estés así, porque tú intentaste robarle.

Carola cogió la toalla húmeda que había traído, se la pasó por la cara, lo peinó y le cerró un poco la camisa, ocultando un tatuaje que llevaba sobre la tetilla izquierda: una especie de rueda con dos círculos concéntricos y seis triángulos. Seguramente el famoso tatuaje sobre el que acababa de leer en el diario de Jacobo.

Le estaba costando un esfuerzo tan grande no pegarle un tiro que le temblaban las manos, pero su plan pasaba por que Santos no sospechara que ella sabía. Él solo podía creer que Carola se había enterado de sus trapicheos con obras de arte.

—Bueno. No te dejarían entrar al baile de la ópera, pero ya no estás tan mal. Solo te sacaré la cara. Trata de sonar convincente.

—No voy a confesar nada. No tengo planes de ir a la cárcel.

—Allí es el único sitio donde estarás seguro, al menos mientras Chuy ande suelto.

—¿Y lo vas a capturar tú? ¿Una psicóloga infantil jubilada? ¿Acusado de qué? Todo lo que hay en esta casa es legal.

—¡Sí, hombre! Hay quien tiene una salita de cine en el sótano y vosotros tenéis una cámara de tortura.

Santos apretó los labios cuarteados. Una diminuta gota de sangre, brillantemente roja, se deslizó por su barbilla sin que él pudiera hacer nada por enjugarla.

—Esto es… porque hace años organizábamos veladas SM. Para adultos. Perfectamente legales. Ahora ya no.

—Santos, déjate de historias. Decide lo que vas a contar y habla. —Carola le secó la sangre con la toalla, sacó el móvil, lo puso en modo vídeo y se lo plantó delante de la cara—. Piensa bien lo que vas a decir. Yo no existo, ¿queda claro? Jacobo es quien te ha hecho eso, por imbécil, por comprometerlo con el asunto de la droga y por intentar robarle. Y no te enrolles.

Dos minutos después, Carola tenía una declaración grabada. Veinte minutos más tarde, una confesión escrita que acababa de imprimir en la biblioteca y que Santos había firmado.

19

*E*ra la cuarta vez que Wolf llamaba a Carola y siempre saltaba el buzón de voz. O lo tenía apagado o estaba fuera de cobertura, cosa bastante rara porque, que él supiera, no había ningún lugar en Viena donde no llegara la cobertura telefónica, salvo algunas casas muy antiguas, cuyos muros eran tan gruesos que había que salir a la calle para poder hablar. A veces pasaba en restaurantes que estaban en sótanos o criptas medievales, pero a media mañana no creía que pudiera estar en ningún restaurante.

Volvió a dejarle un mensaje y colgó, ligeramente preocupado.

20

—*P*ues ya tienes lo que querías —dijo Santos con voz raspo-
sa. Carola le había soltado una mano para que pudiera firmar,
mientras, desde detrás, le ponía en la sien el cañón de la pistola.
Luego había vuelto a ceñirle la brida al tubo metálico de la
silla—. ¡Suéltame!

Carola lo miró fijamente, con una sonrisa jugando en sus
labios.

—No tiene gracia tener miedo, ¿verdad? Estoy segura de
que en esa silla se han sentado personas aterrorizadas y siempre te ha dado igual. ¿Me equivoco? Es bueno aprender en
cabeza propia.

—¡He hecho todo lo que me has pedido! ¡Me prometiste
soltarme!

—Te mentí, evidentemente. —Se agachó a coger la capucha.

—¡Nooo! ¡Carola! ¡Nooo! ¡Me matará! —El hombre tiro-
neaba de sus ataduras, con los ojos espantados de terror.

—Me la rasca, Santos. No te mereces otra cosa.

—Le diré lo que has hecho. Irá a por ti. Él cree que tiene
derecho a castigarme, pero nadie más puede hacerlo.

Cogió la mordaza que había tirado al suelo y se acercó para
ponérsela. Santos le escupió y, de un momento a otro, recuperó
el carácter desafiante que ella le conocía.

—Te conviene salir de aquí, Carola. Cuando vuelva Chuy
y le cuente lo que has hecho, si te encuentra, hará que te arre-
pientas. Es una bestia. Créeme.

—Podría matarte yo misma, pero no voy a hacerlo, Santos.
¡Suerte!

Volvió a ajustarle la mordaza. Le puso la capucha sobre la
cabeza, amartilló la pistola y, durante unos segundos, la tuvo

contra su frente, oyéndolo jadear y suplicarle sin palabras, con sonidos animales que la llenaban de satisfacción. Luego, con renuencia, como si el cañón de su arma hubiese quedado pegado al cráneo de Santos y hubiera que arrancarlo de allí, dio un tirón y estuvo a punto de disparar al techo. Necesitaba esa liberación, pero no podía arriesgarse a dejar marcas.

Sacó de nuevo el móvil y, con rapidez, empezó a fotografiar aquella horrible sala. Luego abandonó a Santos a su suerte, esperando que Jacobo le diese su merecido.

Una vez en el distribuidor desde donde se salía, a través del espejo, a la sala de musculación, volvió a detenerse. Había otra puerta. Tenía que ver lo que había allí.

El cuento de *Barba Azul* reverberó un instante por su mente, pero necesitaba saber qué se ocultaba en aquel lugar.

Giró el pomo de la puerta con la izquierda, aseguró la pistola en su mano sudorosa y abrió despacio.

Era un dormitorio de unos veinte metros cuadrados, sin ninguna ventana. Las paredes estaban pintadas de gris claro, con unas rayas blancas en las que destacaban las siluetas de distintas flores en un gris más oscuro, payasos y personajes de cuentos infantiles: Peter Pan, Campanilla, Caperucita, Hänsel y Gretel... O sus sombras.

Había una cama de hierro negro, moderna, pero de estilo antiguo, con colcha y almohadones rosas y blancos, con volantes y encajes. En las paredes, varias baldas blancas mostraban peluches y muñecas de distintas épocas y estilos, desde las más antiguas, de porcelana, pasando por las de cartón y llegando a las de plástico; trenes de madera y de metal, superhéroes de cómic, un par de libros infantiles...

Había también unos garfios de los que pendían cadenas terminadas no en esposas de metal, sino en aros forrados de terciopelo fucsia. En otra balda, junto a la puerta, se veían varias cajas cerradas y otras abiertas, con plumas de ave, cuerdas de seda, un dildo negro gigante, fustas y látigos de distintos tamaños. Un baúl en la esquina podría contener ropa de cama, y tal vez disfraces o más juguetes eróticos.

Carola sintió un principio de náusea.

Aquel era el lugar secreto, lo más obsceno que había visto en su vida. Podía imaginarse perfectamente lo que sucedía en aquella habitación cuando estaba ocupada, pero su mente se negaba a hacerlo. Sin darse cuenta, su mano izquierda se dirigió al colgante y lo apretó entre sus dedos mientras sus labios susurraban el nombre de Alma, rezando al dios en el que no creía por que aquello fuera solo una pesadilla, por que su hija nunca hubiese estado allí.

Pero, aunque su niña nunca hubiese visto aquello, sabía con total certeza que otros niños y niñas habían pasado por aquel «dormitorio» que no estaba consagrado al sueño ni al descanso. Le horrorizaba pensar que, en aquel lugar y después de lo que les habrían hecho allí, probablemente no quedaba más que la muerte, o mucho peor, la sala de tortura contigua, para llegar al mismo fin. Hombres maduros, hombres de éxito, empresarios, políticos, altos funcionarios, dignatarios eclesiásticos de distintas confesiones, monstruos perversos que en la vida normal tenían familias, fundaciones, obras de caridad... que daban entrevistas y salían por televisión y sacudían la cabeza diciendo «lamentable» cada vez que sucedía algo trágico, se escondían en aquel sótano, como las cucarachas, para destruir la dignidad y la vida de una criatura y de todas las personas que la amaban; para crecerse con su miedo, con sus gritos, con sus súplicas; para tener el poder absoluto sobre la vida y la muerte, como un dios oscuro, podrido.

Luego era cuando entraban Santos y Walker y se llevaban los desechos para enterrarlos en un jardín suburbano y plantar encima bulbos de narcisos.

Apenas llegó a tiempo de vomitar en el lavabo de la zona de sauna, una bilis amarguísima y verde que le abrasó el esófago.

¿Y cuál era el papel de Chuy en todo aquello?

La noche anterior había quedado claro que él conocía a la «buena sociedad» centroeuropea, a la gente que tenía bastantes millones como para pagarse un «capricho» de vez en cuando en un lugar discreto y, sobre todo, sin consecuencias, en perfecto secreto.

Su negocio de compraventa de arte era una tapadera o un complemento limpio para justificar su modo de vida. Era un «facilitador».

Sintió escalofríos y un temblor eléctrico recorriéndole el cuerpo. Tenía que llamar a la policía de inmediato. Miró su móvil, pero no había cobertura. Nunca se había dado cuenta de que en aquella zona de la casa no se podía llamar, ya que siempre había bajado a nadar y no se había llevado el teléfono.

Fotografió el «dormitorio» todo lo rápido que le permitieron sus manos sudorosas, que temblaban. En cuanto subiera, se las mandaría por *mail* a sí misma y a Wolf. Era fundamental que salieran de su móvil lo antes posible porque, si se lo quitaban y lo destruían, las fotos también desaparecerían.

Corrió el espejo, tratando de que todo quedara como estaba para que Chuy no notara que algo había cambiado. Por un instante pensó en volver y pegarle un tiro a Santos, pero sacudió la cabeza con fuerza, se mordió los labios hasta hacerse sangre y echó a correr hacia la cocina.

Tenía que salir de la casa de inmediato. Definitivamente. Para no volver.

Subió las escaleras de dos en dos, ahogándose. Llegó a su cuarto, metió en la mochila lo fundamental: el diario del horror, sus documentos, portátil, cargadores..., dejando atrás la maleta que tenía medio hecha ya con su ropa, su neceser, y todo lo que aún no había recogido. Lo importante era salir de allí cuanto antes.

Bajó con rapidez, pero con cuidado, con el arma lista. Aquella bellísima casa se había convertido de un instante a otro en un lugar aterrador en el que no quería permanecer ni un segundo más.

Consiguió llegar a la puerta de entrada sin contratiempos y, aún no había puesto un pie en la acera, cuando le pareció oír un disparo lejano.

Sin volverse a investigar, echó a correr hasta que se vio en medio de una calle normal, con gente paseando a su perro o volviendo de la compra. Entonces se apoyó contra una pared, jadeando, y llamó a Wolf.

CAPÍTULO III

1

*S*e asomó por encima de la verja del jardín, tratando de descubrir algún movimiento, pero la casa estaba tranquila y no parecía que hubiese nadie dentro.

Cambió su peso de un pie a otro, planteándose qué hacer. Había llamado ya cuatro veces, pero no le cogía el teléfono ni le había contestado al mensaje que le había puesto. O estaba sin cobertura y, por tanto, no estaba en la casa, o se le había olvidado cargarlo la noche antes, o estaba cabreada con él y no quería hablarle, pero era fundamental que se vieran antes de tener que marcharse a España.

Eva no le daba ningún tipo de explicación plausible y lo trataba como a un niño de primaria. Estaba seguro de que Carola sabía más de lo que le había dicho y él necesitaba saber lo que le ocultaba, fuera lo que fuera.

Y si no le cogía el teléfono, no le quedaba otra que ir adonde estaba viviendo. Por suerte, con Patricia, su excuñada, aún mantenía una relación civilizada y le había dado la dirección de la casa de Valdetoro.

Tocó el timbre, oyó reverberar el sonido por aquel enorme chalé y todo volvió a quedar en silencio. Tocó otra vez. Y otra vez. Estaba claro que no había nadie, pero de alguna forma se negaba a aceptar la derrota, coger un taxi y volver al hotel. Si no lo conseguía ahora, se iría a un café de la zona, esperaría un par de horas y volvería a intentarlo. Eva se pondría como una hidra, pero empezaban a darle un poco igual las reacciones de su mujer.

Cuando ya se había dado la vuelta para marcharse, se abrió por fin la puerta y apareció un hombre más o menos de su edad, pero mucho mejor conservado. Debía de haber estado haciendo deporte, porque le faltaba el aliento cuando dijo algo en alemán y, al ver que él negaba con la cabeza, cambió al español con un ligero acento que podría ser mexicano:

—¡Buenos días! ¿Qué se le ofrece?

—Quisiera ver a Carola Rey Rojo.

—Lo lamento, amigo. Carola no está en estos momentos. Habrá salido a correr.

—Yo… Soy Juan Manuel Araque. —Le tendió la mano y se la estrecharon.

—¿El autor?

Juanma sonrió, ufano.

—El mismo.

—Yo soy Jacobo Valdetoro. He leído con placer algunas de sus obras. ¿Es usted amigo de Carola?

—Sí. Bueno… soy su exmarido, y estoy a punto de marcharme de Viena. Quería despedirme.

—¡Ah! Pase, pase. Puede esperarla dentro. Nos tomaremos un café en la biblioteca y, si no es abuso, le pediré que me firme algún ejemplar.

La puerta se cerró tras ellos.

2

—Wolf —Jo entró con la lista de nombres que habían estado comprobando por enésima vez—, he estado pensando que cabría en lo posible que la tal Flor…

—La agente Gjurisich Vargas.

—Esa. En fin, sigo… Que podría ser que alguien, al saber que Valdetoro había muerto, le hubiera pagado para buscar por su casa hasta dar con su lista de clientes y proveedores. Por lo que nos cuentan los colegas de la Interpol de la Brigada de Delitos contra el Tráfico de Bienes Culturales, parece que Valdetoro no estaba del todo limpio, pero nunca habían conseguido probarle nada. Debía de tener una estupenda red clandestina. Si alguien podía apropiarse de ella, heredarla, como si dijéramos, valdría la pena pagar unos miles de euros para conseguirla.

—La idea es buena, Jo. Lo difícil va a ser encontrar al que le pagó a Vargas. Concéntrate en ello, a ver si sacamos algo.

Cuando salió Jo del despacho, Wolf intentó recordar de qué le sonaba aquello de una lista de clientes y proveedores. Estaba seguro de haberlo oído antes, pero no se acordaba de quién lo había nombrado ni en qué contexto.

En ese momento sonó su móvil.

—Altmann —contestó por reflejo, aunque se había dado cuenta de que era Carola y un suave nerviosismo se acababa de apoderar de él.

—Wolf —su voz sonaba ahogada, como si llevara mucho rato corriendo—. Tienes que venir aquí con tu gente. Te lo cuento al llegar. Tiene que ver con lo de los niños. También me ha parecido oír un disparo. No tardéis.

—¿Dónde estás?

—Cerca de la casa de Jacobo. Me acerco otra vez para entrar con vosotros. Es algo espantoso. Ya te diré cara a cara.

—Vamos para allá.

Tres minutos después, dos coches salían hacia Döbling.

3

Aparcaron enfrente de la casa donde Carola los esperaba en la acera, semioculta en un portal, y Wolf se dirigió directamente a ella dispuesto a abrazarla, pero en ese momento se dio cuenta de que no estaba solo y se limitó a acercarse y darle un apretón en el brazo.

—¿Qué ha pasado?

Los cuatro agentes que lo acompañaban se unieron a ellos para que Carola contara lo necesario una sola vez.

—He encontrado a Santos, el compañero de Jacobo que se suponía que había huido. Lo tenía él, encerrado en una sala de tortura oculta en el sótano. He salido a toda velocidad de la casa para que, a su vuelta, no me encontrara dentro. Lo he dejado donde estaba. Desde la calle ya, me ha parecido oír un disparo y mucho me temo que Jacobo acaba de matar a Santos. Pero... —se mordió el labio inferior mientras fijaba sus ojos en los de Wolf, porque sabía que él la comprendería mejor que nadie—, lo peor... lo peor es que, además de ese cuarto de tortura, he encontrado una habitación —se le quebró la voz y tuvo que tragar saliva con fuerza—, una especie de... dormitorio infantil sin ventanas, con un fuerte cerrojo, obviamente preparado para violar y maltratar a niñas y niños. Tengo fotos en el móvil que acabo de enviarte a tu dirección de email. Para conocimiento de la científica, he vomitado bilis en el lavabo de la zona de la sauna. Tengo también una muestra de sangre que he recogido del suelo de la sala de musculación y que supongo que es de Santos. Además, he encontrado un diario de puño y letra de Valdetoro en el que cuenta cosas... abominables. Lo tengo aquí. —Palmeó la mochila que llevaba al hombro. Terminó de hablar y se puso las gafas de sol que llevaba en la cabeza.

—A ver, Carola… por partes. Lo primero: ¿por qué no has puesto en libertad a Santos?

—Porque es un criminal de la peor especie. Está todo en el diario. Luego te lo cuento en detalle. Pero hay que entrar enseguida. Estoy segura de que Jacobo va a matar a Santos, si no lo ha hecho ya.

—Todo lo iremos comprobando. Pasemos al disparo. ¿Tú has visto cómo Jacobo disparaba contra Santos?

Ella negó con la cabeza.

—¿Has visto el cadáver? Quizá desde la verja, en el jardín…

Ella volvió a negar.

—Pues me temo que lo tenemos difícil. No podemos entrar en una vivienda, diciendo que a alguien le ha parecido oír un disparo y que cree que el dueño de la vivienda va a matar a su socio. Eso lo sabes igual que yo.

—Tengo fotos de esa sala de tortura —insistió ella—, y de ese… dormitorio.

—Eso nos ayudará mucho, pero no podemos hacer nada hasta que el juez nos dé la orden de registro. En España también es así, ¿no?

Carola asintió, despacio.

—Vamos a solicitarla de inmediato, y vamos a poner vigilancia, veinticuatro horas, para que no se nos escape el pájaro. Más no podemos hacer por el momento. Lo entiendes, ¿verdad?

—Pero podéis llamar y preguntarle a Jacobo si sabe algo de Santos. Os mentirá y en el futuro será algo más en su contra.

—Sí, eso se puede hacer. Pero es ponerlo en guardia. Lo sabes.

Asintió de nuevo y, sin palabras, se dio la vuelta y se alejó unos pasos para dar espacio a Wolf, que estaba dando a sus hombres las órdenes pertinentes.

—Anda, vámonos de aquí. Creo que necesitas una tila.

—O un coñac.

—También.

Subieron al coche, los dos juntos en la parte de atrás.

—Me lo he dejado casi todo dentro —dijo ella al cabo de un par de minutos—. Tendré que volver y sacar mis cosas.

—Pero en ningún caso sola. Si ese tipo es un asesino, me parece idiota que te expongas más.

—Ese tipo es algo mucho peor que un asesino, Wolf. Ese tipo es el monstruo que buscas. El culpable de que esos ocho esqueletos infantiles hayan acabado en el jardín de Walker.

Wolf se la quedó mirando fijamente.

—Estoy segura. Tengo algo que lo prueba. —Se subió la mochila a las rodillas, buscó por su interior y sacó el diario disfrazado—. Aquí lo dice, de su puño y letra. Era él, ayudado por Santos, quien arreglaba los secuestros de las criaturas y las ofrecía a sus contactos en las altas esferas. Parece que en el precio entraba el servicio completo: secuestrar a un niño, traerlo a la casa, a la habitación que he visto hoy, dejar que el cliente hiciera lo que quisiera con él, o con ella, y cuando ya se había saciado, o bien arreglaban la retirada del cadáver o ellos mismos mataban a la criatura para que no pudiera hablar y se la entregaban a Walker para que la hiciera desaparecer. ¿Quién sabe cuántos niños más habrá enterrados por ahí? ¿Quién sabe dónde estará la mía?

Se echó a llorar violentamente, se cubrió la cara con las manos y después de un ligero forcejeo se dejó abrazar y consolar por Wolf hasta que llegaron a comisaría.

4

*S*alieron con la intención de comer algo juntos, pero decidieron dar un paseo a pesar del frío reinante porque ninguno de los dos tenía hambre. Wolf acababa de leer el diario de Jacobo Valdetoro por encima, mientras ella se tomaba una taza de té en su oficina y se lo había dejado a la gente del equipo para que Gabriella les fuera traduciendo lo que pudiera y se hicieran una idea de su contenido hasta tener la traducción oficial por escrito.

Ahora llevaba en el bolsillo de la americana la foto de los tres cazadores y, cada vez que metía la mano dentro, tocaba los bordes afilados, pensaba enseñársela, y luego lo dejaba para más tarde. Carola ya tenía demasiado en qué pensar.

—Tengo que irme, Wolf —dijo cuando llegaron a la altura de la Karlsplatz.

—No a la casa, espero. No puedes estar tan loca.

Ella negó con la cabeza.

—Tengo una cita dentro de veinte minutos y es lo que voy a tardar en llegar. Está por el Belvedere. Voy a ver al abogado que va a defender a la novia de mi hijo.

—¿La inglesa desagradable?

—Esa.

—¿Has decidido ayudarla por fin?

—Santos me ha confesado que fue él quien metió la droga en su maleta y quiero poner las cosas en su sitio.

—O sea, que tú te habías equivocado por completo con esa chica y Santos, altruistamente, te ha sacado de tu error. Por puro sentido de la justicia.

Lo miró, inclinando la cabeza, reconociendo la ironía, pero sin querer entrar por ese camino.

—Digamos que sí.

—Digamos que lo más probable es que le hayas tenido que dar un empujoncito.

—Pequeño —dijo ella, sonriendo y ajustándose la cinta sobre las orejas para protegerlas del viento helado.

—Carola… cuanto más sepa, mejor te puedo ayudar cuando haga falta.

—Wolf… cuanto más sepas, más peligro corres; créeme. Nos llamamos luego.

—Espera. —Se decidió de golpe—. Quiero que veas algo antes de irte, a ver si reconoces a alguien en esta foto.

Se giró para protegerla del viento y se la puso contra la pechera de su anorak. Ella se inclinó a mirarla. Los tres hombres estaban mucho más jóvenes en la foto, pero eran inconfundibles.

—Walker. Santos. Jacobo Valdetoro. Chuy para los amigos. —Cada nombre era un escupitajo.

—¿Estos son Santos y Jacobo? —La sorpresa era patente en la voz del comisario.

—¿No lo sabías?

—Llevamos días tratando de identificarlos. Ahora, gracias a ti, sabemos que estos tipos estaban relacionados, que se conocían. ¿No sabrás, por casualidad, si los otros dos llevan un tatuaje como este? —Señaló el brazo de Walker.

—Santos tiene el mismo encima del pecho izquierdo. Lo acabo de ver.

—¿Jacobo?

—Ni idea. Me pareció verle uno el otro día en la zona lumbar al inclinarse a añadir un leño al fuego, pero no sabría decir qué era.

La expresión de Wolf, que debería haber sido de decepción, era, sin embargo, algo distinto, como si estuviera satisfecho de que ella no tuviera seguridad sobre los tatuajes que adornaban el cuerpo de Valdetoro.

—Aunque… —continuó—. En su diario dice algo de un tatuaje que representa lo divino que es, que es el centro del universo, o algo así. Seguramente se trata de esa rueda.

—Si conseguimos atraparlo, esto le vendrá bien al fiscal. Es una prueba de que se conocían.

Ella inspiró hondo y se encogió de hombros.

—De que se conocían hace mil años. De que estuvieron

juntos de safari en los años ochenta o por ahí. La verdad es que eso no prueba nada. Si lo trincamos, estoy segura de que tendrá el mejor abogado del planeta.

—Menos da una piedra, y todo suma.

—También. Además, tenemos el diario, y en la biblioteca, como ya te he dicho y has podido leer tú mismo, tiene que haber varios más, posiblemente con nombres, como en este. Solo hace falta que el juez dé su permiso antes de que desaparezca de allí, llevándose todo lo que pueda incriminarlo. Tenéis controlada la salida del garaje, ¿verdad? —Wolf asintió—. ¡Venga, me voy o no llego!

—¿Sabes ya dónde vas a dormir hoy?

Movió la cabeza, se colgó la mochila al hombro y, cuando ya se había alejado dos pasos, se volvió y dijo con una pequeña sonrisa:

—Tengo un amigo, aquí en Viena, que me ha ofrecido su habitación de invitados. ¿Crees que debería aceptar o me busco un hotel?

Él sintió un impulso incontenible de dar los dos pasos que lo separaban de ella y besarla, pero lo contuvo y lo cambió por una sonrisa.

—Yo creo que hay que dejarse ayudar por los amigos. Llámame cuando acabes con el abogado.

Carola echó a andar calle arriba, aún sonriendo, y, a la vez, pensando lo raro que resultaba pasar de ese modo de la tristeza al odio, de ahí a la alegría, al dolor, al asco, a la rabia, a las ganas de matar, a la necesidad de sentir un abrazo… a tantas emociones que venían una tras otra, incluso a veces mezcladas, y la hacían sentirse como en el descenso de un río revuelto, con el agua helada cayéndole por todas partes y la necesidad de evitar las rocas afiladas y, al mismo tiempo, sintiendo la excitación de la aventura, de la cacería, del peligro.

No sabía aún cómo iban a conseguir atraparlo, pero estaba segura de que sería la caza de su vida, ahora que el monstruo tenía nombre y apellidos. Lo que resultaría difícil sería probarlo concluyentemente, pero haría lo que hiciera falta.

Julio ya era mayor de edad, todos sus asuntos estaban en regla, Tino estaba muerto, daba igual lo que pasara con ella. Y estaba dispuesta a dar su vida para acabar con la de Jacobo si era necesario.

5

Cuando salió del despacho del abogado, tuvo la sensación de que había tachado algo importante de su lista de cosas pendientes. Le había pasado tanto la grabación de su móvil como la confesión firmada, y le había proporcionado la dirección y el número de teléfono de Toussaint, sin decirle que probablemente estaba muerto en el cuarto de tortura o en el garaje de Chuy.

El abogado trataría de comunicarse con él y eso sería una presión más sobre Jacobo, cuyo teléfono también le había dado, precisando que se trataba de su jefe. Antes o después, si no lo localizaba, el abogado terminaría por recurrir a la policía para que encontraran a Santos.

Llamó a Julio para decirle que las cosas por fin iban a ponerse en marcha, pero no le cogió la llamada, y casi se alegró de no tener que hablar con él. Ahora tenía cosas más importantes que hacer.

Se quedó parada de golpe en mitad de la acera y lo que acababa de pensar siguió haciendo ecos en su interior. Era justo lo que siempre se había dicho a lo largo de la infancia y la adolescencia de Julio: «Tengo cosas más importantes que hacer».

No había sido mala madre. Siempre había estado atenta a todas las necesidades de su hijo, había acudido a las reuniones de padres, había estado presente en casi todos sus partidos de baloncesto, lo había llevado a judo cuando aún era demasiado pequeño para ir solo… Nunca había evitado una conversación que él necesitara, con la excusa del trabajo. No tenía nada que reprocharse.

Sin embargo, esa era una frase que se había dicho a sí misma miles de veces, en cuanto terminaba de resolver un problema de Julio, tanto los pequeños como los grandes: «Ahora tengo cosas más importantes que hacer», con alivio, con alegría, como si haber tachado esa tarea la dejara libre para lo que de verdad le llenaba la vida: su trabajo.

Siempre había dicho, en público y en privado y para sí misma, que su hijo era lo más importante de su existencia. Y era verdad, pero, a la vez, sobre todo desde que él se había hecho mayor y llevaba una vida independiente, era el trabajo lo que la mantenía en marcha. Ahora se daba cuenta. ¿Cómo podía haber pensado en jubilarse ya? ¿Qué iba a quedar de su vida cuando no tuviera que ir a comisaría?

Sacudió la cabeza. No quería pensar en eso. Ya habría tiempo más adelante.

Iba ya a guardar de nuevo el móvil cuando volvió a sonar.

«Julio», pensó. Pero no era Julio. Era Eva.

—Oye, Carola —dijo después de saludar brevemente. Se notaba que estaba muy nerviosa y no quería perder tiempo—. ¿Está Juanma contigo?

—No.

—Puedes decirme la verdad. No voy a castigarlo —dijo, medio en serio, medio en broma.

—No, Eva. No lo he visto desde que estuvimos juntos los tres en vuestro hotel. Me escribió un mensaje, pero no pude contestar entonces y se me olvidó.

—Es que… estoy empezando a preocuparme. Lo he llamado mil veces y va directo al buzón de voz. No sé dónde puede estar ni qué puede estar pasando. Si no está contigo…

—Pues no, ya te digo. Se habrá ido por ahí a pasear, a inspirarse… Deberías alegrarte, eso debe de significar que está pensando seriamente en escribir eso que tú querías y quiere tomar notas del ambiente.

—¿Me llamarás si te llama?

—Claro. Descuida.

—Nuestro avión sale mañana.

—No sufras, para mañana ya habrá vuelto. A Juanma le gusta la comodidad, ya lo sabes. No es de dormir en el banco de un parque en pleno invierno.

Eva soltó una risilla de compromiso y colgó.

No había querido preocuparla más, pero, efectivamente,

aquello no era propio de Juanma, que vivía pendiente de su móvil y que hacía todo lo que Eva quería.

Miró su registro de llamadas y se dio cuenta de que Juanma la había llamado varias veces en las primeras horas de la mañana, probablemente cuando ella estaba con Santos y luego investigando el cuarto del horror. ¿Dónde podía haberse metido?

Al pasar por delante de un DM, se le ocurrió que si pensaba pasar la noche en casa de Wolf, le convendría comprarse un par de cosas: cepillo y pasta de dientes, una crema hidratante, una de manos... Entró, cogió todo lo necesario y ya estaba en la caja a punto de pagar cuando volvió a sonar su móvil.

—Rey Rojo —contestó, al ver que el número era desconocido.

—Carola, querida. —La aterciopelada voz de Jacobo la sobresaltó. Era lo último que se le habría pasado por la cabeza, que Chuy la llamara—. Solo quería comunicarte que hay un amigo tuyo aquí, esperándote desde hace un buen rato. ¿Nos harás el honor de venir esta tarde o ya habías pensado salir definitivamente de esta casa, legándome tus pertenencias?

—Tenía asuntos pendientes en la ciudad —contestó casi tartamudeando. Ahora, de pronto, la voz de Jacobo le daba escalofríos.

—No sabrás por casualidad qué ha sido de Santos, ¿verdad?

—No —mintió con total aplomo—. Salí de casa muy temprano.

—¡Ah! Entonces es más hábil de lo que yo pensaba. En fin... Nuestro autor favorito está aquí, no lo olvides. Tiene mucho interés en verte. Sola, por supuesto. Cuanto antes... Antes de que lo mate... de puro aburrimiento con mi charla.

Jacobo colgó sin darle ocasión de añadir nada más.

Parecía que aún no se había dado cuenta de que la casa estaba vigilada y daba la impresión de que por fin Wolf no había enviado a nadie a preguntar por Santos. Había hecho bien. Efectivamente, eso lo habría puesto sobre aviso; pero ahora tenía a Juanma como rehén y ni siquiera le había dado a entender qué esperaba de ella.

Lo más probable era que estuviera dispuesto a dejar marchar a Juanma, que no sabía nada, a cambio de que ella se quedara. Si transigía, era firmar su propia sentencia de muerte, porque Jacobo necesitaba que ella estuviera muerta para poder salvarse. Dejándola viva, podría tal vez huir, al menos durante un tiempo, pero sería perseguido y acosado el resto de su vida, hasta que por fin dieran con él en cualquier país que hubiera elegido para ocultarse. Tenía que verla muerta, aunque se le presentara el problema de deshacerse de su cadáver y quizá también del de Santos.

Sería absolutamente imbécil ir a la casa. Pero si no acudía, entonces mataría a Juanma.

Paró un taxi y le dio la dirección de la comisaría. No era momento de heroicidades. Todavía.

6

Jacobo Valdetoro estaba pletórico. Por primera vez desde aquel desgraciado accidente, que no había sido tal, se sentía de nuevo realmente vivo y con ganas de comerse el mundo. Lo que le había dicho a Carola la noche anterior, mientras cenaban, era la pura verdad: se sentía como un superviviente y deseaba volver a gozar de todos los placeres de la existencia con un ahínco nuevo.

Acababa de dejar al autor en la biblioteca, lo que le parecía un gesto muy adecuado, después de haberle suministrado una pequeña dosis de sedante en el café, cosa que tenía la ventaja sobre otros métodos más brutales de que simplemente estaría más lento de reflejos y sentiría una ligera somnolencia mientras disfrutaba de recorrer las estanterías. Le había pedido que lo esperase allí porque él tenía que ocuparse de algo inaplazable, y Araque había sonreído con benevolencia y había seguido lanzando exclamaciones ahogadas al reencontrarse con viejos conocidos entre los libros que lo rodeaban.

Ahora pensaba bajar a ocuparse de Santos antes de que llegara Carola. Podría haberla esperado pacientemente; todas sus cosas seguían en la casa, era evidente que volvería, era evidente que no sabía nada de lo que tanto le convenía ocultar, pero le había apetecido jugar un poco con ella. Siendo psicóloga, lo apreciaría. Aunque era psicóloga infantil… lo más absurdo que podía imaginarse, y eso le hacía pensar que no era tan lista como ella misma creía.

No obstante, tenía que confesarse que tonta no era. No se había dejado embaucar por su número de magia con el vestido y las joyas, como habría hecho casi cualquier mujer. Quizá él habría tenido que añadir una pizca de sexo, pero la verdad era que no le apetecía demasiado y que, desde el accidente, aún se le antojaba menos.

Con el arma colgando cómodamente de su mano derecha, pensó en lo estúpido que había sido Santos tratando de matarlo en Tailandia. No por el *modus operandi*, que había sido más que pasable —arreglar con un cómplice tailandés un fallo mecánico en la avioneta que él pilotaba—, sino la simple idea de que estaría mejor sin su mentor, después de tantos años de trabajar juntos.

Bajó a la zona secreta, descorrió el espejo, entró de nuevo en la sala de persuasión y con una cierta brutalidad, porque le encantaba verlo encogerse de miedo, le arrancó a Santos la capucha negra, pero no la mordaza. Ya le había hablado bastante hacía apenas una hora y, conociéndolo, parte sería verdad y parte sería mentira.

Momentos antes de que apareciera Araque de visita, había disparado su arma muy cerca de Santos para verlo encogerse de terror. Luego lo había dejado solo un buen rato para darle tiempo a pensar en lo que le convenía hacer cuando él regresara y pudieran continuar su amistosa charla.

Ahora era el momento más adecuado, aunque no tenían mucho tiempo. Mientras tanto, Jacobo había quedado convencido de que Santos no tenía nada que contarle que valiera la pena. Había recibido ya un par de llamadas con informaciones sobre el paradero de algunos objetos que su aprendiz había sustraído y ya no lo necesitaba para nada. Como le había dicho a Carola, todo acaba, hasta las relaciones más intensas. Era momento de iniciar otra etapa.

Toussaint empezó a desplegar toda su mímica para convencerlo de que se la quitara. Resultaba gracioso verlo ahora, tan pálido que ya no parecía negro, sino gris, con el hematoma de la frente ganándole el ojo derecho, que ya se estaba hinchando, y la sangre goteando de la herida de bala que había vuelto a abrírsele.

—La traición es el pecado menos perdonable, querido amigo —le dijo casi con suavidad—. Sin embargo, yo tampoco soy un hombre corriente. Estoy dispuesto a perdonar lo que has hecho, ahora que ya me has dicho dónde están los objetos que sacaste de aquí. Sinceramente, me has causado muchos problemas en los últimos tiempos. No acabo de explicarme qué te hizo matar a Mehmed, nuestro fiel taxista, después de tanto tiempo. —Santos hizo otro esfuerzo para que le permitiera hablar—. Sí, ya sé que me lo has explicado, que trató de extorsionarte. Que en cuanto se enteró de que yo había muerto, pensó que a ti podría cobrarte extra por aquel trabajito que nos hizo hace años, quitándonos de en medio al bueno de Walker, que también había empezado a ponerse pesado, ¿te acuerdas?

Mientras hablaba, iba dando vueltas a su alrededor, como un maestro regañando a un alumno un poco díscolo, pero con potencial.

—Mira, vamos a salir a dar un paseo. Me vas a acompañar a recoger uno de esos objetos que me has sustraído, el más valioso. Supongo que imaginas a cuál me refiero. No me habrás mentido diciendo dónde está, ¿no es cierto?

Santos negó violentamente con la cabeza mientras hacía toda clase de ruidos con la garganta.

—Ahora te voy a soltar de la silla. Me perdonarás que no te libere las manos, pero aún no me fío completamente de ti. Irás delante de mí hasta el garaje, despacio y sin intentar ninguna tontería. Subirás al coche, te pondré el cinturón y saldremos al mundo. Cuando volvamos con el huevo de Pascua decidiré cómo seguimos, pero estoy más que inclinado a darte otra oportunidad. Si no me has mentido, claro está. ¡Ah! Perdona que no te haya calzado, pero no tenemos tiempo que perder. Carola estará al caer. Tengo mucha curiosidad por saber cuánto de lo que me has contado es cierto y cuánto te has inventado tú por tu cuenta.

Santos empezó a agitarse de nuevo, con lo que Jacobo se vio obligado a darle una patada en la espalda que lo hizo bajar la escalera a trompicones. Abrió con el mando el cuatro por cuatro y cuando Santos hubo llegado a la altura del maletero que ya estaba levantado, sin más palabras, sin siquiera detener el ritmo de sus pasos, le disparó tres veces por la espalda.

Le habría gustado ver su cara de sorpresa, pero no había querido arriesgarse a que se alejara demasiado del maletero. Así había conseguido lo que se había propuesto. Santos cayó bellamente en el portamaletas, con lo que él no tuvo más que cerrarlo para que todo quedara en calma.

Transportar el cadáver de un hombre adulto, especialmente cuando uno aún está recuperándose de un accidente como el que él había sufrido con la avioneta, no es nada fácil. Resulta mucho más cómodo que el futuro cadáver vaya por su propio pie y por su propia voluntad adonde se le necesita.

El huevo ya estaba de nuevo en casa, a buen recaudo. Era lo que había hecho nada más obtener la información esa misma mañana, en la primera sesión del día con su antiguo pupilo.

Echó una mirada circular al garaje, asegurándose de que todo estaba como debía estar. Subió la escalera, cerró la puerta del cuarto secreto, corrió el espejo a su lugar y volvió a la biblioteca, donde Araque se había quedado dormido con una primera edición de Dickens entre las manos.

La caja donde él había estado reuniendo sus diarios para sacarlos de la biblioteca seguía allí; una caja entre muchas otras, con libros que parecían clásicos. Aún no los había encontrado todos, a pesar de que había dedicado a ello los últimos días. Pero ya faltaban pocos. Le apetecía mucho ordenarlos cronológicamente y releerlos, pero ahora aún no era el momento. Todo llegaría. Cuando volviera a quedarse solo y tranquilo.

Ahora se trataba de esperar a Carola mientras el autor dormitaba en el sofá. Cogió un volumen de Nietzsche y, con un *timing* casi perfecto, un minuto después oyó la llave en la cerradura de la entrada. Carola volvía a casa.

7

*C*uando metió la llave en la cerradura de casa de Jacobo Valde-toro —por última vez, si había suerte—, Carola estaba bastante más tranquila que cuando había salido de ella unas horas atrás. Ahora había tenido un buen rato para que el primer horror que había sentido hubiese dado paso a una cólera fría y calculadora; la policía estaba rodeando la casa en ese mismo momento y había podido convencer a Wolf de que le diera un poco de tiempo antes de aparecer con su gente. Además, después de haberlo pensado con calma, había llegado a la conclusión de que, si el disparo que había oído había sido el que había puesto fin a la vida de Santos, no tenía nada que temer, porque eso significaba que no habría hablado con Chuy y él no sabría nada de que ella había estado en la sala de tortura; y aunque Santos hubiese tenido tiempo de hablar, lo que Jacobo no podía saber de ninguna manera era que ella había leído uno de sus diarios.

La arrogancia del monstruo, su prepotencia y su absoluta certeza de tenerlo todo controlado lo habrían llevado a creer que ella era tonta, lo que era una gran ventaja. De modo que la situación era peligrosa, pero no desesperada.

—¡Carola! —le llegó la voz de Chuy nada más cerrar la puerta tras de sí—. ¡Por fin vuelves! Estamos en la biblioteca.

Juanma estaba medio reclinado en el sofá de cuero, con una sonrisa beatífica en el rostro y un libro de piel marrón entre las manos. En la mesa había una cafetera grande y dos tazas para café americano. Jacobo se acercó con los brazos abiertos, como si fuera a estrecharla, pero se detuvo a un par de pasos.

—¿Me permites, linda? Me consta que tienes un arma y solo quiero asegurarme de que no la traes contigo. —La cacheó con rapidez y profesionalidad—. Perfecto. Ponte cómoda.

—¿Se puede saber a qué estamos jugando? —preguntó Carola, fingiendo inocencia—. He tenido que salir a hacer unas diligencias, pensaba venir esta tarde a llevarme el equipaje y despedirme, pero me has dejado tan perpleja con tu llamada que he decidido venir antes y matar dos pájaros de un tiro. Así me despido también de Juanma.

—La familia reunida… ¡Qué bonito! Así que todos se van a España para la Navidad… ¿Se les antoja una copa de champán para celebrarlo?

Sin esperar respuesta, tomó a Carola de la mano y tironeó de ella hacia la cocina, diciendo:

—Acompáñame, linda.

Ella lanzó una mirada a Juanma que, de un momento a otro, a espaldas de Jacobo, abandonó la expresión adormilada y le lanzó un guiño, dejándole claro que estaba perfectamente lúcido y que había algo que quería decirle.

En la cocina, Chuy sacó una botella helada, la descorchó, puso tres copas sobre la barra y cogió una bandeja de acero y cristal.

—¿Puedes encargarte de las copas?

Ella las puso en la bandeja.

—Dice Santos que lo has forzado a firmar no sé qué extraña confesión. ¿Es cierto eso?

—¿Has encontrado a Santos? ¡Vaya! ¡Cuánto me alegro! ¿Os habéis reconciliado?

Jacobo se acercó a ella chasqueando la lengua.

—Carola, Carola… yo confiaba en ti… creía que éramos amigos… No me estarás traicionando, ¿verdad?

En un instante, la mano de Jacobo se estrelló violentamente contra la cara de Carola dejándola conmocionada. Siguieron dos puñetazos rápidos en el estómago que la hicieron doblarse sobre sí misma y caer al suelo. Él se acercó por detrás para cogerla del cuello y, en el mismo momento, ella saltó como un muelle, poniéndose a medio metro de distancia y propinándole una patada en la barbilla. El ruido de sus dientes al chocar unos con otros produjo un sonido seco, como de platos que se rompen. Antes de que pudiera recuperarse, su otra pierna se estrelló en la entrepierna del hombre forzándolo a aullar de dolor y caer de rodillas.

Carola no perdió el tiempo y, tanteando por el mostrador, agarró el primer cuchillo que encontró en el bloque. Ahora era defensa propia. Si le daba ocasión —¡ojalá!—, lo mataría antes de que llegara Wolf con los suyos, de modo que iba ya a lanzarse sobre él, que empezaba a levantarse con piernas temblorosas, cuando de repente algo se estrelló en la cabeza del hombre y lo hizo caer al suelo, con una brecha considerable por la que manaba una sangre violentamente roja.

Cuando consiguió levantar la vista, Juanma jadeaba apoyado en la jamba de la puerta con el atizador de la chimenea en una mano y la otra apretando su pecho.

—¿Estás bien? —le preguntó, con cara de preocupación, mirando la sangre que le escurría desde la nariz y la oreja a la que había sido su mujer.

—Sí. ¿Y tú?

—No. —Se apretaba y se frotaba el brazo y el pecho. Su rostro se había cubierto de un sudor frío y se notaba que estaba tiritando—. Muy mal.

—Voy a llamar a Wolf. Están ahí fuera.

—¡No! ¡Espera! Tienes que ver algo. —Se metió la mano en el bolsillo de la americana, sacó un libro delgado, verde y oro, Baudelaire, *Les fleurs du mal*, y se lo tendió, sin quitarle ojo al hombre que seguía sangrando en el suelo—. Al final.

Carola abrió el delgado volumen. Era otro de los diarios de Jacobo, sin fechas, como el que ella conocía. Pasó las páginas de texto sin leer, sin fijarse en nada, hasta que, al final, encontró lo que Juanma quería que viera: un retrato a lápiz extraordinariamente bueno. Una niña preciosa, de unos ocho años, con mofletes aún redondos, como de melocotón, y largas pestañas.

El retrato de Alma, con su precioso pelo rizado, su bufanda y su gorro de orejitas a su lado, sobre la almohada.

Alma dormida.

O muerta.

Sin pensar lo que hacía, Carola sintió que un grito espantoso se liberaba dentro de su alma y empezó a patear a Jacobo con toda su fuerza, en la cabeza, en las costillas, en la entrepierna, con una furia que no se agotaba hasta que, en la nube roja que la rodeaba, oyó un jadeo ronco que le hizo mirar hacia la puerta donde Juanma, tirado en el suelo, boqueaba como un pez fuera del agua.

Con unas manos que temblaban tanto que apenas podían funcionar, sacó el móvil y marcó el número que ya tenía preparado.

—¡Necesito una ambulancia! ¡Es Juanma! ¡Un infarto! ¡Rápido!

Se agachó a su lado para aflojarle la ropa y ver si estaba respirando correctamente. El aire entraba y salía, pero arrítmicamente, con dificultad. Fue corriendo a la puerta y casi la arrancó de sus goznes, dejándola abierta para que pudiera entrar el equipo de primeros auxilios y luego la policía, y regresó a toda velocidad a cogerle la mano.

—Por Alma —lo oyó susurrar—. Busca a Alma…

Se agachó más para oír lo que quería decirle, y ya no oyó nada. Había perdido el conocimiento, pero respiraba.

Jacobo empezó a moverse espasmódicamente, tratando de reptar para alejarse de ellos. El rastro de sangre que arrastraba por el suelo resultaba fascinante, hipnotizador.

Carola cogió el atizador de hierro y lo golpeó en mitad de la espalda. Su aullido le causó un macabro placer y si no hubiera sido porque tenía que ocuparse de Juanma, habría seguido subiendo y bajando el hierro, golpeando, golpeando, hasta que no quedara de él más que una pulpa sanguinolenta.

Pero primero era Juanma.

Llegó el equipo médico y la obligaron a quitarse de donde estaba. Un momento después, salían a toda velocidad con su exmarido en una camilla, mientras otro equipo esperaba para llevarse a Jacobo Valdetoro.

Cuando recuperó la lucidez, Wolf le estaba echando su chaqueta por los hombros y le ofrecía un pañuelo de tela para que pudiera limpiarse la sangre que seguía cayéndole en la pechera. Un enfermero la hizo sentarse en un taburete de la cocina y empezó a hacerle algo en el ojo derecho.

—Se le hinchará y me temo que se le va a poner morado justo para las fiestas, comisaria —oyó decir en tono de disculpa. No acabó de comprenderlo. Le daba igual.

Todo lo captaba como a través de una niebla espesa. Entendía lo que le decían, pero no le afectaba, como si se hubiera convertido en un fantasma, como si por fin pudiese pertenecer a ese otro mundo donde Alma seguía sonriendo con la cara pringosa de algodón de azúcar y las manitas frías apretando las suyas. No quería volver al mundo de los monstruos, donde todo era falso.

—Wolf —dijo Markus, a unos pasos de distancia, para

darles un poco de intimidad—. Ven a ver lo que hemos encontrado abajo.

Él la miró, dubitativo. Carola captó su mirada, tan comprensiva, y sacudió la cabeza sin saber bien lo que estaba diciendo.

—Ve, ve... Yo ya lo he visto y no quiero verlo nunca más. —Horribles imágenes pasaron por su mente—. Toma, llévate esto también y empezarás a comprender. —Le tendió el libro verde mientras los escalofríos comenzaban a recorrerle el cuerpo como si estuviera conectada a un cable eléctrico. La médica del equipo le puso una inyección, supuso que un sedante o un analgésico, y se marchó a toda prisa hacia la zona secreta cuando uno de los agentes la llamó con urgencia. La vio alejarse como si estuviera tumbada en su sofá, viendo una película. No sentía nada físico aparte del temblor, ni calor ni frío, ni dolor, ni espasmos, ni náuseas.

En unos momentos, aquello se había llenado de gente, unos de uniforme, otros con mono blanco, otros con bata azul, otros de paisano. Era una extraña película en colores que no tenía ninguna lógica.

Carola paseó la vista por la cocina, como si fuera la primera vez que la veía. En su mente aparecieron diferentes imágenes de momentos que no podía recordar con claridad: ella y un hombre negro, atractivo, riendo suavemente, cargando cosas buenas de comer en dos bandejas; ella brindando con un hombre alto de abundante cabello gris y bigote, de mirada dulce y cálida; ella cruzando comentarios irónicos con un hombre carismático y misterioso, de brillantes ojos negros. Fantasmas. Espejismos. Invenciones.

Solo un recuerdo era real: los ojos confiados de una niña pequeña, su cuerpecillo cálido a punto de caer en el sueño, su propio cuerpo rodeando el de su hija, su olor tan dulce, su amor, como una marea, hinchándose, elevándose, llenando el planeta. Su niña. Alma. Alma. Alma.

Su mirada cayó sobre la botella de champán abierta, tendió la mano, se sirvió una copa que, milagrosamente, seguía intacta, la llenó y la alzó en el aire:

—¡Por ti, amor mío! —susurró—. Mamá ha matado al monstruo. Ahora puedes dormir en paz.

Se la bebió de un trago, apoyó la cabeza sobre los brazos en la barra y se rompió en sollozos.

Epílogo

—¡*Qué* alegría verte de nuevo, Carola! ¡No sabes cuántas ganas tenía de que llegara este momento!

En la puerta de llegadas del aeropuerto de Schwechat, Wolf la abrazó como si quisiera estrujarla, y ella primero se limitó a dejarse hacer, luego, poco a poco, le devolvió el abrazo casi con la misma fuerza y apoyó la cabeza en su hombro durante un momento.

—No estaba seguro de que te animaras a venir de nuevo a Viena.

—No. Yo tampoco, pero ya ves, aquí me tienes otra vez, dispuesta a cerrar y pasar página. Si lo consigo.

—Pues claro que sí. ¿Te apetece un capuchino y un *apfelstrudel*? —le preguntó mientras caminaban hacia el aparcamiento.

—No. Lo que quiero es ir a Döbling y verlo con mis propios ojos. Ya te he dicho que quiero cerrar.

—Como quieras. —Wolf no pudo evitar el tono cortante.— Llevaba tanto tiempo imaginando ese momento que le hacía daño esa forma tan fría de reaccionar por parte de Carola. No era eso lo que él había esperado.

—El café nos lo tomamos luego —añadió ella entonces con una sonrisa, notando que él había sonado un poco molesto.

Él la miró. Estaba más delgada y no le favorecía. Se le había quedado la cara casi esquelética, con los pómulos muy marcados y los ojos más hundidos, pero su sonrisa, cuando llegaba, seguía resultando tan cálida como el fuego de una chimenea.

—¡Ah! —continuó Carola mientras él pagaba en la máquina—. Te he traído algo.

Buscó por la mochila y le tendió un libro muy delgado donde, en letras casi gigantes y en relieve, se leía Juan Manuel Araque, y debajo, el título: *Espejismos*, con una especie de subtítulo: «El trabajo póstumo de un autor genial. ¡Cien mil ejemplares vendidos!».

—¿Esto qué es?

—Lo que parece. Las cuatro páginas que Juanma escribió en su cuaderno en la época en que él y Eva estuvieron aquí poco antes de la Navidad, lo que él fue anotando para sí mismo cuando creía que estaba viendo el fantasma de nuestra hija. Por lo que parece, nunca llegó a enterarse de la verdad. Cuando vino a buscarme a casa de Jacobo aún no sabía nada. Eva no le había contado lo de la falsa Alma y el secuestro y demás. Al parecer, vino a verme porque suponía que yo sabía algo más y quería que se lo contara. He leído este supuesto libro. El pobre no sabía nada. Aún pensaba que la tumba de Alma había sido removida y quería comunicarse con nosotros. Eva ha debido de pensar que sus lectores estarían encantados con el mensaje que puede uno leer entre líneas en las pocas páginas de Juanma: que el amor nunca muere, que hay otra vida, que nuestros seres queridos vienen del Más Allá a comunicarse con nosotros, aunque duela…

—Eva no tiene vergüenza —comentó, asqueado.

—No. Ni decencia. Pero quería su autoficción y la ha conseguido, más o menos. Cuando lo abras, verás que, como había tan poco texto original, porque ella ha añadido varias páginas de explicaciones, el cuerpo de letra debe de ser de catorce o más, para que todo el mundo lo pueda leer sin gafas —terminó con una ironía cruel—. Juanma se habrá revuelto en la tumba. Incluso él, con su vanidad, se habría avergonzado de una cosa así. Pero ya ves… cien mil ejemplares, porque muchos lo compran como homenaje a su dolor y a su heroicidad, ahora que ha muerto.

—Sí. La verdad es que fue muy valiente. No me habría imaginado que fuera capaz de romperle la crisma a nadie.

—Acababa de darse cuenta de que Jacobo era de hecho el asesino de Alma, aunque quien la secuestrara hubiera sido Santos y quien la mató realmente fue un desconocido que pagó por poder hacerlo. Jacobo había ido buscando sus diarios por la biblioteca y poniéndolos en una caja, pero como estaban disfrazados con cubiertas de otras obras, Juanma cogió uno por casualidad y se encontró precisamente con el que tenía el retrato de Alma. Eso le enfureció, aunque supongo que igual le habría dado con el atizador en la cabeza para evitar que Chuy me matara, incluso si no hubiera visto el diario. ¿Te das cuenta, Wolf? Al final, Juanma me salvó de Jacobo. ¿Quién lo iba a decir? Con lo flojo y lo pusilánime que se había vuelto.

Subieron al coche y quedaron un par de minutos en silencio mientras recorrían las avenidas que, desde el aeropuerto, entraban en la ciudad.

—¿Y él? ¿Cómo sigue?

—¿Valdetoro? Igual. En un ala especial de la cárcel de Leoben, visitado por un médico de lujo, cortesía de su hermano el diplomático, pero con todas sus cuentas intervenidas.

—¿Se va a curar?

—No. Su hemiplejía es realmente severa. No puede mover el lado derecho del cuerpo. Tiene espasmos y fuertes dolores, babea, ha perdido el control de los esfínteres… Imagínate, él que, en sus diarios, decía que era un semidiós, hijo de una reina, convertido en lo que él llamaba un desecho humano.

—Se lo merece. Eso y más —cortó ella.

Llegaron a Döbling y Carola empezó a ponerse nerviosa, aunque sabía que no tenía sentido, ya que ahora, por fin, había acabado todo.

La verja de la casa estaba abierta y pasaron directamente al jardín donde los árboles estaban a punto de florecer y la forsitia brillaba con el amarillo luminoso de sus miles de flores recién nacidas.

Al pie de una de las copudas hayas que Carola había admirado cientos de veces en los meses que vivió allí, habían abierto un gran hoyo hacía ya un tiempo. La tierra casi se había secado. Dentro no había nada que ver.

—¿La enterraron aquí? —preguntó en voz baja, con labios temblorosos.

—Sí. Suponemos que Alma fue una de las primeras víctimas. Probablemente Walker y Santos cavaron esta fosa y la enterraron aquí, pero Valdetoro debió de darse cuenta de que era muy arriesgado y, para las siguientes víctimas, buscó otra solución. Decidió contratar a Walker para el trabajo sucio y arreglar que se llevara los cadáveres adonde nadie pudiera relacionarlos con un honesto marchante de arte. Él los fue enterrando en su propio jardín y quedándose las pequeñas joyas de los niños como recuerdo.

—¿Ya están todos identificados?

—Sí. Aún quedan familias que perdieron a un hijo o a una hija que nunca ha vuelto a aparecer, pero los ocho esqueletos del jardín de Walker han sido debidamente identificados y han recibido sepultura. Al menos hemos conseguido eso. Es lo que me prometí a mí mismo nada más encontrar los primeros huesos infantiles, que les devolvería sus nombres. Me habría gustado poder hacer más, pero al menos… al menos esto. Mira, aquí tengo la lista.

Wolf le pasó un papel doblado donde Carola leyó una breve lista de nombres:

Maja Albrecht
Jasmin Baumann
Lukas Gritsch
Noah Herzog
Tina Hrdlicka
Nadja Kerschbaum
Samuel Löw
Franziska Mayer

—Como la lista era solo para ti, falta Alma Araque Rey, la única que no estaba en el jardín de Walker, sino aquí.

—¿Cómo conseguisteis averiguarlo?

—Cuando por fin nos dieron el permiso médico, interrogué a Valdetoro docenas de veces, sin éxito. Fingía que no me comprendía, que no estaba en su juicio, que había perdido el habla… Yo sabía que no, pero no podía hacer nada. Estuve a punto de volverme loco. Por suerte, su abogado acabó por convencerlo de que si nos decía dónde estaba el cuerpo de la niña, podría sacar alguna ventaja y no perdería nada, y al final cedió. Total, ya le daba lo mismo.

—Hijo de puta —escupió Carola entre dientes.

—Sí. Pero tengo una buena noticia que darte.

—¿Puedo llevarme los restos de mi hija para enterrarla en casa?

—Por supuesto. Ya está todo arreglado. Si me lo permites, te acompañaré a España.

—Gracias, Wolf —dijo, acariciando su mejilla con los nudillos.

—Sin embargo, la noticia que quería darte es otra. Ven, vámonos de aquí. Vamos a dar un paseo hasta el Türkenschanzpark y te lo cuento. —Ella se colgó de su brazo—. Sabes que Valdetoro fue condenado por el asesinato de Santos, pero no se pudieron probar los otros crímenes más que por indicios, como sus diarios, por ejemplo. Por desgracia, el tipo es realmente inteligente y en la casa no había nada que pudiera relacionarlo con los crímenes infantiles, hasta que encontramos el cadáver de Alma. El falso dormitorio infantil y el cuarto de tortura eran poderosos indicios, pero no pruebas, y todo estaba condenadamente limpio. Llevaban veinte años limpiando, al parecer. —Ella cabeceó afirmativamente—. Sin embargo, hace muy poco, además del esqueleto de Alma, hemos dado con algo que nos ha permitido probar inequívocamente que una de las víctimas estuvo aquí, en esta casa, en ese cuarto maldito.

Se detuvieron en la acera y ella lo miró, interrogante.

—Peinamos la casa con el peine más fino del mundo, Carola. No había nada. Ese cabrón lo había hecho desaparecer todo, absolutamente todo. Pero a Santos, y a Walker y a Jacobo, tan listos ellos, se les olvidó mirar en el sumidero, debajo de la rejilla. A casi un metro de profundidad, en el suelo, en el codo de la tubería, encontramos una perla. Una pequeña perla de la pulsera de la condesa rusa, ¿te acuerdas? Son únicas. Es evidente que Lichtmann estuvo aquí y asesinó a una de las niñas, cuyos restos hemos encontrado en el jardín de Meidling. Jacobo no ha tenido escapatoria. No saldrá de allí en la vida.

Carola soltó el aire que había estado reteniendo y, de pronto, se echó a reír.

Se lanzó a los brazos de Wolf y dieron un par de vueltas casi bailando de pura alegría.

—La única espina que me queda —dijo él, cuando siguieron caminando hacia arriba, hacia el parque— es que no hemos podido dar con los nombres de sus posibles clientes, más que con los que había en aquel primer diario que encontraste tú. En el otro, el que llevaba el dibujo de Alma, no había nombres, y en los que sacamos de la biblioteca, catorce diarios más, no había nada. Seguramente habían cambiado de negocio o bien dejó de anotarlos. De los que encontramos, la mayoría han muerto ya; pero sé que tiene que haber más, y me jode no dar con ellos.

Carola volvió a detenerse ya a la entrada del parque, recordando la oscura noche de Adviento en la que ella, y su hijo y Sheila, que ahora estaba de vuelta en Londres y había cortado con Julio, habían estado en el mercadito de Navidad bajo las luces doradas. Ahora todo era verde y luminoso. Apenas un par de meses y todo era diferente ya.

—En ese caso, yo también tengo una buena noticia que darte. Al menos, eso creo. ¿Sigue allí la biblioteca?

—Claro. El otro Valdetoro, el hermano, quería empezar a vaciarla, pero el juez aún no ha dado permiso.

—Puedo equivocarme, pero si buscáis en los libros, en muchos, al principio o al final, en las páginas blancas, encontraréis frases, citas con el nombre del autor, apuntadas a mano por Jacobo. Siempre autores desconocidos, o que a uno no le suenan. ¡Como él era tan culto…!

»Pues resulta que muchas de esas frases, bueno… ahora pienso que todas, estaban mal atribuidas y al principio pensé que era un error, pero luego en España, recordando… me di cuenta de que no era posible que un hombre de su cultura y con esa biblioteca hubiera cometido tantos errores… y…

—Para, Carola, por favor. No te sigo.

—A ver… Te pongo un ejemplo sangrante para que quede claro.

—Hombre, gracias por llamarme burro.

—No, escucha. Si lees «Pienso, luego existo» y debajo no pone Descartes, sino Mario Gómez o Georg Linherr, pongamos por caso, ¿qué piensas?

—Que alguien ha metido gravemente la pata, o que es una broma.

—Exacto. Pero si se trata de una frase que no has oído nunca y tampoco te suena el autor, no piensas nada, crees simplemente que tu cultura no da para más y que, aunque la frase sea buena, no sabes de quién es, ¿verdad?

—Verdad.

—Pues creo que es así como vamos a encontrar esos nombres. Así es como Jacobo Valdetoro apuntó, para no olvidarlos nunca, los nombres de sus clientes. Los que, por otra parte, quería descubrir su hermano Javier. Una de las primeras cosas que me dijo cuando me encomendó la biblioteca era que si encontraba una lista de clientes o proveedores de su hermano, que hiciera el favor de pasársela. No sé si para usarla él o para enterarse de los secretos de su hermano, o para presionar a Santos, pero Javier y la falsa Flor y hasta nosotros buscábamos lo mismo: esos nombres que siempre estuvieron a nuestro alcance sin que nos diéramos cuenta.

Wolf se separó un metro de ella y le hizo una reverencia.

—A sus pies, *madame* comisaria Rotkönig, Rey Rojo. ¡Eres genial!

Ella sonrió, ufana.

—¡Ah! A todo esto, no puedo probarlo y no es que tenga demasiada importancia, pero el diplomático siempre supo que yo era policía en excedencia. Me enteré hace poco, hablando con mi amiga Laura, que fue la que me arregló el trabajo en la biblioteca de Jacobo. Parece que Javier investigó un poco, antes de dar su visto bueno, y supongo que él confiaba en que, siendo yo policía, sería capaz de encontrar esa lista de clientes. Si fue él también quien pagó a la falsa Flor, ya no sabría decirlo. Quizá es de los que piensan, como decís en Austria, que «doble pespunte aguanta mejor» y nos contrató a las dos para asegurarse de encontrarla.

—Habría que averiguar para qué quería esa lista.

—Pues no creo que esté dispuesto a decírtelo, la verdad. ¿Habéis conseguido autorización para vaciar las cajas de seguridad de Jacobo? Me juego lo que sea a que tenía grabaciones de todos sus clientes y los chantajeaba cuando necesitaba algo.

—Hemos encontrado la que tenía en Viena. Suponemos que las demás estarán Dios sabe dónde y se perderán para siempre. El embajador dice que él no sabe nada, y lo creo, porque parece realmente furioso de pensar en todo lo que se va a perder.

—O sea, que el famoso collar no ha aparecido.

Wolf negó con la cabeza.

—No. Parece que las perlas de la condesa seguirán en su escondrijo por los siglos de los siglos, encerradas en la oscuridad.

—Igual que Jacobo Valdetoro, por fortuna —dijo Carola.

Cogió a Wolf de la mano y en silencio caminaron hasta el lago del parque, que brillaba al sol.

Empezada en libertad. Terminada en
el confinamiento del coronavirus.
25 de marzo de 2020

Nota de la autora

$\mathcal{H}$ace mucho que me preocupan y me angustian los casos reales en los que las víctimas son niñas y niños pequeños. Eso no quiere decir que no me preocupen los otros, los que tienen a adultos como víctimas, pero no consigo comprender, ni con mi mente de escritora ni con la de andar por casa, cómo es posible que alguien sea capaz de hacerle daño a una criatura.

Empecé a interesarme por el tema de las desapariciones y secuestros, y a investigar sobre él, hace ya tiempo.

El 6 de febrero de 2013 se creó el Día Internacional de las Personas Desaparecidas, que se celebra cada año el 9 de marzo.

Actualmente, solo en España, según cifras oficiales, hay más de 5.500 personas desaparecidas, de las cuales la mitad son menores. A lo largo del año, algunos reaparecen; otros, no. Sus familias sufren durante décadas la terrible incertidumbre de no saber qué fue de ellos, si siguen vivos, si fueron violados, torturados, enterrados o no. En muchos casos, nunca vuelven a tener noticias suyas y nunca llega a encontrarse a los culpables de esas desapariciones que, en muchas ocasiones, pueden ser asesinatos.

La historia que narro en esta novela es ficción, pero todos los casos austriacos a los que se hace alusión a lo largo de sus páginas —2006, caso Priklopil/Kampusch; 2008, caso Fritzl/Fritzl; 2008, caso Estíbaliz Carranza; 2011, caso del Wilhelminenberg— son reales y, si a algún lector o lectora le interesan, puede localizarlos fácilmente en la Red.

En 2006 dio la vuelta al mundo el caso de Wolfgang Priklopil, que secuestró y retuvo en un sótano a Natascha Kampusch durante casi diez años hasta que la chica logró escapar; en 2008, Josef Fritzl llenó los titulares de la prensa mundial por haber secuestrado a su hija Elisabeth, haberla encerrado en un zulo durante veinticuatro años y haber tenido siete hijos/nietos con ella.

El caso de Estíbaliz Carranza no se refiere a un secuestro, sino a dos asesinatos que la española perpetró en Viena contra sus dos esposos, uno tras otro.

Del mismo modo, también es tristemente real el caso del Wilhelminenberg y otras instituciones similares, en los que más de tres mil niños y niñas huérfanos o procedentes de familias desestructuradas sufrieron violencia de todo tipo, fueron abusados y torturados a lo largo de más de treinta años, pero en esta ocasión, aunque las víctimas obtuvieron una compensación económica después de varias décadas de los sucesos, nunca se llegó a castigar a los responsables.

Los grados y títulos de la policía austriaca no se corresponden con los españoles y, para evitar confusiones y problemas, he decidido adecuarlos según mi criterio.

Las obras de arte que menciono en la novela tienen también referentes reales y se encuentran con gran facilidad en Internet usando el nombre del artista.

El lienzo de la gran artista Lita Cabellut que describo en la novela forma parte de la *Trilogy of Doubt*. La lectora o lector lo reconocerá sin problemas nada más verlo.

Pepi Sánchez es una excelente pintora sevillana que murió en 2012. Sus obras son simbolistas y oníricas y se pueden admirar en varios museos del mundo y también a través de Internet.

En el contexto de esta novela, recomiendo especialmente la obra de Gottfried Helnwein, uno de los mayores pintores austriacos vivos. Sus temas no son aptos para personas sensibles —de hecho son positivamente hirientes—, pero representan magníficamente lo que yo quería plasmar en esta historia.

El tatuaje que llevan Jacobo, Santos y Walker es, como se dice en la novela, la «rueda de meditación» del Bruder Klaus (Sankt Nikolaus von der Flühe) y lo que cuento sobre él en la novela es histórico. En este enlace se puede ver el símbolo: https://www.google.com/search?client=firefox-b-d&q=bruder+klaus+symbol

La condesa Yekatarina Skavronskaia existió, así como sus perlas, aunque ignoro dónde se encuentran en la actualidad. Si alguien tiene la curiosidad de ver a la dama en cuestión, con su collar y su pendiente (la pulsera es invención mía), hay un bello retrato pintado por Elisabeth Vigée-Lebrun, la gran pintora del siglo XVIII, una de las pocas artistas mujeres anteriores al siglo XX que han conseguido llegar a nuestros museos. Se puede admirar *online*, o al natural en el Musée Jacquemart-André, de París.

Lo que cuento sobre los huevos de Fabergé y la corte rusa es también verídico. En la Red pueden encontrarse, además de interesantes informaciones, varios documentales sobre el tema.

Por último, el mueble-instrumento que aparece en la sala de música de Jacobo Valdetoro, la *klangwiege*, existe, y tuve el placer de probarlo yo misma hace dos años en una visita a Salzburgo. Me he esforzado por ser fiel a mi experiencia con él, aunque las palabras muy raramente consiguen dar una impresión, siquiera aproximada, de los sentimientos y emociones que provoca la música en quien la recibe.

Estimada lectora, estimado lector, te doy las gracias por haberme acompañado hasta aquí en este viaje oscuro, y a veces doloroso, a través de Viena: la ciudad de las luces y la música en algunas ocasiones, la ciudad de hueso en otras, la ciudad de los días de oro en el verano, y las noches de plata en el invierno, siempre.

Glosario de términos austriacos

Apfelstrudel: pastel de manzana típicamente austriaco que se elabora con una masa muy fina y un relleno de manzanas, pasas y nueces. Suele servirse tibio y con nata o crema de vainilla.

Gemütlich: acogedor.

Heuriger: establecimiento típicamente vienés, que suele estar situado en la periferia de la ciudad y se especializa en comida casera austriaca. Su fama viene de que hasta finales de septiembre o primeros de octubre se sirve el vino joven recién fermentado, el *sturm*.

Kaiserschmarrn: postre típico de la cocina austriaca, y también de Baviera, que consiste en trozos de creps caramelizados y gruesos. Se suele servir con pasas, almendras y compota de frutas.

Sachertorte: una de las tartas de chocolate más típicas y famosas de Austria. Dice la historia que, en 1832, el príncipe Metternich pidió a su cocinero un postre nuevo para obsequiar a unos invitados muy especiales. El chef de cocina se puso enfermo y fue un aprendiz de dieciséis años, Franz Sacher, quien creó la tarta que iba a dar la vuelta al mundo. La receta es secreta, aunque se pueden encontrar muchas diferentes en libros de cocina especializados. Más tarde, Sacher fundó el famoso hotel que se encuentra enfrente de la ópera de Viena y donde, en esta novela, se aloja Juan Manuel Araque.

Schmalzbrot: tostada de pan untada con manteca de cerdo.

Schrammel: música popular vienesa de finales del siglo XIX que debe su nombre a los hermanos Johann y Josef Schrammel, violinistas, y que empezó a interpretarse en los *heu-*

riger de la periferia. Las canciones suelen ser lánguidas, melancólicas y «lloronas».

Schrebergärten: pequeñas parcelas propiedad del municipio que se alquilan a jardineros aficionados, preferentemente a familias con niños, para que los habitantes de las ciudades puedan disfrutar de un jardín y plantar flores y verduras para consumo propio.

Semmelknödel: especialidad austriaca y de Bohemia que se usa como guarnición de asados de cerdo y otros platos de carne. Es una bola confeccionada con trocitos de pan seco remojado en leche, con huevo, perejil y sal, y luego hervida en agua.

Speck: jamón ahumado típicamente austriaco.

Sturm: vino joven, sin filtrar. Mosto de uva que apenas si empieza a fermentar y se sirve tradicionalmente en los *heuriger*.

Verlängerter: café expreso alargado con agua caliente después de haber sido servido. Se puede tomar con o sin leche, pero, en casi toda Austria, cuando uno pide un *verlängerter* le sirven un café con leche en taza grande.

Zwiebelrostbraten: filete de ternera a la parrilla con cebolla.

Agradecimientos

Como siempre desde que empecé a escribir, hace ya muchos años, quiero agradecer a varias personas cercanas a mí su apoyo, su cariño, su tiempo y su esfuerzo. Siempre son más o menos las mismas, aunque, en esta ocasión, debido al tema de la novela, unos cuantos se han abstenido de leerla. Al menos por el momento.

Los que sí lo han hecho y con sus comentarios me han ayudado a mejorarla son mi marido, Klaus Eisterer, mi madre, Elia Estevan, mi hermana, Concha Barceló, y mis amigos Charo Cálix, Ruth y Mario Soto Delgado y Martina Lassacher. ¡Gracias por acompañarme en todos mis viajes literarios, incluso cuando os llevo a lugares oscuros, donde habríais preferido no ir!

Mi agradecimiento también, por supuesto, a mis editoras, Blanca Rosa Roca y Carol París, por su entusiasmo, la confianza que depositan en mí y sus ojos de águila.

Gracias a todos ellos he podido evitar algunos errores. Los que aún queden corren de mi cuenta.